María Oruña

Das Versprechen der Schwestern

W0379248

*Buch*

Oliver Gordon hat eine schwere Zeit hinter sich: Seine Mutter ist bei einem Autounfall ums Leben gekommen, der Bruder wie vom Erdboden verschluckt, und seine Freundin hat ihn verlassen. In der nordspanischen Heimat seiner Mutter will der Mittdreißiger nun noch einmal ganz von vorne anfangen. Und er weiß auch schon wie: Im kantabrischen Küstenstädtchen Suances soll die Villa, die er geerbt hat, in ein kleines Hotel umfunktioniert werden. Beim Umbau dann der grausige Fund – in einer Zwischenwand im Keller kommt die mumifizierte Leiche eines neugeborenen Säuglings zum Vorschein. Die Polizei ermittelt und gelangt auf die Spur eines Geheimnisses, das weit in die Vergangenheit zurückreicht …

*Autorin*

María Oruña, Jahrgang 1976, lebt im nordspanischen Galizien. Bevor sie ihre Leidenschaft fürs Schreiben entdeckte, arbeitete sie jahrelang als Anwältin. Schon seit Kindertagen reist sie regelmäßig durch Kantabrien, die Heimatregion ihres Vaters, wo auch ihr aktueller Roman spielt. *Das Versprechen der Schwestern* ist das Debüt der Autorin auf dem deutschen Markt.

Besuchen Sie uns auch auf www.facebook.com/blanvalet und www.twitter.com/BlanvaletVerlag

María Oruña

# Das Versprechen der Schwestern

Roman

Deutsch von Sonja Hagemann

blanvalet

Die Originalausgabe erschien 2015 unter dem Titel »Puerto escondido« bei Ediciones Destino, Barcelona.

Der Verlag weist ausdrücklich darauf hin, dass im Text enthaltene externe Links vom Verlag nur bis zum Zeitpunkt der Buchveröffentlichung eingesehen werden konnten. Auf spätere Veränderungen hat der Verlag keinerlei Einfluss. Eine Haftung des Verlags ist daher ausgeschlossen.

FSC
www.fsc.org
MIX
Papier aus verantwortungsvollen Quellen
FSC® C014496

Verlagsgruppe Random House FSC® N001967

1. Auflage
Copyright der Originalausgabe © 2015 by María Oruña
Published by arrangement with Cristina Mora Literary & Film Agency (Barcelona, Spain)
Copyright der deutschsprachigen Ausgabe
© 2016 by Blanvalet in der Verlagsgruppe Random House GmbH,
Neumarkter Str. 28, 81673 München
Redaktion: Angela Kuepper
Umschlaggestaltung: © www.buerosued.de
Umschlagmotiv: © www.buerosued.de
kw · Herstellung: kw
Satz: Vornehm Mediengestaltung GmbH, München
Druck und Bindung: GGP Media GmbH, Pößneck
Printed in Germany
ISBN 978-3-7341-0245-5
www.blanvalet.de

*Für dich, meine große Liebe, auch wenn du dieses Buch niemals lesen wirst.*

*Und für all die jungen Leute,*
*die im Park auf einer Bank sitzen und*
*in sich uralte Geheimnisse und*
*wunderbare Geschichten tragen.*

## Sommer, in der Gegenwart

***Nach und nach*** umfing ihn die Landschaft mit lauer Sommerluft. Beinahe konnte er schon das geschäftige Treiben des Küstendorfes erahnen, das jeden Sommer neu zum Leben erwachte, wenn freudige Urlauber aus den Städten des Inlandes herbeiströmten. Für kurze Zeit würden sie hier die Arbeit und jegliche Routine vergessen, die nicht in Meer und Sonnenschein gebadet war.

Oliver entspannte sich ein wenig, obwohl sich das Fahren auf der rechten Seite für einen Londoner, der an Linksverkehr gewöhnt war, alles andere als erholsam gestaltete. Zu seiner Rechten ließ er langsam den Berg Masera de Castío hinter sich, dessen Nordwand auf das Örtchen Cortiguera hinabblickte, während auf der Südseite das Dorf Hinojedo lag. Das ungewöhnliche Hochplateau erwuchs wie ein Vorgebirge aus der Erde, riesig genug für jegliche Götter, die dort leben mochten.

Als Oliver weiterfuhr, wurde die Bebauung langsam dichter.

Auch der Verkehr wurde zäher, und als er schließlich das Schild »Willkommen in Suances« erblickte, ahnte er, dass sich hier in Küstennähe ein Stau anbahnte, ein langer, schwitziger Lindwurm aus Autos voller Sonnencreme und -schirme, Handtücher in leuchtenden Farben und Eimerchen mit Schaufeln zum Erschaffen von kindlichen, wenig soliden Sandburgen.

Oliver seufzte und stellte sich auf eine lange Wartezeit am Steuer ein. Mit der Hand fuhr er sich durch das dichte dunkle Haar, während er die Nase kräuselte und die Landschaft zu seiner Rechten betrachtete: die Ria von San Martín de la Arena wuchs auf ihrem Weg zum Meer an und verlief in sanften Biegungen, die er von der Straße aus gut erkennen konnte. Das Flussbett fiel zum Meer hin ein wenig ab und bildete mehrere Mündungen. Um sich die Zeit zu vertreiben, schaltete Oliver das Radio seines Mietwagens ein. Man hatte ihm einen schwarzen Fiat 500L gegeben, den er unglaublich feminin fand. Wie aus dem Nichts erklangen aus den Lautsprechern die sanften Töne einer spanischen Gitarre und eines Klaviers. Dazu gesellte sich eine entschlossene, melodische und männliche Stimme, die bald den Innenraum des Wagens erfüllte.

Die traurige Melodie erkannte Oliver sofort, es war das Lied *Let Her Go* von Passenger. Es war eine sanfte Erinnerung daran, dass die Menschen Dinge oft erst zu schätzen wissen, wenn sie ihnen fehlen.

Er brauchte nun wirklich kein Lied, um sich an Anna zu erinnern oder an ihre lange rote Mähne. Er trug Anna immer bei sich, sie war ein Teil von ihm und das würde auch immer so bleiben, eine unsichtbare Wunde, die sich niemals ganz schloss, obwohl Annas Gesichtszüge in seinem Kopf inzwischen unweigerlich zu verblassen begannen. Aber jetzt versetzte ihn die Musik in jene letzten Tage ihrer Zweisamkeit zurück.

»Na, komm her. Alles klar bei dir?«

»Natürlich, was für eine Frage! Entscheidend ist doch, ob es dir gut geht«, hatte ihr Oliver geantwortet, und in seinen Worten hatte so viel unterdrückte Zärtlichkeit gelegen.

»Wir müssen reden.« Sie schaute ihn mit der Weisheit dessen an, der nichts mehr zu verlieren hat. »Ich möchte gern, dass du ausgehst, unter Leute kommst, jemanden kennenlernst. Und das ist jetzt nicht nur so dahingesagt. Es ist mir ganz egal, ob da erst eine Woche oder eine Stunde verstrichen ist, seit … Das schert mich nicht, okay?«

»Jetzt erzähl doch keinen Unsinn. Wenn du nicht wärst, würde ich sicher nicht mit einer Frau pro Woche ausgehen, sondern eher mit zwanzig«, behauptete er großspurig. »Außerdem wird ja alles gut werden, und damit basta! Falls nicht, stürze ich mich augenblicklich ins Nachtleben, wirst schon sehen!«, erklärte er und zwinkerte ihr zu.

»Oliver, du und ich, wir wissen doch beide …« Müde seufzte sie, es war beinahe ein Schnauben, und sah ihm in die Augen. »Oliver«, wiederholte sie, »das wahre Glück können wir nur erreichen, wenn wir es mit jemandem teilen.«

»Tu mir das nicht an.«

»Was soll ich …?«

Aber er fiel ihr ins Wort: »Nimm bitte nicht von mir Abschied.«

STOP. Passenderweise entdeckte er direkt vor sich rechts am Straßenrand das Verkehrsschild mit den vier weißen Buchstaben auf einem roten Achteck, obwohl ihm das bei seinem derzeitigen Tempo fast wie ein Witz vorkam. Oliver kehrte aus der Vergangenheit und dem verschlungenen Labyrinth seiner Gedanken zurück, weil nicht nur die Straße und die Landschaft um seine Aufmerksamkeit buhlten, sondern auch das unablässige Piep-Piep seines Handys.

»Ja, hallo? Bitte?«, sagte er, während er das Gespräch entgegennahm, die Stirn gerunzelt und die Augen zusammengekniffen, als würde das den Empfang verbessern.

»Oliver Gordon?«, fragte eine männliche Stimme, die weit entfernt klang. Begleitet wurde sie von einem Orchester aus Hämmern, Bohrgeräuschen und dem Kreischen einer Säge auf Hochtouren.

»Ja, am Apparat. Mit wem spreche ich denn?«

»Hier ist Rafael Bernárdez, der Geschäftspartner von Antonio aus der Baufirma … Erinnern Sie sich noch? Wir haben vor ein paar Wochen bereits miteinander telefoniert.«

»Ah, ja, natürlich. Selbstverständlich erinnere ich mich an Sie, Sie sind der Bauleiter, oder? Wie läuft es denn so?«, fragte Oliver.

Am anderen Ende der Leitung herrschte kurz Schweigen.

»Gut …«, wieder Stille, »… ehrlich gesagt bin ich jetzt gerade bei Ihnen zu Hause, mit den Maurern und Schreinern, dem ganzen Trupp. Aber ich muss mit Ihnen noch dringend etwas besprechen … Können Sie reden?«

»Ja, ich sitze zwar am Steuer, stecke aber im Stau. Also schießen Sie los.«

Der Mann am anderen Ende räusperte sich, als suche er nach den passenden Worten.

»Äähh … kommen Sie eigentlich bald aus England zurück?«

So langsam wurde Oliver ungeduldig, er ließ sich jedoch nichts anmerken und antwortete: »Na ja, das kommt darauf an, was Sie unter ›bald‹ verstehen. Ich bin heute Morgen ganz früh in Bilbao gelandet und befinde mich eine Viertelstunde von Suances entfernt. Also ja – ich bin ziemlich bald wieder da, vorausgesetzt, ich entkomme jemals diesem Stau der Sommerfrischler. Darf ich denn erfahren, was eigentlich los ist? Gibt es mit dem Umbau irgendein Problem?«

»Gott, bin ich froh, dass Sie hier sind. Ich hatte Sie nämlich eigentlich erst in ein oder zwei Wochen erwartet.«

»Aha. Jetzt kommen Sie doch bitte mal zum Punkt, Rafael. Worum geht es denn?«

»Na ja, wir haben da zwischen den Trennwänden im Keller etwas gefunden … da, wo wir das Spielzimmer für die Kinder einrichten sollen.«

Oliver blies die Backen auf und zog die Augenbrauen hoch, während er in den ersten Gang schaltete, um sich an die Geschwindigkeit des Staus anzugleichen, der wie im Schneckentempo vorankroch.

»In Ordnung, und worum handelt es sich? Um Felsen, den Sie nicht perforieren können, verrostete Rohre, eine versteckte dunkle Kammer? Was ist denn nur so wichtig?« *Und so geheimnisvoll*, dachte er, während er skeptisch und mit müdem Lächeln auf irgendeine absurde Antwort des Bauleiters wartete. Im Radio spielten sie immer noch den gleichen Song.

»Tja, wissen Sie, bei manchen Dingen muss man wirklich vorsichtig sein, sonst stoppen die womöglich noch den ganzen Umbau, und, na ja, deshalb müssten Sie eben entscheiden, ob Sie die Behörden verständigen wollen oder was wir sonst damit machen. Würde ich mal sagen.«

Langsam wurde Oliver sauer.

»Darf ich vielleicht erst einmal erfahren, was da im Keller eingemauert war? Wenn es sich um römische Amphoren handelt, dann behalten wir die einfach«, sagte er. »Oder sind Sie auf den schlafenden Graf Dracula gestoßen?«, fragte er ironisch und zog unwillkürlich die Augenbrauen hoch.

»Nein.« Der Bauleiter hatte wohl beschlossen, Olivers sarkastischen Tonfall zu ignorieren. Und dann herrschte wieder Stille im Hörer, mal abgesehen vom steten Hämmern im Hintergrund. »Es handelt sich um … einen toten Säugling, Señor Gordon. Um eine verdammte Babyleiche.« Der Mann stieß die Luft aus, so als habe die Information schwer auf seinen Schultern gelastet. Oliver wies den Bauleiter an, auf ihn zu warten, und legte auf.

Genau in diesem Moment war der Song im Radio zu Ende, und es wurden die neuesten Charthits kommentiert. Aber davon bekam Oliver längst nichts mehr mit. Stattdessen umfing ihn eine machtvolle Stille, die ihm in den Ohren dröhnte, und er fuhr wie ein Schlafwandler ganz mechanisch weiter. Dabei nahm er wenig mehr als seinen Herzschlag wahr, bis er nach fünfzehn quälend langsamen Minuten endlich die Villa erreichte. Ziemlich mitgenommen ließ er sich von Rafael bis zur letzten Ruhestätte des Kindes führen und war sich dabei zum ersten Mal dessen bewusst, dass er beim Hinabsteigen in seinen Keller eine Grabstätte betrat.

***Der Einsatzwagen war*** nicht mit Symbolen der Guardia Civil ausgestattet und stattdessen als einfacher Pkw getarnt. Sargento Riveiro parkte ihn vor dem Haus, über dessen Namen ein kleines Schildchen an der Steinmauer davor Aufschluss gab: Villa Marina.

Jeden Tag kamen Dutzende von Personen an der Villa vorbei, und ausgerechnet jetzt war dort ein Leichnam aufgetaucht? Wie merkwürdig! Das Gebäude stand in der letzten Kurve des Concha-Strandes direkt am Eingang der engen Landzunge, und wer zum Leuchtturm von Suances oder an die Playa de los Locos wollte, passierte es zwangsläufig.

Er selbst war mit seiner Frau und seinen beiden kleinen Kindern schon häufig hier entlangspaziert und hatte immer angenommen, dass das Haus leer stünde, vielleicht weil die ursprünglichen Besitzer verstorben waren und die Instandhaltung des Gebäudes heutzutage außerhalb der finanziellen Möglichkeiten von Normalsterblichen lag. Aber es sah wohl so aus, als habe es inzwischen einen Besitzer gefunden. Wie paradox, dass ausgerechnet jemand, der dem alten Kasten durch Renovierung und Umbau nun endlich Leben einhauchen wollte, dort eine Leiche gefunden hatte.

Der Sargento arbeitete in der Kommandantur von Kantabrien in Santander für die Ermittlungsabteilung der Guardia Civil. Losgeschickt hatte ihn seine Vorgesetzte, Teniente Redondo, nach dem Leichenfund, weil er nicht nur Erfahrung mit Tötungsdelikten hatte, sondern vor einiger Zeit auch in der Kaserne von Suances stationiert gewesen war und daher die Gegend gut kannte.

Riveiro stieg aus dem Auto und sah sich um. Im Garten des beeindruckenden Hauses, das von Hortensien, Feigenbäumen, Myrtenbüschen und tropischen Bäumen umgeben war, marschierte ein gut gekleideter jüngerer Mann auf und ab. Der Sargento tippte darauf, dass dies der Hausbesitzer sein musste, Oliver Gordon. Der wiederum hatte den Neuankömmling bei seinem Hin und Her gar nicht bemerkt.

Ein rascher Blick zeigte Riveiro, dass auch Cabo Antonio Maza von der Kaserne in Suances bereits eingetroffen war, gemeinsam mit einem Beamten der Guardia Civil. Riveiro erwischte seinen Kollegen dabei, wie er versonnen den herrlichen Concha-Strand betrachtete, auf dem sich selbst unter der Woche die bunten Sonnenschirme drängten. Der Cabo, ein fröhlicher, dünner Mann mit roten Haaren und den Augen eines Kindes, hinter denen sich ein Mittdreißiger verbarg, schien einen ganz bestimmten Bikini im Blick zu behalten.

»Mensch, Maza, aufwachen!«

»Entschuldigen Sie bitte, Sargento, ich hab gerade zum Wasser rübergeschaut. Manche haben es ja wirklich gut. Sehen Sie doch mal, das Haus hat sogar einen direkten Zugang zum Strand.« Ein abfallender Pfad verlor sich zwischen Gestrüpp, Bäumen und Büschen, um die sich vermutlich seit Jahren niemand mehr gekümmert hatte.

Riveiro folgte Mazas Finger mit dem Blick und entdeckte tatsächlich ein nur schwer zu erkennendes schmales Türchen aus schwarzem Eisen, das am Ende dieses ungepflegten Urwalds Zugang zum feinen, hellbraunen Sand der Playa de la Concha gewährte.

Rechts neben dem Pfad befand sich auf dem Grundstück der Villa eine große Hütte mit merkwürdig undefinierter Architektur. Mit seiner Struktur aus Stein und großen Bohlen lag das Gebilde irgendwo zwischen einer kanadischen Blockhütte und einem kantabrischen Berghäuschen. Dem Sargento kam es seltsam und irgendwie unzeitgemäß vor. Vermutlich war es nicht in derselben Epoche gebaut worden wie das Haupthaus, in dem man die Leiche gefunden hatte. Einen Moment ließ er den Blick auf der beeindruckenden Villa ruhen: Sie lag auf dem Gelände weiter oben und hatte große Fenster, um die herum matte braune Farbe aufgetragen worden war, während die Außenwände ansonsten in makellosem Weiß erstrahlten. Das Gebäude vereinte Elemente der typischen Amerikaheimkehrer-Häuser mit französischem Kolonialstil und schien mindestens ein Jahrhundert auf dem Buckel zu haben.

Die Aussicht auf den Strand, die Flussmündung und sogar auf die Felseninsel Isla de los Conejos war beeindruckend.

»Maza, setzen Sie mich doch kurz ins Bild. Was haben wir hier?«

»Was ich schon per Funk erklärt habe, Sargento. Offenbar eine Säuglingsleiche, eingewickelt in alte vergilbte Tücher wie eine Mumie. Der Körper ist wohl älter als Methusalem.«

»Aha«, machte Riveiro und nickte. »Ich nehme mal an, Sie haben den Bereich abgesperrt und veranlasst, dass keiner irgendwas anfasst«, fuhr er fort und sah Maza in die Augen.

»Selbstverständlich. Ich habe nicht nur in der Kommandantur Bescheid gesagt, sondern auch schon die SpuSi bestellt.«

»Die Spurensicherung ist also auf dem Weg? Wunderbar, gut gemacht. Wie sieht es mit Richter und Gerichtsmediziner aus?«

»Verständigt und unterwegs, da hab ich extra noch mal nachgefragt«, antwortete Maza und musste über seine Effektivität selbst lächeln.

»Mann, Mann, Maza – heute haben Sie sich echt einen Orden verdient. Wer ist denn im Haus … Martín?«, fragte er. Dieser Guardia Civil war genau wie der Cabo ein Bekannter des Sargento und gehörte zur Kaserne von Suances.

»Ja, der befragt die Handwerker und behält sie im Auge, die haben ja den Leichnam gefunden.«

»Was haben die denn im Haus gemacht? Renovierungsarbeiten, nehm ich mal an, oder?«, murmelte Riveiro vor sich hin und schaute zum Gerüst, der Betonmischmaschine und den Baumaterialien vor einer der Außenwände hinüber.

»Ja, damit sind die schon seit zwei Monaten beschäftigt. Der Hausbesitzer ist der Typ da drüben, der nicht einen Moment still steht«, erklärte Maza und deutete auf Oliver, der sich genau in diesem Moment zu ihnen umdrehte, als hätte er sie reden gehört.

»Haben Sie den schon befragt?«, erkundigte sich der Sargento, während er sich in Bewegung setzte und aufs Haus zuging.

»Nein, ich hab nur seine Daten aufgenommen, mit dem Rest wollte ich lieber auf Sie warten, Riveiro.«

»In Ordnung. Ich möchte mir zunächst mal die Leiche ansehen. Sagen Sie dem Typen doch bitte, dass ich dann gleich komme, um ihm ein paar Fragen zu stellen.«

»Natürlich, Sargento.«

Riveiro lächelte.

»Na, dann mal los zur Datenaufnahme.«

Cabo Maza quittierte den Befehl mit einem Nicken und ging dann zu Oliver hinüber, während sich Riveiro dem Haupthaus näherte. Dort wartete schon sein Kollege Martín auf ihn, der den Fundort bewachte, damit keine Spuren zerstört wurden, falls es denn welche geben sollte.

Das Innere des Gebäudes fand Riveiro eher enttäuschend: Er hatte sich eine Art Geisterhaus vorgestellt, voll von alten, mit Spinnweben bedeckten Möbeln, stattdessen fand er in Weiß gehaltene, offene helle Räume mit jeder Menge Werkzeug und Baumaterialien vor.

Martín zeigte Riveiro den Eingang zum Keller und ging dann mit großen Schritten voraus. Unten angelangt, deutete er zwischen Schreinerwerkzeug, frischem Zement und Rohren auf die Zwischenwände, mit deren Abriss man heute Morgen begonnen hatte, um einen offenen Raum zu schaffen. Daher war die Decke auch an anderen Stellen abgestützt. Und im Zwischenraum dieser Wände war nun dieses kleine Wesen aufgetaucht, das man ohne große Ehrerbietungen hier aufgebahrt hatte.

Riveiro hatte das Gefühl, in eine uralte Kammer eingedrungen zu sein, die ihm irgendwie wie etwas Privates, ganz Intimes vorkam. Die Luft war stickig und voller Staubkörnchen, die im Licht tanzten. Auf einem Holzklotz neben der Zwischenwand, die ihm als Grab gedient hatte, lag ein Bündel. Man konnte darin eine Form erahnen, die vage an einen Totenschädel erinnerte. Zwischen den Falten des Leichentuches schauten ihn zwei verwaiste Augenhöhlen an.

»Sie sehen ja, Sargento, dass da nicht viel mehr als Knochen übrig sind«, sagte Martín und deutete auf die vergilbten Knochenfragmente, die im zerfallenden Stoff zu sehen waren.

»Ja, so scheint es wohl. Ich hoffe doch, dass ihr nichts

angefasst habt«, sagte Riveiro zum Guardia Civil, den er dabei nur aus dem Augenwinkel ansah. Er war viel zu sehr in den Anblick des toten Kindes, dieses verblichenen Bündels, versunken. »Natürlich nicht, Riveiro.«

»Gut. Hier brauchen wir wahrscheinlich einen Anthropologen, der Gerichtsmediziner wird uns da wenig sagen können.«

»Stimmt.«

»Und einen Biologen.«

»Wegen der DNA?«, fragte Martín überrascht. »Aber Sargento, wer weiß, vielleicht stammt dieses Baby sogar noch aus dem Bürgerkrieg.«

Riveiro schaute den Guardia Civil an, der eins neunzig groß war und einen Bart so schwarz wie die Nacht trug.

»Wer weiß, Martín, wer weiß. Außerdem sieht das zwar aus wie ein menschliches Wesen, könnte aber auch etwas anderes sein.«

»Ein Tier, Sargento?«, entgegnete der Guardia Civil und ließ den Blick noch einmal über den Fund wandern. »Das würd ich schon für einen menschlichen Schädel halten. Aber gut, warten wir ab, was der Arzt sagt.«

»Ja, wir werden sehen«, stimmte Riveiro zu. »Ich gehe mal raus und spreche mit dem Hausbesitzer. Sie sind doch hier aus dem Dorf. Kennen Sie den, vielleicht wenigstens vom Sehen?«

»Nein, ich glaube, der kommt nicht von hier. Das ist vielleicht ein Dandy! So ’n ganz Hübscher mit Markenklamotten und einer Frisur wie ein italienisches Model. Haben Sie das Auto gesehen?«

»Welches? Den schwarzen Fiat, der draußen parkt?«

»Ja, den meine ich. Bei dem Auto und den Klamotten ist das mit Sicherheit ’ne Schwuchtel.«

»Martín, jetzt reiß dich mal zusammen. Da spricht ja

der reine Neid, und wer weiß, vielleicht stehst du sogar auf den Typen«, entgegnete Riveiro grinsend. Er gab seinem Kollegen nicht einmal Zeit für eine Antwort, sondern drehte sich einfach um und stieg die Treppe ins Erdgeschoss hoch. Der Guardia Civil folgte ihm.

Als Riveiro nach draußen trat, verspürte er trotz der Hitze die Erleichterung, und ihm war, als träte er nach einer ihm offiziell verordneten Teilnahme an einer Beerdigung aus der Familiengruft. Zu seinem Erstaunen entdeckte er links vom Haus auf einem etwas höher liegenden Bereich des Grundstücks einen Tennisplatz. Bei genauerem Hinsehen erblickte er auf dem Spielfeld zahlreiche Risse, durch die sich Dutzende von Pflänzchen ihren Weg gebahnt hatten. Man hatte auf dem Grundstück Terrassen angelegt und den zum Strand hinunterführenden Hang optimal genutzt – auf der oberen Ebene lag der Tennisplatz, etwas tiefer stand das Haus. Noch weiter unten gab es einen Swimmingpool, an dem der halb verwilderte Pfad vorbeiführte, welcher zunächst die Hütte erreichte und schließlich am Sandstrand endete.

Oliver wartete auf Riveiro neben dem leeren Schwimmbecken, dem nicht nur das Wasser fehlte, sondern offensichtlich auch eine gründliche Reinigung. Auf dem trockenen Grund hatte sich jede Menge Grünzeug angesammelt, selbst dort unten schienen Pflanzen zu sprießen. Während er sich näherte, betrachtete der Sargento den Mann unverhohlen: Es handelte sich tatsächlich um einen attraktiven Typen mit sportlicher Figur, auch wenn er weder übermäßige Schönheit noch offensichtliche Muskelpakete aufzuweisen hatte. Sein Gegenüber wirkte auf ihn wie einer jener Menschen, die gut aussahen, ohne dass sie dafür irgendwelche besonderen Anstrengungen auf sich nehmen mussten, und die selbst in Jeans und T-Shirt so elegant wie Richard Gere in *Ein Offizier und Gentleman* rüberkamen. Sargento Riveiro hatte die vierzig längst überschritten, und obwohl er selbst noch beneidenswert gut in Form war, überkam ihn eine gewisse Wehmut, als er in das Gesicht dieses vitalen, jungen Mannes blickte.

»Guten Tag, ich bin Sargento Jacobo Riveiro von der Ermittlungsabteilung der Guardia Civil«, stellte er sich vor und reichte dem Hausbesitzer die Hand.

»Oliver Gordon, mir gehört die Villa.«

»Sind Sie Engländer?«, fragte Riveiro wegen des Namens.

»Ja, aber auch Spanier, ich habe die doppelte Staatsbürgerschaft. Meine Mutter stammte aus Spanien, mein Vater aus England«, antwortete Oliver in einem Atemzug. Es klang, als hätte er diese Erklärung schon ziemlich oft abgegeben.

»Aha«, sagte Riveiro, während er einen Notizblock aus der Jackentasche holte. »Und leben Sie normalerweise hier oder in Großbritannien?«

Oliver sah den Sargento aus blauen Augen aufmerksam an und lächelte freundlich.

»Ich hab hier oft den Sommer verbracht, zum Teil auch in diesem Haus«, erklärte er und deutete mit einer Kopfbewegung zur Villa hinüber. »Geboren bin ich allerdings in London, und dort habe ich bisher auch überwiegend gelebt. Einige Zeit habe ich in Schottland gewohnt. Aber eigentlich wollte ich jetzt hierherziehen.«

»Mir kommen Sie so ganz ohne Akzent, aber wie ein waschechter Spanier vor, also wie einer, der hier aufgewachsen ist.«

Oliver nickte zufrieden.

»Ja, meine Mutter hat immer Spanisch mit mir geredet. Und ich hab am University College in London Hispanistik studiert.«

»Ah«, machte Riveiro und bemerkte die komplett andere Aussprache seines Gegenübers beim Namen seiner Hochschule. Er fand es bemerkenswert, mit welchem Nachdruck der junge Mann sprach und mit welcher Direktheit er ihm dabei in die Augen sah. Gordon war ihm sympathisch.

»Gut, dann wollen wir mal sehen ... Offenbar haben Ihre Handwerker da unten einen Leichnam gefunden, und wie Sie sich vorstellen können, müssen wir natürlich Herkunft und Todesursache untersuchen. Seit wann gehört Ihnen denn das Haus? Ich meine, Ihnen oder Ihrer Familie«, stellte er klar, da Oliver wohl kaum älter als fünfunddreißig sein konnte.

»Ehrlich gesagt hab ich keine Ahnung. Meine Mutter hat es geerbt, und nach ihrem Tod dann ich. Deshalb wollte ich es jetzt herrichten lassen und daraus ein kleines Hotel mit Meerblick machen.«

»Aha ... Sie wollen also in Suances bleiben und arbeiten? Ich meine ... werden Sie England definitiv den Rücken kehren?«, fragte Riveiro, ehe er sich bremsen konnte.

Oliver seufzte.

»Das von meiner Mutter geerbte Haus bietet mir die Gelegenheit, hier in Spanien noch einmal ganz neu anzufangen.«

Der junge Mann hatte wohl schwere Zeiten hinter sich, dachte Riveiro bei sich. »Verstehe. Und sind Sie verheiratet? Haben Sie hier Familie?«

»Nein, verheiratet bin ich nicht. Ich glaube, ich habe hier in Suances noch irgendwo einen Cousin zweiten Grades, aber zu dem habe ich keinen Kontakt.«

»Aha … Ihre ganze Familie befindet sich also in England? Kann man das so sagen?«

»Genau, mein Vater, Onkel und Tanten und mein Bruder. Na ja, obwohl ich ehrlich gesagt gar nicht weiß, wo der im Moment steckt.«

»Wer, ihr Bruder?«

»Ja, Guillermo.«

»Wird er etwa vermisst?«, fragte Riveiro überrascht. Das schien ja doch noch interessant zu werden.

»So kann man das eigentlich nicht sagen. Aber er setzt sich manchmal für eine gewisse Zeit einfach ab, und das kann sich ziemlich lange hinziehen. Seit *Operation Telic* ist er nicht mehr derselbe, sondern ein wenig … durcheinander«, stellte Oliver Gordon klar und senkte den Blick, als sei er nicht sicher, ob er die richtigen Worte gefunden hatte.

»*Operation Telic?*«, fragte der Sargento verwundert und sah von seinem Block auf.

Langsam wandte Oliver sich ihm wieder zu und hielt seinem fragenden Blick einen Moment stand, bis er begriff und zu lächeln begann.

»Ach ja, entschuldigen Sie bitte, dieser Begriff wird hier ja nicht verwendet. Ich meinte den Irakkrieg, Sie wissen schon.«

»Natürlich«, bestätigte Riveiro und nahm sich insgeheim vor, sich am Abend im Internet noch einmal in das Thema zu vertiefen. »Und seit wann haben Sie schon nichts mehr von Ihrem Bruder gehört?«, fragte er mit echtem Interesse, obwohl die Sache mit der Ermittlung wohl wenig oder gar nichts zu tun hatte.

»Seit eineinhalb Jahren«, antwortete Oliver ernst, ohne zu zögern oder ihn anzusehen.

»Ach, das tut mir leid. Und Sie haben keine Ahnung, wo er sich aufhalten könnte?«

Oliver lächelte müde. »Bei meinem Bruder kann man das nie wissen: auf Ibiza, in Australien oder Südamerika … Das hängt von der Hilfsorganisation ab, für die er gerade tätig ist. Wir haben schon Himmel und Erde in Bewegung gesetzt, um herauszufinden, wohin er verschwunden ist. Aber beim letzten Mal war er auch neun Monate weg und ist dann an Weihnachten ganz plötzlich bei meinem Großvater in Stirling aufgetaucht, als wäre nichts passiert.«

»Das muss Ihren Eltern ja ziemlich nahegehen.«

»Meine Mutter ist vor einem Jahr gestorben.«

Riveiro hätte sich selbst in den Hintern beißen können – der junge Mann hatte doch gesagt, dass er das Haus von ihr geerbt hatte.

»Stimmt, das haben Sie ja eben erwähnt«, sagte er und zögerte kurz. »Dann … weiß Ihr Bruder gar nichts vom Tod Ihrer Mutter?«

»Vermutlich nicht. Wir konnten ihn jedenfalls nicht ausfindig machen, und er hat auch weder meinen Vater noch mich angerufen. Aber das hat ja wohl nichts mit dem Fund im Keller zu tun, oder?«, fragte Oliver müde.

»Man kann nie wissen, mein Junge«, versetzte Riveiro väterlich. Aber Gordon hatte schon recht, sie sollten sich auf das konzentrieren, was da im Haus entdeckt worden war. »Dann erzählen Sie mir doch mal, warum Sie die Zwischenwände überhaupt herausreißen wollten.«

»Ich wollte dort ein Spielzimmer einrichten, für die Kinder der Gäste. Die muss man schließlich irgendwie bei Laune halten. Vor allem, wenn es mal regnet«, erklärte Oliver freundlich.

»Ich will ja nichts vorwegnehmen, aber sobald wir den Bericht unseres Anthropologen haben, werde ich alle Ihnen zur Verfügung stehenden Daten zum Haus benötigen. Wir müssen herausfinden, wem die Villa zu dem Zeitpunkt gehört hat, als der Körper dort versteckt wurde«, führte Riveiro aus und deutete zum Herrenhaus hinüber. »Natürlich werden wir diesbezüglich auch eigene Ermittlungen anstellen, aber jegliche Dokumente, die Sie uns hierzu zur Verfügung stellen können, wären hilfreich.«

»Natürlich, allerdings kann das ein paar Tage dauern, weil mein Anwalt alle Papiere hat, und ich glaube, dass er zurzeit auf Reisen ist. Aber ich rufe ihn auf jeden Fall heute noch an, und sobald er mir Kopien der Unterlagen zukommen lässt, gebe ich die an Sie weiter.«

»In Ordnung. Außerdem muss ich Sie vorwarnen – wir werden die Bauarbeiten wohl bis auf Weiteres unterbrechen müssen. Wir müssen alles untersuchen und auch sichergehen, dass nicht noch weitere Leichen zwischen den Wänden oder Decken versteckt wurden. Sagen Sie mir doch bitte, wo ich Sie am besten erreichen kann. Sie wohnen vermutlich im Ort?«

»Na ja, schon, und zwar hier.«

»Wie, hier?«, fragte Riveiro überrascht, immerhin war die Villa das Reich von Maurern, Schreinern, Klempnern und Elektrikern.

»Na ja, eher dort«, sagte Oliver belustigt und zeigte auf die Hütte.

»Ach, da drin kann man wohnen?«

»Und ob! Lassen Sie sich von diesem wuchernden Urwald nicht täuschen. Den Garten spare ich mir bis ganz zum Schluss auf.«

»Verstehe. Da haben Sie ja noch einiges an Arbeit vor sich.«

»Ja, das kann man wohl sagen.« Wieder lächelte Oliver und ließ den Blick über das Grundstück schweifen. »Ganz zu schweigen vom Pool, der Garage und den Mauern … Ich hab als Erstes dieses Häuschen renovieren lassen«, er deutete auf die Hütte, »weil ich dort das ganze Jahr über leben werde. Das Haupthaus lasse ich wie gesagt in ein Strandhotel verwandeln. Vielleicht kann ich hier auch Veranstaltungen für Spanisch- oder Englischschüler organisieren, kommt darauf an, wie das Geschäft läuft. Meine Marktstudien der Gegend sind ziemlich erfolgversprechend, ich arbeite schon an meiner Webseite und bereite außerdem eine Werbekampagne und ein Austauschprogramm für Studenten vor. Ich will mit alldem so schnell wie möglich loslegen.«

Riveiro war beeindruckt. Dieser junge Mann hatte alles genau durchdacht und kalkuliert. Und nun war ihm unverhofft eine Leiche in die Quere gekommen.

»Sie wohnen also tatsächlich in dieser Hütte?«

»Hütte? Wenn Sie es so nennen wollen … dabei ist das Haus ziemlich groß und hat sogar zwei Stockwerke, auch wenn das durch den Höhenunterschied nicht offensichtlich ist. Aber ich kann Ihnen versichern, dass es von innen wie eine ziemlich große Version dieser typischen IKEA-Apartments aussieht. Wollen Sie sich das vielleicht gern mal ansehen?«

Riveiro hätte das am liebsten bejaht, doch in diesem Moment fuhren drei Fahrzeuge vor der Villa vor. Riveiro erkannte die Insassen sofort: In einem der Autos entdeckte er den beleibten und gutmütigen Jorge Talavera, einen Richter Mitte fünfzig, zusammen mit der blonden Gerichtsmedizinerin Clara Múgica, die so winzig und dünn war, dass er bei ihrem Anblick immer unwillkürlich Angst hatte, ein Windhauch könnte sie umwehen. Im zweiten Wagen saß der Rechtsreferent, der wie immer allein unterwegs war, weil er ständig etwas außerhalb des

Gerichts zu tun hatte. Mit ihm war die Abordnung der Personen komplett, die einen Leichnam gesehen haben mussten, bevor er abtransportiert werden konnte. Im dritten Fahrzeug erkannte Riveiro das Team der Spurensicherung, das man ihnen aus Santander geschickt hatte. Ihm blieb nichts anderes übrig, als die Neuankömmlinge zu begrüßen und auf einen Einblick in das Leben Oliver Gordons zu verzichten.

***Für den Fall,*** dass die Zeit einst das Echo der Vergangenheit tilgt, seine Energie und sein Licht, die Gesichter unserer eigenen Herkunft verschwimmen lässt, will ich hier schriftlich Zeugnis von allem ablegen, was geschehen ist. Und was immer noch geschieht – ich weiß ja, dass jemand dieses kleine Stück Unrat in der Villa Marina gefunden hat. Ich hatte schon fast vergessen, dass es dort seine letzte Ruhe gefunden hatte. Aber alle Geschichten haben einen Anfang, und diese zwingt uns dazu, durch die Zeit zu reisen und den Ursprung der Bestie heraufzubeschwören.

Um ihr Wesen zu begreifen, musst du unter meiner Führung in die Vergangenheit zurückkehren.

Na, erreichen sie dich schon? Der Geruch von Salpeter und die fröhliche Sorglosigkeit der Menschen? Es ist Sommer, und wir schreiben das Jahr 1936.

In Nordspanien wurde in der damaligen Provinz Santander ein Strand unablässig von den Wellen gebadet. Die Sonne verbrannte den Sand, in dem glücklich mehrere Dutzend Kinder spielten. Mütterlich hatte der Concha-Strand im Küstendörfchen Suances mehrere Familien willkommen geheißen. Er bot ihnen durch den kräftigen Arm aus Erde und Fels Schutz vor den mächtigen Titanen der kantabrischen Wellen, die sich stattdessen lieber auf den wilderen Strand auf der anderen Seite der Landzunge stürzten.

Suances' Lage ließ es eigentlich mehr wie zwei Ortschaften aussehen: Am Hang, der sich von der Hochebene aus zum Meer hin erstreckt, lag der kompakte Dorfkern mit Rathaus, Marktplatz und der Polizeistation der Guardia Civil. Unten in der Nähe des Hafens und des weiten Concha-Strandes, an der Mündung des Flusses und neben anderen kleineren Stränden entwickelte sich jedoch jeden Sommer ein ganz anderes Leben, und es wuchsen neue Hotels und Ferienwohnungen aus dem Boden, ganz in der Nähe von Fischmarkt, Fischerbooten und Sand.

Suances … dieses Dorf kann ich euch selbst mit geschlossenen Augen beschreiben. Im Norden liegt das Kantabrische Meer, im Süden der Ort Torrelavega, im Osten Miengo, im Westen Santillana del Mar. Aber lasst uns zu den Kindern zurückkehren, die da auf dem ruhigen Sand spielten, in den sanften Dünen, welche am Rand des Strandes mit grünen Knospen übersät waren.

Durch ihren Blick und ihre Art, sich zu bewegen, erkannte man sie sofort. Sie war gerade mal acht: so unbedeutend, dünn und winzig. Sie hatte langes dunkles Haar, glänzend und ein wenig gewellt. Die anderen folgten ihr mit Blicken, so als habe sie etwas magisch Anziehendes an sich. Dabei war sie nun wirklich nicht atemberaubend schön, aber ihr Lächeln und ihr Blick waren hypnotisch.

Sie hieß Jana, und ich bin mir sicher, dass du diesen Namen nie wieder vergessen wirst.

Sie war ein bescheidenes Mädchen, das mit seinen drei Geschwistern in den Wellen spielte, während die Sonne ihre Haut golden erglühen ließ. Und sie verfügte über natürliche Eleganz, eine geheime Art von Schönheit, die andere still bewunderten, während sie sich fragten, was wohl hinter ihren grünen Katzenaugen vor sich ging.

Es war ein besonderer Tag, ihr Vater wollte ihnen eine Freude machen und hatte sich freigenommen. Um sie hier zur Playa de la Concha zu bringen, war er fast eine Stunde lang die Flussmündung von San Martín de la Arena entlanggerudert, in der sich das Wasser der Saja und der Besaya vermischten. In ein paar Stunden würden sie nach Hinojedo zurückkehren, zur Arbeit im Schweiße ihres Angesichts, der täglichen Routine von Bauern und Arbeitern.

Aber jetzt war irgendetwas Merkwürdiges vorgefallen. Unter den Strandbesuchern kam Unruhe auf und breitete sich aus. Die Worte, die herübergeweht wurden, würden den Sandstrand schon bald in eine Wüste verwandeln. Lange würde er geduldig auf bessere Zeiten warten.

»Kinder, kommt her! Jetzt sofort!«, tönte die ungeduldige Stimme eines Mannes über den Strand.

Es war Janas Vater: groß, schlank und sehnig, mit Adlernase und noblem Blick aus braunen Augen. Sein Name war Benigno. Die Kinder hatten aufs Meer hinausgeschaut, zum Horizont hinüber, dessen Linie nur von den grauen Felsen der Isla de los Conejos, der Kanincheninsel, durchbrochen wurde. Jetzt drehten sie sich überrascht zu ihm um. Es war doch noch viel zu früh. Und zum Essen würde er sie in diesem Tonfall auch nicht rufen. Erschrocken standen sie da und rührten sich nicht.

»Ich hab gesagt, ihr sollt kommen! David, Clara, Antonio … Jana! Kommt sofort aus dem Wasser!«, rief der Mann, während er sich mit vor Wut rotem Gesicht dem Ufer näherte. »Schnell, wir müssen nach Hause! Auf geht's! Und zwar jetzt! Na los, zieht euch an!«, brüllte er schließlich und deutete zu den Handtüchern hinüber, wo Carmen, ihre Mutter, hastig die Kleider zusammensuchte. Sie war eine kleine Frau mit blondem Haar, und ihre intensiven hellblauen Augen blickten stets ängstlich, ja misstrauisch in die Welt.

»Papá, was ist los? Was haben wir denn getan?«, fragte David, der Älteste, der jetzt das Wasser verließ und verschüchtert zu seinem Vater lief.

»Nichts, nichts ist los. Aber es geht jetzt nach Hause, und damit basta!«

»Aber Papá!«, wagte es Jana einzuwenden. »Wir sind doch gerade erst gekommen!«

»Und jetzt gehen wir eben wieder, na los!« Ihr Vater machte der Diskussion ein Ende, indem er Antonio und Jana am Arm packte und eilig mitzog, während er David und Clara mit eisigem Blick bedeutete, ihnen zu folgen. Entsetzt beobachteten die Kinder die unerklärliche Massenflucht all der anderen Familien, die doch bis vor einem Moment noch den Strand bevölkert hatten. Überall bot sich dasselbe Bild, alle schienen plötzlich fluchtartig den Strand zu verlassen.

»Papá, aber was ist denn …«

»Es hat einen Staatsstreich gegeben«, gestand Benigno seinen Kindern schließlich ein. »Die Republik ist gefallen. Wir befinden uns im Krieg, versteht ihr? Im Krieg. Das ist ein verdammter Bürgerkrieg. Verflucht seien Gott und die ganze Engelsschar!«, sagte er und verkniff sich alle weiteren Flüche, die ihm auf der Zunge lagen.

Von jenem Morgen des 18. Juli 1936 würde Jana nicht ihr Spiel mit den Wellen in Erinnerung bleiben, nicht der Salzduft des weichen Meeresschaums, der so frisch und lieblich war, sondern die Angst und Sorge auf den Zügen ihrer Eltern und die rasche Heimkehr in jenem geliehenen Boot, das sie nie wiedersehen würden.

An jenem Tag erfassten bedrücktes Schweigen, Not und Unruhe alles, einfach alles.

***Als Gerichtsmedizinerin mit*** dem Spezialgebiet Anthropologie war Clara Múgica vom Fund der winzigen Leiche in Suances begeistert. Natürlich hatte sie ihr Mitgefühl für die Opfer von Verbrechen und anderen mehr oder weniger grauenhaften Ereignissen nicht verloren, aber sie hatte schon vor langer Zeit gelernt, dass man Gefühle bei der Arbeit am besten außen vor ließ, und versuchte das auch zu beherzigen.

Ihre Anthropologiekenntnisse konnte sie in ihrem Beruf nur selten einsetzen, da die menschlichen Überreste auf ihrem Seziertisch meistens jüngeren Datums und weitaus prosaisch waren: Opfer häuslicher Gewalt, von Drogenmissbrauch oder Streitereien auf offener Straße. Múgica wusste zwar, dass sie die Proben später fast alle ans Toxikologische Institut nach Madrid würde schicken müssen, aber wenigstens konnte sie zuvor persönlich untersuchen, was auf den ersten Blick wie die uralten, skelettierten Überreste eines Kindes aussah.

Nach mehr als einer Stunde in dem leeren, trostlosen Herrenhaus hatte der Richter die kleine Leiche freigegeben. Clara hatte Sargento Riveiro derweil ausweichend geantwortet, um eine vorschnelle Auskunft über das Alter des Fundes zu vermeiden. Sie wusste ganz genau, wie leicht sie mit ihrer Einschätzung danebenliegen konnte. Tadellos wie eh und je würde sie daher erst etwas dazu sagen, wenn sie auch wissenschaftliche Beweise vorlegen konnte.

Auf dem Rückweg ging Clara im Auto noch einmal in Gedanken die einzelnen Schritte durch, die sie später im Labor im Gerichtsmedizinischen Institut von Kantabrien befolgen würde. Dabei würden sich die Kenntnisse, die sie während ihres Besuchs beim ihrer Meinung nach besten Team im Bereich der forensischen Anthropologie im Vorjahr gesammelt hatte, als nützlich erweisen. Während jener Woche in Buenos Aires hatte Clara das Gefühl gehabt, mehr zu lernen als während ihres ganzen Studiums.

Das war während einer einmonatigen Amerikareise mit ihrem Mann gewesen. Ohne wirklich zu glauben, dass es ihr in beruflicher Hinsicht wirklich etwas bringen würde, hatte sie auf dem Weg zu den üblichen Touristenattraktionen in New York und Washington im Süden der USA auch noch einen Zwischenstopp in Tennessee eingelegt, um dort ein Zentrum für anthropologische Forschung zu besuchen, das im Volksmund als »Farm der Toten« bekannt war.

»Múgica, wenn du so still bist, dann führst du doch immer irgendwas im Schilde«, sagte Richter Jorge Talavera zu ihr, während er Santander ansteuerte.

»Tja, wir Frauen sind eben machiavellistisch.«

»Ja, das ist mir schon klar, schließlich hab ich zu Hause drei von der Sorte«, erwiderte er. Gemeint waren seine Frau und seine beiden Töchter, die sich mit großen Schritten dem Teenageralter näherten.

»Die Armen, von allen Männern auf dieser Erde mussten sie ausgerechnet bei dir landen«, stichelte Clara, die den Richter schon seit sieben Jahren kannte. Zwischen ihnen hatte sich eine Freundschaft entwickelt, sie luden sich hin und wieder gegenseitig mit den jeweiligen Partnern zum Abendessen bei sich zu Hause ein.

»Sehr witzig, Frau Gerichtsarchäologin.«

»Gerichtsanthropologin, wenn ich bitten darf.«

»Und ob du bitten darfst, schließlich bist du hier diejenige, die den ganzen Tag mit den Toten Monopoly spielt. Aber jetzt erzähl schon, worüber hast du gerade nachgedacht? Über das Alter der Reste? Ob die wohl aus dem Bürgerkrieg stammen?«

Zögerlich schüttelte Clara den Kopf.

»Keine Ahnung, für so alt halte ich sie allerdings nicht ... Wir müssen noch auf die Laborergebnisse warten, aber es sieht so aus, als läge der Fund mindestens zwanzig Jahre in der Wand. Hoffentlich haben die Handwerker beim Auspacken nichts kaputt gemacht.«

»Was meinst du?«

»Ist dir das gar nicht aufgefallen? Der Leichnam war ursprünglich komplett in die Tücher eingewickelt gewesen, aber die haben ein paar Lagen entfernt, bis sie das Gesicht gesehen haben.«

»Den Schädel, wolltest du wohl sagen«, korrigierte sie Talavera mit übertriebenem Tonfall, so wie ein Lehrer seine Schülerin.

Das fand Clara lustig, und ihr Lachen erfüllte den Wagen.

»Stattgegeben, Euer Ehren: den Schädel.«

»In Ordnung, und kannst du denn das Alter exakt feststellen? Ich meine, wie groß können da die Abweichungen sein – ein Monat, ein Jahr oder zehn Jahre?«

»So einfach ist das nicht. Es ist doch immer das Gleiche, du stellst dieselben Fragen wie die Polizei: ›Wie lange liegt der schon da?‹ *Wer* das ist, interessiert sie weniger. Seine Geschichte und um wen es sich handelt. Eigentlich komisch, oder?«

Talavera ließ sich ihren Kommentar ein paar Sekunden durch den Kopf gehen.

»Das kommt dann später.«

»Ja, schon. Ich hab jedenfalls gerade an die Notizen von meinem Besuch letztes Jahr auf der Farm der Toten in Tennessee gedacht.«

»Wo? Hast du gerade ›Farm der Toten‹ gesagt? So was machst du also in deiner Freizeit? Mein Gott, ich hab wirklich keine Ahnung, wie Lucas es mit dir aushält. Der arme Mann muss ja ständig Angst haben, dass du ihn womöglich in Formalin einlegst«, meinte Talavera. Lucas war der Ehemann von Clara, die über den Scherz des Richters nur lächelnd den Kopf schüttelte.

»Darf ich dich vielleicht daran erinnern, dass Lucas selbst Arzt ist?«

»Ja, aber für Lebende, du weißt schon, Leute, die auf zwei Beinen stehen und so.«

Clara verzog das Gesicht und fuhr fort: »Also, ja, wir waren zwei Tage in Tennessee, und die Farm ist ein Zentrum für anthropologische Forschung, bei der man den Zerfall und die Zersetzung des menschlichen Körpers in verschiedenen Situationen untersucht.«

»In was für Situationen denn? Beim Kopfstand vielleicht? Oder während sie unter der Erde ein Tässchen Kaffee trinken?«

»Mein Gott, was bist du heute für ein Scherzkeks! Aber ganz falsch liegst du da nicht. Man ordnet die Verstorbenen in verschiedenen Körperhaltungen und an verschiedenen Orten an: in Tümpeln, Fahrzeugen, nackt, bekleidet, begraben, an der Luft … So kann die Kriminaltechnik eine unbezahlbare Fülle von Daten zur Altersbestimmung von Leichen erheben. Die Ergebnisse sind wirklich verblüffend, und man konnte durch diese Studien, die der Universität von Tennessee unterstehen, schon viele falsche Einschätzungen revidieren.«

»Das ist also ein Universitätsprojekt?«

»Du sagst es. Das einen Hektar große Gelände wurde von der University of Tennessee selbst zur Verfügung gestellt.«

»Oh Mann. Wer kommt bloß auf solche Ideen? Sicher irgendein Cousin von dir.«

»Bestimmt nicht, mein Cousin ist vermutlich noch nie aus Palencia rausgekommen. Das Konzept stammt von einem Gerichtsmediziner, der in den Achtzigerjahren bei der Altersbestimmung eines Skeletts gründlich danebengelegen hat, und zwar ungefähr um hundert Jahre. Es ging damals um einen Toten aus dem Amerikanischen Bürgerkrieg. Deshalb hat sich mein Kollege überlegt, dass er vielleicht die Experimente mit Schweinen aufgeben und es lieber mit echten Menschen probieren sollte.«

»Wie jetzt, mit Schweinen? Du machst mich wirklich fertig!«

»Die ähneln vom Körperbau her den Menschen am meisten. Und wenn ich mir dich so ansehe, wundert mich das auch nicht«, sagte Clara und starrte ganz unverhohlen Talaveras Bierbauch an. Als der Richter es merkte, runzelte er die Stirn, lächelte aber.

»Okay, ich komme in Frieden, Frau Gerichtsmedizinerin. In fünf Minuten sind wir am Labor, sicher wartet da Frankenstein an der Tür auf dich«, sagte er und bog vom Kreisverkehr ab. »Erzähl doch mal, was haben sie denn auf dieser Farm gefunden? Oder liegen die Leichen da inzwischen einfach nur noch rum, wie bei *Blutgericht in Texas?*«

Clara seufzte und versuchte, die sarkastischen Kommentare des Richters wie so oft zu ignorieren.

»Es wurde schon viel entdeckt, und man rechnet mit weiteren Erkenntnissen. Dank dieser Studien wissen wir zum Beispiel, dass ein Körper im Sommer viel schneller zerfällt als im Winter und dass es dabei tatsächlich eine Rolle spielt, ob die Leiche bekleidet ist oder nicht.«

»Ach, echt? Darauf hätte selbst ich kommen können.«

Ohne auf Talaveras skeptische Bemerkung einzugehen, fuhr Clara fort: »Es hat sich auch herausgestellt, dass man tatsächlich jeden Tag an einem Toten vorbeikommen kann, ohne es mitzukriegen, weil der Gestank nur etwa eine Reichweite von zehn Metern hat.«

Bei dieser Erklärung wollte Talavera schon den Mund aufmachen, Clara schnitt ihm jedoch das Wort ab und fuhr fort: »Wir können jetzt sagen, Euer Ehren, dass ein Körper umso langsamer zersetzt wird, je tiefer er eingegraben ist. Und dass ein übergewichtiger Toter«, wieder starrte Clara unverhohlen die Wampe des Richters an, »sich schneller in ein Skelett verwandelt als ein dünner, wobei er bis zu achtzehn Kilo am Tag verlieren kann. Außerdem kann ein Leichnam einen ganzen Winter lang fast unversehrt bleiben, um dann innerhalb einer einzigen warmen Woche fast komplett zum Skelett zu werden … stell dir doch nur mal vor, wie sich die Tierchen da tummeln. Die Ersten, die sich an die Arbeit machen, sind übrigens …«

An dieser Stelle unterbrach sie Richter Jorge Talavera.

»Okay, okay, das reicht mir wirklich für heute, sonst hänge ich gleich noch über der Kloschüssel. Guck mal, wir sind ja schon da«, sagte er und parkte vor der Gerichtsmedizin in der zweiten Reihe, um Clara hinauszulassen.

»Du bist so ein Waschlappen«, erwiderte sie und stieg aus dem Wagen, ohne ihr Lächeln zu verbergen.

»Ja, ja. Ruf mich an, wenn du was hast, in Ordnung?«

»Alles klar, wir bleiben in Kontakt.«

Dann schloss Clara die Autotür und machte sich eilig

auf den Weg zu ihrem Büro. Die Überreste aus der Villa würden gleich eintreffen, und sie musste vorher noch zu zwei Fällen Unterlagen fürs Gericht fertig machen. Da glaubten immer alle, dass sie wie bei CSI den ganzen Tag Obduktionen vornahm, dabei hockte sie die meiste Zeit im Büro, schrieb Berichte, analysierte Daten und kümmerte sich um die Organisation des Labors.

Zwei Stunden später hatte Clara gerade ein Thunfischsandwich mit undefinierbarer Soße aus der Cafeteria der Uniklinik Marqués de Valdecilla verspeist und betrat die Pathologie im Erdgeschoss eines Anbaus, der alten Leichenhalle des Krankenhauses, um dort die kleine Leiche aus Suances zu untersuchen. Als sie die Gänge entlanglief, wünschte sie sich insgeheim nicht zum ersten Mal, ihre Küche zu Hause wäre auch nur halb so sauber und hygienisch wie die Räumlichkeiten des Labors. Und das, obwohl die Säle mit Regalen vollgestopft waren, in denen sich Kiefer- und Oberschenkelknochen, Schienbeine und andere menschliche Überreste mit weitaus komplizierterer Beschreibung drängten, einige einfach so, andere in Glasbehältern. Lauter Studienobjekte, zum Teil sogar Beweise von Gerichtsverfahren.

Schließlich erreichte sie den Autopsietisch, auf dem bereits die sterblichen Überreste des Babys ruhten. Clara wurde von Pedro Míguez und Almudena Cardona erwartet, die ihr heute assistieren würden. Ulloa, der Vertreter der Guardia Civil hier im Kriminallabor, war ebenfalls anwesend. Da er aber wenig sprach und noch seltener eingriff, fiel seine Anwesenheit kaum auf, und man arbeitete hier im Autopsiesaal fast so, als wäre er gar nicht da. Dass er den Toten nicht von der Seite wich, machte ihn zu einer Art Schattengestalt aus Fleisch und Blut. Nach der üblichen Begrüßung bat Clara Pedro Míguez, im Labor alles vorzubereiten, um später die Knochen zu kochen. So würden sie die noch vorhandenen weichen Elemente ablösen und alles angemessen untersuchen können.

Während Míguez das Material zusammentrug, begann Clara mit Almudenas Hilfe, das vergilbte Bündel zu öffnen. Die Tücher rund um den winzigen Körper waren abgewetzt und vom Alter hart wie Pappe. Nachdem sie das erste große Stück Stoff entfernt hatten und mit dem zweiten begannen, erstarrten die beiden Gerichtsmedizinerinnen gleichzeitig. Almudena reagierte als Erste auf den unerwarteten Fund.

»Clara, siehst du auch, was ich da sehe?«

»Ich fasse es nicht«, entgegnete die Angesprochene verblüfft.

»Was zum Teufel ist das? Eine Mayafigur oder so was in der Art?«, fragte Almudena mit gerunzelter Stirn, während Clara die seltsame, winzige Statuette auf der Handfläche ruhen ließ. Sie war aus einem grünen Material, das abgewetzt und stumpf wirkte. Ulloa, der normalerweise in seiner Ecke blieb, trat ebenfalls heran, um einen genaueren Blick zu erhaschen. Das Objekt war nicht größer als ein Daumen und schien einen lateinamerikanischen Ureinwohner darzustellen. Kopf und Hüfte zierte etwas, das an Federn erinnerte, und aus dem übergroßen Mund kamen zwei Schlangen hervor, oder vielleicht schoben sie sich auch hinein.

»Also …«, begann Clara, »das sieht aus wie ein Symbol der Azteken oder Inkas … so etwas in der Art, aber das kann doch nicht sein, das ist doch einfach unmöglich. Der Leichnam stammt aus einem Haus am Concha-Strand in Suances, und diese Villa kann kaum älter als achtzig Jahre sein. Höchstens hundert. Da müsste mal jemand ins

Grundbuch gucken«, sagte sie. Dabei dachte sie an die Guardia Civil und sah zum ausdruckslosen Ulloa hinüber und dann zu Almudena, um schließlich wieder zu der grotesken Figur zurückzukehren, die sich mit ihrer unbewegten Miene über sie lustig zu machen schien.

»Also, was soll ich sagen – mich erinnert das ganz stark an die Souvenirs, die in Tulum oder Playa del Carmen angeboten wurden, als wir mal in Mexiko an der Riviera Maya im Urlaub waren«, erklärte Almudena. Clara nickte, während sie eingehend betrachtete, was auf sie wie ein uraltes beunruhigendes Symbol wirkte.

»Guck mal«, sagte sie zu Cardona, »das sieht aus, als hätte es an dem Faden gehangen, der hier zwischen den Tüchern liegt. Vielleicht war das sogar ein Anhänger.«

»Mit einer ziemlich hässlichen Kette«, meinte Cardona und lächelte mit gerunzelter Stirn. Clara erwiderte die Geste.

»Ja, dieser grüne Schlumpf ist nun wirklich keine Schönheit«, sagte sie und nahm sich einen Moment Zeit, die Figur genauer anzusehen.

»Man müsste untersuchen, um was für ein Material es sich handelt … um Smaragd wohl eher nicht. Bei dieser grünen Farbe vielleicht … Olivin? Das sollte sich mal ein Experte ansehen«, fuhr Clara fort, so als spräche sie mit sich selbst. Sie konnte unmöglich sagen, was sie da vor sich hatte, aus welcher Zeit die Figur stammte, woraus sie hergestellt war, und noch viel weniger, was sie in Bezug auf diesen Leichnam bedeutete. Denn dass sie irgendetwas mit dem kleinen Toten zu tun hatte, war zumindest offensichtlich.

Auch Ulloa konzentrierte sich, schweigsam wie immer, auf den geheimnisvollen grünen Gegenstand.

Vorsichtig fuhren die beiden Gerichtsmedizinerinnen

nun damit fort, das Leichentuch weiter abzuwickeln. Der winzige Körper sah aus, als hätte er einst kaum mehr als zweieinhalb Kilo gewogen, und es waren noch viele Hautreste vorhanden, die allerdings trocken, rissig und gegerbt waren.

»Schau dir das nur an«, sagte Almudena zu Clara, »der Körper ist fast komplett mumifiziert!«

»Ja«, nickte diese nachdenklich. »Weißt du, was ich vermute …?«

»… dass er in der Nähe einer Wärmequelle gelegen hat, oder?«, fiel ihr Almudena eifrig ins Wort, obwohl sie keine forensische Anthropologin wie Clara war, die über ihren Kommentar lächeln musste.

»Ja, das kann schon sein, aber das war es nicht, was mir in den Sinn gekommen ist. Es ist durchaus möglich, dass es sich entweder um eine Totgeburt handelt oder um ein Neugeborenes, das man durch Hunger und Kälte hat sterben lassen.«

»Warum?«

»Weil die Körper von Neugeborenen eine Ausnahme zum normalen Zersetzungsprozess darstellen. Sie verfügen noch nicht über die Bakterienflora, die ja überwiegend für den Zersetzungsprozess verantwortlich ist. Wenn ein Körper also noch nie Nahrung zu sich genommen hat und sich an einem halbwegs trockenen Ort befindet, tendiert er zur Mumifizierung.«

»Ah«, brachte Almudena hervor, die es ärgerte, dass sie nicht selbst darauf gekommen war.

»Aber wie du gesagt hast, war der Körper vermutlich auch einer Wärmequelle ausgesetzt«, fuhr Clara einlenkend fort. »Vielleicht gab es ja in der Nähe der Zwischenwand, in der man ihn gefunden hat, einen Kamin oder einen Boiler, obwohl ich eigentlich nichts in der

Art gesehen habe.« Die Gerichtsmedizinerin machte eine Pause und betrachtete den Leichnam. »Armes kleines Ding«, flüsterte sie.

Clara Múgica war achtundvierzig und hatte keine Kinder. Wegen Myomen, die ihr vor zwanzig Jahren nach zwei Operationen den Uterus zerstört hatten, konnte sie keine bekommen. Sie hatte beschlossen, ihr Glück in sich selbst zu finden, im Leben mit ihrem Mann und ihren drei verrückten Nichten, da ihr Mutterinstinkt sich bis zu diesem Moment auch kaum gemeldet hatte. An jenem Nachmittag im Labor fühlte sie jedoch bedrückendes Mitleid für das Häufchen Knochen auf ihrem Obduktionstisch und begann die Arbeit mit so liebevollen und zarten Bewegungen, als wiege sie die Mumie im Arm.

***In den Geschichtsbüchern*** steht, dass der Spanische Bürgerkrieg drei Jahre dauerte, seit er für Jana damals an jenem Strand von Suances zwischen Spielen im Sand ausbrach, bis zu seinem Ende Anfang April 1939. Vergiss es, das ist nur eine von den vielen Lügen, die wie Wellen auf unseren Stimmen und unserem Schweigen reiten und sich hinter winzigen Wahrheiten auf einem Stück Papier verstecken. Was Geschichtsbücher uns erzählen, ist nicht immer exakt, es sind die feinen Nuancen, die der Wirklichkeit ihre wahre Dimension verleihen. Aber es waren damals düstere Zeiten, und die Erinnerung daran ist schmerzhaft.

Zieh dich warm an: Wir kehren zurück in den Oktober 1936. Damals wütete der Krieg bereits seit drei Monaten. Es war früh am Morgen und kalt.

»Nimm die Decken und die beiden Laibe Maisbrot, den Rest lassen wir hier«, sagte ein Mann hastig zu seiner Frau und gab sich keine Mühe, seine Eile zu verbergen.

»Ich komme ja schon«, antwortete die Frau, ohne ihn anzusehen, und betrachtete aus blauen Augen die Kleidung, die sie bereits in der Hand hielt, bevor sie nach den Decken und dem Maisbrot griff, wie ihr Mann es gesagt hatte. Mit Blick auf die Dinge, die sie da in die Stofftasche schob, rief sie laut, aber ohne zu drängen, ihrem ältesten Sohn zu: »David, hilf Antonio mit der Jacke, wir müssen los.«

David war zwölf Jahre alt, hatte dunkle Augen wie Eichenblätter im Herbst und einen schlanken, wohlproportionierten Körper, welcher die Stärke und Entschlossenheit eines Charakters zeigte, der sich langsam zu entwickeln begann. Der Junge tat, wie ihm geheißen, und zog dem Kleinen die Jacke an. Sein Bruder war zwar schon dreieinhalb, blickte aus dem runden Gesichtchen aber immer noch mit der ewigen Unschuld eines Säuglings in die Welt, mit Augen, deren Farbe zwischen dem Grün der Wiesen und dem Gelb des Honigs lag. Augen, die jetzt, wie schon seit Wochen, wieder einmal erschrocken glänzten.

Jana und Clara waren schon dick eingepackt und fertig. Aber dort, wo sie hinwollten, wärmte oder schützte sie nichts genug, dort gab es nur Feuchtigkeit, Kälte und angehaltenen Atem.

Clara war zehn Jahre alt und hatte eine blasse, beinahe kränklich aussehende Haut und durchscheinend graue Augen. Es beunruhigte die Menschen manchmal, wenn Clara sie unverwandt ansah. Sie war von einzigartiger, charismatischer, wenn auch eigentümlicher Schönheit. Ihr Vater pflegte zu sagen, dass sie wie eine Porzellanprinzessin aussah, weiß, fein und zart. Ihr Haar war braun und gewellt wie das ihrer Schwester Jana, die doch so anders war, verträumt, warm und lebhaft.

Die beiden dunkelhaarigen Schönheiten saßen am Fußende des Bettes, das sich die vier Geschwister teilten. Ihr Schlafzimmer lag dem ihrer Eltern, Benigno und Carmen, gegenüber. Das Häuschen war klein: ein Erdgeschoss mit zwei Schlafzimmern, einem kleinen Flur zur Küche und hinten einem Hühnerhof, wo sich die Familienmitglieder erleichtern konnten. Es handelte sich um ein schlichtes Haus in der Nähe der asturischen Zinkwerke, in denen Benigno arbeitete, umgeben von Bananenstauden, die sich wie Wächter vor den Eingängen mehrerer Familiengärten in den Himmel reckten.

»Hast du Angst?«, fragte Clara ihre kleine Schwester.

»Nein, warum?«, antwortete Jana, ohne den Blick von ihren Schuhen zu lösen.

»Weil du so still bist.«

»Du doch auch.«

»Ja, aber du bist doch diejenige, die sonst den ganzen Tag plappert. Und ich hab keine Angst, nicht ein bisschen. Überhaupt nicht.«

»Wirklich?«, fragte Jana und hob den Blick.

»Na klar. Es wird schon nichts Schlimmes passieren. Und weißt du auch, warum?«

»Nein. Warum denn?«

»Weil wir alle hier sind. Das Wichtigste ist doch die Familie, dass wir zusammenbleiben. Außerdem musst du dir gar keine Sorgen machen, weil ich nämlich auf dich aufpasse. Schließlich bin ich die Älteste.« Clara beendete den Satz und streckte Rücken und Nacken, um sich möglichst groß zu machen.

»Der Älteste ist doch David«, entgegnete Jana mit einem kleinen Lächeln.

»Aber die Jungs kriegen doch nie was mit. Ich bin fast so alt wie er, ich bin schon fast eine Frau.« Clara verstummte kurz. »Hab keine Angst, ich werde mich immer um dich kümmern, genau wie Vater Fuchs«, erklärte sie und legte den Arm um die Schulter ihrer Schwester, die den Blick wieder auf ihre Schuhe richtete und die Stirn runzelte, während sie fragend dreinschaute.

»Vater Fuchs?«

»Na klar, Dummerchen. Wusstest du nicht, dass sich Vater Fuchs um die kleinen Füchse kümmert, während die Mutter auf die Jagd geht?«

»Lügnerin! Das macht Mutter Fuchs, während der Vater arbeitet. So wie Papá.«

»Stimmt nicht, Vater Fuchs passt oft auf die Kleinen auf, das hat mir Oma erzählt. Und das Männchen erkennt man an den Ohren, die sehen beim Fuchsmann nämlich aus wie die von Fledermäusen«, sagte Clara und zog beim Wort »Fledermäuse« eine Grimasse, die Jana zum Lachen brachte.

»Sind jetzt alle fertig?«, unterbrach Benigno die Unterhaltung seiner Töchter, aber es war nur eine rhetorische Frage. »Na, dann los.«

Und so begann die Familie noch vor Sonnenaufgang schweigend den Weg den kleinen Hügel der Masera de Castío hinauf, die sie wie eine Mutter empfing, um sie in ihre schützenden Arme zu schließen, zu wiegen und ihnen leise und beruhigend ins Ohr zu flüstern.

»Halt! Wartet!«, rief da ein Mann hinter ihnen. Die Stimme kannte Benigno, der sich nun umdrehte und mit zusammengekniffenen Augen in die Dunkelheit starrte.

»Braulio! Mein Gott, hast du mich erschreckt! Mann, zeig dich doch beim nächsten Mal vorher! Was ist denn los?«

»Nichts, gar nichts. Ich wollte es dir ja eigentlich schon gestern sagen, aber wegen dieser Sache mit meiner Juana hab ich es ganz vergessen.«

»Ja, Mensch, herzlichen Glückwunsch! Carmen hat mir erzählt, dass bei der Geburt alles gut gegangen ist. Ich hatte noch gar keine Zeit, um vorbeizuschauen, du weißt schon, die Arbeit in der Fabrik. Also, was ist denn?«

»Na ja, wenn wir alle nach da oben steigen, dann hinterlassen wir am Hang Spuren, die man aus der Luft sehen kann. Deshalb wollte ich euch so früh erwischen. Begleitet mich doch, ich zeig euch einen leichten Pfad, den Lucho kennt«, sagte er und schaute zu den Kindern rüber. Das Wort »leicht« hatte er besonders betont.

»Und die anderen? Nehmen die auch diesen neuen Weg oder den alten? Drüben bei Castru gibt es ebenfalls einen ausgetretenen Pfad, der etwas länger ist.«

»Ich weiß, am besten ändern wir die Route jeden Tag. Die jungen Leute nehmen heute den südlichen Weg, wir gehen an den alten Mauern vorbei, und die aus Casete nehmen den Kuhpfad. Meine Juana ist schon oben.«

»Gut, dann los.« Mit dem Vertrauen eines Menschen, der sich des gemeinsamen Überlebenswunsches bewusst ist, wollte Benigno seinem Nachbarn folgen.

Aber zu spät.

In der Luft war, zunächst in der Ferne, das leise Summen eines Flugzeugs zu hören. Das war nicht der Motor einer schweren Maschine – es handelte sich um ein Jagdflugzeug, nein, um mehrere.

Die Familie verschwendete keine Worte, und auch Braulio nicht. Ein zweisekündiger Blick in Richtung Benigno war genug. Sie liefen los, rannten, nur Antonio wurde dabei von seinem Vater getragen. Die anderen waren für ihr Leben selbst verantwortlich.

So schnell hatten sie die Höhlen noch nie erreicht. Zwei lächerliche Höhlen, die in Zeiten ohne Krieg von Füchsen und einem Dutzend Fledermäuse bewohnt wurden.

Als Erste kam Jana an, sie war immer schon schnell gewesen. Die anderen trafen wenige Sekunden später ein. Als sie sich gebückt in die Grotte retteten, entdeckten sie dort schon einige offenbar vorausschauendere Nachbarn aus dem Dorf. Unter ihnen war auch Braulios Frau, die ein in Decken eingewickeltes, winziges Baby im Arm zu halten schien. Großzügig bot sie ihm die nackte Brust dar, die nicht nur fürs Frühstück sorgte, sondern den Säugling auch zum Schweigen brachte.

Ohne ein Wort der Begrüßung drängten sie sich aneinander. Die Angst schnürte ihnen die Kehle zu, in der Magengrube zog sich alles zusammen, und ihre Herzen schlugen schnell und heftig.

Jetzt wurde der Motorenlärm ohrenbetäubend. Sie waren ganz in der Nähe. Ob die sie wohl gesehen hatten? Ja, das war ziemlich sicher. Aber offenbar schienen die in der

Höhle zusammengepferchten Menschen Glück zu haben, es war wohl nur ein Aufklärungsflug. Zwei sowjetische Polikarpov-I-16-Eindecker der republikanischen Seite flogen über die Masera de Castío hinweg. In der Dunkelheit konnte man nicht immer ohne Schwierigkeiten ausmachen, zu welcher Seite die Vögel aus Metall gehörten, und die tarngrünen Flugzeuge, die an diesem Morgen über den Himmel glitten, wurden sowohl von den Nationalen als auch von den Republikanern eingesetzt. Um sich auf den Feind zu beziehen, nannten sie sich gegenseitig »Ratten« und »Fliegen«. Die Maschinengewehre, die auf den Flügeln installiert waren, konnten tausendsechshundert Schüsse pro Minute abgeben. Aber an diesem Morgen sparten sich die beiden eleganten ShKAS ihre Munition.

Stille in der Grotte: Das Zittern der Luft und ihre eigene Angst verrieten den vorübergehenden Höhlenbewohnern, dass womöglich noch eine andere Bedrohung den Himmel durchpflügte. Und damit lagen sie richtig, ein drittes Flugzeug brummte und zerschnitt die Luft. Jana hielt den Atem an. Ein heller englischer Fairey-Fantôme-Jagdbomber mit vier MG-Browning-Maschinenpistolen und vier Zehn-Kilo-Bomben schien den Eindeckern zu folgen. Dann entfernten sich die Flugzeuge wieder, alle gehörten offenbar zur republikanischen Seite.

Jetzt hörte man in der Höhle nach und nach Flüstern und Kommentare.

»Die Mistkerle stehen aber wirklich früh auf«, sagte Braulio, als die Flugzeuge nur noch ein Punkt am Horizont waren. Langsam wurde es draußen hell.

»Allerdings«, antwortete Janas Vater und stieß lautlos die Luft aus.

»Habt ihr das gesehen, das waren Pfeile, oder?«, fragte Pedro, ein kräftiger Sechzehnjähriger mit breiten Schultern aus Hinojedo, der zusammengekauert in derselben Höhle hockte.

»Und von welcher Seite, von den Roten?«, wollte Benigno wissen.

»Mensch, klar«, bestätigte Braulio, ohne die Antwort von Pedro abzuwarten, der schon zum Reden angesetzt hatte. »Welche von den Roten, und zwar tiefrot. Die markieren ihr Revier wie Hunde. Fehlt nur noch, dass die von da oben auf uns runterpinkeln.«

»Die anderen sind die verdammten Fliegen«, warf jetzt Pedro mit rauer Stimme ein, die keinen Zweifel an seiner republikanischen Gesinnung ließ.

»Schmeißfliegen«, lächelte Braulio, der die politische Überzeugung des Jungen teilte. Benigno nickte. Die Regierung der Republik war demokratisch gewählt worden, daher erkannte er sie als legitim an, aber weder er noch ein anderer der Bauern hier unterstützte eine der politischen oder militärischen Gruppierungen. Sie hatten schon genug damit zu tun zu überleben.

Heute Morgen schienen sich die republikanische Pfeile und die Fliegen der Nationalen jedenfalls nicht denselben Himmel zu teilen. Als Jana nach drei Stunden in der Hocke die Höhle endlich wieder verließ, musste sie feststellen, dass sie sich in die Hosen gemacht hatte.

Die nächsten Monate und Jahre zeichneten Jana und ihre Familie auf unauslöschliche Weise. Die Seele einer Frau füllt sich wie ein Brunnen mit Macht, Wut und Narben. Und mit Ehrgeiz. Man darf nie vergessen, dass in jedem von uns eine Bestie schlummert.

***Oliver wartete auf*** seinen Anwalt in dessen Büro in Santander. Eine Sekretärin hatte ihn durch ein Labyrinth von Fluren mit Teppichboden in einen weitläufigen Raum geführt. Der junge Mann fragte sich, ob der Anwalt all die Bücher in den Regalen aus massivem Holz wohl gelesen hatte oder ob sie nur der Dekoration dienten. Er hatte große Lust zu überprüfen, ob die mindestens hundert Bände wenigstens echt waren oder ob es sich wie in Möbelgeschäften nur um eine Attrappe aus Pappe handelte, eine Illusion für arglose und leicht zu beeindruckende Kunden. Aber er riss sich zusammen.

San Román, sein Anwalt, ließ ihm auch keine Zeit, sich in jenem klassisch eingerichteten Büro weiter umzusehen, in dem sich Bücher, Diplome und Gemälde von nicht identifizierbaren Seeschlachten in beinahe schon barocken goldenen Rahmen drängten. San Román sah zwar aus, als hätte er eigentlich vor langer Zeit in Rente gehen sollen, war aber fit und rüstig. Er betrat sein Büro nicht durch dieselbe Tür, durch die Oliver hereingekommen war, sondern durch einen zweiten Eingang. Er kam direkt auf Oliver zu und überraschte diesen damit, dass er ihn in die Arme schloss.

»Wie ich mich freue, dich zu sehen, mein Junge. Gut schaust du aus«, sagte er mit erstaunlich jovialer und energiegeladener Stimme.

»Danke, ich könnte das Gleiche von Ihnen sagen.«

Der Jurist winkte ab, während er auf den Schreibtischstuhl zuhielt.

»Na, na, jetzt lass es mal gut sein, ich bin bloß ein alter Knacker voller Ersatzteile. Und Mensch, hör doch bitte mit dem Sie auf, mit solchen Formalitäten müssen wir uns heutzutage doch wohl nicht mehr aufhalten.«

Während sich San Román setzte, fragte sich Oliver, welche »Ersatzteile« er wohl gemeint hatte. Die Zähne des Anwalts waren viel zu perfekt und daher zweifellos ein Gebiss. Ob der alte Herr wohl auch eine Perücke trug? Und das da im Ohr … war das vielleicht eins von diesen modernen Hörgeräten? Oliver beschloss, der britischen Höflichkeit entsprechend nicht nachzuhaken, und nickte einfach nur.

»Also, mein Junge, da sind wir nun. Es tut mir wirklich leid, was da in der Villa Marina passiert ist, das muss ja äußerst unangenehm gewesen sein.«

»Ja, das war tatsächlich eine ziemliche Überraschung.«

»Weiß man schon Näheres darüber?«

»Das kann ich nicht sagen. Ich denke eher nicht, seit dem Fund sind ja schon fünf Tage verstrichen, und die Guardia Civil hat mich nicht wieder angerufen. Wahrscheinlich haben die einfach Wichtigeres zu tun. Die waren zwei Tage lang in der Villa und haben sogar einen Georadar mitgebracht, um zu sehen, ob sie im Haus noch mehr Kinderleichen finden oder was auch immer. Das war echt ein Aufgebot wie im Film. Alles ganz diskret und professionell, aber du hast ja sicher mitbekommen, wie sich die Presse darauf gestürzt hat.«

»Ja, das hab ich gesehen. Sie sprechen von der ›Mumie aus der Villa Marina‹.«

»Ich weiß. Manche Blätter nennen die Leiche auch ›den Engel aus der Villa Marina‹, weil es sich um ein totes Kind handelt, na ja, der Größe nach eher um ein Neugeborenes. Ach, und jetzt wollen viele Leute rund um das Haus auf einmal Seltsames bemerkt haben, Lichter, Geräusche und, wie könnte es anders sein, den Geist eines Kindes. Hoffentlich breiten sich diese Gerüchte nicht aus, die machen mir womöglich noch das ganze Hotelgeschäft kaputt.«

»Oder sie kurbeln es erst richtig an.«

»Wie meinst du das?«

»Das ist doch super Werbung. Gespenstergeschichten finden alle toll. Überleg doch mal, das könntest du als Geschäftsidee richtig ausschlachten«, schlug der Anwalt mit einem Lächeln vor. »Übrigens, wie geht es eigentlich deinem Vater?«

»Gut, danke. Er verbringt gerade Zeit mit seinem Bruder in Schottland, in den Highlands.«

»Aha. Und dein Bruder? Habt ihr was von ihm gehört?«

»Nichts«, antwortete Oliver kopfschüttelnd und verzog das Gesicht.

»Verstehe. Deine Mutter hat mich mehrmals damit beauftragt, seinetwegen Erkundigungen einzuholen, das hat aber nie etwas gebracht. Wir haben sogar einen Detektiv engagiert, allerdings ohne Erfolg. Du weißt ja, dass sie kurz vor … ihrem Tod hier war, um diesbezüglich noch ein paar Untersuchungen einzuleiten. Sie war davon überzeugt, dass sich Guillermo in Spanien aufhält.«

»Ich weiß.«

»Ihr Tod tut mir so leid, Oliver, ich habe sie wirklich geschätzt. Schließlich habe ich lange für sie gearbeitet. Das meiste hat zwar euer Anwalt in London übernommen, aber du weißt sicher, dass ich mich weiterhin um eure Angelegenheiten hier in Spanien gekümmert habe. Ich kannte deine Mutter seit mehr als dreißig Jahren.«

»Ja, ich weiß. Sie hat dich auch sehr geschätzt und hatte vollstes Vertrauen in deine Arbeit.«

Nun schwiegen die beiden Männer kurz. San Románs Gesichtsausdruck verhärtete sich.

»Es ist doch unglaublich, dass ihr Mörder schon wieder auf freiem Fuß ist.«

»Aber, San Román … das war doch ein Unfall. So was passiert jeden Tag hundertmal, aber irgendwie denken wir immer, dass es uns oder unsere geliebten Menschen nicht treffen wird«, entgegnete Oliver mit ruhigem Blick, wenngleich sein Gesichtsausdruck ernst war.

»Der Typ war doch betrunken, der sollte im Knast sitzen. Sozialstunden, dass ich nicht lache! Ich weiß, dass man ihn zu fahrlässiger Tötung verurteilt hat, aber wenn man sich vollkommen blau ans Steuer setzt … Hör mal, Oliver, ich arbeite schon ziemlich lange in diesem Beruf, und eins kann ich dir sagen: Feiglinge und Mörder retten sich gerne in den Schutz der Gesetze und legen sie sich so zurecht, wie es ihnen passt.«

»Ich dachte eigentlich, das wäre die Aufgabe von euch Anwälten«, stichelte Oliver, der lieber zu einem lockeren Tonfall zurückkehren und das Thema wechseln wollte. Er hatte nun wirklich keine Lust, darüber zu reden, wie ein Betrunkener Anfang zwanzig eines Samstagnachmittags an einem Zebrastreifen in Südlondon seine Mutter überfahren hatte, die sich auf dem Weg zurück vom Einkaufen befunden hatte.

San Román verstand, dass Oliver lieber über weniger persönliche Dinge sprechen wollte. Was er ihm jetzt über seine Familie enthüllen würde, würde seinen Klienten allerdings überraschen. Der Anwalt wollte die Informationen so behutsam wie möglich überbringen, und dann konnte der Junge seine eigenen Schlüsse daraus ziehen: Er war schließlich ein helles Köpfchen.

»Sieh mal, Oliver, ich hab hier für dich die Unterlagen

der Villa, um die du mich gebeten hast, aber bevor du sie dir anschaust, ist es mir als Experten ein Anliegen, dir ein paar Dinge genauer zu erklären.«

Erstaunt zog Oliver die Augenbrauen hoch. Er seufzte ergeben und wartete auf das, was sein Gegenüber ihm zu sagen hatte.

»Schieß los.«

Ohne weitere Umstände schlug San Román die braune Mappe auf, die auf seinem Schreibtisch lag, und zog ein paar Kopien hervor. Er reichte sie Oliver. »Deine Mutter hat ja nicht nur in England gewohnt, sondern auch die englische Staatsbürgerschaft angenommen und sich bei der Hochzeit für Gütertrennung entschieden. Daher lag die Entscheidung, ob sie ihren Kindern etwas hinterlassen wollte oder nicht, dem englischen Modell entsprechend ganz bei ihr, sie war nicht gesetzlich dazu verpflichtet wie hier in Spanien.«

»Ich weiß«, fiel ihm Oliver ins Wort. »Dennoch hat sie die Erbschaft meiner Meinung nach ziemlich gerecht unter uns aufgeteilt.«

»Allerdings«, nickte San Román. »Dir hat sie die Villa Marina vermacht, weil sie wusste, wie gerne du hier nach Suances kommst. Und dir ist auch bewusst, dass schon allein das Grundstück direkt am Strand unglaublich viel wert ist, auch wenn am Haus selbst natürlich viel getan werden muss.«

»Mir ist nicht so ganz klar, worauf du eigentlich hinauswillst.«

»Nur Geduld. Ich zeige dir die Farben des Gemäldes, damit du es dann selbst malen kannst, aber eins nach dem anderen. Also, weiter im Text: Guillermo hat das winzige Apartment in London, in Chelsea, bekommen …«

Wieder unterbrach ihn Oliver: »Dennoch ist die Aufteilung gerecht, nicht nur, weil Suances und Kantabrien Guillermo einen feuchten Dreck interessieren, sondern auch, weil eine zentral gelegene Wohnung in Chelsea viel mehr wert ist als jedes Herrenhaus in Nordspanien, Herr Anwalt.«

San Román lächelte.

»Du musst dich gar nicht verteidigen, Oliver. Ich weiß, dass die Aufteilung gerecht war, zumal das Testament ja auch schon ein paar Jahre alt war. Jetzt hast du die Kopie vor dir, aber bisher haben weder ich noch euer Anwalt in London euch je das Dokument gezeigt, das eure Mutter da unterschrieben hat, und zwar auf ihre explizite Anweisung hin. Sie hat sich gewünscht, dass wir euch einfach über die Güterverteilung informieren und euch nicht mit dem Papierkram belasten.«

»In Ordnung. Und?«, fragte Oliver ungeduldig und blätterte in den Dokumenten.

»Und …«, fuhr der Anwalt unbewegt mit seiner kleinen Ansprache fort, »… sie hat nicht nur euch beiden eine bedeutende Summe hinterlassen, die ja im Fall deines Bruders erst einmal angelegt wurde, sondern auch noch einer dritten Partei.«

»Einer dritten Partei?« Jetzt begann es hinter Olivers Stirn zu rattern. »Was soll das denn heißen? Meinst du damit meinen Vater?«

»Nein«, stellte der Anwalt unmissverständlich klar. Oliver stieß die Luft aus.

»Das wäre ja wirklich die Krönung, wenn du mir jetzt erzählst, dass meine Mutter mit fast fünfundsechzig einen Liebhaber hatte. Also wirklich, ich glaube, dann geb ich mir die Kugel.«

San Román lachte herzlich.

»Nein, wart's ab, mein Junge. Ich glaube, deine Mutter war die loyalste Frau, die man sich vorstellen kann, und sie hat deinen Vater von ganzem Herzen geliebt. Nur die Ruhe, ich nehme deine Zeit nicht viel länger in Anspruch. Also, kommen wir zur Sache: Sie hat das restliche Geld den Klarissenschwestern vererbt, die hier ein Kloster in Kantabrien haben, in Santillana del Mar.«

»Den Klarissen? Aber meine Mutter war doch überhaupt nicht religiös!«, rief Oliver fassungslos aus.

»Nein, das war sie nicht. Aber dankbar.«

»Dankbar?«

»Das wirst du gleich verstehen, und ich erzähl es dir, weil es in direktem Zusammenhang zu den Informationen über die Villa Marina steht, um die du mich gebeten hast. Nur Geduld. Auf der linken Seite hast du also das Testament. Über die Verteilung der Erbschaft haben wir gerade schon gesprochen, hinzu kommen noch das Auto, ein echtes Sammlerstück, und eine stattliche Summe, die sie deinem Vater hinterlassen hat. Gut, rechts vor dir liegt nun die Besitzurkunde des Hauses zusammen mit einigen dazugehörigen Dokumenten. Wenn du die durchgehst, wirst du feststellen, dass sich darunter kein Kaufvertrag befindet.«

»Wie bitte? Aber meine Großeltern haben das Haus doch gekauft, um es dann bei ihrem Tod meiner Mutter zu hinterlassen, die es wiederum mir vererbt hat.«

»Nein, da hast du voreilige Schlüsse gezogen und setzt Dinge voraus, die so nicht stimmen. Deine Großeltern haben die Villa Marina weder gekauft noch geerbt. Sie ist durch Ersitzung in ihren Besitz übergegangen.«

»Er-was?«, echote Oliver ungläubig.

»Durch ›Ersitzung‹, eine ganz legale Art, Eigentum zu erwerben.«

»Und was soll das genau bedeuten?«

»Den Artikeln 1930 bis 1960 des spanischen Zivilgesetzbuches entsprechend haben deine Großeltern das Gebäude dadurch erworben, dass sie es, wie vom Gesetz vorgeschrieben, über einen langen Zeitraum bewohnt haben.«

»Willst du mir damit sagen, dass meine Großeltern Hausbesetzer waren?«

San Román lächelte und glättete damit seine Sorgenfalten.

»Nein, damit will ich sagen, dass sie durch Langzeitnutzung in seinen Besitz gekommen sind und es keinen Einwand oder Einspruch vonseiten des rechtmäßigen Eigentümers gab. Dem Zivilrecht zufolge muss der Besitz wenigstens zehn Jahre lang andauern, wenn alles einvernehmlich und durch entsprechende Unterlagen festgelegt abläuft, oder dreißig Jahre ohne Dokumente und durch guten Glauben.«

Oliver schwieg einige Sekunden.

»Kurz gesagt hat der rechtmäßige Besitzer meinen Großeltern das Haus also geschenkt. Hast du das gemeint?«

»Ja, so würde es ein Laie wohl vereinfachend ausdrücken. Es wurde sogar ein Privatdokument unterschrieben, demzufolge die Ersitzung nach zehn Jahren in Kraft treten würde, unter der Bedingung, dass das Haus nicht verkauft und stattdessen an die rechtmäßigen Erben weitergegeben würde.«

»In Ordnung. Und vermutlich kennst du auch den Grund für eine solche Großzügigkeit, oder? Denn es verschenkt ja wohl niemand einfach so eine Villa am Meer. Soweit ich weiß, hatten meine Großeltern keinen weiteren Besitz und standen auch nicht auf Du und Du mit irgendwelchen Millionären. Wenn man ihnen die Villa

Marina geschenkt hat, musste es dafür also einen schwerwiegenden Grund geben«, schloss Oliver und sah seinen Anwalt forschend an.

»Du sagst es, den gab es mit Sicherheit. Zweifellos hat irgendein machtvolles Motiv zu so viel Großzügigkeit geführt, aber das kenne ich leider nicht. Selbst deine Mutter hat von alldem nichts gewusst und erst nach dem Tod deines Großvaters erfahren, wie das Haus in seinen Besitz gelangt war.«

»Sie hat es also gewusst?«, fragte Oliver und riss vor Erstaunen die Augen auf.

»Sie hat es vor etwa zehn Jahren erfahren, als die Notwendigkeit bestand, den Besitz und die Dokumente deiner Großeltern durchzugehen. Leider war deine Großmutter, Doña Úrsula, nach dem Tod deines Großvaters ja geistig immer weniger auf der Höhe, Alzheimer, wenn ich mich recht erinnere. Schließlich bestimmte man deine Mutter zum gesetzlichen Vormund, ich selbst habe die Papiere vorbereitet und den Antrag vor Gericht gestellt. Deine Großmutter hatte zeitweise ziemlich dunkle Phasen, in denen sie sich in unglaublichen Fantasien verloren hat, unterbrochen von Momenten scheinbarer geistiger Klarheit. Sie hat eigentlich nur noch in der Vergangenheit gelebt und deiner Mutter bei einem ihrer Besuche gestanden, dass sie nicht ihre leibliche Tochter war.«

»Wie bitte? Willst du damit sagen, dass meine Mutter adoptiert war? Das hat mir gerade noch gefehlt. Und wenn das nur der verrückte Einfall einer Senilen war?«, fragte Oliver mit lauter Stimme, während er angesichts all der Informationen, die da seine Welt ins Wanken brachten, überwältigt den Kopf schüttelte. Auf einmal fühlte er sich desorientiert und völlig allein.

Der Anwalt gab Oliver ein paar Sekunden, um sich

wieder zu sammeln. Der Junge hatte es in letzter Zeit nun wirklich nicht leicht.

»Oliver, ich verstehe ja, dass das ganz schön viel auf einmal ist. Wenn da in der Villa Marina nicht dieser … Tote aufgetaucht wäre und ich dir nicht deshalb die Unterlagen aushändigen müsste, hätte ich dir all das überhaupt nicht erzählt. Deine Mutter wollte nicht, dass ihr es erfahrt. Ich weiß nicht einmal, ob sie es bei ihrer Rückkehr nach London deinem Vater erzählt hat. Sie wollte einfach vermeiden, dass ihr euch darüber Gedanken macht.«

Oliver reagierte augenblicklich.

»Mein Vater weiß sicher Bescheid, der ist doch immer mit ihr zusammen hier runtergekommen.«

»Nicht immer, Oliver. Deine Mutter war oft allein hier, blieb ein paar Tage und fuhr dann wieder … daran erinnerst du dich sicher noch. Das war in der Zeit vor dem Tod deiner Großmutter. Ob dein Vater davon weiß oder nicht, ist eigentlich auch nicht entscheidend. Wie du siehst, hatte deine Mutter von den Geschehnissen in ihrer Vergangenheit erfahren, aber ihr Leben wie bisher ganz normal weitergeführt. Sie war eben eine starke, und ich glaube, auch eine glückliche Frau.«

Oliver schien einen Moment nachzudenken.

»Ja, schon. Aber was haben eigentlich die Klarissen mit alldem zu tun? San Román, wenn du mir jetzt noch erzählst, dass meine Mutter die uneheliche Tochter einer Nonne war, schlage ich hier in deinem Büro gleich was kaputt.«

Der Jurist lachte.

»Diese Möbel sind zwar genauso alte Knacker wie ich, aber geh bloß nicht mit den Fäusten auf den Schreibtisch los, der ist nämlich aus massiver Eiche, da brichst du dir nur die Hand. Oliver, keine Sorge. Soweit ich weiß, rankt sich keine Seifenopern-Geschichte um die Adoption deiner Mutter. Sie hat von deiner Großmutter erfahren, dass ihre Eltern sie im Alter von zwei Jahren aus dem Nonnenkloster geholt haben.«

»Im Alter von zwei Jahren? Mein Gott, das ist ja wirklich unfassbar. Und man weiß nicht, wer ihre leiblichen Eltern waren?«

»Ich denke nicht. Wenn deine Mutter irgendetwas darüber herausgefunden haben sollte, hat sie es mir jedenfalls nicht erzählt. Stell dir nur vor, als sie geboren wurde, gab es in Spanien noch Bezugsscheine, und viele Leute waren bitterarm. Es geschah relativ häufig, dass Säuglinge in Klöstern zurückgelassen wurden. Es gab zwar auch ein staatliches Heim, den Leuten war es aber lieber, dass ihre Kinder von Nonnen großgezogen wurden. Es waren harte Zeiten.«

Fassungslos lauschte Oliver San Románs Schilderung und versuchte, die Informationen zu verdauen. Der junge Mann seufzte.

»Nun gut, aber was hat meine Mutter denn gemacht, als sie das alles erfahren hat?«

»Zunächst einmal hat sie die Klarissen besucht. Dabei ist es gar nicht so einfach, mit ihnen einen Termin zu vereinbaren, sie leben schließlich in Klausur. Aber sie müssen wohl nett zu ihr gewesen sein, sie hat ihnen immerhin zehntausend Pfund hinterlassen. Ich nehme mal an, für wohltätige Zwecke. Die haben sie ja auch die ersten zwei Jahre ihres Lebens aufgezogen.«

»Aha. Und das Haus? Wem hat das vorher gehört? Und wie sind meine Großeltern überhaupt daran gekommen?«

»Die Villa Marina hat einer wichtigen Familie aus Torrelavega gehört, die damals genug Geld hatte, um sich sogar das WC mit Peseten zu tapezieren. Die Ongayos waren ehemalige Auswanderer, die ihr Vermögen in Uruguay gemacht hatten. Sie haben wohl um 1947 angefangen, das Haus zu bauen, und deine Großeltern haben den Dienst dort in den Fünfzigerjahren angetreten. Wie deine Mutter deiner Großmutter entlocken konnte, haben die beiden kurz nach dem Einzug dort beschlossen, ein Kind aus dem Kloster zu adoptieren. Mehr kann ich dir auch nicht dazu sagen.«

Oliver schüttelte den Kopf.

»Was soll denn das heißen, dass meine Großeltern den Dienst angetreten haben? Die waren doch keine Dienstboten! Mein Großvater hat in der Solvay gearbeitet, er war dort Kranführer«, widersprach Oliver mit Nachdruck. Solvay war eine Chemiefabrik, die schon seit Jahrzehnten in Torrelavega stand.

Dieses Mal war San Román derjenige, der seufzte.

»Das war später, Oliver. Am Anfang haben sie als Dienstboten in der Villa gearbeitet. Sie bewohnten das Haus das ganze Jahr über und hielten es instand, während die Besitzer dort nur den Sommer und ein paar Wochenenden im Frühling verbrachten. Deine Großmutter war Köchin und Haushälterin, dein Großvater Chauffeur, Gärtner und Handwerker. Das war damals ganz normal.«

Überwältigt sackte Oliver auf dem Stuhl in sich zusammen. Er schwieg einige Minuten.

»Aber wenn sie die Klarissen aufgesucht hat, dann wollte meine Mutter bestimmt auch den Ongayos danken, so wie ich sie kenne. Natürlich nur, wenn die damaligen Wohltäter noch leben. Deren Erben sind auf die Geschichte bestimmt nicht so gut zu sprechen.«

»Ja, die fanden das vermutlich nicht sehr witzig. Und deine Mutter hat die Ongayos wohl tatsächlich besucht, aber wie schon gesagt weiß ich nicht, wie dieses Treffen ausgegangen ist. Das war schließlich eine ganz persönliche Angelegenheit. Außerdem war ja auch viel Zeit vergangen, ich glaube, von damals lebt nur noch Señora Ongayo. Als erfolgreiche Unternehmerin, die sich immer für wohltätige Zwecke und solche Sachen eingesetzt hat, war und ist sie im Ort Comillas ziemlich beliebt. Inzwischen müsste sie um die fünfundachtzig oder sogar neunzig sein.«

»Comillas?«

»Ja, soweit ich weiß, lebt sie da, wenn sie nicht inzwischen verstorben ist. Obwohl ihr Ländereien im ganzen Landkreis gehören, hatte sie ihren Wohnsitz immer schon dort. Zumindest hat deine Mutter sie in Comillas besucht.«

Kopfschüttelnd stand Oliver auf.

»Ich kann einfach nicht fassen, dass sie uns von alldem nichts erzählt hat.«

»Mein Junge, Frauen haben fast immer ihre Geheimnisse.«

»Hm. Und jetzt kann ich ihr all die Fragen nicht mehr stellen, die mir im Kopf herumgehen. Ich muss einfach wissen, warum man meinen Großeltern die Villa Marina geschenkt hat und woher das tote Kind stammt, das die Handwerker gefunden haben.«

Auch der alte Herr stand auf.

»Oliver, ich habe dir alles erzählt, was ich über das Herrenhaus weiß. Alles Weitere musst du selbst in Erfahrung bringen. Obwohl ich dir natürlich gern weiterhin behilflich bin.«

Oliver nickte kaum merklich.

»Danke. Ich muss erst einmal meine Gedanken ordnen, um in dem Ganzen irgendwie einen Sinn zu erkennen. Als Erstes rufe ich wohl mal meinen Vater an. Und natürlich die Guardia Civil, die brauchen ja die Unterlagen.« Er verstummte kurz und fuhr dann fort: »Es kann sein, dass die sich eventuell auch bei dir melden, falls noch irgendwelche legalen Fragen geklärt werden müssen. Wie das mit der Er … Was war das noch mal?«

»Ersitzung«, antwortete San Román lächelnd. »Selbstverständlich werde ich helfen, wo ich kann, keine Sorge. Ruh dich am besten erst mal aus, Oliver, du siehst ziemlich blass aus.«

»Na, kein Wunder. Ich glaube, mir ist in der letzten halben Stunde das Blut in den Adern gefroren.«

»Ganz ruhig. Es klärt sich bestimmt alles schnell und geht ohne Komplikationen über die Bühne. Ruf mich an, wenn du für deine endgültige Übersiedelung hierher noch irgendetwas brauchst. Bleibst du denn jetzt schon ganz hier, oder musst du noch mal nach London?«, fragte der Anwalt und trat zu Oliver.

»Eigentlich wollte ich nur ein paar Tage herkommen, um die Bauarbeiten zu überwachen, aber wegen dieser Geschichte werde ich meine Rückkehr nach London verschieben. Wie auch immer sich das entwickelt, bis Ende des Sommers wollte ich meinen Wohnsitz definitiv hierher verlegt haben und dann meinen ersten Winter im Haus verbringen.«

»Verstehe. Aber du solltest an Weihnachten wirklich nicht allein sein, mein Junge.«

Oliver lächelte.

»Es heißt doch: Besser allein als in schlechter Gesellschaft. Aber wahrscheinlich kommen ein paar Freunde für ein paar Tage runter. Ich weiß es noch nicht genau. Von meiner Familie habe ich gelernt, besser nicht allzu weit im Voraus zu planen.«

»Ja«, stimmte San Román zu. »Das ist manchmal tatsächlich das Beste. Übrigens tut mir das mit Anna wirklich leid. Dein Vater hat es mir erzählt.«

»Danke.« Olivers Miene erstarrte, aber sein Tonfall blieb unverändert.

»Das muss hart für dich gewesen sein, aber du bist ja schließlich noch jung. Ich muss dich warnen, die Frauen hier sind ganz schön temperamentvoll – aber wunderschön«, schloss der Anwalt, zog die Augenbrauen hoch und bemühte sich, eine verschmitzte Miene aufzusetzen, was ihm aber nicht so recht gelang.

»Hm-hm. Danke für alles, San Román«, sagte Oliver und hob die Hand, um sie dem Anwalt zum Abschied zu reichen. »Ich ruf dich an, wenn es was Neues gibt.«

»Mach das, ich bin gespannt. Hier, die Dokumente.« Mit einer einzigen Handbewegung schob der Jurist die Unterlagen zusammen und in die braune Mappe.

Oliver beschloss, sich direkt auf den Weg zur Villa Marina zu machen. Er brauchte jetzt erst mal eine vernünftige Tasse Kaffee, wollte sich die Papiere in aller Ruhe durchlesen und daraus seine eigenen Schlüsse ziehen. Danach würde er in der Kommandantur der Guardia Civil anrufen und schließlich im Internet ein paar Nachforschungen über die Ongayos anstellen. Und über die Klarissen, wenn er schon mal dabei war. Seine Mutter war also zwei Jahre lang von Nonnen aufgezogen worden! Er würde auch seinen Vater anrufen und fragen, ob der über all das Bescheid wusste.

Aber Oliver musste seine Pläne schnell ändern. Als er sich in den gemieteten schwarzen Fiat setzte und einen Blick auf sein Handy warf, das er im Handschuhfach gelassen hatte, wurden ihm drei Anrufe in Abwesenheit von der Kommandantur der kantabrischen Guardia Civil in Santander angezeigt, deren Nummer er vorsichtshalber eingespeichert hatte. Augenblicklich rief er zurück, und als ihn ein Cabo mit Sargento Riveiro verband, ahnte Oliver, dass die Eröffnung seines Anwalts nicht die einzige Überraschung des Tages war.

**Vom Meer her** näherte sich eine dichte Wand aus bauchigen weißen Wolken und stieg von Cortiguera her die Masera de Castío hinauf, zeigte sich auf der anderen Seite und drohte sich über Hinojedo zu ergießen, so als würde Bierschaum in das Tal tropfen.

An diesem Januarhimmel im Jahr 1937 zeigte sich noch der Schatten der Nacht. Jana bereitete sich zusammen mit ihren Geschwistern darauf vor, zu den Höhlen hinaufzusteigen. Früher hatten sie sich nur manchmal morgens dorthin geflüchtet, in jener Zeit, in der die Flugzeuge auf diese Gegend nur in der Dämmerung neugierig zu sein schienen. Aber jetzt verbrachte ihre Familie oft ganze Tage dort oben. Inzwischen schien den Nationalen jeder Zeitpunkt recht zu sein, um über die Köpfe der Menschen hinwegzufliegen, Maschinenpistolen abzufeuern und ab und an eine Bombe abzuwerfen. Flugzeuge der Republikaner sah man fast gar keine mehr, offensichtlich gewannen die Aufständischen an Terrain.

Janas Mutter bereitete als Proviant ein Omelett aus Kartoffeln und einem Ei zu, das sie mit etwas Milch und Mehl band. Im hellen Licht einer Karbidlampe, wie sie auch in den Minen benutzt wurden, wirkte die Mutter wie ein freundlicher Geist, der mit stets gesenktem Blick ohne Unterlass beschäftigt war, dabei bescheiden wirkte, aber auch verhärtet.

Carmen war noch nie eine Frau vieler Worte gewesen, aber jetzt machte die Angst sie noch stiller. Erst vor zwei Wochen hatten die Nationalen Santander bombardiert: 18 dreimotorige Flugzeuge hatten Dutzende Verletzte und mindestens siebzig Tote hinterlassen. Als Antwort hatten die Republikaner 157 Gefangene ermordet, die sie im Hafen von Santander auf der Alfonso Pérez festgehalten hatten, einem Schiff, das zusätzlich zum Zuchthaus von El Dueso als Gefängnis diente. Das Blutbad war chaotisch und anarchisch gewesen. Der Krieg ließ das zarte Licht in der Seele so vieler Frauen und Männer schwacher und schmutziger leuchten.

An diesem eisig kalten Morgen im Jahre 1937 hatte Carmen längst begriffen, dass die Männer auf beiden Seiten begannen, die Grenzen der erlernten Moral zu überschreiten und gegen Ehre und Gerechtigkeit zu verstoßen, gegen das, was man als »menschlich« bezeichnete. Männer, die sich über alle Schranken der Vernunft und des moralischen Gleichgewichts hinwegsetzten, waren wegen ihrer Unberechenbarkeit gefährlich. Carmen machte sich Sorgen um ihre Kinder und deren Zukunft. Würde dieser allgemeine Moralverlust, der sich ausbreitete wie ein Virus, wohl auch sie befallen? Sie beobachtete Jana, umarmte sie und legte ihr noch einen weiteren Schal um die Schultern. Zum Schluss drückte sie ihr einen Kuss auf den Scheitel und streichelte ihr übers Haar. Carmen zog Antonio zu sich heran, der sich ihr an den Rockzipfel hängte und um eine Liebkosung bettelte.

Dann machten sich alle gemeinsam auf den Weg in die Berge. Benigno kam manchmal nicht mit, weil er in der Fabrik arbeiten musste, aber heute Morgen begleitete er seine Familie wie ein Schutzengel. Jana und Clara lachten verhalten und knufften sich liebevoll, sie wagten es sogar, beim Aufstieg leise den Kartoffelreigen zu singen:

*A la rueda de la patata*
*comeremos ensalada*
*como comen los señores*
*naranjitas y limones*

*alupé, alupé*
*sentadita me quedé.*

*Beim Kartoffelreigen*
*Da essen wir Salat*
*So wie die feinen Herren*
*Apfelsinchen und Zitronen*
*Heißaho, heißaho*
*Und dann plumps ich auf den Po.*

»Seid ihr wohl still, verdammt!«, mahnte Benigno mit lautem Flüstern, das die Mädchen erbleichen ließ und augenblicklich zum Schweigen brachte. »Na los, und Ruhe jetzt!«, versetzte er und legte den Zeigefinger auf die Lippen.

David schaute zu seinen Schwestern hinüber, die eine Grimasse zogen. Gleich würden sie bei den Höhlen angelangen, den Weg kannten sie längst auswendig. Antonio ging an der Hand seines großen Bruders und marschierte den Pfad hinauf, als hätte er nie etwas anderes getan, behände und entschlossen. Er redete nicht besonders viel, konnte aber mit Gesten und Blicken so viel ausdrücken, dass stets alle Augen auf ihn gerichtet waren, und bei seinen Grimassen und verrückten Ideen musste einfach jeder lächeln.

Als die Familie zusammen mit Nachbarn aus Hinojedo und Cortiguera eine Stunde in der Höhle verbracht hatte, war in der Ferne das leise Summen eines Flugzeugs zu hören. Die Gesichter wurden ernst. Stille breitete sich im Grüppchen aus, alle legten den Kopf schräg und rissen die Augen auf, so als könnten sie so besser hören.

Als Erstes fegte ein deutscher Arado-AR-68-Doppeldecker der Nationalen über sie hinweg. Er schien nur auf Erkundungsflug zu sein. Oder vielleicht auch nicht, ihm folgten nämlich zwei Heinkel He 51 in Linienformation. Jana und ihre Familie wussten allerdings, dass auf die Jagdflieger und ihr Maschinengewehrfeuer fast immer die anderen folgten. Und die konnte man jetzt bereits hören, sie waren schon fast da.

Es war ein zu tiefes Brummen, das Knurren des Motors war unverwechselbar: ein Bomber. Es handelte sich um einen italienischen Savoia Marchetti S. M. 81 – dunkel, riesig, mächtig, mit acht Mann Besatzung, mehr als zweitausend Kilo Bomben und sechs Breda-Safat-Maschinengewehren. Und er kam näher. Das war ungewöhnlich, normalerweise näherten sie sich der Fabrik nicht, die, von den Höhlen aus gesehen, das nächste Gebäude war.

An diesem frostigen Januarmorgen fielen in Hinojedo drei Bomben. Das Zischen der Projektile bohrte sich für immer in das Trommelfell der Menschen.

Die erste Bombe hätte beinahe die asturische Zinkfabrik hochgehen lassen. Offensichtlich hatten sich die Piloten verrechnet, knapp daneben, aber vorbei.

Die zweite schlug in der Nähe des Flussbetts ein. Wasser spritzte auf und rund um den rauchenden Krater auch Projektilteile und Erde.

Die letzte explodierte direkt am Eingang zur Höhle, in der sich Jana befand. Durch die Druckwelle flog das junge Mädchen buchstäblich durch die Luft, genau wie David und Clara. Die drei wurden mit dem Rücken für einen Moment gegen die Höhlendecke gepresst. Rauch und Staub erfüllten die Grotte, sodass man darin nichts erkennen konnte. Weinen und Geschrei gellten in den Ohren. Das Atmen fiel schwer. Der kräftige Pedro wankte gekrümmt durch die Höhle und verließ sie dann schließlich, ohne auch nur zu merken, dass ihm ein Bombensplitter die linke Hand weggerissen hatte. Tatsächlich war der größte Teil des Sprengkörpers direkt unter ihnen hochgegangen, auch wenn sie das noch nicht begriffen hatten.

Benigno rief seine Kinder, dabei lag reine Verzweiflung in

seiner Stimme. Blind betastete er fremde Körper. Er wandte sich an die anderen und suchte in dem allgemeinen Wehklagen nach bekannten Stimmen.

»Carmen! Carmen! David! Clara ... Guter Gott ... Carmen! Jana! Toñín!«, brüllte er wie verrückt, den Mund voller Staub. Er schien unverletzt zu sein. Ach nein, das rechte Bein blutete heftig.

»Papá! Wir sind hier!«, rief David, der seinen Vater gehört hatte und ihn jetzt im dichten Rauch ausmachen konnte. Er lag neben Clara und Jana am Boden und hatte die Worte langsam, unter Schwierigkeiten hervorgebracht. Doch die Luft wurde wieder erträglicher, man konnte fast schon normal atmen.

»Gott sei Dank, danke, danke, mein Gott ...«, schluchzte Benigno, der den Satz fast schreiend begonnen und die Stimme dann zu einem Flüstern gesenkt hatte. Während er David umarmte, schüttelten ihn unkontrollierbare Weinkrämpfe. Clara schien einen Schock erlitten zu haben, sie sagte kein Wort, suchte nur mit den Händen nach ihrem Vater und umarmte ihn. Im dichten Rauch erahnte Jana die Szene eher, als dass sie sie sehen konnte. Sie weinte unkontrolliert, hysterisch, und sehnte sich danach, dass auch sie jemand in die Arme schloss. Und die väterliche Umarmung ließ nicht lange auf sich warten, schützend presste Benigno Jana an sich, so fest, dass ihr fast die Luft wegblieb.

»Und Mamá? Papá, was ist mit Mamá? Und Antonio? Antonio! Toñín!« David schien die Tragödie spüren zu können, als würde sie ihm die Lunge zusammenschnüren, und kroch auf der grauenhaften Suche hinter seinem Vater her.

Der Fund menschlicher Überreste betäubte ihm die Sinne, ließ ihn erstarren. Man konnte unmöglich sagen, zu wem sie gehörten. Winzige Stücke eines Lebens klebten an Boden und Wänden dieses großen Kaninchenlochs, und am Eingang waren Blut und Eingeweide über Büsche und Fenchelpflanzen verteilt. Es lag ein süßlicher, metallischer Geruch in der Luft, der sich mit dem Geschmack des Rauchs vermischte.

Erst nach wenigen Minuten konnte man das wirkliche Ausmaß der Szene begreifen: Es gab Tote, Verletzte, und man musste in Deckung bleiben, falls noch einmal angegriffen wurde. Langsam verzog sich der Rauch, und das Licht wagte schüchtern einen ersten Vorstoß ins Innere der Höhle.

Von den neunzehn Personen, die sich an diesem Wintermorgen im riesigen Fuchsbau versteckt hatten, würden sieben nicht überleben. Vier davon waren augenblicklich tot, bis zur Unkenntlichkeit zerfetzt. Zwei starben noch am selben Tag im Feldlazarett, das man im Zentrum von Hinojedo eingerichtet hatte, und der Letzte drei Tage später in den Armen seiner Eltern Juana und Braulio, die für immer das freudige Glänzen in den Augen verloren hatten.

Unerklärlicherweise verschwanden die Jagdflieger und der Bomber nach dem dritten Abwurf. Vielleicht wegen des Nebels, der sich bei Tagesanbruch ankündigt hatte und schon das Tal erfüllte. Aber im Laufe des Krieges würde die Fabrik nie wieder angegriffen werden. Als Jana die Höhle verließ, spürte sie die eisige Kälte nicht, die den Bewohnern der Gegend durch Mark und Bein ging. Im Gegenteil – glühende Hitze erfüllte sie, schien sie völlig zu verbrennen. Das Mädchen bekam kaum mit, wie helfende Hände es mitzogen, genau wie Clara und David, weit weg von hier, während sie hinter sich die ohrenbetäubenden, unmenschlichen Schreie ihres Vaters hörten, den die anderen Männer stützten.

Von Carmen und Antonio, der sich bis zur letzten Sekunde in den Schoß seiner Mutter gekuschelt hatte, blieben nicht mehr als verstreute Überreste, von denen sich einige vermischt hatten und zu grotesken, wahnsinnigen Formen zusammengeschmolzen waren.

Jana hatte dieses Blutbad mit angesehen, sie hatte alles mitbekommen, hatte zugehört und berührt, was übrig geblieben war. Verblüfft nahm sie zur Kenntnis, dass Antonio und Mamá jetzt nicht mehr da waren. Es fiel ihr schwer, das zu glauben. Als sich ihr Verstand dieser Wahrheit zu nähern versuchte, umrundete er sie ganz einfach und versetzte ihr einen so heftigen Schlag in die Magengrube, dass sie zum ersten Mal in ihrem Leben das Bewusstsein verlor und zu Boden sank.

Nachricht aus dem *Diario Montañés*
vom 9.7.2013

Am gestrigen Montag wurde früh am Morgen der Leichnam eines Mannes entdeckt, der in der Mündung des San Martín de la Arena in Suances neben einem der Dämme im Wasser trieb. Der Tote mit den Initialen P.S.D. war 64 Jahre alt und lebte in Suances. Bislang sind die Todesumstände noch nicht geklärt, man wartet zurzeit auf den Bericht der Gerichtsmedizin.
Der Tote wurde gestern in den frühen Morgenstunden von einem Fischer gefunden, der zu Beginn seines Arbeitstages bei der Fahrt aus dem Hafen den leblosen Körper in der Nähe des Kais entdeckte und umgehend per Funk die Hafenbehörde verständigte. Eine Seerettungspatrouille und die Guardia Civil von Suances bargen den Mann, wobei auch Mitglieder des Roten Kreuzes und der Zivilschutzbehörde des Ortes anwesend waren.

»Und, fertig?«, fragte Sargento Riveiro. Oliver saß vor seinem Schreibtisch in der Kommandantur der Guardia Civil in Santander. Ungeduldig wartete Riviero darauf, dass er den Zeitungsartikel zu Ende gelesen hatte.

»Ja, aber das verstehe ich nicht …«, begann Oliver verwundert. »Diese Zeitung ist doch … von heute, oder?«

»Ja, von heute. Und Sie haben davon gar nichts mitbekommen? Das hat im Ort ordentlich für Aufruhr gesorgt, seit gestern wird von nichts anderem mehr geredet.«

»Nein, ich hatte keine Ahnung. Wirklich nicht. Ich bin eigentlich nur aus dem Haus gegangen, um eine Runde zu joggen und einkaufen zu gehen. Heute bin ich nur deshalb nach Santander gekommen, um bei meinem Anwalt die Unterlagen abzuholen, um die Sie mich gebeten hatten.«

»Und ansonsten haben Sie das Haus während der ganzen Woche nicht verlassen?«, fragte Riveiro ungläubig.

Oliver seufzte müde.

»Was soll ich sagen? Überlegen Sie doch mal selbst. Zuerst wird bei mir in der Villa ein Toter gefunden. Es dauert fast einen ganzen Tag, bis die Leiche freigegeben, das Gebäude durchsucht ist und so weiter. Dann werden die Bauarbeiten zwei Tage lang gestoppt, was wegen des Wochenendes zum Glück nicht so schlimm war. Aber danach schickt mir die Guardia Civil noch mehr Leute, um auszuschließen, dass es sich bei meinem Haus nicht um einen Friedhof des Grauens handelt. Sie können sich ja bestimmt vorstellen, dass ich danach alle Hände voll zu tun hatte, um die Umbauarbeiten wieder in Gang zu bringen und mich mit dem Bauunternehmer und Handwerkern zu treffen. Außerdem musste ich jede Menge Journalisten abwimmeln, die übrigens auf unerklärliche Weise an meine Handynummer gekommen sind. Und dann standen auch noch ein paar Formalitäten an, wegen der ich meinen spanischen Anwalt sehen musste.«

»Und übers Fernsehen haben Sie auch nichts mitbekommen?«

»Ich hab durchaus ferngeschaut, diese Nachricht wurde aber nicht gebracht. Allerdings muss ich zugeben, dass ich nicht einmal weiß, was für lokale Programme es hier gibt. Ich habe mich auf internationale Sender beschränkt und mir im Internet angesehen, was alles über die Villa Marina geschrieben wird. Wenn Sie wollen, gebe ich Ihnen gerne meinen Laptop mit, dann können Sie das überprüfen.«

»Nein, das wird nicht nötig sein … im Moment zumindest nicht«, stellte der Sargento versöhnlich klar, obwohl seine Stimme nicht mehr so locker und freundlich klang wie bei ihrem ersten Treffen, sondern angespannt und streng. »Wie Sie sich vermutlich schon denken können, habe ich Sie nicht nur wegen der Leiche aus Ihrem Keller angerufen, sondern auch wegen der aus der Flussmündung.«

»Wie bitte? Aber am Telefon haben Sie doch nur von einer Spur gesprochen, die die Villa Marina mit den Azteken in Verbindung bringt! Selbst das finde ich schon unglaublich. Und da Sie mich gebeten haben herzukommen, bin ich nun hier. Was soll ich denn mit dieser Nachricht aus der Zeitung zu tun haben?«

»Hoffentlich nichts. Aber die Villa Marina möglicherweise schon, daher müssen wir Sie noch einmal befragen. Es scheint da eine wichtige Verbindung zu geben.«

»Ich stehe natürlich zu Ihrer Verfügung, aber ich möchte Sie wirklich bitten, mir die Sache zu erklären.«

Riveiro nickte. »Ehrlich gesagt hatte der Fall Villa Marina für uns keine Priorität, da ein mögliches Verbrechen wohl ohnehin schon verjährt wäre und wir uns um aktuellere und dringlichere Delikte kümmern müssen. Es fehlen auch noch die definitiven Ergebnisse der Autopsie, obwohl wir angesichts dieser neuen Entwicklungen versuchen werden, den Prozess zu beschleunigen.«

Der Sargento verstummte kurz. Wie im Büro des Anwalts zuvor hatte Oliver schon wieder das Gefühl, dass Riveiros nächste Worte das Mosaik seines Lebens nur noch komplizierter machen würden.

»Oliver, bevor ich weiterspreche, gehen wir vielleicht besser rüber ins Büro meiner Vorgesetzten, Teniente Redondo. Die würde Ihre Aussage gern aus Ihrem Munde hören.«

»So formell, wie das klingt, sollte ich vielleicht lieber meinen Anwalt hinzuziehen«, sagte Oliver, obwohl sein Tonfall ein wenig spöttisch war.

»Das können Sie gerne tun, wenn Sie möchten«, antwortete Riveiro ernst.

Oliver stieß die Luft aus. Das würde auf jeden Fall ein langer Tag werden.

»Nein, ich will niemanden anrufen, das war doch nur ein Scherz, Sargento. Mir liegt die Aufklärung dieser Sache genauso am Herzen wie Ihnen. Sie brauchen meine Aussage, aber ich bin schließlich auch auf Sie und Ihre Ermittlungen angewiesen.«

Riveiro nickte. Er mochte den jungen Mann und hoffte wirklich, dass er nichts mit der Leiche aus der Ria zu tun hatte. So langsam wurde die Sache ernst.

»Bitte, Oliver«, sagte Riveiro, öffnete, ohne anzuklopfen, die Tür zu einem anderen Büro und ließ seinem Gegenüber den Vortritt. Trotz der Kartons mit Akten, die sich in einer Ecke stapelten, wirkte der Raum ordentlich und sauber.

Ein kleiner, leicht übergewichtiger Mann mit ungepflegtem Kinnbärtchen saß mit in sich gekehrtem, mürrischem Gesichtsausdruck an einem runden Tisch und schien dort untätig auf sie zu warten.

Die junge Frau im Raum arbeitete hingegen konzentriert am Computer. Dünn, mit kantigen und doch sanften Gesichtszügen und entschlossenem Blick, hatte sie etwas Nüchternes und zugleich Feminines an sich. Am großen Schreibtisch, der sauber und fast schon ein wenig zu ordentlich war, hatte sie aufmerksam auf den Bildschirm geblickt. Als sie nun den Kopf hob, ließ das hereinfallende Licht ihre dunkle, wild gelockte Mähne glänzen. Irgendetwas an dieser Frau brachte Oliver aus der Fassung.

»Darf ich bekannt machen: Subteniente Santiago Sabadelle«, unterbrach Riveiro Olivers Gedanken und begann die Vorstellungsrunde mit dem Mann am Tisch. »Zuständig für lokale Kulturgüter. Er hat einen Abschluss in Kunstgeschichte und einen Master in Archäologie und Altertumswissenschaften«, erklärte Riveiro, während er sich zum Subteniente umdrehte und fragte: »War das so richtig?«

»Perfekt, Sargento«, nickte der, ohne den misstrauischen Blick von Oliver abzuwenden, dem er jetzt die Hand schüttelte.

»Und Teniente Valentina Redondo«, fuhr Riveiro fort. Er wandte sich an die Frau, die aufgestanden war und zu ihnen herüberkam. »Mit einem Abschluss in Psychologie der Universidad de Santiago de Compostela und einem Doktor in Rechtspsychologie.«

»Wow, wenn Sie mich beeindrucken wollten, ist Ihnen das wirklich gelungen, solche Geschütze fährt ja nicht einmal das FBI auf«, scherzte Oliver in dem Versuch, etwas gegen die Anspannung in seiner Magengrube zu unternehmen. Der Einzige, der mit verständnisvollem Blick lächelte, war allerdings Riveiro, während ihm Valentina Redondo schweigend die Hand gab. Nun konnte Oliver sie unverhohlen mustern. Er fragte sich, was er an ihr so verblüffend fand. Sie war attraktiv, aber nicht schön, schlank, jedoch nicht aufsehenerregend. Dann begriff

Oliver endlich, was ihn so angezogen hatte: Die Ermittlerin der Guardia Civil hatte ein intensiv grünes Auge, das leuchtete, als hätte sich darin zauberhaftes Mondlicht gesammelt. Ihr linkes Auge war jedoch tiefschwarz und glänzte längst nicht so sehr, auch wenn die Iris nicht völlig matt war. Es sah nicht aus wie ein Glasauge, sondern wirkte gesund. Auffällig war jedoch nicht nur die Farbe der Augen, sondern auch der Blick der Teniente. Er erinnerte Oliver an den einer lauernden Raubkatze, und als er der Ermittlerin die Hand schüttelte, spürte Oliver in der Brust eine elektrisierende Unruhe.

»Señor Gordon, bis jetzt habe ich die Untersuchungen im Fall Villa Marina selbst geleitet«, erklärte Riveiro, der gar nicht mitbekommen hatte, wie die Begegnung mit Redondo Oliver aus der Fassung gebracht hatte. »Aber angesichts der neuesten Entwicklungen und wegen der offensichtlichen Verbindung zum Toten am Hafen kümmert sich jetzt das ganze Team unter Leitung von Teniente Valentina Redondo um den Fall.«

*Offensichtliche Verbindung? Was denn für eine offensichtliche Verbindung?*, fragte sich Oliver. *Was zum Teufel hat der Ertrunkene mit dem Säugling aus der Villa Marina zu tun?* Überwältigt nickte er erst einmal schweigend, und als sich die drei Ermittler am runden Tisch niederließen, tat er es ihnen gleich. Schließlich wandte sich Teniente Redondo an ihn: »Guten Abend, Señor Gordon.«

»Guten Abend, Teniente.«

»Ich werde Ihnen jetzt einige Fragen stellen, um zu sehen, ob wir ein wenig Licht in diese Situation bringen können und Sie dann nicht länger belästigen müssen«, erklärte sie freundlich, wenn auch in neutralem, entschlossenem Tonfall. »Sagen Ihnen die Initialen P. S. D. etwas?«

»Nein, eigentlich nicht.«

»Okay. Und der Name Pedro Salas Díaz?«

»Keine Ahnung, nein, nie gehört. Der Tote aus der Flussmündung, vermute ich mal.«

»Ja, da vermuten Sie richtig. Er stammte aus Suances und war Seemann aus einer Fischerfamilie, ein Witwer mit zwei Kindern und ohne Probleme oder Feinde, soweit uns bekannt ist. Er wurde direkt am kleinen Damm der Flussmündung gefunden, aber nicht infolge eines tragischen Unfalls beim Fischen oder Ähnlichem, sondern weil man ihm in den Bauch geschossen hatte.«

Stille breitete sich im Raum aus, auch Oliver schwieg einige Sekunden. Redondo fixierte ihn mit ihren zweifarbigen Augen und legte ein Foto auf den Tisch.

»Das ist der Verstorbene. Erkennen Sie ihn jetzt vielleicht wieder?«

Oliver betrachtete die Aufnahme so konzentriert, als wolle er sie mit Blicken durchbohren. Es schien sich um die Vergrößerung eines Passbilds zu handeln. Ein schlaffes Lächeln, der Anflug von Hängebacken, ergrautes schütteres Haar, runde und freundliche Gesichtszüge.

»Nein, überhaupt nicht. Wirklich, dieser Mann sagt mir gar nichts. Ich verstehe das nicht. Was hat das alles denn mit mir und der Villa Marina zu tun?«

»Im Moment noch nichts, aber wir haben Hinweise, die den Mord an diesem Mann mit dem Leichenfund in Ihrem Haus in Verbindung bringen.«

»Was denn für Hinweise? Bitte, ich habe wirklich einen langen Tag hinter mir, kommen Sie doch zum Punkt. Wahrscheinlich wollen Sie jetzt meine Reaktion sehen und so weiter, aber ich habe wirklich keine Ahnung, wovon Sie da sprechen.«

Redondo verzog ein wenig den Mund und deutete ein Lächeln an, während ihre Kollegen sie anschauten.

Auch Riveiro versuchte, seine Belustigung zu unterdrücken.

»In der Jacke des Verstorbenen haben wir mehrere Zeitungsausschnitte mit Artikeln über den Fund der Leiche in Ihrem Haus gefunden.«

Oliver verbarg seine Verblüffung nicht.

»Unglaublich. Aber was wollen Sie überhaupt von mir? Vielleicht war er ja so eine Art Fetischist und hat Dinge über seltsame Begebenheiten gesammelt, über Geister … oder Morde.«

»Das ist zwar möglich, aber wohl nicht sehr wahrscheinlich. Selbst die nächsten Angehörigen des Opfers können sich dessen offensichtliches Interesse für den Fund in Ihrem Haus nicht erklären, Señor Gordon. Wir ermitteln natürlich diesbezüglich.«

»Ja, aber … sagen Sie mal …«

»Was denn?«

»Hat man diesen Mann denn nicht im Wasser gefunden? Ich meine … wieso sind dann die Zeitungsausschnitte nicht nass geworden?«

Jetzt konnte Redondo ihr Lächeln nicht länger verbergen. Dumm war der Typ nicht.

»Oliver, wenn Sie so weitermachen, müssen wir Ihnen hier womöglich noch eine Stelle anbieten«, entgegnete sie. Der Kommentar klang nett, ihr Gesichtsausdruck aber war ernst. »Sie steckten zusammen mit anderen Dokumenten in Plastikhüllen, die wiederum in einer Plastikmappe verstaut waren. Das Ganze wirkte so sauber und ordentlich, als hätte man die Ausschnitte für eine Ausstellung vorbereitet.«

»Ah«, machte Oliver, der die neuesten Entwicklungen immer noch nicht verdaut hatte. Als sich Valentina Redondo nun zu ihm vorlehnte, bemerkte er ihr elegantes und diskretes Parfüm, so zart, dass es kaum auffiel.

»Dann erzählen Sie uns jetzt doch bitte, was Sie im Laufe des Nachmittags herausgefunden haben, Señor Gordon, wenn es Ihnen recht ist. Danach legen wir Ihnen dann dar, was wir an weiteren Informationen haben.«

Mit einem tiefen, befreienden Seufzen führte Oliver aus, was ihm San Román zuvor anvertraut hatte, während er die entsprechenden Unterlagen aus der Mappe zog und sie so auf dem Kiefernholztisch der Kommandantur anordnete, wie auch er sie zum ersten Mal gesehen hatte.

Allein Teniente Redondo unterbrach ihn gelegentlich und bat hier und da um eine Klarstellung. Sargento Riveiro und Subteniente Sabadelle schwiegen, schenkten seinen Worten und den Papieren aber ihre volle Aufmerksamkeit. Oliver fiel auf, wie Valentina die Papiere auf der Tischplatte zurechtrückte und peinlich genau darauf achtete, dass auch bloß kein Blatt ein anderes überlappte. Sie breitete sie chronologisch in einer Reihe aus. *Na super*, dachte Oliver, *hier ermittelt also eine Ordnungsfanatikerin.* Als er mit seinen Ausführungen zum Ende kam, bat Sabadelle mit Blicken um Erlaubnis, das Wort ergreifen zu dürfen.

»Der Anhänger, den man bei der Kinderleiche in Ihrem Haus gefunden hat, Señor Gordon, entspricht einer primitiven Darstellung von Tlaloc, einem der wichtigsten Götter der aztekischen und mesoamerikanischen Kultur. Obwohl es sich um nichts weiter als eine mehrere hundert Jahre alte Kopie handelt, hat sie doch einen gewissen kulturellen und historischen Wert.«

»Unglaublich! Tlaloc, sagten Sie? Das Ganze wird immer rätselhafter«, seufzte Oliver und schüttelte den Kopf. »Darf ich das Ding mal sehen?«

»Den Anhänger? Ich fürchte nicht, Oliver, der ist noch im Kriminallabor, aber wenn Sie möchten, können Sie gerne einen Blick auf die Fotos werfen. Die wollten wir Ihnen sowieso zeigen, um Sie zu fragen, ob Sie während Ihrer früheren Aufenthalte in der Villa Marina schon mal etwas Ähnliches gesehen haben«, entgegnete Sabadelle, ohne mit der Wimper zu zucken, während er Oliver Aufnahmen der winzigen Statuette hinlegte.

Gordon betrachtete jedes Detail der Stammesfigur auf den Bildern und brachte dabei seine Zweifel laut zum Ausdruck: »Haben Sie nicht erwähnt, dass das eine mesoamerikanische Gottheit ist? Die ersten Besitzer des Hauses, die Ongayos, haben ihr Vermögen doch in Uruguay gemacht. Vielleicht gibt es da eine Verbindung.«

Sabadelle schnalzte mit der Zunge und sah Oliver herablassend an.

»Der Gott, von dem wir hier sprechen, stammt aus einem geografisch begrenzten Gebiet, Señor Gordon. Mesoamerika umfasst Mexiko, Guatemala, Honduras, Nicaragua, Costa Rica ... Es handelt sich um eine ziemlich große Fläche in der Mitte des Kontinents, bis Uruguay reicht die aber nicht, das Land befindet sich schließlich in achttausend Kilometern Entfernung von Mexiko. Und das ist daher etwa so, als würden Sie mir versichern, der kantabrische Bergeintopf sei typisch für Las Vegas in Nevada, etwa achttausend Kilometer von Santander entfernt.«

Oliver ließ sich nicht unterkriegen. »Alle Achtung, Sie sind ja ein wandelnder Atlas. Danke für die Klarstellung – falls ich irgendwann mal in Las Vegas landen sollte, werde ich nur echt amerikanisches Essen bestellen«, antwortete er, und einen Atemzug lang machte sich unbequeme Stille breit. Doch Oliver sah aus dem Augenwinkel, dass

Teniente Redondo wieder einmal ein Lächeln unterdrücken musste, während sie mit Sargento Riveiro Blicke tauschte.

»Wie auch immer«, fuhr Oliver in freundlicherem Tonfall fort, »sagen Sie mir doch bitte, was es mit diesem Aztekengott aus meinem Haus auf sich hat. Ich muss da in meinem Verstand wirklich ein bisschen Ordnung schaffen. Bitte«, wiederholte er schlicht und direkt, ohne sich auf das Spielchen einzulassen, wer von ihnen beiden wohl die spitzere Zunge hatte.

Auch Sabadelles Züge entspannten sich, und er setzte erneut zu einer Erklärung an, nachdem er seine Chefin fragend angesehen hatte. »Tatsächlich handelt es sich nicht einmal exakt um einen Gott, denn in dieser uralten und primitiven Kultur gibt es keine Götter nach unserem Verständnis. Tlaloc ist Herr über atmosphärische Phänomene und Berggeister, er versorgt die Menschen vor allem mit Regen. Normalerweise findet man seine Figur in Kodizes, auf Wandmalereien, Flachreliefs … aber nicht in Anhängerform. Wenn Sie hier mal einen Blick auf die Fotografien werfen«, sagte er zu Oliver und deutete darauf, »dann sehen Sie, dass die Figur auf dem Kopf eine Art Haube aus den Federn von Quetzal und Reiher trägt und dass sich um die Stirn zwei Schlangen winden, die dann im Mund verschwinden.«

»Ja, wirklich ziemlich grotesk.«

»Das ist reine Symbolik, Señor Gordon«, erwiderte Sabadelle. »Eine der Schlangen steht für das Wasser auf Erden, das den Boden bereits benetzt, die andere für das Wasser des Himmels, das noch herabfallen wird.«

»Für uns wäre er also … eine Art Regengott, oder?«

»Ja, etwas in der Art«, räumte Sabadelle ein. »Tatsächlich ist die Figur aus Jade geschnitzt, einem Material, das in der mesoamerikanischen Kultur das Element Wasser symbolisiert. In der Maya-Kultur gibt es eine ähnliche Gottheit, Kukulkán, aber wir haben es hier eindeutig mit dem Aztekengott Tlaloc zu tun.«

»Aha«, machte Oliver, während er den Blick zwischen Riveiro, Sabadelle und Redondo hin und her wandern ließ. »Trotzdem bin ich immer noch verwirrt, ich sehe da nämlich keinerlei Verbindung zu irgendwelchen Begräbnisritualen oder dem Schutz kindlicher Seelen.«

»Ihr Einwand ist berechtigt«, nickte Sabadelle, »im Prinzip hat Tlaloc nichts mit religiösen oder spirituellen Fragen zu tun, obwohl man gelegentlich diesen Gott angerufen hat, wenn jemand ertrunken war.«

»Der Säugling aus meinem Haus ist also …«

»Nein, das denke ich eigentlich nicht, Señor Gordon. Ich glaube nicht, dass er ertrunken ist, auch wenn wir diesbezüglich noch die Ergebnisse der Autopsie abwarten müssen. Aber Tlaloc war allgemein auch als Glücksbringer bekannt, weil der Regen, den er brachte, die nächste Ernte und damit das Überleben sicherte. Sie verstehen, was ich meine?«

»Ja, durchaus, aber ich kann hier weder einen Bezug zu dem toten Kind noch zu Kantabrien oder auch nur Spanien erkennen, ganz zu schweigen von einer Verbindung zur Villa Marina.«

»Genau danach suchen wir ja auch, Señor Gordon.«

»Verstehe. Und wie kann ich Ihnen dabei behilflich sein? Ich habe Ihnen bereits alles erzählt, was ich weiß.«

Teniente Redondo sah nachdenklich drein.

»Oliver, haben Sie morgen schon etwas vor?«

»Nun ja … nach allem, was ich heute erfahren habe, wollte ich eigentlich in dieser Richtung weiterforschen, meinen Vater anrufen, die Klarissen besuchen und auch

Señora Ongayo … wenn ich das denn alles schaffe. Und dann die Suche im Internet fortsetzen.«

Die drei Mitglieder des Ermittlungsteams verständigten sich mit Blicken, obwohl klar war, dass hier Redondo die Entscheidungen traf und alles organisierte. Sie sagte denn auch: »Oliver, wenn es Ihnen recht ist, könnten Sie mich und Subteniente Sabadelle morgen zu den Klarissen begleiten und nach Möglichkeit später noch bei einem Besuch der Familie Ongayo.«

»*Ich* soll *Sie* begleiten? *Ich Sie?* Wäre das nicht eher umgekehrt? Aber das ist absolut nicht nötig. Ich meine, für diese persönlichen Angelegenheiten brauche ich die Guardia Civil nun wirklich nicht«, entgegnete Oliver fast ein wenig eingeschnappt. Er hatte wenig Lust, einen kompletten Tag mit der katzenäugigen Neurotikerin und dem unsympathischen Subteniente Sabadelle zu verbringen.

»Das hier ist viel mehr als nur eine persönliche Angelegenheit. Ich denke, diese gemeinsamen Besuche sind in unser aller Interesse und werden uns helfen, die Ermittlungen erfolgreich voranzutreiben. Sie wissen vielleicht nicht, dass die Klarissen trotz der Klausur eine wichtige Werkstätte für die Restauration von Sakralkunst betreiben, vielleicht sogar die wichtigste in ganz Nordspanien. Daher kennen sie auch viele Kuriositäten und Geheimnisse, was Skulpturen und Malerei angeht. Wenn dieser aztekische Gott in irgendeinem Bezug zu Kantabrien steht, dann können sie uns sicher weiterhelfen.«

»Allerdings«, warf Sabadelle mit erneutem Schnalzen ein. »Die Mutter Oberin, Schwester Mercedes, hat uns bei Fragen zu Kulturgütern schon hin und wieder beraten.«

Oliver schwieg verblüfft. Redondo fuhr fort: »Und

danach statten wir dann den Ongayos einen Besuch ab. Auf diese Art und Weise können wir die Suche nach Antworten sowohl für Sie als auch für uns optimieren«, erklärte sie mit Nachdruck und schien keinen Widerspruch zu dulden.

Oliver nickte lediglich und ergab sich seinem Schicksal, so wie sich am Strand der Concha der Sand von den sanften Wellen mitziehen ließ.

***Geduldig wartete Sargento*** Riveiro im Büro von Clara Múgica auf die Gerichtsmedizinerin, obwohl er seinen Auftrag lieber so schnell wie möglich hinter sich gebracht hätte. Er fand die unmittelbare Nähe der Autopsiesäle und dieser aseptischen Gänge ganz furchtbar, zumal über ihnen ein belastendes Schweigen lag.

»Guten Morgen, Riveiro, du bist heute aber früh dran!«, sagte Clara zur Begrüßung, während sie die Tür hinter sich zumachte. Noch hatte sie ihren Kittel nicht angezogen, sie trug Jeans und einen leichten Blazer mit einer bunten Schmetterlingsbrosche.

»Guten Morgen, Clara. Ja, in letzter Zeit ist eben wirklich viel los, dabei hatten wir für den Sommer eigentlich mit weniger Arbeit gerechnet.«

»Klar. Sind denn bei euch viele im Urlaub?«

»Nein, das ist im Moment noch kein Problem, wir können die üblichen Schichten absolvieren. Aber wegen der Sache in Suances ist unglaublich viel zu tun. Inzwischen hat Teniente Redondo übernommen, weil der Fall immer komplizierter wird … du weißt schon, die Sache mit der Leiche im Hafen und dem toten Baby aus der Villa Marina.«

»Ach, zwischen den beiden Fällen gibt es eine Verbindung?«, fragte die Gerichtsmedizinerin überrascht. »Ich nehme mal an, dass du deshalb hier bist«, sagte sie dann, stemmte die Arme in die Hüfte und zog die Augenbrauen hoch. »Um mir Druck zu machen, wie immer. Dabei warten auf mich im Autopsiesaal ein Opfer häuslicher Gewalt und dann auch noch ein Kind.«

»Ein Kind?«

»Allerdings«, antwortete Clara ernst und schloss mit einem Seufzen die Augen. »Das hat mir die Onkologie geschickt, es handelt sich um eine klinische Obduktion, keine gerichtsmedizinische.«

»Ah ja. Also, wie du dir sicher schon denken kannst, komme ich auf direkte Anweisung von Valentina Redondo«, erklärte Riveiro mit Nachdruck.

»Alter Schleimer!«, lachte Clara. »Dass wir Freundinnen sind, spielt hier nun wirklich keine Rolle … obwohl ich nicht daran zweifle, dass sie dich schickt. Wenn Valentina sich erst mal in einen Fall verbissen hat, hält niemand sie auf. Aber wie soll ich's dir denn nur erklären, Riveiro, ich stecke wirklich bis über beide Ohren in Arbeit.«

»Verdammt, Clara, das begreife ich ja, aber im Moment haben wir gar nichts in der Hand, außer den Unterlagen des Opfers vom Damm. Durch die können wir es mit dem toten Säugling und dem aktuellen Besitzer der Villa in Verbindung bringen.«

»Mit dem aktuellen Besitzer?«

»Ja, das Opfer hatte Artikel über den Leichenfund dabei und Ausdrucke von vermutlich allem, was man im Internet über Oliver Gordon finden kann.«

»Ach, echt? Und habt ihr das Oliver Gordon erzählt?«

»Noch nicht. Im Moment behält ihn Teniente Redondo erst einmal im Auge. Sie hat ihn sogar dazu gebracht, dass er sie und Sabadelle nach Santillana und Comillas begleitet.«

»Aha. Ist er denn verdächtig?«

»Vorerst eigentlich nicht. Ich glaube, dass ihn die Teniente momentan eher schützen und überwachen will, ohne ihn dabei unbedingt als Verdächtigen zu sehen.«

»Verstehe«, sagte Clara mit etwas sanfterer Miene. »Und ich kann mir vorstellen, dass Richter Talavera langsam auch mal wissen will, was da eigentlich los ist.«

»Wie immer«, lächelte Riveiro. »Und deshalb brauchen wir eben ganz dringend ein paar Informationen über den ungefähren Todeszeitpunkt und die Todesursache … um Alibis zu überprüfen, das von Oliver Gordon inklusive.«

»In Ordnung, na, dann setz dich doch. Ich kann dir ja schon mal meine bisherigen Eindrücke schildern. Einverstanden?«

Riveiro grinste so breit und strahlend wie ein kleiner Junge.

»Einverstanden.«

»Gut, dann fangen wir mit der Leiche aus der Villa Marina an«, sagte Clara, während sie eine Mappe aus einem Aktenschrank holte und nach einer anderen griff, die auf ihrem Schreibtisch lag. »Auf den ersten Blick konnten wir keine perimortalen Frakturen feststellen, und zwar weder des Schädels noch …«

»Moment, Clara, warte mal. Fang jetzt bitte nicht wieder mit deinem Fachchinesisch an, du weißt doch, dass ich da nicht durchblicke. Erklär mir alles in so einfachen und klaren Worten, als wäre ich …«

»… gerade drei geworden«, brachte Clara seinen Satz lächelnd zu Ende. Diese Unterhaltung führten sie nicht zum ersten Mal. »Das wollte ich ja, wenn du mich nur lässt.«

Schweigend nickte Riveiro und wartete darauf, dass die Gerichtsmedizinerin mit ihren Darlegungen fortfuhr.

»Wie gesagt, die Leiche weist keine Verletzungen auf, die ihr vor dem Tod zugefügt wurden, zumindest keine

Knochenbrüche oder Stichverletzungen. Wir haben auch keine postmortalen Wunden oder Frakturen festgestellt. Der Körper ist zum Teil mumifiziert, daher nehmen wir an, dass er sich in einem relativ trockenen und gut gelüfteten Raum befunden hat und dass es sich wahrscheinlich um ein Neugeborenes handelt. Vermutlich ist es sogar während der Geburt gestorben. Die Zähne waren nicht mal ansatzweise durchgebrochen, außerdem bestätigen Größe und Gewicht diese Theorie. Da keine inneren Organe mehr vorhanden sind, können wir die Position des Körpers vom Tod bis zur Mumifizierung nicht bestimmen. Der Leichnam hat auf einem versteckten Brett gelegen, und den dort genommenen Proben zufolge wurde er wohl auch nicht bewegt und hat den ganzen Prozess in dieser Haltung durchlaufen.«

Die Gerichtsmedizinerin machte eine Pause und sah Riveiro mit hochgezogenen Augenbrauen an. »Aber natürlich muss ich noch einmal unterstreichen, dass die Laborergebnisse bislang ausstehen.«

»Ja, ja, natürlich. Sprich doch bitte weiter.«

»Es handelt sich um einen kaukasischen Schädel, daher können wir zunächst einmal davon ausgehen, dass das Kind weiß war und aus Europa stammte. Das Geschlecht haben wir noch nicht bestimmt. Der Hüftknochen deutet allerdings auf einen weiblichen Säugling hin, auch wenn das kein sehr exaktes Ergebnis ist, wie ich betonen muss.«

»Ein kleines Mädchen?«, fragte der Sargento überrascht. »Ich weiß gar nicht, warum ich die ganze Zeit an einen Jungen gedacht habe.«

»Ich hingegen sehe bei der Arbeit keine Geschlechter, sondern Individuen, Riveiro. Soll ich fortfahren?«

»Ja, bitte.«

»Was das Alter der Überreste angeht, gehen wir zunächst von fünfzig bis siebzig Jahren aus, das werden die Laborergebnisse aber noch genauer zeigen«, schloss Clara und verstummte dann.

»Das ist alles? Ein neugeborenes Mädchen, das vor über fünfzig Jahren vermutlich bei der Geburt gestorben ist?«

Es verblüffte Clara doch immer wieder, wie Riveiro mit so knappen Worten zusammenfasste, was sie selbst niemals ohne Details und Zusatzinformationen auf den Punkt bringen konnte.

»Ja, so könnte man das sagen«, erklärte sie seufzend. »Natürlich warten wir immer noch auf die Altersbestimmung und die DNA-Analyse, die nach Madrid geschickt werden musste.«

»Das heißt also, wir haben es hier offenbar nicht mit einem Tötungsdelikt zu tun, der Körper wurde lediglich versteckt.«

»So sieht es aus«, bestätigte Clara mit einem Lächeln. »Natürlich hätte man das Kind ersticken können …«, gab sie zu bedenken. »Und ihr müsst auch noch herausfinden, was es mit dem grünen Schlumpf aus dem Leichentuch auf sich hat.«

»Ja, wir sind dabei. Dieser verdammte Schlumpf hat sich als mesoamerikanischer Gott des Regens und des Glücks herausgestellt. Na, wie findest du das? Seine Freunde nennen ihn Tlaloc.«

»Tlaloc? Ein ganz reizendes Kerlchen, vor allem mit diesen beiden Schlangen im Mund«, bemerkte Clara, während sie die andere Mappe öffnete. »Riveiro, wie ich eben schon sagte, habe ich heute wirklich viel zu tun. Wenn es dir recht ist, gehen wir also zu Opfer P. S. D. über, das ihr am Damm gefunden habt.«

»Wunderbar, schieß los.«

»Ich fasse mich kurz: Man hat der Person mit einer kurzen Feuerwaffe in den Bauch geschossen, vermutlich mit einem Kaliber 38, aber auch hier musst du wohl abwarten, bis die Ballistikergebnisse vom Labor da sind. Ich nehme mal an, dass die Proben nach Logroño geschickt wurden – die sind da ziemlich flott.«

»Nach La Rioja? Na ja, selbst wenn die schnell sind …«

»Sie sind schnell und gut, hab nur Geduld. Also weiter: Es gab ein einziges Einschussloch, und das Projektil ist im Magen stecken geblieben. Der Schuss wurde von vorne aus nächster Nähe abgegeben, daran besteht kein Zweifel: Rund um die Öffnung steckt der Pulverstaub wie bei einer Tätowierung dicht und schwarz in der Haut. Allerdings steht der Walker-Test, durch den wir die genaue Entfernung im Moment des Schusses bestimmen können, noch aus.«

»Der was?«

»Der Walker-Test. Also echt, Riveiro, du klingst ja, als wärst du hier neu«, versetzte die Gerichtsmedizinerin vorwurfsvoll. »Den nimmt man vor, um die Menge und Intensität von Nitriten rund um die Einschussöffnung und an der Kleidung des Opfers zu bestimmen … welches in diesem Fall ja leider im Wasser gelegen hat, was uns die Sache erschwert. Du weißt doch sicher, dass bei einem Schuss aus einer Feuerwaffe jedes Mal Kaliumnitrit abgegeben wird, oder?«

Riveiro ignorierte ihren Sarkasmus und nickte schlicht, während er in seinem Block Notizen machte. Er schien die Informationen nicht nur schnell zu verdauen, sondern ihnen auch Gestalt zu verleihen, während er gleichzeitig zu spekulieren begann.

»Dann kannte er den Täter vermutlich.«

»Du bist hier der Ermittler«, entgegnete Clara lächelnd. »Das musst du herausfinden.«

Riveiro erwiderte ihr Lächeln.

»Ja, so sieht es wohl aus. Dein Eindruck ist also, dass er durch den Schuss gestorben ist?«

»Nein.«

»Sondern?«

»Man hat auf ihn geschossen, er hätte aber bei schneller medizinischer Hilfe überlebt, wenn er nicht ins Wasser gefallen oder gestoßen worden wäre.«

»Das musst du mir erklären.«

»Der Mann ist ertrunken, was man leicht an verschiedenen Faktoren erkennen kann: Die Augen glänzen, so als würde er noch leben, das ist ein typisches Zeichen für Ertrinken, genauso wie der grüne Fleck am Bauch, der sich normalerweise vierundzwanzig bis sechsunddreißig Stunden nach dem Tod zeigt. Das hat mit Keimen und Clostridien zu tun, die das Hämoglobin in grüne Schwefelverbindungen zersetzen …«

»Nicht so schnell«, unterbrach sie der Sargento. Clara seufzte und warf aus dem Augenwinkel einen Blick zur Uhr an der Wand hinüber.

»Damit auch du es verstehst: Dieser grüne Fleck, der für gewöhnlich zwischen vierundzwanzig und sechsunddreißig Stunden nach dem Tod auf dem Unterleib Ertrunkener auftritt und den du bestimmt schon in Dutzenden von anderen Todesfällen gesehen hast, befand sich bei ihm zwischen Hals und Brustkorb, an der Stelle, an der sich bei Ertrunkenen das meiste Blut ansammelt. Die ein wenig gekrümmte Haltung des Opfers, das Wasser und sogar Plankton in Bauch und Lungen zeigen ohne jeden Zweifel einen Tod durch Ertrinken an.«

Riveiro setzte zum Reden an, wurde jedoch von Clara

unterbrochen: »Und jetzt wirst du mich vermutlich nach dem Todeszeitpunkt fragen. Wenn man bedenkt, dass die Zersetzung im Wasser langsamer vor sich geht, und die bereits erläuterten Umstände, außerdem den Zustand von Haut und Leber sowie ein paar weitere Faktoren mit einbezieht, dann würde ich sagen, der Tod ist vor etwa vierundzwanzig Stunden eingetreten, allerhöchstens sechsunddreißig. Ich tippe eher auf vierundzwanzig bis sechsundzwanzig, aber wie ich dir schon hundertmal erklärt habe, Riveiro, kann ich ohne Laborwerte auch nicht viel mehr sagen«, schloss sie nun und bekräftigte das Ende ihres Vortrags, indem sie die Arme vor der Brust verschränkte.

Der Sargento schaute nachdenklich drein.

»Das passt zu den Zeitungsausschnitten, die er bei sich hatte: Der letzte war vom Vortag. Aber eins verstehe ich dabei nicht: Warum ist die Leiche denn nicht untergegangen? Es sind im Meer doch schon oft Tote gefunden worden, die drei oder vier Tage später wieder an die Oberfläche gekommen sind, wegen der Verwesungsgase und so weiter.«

»Ach, und so weiter?«, echote Clara sarkastisch. »Vermutlich hat die Person die ganze Zeit so gut wie angelehnt am Damm geruht, zwischen diesen riesigen Steinen, und war dann bei Ebbe gut sichtbar. Der Mann hat tatsächlich einige Prellungen und Kratzer, die wir als postmortal identifiziert haben. Die stammen wahrscheinlich vom Kontakt mit den Felsen.«

»Also, die Aussage des Fischers, der ihn gefunden hat, muss ich mir noch ansehen … aber es kommt mir schon komisch vor, dass einen ganzen Tag lang niemand den Toten gesehen haben will … Der befand sich schließlich am kleinen Damm direkt neben dem Concha-Strand, da muss er doch jemandem aufgefallen sein, selbst auf der anderen Seite der Mauer, in der Flussmündung. Apropos – hatte er keine Verletzungen, die ihm vor dem Tod zugefügt wurden?«

»Soweit ich bis jetzt gesehen habe, nicht. Die Kleidung haben wir übrigens ins Labor geschickt, aber ich weiß nicht, ob man nach so langer Zeit im Wasser noch irgendetwas finden wird. Die war allerdings voller Algen. Informiert euch doch mal über die Gezeiten, vielleicht war der Körper ja auch die ganze Zeit unter Wasserpflanzen versteckt. Wir haben keine Hinweise auf einen Kampf gefunden und auch nichts Besonderes unter den Fingernägeln. Wenn man ihn ins Wasser gestoßen hat, dann hat er jedenfalls keinen Widerstand geleistet: Ich nehme mal an, dass er nach dem Schuss vornübergebeugt dastand. Vielleicht hatte er sogar das Bewusstsein verloren, dem Zustand von Händen und Fingernägeln nach hat er sich nämlich nirgends festgehalten und auch nicht versucht, an den Felsen hochzuklettern. Die von der SpuSi haben den Bereich rund um den Damm untersucht und nichts gefunden, nicht einmal Blutspuren. Wenn sie ihn dort getötet haben, dann muss er wohl sofort ins Wasser gefallen sein.«

»Okay. Aber es kann ja auch sein, dass man irgendwo anders auf ihn geschossen, ihn dann in ein Auto verfrachtet und ihn in der Nähe des Damms ins Wasser geworfen hat. Oder von einem Boot aus. Oder vielleicht auch nicht.«

»Das ist durchaus möglich. Aber einer ersten Untersuchung der Organe zufolge kann vom Moment des Schusses bis zum Tod nicht viel Zeit verstrichen sein. Höchstens zehn oder fünfzehn Minuten.«

»Verstehe. Mal sehen, ob ich das mit den Uhrzeiten

auf die Reihe kriege … Wir haben hier also einen Mann, dem man am Sonntag zwischen sieben und neun Uhr morgens auf dem Damm oder in unmittelbarer Umgebung in den Bauch geschossen hat, er ist daraufhin ins Wasser gefallen oder gestoßen worden und ertrunken. Was zum Teufel hat er denn um diese Uhrzeit da nur gemacht? Etwa geangelt? Ausgerechnet an dem Tag, an dem keiner der Fischer arbeitet, geht der zum Damm und angelt?«, überlegte Riveiro laut. Dann wandte er sich wieder an die Gerichtsmedizinerin: »Hast du sonst noch was für mich, Clara?«

»Im Moment nicht. Allerdings weiß ich ganz genau, dass du mich morgen ja doch wieder anrufen wirst, um mich zu drängen, oder?«

»Du warst immer schon ein kluges Köpfchen«, erwiderte Riveiro, während er seinen Notizblock zuklappte und sich auf den Weg zur Tür machte. »Vielen, vielen Dank, wirklich. Ich schulde dir einen Gefallen.«

»Nur einen?«

Als der Sargento die Tür hinter sich schloss, seufzte Clara, setzte sich an ihren Schreibtisch und wurde plötzlich von der schweren, grauen Gewissheit überwältigt, dass das nur der Anfang eines furchtbar langen Tages gewesen war.

***Die Aufständischen, die*** auch als Nationale und später als Franquisten bezeichnet wurden, konzentrierten sich seit April 1937 erst einmal auf ihren Feldzug im Norden. Von der Eroberung Madrids sahen sie einstweilig ab, denn sie wollten zunächst ihre Frontlinien zusammenziehen sowie unter anderem das industrielle Potenzial von Kantabrien, Asturien und dem Baskenland nutzen.

Im Juni fiel der Stahlgürtel von Bilbao, und mehr als hundertfünfzigtausend Basken flohen schutzsuchend nach Santander. Dort nahmen viele Einwohner fremde Menschen – rote Republikaner – bei sich zu Hause auf. Die kantabrische Hauptstadt stand unter Strom. Die Versorgung war schlecht, und die franquistische Armada blockierte den Seeweg, sodass die Lieferung von Lebensmitteln beinahe unmöglich war. In den Dörfern wurde die Not immer greifbarer, aber wenigstens war der Hunger dort nicht gar so schlimm: Natur und Gemüsegärten füllten den Menschen den Magen.

Seit dem Vorfall in den Höhlen waren Clara, David und Jana nicht dorthin zurückgekehrt, genauso wenig wie Benigno. Der bekümmerte Vater hatte entschieden, dass eben geschehen solle, was Gott und das Schicksal für seine Familie vorgesehen hatten. Sobald die Flugzeuge kamen, gingen sie ins Haus oder warfen sich notfalls im Garten oder bei den Tieren in einen Graben oder eine Kuhle. Sie hatten bereits gelernt, dass es in ihrer Welt einfach keinen Schutz vor dem Tod von oben gab.

Benigno war seelisch am Ende. Abgesehen von der Trauer, machte sich jetzt auch der Umstand bemerkbar, dass ihn kein soziales Netz auffing, und außer den Nachbarn half ihm niemand mit den Kindern. Jana hatte erst letztes Jahr mit der Schule angefangen, und wer konnte schon sagen, ob Benigno es sich nach dem Sommer leisten konnte, auch Clara und David zum Unterricht zu schicken. Schließlich gab es im Garten, im Haus und mit dem Vieh so viel zu tun. Und er arbeitete lange Stunden in der Fabrik ... von Montag bis Samstag war er ein Arbeiter ohne Zeit für ein kleines bisschen Glück.

Seine Eltern und die Schwester lebten in Galizien, seit Januar hatte er nichts mehr von ihnen gehört. Er war sich nicht einmal sicher, ob sie seine beiden Briefe bekommen hatten. So blieb ihm nur Carmens Mutter, Großmutter Julia, die in Torrelavega in einem großen Haus als Köchin arbeitete, aber die kam nur manchmal am Montag zu Besuch, ihrem einzigen freien Tag in der Woche. Die Brüder seiner verstorbenen Frau waren beide überzeugte Republikaner und kämpften daher an der Front, obwohl sie noch sehr jung waren. Wo sie steckten, wusste Benigno auch nicht. Vielleicht waren sie längst tot oder warteten auf ihre Hinrichtung, vielleicht waren sie nach Frankreich oder England geflohen. Oder nach Venezuela.

Durchbrich jetzt mit mir die Grenze der Zeit und reise mit mir zusammen ins Jahr 1937 nach Hinojedo, zu Benigno. Ende Juni stand er in der Küche und hatte Streit mit seinem Nachbarn Braulio, der doch sein Leben lang ein Freund gewesen war.

»Dann verzieht euch halt nach Frankreich, so wie alle! Verschwindet hier! Lebt euer Leben, verdammt noch mal! Aber mich kriegst du hier nicht weg, wo ich meine Arbeit in der Fabrik habe, meine Kinder und meine Toten. Das Ganze kann sowieso nicht mehr lange dauern, dieser Krieg ist doch so gut wie verloren«, versetzte Benigno mit Nachdruck, während er den Tisch umrundete und dabei wild gestikulierte.

»Du lässt dir einfach nichts sagen«, entgegnete Braulio kopfschüttelnd. »Wer weiß schon, wie das alles endet, wenn wir hierbleiben. Die Nationalen rücken weiter vor, und wenn sie Santander erobern, dann können weder du noch ich daheim bleiben und uns um unsere Kühe kümmern. Was glaubst du denn? Mann, die werden uns an die Front schicken, um Asturien kleinzukriegen, das hab ich in *La República* gelesen.«

»Wo?«

»In der Zeitung, verdammt! Oder wusstest du das etwa nicht? Der *Diario Montañés* und der *Cantábrico* erscheinen nicht länger … die haben keine Tinte mehr, die Lieferungen kommen nicht durch. Nur *La República* wird noch gedruckt. Himmel, Benigno, du kommst wohl aus deiner Fabrik, verschwindest direkt im Garten und kriegst überhaupt nichts mehr mit.«

Sein Gegenüber schwieg ein paar Atemzüge lang.

»Mich nimmt niemand mit, immerhin hab ich drei Kinder und bin ganz allein. Wir bleiben hier.«

Erstaunt entdeckten die beiden Männer Clara und Jana im Türrahmen. Sie beendeten ihre Diskussion, Braulio schüttelte schweigend den Kopf und verabschiedete sich nach einem frustrierten Seufzen mit einem Winken. Als er die Küche verließ, dachte er traurig, dass er Benigno und seine Kinder wohl nie wiedersehen würde. Da war er sich ziemlich sicher.

***In Kantabrien war*** der Krieg vor etwas über einem Jahr ausgebrochen und neigte sich langsam dem Ende zu. Im späten August 1937 zerrissen Kämpfe und die Politik andere Gegenden, andere Teile der Iberischen Halbinsel, aber es war derselbe Bürgerkrieg.

Vielleicht war es ja Zufall, dass ausgerechnet an diesem Tag Jana und David das Vieh von der Weide auf dem Castío-Berg holten – zwei eigene Kühe und fünf der Nachbarn, um die sich die Besitzer reihum kümmerten –, einer dieser makabren Zufälle, die die ruhigen Wasser der Seele aufpeitschten.

Zunächst sahen sie die Roten, mindestens ein Dutzend von ihnen. Sie rannten wie verängstigte Kaninchen, erschöpft und verzweifelt. Dabei sprangen sie geduckt und hechelnd über Büsche, wichen Bäumen aus, blickten hinter sich und zum Himmel hoch, um dann ohne Pause weiterzulaufen, ohne Verschnaufen, ohne Hoffnung.

Und dann erschienen auch schon die beiden Jagdflugzeuge. Wie so oft während der letzten Tage zerschnitten zwei Heinkel He 51 den Himmel. Und ihr Summen war nicht das einzige Geräusch: Dieses Mal schliefen die Maschinengewehre nicht, und die Nationalen feuerten pausenlos und ohne Gnade. Völlig erstarrt beobachtete Clara vom Haus aus, wie Jana und David versteinert auf der Wiese standen. Es war absurd, aber sie suchten keinen Unterschlupf, sondern schafften es lediglich, sich zu Boden zu werfen, als könne sie das irgendwie vor den Patronen schützen. Dabei machten sie nicht die Augen zu, und es brannte sich in ihre kindliche Netzhaut ein, wie die Seelen die Körper der Menschen um sie herum verließen.

Die Republikaner fielen wie reife Kirschen, die vom Baum geschüttelt wurden, und waren fast alle längst tot, als das kalte, aber einladende Wasser der Flussmündung sie willkommen hieß und ihr Blut Richtung Meer trug.

Am nächsten Tag erfuhren sie, dass Torrelavega bereits den Nationalen in die Hände gefallen war. Aus Hinojedo kam ein Anhänger der Rechten herüber, um an alle Türen zu klopfen und zu verkünden, dass die »glorreichen Truppen« in Barreda einmarschieren würden und dort jeder die Soldaten willkommen heißen sollte. Zur Orientierung: Wir schrieben den 25. August 1937, und die Provinzhauptstadt Santander hatte sich gerade ergeben. Noch lange würde sich Jana daran erinnern, wie ihre Geschwister und sie sich rasch anziehen und eilig den Weg nach Barreda zurücklegen mussten, um dort den nationalen Truppen bei ihrem Aufmarsch zuzujubeln. Den Nationalen, die eines kalten Morgens vom Himmel aus ihre Mutter und ihren Bruder ermordet hatten.

»Mach die Augen auf, Jana«, knurrte Benigno und versetzte seiner Tochter einen Stoß in die Rippen, als er sah, dass sie mit geschlossenen Lidern applaudierte.

»Ja, Papá.« Es wäre ihr nicht eine Sekunde in den Sinn gekommen, ihrem Vater zu widersprechen. »Aber ich will die einfach nicht sehen, und außerdem … liegt da vorne ein Toter«, sagte sie und starrte zu einem leblosen Republikaner auf dem Bürgersteig hinüber, den man mit einer braunen Decke notdürftig verhüllt hat. Ein Arm hing auf die Straße.

»Dann schau eben nicht nach da unten«, drängte ihr Vater. »Aber klatsch jetzt und lächle. Klatschen und lächeln«, wiederholte er zwischen zusammengebissenen Zähnen und sah David und Clara prüfend an, die nickten und mit starrem Blick geradeaus strahlender lächelten, als ihre Seele es eigentlich ertrug.

Ein Soldat der siegreichen Truppe stolperte über die Hand des toten Republikaners. Er versetzte dem Arm einen Tritt und beförderte ihn damit auf den Oberkörper des Toten.

»Ach, ihr Roten!«, sagte er mit einem Grinsen und marschierte weiter, wobei er den Leichnam kaum eines Blickes würdigte.

Dann aber erregte bei dieser Militärparade etwas anderes unwiderstehlich Janas Aufmerksamkeit. Sie hörte auf zu klatschen und hielt sich unwillkürlich am Rock ihrer Schwester fest, dessen Stoff sie zwischen den Fingern zwirbelte.

Mit einem Mal war ihr Vater verschwunden, und ein Soldat der Nationalen war direkt vor ihnen stehen geblieben.

Jana konnte plötzlich an nichts anderes mehr denken, sie sah nur noch die Puppe. Eine wunderschöne Puppe mit Haaren, Ohren, sogar einem Lächeln auf den Lippen, mit Körper, Armen und Beinen. Die Puppe, die da am Gürtel eines Soldaten baumelte, war ohne Geschlecht. Jana durfte durchaus spielen, aber sie hatte noch nie eine Puppe besessen und auch sonst kein Spielzeug. Sie wagte es, am Hosenbein des Soldaten zu zupfen.

»Sag mal … schenkst du mir die Puppe?«, bettelte sie mit engelsgleichem Blick. Sie war wirklich ein schönes Kind.

Der Soldat schaute zu ihr herunter und brauchte erst einmal drei Sekunden, um zu verstehen. Dann wurde sein Blick zu Eis und purem Zorn.

»Verdammte Scheiße noch mal, zieh Leine, du Göre! Das ist doch keine Puppe! Siehst du das denn nicht? Das ist Azaña, der hier hängt.« Damit wandte sich der Soldat ab und reihte sich wieder in die Truppe ein, die nur von Zeit zu Zeit einen Zwischenstopp für politische Reden vor der Zivilbevölkerung einlegte.

Erschrocken blieb Jana stehen. Natürlich wusste sie nicht, dass Azaña der Präsident der Republik war. Ihre Schwester schimpfte mit ihr. Wie war sie denn nur auf die Idee gekommen, einen Soldaten anzusprechen? David hatte nicht einmal mitbekommen, dass sich der Vater davongeschlichen hatte, er beobachtete nämlich hingerissen das militärische Brimborium, bis die Nationalen schließlich verschwanden und ihren Triumphzug woanders weiterführten.

Erst nach dem Fußmarsch nach Hause erfuhren die drei Geschwister, dass ihr Vater während der Parade zu den Schienen von Hinojedo nach Reocín hinübergelaufen war. Dort hatte er sich vor den Nationalen versteckt, die nicht nur in Barreda einmarschiert waren, sondern auch unter den Dorfbewohnern nach Soldaten für ihren Kampf in Asturien gesucht hatten.

*Wer weiß?*, dachte Janas Vater. *Womöglich hatte dieser Mistkerl Braulio ja doch recht.*

Aus diesem Grund hielt sich Benigno wie ein unsichtbarer Hüter seiner kleinen Familie mehrere Tage zu Hause versteckt. Im Jahr 1937 wurden Anfang September die letzten kantabrischen Täler, Tudanca und Liébana, von den Nationalen erobert, und damit kamen die Militäroperationen in Kantabrien endlich zum Ende. Hier war der bewaffnete Kampf nun vorbei.

Aber das Ende des Krieges brachte keinen Neuanfang mit sich. Was stattdessen daraus erwuchs, hatte seinen Ursprung noch im Krieg. Es mag für normale Menschen, denen noch nie der Geruch von reichlich vergossenem Blut in die Nase gestiegen ist, schwer zu verstehen sein. Dieses intensive, süßliche Eisenaroma.

Und in dem Mädchen, vor dessen Augen Mutter und Bruder wortwörtlich in Stücke gerissen worden waren, reifte etwas heran, was nach Angst schmeckte und den Mantel der Boshaftigkeit trug.

Sie hatte einem Soldaten in die Augen geblickt, den vor seinem Tod niemand außer ihr mit dem Leben verbunden hatte, und unter seinem Blick war in ihr etwas Dunkles erwacht und hatte sich in ihren Eingeweiden eingenistet.

Diese Kälte in ihrer Seele hätte kaum merklich als dunkler Punkt dort verweilen können, aber er wuchs immer weiter und verschlang das Gute in einer ungewöhnlichen Frau, ihre Gemütsruhe und ihren Seelenfrieden. So mancher gibt sich damit zufrieden, in ruhigen Zeiten zu leben. Doch diese Zeiten sind nicht nur voll von weisen Menschen, sondern auch von Feiglingen.

Niemand wird für ihre Taten um Gnade bitten, niemand wird sie rechtfertigen, wenn diese junge Frau sich zu einer wahren Schreckgestalt entwickelt. Doch wie viele Farben hat die Wahrheit?

***Musik erfüllte die*** Hütte der Villa Marina. In aller Ruhe trank Oliver auf seiner winzigen Veranda Kaffee, die Füße auf einen kleinen Teakholztisch gelegt. Konzentriert schaute er zur Playa de la Concha hinüber, über der an diesem Tag ein feiner, leichter Dunst lag. Besonders warm war der Sommer hier in Kantabrien nicht, er wurde oft von feuchten mehr oder minder langen Verschnaufpausen unterbrochen, die sich in Form von mildem Regen oder Nebel zeigten. Die Musik aus dem Inneren des Häuschens schlängelte sich hinaus bis auf die Terrasse. Wie zu Ehren des sarkastischen Subteniente Sabadelle hatte Oliver die CD der amerikanischen Gruppe Imagine Dragons aufgelegt. Die stammte nämlich ausgerechnet aus Las Vegas.

Oliver lauschte dem Song *Demons*, den er in seiner momentanen Lage äußerst passend fand. Auch seine Seele fühlte sich an, als hätte sie Löcher. Es kam ihm vor, als sei eine riesige Abrissbirne gegen seinen Kopf geknallt und hätte dort alles niedergeschmettert, was er für gegeben hingenommen hatte. Gnadenlos hatte sie die Grundfesten seines Daseins eingerissen, seine familiären Bindungen gekappt, seine erlernte Wahrheit niedergewalzt. Und trotz mehrerer Versuche hatte er seinen Vater, Arthur Gordon, telefonisch immer noch nicht erreicht. Ob der ihm wohl mit ein paar Worten wieder Ruhe, Stärke und ein Gefühl der Sicherheit einflößen konnte? Sie hatten keine besonders enge, aber doch eine gute Beziehung zueinander, gut genug, um an Weihnachten zusammen zu essen und sich mit gelegentlichen Anrufen nach dem Befinden des anderen zu erkundigen. Sie ließen eben das Leben seinen Lauf nehmen.

Aber seit Guillermo immer wieder verschwand, und zwar jedes Mal für längere Zeit, hatte sich ihr Vater mehr und mehr zurückgezogen, er wirkte gedankenverloren und in seiner Traurigkeit irgendwie in sich zusammengesunken. Der Tod seiner Frau, die ein verantwortungsloser und blutjunger Betrunkener einfach überfahren hatte, hatte Arthur den Rest gegeben. Er schien nicht länger seinen Weg zu gehen, sondern vielmehr in der Nähe der Zielgeraden darauf zu warten, dass der Weg ihn verschlang.

Nun ja, die Worte seines Vaters lasteten ohnehin oft tonnenschwer auf Olivers Herzen: Er war eben nicht so schlau wie Guillermo, und auch nicht so ehrgeizig oder charismatisch und alles in allem nicht so fähig. Offenbar lohnte es sich, der verlorene Sohn zu sein statt ein echter Gentleman.

Vermutlich befand sich sein Vater in den schottischen Highlands, wohin er sich immer öfter von allem und jedem zurückzog und wo er kein Handynetz hatte. Er verbrachte dort Zeit mit seinem älteren Bruder und dessen Frau, um in aller Ruhe zu angeln und vor dem Kamin einen guten Whisky zu trinken. Immerhin war er schon seit zwei Jahren in Rente und konnte durch die Erträge aus seinen Immobiliengeschäften ein angenehmes Leben führen. Was blieb ihm auch sonst? Wenn er die Anrufe in Abwesenheit sah, würde er sich hoffentlich bei Oliver melden.

Oliver war doch erst fünfunddreißig. War er im Leben etwa so früh an einem Tiefpunkt angelangt? Vielleicht war es aber auch zu spät, wahrscheinlich hätte er sich seinen Dämonen viel früher stellen sollen. Er spürte in sich die Einsamkeit wie einen Block aus hartem Trockeneis. Anna war nicht mehr da, sie hatte ihn verlassen, und sie hatte nun mal sein Leben ausgemacht. Nach ihr nur Leere. Sein Bruder ließ sich von seinem Delirium treiben und kam ihm wie ein verlorenes, fernes Wesen vor, als wäre nichts von der Vertrautheit übrig, die sie als Kinder verbunden hatte. Trotzdem wünschte er sich, dass der alte Mistkerl wenigstens noch am Leben war. Sein Vater schien nach und nach zu erlöschen, und von seiner Mutter war nichts mehr übrig als die Asche in einer fürchterlichen Urne.

Die Guardia Civil war hier, Subteniente Sabadelle sprach gerade mit dem Bauleiter, Teniente Redondo ging allerdings schon mal vor und marschierte entschlossen auf das kleinere Häuschen zu. Uniform trug sie keine, ihre Kleidung war jedoch neutral, ließ sie fast androgyn wirken. Sie schien auch kein Make-up aufgelegt zu haben, und ihre ebenso schlichte wie beunruhigende Schönheit entging Oliver nicht.

Als die Ermittlerin Oliver auf der Veranda erreichte, fanden sich ihre Blicke, und die beiden sahen sich forschend an, ohne das Schweigen zu durchbrechen. Natürlich war Redondo bewusst, dass sie hier in Olivers Reich eindrang.

Als nun auch Sabadelle dazukam, unterbrach er ihr Ritual des gegenseitigen Sichbeschnupperns. Die beiden jungen Leute hatten herauszufinden versucht, wen sie da eigentlich vor sich hatten, hatten nach der fremden Seele gesucht. Valentina Redondo wandte den Blick immer noch nicht ab, als sie zu sprechen ansetzte: »Wir sind hier jetzt fertig, Oliver, und können nach Santillana aufbrechen, wenn Sie so weit sind.«

»Natürlich«, nickte er und nahm einen letzten Schluck Kaffee, um die Tasse dann achtlos irgendwo abzustellen. »Lassen Sie mich eben noch meine Jacke holen, dann können wir los.«

Zunächst schwiegen sie im Auto auf ihrem Weg durch endlose Felder. Die Aussicht auf die steil abfallenden Klippen über dem kantabrischen Meer war beindruckend. Nach ein paar Minuten beschloss Oliver jedoch, die Stille zu durchbrechen.

»Wir sind also inkognito unterwegs?«

»Inkognito? Wieso?«, fragte Redondo.

»Weil Sie gar keine Uniform anhaben und das Auto auch nicht als Fahrzeug der Guardia Civil zu erkennen ist.«

Die Teniente lächelte.

»Señor Gordon, unsere Abteilung trägt außer bei offiziellen oder formellen Anlässen immer zivil. Aber selbst unsere Kollegen in Uniform sollten wohl besser nicht mit Streifenwagen und in voller Montur vor einem Kloster vorfahren, meinen Sie nicht?«, antwortete sie, während sie aus dem Augenwinkel zu Sabadelle rübersah, der im tarngrünen Alfa Romeo 159 auf dem Beifahrersitz saß. »Vorerst möchten wir wirklich so diskret wie möglich vorgehen, auch wenn wir die Klarissen natürlich über unser Kommen informiert haben.«

»Verstehe … aber eins wüsste ich schon gerne«, entgegnete Oliver, während Sabadelle morgenmuffelig vor sich hin schnaubte. »Wenn uns die Klarissen bei der Sache mit Tlaloc nicht weiterhelfen können, was machen wir dann? Sollen wir im mexikanischen Konsulat anrufen und fragen, ob denen vielleicht irgendwie ein Steinzeitbaby abhanden gekommen ist?«

Lächelnd schüttelte Teniente Redondo den Kopf.

»Ich fürchte, da geht die Fantasie ein wenig mit Ihnen durch. Außerdem wird das Alter der Knochen ja noch vom Kriminallabor untersucht. Aber falls wir im Kloster wirklich nichts Neues erfahren, werden wir es wohl erst einmal bei unseren Kontakten an der Uni und beim Kantabrischen Museum für Frühzeit und Archäologie in Santander probieren.«

»Ah«, machte Oliver nachdenklich.

Da er wusste, dass das natürlich seine Aufgabe sein würde, schnalzte Sabadelle wortlos mit der Zunge, seine genervte Miene sprach jedoch Bände. Oliver fragte sich, ob dieser störende Laut wohl nur ein Tick war oder mit Absicht die Gesprächspartner ärgern sollte.

»Sagen Sie doch mal, Oliver«, wandte sich nun Valentina Redondo an ihn. »Ist Ihr Plan nicht ziemlich gewagt? Ich meine, dass Sie in England einfach alles hinter sich lassen und an einem Ort, an dem Sie niemanden kennen, ein völlig neues Geschäft anleiern wollen.«

»Wer nicht wagt, der nicht gewinnt …«

»Passen Sie bloß auf«, fiel ihm Sabadelle ins Wort. »Wenn Sie sie lassen, hat Teniente Redondo in null Komma nichts Ihre Psyche durchleuchtet.«

Valentina Redondos Blick aus den zweifarbigen Augen war eiskalt und stahlhart, als sie ihren Untergebenen anstarrte. Der blickte schnell zu Boden. Die unterdrückte Wut der Teniente war offensichtlich, diese Frau konnte eben mit einer einzigen Geste ihre Autorität zeigen. Begriff Sabadelle denn nicht, dass sie an den Toten aus der Ria dachte und hier versuchte, möglichst viele Informationen aus einem Zeugen herauszubekommen, der möglicherweise sogar als Verdächtiger infrage kam? Wieso musste dieser Idiot ausgerechnet in ihrem Team landen? Ganz offensichtlich passte es Sabadelle nicht, dass sie hier das Sagen hatte. Aber sie würde sich von ihm nicht infrage stellen und ihm derartige Entgleisungen nicht länger durchgehen lassen. Deshalb würde sie sich ihn später mal vorknöpfen.

Trotz der unangenehmen Stille, die sich im Wagen ausbreitete wie Kreise auf dem Wasser, konnte Oliver sich ein nostalgisches Lächeln nicht verkneifen, als er nun endlich auf die Frage der Teniente antwortete: »Mein Vater hat mir einmal gesagt, dass ich nicht mit seiner Hilfe rechnen solle, wenn es bei mir mal schlecht liefe. Und dass die immer gleiche Leier auch zu immer gleichen Ergebnissen führe. Deshalb mache ich jetzt mal was anders. Ich will sehen, ob das vielleicht der Weg zum Glück ist.«

»Na ja, bisher war dieser Weg leider mit Leichen gepflastert«, erwiderte Sabadelle und schnalzte schon wieder mit der Zunge, allerdings leiser als zuvor.

Die Teniente musste ihre ganze Willenskraft aufbringen, um seinen Kommentar zu ignorieren und verständnisvoll zu Oliver hinüberzusehen, der unbeirrt fortfuhr: »Und ansonsten hab ich auch noch einen Plan B, ebenfalls inspiriert von meinem Vater. Er sagt nämlich immer, dass wir Menschen alle aus demselben Holz geschnitzt sind. Um uns nicht allein und verloren zu fühlen, müssen wir uns deshalb mit einer ganz anderen Art von Wesen zusammentun, das von unseren lächerlichen Sorgen nichts versteht und auch nicht das geringste Interesse daran hat.«

Fragend schaute Redondo ihn an.

»Oder anders gesagt«, klärte Oliver sie mit sanftem Lächeln auf, »dass man sich in solchen Situationen einen Hund zulegen soll.«

Sabadelle brach in lautes Gelächter aus.

»Ihr Vater hat's wirklich drauf. Englischer Humor, was?«

Überrascht lachte auch Redondo. Der alte Gordon schien ein interessanter Typ zu sein. Aber die Unterhaltung über ihn mussten sie wohl später fortführen, jetzt waren sie nämlich am Ziel angelangt. Es war unglaublich: Noch war es nicht einmal zehn Uhr, und trotzdem drängten sich in Santillana del Mar schon die Touristen am Eingang des Städtchens. Vielleicht hatten die Wolken heute Morgen die ganzen Badegäste dazu animiert, auf kulturelle Aktivitäten auszuweichen. Teniente Redondo musste sich allerdings eingestehen, dass der Ort wirklich Charme hatte. Hier schien jedes Haus, jeder Stein Geheimnisse aus alter Zeit in sich zu tragen, und in der Luft lag die Essenz jener Menschen, die damals so ganz anders gelebt hatten. Und das, obwohl in vielen der einstigen Herrenhäuser Souvenirlädchen mit ziemlich absurden Andenken Einzug gehalten hatten, die in Wirklichkeit gar nicht aus der Gegend stammten. Mehrere Dutzend Wagen entfernten sich schon wieder vom Ortskern und machten sich auf den Weg zu den nahen Höhlen von Altamira, obwohl man nur ein Modell aus Pappmaschee besichtigen konnte. Die Welt war schon ein seltsamer Ort, voll von eigenwilligen Modeerscheinungen.

»Na, dann wollen wir mal«, sagte Redondo und warf hinter sich die Tür des geparkten Dienstfahrzeugs zu. »Sabadelle, du warst doch schon ein paarmal hier und kennst dich aus. Am besten folgen wir dir einfach.«

Sabadelle nickte zufrieden darüber, in diesem Fall wenigstens vorübergehend den Ton angeben zu können.

»Wir müssen das Gebäude von hinten betreten, da, wo sich die Drehklappe befindet.«

Die drei Besucher folgten einem langen, nach oben hin offenen Gang mit mehr als drei Meter hohen Wänden. Die Mauern wirkten erstaunlich hell und sauber, offenbar waren sie vor Kurzem erst renoviert worden.

»Wirklich beeindruckend«, bemerkte Oliver, »das ist ja alles makellos.«

»Allerdings«, nickte Sabadelle. »Die Klarissen haben früher im Regina-Coeli-Kloster hier direkt nebenan gewohnt, das hat man aber inzwischen zum Diözesanmuseum umfunktioniert. Jetzt leben die Schwestern hier«, fuhr er fort, »im Kloster San Ildefonso, in dem früher die Dominikanerinnen untergebracht waren. Vor dem Umzug wurde alles renoviert und schön hergerichtet, das war vor etwa fünf Jahren.«

Teniente Redondo lauschte seinen Ausführungen genauso interessiert wie Oliver, sie war nämlich zum ersten Mal hier.

»Es ist ein echtes Privileg, dass uns die Äbtissin, Schwester Mercedes, überhaupt so kurzfristig empfängt, und dann auch noch drei Mann hoch. Immerhin sprechen wir hier von Klausurnonnen«, sagte Sabadelle und schaute Oliver an. »Vorerst rede daher am besten nur ich«, meinte er und sah fragend seine Vorgesetzte an, die bestätigend nickte. »Und wenn wir mit den kunsthistorischen Erkundigungen durch sind, können Sie gerne fragen, was Sie über Ihre Familie wissen möchten, Señor Gordon.«

»Einverstanden«, antwortete Oliver, ohne den Guardia Civil anzusehen, er war nämlich völlig auf die Umgebung fixiert.

Sie erreichten einen breiten Bogen mit einer Doppeltür aus Holz, in die man runde schwarze Nägel geschlagen hatte. Hier fühlte man sich augenblicklich ins sechzehnte Jahrhundert zurückversetzt. Über der steinernen Arkade ragte ein kleines Dach hervor, das aus schlichten Holzbalken bestand und mit arabischen Ziegeln gedeckt war. Rechts vom Tor hing ein schwarz gestrichenes Schild aus Eisen, dem man das Aussehen eines Pergaments verliehen hatte, und darauf stand in weißen, mittelalterlich anmutenden Buchstaben: Backwaren der Klarissenschwestern: Kleingebäck und Kuchen, Direktverkauf.

»Die verkaufen Kuchen?«, fragte Oliver erstaunt.

»Glauben Sie etwa, die Damen leben nur von Sakralkunst und göttlicher Vorsehung?«, entgegnete Sabadelle mit seinem üblichen Schnalzen.

Nun betraten sie einen riesigen Innenhof mit Kopfsteinpflaster. Links von ihnen erhob sich ein beeindruckender gemauerter Turm, während in Richtung Osten ein weiterer Torbogen auf sie wartete, der Zugang zu einer Art Gewölbe aus alter Zeit zu bieten schien. Bevor sie ihn erreichten, bemerkten sie zu ihrer Rechten einen steinernen Trog mit jeder Menge für die Jahreszeit typischen roten, rosafarbenen und weißen Blumen.

Sie durchschritten den Bogen und betraten einen Raum mit Fußboden und Wänden aus Stein, der stellenweise weiß getüncht war. Hier und dort hingen Hinweisschilder über schmalen Türen, die zu Sprechzimmern führten. Und dann gab es da noch ein Drehkreuz, ein Element aus düsterem, glänzendem Holz. Es ermöglichte den Nonnen, Touristen ihr Naschwerk zu verkaufen, ohne dabei gesehen zu werden. Ein schlichter, schmaler Tisch im kastilischen Stil stand im Raum, ihn dominierte jedoch das riesige Schaufenster rechts vom Drehkreuz, das fast die ganze Wand einnahm und hinter dem sich, erleuchtet und von der Außenwelt abgeschirmt, frische Plätzchen, Gebäck und Kuchen drängten.

»Das sieht ja wirklich lecker aus, vielleicht nehm ich

sogar etwas mit«, sagte Sabadelle, während er auf einen Klingelknopf unter einem anderen Schild drückte. Das war wohl die einzige Möglichkeit, mit den Schwestern zu kommunizieren, wenn man etwas von ihrem berühmten Backwerk kaufen oder eben mit ihnen sprechen wollte.

Über eine Art Gegensprechanlage wurde sofort geantwortet, aber nach kurzem Wortwechsel mit Subteniente Sabadelle ließ man sie in diesem offenen Raum mit Blick auf das luftige Backwerk fast eine halbe Stunde warten. Schließlich erschien in einer der Seitentüren eine rundliche junge Schwester, die sie mit herzlichem Lächeln ins Gebäude ließ. Sie stellte sich als Schwester Pilar vor, sprach aber nicht mehr als nötig, obwohl Augen und Mund auf fast übertriebene Weise strahlten. Oliver war überrascht, als er den starken südamerikanischen Akzent bemerkte, weil die junge Frau ein so klassisches schwarz-weißes Habit trug, eine uralte und doch zeitlose Uniform. Es kam ihm vor, als würde er hier geradewegs in eine andere Welt eintauchen. Schwester Pilar erklärte, dass man sie schon erwartete und man ihren Mitschwestern Bescheid gesagt hatte, die sich daraufhin in andere Räumlichkeiten zurückgezogen hätten. Die junge Nonne führte die Besucher durch einen schlichten Kreuzgang mit kleinen Arkaden, durch die man die Fenster im oberen Stockwerk sehen konnte. Nachdem sie in einen kühlen, sauberen Gang mit steinernen Wänden eingebogen waren, kamen sie an zahlreichen hölzernen Türen vorbei. Als die Ordensschwester ihnen die letzte Tür öffnete, fiel Licht auf den Flur. Sie betraten einen riesigen, hellen Saal, der von gegensätzlichen Aromen beherrscht wurde: Er roch nach Farbe, Verdünnungsmittel, Acryl, vermischt mit dem Geruch von etwas Betagtem, von Altertum, Feuchtigkeit und dem Lauf der Zeit.

Im Raum wartete einzig die Äbtissin auf sie, Schwester Mercedes, die sich nun gemächlich umdrehte, um sie zu begrüßen. Sie ließ von einer riesigen Leinwand in blauen und dunkelroten Farben ab, die sie vermutlich gerade restaurierte. Trotz ihres hohen Alters strahlte die Oberin durch ihren Blick aus hellen, fast durchsichtigen Augen Stärke, Selbstsicherheit und Gemütsruhe aus.

»Herzlich willkommen, Señor Sabadelle«, sagte sie nun mit einem Lächeln. »Ich habe Sie bereits erwartet.«

Der Subteniente stellte seine Begleiter vor, während Schwester Pilar sich zwar im Hintergrund hielt, wie ein braves Hündchen dabei aber aufmerksam und bewundernd die Mutter Oberin im Auge behielt.

Nachdem Sabadelle mit Schwester Mercedes ein wenig über das Wetter und darüber geplaudert hatte, wie wichtig seiner Meinung nach die Rolle der Guardia Civil bei der Sicherung von Ruhe und Frieden in ländlichen Gegenden war, erklärte er der Äbtissin kurz den Grund für diesen Besuch. Als er ihr die Fotos von Tlaloc zeigte, verschwieg er dabei, dass die Figur bei der Kinderleiche aus der Villa gefunden worden war, und erst recht, dass dieser Fund möglicherweise im Zusammenhang mit einem Mord stand. Aber Schwester Mercedes, die offenbar nicht nur Nonne, sondern eben auch eine Frau war, reagierte mit Fragen von katzenhafter Intelligenz.

»Sabadelle, Sie wissen ja, dass ich immer rückhaltlos zur Zusammenarbeit mit den Behörden bereit bin. Aber um Ihnen helfen zu können, muss ich wissen, wo Sie diesen mesoamerikanischen Gott herhaben.«

»Sie kennen ihn also?«, fragte der Subteniente verblüfft.

»Natürlich bin ich mit heidnischen Götterdarstellungen vertraut, sowohl zeitgenössischen als auch historischen. Wir sind schließlich Ordensschwestern, und als solche widmen wir uns nicht nur der Verehrung unseres armen gekreuzigten Herrn Jesus Christus. Wir beschäftigen uns auch mit weiteren Fragen spiritueller Art, wozu der Glaube anderer Menschen und Völker gehört.«

»Schwester Mercedes, ich fürchte, dass die Herkunft dieses Gegenstands im Moment der Geheimhaltung unterliegt und ich sie daher nicht preisgeben darf.«

»Bei anderer Gelegenheit haben Sie sich aber nicht so bedeckt gehalten.«

»Wenn es um Kunstraub ging, Mutter Oberin, aber hier haben wir es vermutlich mit einem Mord zu tun.« So langsam geriet Sabadelle ins Schwitzen und suchte nach den passenden Worten, um Schwester Mercedes zu besänftigen. »Natürlich haben wir Ihre unschätzbare Mithilfe bei der Suche nach dem verschwundenen Kodex nicht vergessen«, sagte er und bezog sich nun auf einen Fall, der bereits einige Monate zurücklag. »Wir wollen Sie hier an Ihrem Rückzugsort ja auch nicht stören. Aber vielleicht können Sie uns wenigstens einen Hinweis geben, ob diese Statuette irgendetwas mit Kantabrien oder zumindest mit Spanien zu tun hat.«

Schwester Mercedes lächelte zwar, aber ihr Blick blieb ernst und misstrauisch.

»Ich möchte wirklich nicht, dass das Kloster irgendwelche Schwierigkeiten bekommt, Señor Sabadelle, und diese Angelegenheit klingt ziemlich schwerwiegend. Mich hat sowieso schon gewundert, dass Sie hier mit drei Personen aufkreuzen, um mich so etwas Simples zu fragen.«

Einige Sekunden schwiegen alle. Dann schnalzte Sabadelle und sagte mit bemüht ruhiger Stimme: »Ich habe ja schon erwähnt, dass Señor Gordon auch aus persönlichen Gründen hier ist, die mit dieser Sache in Zusammenhang stehen.«

Schwester Mercedes löste den Blick nicht einen Moment von Oliver. »Persönliche Gründe also … Gut, dann haben Sie diese Figur wohl in der Villa Marina gefunden.«

»Entschuldigen Sie bitte, Mutter Oberin, aber … wie kommen Sie denn darauf?«, fragte Sabadelle verblüfft, während Oliver und Teniente Redondo die Äbtissin nur sprachlos anstarrten. Die lächelte, und kurz sah es so aus, als würde sie sich über die drei Besucher lustig machen.

»Ich fürchte, was Sie mir da verschweigen wollen, hat die Presse schon längst enthüllt, Señor Sabadelle.«

»Die Presse? Aber Sie haben doch gar keinen … Ich meine, Sie leben doch in Klausur.«

»Allerdings. Die Klausur ist aber kein Selbstzweck, sondern ein Weg, unsere Lebensart zu schützen. Und obgleich wir den Kontakt mit der Außenwelt meiden, ignorieren wir sie nicht. Wir sind hier keine Gefangenen, Señor Sabadelle, sondern verlassen das Kloster, um zu wählen, uns weiterzubilden … Wir haben hier sogar ein Exerzitienhaus, in dem man sich ein paar Tage von der Welt zurückziehen und in sich gehen kann.« Schwester Mercedes verstummte kurz. Obwohl sie saß, hatte man den Eindruck, dass sie sich aus einer Position der Überlegenheit an ihre Gesprächspartner wandte. »Ich für meinen Teil verlasse das Kloster mit meinen fast neunzig Jahren eigentlich nur noch, um zum Arzt zu gehen, wie zum Beispiel diese Woche, Señor Sabadelle.« Wieder verstummte sie, fügte dann aber erklärend hinzu: »Arthrose. Doch der Rheumatologe kümmert sich wirklich gut um mich.« Sie stand auf, um ihren guten gesundheitlichen Zustand zu demonstrieren, und zwinkerte Oliver zu. »Außerdem liegen in seinem Wartezimmer Zeitungen aus, in denen ich das Bild dieses jungen Mannes gesehen habe«, wieder schaute sie zu Oliver hinüber, »und zwar vor der Tür seines Hauses, in dem der Presse zufolge eine winzige Leiche gefunden wurde.«

So langsam hatte Teniente Redondo wirklich die Nase voll von den Spielchen der Äbtissin, die sie hier wie dumme Schulkinder behandelte. Sie beschloss einzugreifen, da die von Sabadelle geführte Befragung ja doch zu nichts führte.

»Mutter Oberin, wir möchten wirklich nur wissen, ob Sie mit Ihrer Fachkenntnis vielleicht irgendeine Verbindung zwischen dieser Gottheit und Spanien oder Kantabrien herstellen können.« Offenbar bemühte sie sich der Ordensschwester gegenüber um einen möglichst sanften Tonfall.

»Wir sind hier in Kantabrien die einzige Werkstatt für die Restauration von Kunstwerken«, erwiderte die Oberin und schaute die Teniente unverwandt an. Wenn ihr deren ungewöhnliche Augen aufgefallen sein sollten, zeigte Schwester Mercedes es jedenfalls nicht. Sie sprach mit energischer Stimme weiter. »Ich arbeite schon seit über fünfzig Jahren an Gemälden und Skulpturen sowie an Studien über die Kunstgeschichte Kantabriens. Wenn mir dabei je eine Figur mit zwei Schlangen im Mund untergekommen wäre, dann würde ich mich mit Sicherheit daran erinnern, das kann ich Ihnen versichern. Wie Sie wissen, wird die Schlange im christlichen und islamischen Glauben mit dem Teufel in Verbindung gebracht. Ganz anders in anderen Religionen, der Hinduismus stellt den Gott Shiva zum Beispiel als Schlange dar, meistens als Kobra … Aber eine Gottheit mit einer Schlange im Mund habe ich noch nie gesehen.« Schwester Mercedes legte eine Verschnaufpause ein und sah jetzt wieder Sabadelle an. »Es tut mir leid, aber ich fürchte, dass ich Ihnen in diesem Fall nicht weiterhelfen kann.«

Enttäuschung machte sich auf den Zügen des Subteniente breit. Sie standen also immer noch ganz am Anfang.

Wieder meldete sich Teniente Redondo zu Wort: »In diesem Fall sind wir schon so gut wie wieder weg, Schwester Mercedes. Aber wir möchten uns wirklich für Ihre Hilfsbereitschaft bedanken und dafür, dass Sie uns so kurzfristig empfangen haben.«

Als die Äbtissin verhalten nickte, deutete Valentina auf Oliver: »Señor Gordon hat uns heute auch deshalb begleitet, weil er sich von Ihnen Informationen über seine Familiengeschichte erhofft. Seine Mutter, Señora Gordon, war vor etwa zehn Jahren hier und hat ähnliche Fragen zur Familie gestellt, sie wurde nämlich bis zu ihrem zweiten Lebensjahr von den Schwestern dieses Ordens aufgezogen und dann später vom Ehepaar Pereiro aus Suances adoptiert.«

»Oh, ja, daran erinnere ich mich, Lucía Pereiro, obwohl sie sich zunächst nicht mit ihrem Mädchennamen vorgestellt hat, sondern als Lucía Gordon. Sie wissen vermutlich, dass Señora Gordon unseren Orden mit einer großzügigen Spende bedacht hat. Wir waren von ihrem Tod tief betroffen.« Bedauernd sah die Mutter Oberin Oliver an. »Damals konnten wir Señora Gordon nach einem Blick in die Archive lediglich bestätigen, dass man sie Anfang 1949 im Kloster Regina Coeli in die Drehklappe gelegt hatte. Sie schien damals ein paar Wochen alt gewesen zu sein. Später dann adoptierten die Pereiros sie, das war Anfang '51, auch wenn ich mich an den Monat ehrlich gesagt nicht mehr erinnere. Bis zu diesem Zeitpunkt hatten wir uns um sie gekümmert, so gut es uns eben möglich war. Es wurden damals regelmäßig Säuglinge in der Klappe zurückgelassen, und wir zogen zu jener Zeit mehrere Dutzend Kinder auf.«

Jetzt konnte sich Oliver nicht länger bremsen. »Sie kannten also meine Mutter als kleines Kind?«

»Allerdings, wenn auch nur für kurze Zeit. Mein Eintritt ins Kloster erfolgte tatsächlich ein paar Wochen, nachdem meine Mitschwestern das Mädchen aufgenommen hatten. Aber ich konnte Señora Gordon bei ihrem Besuch auch nicht mehr sagen als Ihnen jetzt.«

»Und gab es keine Nachricht, oder vielleicht irgendein besonderes Kleidungsstück, das einen Hinweis auf ihre Herkunft geben könnte?«, hakte Oliver nach.

»Ich fürchte nicht, Señor Gordon, und falls doch, ist diese Information seitdem verloren gegangen. Überlegen Sie doch nur, wie viel Zeit inzwischen verstrichen ist ... fast fünfundsechzig Jahre. Ihre Mutter hat verstanden, dass wir ihr diesbezüglich auch nicht mehr sagen konnten. Letztlich ist eine Geburt ja doch nicht mehr als Schmerzen, die Liebe erwächst hingegen, wenn man ein Kind aufzieht. Deshalb waren die Menschen, die ihre Mutter bei sich aufgenommen haben, zwar nicht ihre leiblichen, aber doch ihre wahren Eltern.«

»Ja, das stimmt wohl. Und trotzdem danke«, nickte Oliver enttäuscht und ließ den Blick über die riesige Leinwand wandern, vor der die Ordensschwester saß. Als sich die beiden Ermittler schon verabschieden wollten, hatte er aber doch noch eine Frage: »Verzeihen Sie bitte meine Neugier ... aber warum wurden dem Mann auf dem Bild denn die Augen ausgekratzt?«

Schwester Mercedes lächelte und schien sich über sein Interesse zu freuen. Dann drehte sie sich zu der riesigen Leinwand aus dem vierzehnten Jahrhundert um, auf der der Tod des heiligen Franziskus dargestellt wurde. Von Engeln begleitet, stieg Sankt Franziskus auf dem Gemälde in den Himmel auf, beobachtet von Kirchenmännern,

Rittern und Bauern am Boden. Es war einer dieser Ritter, dessen Augen auf dem Bild zerstört worden waren, so als hätte man sie mit einem Radiergummi bearbeitet, bis an der Stelle nur noch der Stoff zu sehen war.

»Offenbar hat wohl irgendjemand diesen Edelmann für den Teufel gehalten, Señor Gordon. Früher hat man Menschen auf Bildern oft die Augen ausgekratzt, um dem bösen Blick zu entgehen.«

»Ach, tatsächlich? Das wusste ich nicht«, erwiderte Oliver erstaunt, während er der betagten Nonne zum Abschied die Hand reichte.

»Tja, das ist eins der Probleme, um das wir uns beim Restaurieren des Gemäldes kümmern. *Ex umbra in solem.*«

Fragend sah Oliver sie an. Während sich Schwester Mercedes abwandte, ihm den Rücken kehrte und sich wieder vor das Kunstwerk setzte, übersetzte sie ohne einen Blick zurück: »Aus dem Schatten ins Licht, Señor Gordon. Aus dem Schatten ins Licht.«

***Am 20.10.1937 wurde*** Gijón von den Nationalen eingenommen, und so wurde auch die letzte republikanische Domäne in Asturien und ganz Nordspanien erobert. In diesem Land der Krieger war die Schlacht verloren, und die internationale Presse glaubte längst, dass ein franquistischer Sieg über den Rest der Halbinsel nur eine Frage der Zeit war.

Es gab Abendessen. Jana, Clara und David saßen mit ihrem Vater am Küchentisch und hatten keine Ahnung davon, was in Gijón geschehen war: Ihr Mittelpunkt der Welt war heute dieses Zimmerchen in Hinojedo, das von einer Karbidlampe erleuchtet wurde.

Das war die Nacht, in der Jana zum zweiten Mal in ihrem Leben wie ein Sack Mehl umfallen würde. Reglos würde sie zu Boden sinken, mit einem eisigen Gefühl im Magen ohnmächtig in die Dunkelheit hinübergleiten. Aber für Benigno gab es einfach keine Alternative, und auf lange Sicht war es für die Kinder doch wirklich besser. Das tat er nur für sie, ihm selbst brach es ja das Herz. Aber so würden sich für die drei schließlich ganz neue Möglichkeiten eröffnen. Obwohl natürlich niemand sagen konnte, wie die Sache ausgehen würde. Vielleicht fügte er ihnen damit ja auch unwiderruflich Schaden zu? Konnte es tatsächlich gut für sie sein, wenn es ihn selbst innerlich zu zerreißen drohte? Erst als er beschloss, sie wegzuschicken, erkannte Benigno, dass er seine Kinder unendlich liebte.

David würde schon nächste Woche nach La Tablía aufbrechen. Der bekannte Viehhof gehörte zu Suances, obwohl er an der Grenze zu einem anderen Dorf namens Tagle lag.

Dort würden sich ein Cousin zweiten Grades von Benigno und seine Frau des Jungen annehmen. David würde fast jeden Tag zur Schule gehen können, und nachmittags musste er dann mit dem Vieh helfen. Das war kein schlechtes Leben, und er würde nicht weit weg von zu Hause sein.

Clara konnte zu Großmutter Julia nach Torrelavega ziehen und dort in der Küche und im Haushalt mithelfen, während auch sie die Schule besuchte. Die Dienstherren hatten sich verständnisvoll gezeigt. Allerdings wollten sie nur die ältere Schwester bei sich aufnehmen, die besser im Haus zur Hand gehen konnte, schließlich hatten sie dort keinen Platz für die komplette Verwandtschaft ihrer Angestellten. Und so wurde der Wunsch, sich den Geboten der Kirche entsprechend karitativ und wohltätig zu zeigen, von praktischen Aspekten begrenzt – man konnte auch in Kriegszeiten nun wirklich nicht jeden beherbergen, der irgendwie in der Klemme steckte.

Jana war die Kleinste, sie war ein ganz besonderes Mädchen und zog mit ihren grünen Augen die Blicke aller auf sich. Trotz der schrecklichen Dinge, die sie bereits erlebt hatte, hatte sie ihr Strahlen nicht verloren, mit dem sie auf ihrem Weg die anderen ansteckte wie ein Rohdiamant aus der Steppe der Träume. Noch war sie jung, formbar, anpassungsfähig. Sie schien es am besten getroffen zu haben. Die Schwester von Großmutter Julia, Großtante Amparo, wohnte in Comillas, einem der elegantesten Orte Kantabriens. Einer ihrer Söhne kämpfte auf der Seite der Nationalen im Krieg, der andere war Priester und lebte in Madrid. Zusammen mit ihrem Mann, einem Fischer, führte sie eine Gaststätte, die trotz der harten Zeiten nicht schlecht lief, und die beiden hatten sich dazu bereit erkärt, eins der Kinder mit durchzufüttern. Jana würde zur Schule gehen und müsste nur ein wenig im Haushalt oder der Gaststätte helfen. Sie wäre fast so etwas wie ein feines Fräulein aus der Stadt.

Aber als Jana von ihrem Schicksal erfuhr, presste sie ganz fest die Augen zu. Noch bevor sie das getan hatte, war längst alles finster, dunkel und unbegreiflich geworden. Wenn sie wirklich zu dieser freundlichen alten Frau ziehen würde, die sie im Leben doch kaum ein halbes Dutzend Mal gesehen hatte, dann musste sie dafür ihre bisherige bekannte Welt zurücklassen, ihre Geschwister, den Vater, die Tiere, ihre Wiesen und ihren blauen Himmel. Ihre Geschwister würden nur eine Stunde Fußmarsch von Hinojedo entfernt sein, wenn auch in unterschiedlichen Richtungen, aber sie … Wo zum Teufel lag denn Comillas überhaupt? Das waren doch sicher drei Stunden Weg, oder vielleicht sogar noch mehr! Ob es wohl einfach sein würde, da wegzulaufen und nach Hause zurückzukehren?

David war der Einzige, der nicht weinte. So wie er es sah, behandelte man ihn nun endlich wie einen Mann, und ihm kam das Ganze sogar wie ein Abenteuer vor, obwohl auch ihm insgeheim die Angst vor der Trennung die Kehle zuschnürte. Obwohl er sich die Worte und Gesten eines Mannes zu eigen gemacht hatte, war er doch nur ein dreizehnjähriger Junge, der hier den Starken markierte.

Clara weinte, allerdings leise und mit der abgeklärten Beherrschung einer Erwachsenen. Sie bettelte ihren Vater an, zu Hause bleiben zu dürfen. Wenn er ihr nur eine Chance gab, sich zu beweisen, würde sie ihre Geschwister versorgen. Da Benigno sich auf keine Diskussionen einließ, trocknete sie schließlich ihre Tränen und begann ihm in aller Ruhe darzulegen, wie sie kochen, im Garten arbeiten und als Herrin des Hauses fungieren würde. Sie mit ihren stolzen elf Jahren würde sich um alles kümmern. Aber auch das brachte nichts.

Benigno weinte still, mit offenen Augen und ohne den Verstand zu verlieren. Er erklärte seinen Kindern, dass es sich nur um eine vorübergehende Maßnahme handelte. Ohne die

Hilfe einer Frau konnte er ganz allein mitten im Bürgerkrieg einfach nicht für sie sorgen.

Jana konnte damals weder das Ausmaß noch die Länge dieser »vorübergehenden Maßnahme« richtig einschätzen. Und sie konnte sich einfach nicht vorstellen, dass ihre Familie auseinandergerissen werden sollte und man die Geschwister in alle Winde verstreuen würde. Und dann sollte ihr Vater auch noch als Einziger zurückbleiben, ganz allein und von Erinnerungen umzingelt? Als sie das Bewusstsein verlor, schlug sie mit dem Kopf auf den hölzernen Küchenboden, merkte davon aber nichts. In bleierne Wolken einzutauchen und im Halbdunkel der Träume zu wandern bot ihr eine unerwartete Atempause. So konnte sie sich fangen, um dann schließlich zu handeln. Als sie wieder aufwachte, lag sie mit ihren schlafenden Geschwistern in einem Bett, und Benigno wiegte sie in seinen Armen. Jana sah ihren Vater aus riesigen, klaren Augen an, so als hätte sie stundenlang geruht.

»Papá …«

»Endlich bist du wieder wach, mein schönes Mädchen«, flüsterte Benigno seiner Tochter erleichtert zu. Plötzlich erschien ihm ihr Gesicht so viel älter, erstaunt nahm er die stille Gelassenheit darin wahr.

»Papá … werden wir uns wiedersehen und dann alle zusammen sein?«

»Natürlich, meine Süße. Ich werde dich alle paar Wochen besuchen. Und wenn bessere Zeiten kommen, leben wir wieder gemeinsam hier als Familie.«

»Das ist dann also eher so wie Ferien?«

»Ja, genau, wie Ferien«, lächelte Benigno. Ihn erstaunte diese Sicht der Dinge, aber unerwarteterweise beruhigte sie sein Gewissen, auch wenn sie ihm das Gefühl der Beklemmung in der Brust nicht nehmen konnte.

»Da gehst du zur Schule und findest neue Freundinnen, und

wenn du zurückkommst, erzählst du uns alles. Du wirst schon sehen, Tante Amparo und der Onkel sind wirklich gute Menschen.«

»Aber ich will wirklich nicht fortgehen.«

»Und ich will euch auch nicht wegschicken, aber ihr seid schließlich schon große Kinder. Denk außerdem daran: Das ist wie Ferien. Du wirst ganz neue Sachen ausprobieren, schöne Orte sehen ... und viel weniger arbeiten als hier«, stieß Benigno hervor, auch wenn das Lächeln auf seinem traurigen Gesicht erzwungen wirkte.

»Aber es macht mir ja gar nichts aus, zu arbeiten! Ich könnte doch hierbleiben und noch früher aufstehen, Papá!«

»Nein, meine Schöne, du stehst jetzt schon viel zu früh auf. Und deshalb gehst du nach Comillas, wo es dir bestimmt gefallen wird. Das ist wirklich ein wunderbares Dorf, da wirst du im Häuschen deiner Tante wohnen, ganz in der Nähe des Hafens. Von da aus kannst du sogar das Meer sehen, und die Fischer, wenn sie mit den Sardinen zurückkommen und die Möwen um sie herumflattern.«

»Möwen find ich schön.«

»Das weiß ich doch. Und hab ich dir schon erzählt, dass ich früher manchmal mit Onkel Pepe raus aufs Meer gefahren bin?«

»Mit Onkel Pepe?«

»Na klar, Dummerchen, das ist doch der Mann von Tante Amparo. Der redet nicht viel, ist aber ein guter Mensch, das wirst du schon sehen. Vielleicht nimmt er dich ja auch mal im Boot mit. Weißt du, das Steuern ist da gar nicht so einfach, weil das Wasser ziemlich flach und voller Felsen ist.«

Jana blickte nachdenklich drein.

»Dann sind das ja wirklich einfach nur Ferien. Und David und Clara besuchen mich da bestimmt mal. Genau wie du, nicht wahr, Papá?«

»Natürlich, meine Schöne. Also, siehst du, einfach nur Ferien«, erwiderte Benigno und drückte Jana wieder, schloss sie fester in die Arme, während er sie sanft wiegte. Hoffentlich schlief sie gleich ein und verlangte ihm nicht weiter all diese schweren Antworten ab, die zugleich so leicht waren wie Rauch. Bevor sie sich in den Schlaf lullen ließ, schaute Jana ihrem Vater in die Augen und begriff zum ersten Mal in ihrem Leben, dass er sie gerade anlog.

Das hier würde ihre Zukunft unwiderruflich verändern. Die Trommeln der Seele erklangen jetzt im Einklang mit einem kranken Verstand und einem harten Herzen: Ob sie nun eher zufällig oder exakt geplant sind, unbedeutend oder enorm, es bringen eben alle Taten Konsequenzen mit sich. Langsam, doch zugleich unaufhaltsam bildete sich eine radikale Persönlichkeit aus, die ebenso schlau wie gefährlich war.

Weißt du, wo die wahre Gefahr liegt?

Im Unberechenbaren.

***Für Sargento Riveiro*** war es nun wirklich alles andere als ein ruhiger Morgen. Das hatte er auch gar nicht erwartet, schließlich arbeiteten sie gerade gleich an zwei wohl miteinander verwobenen Fällen, dem der Villa Marina und dem des Toten vom Damm. Teniente Redondo hatte augenblicklich das ganze Ermittlungsteam mobilisiert.

Obwohl sie seit weniger als einem Jahr an der Spitze der Abteilung stand, kannte Riveiro seine Vorgesetzte gut: Sie war schnell und effektiv, auch wenn sie manchmal ein wenig obsessiv wirkte. Sie ließ keine Fehler gelten, keine Verspätungen oder Ausreden. Bei ihr war immer alles klar definiert und ordentlich. Sie machte es vor und ging mit gutem Beispiel voran, war morgens immer die Erste im Büro und ging abends als Letzte. Und dabei war sie noch nicht einmal eine eiskalte Zicke, die ihren Mitarbeitern militärisch das Äußerste abverlangte, ganz im Gegenteil. Sie war zugänglich, herzlich und hatte einen tiefschwarzen Humor, aber wenn es um die Ermittlung in einem Todesfall ging, erwartete sie äußerste Akribie und einen Blick fürs Detail. Auch ihr Büro spiegelte ihren Kontroll- und Sauberkeitsfimmel wider, der schon ein wenig über das Normale hinausging. Riveiro hatte sich an ihre Untadeligkeit gewöhnt, daran, dass sie sich ständig die Hände wusch, an ihre kleinen Marotten, was Sauberkeit und Ordnung anging. Die wurden im Gegenzug von einem klaren, entscheidungsfreudigen Verstand begleitet, außerdem von Ehrlichkeit und einem starken Ehrgefühl. Deshalb war ihre Haltung anderen gegenüber ausgeglichen und voller Mitgefühl, obwohl sie doch in der Kommandantur einen gehobenen Posten bekleidete. In beruflicher Hinsicht konnte man ihr eigentlich nur ihre völlige Unfähigkeit in Fragen der Informatik vorhalten und vielleicht ihre unflexible Haltung, wenn es darum ging, das Zuspätkommen anderer zu entschuldigen. Da übertrieb sie einfach ein bisschen: Wenn man abends ein paar Stunden länger geblieben war, konnte man morgens doch wirklich etwas später eintrudeln. Hatte sie denn etwa keine Familie? Über ihr Privatleben wusste Riveiro ehrlich gesagt ziemlich wenig. Sie lebte in Santander, in einer Wohnung ganz in der Nähe der Playa de los Camellos, und sie hatte auch einen Freund, oder? So einen Typen, der gelegentlich mal erwähnt wurde, den aber noch nie jemand zu Gesicht bekommen hatte. Wenn es um ganz persönliche, intime Dinge ging, war sie dann eben doch zurückhaltend.

Die Teniente war mit Sabadelle nach Santillana del Mar und Comillas gefahren, wobei sie Señor Gordon mitgenommen hatte, um ihn auf diese Weise stillschweigend und diskret zu überwachen. Es war wirklich besser, ihn im Auge zu behalten, für alle Fälle.

Redondo hatte Cabo Roberto Camargo darauf angesetzt, Oliver Gordons Angaben über die Besitzurkunde und den Eigentümerwechsel der Villa Marina zu überprüfen. Nachdem er mit dem Rechtsberater der Guardia Civil und Gordons Anwalt gesprochen hatte, hatte Camargo einige Minuten zuvor aus dem Grundbuchamt in Torrelavega angerufen und die Informationen bestätigt.

Außerdem hatte die Teniente bereits am Vortag zwei Mitarbeiter, Marta Torres und Alberto Zubizarreta, nach Suances geschickt. Sie sollten über das Leben und mögliche Freundschaften von Pedro Salas Díaz Erkundigungen einholen. Zu diesem Zweck sollten sie sich mit Seeleuten, Fischern und Bekannten des Opfers unterhalten sowie mit dem Besitzer des Gasthofs La Chalana, in dem Pedro Salas offenbar jeden Morgen gefrühstückt hatte.

Selbstverständlich hatte Teniente Redondo beim Verteilen der Aufgaben auch Riveiro nicht vergessen. Mit ihm verstand sie sich am besten und sah ihn gewissermaßen als ihre rechte Hand an, und deshalb waren ihm auch die wichtigsten Tätigkeiten zugefallen: Er hatte bei den Kollegen Druck wegen Pedro Salas' Computer gemacht und bei Richter Talavera die Freigabe der Telefondaten beantragt.

Sie mussten herausfinden, wem die letzten Anrufe des alten Fischers gegolten hatten, die Nummer stand nämlich nicht in seinem Adressbuch, und das Telefon schien inzwischen tot zu sein. Darüber hinaus mussten sie die gelöschten Nachrichten unter die Lupe nehmen, ihnen durfte einfach nichts entgehen. Zum Glück war Talavera seit jeher ein pragmatischer und umgänglicher Richter, mit dem sie Hand in Hand zusammenarbeiteten. Die Guardia Civil konnte auf sein Entgegenkommen zählen, was ein rasches Vorankommen bei den Ermittlungen ermöglichte.

Halb acht.

So langsam brauchte Riveiro mal dringend eine Tasse Kaffee, er war nämlich besonders zeitig aufgestanden. Heute Morgen hatte er sich früher als sonst von Ruth, seiner Frau, verabschiedet, die noch dösend im Bett gelegen hatte und im Halbschlaf sanft irgendetwas Unverständliches vor sich hin gemurmelt hatte. Er hatte sich einen Milchkaffee und zwei *Sobaos* mitgenommen, die flachen Stücke Zitronenkuchen, die für die Gegend so typisch waren. Seine Frau kaufte die immer bei Casa Borona in Torrelavega, und für ihn waren das wirklich die leckersten *Sobaos*. In seiner Kindheit hatte er sie während der Besuche bei seinen Großeltern in Vega de Pas geradezu verschlungen, und so ging es ihm auch heute noch, deshalb war Gebäck aus diesem immer noch existierenden Laden ein fester Bestandteil seines Frühstücks und Nachmittagskaffees. Wenn der Duft von frisch gebackenem Käsekuchen aus ihrer traditionellen Backstube die Kopfsteinpflaster-Gässchen erfüllte, versetzte ihn jenes gemütliche Aroma, das man sich auf der Zunge zergehen lassen konnte, augenblicklich zurück auf den Schoß seiner Mutter, von wo aus er als Kind die endlosen Hügel von Vega de Pas betrachtet hatte.

Aber an diesem Morgen machte sich seine Fantasie von seinem Streifenwagen aus nicht auf den Weg zurück in die Kindheit. Stattdessen versuchte er, sein improvisiertes Frühstück so schnell wie möglich zu beenden und sich dabei noch einmal durch den Kopf gehen zu lassen, was in der Nähe des Damms alles passiert war. Es handelte sich dabei um nichts weiter als eine lange Mole, die, von der Playa de la Ribera ausgehend, dem Verlauf der Playa de la Concha folgte und in der Nähe der Flussmündung endete, dort, wo San Martín de la Arena ins Kantabrische Meer floss. Riveiro wusste genauso gut wie Teniente Redondo, dass Menschen Gewohnheitstiere waren und tägliche Rituale brauchten, welche Ordnung schafften, ihnen Sicherheit und Selbstbewusstsein gaben. Er hatte sich freiwillig gemeldet, um mögliche Zeugen zu interviewen, die hier vielleicht jeden Morgen joggten, Brot ausfuhren oder mit dem Hund spazieren gingen, aber mit der Polizei offiziell lieber nichts zu tun haben wollten.

Bis um acht Uhr morgens hatte sich rund um den

Damm kaum etwas getan, mal abgesehen vom Auslaufen der Fischerboote und ein paar Jugendlichen, die betrunken von einer Nacht an der Strandpromenade zurückkehrten. Riveiro fragte sich, wo denn deren Eltern steckten, schließlich war nicht einmal Wochenende, und diese Teenager sahen ziemlich jung aus. Vielleicht wurde er ja langsam alt und altmodisch, aber die Welt drehte sich in letzter Zeit für seinen Geschmack viel zu schnell. Dann lief es ihm kalt den Rücken hinunter, als er an seine Kinder dachte, die sieben und neun waren. Sein Großer würde bald schon zur Erstkommunion gehen – ob die Werte, die sie ihm zu Hause vermittelten, wohl genügten? Und war die mitgegebene Dosis Religion auch hoch genug, oder war sie eher überflüssig? Als er einmal einen neugierigen Blick in die Religionsbücher seines Sohnes geworfen hatte, hatte er eigentlich nicht den Eindruck gehabt, dort Antworten auf Fragen des modernen Lebens zu finden.

Jetzt verdrängte er diese Gedanken erst einmal und konzentrierte sich wieder auf den Fall, für den er heute derart früh aufgestanden war. Wie schade, dass der Damm so weit von den Sommerapartments entfernt war. In der unmittelbaren Umgebung gab es nur Hotels und ein paar Restaurants, die so früh morgens natürlich geschlossen waren.

Ihm ließ noch eine andere Sache keine Ruhe, nämlich die Geräuschkulisse. Wie war es denn möglich, dass niemand den Schuss gehört hatte? Gerade in der morgendlichen Stille hätte doch irgendeinem Frühaufsteher ein lauter Knall auffallen müssen. Hatte der Mörder vielleicht einen Schalldämpfer benutzt?

Riveiro studierte seine Umgebung eingehend. Das nächste Lokal war das Restaurant La Cabaña, das mit seinen komplett aus Glas bestehenden Wänden die perfekte Aussicht auf den Damm bot, aber am Sonntag vor neun natürlich nicht geöffnet hatte.

Übernachtungsmöglichkeiten boten hier in der Nähe das kleine Hotel de la Concha de Suances, das in hellem, grünlichem Zitronengelb gestrichen war, und das viel größere Soraya, welches in Weiß und Marineblau gehalten war. Riveiro beschloss, dass er um neun Uhr dort rübergehen würde, um zu fragen, ob einer der Gäste etwas Ungewöhnliches gesehen oder gehört hatte, obwohl Touristen natürlich nicht gerade als Frühaufsteher bekannt waren. Vielleicht sollte er für alle Fälle auch noch die etwas weiter entfernten Hotels wie das Sydney oder das Muelle de Suances mit hinzunehmen. Später würde er dann noch einmal mit den Kindern des Verstorbenen sprechen, obwohl die natürlich bereits ein Kollege vernommen hatte. Aber irgendetwas, irgendeine Verbindung musste er doch zwischen Pedro Salas und der Villa Marina finden können.

Er sprach mit einem Rentner, der pünktlich um 8.15 Uhr mit seinem Golden Retriever Gassi ging, und mit einem jungen Muskelprotz, der danach ohne Unterlass von einem Ende des Strandes zum anderen joggte. Dann befragte er auch noch den Fahrer, der hier in der Gegend Lokale mit Croissants und anderem Gebäck belieferte. Aber so langsam begann er wirklich zu verzweifeln, weil nämlich niemandem etwas aufgefallen zu sein schien. Zum Schluss unterhielt er sich noch mit zwei alten Herren, die am Kai angelten. Einer von ihnen stellte sich ihm als Antonio Rúa vor und erklärte, dass er wie viele andere Anwohner auch Pedro Salas gekannt hatte. Der hatte nämlich am Sonntag an dieser Stelle oft geangelt, was Riveiro bei einem Fischer schon etwas seltsam fand. Am Tag des Mordes war Antonio Rúa mit seiner Angelrute nicht hergekommen, weil er mit etwas anderem beschäftigt gewesen war und bei so ruhigem Meer sowieso nicht mit Fischen gerechnet hatte.

Das ließ Riveiro aufhorchen – warum war Pedro Salas dann an jenem Morgen hier gewesen? Mal abgesehen von der neuen Frage, die diese Aussage eines Experten aufwarf, erklärte sie jedoch auch etwas: Bei ruhigem Meer fiel ein Körper im Wasser unter all den Algen natürlich kaum auf, man konnte ihn vielleicht sogar für einen Baumstamm halten.

Antonio Rúa prophezeite Riveiro außerdem ein baldiges Unwetter, welches sogar das Wasser der Flussmündung in Aufruhr versetzen würde. Die ruhige Oberfläche und der schwere Nebel waren seiner Meinung nach nichts weiter als die Ruhe vor dem Sturm. Wenn das Meer dann wieder zu seiner üblichen Bewegtheit zurückkehren würde, würden sowohl auf Höhe der Isla de los Conejos als auch in der Ria die Surfer mit ihren Brettern auftauchen und sich auf der Suche nach niedrigen, aber kraftvollen Wellen, die hier kleiner waren als an der Playa de los Locos, aufs Wasser wagen.

Riveiro seufzte. Er sprach noch mit ein paar Fischern, brachte aber nichts Interessantes mehr in Erfahrung. Unermüdlich machte er sich auf den Weg zu den nahen Hotels. Zu dieser frühen Stunde traf er fast überall nur die Rezeptionisten an. Der Sargento zeigte seinen Dienstausweis vor und verlangte eine Liste aller Gäste in der Nacht von Samstag auf Sonntag. Wie üblich wurde er erst einmal vertröstet, man versprach ihm jedoch, ihm die Information bald zuzufaxen. Deshalb machte er sich anschließend erst einmal auf den Weg zur Kaserne der Guardia Civil in Suances. Dorthin hatte er die Kinder des Verstorbenen bestellt, so wie Teniente Redondo ihn angewiesen hatte.

Die beiden bestätigten ihm während der Befragung, dass Pedro Salas am Sonntagmorgen tatsächlich oft mit seiner Angel am Damm gewesen war. Außerdem gewann Riveiro den Eindruck, dass der Verstorbene wohl ein ganz normales Leben geführt hatte, mit einer Ausnahme: Er schien mehr Geld gehabt zu haben, als einem Seemann kurz vor der Rente eigentlich zur Verfügung stehen sollte. Unter Schluchzen erzählte seine Tochter, die arbeitslos war und zwei Kinder hatte, dass ihr Vater ihr jeden Monat mindestens zweihundert Euro in die Hand gedrückt hatte, manchmal sogar dreihundert. Das Gleiche sagte auch sein Sohn aus, ein zurzeit ebenfalls arbeitsloser Mechaniker, der allerdings keine familiären Verpflichtungen hatte.

Salas' Tochter Rebeca war während der Vernehmung weitaus gesprächiger als ihr Bruder: »Und ich hab noch gedacht: Rebeca, womöglich übernimmt sich dein Vater da ganz gewaltig, nur um dir zu helfen! Wissen Sie, ich wollte das Geld gar nicht, aber der Arme hat eben darauf bestanden!«

»Hat er Ihnen denn nie gesagt, woher das Geld eigentlich stammte? Und Sie haben ihn auch nie danach gefragt?«

»Doch, Sargento, natürlich hab ich ihn gefragt. Das können Sie sich ja wohl denken, er war schließlich mein Vater. Ich hab mir nämlich gedacht, irgendwas stinkt da doch zum Himmel. Deshalb wollte ich von ihm wissen, ob er denn mit seinem Geld hinkommt, aber er hat immer beteuert, dass er nichts braucht. Angeblich hatte er Ersparnisse und sowieso nicht viele Ausgaben, nur Miete, Strom und Wasser, insgesamt keine große Summe.«

»Verstehe. Und haben Sie eventuell in letzter Zeit irgendetwas Merkwürdiges beobachtet, hat sich an seinem Verhalten oder seinen Gewohnheiten vielleicht etwas geändert? Hat er zum Beispiel neue Freundschaften geschlossen?«

»Uff, nein, Sargento. Mein Vater war ziemlich eigen, der ist eigentlich immer nur zum Hafen gegangen und dann nach der Arbeit wieder nach Hause. Allerhöchstens hat er danach mal im Gasthaus gefrühstückt.« Jetzt unterbrach ein feuchtes Schluchzen, gefolgt von leisem Hicksen, ihre Worte. Ihre Reaktion wirkte auf Riveiro glaubhaft. »Das letzte Mal hab ich ihn am Samstag gesehen, da kam er mir vielleicht sogar noch zufriedener als sonst vor. Und ich hab mir gesagt: Rebeca, wer weiß, vielleicht hat Papá sich ja eine Freundin zugelegt. Das hab ich ihn dann auch gefragt, aber er hat nur den Kopf geschüttelt und meinte, dass er für solchen Unsinn viel zu alt wäre. Da hab ich aber noch mal nachgebohrt, weil ich ja wusste, dass er zu Hause Internet hat. Ich hab mich nämlich gefragt, ob er vielleicht eine Südamerikanerin kennengelernt hat oder so, aber nein, er meinte, den Rechner würde er fast gar nicht benutzen.«

»Aber schon komisch, dass Ihr Vater überhaupt einen Computer und Internet hatte. Mit vierundsechzig Jahren und nach einem Leben als Seemann … Hatte er da irgendeinen Kurs belegt?«

»Oh nein, Sargento! Bei ihm im Haus gab es eben einfach WLAN, er hat da nichts bezahlt. Und der Computer war der alte von meinem Pedrito.« Die Züge der Frau wurden sanfter, als sie den Namen ihres Sohnes aussprach. »Den haben wir ihm gegeben, damit der Junge beschäftigt war, wenn er mal einen Nachmittag bei seinem Großvater verbracht hat. Sie wissen schon, für

Computerspiele … oder damit er da die Hausaufgaben machen konnte. Und mein Pedro hat dann seinem Großvater erklärt, wie man im Internet den Gezeitenkalender aufruft oder einen Termin beim Arzt macht, und das mit dem Onlinebanking … Wie schade, das ist jetzt alles vorbei.«

Riveiro ließ sich ihre Antworten immer wieder durch den Kopf gehen – die Tochter des Verstorbenen war eher von schlichtem Gemüt, schien aber ehrlich. Inzwischen war Rebeca aufgebrochen, und der Leichnam ihres Vaters war nun auch für die Beerdigung freigegeben worden.

Der Sargento hatte den Eindruck, dass sich ihm nur noch mehr Fragen aufdrängten, und er ging in Gedanken alle Informationen über den spendablen Pedro Salas durch.

Kollegen von Riveiro hatten im Gasthaus La Chalana vorbeigeschaut und erklärt, dass Salas dort nicht nur die Rechnung stets bis auf den letzten Cent beglichen, sondern von Zeit zu Zeit auch noch auf eine Runde eingeladen hatte: Er war also auch noch ein Netter gewesen oder hatte wenigstens so rüberkommen wollen. Bei der Durchsuchung seiner Mietwohnung hatte sich Riveiro außerdem selbst davon überzeugen können, dass es dort an nichts fehlte: ein Flachbildfernseher, moderne Möbel, eine kürzlich installierte Erdgasheizung … und das alles mit einem Monatsgehalt von unter zweitausend Euro. Der Widerspruch war offensichtlich. Zwar hatte Salas kein Leben in Saus und Braus geführt, aber dennoch eins in Wohlstand. Sargento Riveiro war nicht dumm, er wusste natürlich, dass viele Fischer zum Teil schwarz bezahlt wurden oder etwas von der Ware abzweigten, um sie an Nachbarn und Lokale aus der Gegend zu verkaufen. Aber so viel kam dabei nun wirklich nicht zusammen, vor allem nicht über so einen langen Zeitraum. Nein, Pedro Salas hatte mit Sicherheit noch irgendeine andere, bislang offenbar unentdeckte Einnahmequelle gehabt, und Riveiro war der Meinung, dass man am besten in diese Richtung weiter ermittelte. Deshalb hatte er mit dem Einverständnis von Teniente Redondo auch bereits Richter Talavera um Einsicht in Salas' Bankkonten gebeten, obwohl er nicht davon ausging, dass inoffizielle Einkünfte dort auftauchen würden.

Ob das Ganze vielleicht etwas mit Schmuggel zu tun hatte? So abwegig war das nicht, es kamen schon seit undenklichen Zeiten Drogen auf dem Seeweg ins Land. Aber Pedro Salas war bei der Polizei nicht aktenkundig, dem hatte man bislang nicht einmal einen Strafzettel verpasst. Ihre Spitzel und Kontakte aus der Welt der Drogen, Mafia und Kriminalität in Torrelavega und Santander hatten von einem Pedro Salas Díaz angeblich noch nie etwas gehört. *Was für ein Geheimnis versteckst du da bloß vor uns, mein Freund?*, dachte der Sargento bei sich.

Zwölf Uhr mittags.

Inzwischen kämpfte sich die Sonne langsam durch den Nebel. Ein warmer Tag würde das zwar nicht werden, aber einer, an dem man zum Strand runterging, um einfach den Seeblick zu genießen, einen Spaziergang zu machen oder Beachball zu spielen. Dieser Sport war schon seit Urzeiten charakteristisch für die Region, genau wie das kantabrische Kegeln oder Wettbewerbe mit der *Trainera*, dem typischen Ruderboot der Gegend. Vielleicht hatte der Angler von heute Morgen, Antonio Rúa, mit seiner Vorhersage eines Gewitters ja tatsächlich recht gehabt. Riveiro machte sich auf den Weg zum Streifenwagen, um die Teniente per Funk zu kontaktieren, ihr die Neuigkeiten zu erzählen und um neue Anweisungen zu bitten. Als er sich in den Wagen setzte, meldete sich zunächst aber jemand bei ihm.

»Cabo Maza für Sargento Riveiro, hören Sie mich?«

»Hier Sargento Riveiro, schießen Sie los, Cabo.«

»Wir haben hier einen Toten durch einen Autounfall auf der Calle General, beinahe schon in der Gegend von La Tablía, Sargento.«

Stille. Riveiro wartete ab, und für einen Moment konnte man seinem Schweigen eindeutig ein »Und, warum erzählen Sie mir das?« entnehmen. Cabo Maza fuhr fort: »Es handelt sich um einen pensionierten Arzt aus Santander, David Viesgo, achtzig Jahre. Seine Frau hat sein Verschwinden gestern Abend gemeldet, weil er zum Essen nicht nach Hause gekommen ist und sie seit dem Mittag nichts von ihm gehört hatte. Dabei wollte er eigentlich um sieben wieder da sein … Das Auto ist offenbar in einer Kurve von der Straße abgekommen und einen steilen Abhang hinuntergestürzt. Nachdem es über mehrere Wiesen gerollt ist, wurde es von einem riesigen Feigenbaum gestoppt. Heute Morgen hat es dann ein Bauer gefunden, dessen Kühe in der Gegend weiden.«

»Maza, Sie wissen doch, dass wir vom Ermittlungsteam mit einem anderen Fall beschäftigt sind. Worauf wollen Sie denn hinaus?« Riveiros Tonfall zeugte ganz klar von seiner Müdigkeit und Ungeduld.

»Das weiß ich natürlich, Sargento, genau deshalb rufe ich ja an, falls das für Ihren Fall wichtig sein sollte. Ich hab es auch schon bei Teniente Redondo versucht, aber die geht weder ans Funkgerät noch ans Handy.«

»Wahrscheinlich hat sie das leise gestellt, weil sie gerade im Klarissenkloster ist.«

»Vermutlich. Also, Sargento, die Frau des Verstorbenen hat uns erzählt, was ihr Mann gestern vorhatte, der wollte nämlich zu den Ongayos in Comillas. Und deshalb rufe ich Sie an, falls … falls das vielleicht wichtig sein sollte. Denn das waren doch die früheren Besitzer der Villa Marina, oder nicht?«, kam Maza zum Schluss. Vielleicht befürchtete er, er habe damit ins Fettnäpfchen getreten, dass er wegen eines simplen Autounfalls eigenmächtig einen Ranghöheren kontaktiert hatte. Riveiro war für zwei Sekunden völlig verblüfft, antwortete dann aber: »Danke, dass Sie mir Bescheid gesagt haben, Maza. Glückwunsch, das war wirklich eine gute Idee. Ist die Leiche denn schon freigegeben?«

»Ja, Sargento, sie wurde ins Rechtsmedizinische Institut gebracht. Erst später, beim Gespräch mit der Witwe, ist uns das mit dem Besuch bei den Ongayos aufgefallen. Auch wenn es sich wohl nur um einen bedauernswerten Autounfall handelt. Vielleicht hatte der Doktor ja am Steuer einen Herzinfarkt, wir haben nämlich keine Bremsspuren gefunden und auch keinen Hinweis auf einen Zusammenstoß mit einem anderen Fahrzeug.«

»In Ordnung, Maza. Sagen Sie Bescheid, wenn Sie noch etwas Interessantes herausfinden. Und schicken Sie mir die Aussage der Witwe so schnell wie möglich rüber. Vielleicht befrage ich sie sogar noch persönlich, aber den Bericht hätte ich schon gerne vorher. Und jetzt fahr ich direkt zum Rechtsmedizinischen Institut, mal sehen, was die mir erzählen.«

»In Ordnung, Sargento.«

»Und, Maza …«

»Ja?«

»Gute Arbeit!«

»Danke, Sargento!«

Riveiro wusste, dass Maza jetzt in sein Funkgerät strahlte. Der Cabo aus Suances war wirklich ein cleverer

Bursche. Und der Fall legte inzwischen ja ein schwindelerregendes Tempo vor. Wenn der Tote aus dem Auto wirklich etwas mit dem Fund in der Villa Marina zu tun hatte, dann würde die Sache nicht nur unglaubliche Ausmaße annehmen, sondern auch für die Presse ein gefundenes Fressen sein. Ob das mit dem Arzt wohl auch auf einen Mord hinauslief? Das waren alles einfach viel zu viele Zufälle, zu viele Tote für eine einzige Woche. An einen Serienmörder glaubte Riveiro allerdings nicht. Der würde zwischen Tat und Tat nämlich mehr Zeit verstreichen lassen, und außerdem waren die beiden Männer ja auf ganz unterschiedliche Art und Weise ums Leben gekommen. Andererseits konnte es natürlich sein, dass es hier eben keinen identischen Modus Operandi gab, sondern die Verbindung bei den Opfern lag.

Riveiro musste so schnell wie möglich mit Teniente Redondo sprechen. Er ließ den Wagen an und machte sich auf den Weg zum Rechtsmedizinischen Institut von Kantabrien, wo er Clara Múgica einen Besuch abstatten und sie fragen würde, was wohl mit dem alten Arzt passiert war. Damit war seine auf Effektivität bedachte Vorgesetzte bestimmt einverstanden. Wann immer sie an einem Fall arbeiteten, gab sie ihm einen gewissen Handlungs- und Entscheidungsspielraum.

Es war schon fast ein Uhr, als Riveiro Teniente Redondo dann endlich telefonisch erreichte, und es stellte sich heraus, dass sie beide Neuigkeiten hatten. Die Teniente hatte beschlossen, die Untersuchung in Comillas allein fortzusetzen. Nachdem der Besuch bei den Klarissen nichts gebracht hatte, hatte sie Subteniente Sabadelle ins Museum für Frühzeit und Archäologie in Santander und zur Uni geschickt, vielleicht konnte er ja dort mithilfe eines Geschichtsprofessors etwas herausfinden.

Riveiro lächelte schweigend, er wusste nämlich genau, dass Sabadelle seiner Vorgesetzten auf die Nerven ging. Die beiden waren aber auch wie Feuer und Wasser, sie mit ihrem Perfektionismus, ihrer Zurückhaltung und ihrer Hingabe bei der Arbeit, er viel zu locker, manchmal fast schon rüpelhaft und in Gedanken immer bei dieser seltsamen Theatergruppe, mit der er abends probte. Als Riveiro ihn kennengelernt hatte, hätte er niemals gedacht, dass der griesgrämige Santiago Sabadelle ausgerechnet von einer Karriere als Schauspieler träumte. Das Leben hielt eben so einige Überraschungen bereit.

Die Teniente war mit Riveiros Besuch im Rechtsmedizinischen Institut einverstanden. Er sollte dort nicht nur Informationen zum letzten Todesfall einholen, sondern auch fragen, ob es zu den beiden anderen Leichen irgendetwas Neues gab. Valentina Redondo gab ihm klare Anweisungen: Am Ende des Arbeitstages würden sie sich kurz gegenseitig ins Bild setzen, und am nächsten Morgen um acht Uhr würden alle Mitarbeiter des Ermittlungsteams in der Kommandantur in Santander zusammenkommen, um sämtliche Informationen, Hinweise und Intuitionen zusammenzutragen.

Was den letzten Punkt anging, hatte Riveiro einiges beizusteuern. Der Sargento dachte daran zurück, wie sein Großvater in Vega de Pas an kalten Winterabenden die Dominosteine herausgeholt hatte. Für das Spiel selbst hatte Riveiro nichts übrig, aber er hatte die Steine immer gern in einer Reihe aufgestellt, mit dem weißen ohne Punkt ganz vorne, und ihm dann den tödlichen Stoß versetzt. Dann hatte er wie hypnotisiert das Voranschreiten der Bewegung verfolgt, dabei zugesehen, wie die Spielsteine einer nach dem anderen umgekippt und mit der schwarzen Rückseite auf dem Tisch gelandet waren. Die

Gedanken rasten hinter der Stirn des Sargento, während er vor dem Rechtsmedizinischen Institut parkte: Falls der neue Tote nicht durch einen Unfall ums Leben gekommen war, hatte sein Dominostein womöglich rasch und unwiderruflich weitere in Bewegung gesetzt. Eins war allerdings klar: Der Engel aus der Villa Marina war hierbei der Ursprung, der Auslöser, der weiße Stein.

***Von seinem steinernen*** Mäuerchen im Hafen von Comillas aus beobachtete Luis verzückt Jana. Er war fünfzehn Jahre alt und damit schon ein Mann, mit einem dünnen und sehnigen Körper, der durch harte Arbeit immer kräftiger wurde. Eine so tiefe Bräune wie die seines Oberkörpers trug nur der zur Schau, der viele Stunden auf dem salzigen Meer im Sonnenschein verbrachte. Luis hatte dichte schwarze Locken, kantige Züge und feine Lippen. Jetzt war sein Schiff gerade in den Hafen zurückgekehrt, und er beendete seinen Arbeitstag damit, dass er in der sanften Aprilsonne Netze flickte. Und dabei konnte er den Blick nicht von ihr abwenden.

Wie schön sie war! Sie war noch ein Mädchen und spielte hier Hausmütterchen, hängte die Wäsche zum Bleichen in das kühle Sonnenlicht, das man so nur hier im Norden kannte. Dabei schien sie über die riesige Wiese zu tänzeln, die am senkrecht abfallenden, tödlichen Kliff endete.

Jana war die Gabe der Schönheit zuteilgeworden, aber das schien sie noch nicht zu wissen, während sie mit ihrer Gegenwart die befleckten Seelen um sich herum erfreute. Barfuß hängte sie die Wäsche auf, die sie mit der Hand gewaschen und hundertmal ausgewrungen hatte. Und dabei wirkte Jana so viel älter und reifer. Wenn Luis sie aus seinen wilden dunkelblauen Augen ansah, schien die Zeit stillzustehen: Er vergaß Vergangenheit und Zukunft, und es war nur noch Platz für sie, deren weibliche Essenz ihn blendete und bezauberte.

Er hatte sie noch nie innehalten und verschnaufen sehen, dabei war »noch nie« doch wirklich eine lange Zeit. Ihre

Bewegungen und die Art, wie sie so flüchtig, argwöhnisch zu ihm herüberschaute, wühlten ihn auf. Unter ihrem Blick fühlte er sich ganz klein und unsicher. Er war ihr eben mit der unerschütterlichen Liebe der Jugend verfallen. Luis war nicht dumm, er begriff natürlich, dass es noch viel zu früh war. Aber er wusste genauso, dass sich das Rad der Zeit unaufhaltsam drehte und dass sein Moment irgendwann kommen würde. Schließlich warf ihm Jana lange, reine Blicke zu, und wenn die beiden miteinander sprachen, schenkte sie ihm ein viel strahlenderes Lächeln als den anderen.

Luis war nichts weiter als ein einfacher Fischer, der bei seiner verwitweten Mutter lebte, und hier träumte er gerade mit offenen Augen vor sich hin. Er träumte davon, Jana um ihre Hand zu bitten, damit sie bis ans Ende der Zeiten für ihn über die Wiese tänzelte, und er hoffte, dass sie an seiner Seite bleiben wollte, solange es die Kriege dieser Welt erlaubten. Vielleicht musste man sie ja gar nicht retten, er wollte ihr jedoch die wärmste aller Umarmungen bieten, etwas, woran man glauben konnte, etwas Greifbares, was ihr weder ihre Familie noch Gott bisher hatten geben können. Er war sicher, dass seine Liebe und seine simple Gesellschaft reichen würden: Die Zukunft erstreckte sich endlos vor ihm.

Obwohl es ziemlich normal war, dass Luis Jana mit banger Seele beobachtete, war dies kein Tag wie jeder andere. Es war nämlich der 1. April 1939, und die Geschichtsbücher würden ihn später als letzten Tag des Bürgerkriegs bezeichnen. Radio Nacional de España – der Sender der Aufständischen – würde den abschließenden Kriegsbericht der Auseinandersetzung bringen:

»Heute haben die nationalen Truppen auch ihre letzten militärischen Ziele erreicht, alle Soldaten der roten Armee sind gefangen und entwaffnet. Der Krieg ist vorbei. Burgos, erster April im Jahr des Sieges. Generalíssimo Francisco Franco Bahamonde.«

Nach dieser Radionachricht platzte das Gasthaus von Tante Amparo aus allen Nähten. Selbst Luis und einige von den Roten, deren Farbe während der letzten Wochen nach und nach verblasst war, feierten das Ende der Kämpfe: Schließlich würde ein Ende auch einen neuen Anfang mit sich bringen. Wer als Republikaner weder tot noch hinter Gittern oder auf der Flucht war, hielt sich im Hintergrund und wartete auf eine Rettung durch internationale Kräfte, eine Reaktion der geflohenen Kameraden oder eine Neuformierung.

Aber die Rettung würde niemals kommen, und in den Bergen von Kantabrien wurden die Helden immer einsamer, der Krieg immer kälter.

Die zensierte Presse vermittelte das Bild eines befriedeten Landes und spielte die Existenz des letzten und ziemlich beeindruckenden bewaffneten Widerstands herunter. Die Aktionen dieser Gruppierungen wurden als Banditentum hingestellt. Auch David, Janas großer Bruder, würde sich den Gruppen in den Hügeln anschließen, um während eines langen, offiziell nicht existierenden Parallelkrieges der Gerechtigkeit zu dienen. Dort würde er sich in Felsspalten, Gräben und Schlammlöchern am Flussufer verstecken, während ihm die Guardia Civil auf den Fersen sein würde. Aber bevor das geschah, zeichneten noch viele andere Striche das Bild dieser Geschichte.

Du musst mich wirklich entschuldigen, mein Verstand ruft die Geschehnisse der Vergangenheit nicht immer in der richtigen Reihenfolge ab. Wir befanden uns ja noch im April 1939. Oh, wenn du das nur sehen könntest, würde dir das Herz aufgehen: Comillas war auch damals ein wunderschöner Ort. Sein keltischer Name wies darauf hin, dass es sich bei ihm einst um ein Küstenfort zwischen drei sanften Hügeln gehandelt hatte.

Auf einem von ihnen mit dem Namen Cardosa erhob sich eindrucksvoll und herrschaftlich das riesige Priesterseminar San Antonio de Padua. Damals wurden in dem Gebäude aus gelbem und schwarzem Sandstein, dessen Farbe an Ziegel erinnerte, noch Geistliche herangezogen, später würde sich diese Wiege der Geistlichkeit dann in die berühmte Universidad Pontificia de Comillas verwandeln. Der Palacio de Sobrellano stand, in dunkleren, gräulicheren Ziegeltönen, auf einem weiteren Hügel, der ihm den Namen gegeben hatte. Massiv und beeindruckend dominierte der neogotische Bau mit den venezianischen und romantischen Elementen die Aussicht auf Comillas und seine Bewohner. Neben dem Palast widersetzte sich die Villa Quijana, die bald als Gaudís »Laune« bekannt werden würde, allen Konventionen. Sie bestand aus einer unmöglichen Mischung von Jugendstil und arabischen sowie persischen Elementen, die überraschten und den neugierigen Betrachter die Augen zusammenkneifen ließen. Der letzte Hügel hatte sich der Zerstörung des Krieges nicht entziehen können. Noch vor ein paar Monaten hatte dort der Palacio de la Coteruca gestanden, ein beinahe langweiliger, nüchterner rechteckiger Bau, aber der war jetzt nur noch der Schatten einer Erinnerung: Die Bomben hatten lediglich einige äußere Mauern übrig gelassen und ein paar Türmchen, die auch bald den Boden küssen würden.

Die drei Hügel überragten ein herrschaftliches Dorf, in dem selbst zu Kriegszeiten reichlich Geld vorhanden war. Das lag nicht nur an den Indianos, den wohlhabenden Amerikarückkehrern, sondern auch daran, dass dort König Alfons XII. und dann später sein Sohn Alfons XIII. den Sommer verbrachten. Durch den Besuch der Monarchen wurden Unternehmer und Bourgeoisie angelockt, die in diesem Teil der Welt Jugendstilhäuser und -villen errichteten. Ihre Herrenhäuser mischten sich im Duft von Salzwasser und grünen Wiesen unter die kantabrischen Hütten.

Jana schätzte sich glücklich, weil sie bei Tante Amparo und Onkel Pepe in Comillas wohnen konnte. Ihr Zusammenleben gestaltete sich ruhig. Morgens ging Jana zur Schule, wo dreimal in der Woche auch Nähen gelehrt wurde. Während der restlichen Zeit war sie fast immer damit beschäftigt, im Haus zu helfen oder im Gasthaus sauberzumachen. Inzwischen atmete sie schon fast seit eineinhalb Jahren die Luft dieses Örtchens und vermisste ihr Leben in Hinojedo längst nicht mehr. Ihr Vater hatte nur dreimal vorbeigeschaut, er sagte immer, dass er seine Besuche schließlich unter den drei Geschwistern aufteilen musste, und dazu hatte er ja noch die Arbeit in der Fabrik, im Garten und bei den Tieren. Jana hatte beschlossen, ihm zu glauben, denn so fühlte sich die Welt einfach angenehmer an. Gelegentlich schickte Jana ihrem Bruder einen Brief oder bekam einen von ihm, obwohl David es nicht so mit dem Schreiben hatte. Sie erfuhr von ihm nur, dass er groß und stark wurde, viel arbeitete und Zeit mit älteren Burschen verbrachte. Er schien an heimlichen politischen Versammlungen teilzunehmen, Treffen von Republikanern, gab in seinen Briefen aber kaum Einzelheiten dazu preis. Mit ihrer Schwester Clara tauschte Jana hingegen alle zwei Monate Neuigkeiten aus, obwohl ihre Briefe wegen des Krieges nicht immer pünktlich ankamen. Deshalb hörten sie manchmal ganze drei Monate nichts voneinander, außer durch Bekannte, deren flüchtige mündliche Grüße vom Winde verweht wurden.

Obwohl Clara bereits flüssig schrieb, berichtete sie Jana in diesen Briefen durch die Hand ihrer Großmutter von der Arbeit, von Gerichten, die sie kochen lernte, den feinen Leuten, die vor ihren Augen kamen und gingen, und von den Kleidern, die andere Mädchen tragen konnten, weil sie in eine andere soziale Klasse hineingeboren waren. Clara erzählte von einer Welt mit Sahnetorten, Porzellanpuppen, Holzpferdchen und Kuchenresten, die auf Desserttellern liegen blieben.

Sie versprach Jana, sie nie im Stich zu lassen, sie wie Vater Fuchs den Wurf in seinem Bau zu beschützen und sie aus dem Kerker jedes Schlosses zu retten. So versprach sie es mit den Worten eines zwölfjährigen Mädchens.

Um sich so auch gleich bei ihrer Schwester Julia zu melden, antwortete auf die Briefe Tante Amparo in Janas Namen, obwohl das Mädchen eigentlich schon gut schreiben konnte. Jana wünschte sich, dass nach diesen langen Ferien alle wieder zusammen glücklich sein würden, obwohl ihr das geschäftige Treiben in der Kneipe, das Leben in Comillas, am Meer, und der Geruch nach frischem Fisch immer besser gefielen. Früher hatte sie das alles ganz furchtbar gefunden, aber jetzt genoss sie das Auf und Ab der Gezeiten. Und Tante Amparo war von ihr begeistert, Jana war für sie die Tochter, die sie nie gehabt hatte. Dabei hätten sie die Kleine am Anfang fast wieder nach Hause geschickt, weil sie ständig schlecht geträumt hatte und in Ohnmacht gefallen war. Dann hatte sie manchmal stundenlang reglos dagelegen, und in einigen Fällen war sie nur wieder zu sich gekommen, um Minuten später erneut das Bewusstsein zu verlieren. Sie war schon ein merkwürdiges Kind: Manchmal fanden sie ihren Blick beunruhigend, er konnte so verloren und kalt sein, dass es richtig erschreckend war. Aber nach und nach hatte Jana sich an die neue Umgebung gewöhnt, an ein eigenes Zimmer, die Hausarbeit, den Duft des Meeres. Tante Amparo und Onkel Pepe kauften Jana sogar zwei Kleider, in denen sie wie eine kleine Prinzessin durch den Hausflur tanzte. Da sie aber leider keine war, würde sie sich wohl einen verwunschenen Prinzen suchen müssen, der bestimmt irgendwo auf sie wartete.

An diesem Morgen, an dem der Krieg nun endlich offiziell zu Ende war, wartete auf Jana allerdings kein Prinz, sondern der junge Fischer Luis, der mit den anderen Burschen und Mädchen des Dorfes am Wasser entlanglief und brüllte, dass der Krieg vorbei sei. Man erlaubte Jana, sich ihnen anzuschließen, heute durften Jungen und Mädchen gemeinsam grölen und singen.

Als die Gruppe fast schon den goldenen Strand von Comillas erreicht hatte, legte sie eine Pause ein, und die jungen Kerle holten Tabak hervor, um Zigaretten zu drehen. Luis trat an Jana heran.

»Wie hübsch du heute aussiehst.«

»Du bist ganz schön frech!«, erwiderte Jana lächelnd.

Er ignorierte ihre Antwort einfach und fuhr fort: »Du bist ja fast schon eine kleine Frau.«

»Hör mal, du Plagegeist, natürlich bin ich schon fast eine Frau. Willst du eigentlich nicht mitrauchen?«, fragte sie und deutete mit dem Kinn auf die anderen Jungen, während die Mädchen lachend und kichernd zu ihr rübersahen. Heute herrschte eben allgemeine Fröhlichkeit.

»Nein, ich rede lieber mit dir. Mal sehen, ob ich dich wütend machen kann, dann bist du nämlich besonders hübsch.«

»Dummkopf … außerdem riechst du nach Fisch.«

»Na klar, ich komme doch direkt von der Arbeit«, antwortete er, offenbar hatte sie ihn da in seinem Stolz getroffen. Verstand sie denn nicht, dass er ein Mann war, der sich seinen Lebensunterhalt selbst verdiente? Jana begriff, dass sie ihn beleidigt hatte, als seine spöttische Miene ernst wurde. Das bog sie schnell wieder hin, indem sie etwas näher an ihn herantrat. Trotz ihrer jungen Jahre wusste sie die Waffen einer Frau schon geschickt einzusetzen.

»Weißt du was, davon hab ich heute Nacht geträumt«, sagte sie zu Luis und deutete mit einer Kopfbewegung auf eine spektakuläre Villa nach dem Vorbild eines englischen Herrenhauses, die in der Nähe des Strandes auf grünen Hügeln ruhte und einen spektakulären Meerblick hatte.

»Wie jetzt, vom Haus des Herzogs, der Casa del Duque?«,

fragte Luis, schaute in dieselbe Richtung wie das Mädchen und zog erstaunt die Augenbrauen hoch.

»Genau, ich hab geträumt, dass ich da wohne. Dass ich die Herrin des Hauses bin und es mir gehört.«

»Hach, die Kleine von Señora Amparo trägt das Näschen aber hoch. Das Haus des Herzogs also ... Wenn du stattdessen vom Palacio de Sobrellano geträumt hättest, würden wir dich jetzt Prinzessin nennen«, machte er sich über sie lustig. Sie aber tat so, als hätte sie ihn gar nicht gehört, und hielt den Blick starr auf das Haus gerichtet.

»Weißt du, im Traum hab ich das von innen gesehen. Es ist unheimlich groß, und da gibt es wunderschöne Vasen aus China, Dienstboten, Gärten, Kuchen und Schokoladentorten.«

»Na klar, und lauter reiche Mädchen, meine Schöne. Und hast du da irgendwo auch noch einen von diesen verzauberten Prinzen entdeckt, die du so toll findest? Der hat sich bestimmt mit Brötchen vollgestopft, bis er kugelrund war, so machen das die blöden Fatzken aus solchen Häusern nämlich«, versetzte Luis und sah die viktorianische Villa abschätzig an, die selbst am helllichten Tag voller dunkler Ecken und Geheimnisse zu stecken schien.

»Ach, was weißt denn du schon! Du kennst dich doch nur mit Fisch aus!«

»Allerdings, der wird nämlich bezahlt und gegessen. Von den Träumen dummer Mädchen, die sich für Prinzessinnen halten, weiß ich nichts.«

Jana wurde wütend und zog einen sowohl kindlichen als auch weiblichen Schmollmund. »Du bist wirklich dumm, am besten rede ich gar nicht mehr mit dir.«

»Siehst du, wie hübsch du bist, wenn du wütend wirst?«, lächelte er. »Wenn du brav bist, kaufe ich dir eines Tages vielleicht auch so einen großen Kasten«, behauptete er, während er den Blick auf ihren geschwungenen Lippen ruhen ließ und auf ein Lächeln hoffte.

»Ich will aber nicht ein Haus so wie das, sondern genau dieses.«

Luis lachte aus vollem Halse.

»Dann müssen wir ja so einiges an Fischen für das Fräulein Herzogin aus dem Wasser ziehen.«

Kokett versuchte Jana ein Lächeln zu unterdrücken, aber als es ihr nicht gelang, wandte sie Luis lieber den Rücken zu und sprach mit den anderen Mädchen. Dann wagte sie es noch, sich ein letztes Mal zu ihrem Romeo umzudrehen und ihm mit ulkiger Geste die Zunge rauszustrecken, was dieser glücklich zur Kenntnis nahm.

Jana genoss diese Tage in Comillas in vollen Zügen und verstaute sie in einer jener unberührbaren Vitrinen der Erinnerung. Dort liebkoste sie sie von Zeit zu Zeit wie warmen, weichen Samt, um sie dann zurückzustellen. Aber die allgemeine Ausgelassenheit und Freude über das Kriegsende waren nicht mehr als eine Illusion. Irgendwann weicht die Dunkelheit immer dem Licht eines Neubeginns, aber manchmal gefällt dieser Anfang den Menschen gar nicht.

Mit dem Ende des Krieges hielt eine lange, elende und düstere Nachkriegszeit Einzug, während der Hunderte von Republikanern in die Berge flohen oder sich zwischen doppelten Wänden, in Kellern und auf Dachböden versteckten. Es würde sie teuer zu stehen kommen, in diesem Krieg nicht gesiegt zu haben, in dem sich Menschen unter derselben Flagge bekämpft hatten. Wer sich ins Ausland abgesetzt hatte, hatte weniger Probleme, aber so groß war der Unterschied manchmal auch nicht. Einige der Exilierten würden im bald ausbrechenden Zweiten Weltkrieg gegen die Nazis kämpfen. Ich könnte dir jetzt erzählen, wie mit der Einheit Nummer 1 der

Spanischen Truppen jede Menge Republikaner am D-Day in der Normandie teilnahmen oder wie Die Neun, eine rote spanische Panzerdivision, zu einem der heldenhaftesten Verbände jenes anderen Krieges wurde, aber das ist eine andere Geschichte.

Das war also das Ende der offiziellen blutigen Auseinandersetzungen.

Das Ende der Ferien. Du kehrst nach Hause zurück, Jana, dort wartet man schon auf dich!

***Valentina Redondo spürte*** das Vibrieren des Handys in der Tasche, Riveiro rief an. Die Teniente saß auf der Terrasse der Cafetería Rosalía, die am Eingang der beeindruckenden Altstadt von Santillana del Mar dem Klarissenkloster fast genau gegenüber lag. Zusammen mit Oliver Gordon hatte Valentina beschlossen, noch schnell etwas zu essen, bevor sie nach Comillas aufbrachen. Ein Streifenwagen aus der Gegend hatte soeben Sabadelle abgeholt, und die Teniente hoffte wirklich, er würde eine Verbindung zwischen Tlaloc und der Villa Marina herstellen können.

Valentina stellte die Leise-Funktion des Handys aus und nahm Riveiros Anruf entgegen. Der Sargento berichtete ihr von dem Verkehrsunglück und dem toten Arzt und kündigte an, sie nach dem Besuch im Rechtsmedizinischen Institut noch einmal anrufen.

Auf jeden Fall gab es damit einen weiteren Punkt auf der List der Dinge, die sie die alte Dame fragen wollte. Am Abend zuvor hatte sie alle möglichen Informationen über die Greisin zusammengetragen, die fünfundachtzig Jahre alt war und ein Leben wie im Film geführt hatte.

»Sie sehen ja so nachdenklich aus«, sagte Oliver, der gerade an der Theke Baguettes bestellt hatte, und setzte sich.

Valentina setzte angesichts seiner warmen Stimme ein kleines Lächeln auf, das sie sich aber der Professionalität wegen sofort wieder verkniff. Sie beschloss, Oliver im Moment nichts von dem neuen Toten zu erzählen, vielleicht war das alles ja auch nur Zufall.

»Ich habe gerade an Señora Ongayo gedacht. Unseren Nachforschungen zufolge hat sie sich ihr Leben lang äußerst großzügig gezeigt, Wohltätigkeitsessen und -galas organisiert sowieso städtische Tafeln unterstützt, sich als Patin für Kinder angeboten und als Mäzenin verschiedene Künstler unterstützt.«

»Wie eine nordspanische Mutter Teresa«, erwiderte Oliver gedankenverloren. »Trotzdem kommt es mir immer noch merkwürdig vor, dass sie meinen Großeltern das Haus geschenkt hat.«

»Ja, das sehe ich auch so, Oliver, obwohl die Wirklichkeit manchmal unsere kühnsten Träume übertrifft. Glauben Sie mir, es passieren jeden Tag die absurdesten Dinge. Durch unsere Arbeit werden wir Zeugen größter Kühnheit und kolossaler Dummheit, da sehen wir Dinge, die man selbst für das Drehbuch eines Science-Fiction-Films für viel zu unglaubwürdig halten würde.«

»Das kann ich mir vorstellen«, sagte Oliver lächelnd. »Ihre Arbeit muss wirklich spannend sein.«

»Ach, das würde ich so nicht sagen. Meistens beschäftigen wir uns nämlich nicht mit Aztekengöttern und mumifizierten Kinderleichen«, erwiderte sie, während sie den Serviettenständer so zurechtrückte, dass er im rechten Winkel zur Tischkante stand, »sondern mit schmutzigen, üblen Verbrechen. Und bei denen müssen wir genauso viel oder sogar noch mehr Anstrengung aufbringen, sorgfältig Spuren auswerten und darauf achten, dass die Beweiskette nicht unterbrochen wird. Und wir müssen Verfügungen beantragen und Berichte schreiben.«

Bewundernd sah Oliver Teniente Redondo an. Sie sprach mit einer Ruhe, die von Intelligenz und Gelassenheit zeugte, und obwohl sie ganz offensichtlich einen Ordnungsfimmel hatte, war sie eine interessante

Gesprächspartnerin. Eigentlich hatte sich Oliver auf den Tag mit der Neurotikerin nicht gerade gefreut, aber so schlecht war das gar nicht. Selbst ihr unausgeglichener Blick irritierte ihn inzwischen nicht mehr.

»Erzählen Sie mir doch bitte noch etwas über Señora Ongayo. Ich meine, was Sie mir sagen dürfen. Sie verstehen doch sicher, dass ich nach all diesen seltsamen Geschichten über meine Familie, mit denen ich plötzlich konfrontiert werde, mehr wissen will. Ich brauche einfach weitere Informationen.«

»Ja, das kann ich natürlich nachvollziehen. Und ehrlich gesagt sind die bislang vorhandenen Informationen über Señora Ongayo alles andere als vertraulich.«

»Also, ich bin ganz Ohr«, sagte Oliver gespannt.

»Über ihre Jugend konnten wir nur wenig in Erfahrung bringen. Wir wissen, dass sie in einem kleinen Dörfchen aufgewachsen ist, welches zur Gemeinde Suances gehört. Sie scheint aus einfachen Verhältnissen zu stammen, und es gibt aus jener Zeit keinerlei Dokumente über sie. Bevor sie Hausmädchen in der Villa Marina wurde, hatte sie wohl schon für ein paar andere Dienstherren gearbeitet.«

Oliver konnte nicht fassen, dass die reiche Señora Ongayo mal als Hausmädchen angefangen hatte, und Valentina amüsierte sein fast kindliches Staunen.

»Sie hat dort wohl nur ein oder zwei Jahre gearbeitet, dafür fehlt mir noch die Bestätigung. Später hat sie dann den ältesten Sohn der Ongayos geheiratet, die ihr Vermögen bekanntlich in Uruguay gemacht haben. Bei der Hochzeit hat sie entgegen der spanischen Tradition ihren Nachnamen Fernández abgelegt und den ihres Mannes angenommen. Dann hat sie mit ihrem Gatten zusammen das Imperium der Ongayo-Sardellen aufgebaut. Das

Logo haben Sie bestimmt schon auf vielen Werbeplakaten gesehen.«

»Ach, diese Frau produziert also die Ongayo-Anchovis? Mensch, auf die Idee bin ich noch gar nicht gekommen! Ich hatte angenommen, dass es den Namen hier häufiger gibt.«

»Das stimmt schon, aber so oft dann auch wieder nicht. Auf jeden Fall werden diese Anchovis, wie Sie sie nennen, von der Familie Ongayo verkauft, und Señora Ongayo hat das Firmenimperium zusammen mit ihrem Mann aufgebaut. Ihr gehören mehrere Fabriken an der kantabrischen Küste, und aus dem Internet weiß ich, dass sie sogar in den Orient exportiert«, stellte Redondo klar. Sie wollte vor Oliver nun wirklich nicht mit ihren angeblich ausgefeilten Ermittlungsmethoden angeben.

»Aber dann müssen diese Leute ja wirklich steinreich sein.«

»Ohne jeden Zweifel, aber nicht nur wegen der Sardellen, Señora Ongayo führt auch Geschäfte in Uruguay und Chile. Sie ist bereits kurze Zeit nach der Hochzeit Witwe geworden, daher ist der Kopf hinter der Firma eindeutig sie. Später hat sie noch einmal geheiratet, sie ist mit einem weiteren Sardinen-Magnaten eine fast königliche Verbindung eingegangen. Den Namen Ongayo hat sie allerdings behalten, vermutlich wegen der Firma. Ongayo-Sardellen hat das Unternehmen ihres zweiten Mannes geschluckt, und die beiden sind zusammen in das Haus in Comillas gezogen, zu dem wir uns jetzt auf den Weg machen. Wenn die Daten aus dem Meldeamt stimmen, dann lebt sie da schon seit mehr als vierzig Jahren.«

»Na, sieh mal einer an, eine Ehe mit ihr scheint wohl eine riskante Sache zu sein. Das ist bestimmt eine Frau mit Charakter und alles andere als dumm.«

»Oh ja, mit Sicherheit. In Comillas wird gemunkelt, dass sie während der Fünfziger- und Sechzigerjahre engen Kontakt zu Marina de la Vereda Bárcena hatte, einer französischen Spionin, die in Torrelavega geboren wurde. Nach dem Ende des Zweiten Weltkrieges wurde sie zu so einer Art Nazijägerin, die frühere Kollaborateure des Hitlerregimes aufspürte, nachdem viele von ihnen hastig nach Südamerika, auf die Kanaren oder an die spanische Costa del Sol geflüchtet waren. Es ist zwar reine Spekulation, aber durch ihre unermüdlichen Geschäfte in Südamerika hätte Señora Ongayo Marina de la Vereda wohl tatsächlich beim Aufspüren von dorthin geflohenen Deutschen helfen können.«

»Meine Fresse«, murmelte Oliver verblüfft. Teniente Redondo lächelte, griff dann mithilfe einer Serviette vorsichtig nach der ersten Hälfte ihres Baguettes und begann zu essen. Nachdenklich tat Oliver es ihr gleich, und sie verspeisten ihren Snack schweigend.

Unterwegs nach Comillas sprachen sie über die Landschaft, über all die Schönheit, die sich ihren Augen darbot: grüne Wiesen, grauer Fels und das intensiv blaue Meer, in dem sich der Himmel spiegelte. Es zogen nur hier und da Wolkenfetzen vorbei, die sich weigerten, sich aufzulösen.

Als links von der Straße das Dörfchen Cóbreces auftauchte, wurde Oliver an die zauberhaften Örtchen in der Schweiz erinnert, inklusive Kirchturm. Und im Rausch der Bilder, die hier vor den Autofenstern vorbeizogen, fiel ihm sogar ein geheimer Ort wieder ein, an den ihn seine Großeltern hier früher einmal mitgenommen hatten, und er vertraute Teniente Redondo die Erinnerung an: Sein Bruder Guillermo und er hatten damals in einem versteckten ovalen, fast runden Meerwasserschwimmbecken gebadet, das von sanften grünen Hügeln umgeben gewesen war. Da hatte es eine kleine Höhle gegeben … wie hatte der Ort nur geheißen? Er wusste noch genau, dass seine Großeltern dort mit Freunden zusammengesessen hatten, während er mit Guillermo Fangen gespielt hatte und sie sich von einem erhöhten Punkt aus, den man über eine in den Fels gehauene Treppe erreichen konnte, ins Meer gestürzt hatten. Diese Stelle hatten offenbar nur Ortsansässige gekannt, Touristen hatten sie dort niemals angetroffen. Jetzt, viele Jahre später, konnte er sie nicht wiederfinden, weder im Internet noch auf Karten. An jenem idyllischen Fleckchen weitab von den Massen hatte er mit Guillermo Pirat gespielt, und in dieser versteckten Bucht, in der die Zeit stehen geblieben war, hatten sie sich unbesiegbar gefühlt. Teniente Redondo zermarterte sich vergeblich das Hirn, musste dann aber zugeben, dass sie erst seit fünf Jahren in Santander stationiert war und ehrlich gesagt auch selten Touristin gespielt hatte. Abgelegene, nicht ausgeschilderte Buchten hatte sie daher erst recht nicht besucht. War es denn wirklich möglich, dass es in Zeiten des Internets, ausgefeilter GPS-Technik und lückenloser Katastervermessung immer noch so einen Ort geben konnte, eine vor der Welt versteckte Bucht? Valentina hielt das kaum für möglich, obwohl sie die Gegend natürlich nicht gut kannte; in den Ferien kehrte sie nämlich immer in ihre Heimatstadt Santiago de Compostela in Galizien zurück. Ihre Heimat aus Legenden und jahrtausendealtem Stein war zauberhaft und faszinierend, der Gedanke daran brachte aber bittersüße Erinnerungen mit sich. Valentina hätte auch gern eine versteckte Bucht für sich gehabt, einen Ort der Ruhe und Harmonie, an dem sie die Sinne entspannen und ihre hohen Ansprüche an sich selbst für eine Weile vergessen konnte. Einen Platz, an dem sie sich einfach ins Gras sinken lassen konnte, um mit der Sorglosigkeit eines Kindes den Himmel zu betrachten.

Aber dann war ihre Unterhaltung auch schon zu Ende, die beiden waren nämlich in Comillas angekommen. Sie fuhren an einer Stelle in den Ort hinein, an der er sich schlicht und doch geschichtsträchtig zeigte. Rechts von ihnen konnten sie einen Strand, einen Campingplatz und eine Promenade direkt am Wasser des offenen Kantabrischen Meeres erkennen. Links erhob sich das Dorf auf den drei Hügeln und schaute von seiner privilegierten Warte aus hochmütig auf die Besucher herab, genau wie auf den eigenen Strand und das Meer. Trotzdem war Comillas eine Art versteckter Schatz, da man es von der See aus nicht direkt erkennen konnte. Dazu musste man die Hügel hinaufsteigen, denn von der Küste aus erahnte man die Umrisse des großartigen Städtchens nur.

Oliver war als Kind schon einmal hier gewesen, konnte sich daran aber kaum noch erinnern. Von seinem Platz im Auto aus hätte bei der Fahrt den Hügel hinauf wohl jeder augenblicklich gemerkt, dass dieser Landstrich Schönheit und jede Menge versteckte Ecken beherbergte. Auf einem einsamen Friedhof konnte man eine riesige Figur erkennen, es schien sich um einen Engel mit einem Schwert zu handeln. Und ein Stück weiter weg beeindruckte den Betrachter ein Zeichen der gotischen Romantik: Auf einem kleinen Hügel direkt am Meer stand das Denkmal für Marqués de Comillas, eine riesige Säule auf einem Podest in Form eines Bugs.

»Genau da wollen wir hin«, erklärte Teniente Redondo und deutete mit einer Kopfbewegung in die Richtung.

»Zur kleinen Schwester der Nelson-Säule?«

»Na ja, genauer gesagt zu dem Haus dahinter.«

Oliver folgte Valentina Redondos Blick, während sie weiter den Hügel hinauffuhr. Das Haus, von dem sie gerade gesprochen hatte, war eine beeindruckende Villa. Der englische Touch war unverkennbar, das Gebäude erinnerte an ein romantisches Herrenhaus, aber auch an den Schauplatz gotischer Gruselgeschichten. Mehrere kleine Dächlein mit schwarzen Schieferziegeln ragten hier und da hervor, hinter ihrer Holzstruktur verbargen sich Rohre und Regenrinnen. Das Gebäude hatte zwei Stockwerke, offenbar noch einen Keller und außerdem einen großen Dachboden. Die riesigen, hellbraun gerahmten Fenster boten wohl aus jedem erdenklichen Winkel des Herrenhauses eine überwältigende Aussicht auf die Küste von Comillas.

Ein Teil der Fassade war mit gepflegt wirkendem, gestutztem Efeu bedeckt, und das zum Haus gehörende Grundstück war so groß, dass man es trotz des Mäuerchens ringsherum kaum auf einen Blick erfassen konnte. Ein etwas angeschlagenes Eisentor bildete den Haupteingang, und daneben hing ein winziges Schild mit der Aufschrift Prado de San José.

»Ach du Scheiße, das sieht ja aus wie der alte Kasten aus *Psycho*«, rief Oliver aus, während Teniente Redondo vor dem Eingang parkte. »Bestimmt empfängt uns gleich Alfred Hitchcock.«

Redondo lächelte, betrachtete dabei aber konzentriert das Haus.

»Stimmt irgendwas nicht?«, fragte Oliver und folgte ihrem Blick. Er hätte nicht sagen können, was es war, doch ihm war unbehaglich zumute.

»Da rührt sich gar nichts.« Die Ermittlerin schien nach den richtigen Worten zu suchen. »Das ist viel zu still«, fügte sie schließlich hinzu und näherte sich dem riesigen Tor, das weit offen stand. Verwundert folgte ihr Oliver auf dem Fuße.

»Nein, hören Sie mal – da läuft doch Musik!«, rief er dann aus und hielt sich ein wenig zögerlich hinter der Ermittlerin. Sie näherten sich der Haustür, die ebenfalls offen stand und aus der eine sanfte Melodie mit französischem Text erklang, die sie jetzt immer deutlicher hören konnten.

Jetzt hatten sie den Türrahmen erreicht. Es war nur das Lied zu hören, ansonsten gab es weder im Haus noch draußen irgendein Lebenszeichen. Nicht einmal ein Flüstern oder leise Atemzüge. Instinktiv ließ Redondo die Hand auf ihrer neun Millimeter Sig Sauer P229 ruhen. Ihre Erfahrung warnte sie eindringlich, auf der Hut zu sein. Mit dem Arm schob sie Oliver beiseite und wies ihn mit Blicken an, draußen zu bleiben, während sie selbst vorsichtig und langsam das Haus betrat, wobei sie sich immer wieder umschaute. Sie spürte, wie sich ihr ganzer Körper anspannte.

»Hallo? Hallo! Teniente Redondo von der Guardia Civil! Polizei! Hallo?«

Es antwortete ihr nur die als Musik verkleidete Stille. Im Lied ging es darum, dass die Zeit unaufhaltsam voranschritt, um eine verlorene Liebe und darum, wie uns eine alte Romanze plötzlich wieder einholen kann.

Oliver war es gar nicht recht, hier draußen zu warten. Inzwischen war Teniente Redondo aus seinem Blickfeld verschwunden, und er hörte nur noch ihre leisen Schritte auf dem knarzenden Holzfußboden. Von hier aus konnte er lediglich den Flur des Herrenhauses mit den edlen Möbeln und uralten, wenn auch gepflegten Teppichen erkennen. Plötzlich wurden die Schritte der

Ermittlerin schneller, sie gab sich jetzt offenbar keine Mühe mehr, leise zu sein. Dem Geräusch nach befand sie sich rechts vom Eingang. Und dann schien auf einmal etwas zu Boden zu fallen, es hörte sich an, als zerspringe eine gläserne Vase in tausend Stücke. Instinktiv rannte Oliver hinein, er hielt es einfach nicht mehr aus, draußen so untätig vor der mehr als hundert Jahre alten Tür herumzustehen, die so viele Besuche, Plackerei, Stille und verschwiegene Geschichte miterlebt haben musste.

Wieder die Stille, nur durchbrochen von der Musik, die alles mit beinahe greifbarer Wehmut erfüllte. Ach nein, jetzt hörte er erneut schnelle, entschlossene Schritte. Oliver schlug den Weg zu einem weitläufigen Wohnzimmer ein, das sich rechts vom Eingangsbereich hinter einer breiten Flügeltür verbarg. Von dort kamen nämlich die Musik und auch die flinken Schritte von Teniente Redondo, die ihn augenblicklich entdeckte und ihm einen energischen Befehl zurief.

»Oliver, schnell, geben Sie mir doch bitte das Wasser rüber!«

Er tat, wie ihm geheißen, während er in Gedanken die Szene vor sich zu entschlüsseln versuchte: Valentina Redondo schien gerade eine alte Dame wiederzubeleben, die reglos auf einem riesigen rosafarbenen Diwan aus Samt und Seide lag. Die Chaiselongue stand so, dass man durchs Fenster den Eingang zum Grundstück und das geparkte Auto der Teniente sehen konnte.

»Was … was hat sie denn?«, brachte Oliver hervor.

»Ich glaube, nichts Schlimmes, das ist bestimmt nur eine Ohnmacht. Allerdings frage ich mich, wo denn nur die Dienstboten stecken. In so einem großen Haus gibt es doch bestimmt Personal«, antwortete Redondo, während sie der alten Dame hastig, aber sanft Gesicht und Nacken benetzte und versuchte, sie so ins Leben zurückzurufen.

»Sehen Sie nur, sie kommt schon wieder zu sich«, sagte Oliver, als er bemerkte, wie die Lider der Greisin flatterten. Ja, sie kehrte ins wirkliche Leben zurück.

Die grünen Augen waren müde, der Blick aber klar, und sie schaute erst Oliver, dann die Ermittlerin an. Augenblicklich richtete sich die Hausherrin auf und blieb auf dem Diwan sitzen, während sie die beiden einige Sekunden schweigend ansah.

»Es tut mir wirklich leid, ich muss wohl das Bewusstsein verloren haben. Das passiert mir schon von Kindheit an immer wieder. Ich habe Sie beide kommen sehen, aber dann hat mich der dunkle Schlaf übermannt, bei dem ich niemals weiß, wann ich wieder daraus aufwache.«

Teniente Redondo musterte Señora Ongayo aufmerksam: Es handelte sich um eine schlanke, kleine alte Dame, die zerbrechlich wirkte, mit ihren behutsamen Bewegungen aber auch etwas Elegantes an sich hatte. Ihr Blick war der einer entspannten Katze.

»Aber jetzt geht es Ihnen wieder gut?«, fragte Redondo, während sie sich aus der Hocke erhob.

»Ja, meine Liebe, alles perfekt, danke. Offenbar sind Sie gekommen, um mich zu retten.«

»Allerdings musste dabei die kleine Vase dran glauben, das tut mir wirklich leid. Weil Sie vom Sofa zu rutschen drohten, bin ich rübergesprintet und habe sie dabei umgeworfen.«

»Machen Sie sich mal keine Sorgen, das war nur Murano-Glas, außerdem hatte ich mich an dem Stück längst sattgesehen«, antwortete die alte Dame mit einem freundlichen Lächeln. »Mit wem habe ich denn das Vergnügen?«

»Ich bin Teniente Valentina Redondo vom Ermittlungsteam der Guardia Civil. Und mich begleitet heute Señor Oliver Gordon«, sagte sie, deutete auf den Halbengländer und trat einen Schritt beiseite, damit er zu ihrer Runde dazustoßen konnte.

»Verstehe«, erwiderte die Hausherrin bedächtig. »Sie werden mich sicher gleich auch über den Grund Ihres Besuchs in Kenntnis setzen, meine Liebe, aber lassen Sie mich doch eben meine Angestellte rufen, damit sie uns einen Kaffee bringt. Ich hoffe, Sie trinken ein Tässchen mit mir. Oder hätten Sie vielleicht lieber Tee?«

Redondo schaute Oliver an, der nickte.

»Kaffee wäre gut, vielen Dank. Und Sie müssen wohl Señora Ongayo sein.«

»Aber natürlich, meine Liebe. Entschuldigen Sie bitte, ich habe mich gar nicht vorgestellt, wo bleiben denn nur meine Manieren? Vermutlich bin ich einfach daran gewöhnt, dass man mich überall kennt. Hier in der Gegend eilt mir eben mein Ruf voraus«, sagte sie und senkte kurz den Blick, nur um eine Sekunde später auch schon wieder Oliver anzusehen. »Mein Lieber, könnten Sie vielleicht die Musik ausstellen? Heute habe ich nach dem Essen Carla Bruni aufgelegt, aber das war wirklich keine gute Idee. Sie sehen ja, wie melancholisch mich ihr *Quelqu'un m'a dit* gestimmt hat. Ja, machen Sie die besser aus, so können wir in Ruhe reden.«

Oliver schaute sich um und entdeckte eine hochmoderne Musikanlage auf einem Möbelstück, das aussah, als hätte es Mozart persönlich gehört.

»Señora Ongayo«, begann nun wieder Teniente Redondo. »Ich hab mich gewundert, als wir hier angekommen sind und die Haustür aufstand. Außerdem habe ich gar keine Dienstboten gesehen. Sie müssen wirklich aufpassen, hier kann ja jeder einfach so hereinspazieren.«

»Meine Liebe, wie reizend Sie sind. Es ist ja wirklich nett, dass Sie sich um meine Sicherheit sorgen, aber ich bin hier eigentlich nie allein. Das war wohl ein bedauernswerter, aber ungewöhnlicher Zufall. Der Gärtner kümmert sich vermutlich gerade um die Hortensien hinter dem Haus und hat Sie nicht gehört, weil er dabei immer Kopfhörer trägt und so eine Höllenmusik hört. Und meine beiden Assistentinnen sind zur Pilgerherberge La Piedra direkt am Hintereingang des Hauses hinübergegangen, um dort Gebäck abzugeben. Die Stadt organisiert nämlich eine wichtige Veranstaltung, und da wollten wir gerne einen bescheidenen Beitrag leisten … Allerdings wüsste ich schon gern, wo Marta, meine Köchin, steckt.« Sie verstummte kurz, so als ließe sie sich die Frage durch den Kopf gehen, ohne ihr große Bedeutung beizumessen. »Ach, ich weiß schon, die ist sicher im Keller, in der Waschküche. Bestimmt kommt sie gleich wieder rauf.«

Wohl von den Stimmen angelockt, erschien die Erwähnte noch im selben Moment wie aus dem Nichts im Türrahmen. Señora Ongayo wies sie an, in der Küche Kaffee zu kochen, und bald wehte das kräftige Aroma bis ins Wohnzimmer hinüber, während die Hausherrin ihre beiden Gäste in ein Gespräch über Gastronomie, das Klima und Comillas verwickelte. Während im Wohnzimmer der Kaffee in Tassen aus exquisitem englischem Porzellan serviert wurde, tischte die Köchin außerdem noch einen frisch gebackenen Käsekuchen auf, bei dessen Aroma ihnen das Wasser im Munde zusammenlief. Sein Duft erinnerte an zu Hause, brachte ein Gefühl der Vertrautheit mit sich.

Zu diesem Zeitpunkt hatte die alte Dame ihnen bereits von den Holzarbeiten am Haus erzählt, für die man verschiedene Edelhölzer extra aus Fernando Póo hergebracht hatte, einer ehemaligen spanischen Kolonie in Afrika.

Man konnte den unterhaltsamen Wortschwall der alten Dame kaum bremsen, die auf bewundernswerte Art und Weise ein Thema mit dem nächsten verknüpfte. Die beiden Gäste machten quasi einen Intensivkurs über die gastronomischen Highlights der Gegend und bekamen jede Menge Geschichten über die Gemeinde zu hören. Schon ein Jahr nach der Erfindung der Glühlampe durch Thomas Alva Edison hatte man in Comillas zum Beispiel anlässlich des Besuchs des Königspaars die erste Straßenbeleuchtung des Landes installiert. Die alte Dame erzählte ihnen, dass Comillas im Jahr 1881 für einen einzigen Tag spanische Hauptstadt gewesen war, zumindest symbolisch, weil Alfons XII. dort seinen Ministerrat zusammengerufen hatte. Munter berichtete sie von weiteren Kuriositäten, zum Beispiel, dass im Palacio de Sobrellana das erste Telefon von ganz Kantabrien installiert worden und dass hier auch der erste Golfplatz Spaniens entstanden war. Die alte Dame ließ keinen Zweifel daran, dass sie ihre Heimat aus tiefstem Herzen liebte. Aber auch ihr schien klar zu sein, dass der unterhaltsame Teil dieses Besuchs mit dem Kaffee in den Tassen zur Neige ging. Als die Teniente mit ihrer Geduld langsam am Ende war, sprach die ehrwürdige Gastgeberin das Thema selbst an: »Nun gut, meine Lieben. Dann erzählen Sie mir doch mal, wodurch mir die Ehre Ihres Besuchs zuteilwird. Vermutlich hat es mit dem Engel aus der Villa Marina zu tun, nicht wahr?«

Während Oliver wieder einmal verblüfft dreinblickte, ließ sich Valentina Redondo nichts anmerken und fuhr ganz ruhig mit der Unterhaltung fort: »Und ich nehme an, dass Sie bereits vor unserem Besuch die Artikel der Sensationspresse mit den Fotos von Señor Gordon gesehen haben. Ich möchte Ihnen die Sache noch einmal kurz von unserem Standpunkt aus darlegen und würde Ihnen dann gern ein paar Fragen stellen, wenn es Ihnen recht ist.«

»Wie förmlich! Ja, natürlich ist mir das recht. Aber in meinem Alter liegt schließlich alles, was wirklich von Bedeutung war, längst in der Vergangenheit. Daher werde ich nur lügen, wenn es wirklich unumgänglich ist«, schloss sie mit spöttischer, doch freundlicher Stimme. Die Teniente stieß ein kleines Seufzen aus. Ihre Gesprächspartnerin war offenbar hochintelligent und hatte außerdem eine große Lust auf Spielchen, die sie selbst so gar nicht teilte.

Mal abgesehen von dem Säugling, lag da schließlich ein fast noch warmer Toter im Leichenschauhaus, und es würde bald noch einer dazukommen, auch wenn die Umstände von dessen Ableben bisher unklar waren. Noch.

»Wie Sie also bereits wissen, wurde in der Villa Marina, die einst Ihnen gehört hat, die Leiche eines vermutlich neugeborenen Kindes gefunden. Alter und Todesursache untersuchen im Moment noch unsere Gerichtsmediziner. Wir nehmen an, dass der Leichnam während der Bauphase in den Jahren 1948 und '49 versteckt wurde. Ich wüsste daher gerne, wann Sie damals angefangen haben, für die Ongayos als Hausangestellte zu arbeiten.«

»Als Hausangestellte? Wie elegant formuliert. Nein, ich war nichts anderes als ein einfaches Dienstmädchen. Wir haben damals wie Sklaven geschuftet, sowohl zu Hause als auch für die Dienstherren. So war damals eben das

Leben, nicht so wie heute … Für die Ongayos hatte ich schon mal kurz gearbeitet, als ich noch blutjung gewesen war, so mit siebzehn oder achtzehn Jahren, aber offiziell gehörte ich seit Sommer 1949 zum Personal. Das war damals allerdings in Torrelavega, nicht in Suances. Das Haus dort wurde nur im Sommer bewohnt, und ich war da tatsächlich im Jahr darauf, 1950. Aber noch vor Ablauf des Jahres habe ich dann Eladio geheiratet … den ältesten Sohn der Dienstherren«, erklärte sie und verlieh dem letzten Wort einen abschätzigen Tonfall. »Als Hochzeitsgeschenk bekamen wir die Villa Marina. Meine Schwiegereltern hatten schließlich mehrere Anwesen und verbrachten den Sommer eigentlich lieber in Santander.«

»Verstehe. Und Sie haben keine Ahnung, woher dieser Leichnam stammen könnte, den wir da gefunden haben?«

»Ich fürchte nicht, meine Liebe. Wenn ich etwas wüsste, hätte ich mich ja selbst mit der Guardia Civil in Verbindung gesetzt. Wer kann schon sagen, wie lange wir da mit diesem kleinen Engel im Keller zusammengelebt haben.«

»Sehr viele Sommer scheinen Sie dort aber nicht verbracht zu haben. Und wir vom Ermittlungsteam fragen uns natürlich, warum Sie damals die Villa, Ihr Hochzeitsgeschenk, dem Hausmeisterehepaar geschenkt haben.«

Die alte Dame schwieg einige Sekunden und sah Oliver an. »Weißt du eigentlich, dass ich deine Mutter als Kind kannte? Dieses zauberhafte kleine Ding, sie hat sich von uns Prinzessin Lucía nennen lassen.«

Señora Ongayo schaute die Teniente an. »Haben Sie Kinder?«

»Nein«, antwortete Valentina Redondo mit unterdrückter Gereiztheit.

»Wie schade. Sie sollten wirklich welche bekommen,

meine Liebe, das ist der Kreislauf des Lebens, der allem einen Sinn verleiht. Sie sind schließlich noch jung und eine Frau mit Charakter. Hören Sie besser auf mich, und verlieren Sie keine Zeit.« Die alte Dame verstummte kurz, war sich aber dessen bewusst, dass sie die Geduld der Ermittlerin gerade auf eine harte Probe stellte. »Ich dachte während der Fünfzigerjahre eigentlich, dass ich keine Kinder bekommen konnte. Mich hat zu jener Zeit ein junger, moderner Arzt aus Santander behandelt, aber seine Methoden haben nichts gebracht. Das Hausmeisterpaar der Villa Marina war schon etwas älter, hatte aber auch keine Kinder, und irgendwann haben die beiden dann die zauberhafte Lucía bei sich aufgenommen, die sie aus dem Kloster in Santillana del Mar geholt hatten. Das muss so im Jahr '51 gewesen sein. Für mich war sie bei jedem meiner Besuche in diesem Haus wie eine frische Brise. Diese drei Menschen waren wie eine Familie, sie haben mich an meine Anfänge als armes, hart arbeitendes Mädchen erinnert. Und dieses zauberhafte kleine Ding … Als mein erster Mann starb, musste ich mich um die Geschäfte kümmern, reiste viel und verbrachte manchmal Monate am Stück in Südamerika oder Europa, war gelegentlich auch in Russland oder im Orient unterwegs. Deshalb hatte ich kaum Zeit, mich um meine Besitztümer hier zu kümmern. Und das waren so einige! Manche davon gehören mir immer noch, obwohl meine Geldanlagen heute längst nicht mehr so ertragreich sind wie früher. Und in den Immobiliensektor investiere ich natürlich längst nicht mehr«, versetzte sie mit Bestimmtheit und schüttelte den Kopf. »Auf jeden Fall traf ich irgendwann die Entscheidung, dass ich das Haus den Pereiros überlassen würde, wenn es für mich weiter so gut lief. Allerdings unter der Voraussetzung, dass die Villa einst Lucía gehören würde, die dann damit machen konnte, was sie wollte. Ich wollte der Kleinen eine Zukunft schenken. Eine Zukunft mit einer weniger grauen Vergangenheit, als ich sie hatte. Vielleicht war das ja eine absurde, romantische Idee, aber diese Familie war das Einzige, was mich damals noch mit meinen Wurzeln verband. Und ich habe sie wirklich geschätzt.«

»Entschuldigen Sie bitte, aber ich kann mich trotzdem nicht daran erinnern, dass meine Mutter jemals von Ihnen gesprochen hätte«, wandte Oliver mit sanftem Tonfall ein. Er wollte seine Gastgeberin nun wirklich nicht verletzen. Sie sah ihn lächelnd an, ignorierte aber sein Sie und duzte ihn weiter: »Vermutlich war ich für deine Mutter einfach nur eine Freundin des Hauses, eine von denen, deren Bild irgendwann verschwimmt, weil in der Erinnerung kein Platz mehr dafür ist. Das ist ganz normal. Außerdem war sie ja noch ziemlich jung, als sie nach England gegangen ist, deinen Vater kennengelernt und ihn geheiratet hat. Ich hatte damals selbst genug mit meinen Geschäften und meinem eigenen Leben zu tun. Während meiner zweiten Ehe hatten wir entgegen aller medizinischen Prognosen dann das große Glück, Eltern eines kleinen Mädchens zu werden. Daher habe ich natürlich viel Zeit mit meiner Tochter verbracht, wenn auch nicht so viel, wie ich gern wollte. Nach dem Tod meines zweiten Mannes stand ich wieder allein an der Spitze der Firma, damals hatte ich eben viel Arbeit und nur wenig Zeit zum Genießen. Es ist gar nicht so einfach, bei diesen Dingen ein Mittelmaß zu finden. Ehrgeiz ist machtvoll, meine Lieben.«

Skeptisch sah Teniente Redondo die alte Dame an.

»Aber statt Ihr Haus zwei im Prinzip Wildfremden zu überlassen, hätten Sie doch zunächst an Ihre Familie denken können. Hatten Sie denn keine Eltern, Geschwister oder Cousins, die Sie an Ihrer privilegierten Stellung teilhaben lassen wollten?«

»Doch, natürlich, meine Liebe. Mit meinen Besitztümern hätte ich allerdings zehn Familien versorgen können. Außerdem ist mein Vater in den Sechzigerjahren gestorben, und ich hatte nie eine gute Beziehung zu seiner Frau oder meinem Stiefbruder.«

»Ihrem Stiefbruder?«

»Ja, ehrlich gesagt habe ich keine Ahnung, was aus diesem Unglücksraben wohl geworden ist. Als Letztes habe ich gehört, dass er nach Cartagena gezogen sei, aber das ist mit Sicherheit schon dreißig Jahre her. Wie die Zeit vergeht! Wir hatten ohnehin nie etwas miteinander zu tun, ich habe nämlich schon kurz nach seiner Geburt angefangen, als Dienstmädchen zu arbeiten.«

»Und Ihre Mutter?«

»Meine Mutter?«, seufzte Señora Ongayo. »Die ist im Bürgerkrieg gestorben.«

»Andere Geschwister haben Sie nicht?«

»Doch, meine Liebe. Damals hatte ja eigentlich jeder Geschwister. Mein großer Bruder war rot wie die Kirschen. Der ist irgendwann nach Frankreich geflohen, wo er ein erfülltes Leben gelebt hat, und dann hat ihn vor neun Jahren in Paris der Darmkrebs hinweggerafft. Und meine Schwester …«, die Greisin verstummte kurz, »… ist schon vor langer Zeit gestorben. Kurz nach meiner zweiten Hochzeit. Neffen oder Nichten habe ich keine, also …«

»Verstehe. Und Ihre Tochter? Haben Sie zu ihr Kontakt? Und zu Ihren Enkeln?«

»Meine Tochter lebt und arbeitet in Santander, aber wir sehen uns leider äußerst selten. Sie wird mir wohl niemals verzeihen, dass ich in ihrer Kindheit so viel unterwegs war … und dass ich sie aufs Internat in die Schweiz und dann nach Oxford geschickt habe. Sie kann einfach nicht verstehen, dass es aus meiner Sicht nur zu ihrem Besten war. Ich war ja nie zu Hause und habe stattdessen für die Zukunft der Firma geschuftet, für den Unterhalt der Familie gesorgt.« Ihr bedrückter Tonfall wirkte aufrichtig. »Von Zeit zu Zeit besucht sie mich allerdings, und dann drehen wir eine Runde im Garten oder trinken zusammen einen Kaffee. Leider kann ich mit meiner Arthrose nicht weiter als zwanzig Meter laufen und muss dann immer schon eine Pause einlegen. Enkel habe ich keine, was wirklich schade ist.« Wieder verstummte Señora Ongayo kurz. »Jetzt war meine Tochter schon seit Wochen nicht mehr da … Die Arme ist Ärztin in einer Klinik und hat immer furchtbar viel zu tun. Wissen Sie, meine Liebe, wenigstens verlasse ich diese Welt mit der Gewissheit, dass Frauen heutzutage einfach besser dran sind als zu meiner Zeit.«

»Aha … Und kennen Sie zufällig einen gewissen Pedro Salas?«

»Pedro Salas? Nein, würde ich spontan mal sagen. Kommt der aus Comillas?«

»Nein, er hat in Suances gewohnt. Allerdings ist er diese Woche verstorben und wurde in der Flussmündung beim Damm im Wasser gefunden.«

»Ach du Himmel! Das war also dieser Pedro Salas? Ja, die Nachricht habe ich natürlich gelesen, aber die drucken sowieso immer nur die Initialen … Warum sollte ich diesen Herrn denn kennen, meine Liebe?«

»Weil zwischen ihm und dem Fund in der Villa Marina, und dadurch indirekt auch zu Ihnen, eine Verbindung besteht.«

»Aber wie …«

»Sie verstehen doch sicher, dass ich diese Information im Moment nicht preisgeben darf«, fiel ihr die Teniente ins Wort. Sie reichte der alten Dame ein Foto. »Schauen Sie sich das Bild bitte ganz genau an – sind Sie sicher, dass Sie diesen Mann nicht kennen?« Die Hausherrin schüttelte nur den Kopf, und Valentina fuhr mit ihrer Befragung fort. »In Ordnung. Und nun sagen Sie mir doch bitte noch, ob gestern Dr. David Viesgo hier bei Ihnen war.«

»Dr. Viesgo?«, fragte die alte Dame mit augenscheinlicher Verblüffung. Für einen Moment verlor sie die Aura einer Unberührbaren, diese übertrieben gelassene Haltung.

»Ja«, versetzte sie dann. »Der war am frühen Abend hier, um wie Sie mit mir eine Tasse Kaffee zu trinken. Wir sind alte Freude. Eben noch haben wir sogar über ihn gesprochen, er war nämlich der junge Arzt, der mich damals wegen meines Kinderwunsches behandelt hat. Aber meine Liebe, was hat er denn mit der ganzen Sache zu tun?«

»Dr. Viesgo hatte gestern leider einen Autounfall, vermutlich, als er vom Besuch bei Ihnen zurückkehrte.«

»Oh mein Gott! Nichts Schlimmes, hoffe ich!«, erwiderte die alte Frau. Ihre Besorgnis wirkte echt auf Oliver, der allerdings selbst überrascht war, weil er von diesem Arzt gerade zum ersten Mal hörte.

»Ich fürchte, doch, Señora Ongayo«, antwortete Valentina Redondo langsam und versuchte, ihr die Nachricht so taktvoll wie möglich zu überbringen. »Leider ist Dr. Viesgo dabei ums Leben gekommen. Man hat seinen Wagen erst vor ein paar Stunden gefunden, er war von der Straße abgekommen und einen Abhang hinabgerollt. Es tut mir wirklich leid.«

»Nein … das kann doch nicht wahr sein.« Betroffen schüttelte die alte Dame den Kopf. »Nein, das darf einfach nicht sein … Mein Gott, ich muss seine Frau anrufen. Arme Elena!«

»Señora Ongayo«, fuhr die Teniente fort. »Ich verstehe natürlich Ihren Schmerz, aber wir müssen wirklich wissen, aus welchem Grund Dr. Viesgo bei Ihnen vorbeigeschaut hat.«

Die alte Frau, die zuvor noch so amüsiert ihre Überlegenheit zur Schau gestellt hatte, wirkte plötzlich verwirrt und verloren.

»Aus welchem Grund? Das war ein … ein Höflichkeitsbesuch. Mein Gott, wir waren eben befreundet.«

»Und haben Sie dabei über nichts Ungewöhnliches gesprochen? Sie haben sich zum Beispiel nicht gestritten?«

»Was wollen Sie denn damit andeuten? Dass ich ihn in Rage gebracht habe, damit er sich dann totfährt? Teniente Redondo, es tut mir leid, aber mir fehlt jetzt wirklich die Kraft, um dieses Gespräch fortzusetzen.«

»Das verstehe ich natürlich«, antwortete Redondo mit fester Stimme, »aber ein paar Routinefragen muss ich Ihnen dennoch stellen. Vielleicht hatten Sie ja auch den Eindruck, dass Ihren Besucher etwas bedrückt hat …« Mit diesen Worten schien sie die alte Dame vom Verdacht zu befreien, aber Oliver konnte trotzdem nicht fassen, wie sich die Dinge hier gerade entwickelten. Also noch ein Toter?

»Nein, nein«, protestierte Señora Ongayo. »Wir haben über Persönliches gesprochen, so wie immer. Und ehrlich gesagt musste er auch ziemlich schnell wieder los, so nach einer halben Stunde. Wir haben Kaffee getrunken, uns unterhalten, und dann ist er gefahren. Sie können auch gerne meine Assistentinnen danach fragen. Er ist noch vor fünf Uhr aufgebrochen.«

»Verstehe. Und ich würde tatsächlich gern mit Ihrem Personal sprechen. Hat Dr. Viesgo vielleicht erwähnt, wohin er noch wollte?«

»Nein, ich fürchte, nicht. Er ist einfach gegangen.«

»In Ordnung. Gut, das wäre erst einmal alles, aber eventuell müssen wir Ihre Hilfe noch einmal in Anspruch nehmen.«

»Selbstverständlich«, fiel ihr die alte Dame ins Wort und winkte ab. »Aber verstehen Sie doch bitte, dass es mir gerade wirklich nicht gut geht … Das ist ja so furchtbar … armer David.«

Als Teniente Redondo aufstand, wurde Oliver klar, dass sein Beitrag zum Gespräch gewissermaßen den äußeren Umständen zum Opfer gefallen war. Er wagte es, noch einmal den Mund aufzumachen. »Señora Ongayo, wenn es Ihnen recht ist, komme ich vielleicht ein andermal vorbei, um mich ausführlicher mit Ihnen zu unterhalten. Ich möchte Ihnen unbedingt meinen Dank für all das aussprechen, was Sie für meine Familie getan haben.«

»Das ist wirklich sehr nett von dir, Oliver, und ich würde dich auch gerne wiedersehen«, sagte die Greisin müde. Plötzlich wirkte sie viel älter, in sich zusammengesunken. »Dann kannst du mir auch von deinen Projekten erzählen. Ich habe gelesen, dass du ein Hotel eröffnen willst, stimmt das?«

»Ja, Señora Ongayo.«

Mit sanftem, tieftraurigem Blick sah sie ihm direkt in die Augen und stützte sich dann auf dem Fensterbrett des Panoramafensters ihrer Villa, der Casa del Duque, ab. Sie schien die spektakuläre Landschaft aber gar nicht wahrzunehmen, sondern ins Leere zu starren. Zum Abschied flüsterte sie: »Nenn mich doch bitte Jana.«

***Im September des*** Jahres 1939 war zwar der Bürgerkrieg zu Ende, inzwischen waren jedoch die Deutschen in Polen einmarschiert, und der Zweite Weltkrieg war ausgebrochen. Inmitten von Kanonen und Schrot geriet auf einmal die ganze Welt aus den Fugen. Eigentlich stand dabei gar keine spanische Figur mit auf dem Spielbrett, 1940 aber würde Franco die Blaue Division an die russische Front schicken. Fünftausend tote Blaue, achttausend Verletzte. Aber wen schert das jetzt noch? Die sind doch längst Asche.

Wieder drohe ich mich in der Vergangenheit zu verlieren. Hatte ich bereits erzählt, dass Jana heimkehren musste, zu den Wiesen am Fuße der Masera de Castío? Aber ja, natürlich. Und was dann geschah?

Eineinhalb Monate nach Ende des Bürgerkriegs wusste Jana bereits, dass ihr Vater sie bald holen würde. Sein Brief war kurz, aber voll entschlossener Worte gewesen. Benigno hatte eine Frau gefunden und würde in ein paar Wochen heiraten. Wenn im September die Schule anfing, sollten seine Kinder wieder bei ihm sein. Benigno ließ sich auf keine Diskussion ein, da half auch kein Flehen von Tante Amparo, Jana war schließlich seine Tochter.

Und die weinte, brüllte und schluckte ihre beinahe schon jugendliche Würde herunter, um ihren Vater auf Knien um eine Verlängerung zu bitten. Weil es nämlich nicht besonders schwierig war, im Dunkeln zu leben, wenn man das Licht nicht kannte. Aber wenn man erst einmal von einem lichteren Leben gekostet hatte, wollte man es nie wieder missen. Inzwischen war das Dasein in Comillas für sie ein zuckersüßes Märchen, während die Armut unerträglich bitter schmeckte.

Allzu viel Trauriges will ich dir aber nicht erzählen, deshalb schildere ich nur die Dinge, die das Ungeheuer erwachen ließen. Viel Zeit bleibt dir nicht mehr.

Jana wusste es nicht, aber sie hätte ihren Willen beinahe bekommen: Nun fiel sie wieder häufig in Ohnmacht, und auch Albträume und Nachtschweiß kehrten auf ihr Nachtlager zurück. Im Schlaf rief sie nach ihrer Mutter. Angesichts ihres verschlechterten Gesundheitszustandes wäre ihr Vater beinahe weich geworden, aber es waren ihre Gastgeber selbst, vor allem Tante Amparo, die schließlich auf ihrer Rückkehr bestanden. Ganz offensichtlich handelte es sich bei Jana um ein krankes junges Mädchen, und sie waren schließlich schon alt. Es war durchaus möglich, dass sie verstarben, bevor Jana einen Ehemann gefunden hatte, außerdem beunruhigten sie ihre Bewusstlosigkeiten sowie ihr harter, verlorener Blick. Für die beiden war das alles dunkles, unbekanntes Terrain.

Janas ganze Familie kam bei der Hochzeit ihres Vaters zusammen, einer schlichten Feier mit lediglich zwölf Gästen, den Priester mit eingerechnet. Es gab Reis mit Hühnchen. David zeigte sich stark und unabhängig, als hätten mögliche Familiendramen mit ihm gar nichts zu tun. Er war hart geworden, als hätte er im Leben bereits alles gesehen, und kehrte nicht mehr nach Hinojedo zurück. Mit seinen fast fünfzehn Jahren war er schon beinahe ein Mann. Er war gerade mit der Schule fertig und blieb in La Tablía, wo man ihm nur zu gerne Arbeit gab.

Clara und Jana hingegen kehrten zurück, allerdings in ein Zuhause, welches nicht mehr dasselbe zu sein schien. Das Leben dort war jetzt völlig anders, und es spielte sich rund um eine Mutter ab, die nicht die ihre war. Benignos Frau war kaum fünfundzwanzig und einfach winzig. Ihr Name, Aurora, bedeutete Morgenlicht, in Wirklichkeit aber hatte sie dunkle Augen und langes schwarzes Haar. Aurora hieß die beiden Mädchen mit freundlichem Lächeln willkommen und versuchte, mit ihnen warm zu werden, das war jedoch kein leichtes Unterfangen. Die anfängliche Ablehnung war im Grunde vorprogrammiert – genau wie die üblichen Probleme des Zusammenlebens.

Jana, die in diesem September in einen neuen Alltag heimkehrte, begann ihre Existenz nach und nach zu verfluchen: Sie hatte kein eigenes Zimmer mehr, aß nicht mehr jeden Tag frischen Fisch, konnte nicht mehr fröhlich und sorglos durch Comillas spazieren. Stattdessen lebte sie hier unter der Fuchtel einer nahezu Fremden, musste im Garten arbeiten, wegen des Viehs häufig im Morgengrauen aufstehen und sich mit der Lebensmittelkarte auf den Weg ins Bergbaudorf Reocín machen, um rationierte Kartoffeln zu holen.

Clara und sie stiegen in die leeren Waggons, wenn Pyrit und Zinkblende bei der asturischen Zinkfabrik in Hinojedo ausgeladen worden waren, und fuhren so die rund acht Kilometer bis nach Reocín hinauf, um dort die wertvollen Knollen entgegenzunehmen. Auf dem Rückweg mussten sie jedoch laufen, weil der Zug nun mit Bodenschätzen beladen war. So gerbte das Leben die starken Frauen des Nordens.

Die Nachkriegszeit stellte sich als grausamer und elender als der Krieg selbst heraus, da musste man sich nur mal die staatlichen Bezugsscheine ansehen, deren Wert Benigno vom Lohn in der Fabrik abgezogen wurde. Eigentlich sollten diese Lebensmittelkarten die Grundversorgung decken, aber die Qualität der Produkte war so furchtbar, dass Schmuggel und Schwarzmarkt florierten und die Preise bald ins Unermessliche stiegen. Die Rationierung dauerte mehr als zehn Jahre an, bis 1951 – das Schwarzbrot war ungenießbar, zwischen den Linsen tummelten sich unsichtbar wie in einer sternenlosen Nacht die Bakterien, und der Reis war mit kleinen weißen Würmern gewürzt.

Jana und ihre Familie konnten nicht auf den Schwarzhandel zurückgreifen, aber wenigstens hatten sie ihren eigenen Anbau und die Milch ihrer Kühe, daher war ihre Situation nicht gar so verzweifelt wie die der Städter. Hier auf dem Land ertrugen die Frauen eine Menge, nahmen ihr Schicksal an, arbeiteten im Garten, versorgten das Vieh, kochten, wuschen und nähten, um sich zusätzlich etwas Geld zu verdienen. Sie standen noch vor den Hühnern auf, und unselige Tagelöhner wie Benigno konnten noch von Glück reden, dass sie überhaupt Arbeit hatten.

Aber Clara und Jana schienen aus dieser Tristesse ausbrechen zu wollen. Vielleicht lag es daran, dass sie schon früh unabhängig werden mussten und deshalb eine gewisse Ungezähmtheit in ihnen steckte.

Oder vielleicht hatte es auch mit den langen Stunden zu tun, während der die beiden Schwestern sich gemeinsam ihre Zukunft ausmalten und irgendeinem vagen Traum nachhingen, den man womöglich doch realisieren konnte.

Vielleicht war der Grund auch, dass ihre Stiefmutter so jung war und ihnen daher nicht genug Respekt einflößte, obwohl sie die beiden gelegentlich mit dem Besenstiel verdrosch oder mit einer Ohrfeige zur Ordnung rief. Aber das war in jener Zeit relativ normal, und wir müssen uns an dieser Stelle nun wirklich nicht mit einer Diskussion über Bräuche und Erziehungsmethoden jener tristen Epoche Spaniens aufhalten.

Die Zeit schritt ungerührt und ohne große Freude voran. So war eben das Leben, wie eine lange Nacht aus Stein.

Im Mai 1940 war seit dem offiziellen Ende des Bürgerkriegs bereits ein Jahr verstrichen. Benigno und Aurora hatten ohne große Worte angekündigt, dass sie für November ein Kind erwarteten. Die beiden Mädchen im Haus ließ die Neuigkeit merkwürdig kalt, was sie mit freundlichen, aber wenig überschwänglichen Glückwünschen überspielten.

In diesem sanften Frühling kam eines Tages ein Brief für Jana an, die gerade zusammen mit Clara und Aurora in der Küche saß.

Achtung: Trommeln erklangen in der Seele.

»Darf man denn erfahren, wer eigentlich dieser Luis ist?«, fragte Aurora, während sie den Umschlag öffnete.

»Wie bitte? Luis? Ist der Brief etwa für mich?«, fragte Jana mit plötzlich hochroten Wangen, während sie hastig aufstand und zu ihrer Stiefmutter stürzte.

»Allerdings, mein Fräulein, hier steht es klar und deutlich: Jana Fernández. Du warst in Comillas offenbar nicht untätig. Aber du wirst schon sehen, was dein Vater davon hält!«

»Lass mich den Brief lesen, bitte, der ist doch für mich!«

»Das ist wirklich die Höhe, du bist ja noch nicht einmal zwölf Jahre alt! Hast du deinen Vater überhaupt gefragt, ob du dir mit einem Jungen Briefe schreiben darfst? Hm? Den liest erst einmal Benigno, und dann schauen wir weiter. Wer ist dieser Luis überhaupt? ›Meine liebe Herzogin‹ schreibt er«, fuhr Aurora in spöttischem Tonfall fort, während sie Jana wegstieß, die ihr den Brief aus der Hand reißen wollte. Aber jetzt griff Clara ein. Ihre Stimme war eiskalt und ganz ruhig, sie sprach mit einer Bestimmtheit, die so gar nicht zu einem dreizehnjährigen Mädchen zu passen schien.

»Du bist nicht unsere Mutter, und dieser Brief ist nicht für dich. Leg ihn sofort auf den Tisch, und rühr bloß nie wieder meine Schwester an«, sagte sie eisig, wobei sie jede einzelne Silbe betonte.

Aurora erstarrte für einen Moment. Wie konnte diese Göre es nur wagen, so mit ihr zu sprechen? Diese beiden unverfrorenen Mädchen! Sie schaute zu Clara auf, um sie mit einem

Machtwort zum Schweigen zu bringen, verharrte dann jedoch reglos. Der Blick aus Claras fast durchsichtigen Augen ließ keinen Zweifel daran: Sie machte keinen Spaß. Eine Hand ruhte auf dem Tisch, mit der anderen umklammerte sie das Messer, mit dem sie gerade Kartoffeln geschält hatte, und zwar mit festem Griff, so als könne sie ihren Zorn nur schwer unterdrücken.

Jana näherte sich Aurora erneut, riss ihr den Brief aus den Fingern und begann ebenfalls ganz, ganz langsam zu sprechen. »Dieser Brief ist für mich. Und du bist nicht meine Mutter«, sagte sie und starrte mit ihren grünen Augen direkt in die schwarzen ihrer Stiefmutter. Stille. Zwei, drei, vier Sekunden. Aber dann schien sie zu begreifen, dass sie das Biest nun beruhigen musste, um zur Normalität zurückzukehren.

»Wenn du einverstanden bist«, sagte Jana, ohne den Blick von Aurora abzuwenden, »dann geben wir Papá nachher den Brief, damit er ihn liest und mir seine Erlaubnis gibt oder auch nicht.«

Sie blickte zu Boden und schaute dann einen Moment zu Clara hinüber, um die Situation aufzulockern, da die Luft hier inzwischen so dick war wie geronnenes Blut.

»Außerdem ist Luis ein Junge, der in die Gaststätte von Tante Amparo geht, bestimmt schreibt er im Namen der ganzen Gruppe. Die wollen sicher wissen, ob wir im Juli zum Sommerfest kommen …«

»Ja, zur Prozession des Schutzheiligen der Fischer, Cristo del Amparo, da gibt es dann auch Spiele für die jungen Leute, kennst du das nicht?«, warf nun Clara ein. Als sie auf Aurora zukam, veränderte sich ihr Gesichtsausdruck völlig, wurde mit einem Mal engelsgleich und unschuldig. Etwa dreißig Zentimeter von ihrer Stiefmutter entfernt blieb sie stehen. Das Messer hatte sie dabei immer noch in der Hand.

»Ja, das kenne ich.« Langsam riss sich Aurora zusammen, wich aber mit eisigem Herzen und heißer Wut im Bauch zurück. »Dann soll eben euer Vater entscheiden, ich habe für solche Kindereien wirklich keine Zeit«, versetzte sie, verließ die Küche und eilte zum Garten hinüber, um den beiden Mädchen zu entkommen, in deren Gegenwart ihr gerade das Herz in die Hose gerutscht war.

Aurora dachte fieberhaft nach, sie war nervös, und die Gedanken rasten hinter ihrer Stirn. Clara und Jana wurden schnell erwachsen und waren viel reifer, als sie aussahen. Mit vierzehn würden sie die Schule beenden. Auf dem Weg in den Garten beschloss ihre junge Stiefmutter, dass sie alles dafür tun würde, um die beiden so schnell wie möglich loszuwerden. Sollten die Mädchen doch ihr Glück suchen und sie und ihr Kind in Ruhe lassen. Kriegskinder waren einfach nicht richtig im Kopf.

Auf noch mehr Krieg hatte auch Benigno keine Lust, und deshalb erlaubte er seiner Jüngsten den Briefwechsel mit dem Jungen, solange nur alle Nachrichten zunächst durch seine Hände gingen. Schließlich handelte es sich ja auch um einen Burschen, der fünfundzwanzig Kilometer entfernt wohnte, und die Straße dorthin war gewunden und in schlechtem Zustand. Dieser Fischerjunge würde mit Sicherheit nicht drei Stunden zu Fuß zurücklegen, weil er hier um Jana herumschwarwenzeln wollte. Das waren doch nur kindische Albernheiten.

Zwei Tage später hatte Jana diese Albernheit bereits hundertmal gelesen. In unsicherer Handschrift stand darin:

*Meine Liebe Herzogin,*
*ich habe deine Tante um deine Adresse in Hinojedo gebeten, um dir zu schreiben. Das macht dir doch nichts aus, oder? Sie hielt das für eine gute Idee.*
*Ich erinnere mich noch gut an die Nachmittage, an denen wir im Gasthaus geredet haben, und wie du über die kleineren Kinder gelacht hast, die im Hafen Bockspringen*

*gespielt haben und hingefallen sind. Am Ende hast du zusammen mit deiner Tante dem kleinen Diego das Knie verarztet, weißt du noch? Den haben sie jetzt nach San Sebastián zu seinem Onkel geschickt, damit er dort zur Schule geht.*
*Und ich muss auch jedes Mal an dich denken, wenn wir mit dem Boot an der Villa des Herzogs vorbeikommen. Die Hausherren sind übrigens mal wieder in Venezuela.*
*Ich arbeite weiterhin für Señor Marcial, der mich jetzt manchmal den Kutter steuern lässt. Wir machen eigentlich immer einen guten Fang. Du bist inzwischen schon so lange nicht mehr hier, und du fehlst allen im Gasthaus und im Hafen. Die Mädchen aus deiner Klasse haben sich bei Señora Amparo nach dir erkundigt, und die hat gesagt, dass du vielleicht zum Sommerfest kommst, mit deiner Schwester. Ob die wohl auch so schön ist wie du? Ich frag ja nur, und vielleicht mach ich dich damit ein kleines bisschen eifersüchtig, wütend bist du nämlich noch viel hübscher.*
*Bevor du gegangen bist, hab ich dich ja um einen Kuss gebeten, aber das musst du wohl falsch verstanden haben, die Ohrfeige tat nämlich ganz schön weh, und ich bin am nächsten Tag noch mit roter Backe zur See gefahren. Darf ich dir denn weiter schreiben? Und kommst du wirklich zur Feier? Ich frag bloß wegen der Mädchen aus deiner Klasse, die Nervensägen wollen das nämlich unbedingt wissen.*
*Ein Kuss von deinem Freund*
*Luis*

Clara und Jana lagen am Fuße des Castío-Berges, der ein Teil ihres Lebens war, tief in ihnen steckte, ganz unbeabsichtigt zu einem Bezugspunkt geworden war. Endlich wurde das

Wetter besser. So zwischen Fenchel und dem frischen grünen Gras versteckt, sah man sie kaum, und die beiden Schwestern zeigten sich nur dem blauen Himmel, der sie still und riesig betrachtete.

»Wenn du nach Comillas willst, gehen wir da auch hin«, sagte Clara, ohne Jana anzusehen, während sie den Blick auf die am Himmel vorbeiziehenden Wolken richtete.

»Papá lässt uns sicher nicht.«

»Doch, bestimmt. Die Schule ist dann schon aus, und wir können mit María gehen, die wird den Linienbus nehmen. Wusstest du nicht, dass ihre ganze Familie dort wohnt?«

»Welche María denn? Etwa die Lehrerin?«, fragte Jana erstaunt.

Lachend antwortete Clara: »Lehrerin? Die, die sie uns da vorgesetzt haben, damit sie in der Schule unsere Hefte korrigiert? Die ist doch keine richtige Lehrerin, die kann ja nicht einmal nähen, hast du das nicht gemerkt?«

»Nein.«

»Jana, du darfst wirklich nicht mehr so naiv sein. Also, das mit Comillas wäre abgemacht, aber vernarr dich bloß nicht in einen Fischerjungen.«

»Ich bin in niemanden vernarrt.«

»Ja, klar! Und was ist dann mit dem Brief, den du da in der Schürze trägst?«

»Du bist ja nur eifersüchtig!«

»Nein, Jana, aber du kannst nun wirklich nicht dem ersten armen Schlucker schöne Augen machen, der des Weges kommt. Willst du etwa so enden wie Papá?«

»Was sagst du da bloß? Was hat Papá denn?«

»Ja, eben – was er hat? Nichts! Rein gar nichts!«, wiederholte Clara beinahe wütend. »Immer nur Elend und Arbeit, und die Kinder verteilt er hier und da, so wie es ihm passt.«

»Clara! Aber was redest du denn da? Das lag doch am

Krieg. Was mit Mamá passiert ist, und mit Toñín ... das war der Krieg. Du bist wirklich gemein, warum sagst du so was?«

»Wie, der Krieg? Und jetzt, ist jetzt etwa noch Krieg? Wir arbeiten nämlich noch genauso hart. Und ich hab gesehen, wie die Leute in der Stadt leben. Das hier ist ein Dasein für Arme und Landpomeranzen. So nennen die uns nämlich, falls du es noch nicht wusstest. Da siehst du's mal!«

»Tja, dann sind wir eben Landpomeranzen, aber wir führen wenigstens ein ehrliches Leben. Ich finde es gemein, dass du so über Papá redest.«

»Ich bin nicht gemein. Er hätte sich um uns kümmern müssen, aber das hat er nicht getan, und mich hat er nicht gelassen. Ich hätte für ihn den Haushalt geführt und für euch gesorgt, und damit wäre es gut gewesen. Aber nein. Weißt du, was wir machen müssten?«

»Was denn?«

»Heiraten.«

»Wie jetzt, heiraten? Wir sind doch noch keine sechzehn.«

»Das weiß ich doch, Dummerchen. Nicht jetzt, aber schon bald. Einen Viehbauern oder einen feinen Herrn.«

»Einen Viehbauern?«

»Na klar, aber nicht einen von denen, die schon stolz sind, weil sie fünf Kühe und zwei Schweine im Stall haben. So einen nicht. Sondern einen mit einem richtigen Hof und mindestens vierzig Kühen, und dazu noch ein paar Schweinen zum Schlachten. Da hat man dann Pökelfleisch für den ganzen Winter.«

Jana hielt das Ganze für einen Scherz, lachte und dachte an die Arbeit ihres Bruders David: »Tja, dann müssen wir es wohl auf La Tablía versuchen ...«

»Ja, vielleicht«, sagte Clara entschlossen. »Und wenn wir keinen Viehbauern heiraten, dann eben einen feinen Herrn.«

»Na klar, einen Señorito, der eine Weste trägt. Und wie

willst du das hinkriegen, mit deinen ollen Latschen, dem Gestank nach Kuhstall und dem Rock aus einem Mehlsack? In Comillas hab ich mich kaum getraut, die feinen Leute auf der Straße anzugucken, aus Angst, dass ich sie damit schmutzig mache. Und die gehen nicht mal zu denselben Festen wie wir.«

»Mein Gott, wie naiv du bist, Jana! Begreifst du denn nicht, dass all die jungen Dinger als Dienstmädchen in die Hauptstadt gehen, um sich dort einen feinen Herrn zu angeln? Wie unsere Cousine Tensia, die mit ihren sechzehn Jahren nächsten Monat einen von den Condes heiratet, von der Matratzenfabrik. Da hast du's!«

»Die haben sich eben verliebt.«

»Du begreifst es einfach nicht, Dummerchen. Der hat ihr ein Kind gemacht, deshalb hat sie jetzt auch immer diese weiten Hemden an. Dieses Miststück ist bestimmt schon im fünften Monat.«

Schockiert schlug sich Jana die Hand vor den Mund, so als wolle sie ein Geheimnis zurückhalten, das ihre Lippen noch nicht verlassen hatte. Clara musste lachen.

»Also, damit du's weißt, vergiss den armen Fischerjungen. Wir müssen uns wirklich höhere Ziele stecken. Ich werde auf jeden Fall als Hausmädchen anfangen, sobald ich nächstes Jahr mit der Schule fertig bin. Durch Großmutter hab ich schließlich schon Erfahrung und Referenzen. Danach bringen wir dann auch dich irgendwo unter. Und selbst, wenn wir da keinen Ehemann finden, arbeiten wir weniger und haben mehr zu essen, das kann ich dir versichern.«

»Du hast ja nichts als Flausen im Kopf!«, lachte Jana.

»Nein, ich hab Köpfchen, das ist nicht dasselbe. Und dir bringe ich alles bei«, entgegnete Clara ernst. Sie ließ einige Sekunden verstreichen und lächelte dann. »Na ja, hoffentlich sieht dein Luis wenigstens gut aus!«, neckte sie ihre Schwester dann und kniff sie. Die beiden lachten und stießen sich verschwörerisch mit den Ellbogen an. Irgendwann schwiegen sie dann und betrachteten nur noch den Himmel, der ihnen wortlos zugehört hatte und sie unter seinem unendlichen Dach beherbergte, während sie in eine Zukunft voller Möglichkeiten blickten.

Der weibliche Verstand ist ein verworrenes Labyrinth, das ohne jede Anstrengung männliche Bosheit hundertmal übertrifft. Und weißt du, was den Blick einer Frau kalt und gnadenlos werden lässt?

Ehrgeiz.

*Vergiftet.*

Valentina Redondo holte tief Luft und stieß sie dann langsam wieder aus, während sie im Kopf noch einmal alle Fakten durchging, über die sie verfügte. Bis zum Meeting blieb ihr nur noch eine halbe Stunde Zeit. Sie hatte das ganze Ermittlungsteam für Punkt acht Uhr morgens in die Kommandantur bestellt.

Am Abend zuvor hatte Sargento Riveiro sie angerufen, nachdem sie Oliver Gordon in der Villa Marina abgesetzt hatte. Dr. Viesgo war durch ein bislang unbekanntes Gift zu Tode gekommen, es handelte sich wohl um ein pflanzliches Mittel, und die waren am schwierigsten nachzuweisen: vielleicht Bilsenkraut, Tollkirsche oder sogar Schlafmohn. Der Unfall war nur ein Nebeneffekt gewesen, ausgelöst durch die Tatsache, dass der Arzt am Steuer das Bewusstsein verloren hatte.

Wenn diese Neuigkeit erst an die Öffentlichkeit drang, würde sich Panik ausbreiten, vermutlich würden sogar die von der Zentrale in Madrid den Fall übernehmen wollen oder es zumindest andeuten. Verdammt, nein, dieses Rätsel musste ihre Truppe schon selbst lösen, sagte sich Valentina noch einmal, und deshalb mussten sie jetzt rasch handeln. Außerdem hatte Sabadelle sie darüber informiert, dass er ohne schlüssige Beweise von seinem Besuch beim Museum und an der Uni zurückgekehrt sei.

Auch die restlichen Informationen, die ihre Kollegen am Vortag zusammengetragen hatten, hatten wenig Licht in den Fall gebracht und eher noch mehr Fragen aufgeworfen. Nach der Besprechung würde sich Valentina Redondo deshalb augenblicklich auf den Weg ins Rechtsmedizinische Institut machen, um mit Clara Múgica zu sprechen. Sie brauchte dringend die Laborergebnisse. Jede noch so kleine Information konnte den entscheidenden Hinweis liefern, die Untersuchung in die richtige Richtung lenken. Sie wollte die Beamten von der Zentrale nicht hier haben, noch nicht. Die waren gut, es handelte sich um die Ermittlerelite Spaniens, vielleicht sogar ganz Europas. Aber auch ihre Truppe war schnell und effektiv, sie brauchte nur mehr Zeit.

Die Lorbeeren für die Lösung des Falls würden sie sowieso nicht ernten, ihre Namen würden nämlich nicht in der Presse auftauchen. Sie waren ja praktisch Soldaten, Wesen ohne erkennbare Persönlichkeit, und gehörten einem öffentlichen Korps an, in dem es keine Individualität gab. *Alles für das Vaterland.* Für Valentina war das Ganze aber auch eine persönliche Herausforderung, sie wollte sich selbst beweisen, wie leistungsfähig und effektiv sie war.

Als Richter Talavera sie am Vorabend angerufen hatte, um sich nach dem Verlauf der Ermittlungen zu erkundigen, hatte sie sich angesichts fehlender Erkenntnisse völlig hilflos gefühlt, wie ein kleines Mädchen, das seinem Vater schlechte Noten beichten musste. Wenigstens schien der Richter ihr Team bislang nicht für inkompetent zu halten. Er hatte seine Zustimmung dazu gegeben, die dringendsten Beweisstücke von Privatlabors untersuchen zu lassen, und versprochen, wegen der Telefonverbindungen von Pedro Salas und nun auch von David Viesgo ein wenig Druck zu machen. Natürlich war sich Valentina ihrer Obsessionen bewusst – ihres Ordnungsfimmels und der Angst davor, Schwäche zu zeigen. Ja, sie war ein Kontrollfreak und eine Perfektionistin. Aber an Tagen wie diesen, wenn sie mit höchster Konzentration an einem Fall arbeitete, gab sie beim intensiven Gedankenaustausch mehr als sonst von sich preis, und man konnte einen Blick auf ihr wahres Ich erhaschen.

Irgendwann fanden sich schließlich die Mitglieder ihres Teams im Raum neben ihrem Büro ein, wo bereits eine Tafel und eine Landkarte an der Wand hingen. Nach den üblichen Begrüßungen setzten sich ihre Mitarbeiter: Sargento Riveiro, Subteniente Sabadelle, Cabo Roberto Camargo und die beiden jüngsten in der Gruppe: Agente Marta Torres und Agente Alberto Zubizarreta.

»Meine Damen und Herren, wir werden jetzt noch einmal alle uns zur Verfügung stehenden Daten durchgehen und für diesen Fall nach neuen Ermittlungsansätzen suchen«, begann Redondo ihre Ausführungen.

Sabadelle ließ sein typisches Schnalzen erklingen, bei dem nicht klar war, ob es sich um Zustimmung oder Protest handelte.

»Sabadelle, wenn du noch ein einziges Mal mit der Zunge schnalzt, schneide ich sie dir persönlich ab, und zwar mit einem Katana, verstanden?«, knurrte die Teniente mit hartem Tonfall, der von unterdrückter Wut zeugte, aber erstaunlich ruhigem Gesichtsausdruck. Keiner sagte ein Wort. Sabadelle war nun wirklich kein besonders angenehmer Zeitgenosse, er schien sogar seinen Vorgesetzten mit einer gewissen Anmaßung zu begegnen, aber diese Bemerkung hatte ihn wie ein Schlag getroffen. Während er mit brennenden Wangen auf seinem Stuhl herumrutschte, setzte Riveiro ein falsches Lächeln auf. Na, das ging ja gut los.

Redondo fasste noch einmal alles zum Fund des toten Kindes und der Götterstatuette in der Villa Marina zusammen. »Die Leiche ist wohl zwischen fünfzig und siebzig Jahre alt«, erläuterte sie nun, »und der Zersetzungsprozess hat am Fundort stattgefunden, daher können der aktuelle Besitzer und die Bauarbeiter damit nichts zu tun haben. Sabadelle, hast du zu der kleinen Götterfigur etwas herausgefunden?«

»Ich bin an der Sache dran, Teniente«, antwortete der Angesprochene hastig, wenn auch immer noch grummelnd. »Die von der Uni wollten sich heute Morgen bei mir melden, hoffentlich mit einer möglichen Verbindung. Ich hab mit mehreren Kollegen gesprochen, die Experten für südamerikanische Kultur und Gottheiten sind. An der Uni von Bilbao hat wohl jemand seine Doktorarbeit über die Verbindungen zwischen südamerikanischen Göttern und Spanien geschrieben und …«

»Gut«, schnitt ihm Redondo das Wort ab. »Dann fahr meinetwegen nach Bilbao, wenn es sein muss, aber heute Mittag will ich handfeste Ergebnisse sehen.«

Dann wandte sie sich an den Rest der Anwesenden, ohne Sabadelle Zeit für eine Antwort zu geben. »Also, fahren wir fort: Wir haben sichergestellt, dass es auf dem Gelände der Villa keine weiteren Leichen gibt, den Fund können wir also als Einzelfall behandeln. Dann aber wurde am Sonntag, den 7. Juli, Pedro Salas erschossen, unseren bisherigen Erkenntnissen zufolge mit einem 38er Revolver. Man hat ihn vermutlich am Ende des Damms ermordet, die Stelle kann man nämlich nicht mit dem Auto erreichen, und eine Leiche den Kai entlangzuschleifen hätte wohl doch Aufsehen erregt. Es kann natürlich auch sein, dass man ihn von einem Boot ins Wasser geworfen hat. Ich verstehe allerdings nicht, warum es so lange gedauert hat, bis er dort zwischen den Felsen entdeckt wurde.«

»Das kann ich vielleicht erklären«, warf Riveiro ein und gab wieder, was ihm Antonio Rúa am Vortag erklärt hatte.

Als Nächstes legte Redondo die finanziellen Ungereimtheiten bei Salas dar und fragte Riveiro nach dem Computer des Fischers.

»Noch konnte ich mir auf der Festplatte nicht alles ansehen, die hab ich mir nämlich erst heute Morgen vorgenommen. Eines halte ich allerdings jetzt schon für entscheidend: Salas hat Informationen über den Leichenfund in der Villa Marina und über Oliver Gordon aus dem Internet und Onlinezeitungen zusammengetragen, das ist den letzten Suchverläufen auf seinem Rechner zu entnehmen. Zusätzlich hat er aber auch Dokumente über die Firma Sardinen Ongayo gespeichert. Das Ganze sieht aus wie der Wirtschaftsteil aus Zeitungen, aus dem *Diario Montañés*, *Faro de Cantabria* und *Cantabria Diario*.«

»Also eine weitere Verbindung zu Jana Ongayo. Archive oder Suchanfragen über sie selbst gibt es aber nicht? Nur über die Firma?«

»Im Moment sieht es so aus, alles konnte ich aber noch nicht durchsehen, weil ich gestern nämlich spät aus dem Rechtsmedizinischen Institut zurückgekommen bin.«

»Natürlich«, sagte Redondo verständnisvoll. Unpünktlichkeit duldete sie nicht, aber sie gestand ihren Mitarbeitern schon ein wenig Schlaf zu. Schweigend überlegte sie ein paar Sekunden. Warum hatte der alte Seemann wohl Interesse an den Geschäften einer Sardinenfabrik? Dass er auf Arbeitssuche war, fand sie in seinem Alter eher unwahrscheinlich. Vielleicht Erpressung? »Wir müssen wohl die Möglichkeit ins Auge fassen, dass Pedro Salas die Firma Sardinen Ongayo irgendwie unter Druck gesetzt hat«, sagte sie.

Beinahe gleichzeitig nickten die Anwesenden, mal abgesehen von Sabadelle. Der hätte um ein Haar wieder mit der Zunge geschnalzt, riss sich beim Gedanken an die Katana-Drohung der Teniente jedoch zusammen.

»Gut, dann weiter«, versetzte Valentina Redondo und schaute aus dem Augenwinkel zur Wanduhr hinüber. »Ich führe noch die letzten Punkte zu Ende, und dann ist Zeit für Hypothesen und Fragen. In Ordnung?« Wieder stimmte das Ermittlungsteam schweigend zu, sogar Sabadelle, der ungemütlich auf seinem Stuhl hin- und herrutschte.

»Señor Gordon hat ein Alibi für Dienstagnachmittag und fast den ganzen Mittwoch, weil ich ihn da zwischen acht und neun in der Villa Marina abgesetzt habe. Das könnte wichtig werden, sobald das Labor den Todeszeitpunkt von Dr. Viesgo bestimmt hat.« Wieder verstummte Redondo kurz und warf einen Blick auf ihre Notizen sowie die Tafel, als wolle sie sichergehen, dass sie auch nichts vergaß. Dann fuhr sie fort: »Señora Ongayo schien von der Nachricht seines Todes wirklich überrascht und betroffen, aber diese Frau ist mit Sicherheit nicht nur ans Verhandeln gewöhnt, sondern auch daran, zu lügen und zu manipulieren. Ich hatte während des Gesprächs mehrmals das Gefühl, dass sie uns nicht die Wahrheit gesagt hat.«

Redondo atmete tief durch, um ihre Gedanken zu ordnen. »Das Alter von Pedro Salas und David Viesgo sowie auch der Babyleiche deutet auf einen Täter etwa zwischen sechzig und fünfundsiebzig Jahren hin. Es könnte sich um einen Psychopathen handeln, auch wenn hier nicht der Modus Operandi, sondern die Verbindung zwischen den Opfern entscheidend zu sein scheint. Leider müssen wir die Laborergebnisse abwarten, bis wir ein

Profil des Täters erstellen können – falls es sich überhaupt um eine einzige Person handelt.«

Wieder holte Redondo Luft und stieß sie dann langsam aus. Sie überlegte, ob es noch etwas zu sagen gab, bevor sie ihren Kollegen das Wort erteilte. »Gibt es dazu Kommentare?«

Sabadelle senkte den Blick, weil es ihn ärgerte, dass er hier nur eine einzige Aufgabe zu erfüllen hatte, die auch noch in sein Spezialgebiet fiel, und damit nicht weiterkam.

Außerdem erkannte er Redondos Führungsanspruch nicht an – sich selbst hielt er für viel geeigneter als diese Hysterikerin mit ihrem Sauberkeitsfimmel. Die Guardia Civil war schließlich ein Militärkorps, keine Putzfrauenkolonne!

Riveiro, der natürlich nicht ahnte, was Sabadelle da durch den Kopf ging, sagte: »Das Auftauchen der Babyleiche war bestimmt der Auslöser für die Morde, ich bin mir allerdings nicht sicher, ob es sich um nur einen Täter handelt: Dafür war die Tötungsart zu unterschiedlich. Der Tod des Arztes hat etwas Subtiles und Feminines an sich: Bei Vergiftungen liegt die Rate von weiblichen gegenüber männlichen Tätern ja bekanntermaßen bei sieben zu eins.«

»Mich beschäftigt vielmehr das Warum«, fiel ihm Marta Torres ins Wort. »Ich kann da einfach kein Motiv erkennen. Der Säugling wurde vermutlich nicht einmal getötet, und falls doch, ist die Tat längst verjährt. Warum macht sich jemand hier solche Umstände?«

»Schlafende Hunde soll man nicht wecken«, murmelte nun Agente Zubizarreta und überraschte damit alle, da er bei solchen Besprechungen normalerweise den Mund hielt.

»Vielleicht hilft uns ja eine geografische Analyse«, sagte Redondo und deutete auf die Karte, die sie im Saal aufgehängt hatte. Sie dachte an die Methoden zurück, mit denen sie sich vor zwei Jahren bei einem Seminar zur Verhaltensanalyse in Madrid vertraut gemacht hatte.

Angeboten hatte den Kurs für Kriminalpsychologen und Mitarbeiter von Spezialteams der Guardia Civil damals eine für Spanien ganz neue Abteilung namens SAC, die ihr Augenmerk auf die psychologischen Aspekte von Gewaltverbrechen richtete und dabei Techniken von FBI, Scotland Yard und der französischen Sûreté anwandte.

Während dieser zwei intensiven und anstrengenden Wochen hatte Valentina für ihre Arbeit eine ganz neue Basis, eine frische Perspektive entwickelt.

Nun markierte sie auf der Karte die zwei Tatorte und den Fundort des Babys.

»Du suchst nach dem Verankerungspunkt, oder?«, fragte Riveiro, mit dem Redondo am häufigsten über ihre Erfahrungen beim Seminar und generell über die Erstellung von Täterprofilen gesprochen hatte.

»Der Verankerungspunkt ist sozusagen die Höhle des Täters, falls es denn nur einen einzigen geben sollte«, erklärte sie. »Wir wissen, dass der Tatort auch Hinweise auf das Verhalten des Mörders gibt: Er tötet für gewöhnlich nicht so weit weg von zu Hause, dass er sich damit die Flucht erschwert, aber auch nicht so nah dran, dass er seinen Rückzugsort verrät … In den meisten Fällen werden die Taten in dieser sicheren Zone ausgeführt. Allerdings wurden die Opfer hier nicht zufällig, sondern aus einem bestimmten Grund ausgewählt, der vermutlich in ihrer Vergangenheit liegt.«

Einen Moment lang herrschte Stille im Saal, als suchten alle Anwesenden auf der Karte nach Antworten.

»Wir gehen also davon aus, dass der Täter innerhalb dieses Kreises wohnt, den du hier gezeichnet hast?«, fragte Marta Torres und deutete auf Redondos ein wenig eiförmige Verbindung zwischen den markierten Punkten. Sie führte von Santander nach Comillas und umschloss dabei Suances, Torrelavega, Santillana del Mar und ein großes blaues Stück vom Kantabrischen Meer.

»Meine Zeichnung ist nur eine grobe Annäherung an die Zirkelhypothese, derzufolge man auf einer Karte die Verbrechen einzeichnet und die beiden am weitesten auseinanderliegenden Tatorte den Kreisumfang bestimmen lässt.

Im Fall des vergifteten Arztes habe ich den Bereich auf seinen Wohnort Comillas und den Todesort Santander ausgeweitet. Um den Verankerungspunkt des Täters zu finden, brauchen wir noch mehr Daten aus der Rechtsmedizin: Wichtig sind nicht nur der Tatort, sondern auch der Todeszeitpunkt und der zeitliche Spielraum des Mörders. Am wahrscheinlichsten ist es, dass sich sein Aufenthaltsort irgendwo in der Mitte des Kreises befindet. Beim bisherigen Kenntnisstand können wir die Tatorte allerdings noch nicht als gegeben hinnehmen, vor allem im Fall des Arztes, da wir ja nicht wissen, wo er vergiftet wurde.«

»Dieser Hypothese zufolge«, meldete sich nun Cabo Camargo zu Wort, »lebt der Täter entweder in Suances oder Santillana del Mar.«

»Beides Gemeinden mit vielen Einwohnern«, seufzte Redondo. »Und deshalb müssen wir uns augenblicklich an die Arbeit machen. Sabadelle, deine Aufgabe ist klar. Torres und Zubizarreta, nehmt ihr bitte das Leben von Pedro Salas, David Viesgo, Oliver Gordon und Señora Ongayo unter die Lupe – Familie, Arbeit, Persönliches, einfach alles. Dazu gehören auch Informationen über Eltern, Geschwister und sonstige Verwandte … Sagt Bescheid, wenn euch irgendetwas ins Auge springt, okay? Achtet dabei besonders auf Familienmitglieder über sechzig Jahren.«

Die Agentes nickten, während sie Notizen machten.

»Insbesondere«, fügte die Teniente noch hinzu, »will ich wissen, welche Angehörigen in der letzten Zeit gestorben sind, warum, wann und wo, vor allem bei Señora Ongayo. Sie hat behauptet, zwei tote Geschwister und einen Halbbruder zu haben, über dessen Verbleib sie nichts weiß. Er lebt möglicherweise in Cartagena. Findet außerdem alles über ihre Tochter aus zweiter Ehe heraus.«

»Aber dafür sind doch jede Menge Anrufe und Amtsgänge nötig, wir müssen ins Einwohnermeldeamt, das kann Tage dauern …«, protestierte Torres, der die Aufgabe auf einmal zu viel zu werden schien.

»Und deshalb setze ich dafür ja auch zwei Personen ein, nicht nur eine. Da wir keine Tage, sondern nur Stunden haben, müsst ihr euch eben ins Zeug legen«, schnitt ihr Redondo das Wort ab und wandte sich dann an den Cabo.

»Camargo, du gehst Torres und Zubizarreta zur Hand, ich möchte aber, dass du dich auf die Sardinenfirma und die Familiengeschichte der Ongayos konzentrierst, um deine Kollegen zu entlasten. Sieh mal nach, ob da in letzter Zeit irgendetwas passiert ist, was dir auffällt. Im Handelsregister kannst du die Bilanzen des Unternehmens einsehen und wer dort welchen Posten innehat.« Sie warf einen Blick in Richtung Torres und Zubizarreta. »Arbeitet im Team zusammen und macht schnell, verstanden?«

Der Cabo und seine beiden Kollegen nickten. Sie wussten, dass in ihrem Grüppchen schließlich Camargo die Zügel in die Hand nehmen würde. Er war nicht nur der Ranghöchste, sondern hatte auch Wortführer-Qualitäten.

»Riveiro«, fuhr Redondo nun fort, die offenbar das Treffen so schnell wie möglich zu Ende führen wollte, »mach mit der Arbeit an Pedro Salas' Computer weiter und erkundige dich, wie es mit der richterlichen Verfügung aussieht, die uns Zugang zu seinen Handydaten verschafft. Dann analysier die Informationen, die du eventuell noch von den Hotels in der Nähe des Fundorts kriegst. Aber zunächst begleitest du mich erst einmal zur Gerichtsmedizin. Je nachdem, was man uns dort sagt, schlagen wir womöglich eine ganz neue Richtung ein, und da will ich dich einsatzbereit …«

»Teniente!«, rief da ein Cabo in Uniform, der die Tür des Sitzungssaals von außen aufriss. »Entschuldigen Sie, dass ich einfach so hereinplatze, aber kann ich kurz mit Ihnen sprechen?«

»Jetzt? Ist es dringend?«, fragte Teniente Redondo mit einem Stirnrunzeln. »Na, spucken Sie's schon aus!«

Der Cabo holte tief Luft, so als nähme er Anlauf, um dann in einem Rutsch die Nachricht abzuspulen, die er sich am Telefon gemerkt hatte.

»In der Santa-Clotilde-Klinik hier in Santander wurde offenbar auf einen fast Achtzigjährigen ein Mordanschlag verübt … gerade hat Inspector Manzanero von der Nationalpolizei angerufen. Mehr Informationen wollte er mir nicht geben, aber er möchte so schnell wie möglich mit Ihnen sprechen. Im Moment ermittelt sein Team in dem Fall. Manzanero zufolge leidet das Opfer an Demenz im mittleren Stadium. Der Mann redet von einer Fuchsfamilie und behauptet, der Besitzer der Villa Marina sei in Gefahr. Deshalb will er unbedingt mit ihm sprechen.«

Während ihn die Teniente noch verblüfft anstarrte, erschien nun wie in einer verrückten Vierzigerjahre-Komödie der Marx Brothers ein weiterer Agente in der Tür und fragte ebenfalls nach Teniente Redondo.

»Darf man wissen, was hier eigentlich los ist?«, fragte die Teniente verblüfft, die am liebsten als Erstes ihren alten Bekannten Manzanero angerufen hätte.

»Ein Anruf für Sie.«

»Und der ist so wichtig, dass Sie mich hier mitten in einem Meeting stören?«

Der Agente errötete sanft. »Oliver Gordon ist am Telefon. Er hat gesagt, dass er die Verbindung gefunden hat … zu diesem Tlalcol … oder Tlaloc.«

Sabadelle konnte es nicht fassen, er lief rot an und schnalzte ganz automatisch mit der Zunge, was Redondo zum Glück nicht mehr mitbekam, sie war nämlich blitzschnell zum Telefon geeilt.

Piep, piep, piep.

Ein weiterer Anruf, jetzt meldete sich das Handy in Sargento Riveiros Tasche. Es war das Rechtsmedizinische Institut, und am Apparat war Gerichtsmedizinerin Almudena Cardona, Clara Múgicas Assistentin. »Ich glaube, wir wissen jetzt, welches Gift man David Viesgo verabreicht hat. Wir hatten das Glück, dass wegen eines Kongresses gerade ein Kollege vom staatlichen Toxikologischen Institut da ist, Dr. Gael Bárcena …«

»Okay … und?«

»Das ist jetzt nur vorläufig und muss noch bestätigt werden, aber du hast ja gesagt, es ist dringend. Also, das Gift stammt vermutlich von der Eibe.«

»Von dem Baum? Im Ernst? Aber der steht doch überall, in Parks und Gärten – damit kann man also wirklich jemanden umbringen? Was sagt denn Múgica dazu?«

»Die ist noch nicht hier.«

»Ah … Na dann … von der Eibe also.«

»Wenn du vorbeikommst, kann dir Dr. Bárcena sicher all deine Fragen beantworten. Ich muss jetzt Schluss machen, wir haben hier nämlich alle Hände voll zu tun.«

»In Ordnung. Teniente Redondo und ich machen uns baldmöglichst auf den Weg. Danke, Cardona.«

Als Riveiro auflegte, schauten ihn seine Kollegen vom Ermittlungsteam neugierig an. Aber Riveiro hatte gar keine Chance, den Mund aufzumachen, weil in diesem Moment Valentina Redondo in den Raum zurückkehrte. Und was sie zu sagen hatte, haute wirklich alle vom Hocker.

***Ich muss mich*** wohl kurz fassen, da sich die Ereignisse langsam überschlagen, es passiert einfach viel zu vieles viel zu schnell. Das Leben ist nur Gegenwart und Zukunft, aber die Vergangenheit legt sich wie ein Gewicht aus Seide und Stahl um die Schultern und verlangsamt die Schritte desjenigen, der da vorangeht. Und ich will ja noch erzählen, wie sich alles abgespielt hat. Das ist jetzt schon so furchtbar lange her …

Clara und Jana gingen mehrere Jahre hintereinander zum Sommerfest in Comillas. Zwischen den gepflasterten Pfaden, kantabrischen Häusern und Villen der Amerikaheimkehrer begann etwas zu erblühen, was sich weder um den Zorn des Meeres noch um die Präsenz beeindruckender Jugendstilpaläste oder die warnenden Worte der Erwachsenen scherte. In jenen Tagen lebten die beiden, als seien es ihre letzten auf Erden. Behutsam, doch intensiv.

Vielleicht lag es ja am Licht der Dämmerung.

Vielleicht an der Sangría von Tante Amparo.

Vielleicht an der lauen Sommerluft und an der greifbaren Angst, dass es vielleicht kein Morgen geben könnte.

Vielleicht auch an Luis' dunkelblauen Augen. Oder an den Blicken der Burschen, wenn die Schwestern vorbeigingen und sie der Duft von Kamille und Fenchel umwehte.

Woran es wohl lag? Vielleicht war ja auch die in der Luft liegende Kapellmusik schuld, oder die sanften Worte, die man sich ins Ohr flüsterte.

Im August 1944 war Jana sechzehn Jahre alt und Clara achtzehn. Sie waren bereits Frauen und mit den glänzenden, langen dunklen Haaren wunderschön. Aber es war eine bescheidene Schönheit, die sie mit ihren billigen geflickten und überfärbten Kleidern zur Schau trugen. Clara strahlte Charisma, Stärke und Unabhängigkeit aus, obwohl sie stets wachsam und misstrauisch wirkte. Selbst wenn sie sich zugänglich gab, schien es tief in ihr doch immer einen tiefen Brunnen zu geben, dessen Grund niemand je gesehen hatte, einen kalten Abgrund, der nur ihr gehörte.

Jana stach mit ihrer ungewöhnlichen Eleganz, die nichts mit Herkunft oder Kleidung zu tun hat, immer noch ins Auge. Alle glaubten, dass sie mit Luis zusammen war, weil sie sich nach den Festen von ihm zu Tante Amparo und Onkel Pepe nach Hause begleiten ließ.

Es wussten auch alle, dass er manchmal zum La-Carava-Fest ging, das an Wintersonntagen in einem alten Lagerhaus in Hinojedo gefeiert wurde, und dass er sie dort zum Tanzen aufforderte, während die Musiker des Ortes die Kurbel eines Leierkastens drehten.

Und es war auch allgemein bekannt, dass er vier Sommer lang mit dem Linienbus nach Hinojedo gefahren war, um im Boot von Don Quiterio die Ria des San Martín zu überqueren und so Requejada zu erreichen, wo man jeden Sonntag unter einem mit bunten Papierstreifen verzierten Eukalyptusbaum tanzte. Für ihn war es praktisch, dass er im nahen Ubiarco bei einem Cousin schlafen konnte, der für die Guardia Civil arbeitete. Er brachte die Zeit und das Geld auf, nur um mit einem Mädchen mit grünen Augen zu tanzen, während die Musiker in ihrem Pavillon den belebten nächtlichen Walc mit Melodien erfüllten.

Inzwischen war es wirklich schon spät, beinahe zehn Uhr abends. Jana würde die Schuld dafür auf das Boot von Don Quiterio schieben und behaupten, dass es spät gekommen wäre, um das Grüppchen anständiger junger Leute abzuholen, die nach dem sonntäglichen Tanz nach Hause wollten. Luis begleitete sie auf dem Heimweg, und die beiden waren dabei allein, weil ihre angebliche Anstandsdame Clara schon vor zwei Stunden nach Torrelavega aufgebrochen war.

Clara arbeitete seit zwei Jahren als Dienstmädchen in der Stadt, in demselben Haushalt, in dem Großmutter Julia am Herd gestanden und sie angelernt hatte. Clara machte sauber, kümmerte sich um die kleinen Kinder, kochte und öffnete wichtigen Persönlichkeiten die Haustür, denn ihre Dienstherren waren in der Gesellschaft aufgestiegen, nachdem sie durch günstige Investitionen in Uruguay ihr Vermögen vergrößert hatten. Inzwischen war Clara allein, weil Großmutter Julia im Jahr zuvor gestorben war. Der Arzt hatte gesagt, dass sie ein Problem mit der Lunge hätte. Offensichtlich hatte sich Wasser darin angesammelt, hatte er erklärt, als hätte es sich um einen trockenen Graben gehandelt, der nur auf den Regen gewartet hatte.

Aber jetzt dachte Jana nicht an Clara. Ehrlich gesagt hatte sie außer ihrer unanständigen Gefühle nichts anderes im Sinn. Sie konzentrierte sich darauf, was sie da gerade tat und mit sich machen ließ. Zwischen den Schenkeln spürte sie heiß die Lust aufsteigen, und ihr Verstand brachte sittsame Einwände vor, die ihre Sinne jedoch ignorierten.

Luis lag auf ihr und küsste sie verzweifelt, während ihre Körper sich auf dem lauwarmen Heu wiegten, nur zweihundert Meter von Janas Zuhause entfernt im Stall von Don Gumersindo versteckt, der keine Ahnung von dem verliebten Paar auf seinem baufälligen Hof hatte.

Luis hatte Jana die Bluse langsam, aber mit einer unterdrückten Dringlichkeit aufgeknöpft, die zwischen größtmöglichem Respekt und heftigster Erregung lag.

»Nein, das Mieder nicht«, mahnte Jana und schaute Luis in die Augen.

»In Ordnung, keine Angst«, gab Luis nach, hörte aber nicht auf, sie zu küssen, und schlang auf dem Weg zur Wildheit, zum völligen Kontrollverlust, den echte Lust mit sich bringt, seine Zunge um ihre.

»Nur ein bisschen, nur einen Moment, mehr nicht … bitte, nur ein kleines bisschen«, flehte er dann aber wieder und berührte durch das Mieder hindurch ihre Brüste, die er jedes Mal schneller liebkoste. Schließlich ignorierte Jana jegliche Regeln des Anstands und löste selbst die schwachen Häkchen ihrer Unterwäsche, den letzten Schutzwall vor dem Feind der Wollust. Unbeherrscht stürzte sich Luis auf Janas warme, süße Brüste mit den rosafarbenen, harten Brustwarzen. Er liebkoste sie, zunächst noch langsam und verzückt. Darauf hatte er so lange gewartet! Dann teilte er die Aufmerksamkeiten seines Mundes zwischen Janas Lippen und ihrem Hals auf, bevor er einen langen Blick in die grünen Katzenaugen warf und begann, das Geschenk ihrer Brüste mit Küssen zu bedecken. Er leckte, saugte, lutschte und knabberte, während in der Hose sein hartes Glied darum bettelte, in Jana einzudringen, sich in ihrer Wärme und Feuchtigkeit zu versenken.

»Nein, das nicht«, sagte Jana, als sie sah, wie er sich die Hose aufzuknöpfen begann, obwohl auch sie in diesem Moment von der Lust übermannt wurde.

Er antwortete nicht. Dann beugte er sich den Regeln der Sittsamkeit, löste die Hand von der Hose und schob sich wieder auf Jana. Sanft zwang er sie dazu, die Beine zu öffnen, und rieb sich verzweifelt an ihr, während seine ungenierten Küsse ihm das Leben zu schenken schienen. Mit rauen Fischerhänden umfing er fest ihre Brüste. Jana begriff noch nicht, was da eigentlich mit ihm passiert war, als er schließlich mit einem Keuchen die wilden Bewegungen unterließ, weil er in der Hose ejakuliert hatte. Durch die Reibung zwischen den Schenkeln hatte auch sie etwas Ähnliches wie einen Orgasmus erlebt:

eine lebhafte, feuchte und unbekannte Wärme. Glücklich lagen sich die beiden ein paar Minuten lang in den Armen. Irgendwann zog Luis ein graues Taschentuch hervor und steckte damit die Hand in die Hose, um sich zu säubern. Jana hatte ihn noch nie nackt gesehen. Dann streckte er sich wieder auf seiner dunkelhaarigen Schönheit aus und küsste ihr den Hals. Sie schob ihn sanft von sich, verspielt und katzenhaft, während sie sich zu erheben begann und sich die Kleidung zurechtrückte. Sie gab zu bedenken, wie spät es schon war und dass sie langsam nach Hause musste. Er packte sie, zog sie wieder aufs getrocknete Gras herunter und hielt sie dort fest.

»Wann sagst du denn deinem Vater endlich, dass du mit mir zusammen bist?«, fragte er Jana und zog die Augenbrauen hoch.

»Zusammen? Na ja«, sagte sie.

»Wie, na ja? Ich weiß wirklich nicht, wovor du Angst hast. Ich hab kein Problem damit, bei ihm um deine Hand anzuhalten, er soll ruhig wissen, dass es etwas Ernstes ist. Und wenn wir noch warten sollen, bis du achtzehn bist, dann machen wir das eben, aber so langsam hab ich die Nase voll. Immer diese Geheimniskrämerei, deine Anstandsdame und die blöden Ausreden. Ich will dich einfach zur Frau nehmen.« Luis brachte die Worte ohne Nachdruck vor, als wäre dies eine alte Diskussion, die sie schon hundertmal geführt hatten. »Liebst du mich denn nicht?«

»Doch, ich liebe dich«, antwortete sie, senkte den Blick und schwieg zwei Sekunden. »Aber das geht mir einfach zu schnell.«

»Zu schnell? Ich umwerbe dich jetzt seit vier Jahren, und das nennst du zu schnell? Es denken doch sowieso alle schon, dass wir verlobt sind!«, brachte Luis empört vor. Jetzt wurde er doch laut und sprang mit einem Mal auf, so als sei er drauf und dran, wirklich wütend zu werden.

Mit sanftem Blick sah Jana ihn an.

»Und wo sollen wir leben? Und wovon?«, fragte sie ihn.

»Was soll das heißen, wo? Ach du Scheiße, in Comillas natürlich, das haben wir doch schon zigmal besprochen! Bei meiner Mutter, ich hab dir ja gesagt, dass ich sie nicht allein lassen will. Und mit dem, was ich durch die Fischerei verdiene, kommen wir gut über die Runden. Ich bin ein Mann, Jana. Ich bringe Geld nach Hause, Bares und auch Fisch, die Sardinen, die du so gerne isst. Manchmal wird es abends auch Dorade geben oder Seehecht.« Hoffnungsvoll sah Luis sie an. »Reicht es denn nicht, dass wir zusammen sind? Dass wir Essen auf dem Tisch und ein Dach über dem Kopf haben?«

»Und ich, was würde ich dann machen? Putzen, mich um deine Mutter kümmern, kochen, ein Kind nach dem anderen bekommen und mir mit Nähen bis in die frühen Morgenstunden etwas Geld dazuverdienen, das wir sparen können? Willst du das etwa?«, fragte Jana mit herausfordernder Wut, während sie auf das Tor der Scheune zuhielt. Dann drehte sie sich noch einmal zu Luis um, sah ihn an und stemmte die Arme in die Hüften.

Luis schwieg einige Sekunden.

»Ich weiß wirklich nicht, was das soll! Was stellst du dir denn nur vor? Willst du etwa wie eine Prinzessin leben? Ich erwarte von dir keine großen Opfer. Aber ja, du müsstest im Haushalt mitarbeiten.«

»Na klar, bis zur Erschöpfung. Und das, was du mir bietest … das hab ich hier alles schon.«

Mit eisigem Blick starrte Luis sie an: »Nein, *mich* hast du hier nicht.«

Jana hielt seinem Blick stand und wandte sich dann mit stolzer Geste abrupt ab. Sie verließ den Schuppen mit langen Schritten, angetrieben von instinktivem Zorn. Luis folgte ihr. Vor dem Schober griff er nach ihrer Hand und presste seine Freundin gegen die Bretterwand. Er küsste Jana wild, und sie erwiderte seine Zärtlichkeiten. Die Liebe war eben ein unbegreifliches Ringen zwischen mächtigen niederen Instinkten.

Jana weinte, während sie Luis ein paar letzte Küsse entriss.

»Ich liebe dich. Aber dieses Elend ertrage ich einfach nicht länger«, sagte sie und starrte auf ihre Schuhe, die nicht mehr waren als Überreste der schwarzen Laufbänder, auf denen der Pyrit von der asturischen Zinkfabrik bis zu den Lagerräumen der Schiffe transportiert wurde. Die hatte sie sich mit Segeltuchfetzen an den Fuß gebunden.

»Aber wir werden doch kein elendes Dasein führen!«, versprach Luis zärtlich und küsste sie wieder. »Es wird ein einfaches, aber glückliches Leben sein, solange wir nur zusammen sind. Etwas Besseres gibt es doch gar nicht.«

»Ja, aber Clara …«

»Vergiss Clara! Die setzt dir doch nur immer einen Floh ins Ohr. Und was hat sie selbst erreicht? Das weißt du ganz genau: Sie arbeitet von morgens bis abends und wischt den Kindern der feinen Herren den Hintern ab.«

»Sag doch so was nicht, sie ist immerhin meine Schwester. Außerdem trägt sie wenigstens neue Kleider und Schuhe von Las Galerías, und bei ihr steht immer warmes Essen auf dem Tisch. Clara ist eben schlau.«

»Na klar. Noch so eine Schlaubergerin, die einen Prinzen heiraten wollte.«

»Luis!«

»Tut mir leid, aber es stimmt doch. Na komm, lass uns nicht länger streiten. Ich liebe dich«, sagte er lächelnd. »Siehst du, wenn du wütend wirst, bist du wirklich noch schöner.«

»Ich muss gehen«, erwiderte Jana nur und ließ den Kopf hängen.

»Und wann wirst du mit deinem Vater sprechen?«

»Ein andermal.«

Zum letzten Mal an diesem Abend packte Luis Jana am Arm. Jetzt lag auf seinem Gesicht keine Spur mehr von einem Lächeln.

»Willst du mich jetzt heiraten oder nicht? Irgendwann hab ich nämlich keine Lust mehr auf diese Spielchen, Jana, und dann komme ich nicht mehr, um dich zu sehen.«

Sie spürte einen Stich, und ihr wurde eiskalt. Bisher hatte Luis noch nie damit gedroht, sie nicht länger zu umwerben.

»Irgendwie will ich ja schon, aber es ist einfach noch zu früh«, antwortete sie nun mit wärmerem, zugänglicherem Blick. Luis nickte.

»Dann werde ich warten. Aber meine Geduld hat irgendwann ein Ende, Jana. Halt mich nicht wie einen Dummkopf hin, ich renne dir nämlich nicht ewig hinterher. Wenn du es dir irgendwann anders überlegst, sag es mir, dann verschwinde ich, und du siehst mich nie wieder.«

Jana lächelte, weil die altbekannte Diskussion damit zu Ende war. Nun küsste sie Luis zum Abschied, sie wussten beide, dass es an der Zeit für den Heimweg war.

»Manchmal hab ich dich gar nicht lieb, wenn du mir mit deinem Gerede von Hochzeit und Verlobung auf die Nerven gehst«, sagte sie lächelnd, während sie ihm einen Kuss auf die Wange drückte. Luis seufzte und erwiderte ergeben ihr Lächeln.

»Und an den Tagen, an denen du mich nicht gern hast, liebe ich dich eben für uns beide«, sagte er und schaute sie ruhig an.

Beim Blick hinüber zum jungen Seemann an ihrer Seite wusste Jana ganz genau, dass er mit seinen ruhigen blauen Augen ihr Herz auf ewig berührt hatte, auch wenn ihr Kopf und Bauch anderen Fantasien hinterherjagten. Aber der entscheidende Moment rückte näher, der Augenblick, in dem sie für das einzige Leben, das uns Menschen zur Verfügung steht, den richtigen Pfad wählen musste.

Der Weg der Sieger leuchtet nicht im Dunkeln, und man kann nicht so einfach erkennen, wohin man sich am besten wenden soll. Aber nur Feiglinge geben den Kampf um das auf, von dem sie glauben, dass es ihnen zusteht. Und weißt du, welche die gefährlichsten Krieger sind?

Diejenigen, die glauben, dass sie nichts zu verlieren haben.

***Als Oliver Gordon*** endlich einen Anruf seines Vaters aus dem schottischen Sterling bekam, war Arthur Gordon fassungslos über all das, was in Suances passierte. Vor allem die Vorstellung, dass er während der Sommerwochen, die er gelegentlich in der Villa Marina verbracht hatte, mit einer Leiche im Keller zusammengelebt hatte, fand er gar nicht komisch. Zu der Sache mit dem Stammesgott kam Mr Gordon senior dann aber etwas in den Sinn, ein Gesicht mit zwei Schlangen im Mund war schließlich etwas, was man nur schwer wieder vergessen konnte. Olivers Vater erinnerte sich daran, dass ein solches Antlitz, wenn auch ohne Körper und Federn oder Verzierungen, für alle sichtbar an einem Herrenhaus in Santillana del Mar hing, fast genau gegenüber der Stiftskirche Santa Juliana. In der Bibliothek der Villa Marina gab es wohl ein Buch mit einer kurzen Erklärung dazu.

Der Wortwechsel über Tlaloc machte allerdings nur einen kurzen Teil der Unterhaltung zwischen Vater und Sohn aus. Vor allem hatte Oliver Fragen zu seiner Mutter, seiner Herkunft, der Wahrheit über sich selbst und seine Familie. Und ja, wie sich herausstellte, hatte sein Vater davon gewusst, dass seine Mutter adoptiert gewesen war. Nachdem sie es vor zehn Jahren erfahren hatte, hatte sie es ihm bei ihrer Rückkehr nach London selbst erzählt. Damals hatte sie ihre beiden Söhne nicht mit Geschichten beunruhigen wollen, die ja doch zu nichts führten, und stattdessen einfach wie bisher ihr Leben weitergeführt. Sein Vater hatte alles gewusst, und obgleich er dafür gewesen war, den beiden Jungen davon zu erzählen, hatte er das Vertrauen seiner Frau niemals missbraucht. Oliver überkam ein tiefes Gefühl des Respekts für den alten Arthur Gordon. Er fühlte sich ihm plötzlich auf ganz neue Art und Weise verbunden, nicht nur durch Blutsbande. Mit einem Mal erschien ihm ihre Verwandtschaft als große Ehre.

Allerdings hatte Lucía Gordon ihrem Mann auch nicht mehr erzählt, als Oliver von San Román und Schwester Mercedes wusste.

Vielleicht gab es ja gar kein großes Rätsel, mal abgesehen von der Identität ihrer leiblichen Eltern. Vermutlich waren sie damals in den Fünfzigerjahren nichts weiter als ein paar arme Teufel ohne Geld oder Zukunft gewesen, und inzwischen waren sie wohl längst tot.

Oliver versicherte seinem Vater mindestens ein halbes Dutzend Mal, dass er wirklich nicht nach Spanien zu kommen brauchte, um ihm während der Ermittlungen beizustehen, dann beendete er das Gespräch um fast ein Uhr morgens und beschloss, so viel wie möglich über Tlaloc herauszufinden, um die Informationen am nächsten Tag telefonisch an Teniente Redondo weitergeben zu können.

Er wühlte in den Kartons herum, in denen man auf seine Anweisung hin alle Bücher aus der Villa Marina verstaut hatte, und fand zwei, die ihm weiterhalfen. In seiner Kindheit wäre es ihm nie in den Sinn gekommen, sich für diese alten Schinken zu interessieren. Das eine hieß *Heraldik aus Santillana del Mar*. Das zweite mit dem weitaus reizvolleren Titel *Der Hauch der Zeit* bot einen Abriss der Geschichte von Santillana del Mar von seinen magischen steinzeitlichen Höhlen bis hin zu den zusammenfallenden Türmen. Dazwischen wurden detailverliebt romanische Klöster und protzige Paläste beschrieben. In diesem zweiten Buch sah er es zu ersten Mal, das spöttisch dreinblickende Gesicht mit den vollen Wangen, fleischigen Lippen und erstaunt aufgerissenen Augen – ohne Zweifel Tlaloc.

Das geheimnisvolle Antlitz passte hinsichtlich Ort, Zeit und Religion eigentlich gar nicht zu der Hauswand, an der es zusammen mit einem anderen, ebenfalls im Relief gearbeiteten Wappen hing. Es befand sich direkt über einem riesigen, herrschaftlichen Eingang. Über dieser von Säulen eingefassten Tür mit Sturz verlief ein breiter Balkon, auf den mehrere Türen hinausgingen. Er diente Tlaloc als Dach und schützte ihn vor dem Wetter. Das Wappen darüber zeigte zwei wilde Löwen auf ihren Hinterbeinen, auf denen fantastische Drachen ritten, und darunter zwei große Hörner. Vielleicht lag es ja an diesem Emblem, dass der mesoamerikanische Gott weitestgehend unbemerkt blieb.

*Heraldik aus Santillana del Mar* war bereits fünfzig Jahre alt, aber in gutem Zustand, und Oliver konnte alle Einzelheiten des äußerst detaillierten Reliefdruckbildes gut erkennen, das wie eine Tuschezeichnung wirkte. Darauf waren das gesuchte und noch einige andere Gebäude zwischen Palästen, Sommerresidenzen und gepflasterten Höfen zu sehen. Unter der Zeichnung stand: »Das Haus der Quevedos«. Moment mal, dachte Oliver, etwa *der* Quevedo? Der spanische Schriftsteller des Goldenen Zeitalters, der im siebzehnten Jahrhundert *El parnaso español* geschrieben hatte und mit Lope de Vega und Cervantes befreundet gewesen war? Oliver beschloss, im Internet nachzuforschen. Und siehe da, der Urheber des Satzes »Geld regiert die Welt« war tatsächlich kantabrischer Herkunft gewesen und hatte Santillana del Mar besucht, auch wenn das Herrenhaus nicht ihm, sondern Cousins von ihm gehört hatte. Unglaublich! Während seines Studiums der Hispanistik hatte sich Oliver mit dem Goldenen Zeitalter sowie Góngora und Quevedo beschäftigt. Damals hätte er niemals gedacht, dass er am selben Ort wie Quevedo seine Sommer verbringen würde, wenn auch vierhundert Jahre später. Aber was zum Teufel hatte Tlaloc denn nun am Haus der Quevedos zu suchen? In *Heráldik aus Santillana del Mar* wurde er nicht einmal erwähnt, und *Der Hauch der Zeit* enthüllte auch nicht mehr, dort stand nur: »Unter dem breiten Balkon sieht man ein indianisches Relief.«

*Ein indianisches Relief.* Mit dem offenen Buch saß Oliver, tief in Gedanken versunken, vor dem Computerbildschirm. Er kam zu zwei Schlüssen: Da Wikipedia zufolge die Auswanderung nach Amerika und die Rückkehr jener Emigranten vor allem in die Zeit zwischen dem Ende des neunzehnten und der ersten Hälfte des zwanzigsten Jahrhunderts fielen, war dieses Relief offenbar lange nach der Erbauung des Hauses von einem Heimkehrer angebracht worden. Oliver machte sich erneut ans Werk, rief Google auf und griff auf alle Suchbegriffe, Tricks und Kniffe zurück, die ihm so einfielen. Er entdeckte, dass nicht nur reiche und beinahe in den Rang von Adeligen aufgestiegene Auswanderer zurückgekehrt waren, sondern sich in Amerika auch kantabrische Wappen ausgebreitet hatten. In ihrem Streben nach gesellschaftlichem Ansehen hatten die Auswanderer riesige steinerne Embleme in Auftrag gegeben, die mit ihrer Symbolkraft Stärke demonstrierten.

Welcher exzentrische Heimkehrer hatte dieses Emblem wohl in Auftrag gegeben? Vielleicht ein Nachkomme der Quevedos?

Um drei Uhr morgens wollte Oliver eigentlich schon den Computer ausschalten, da entdeckte er in einem Forum über kantabrische Geschichte und Kultur schließlich, dass das Quevedo-Haus seit Anfang des zwanzigsten Jahrhunderts einer anderen Familie namens Chacón gehörte, Amerikaheimkehrern aus Mexiko.

Bingo, da hatte er also seine Verbindung! Allerdings hatte Oliver keine Ahnung, was die Chacóns wohl mit der Villa Marina zu tun hatten.

Die Fragen drohten sich hinter Olivers Stirn geradezu zu überschlagen, aber so langsam war er wirklich erschöpft, seit dem Anruf seines Vaters hatte er schließlich ohne Unterlass recherchiert. Er würde erst einmal Teniente Redondo anrufen, sobald er es in der Früh aus den Federn schaffte.

Genauso hatte er es dann auch gehalten, mit seinem Anruf die Kommandantur der Guardia Civil in Aufruhr versetzt und die Pläne der Teniente für ihr Team durcheinandergebracht.

Von seiner gemütlichen Veranda aus beobachtete Oliver, wie das Meer einen verborgenen Kampf auszutragen schien. Machtvoll wirbelte es am Grund Sand und Steine auf und nahm dabei einen ungewöhnlichen Grünton an, den Vorboten eines gewaltigen Unwetters. Endlich lag der Ozean nicht mehr so still da; die Ruhe und die schwüle, klebrige Hitze der vergangenen Tage hatten für Oliver etwas Künstliches, Beunruhigendes an sich gehabt. Sie schienen der üblichen Ordnung der Natur widersprochen zu haben. Jetzt hingegen grummelte etwas in der Tiefe und bereitete sich darauf vor, sich geifernd aus dem abgelegensten Winkel hervorzuwinden. Oliver fand, dass dieses wilde Meer genau seine Stimmung, den Zustand seiner Seele widerspiegelte. Bislang hatte er vorgegeben, ganz ruhig und entspannt zu sein, in Wirklichkeit wartete er aber nur darauf, dass eine fremde Hand in seinem Inneren eine eiserne Truhe voller Wut öffnete.

Vielleicht würden ja jetzt endlich die Geheimnisse seiner Familie und der Villa Marina aufgedeckt werden und die anderer Orte und Menschen, welche er vielleicht noch nicht einmal kannte. Subteniente Sabadelle würde jeden Moment eintreffen, und Teniente Redondo hatte versprochen, so schnell wie möglich dazuzustoßen. Am Telefon hatte sie erwähnt, dass sie wegen eines neuen Hinweises in einer Klinik in Santander vorbeischauen würde. Worum es dabei wohl ging? Er war vor Stolz beinahe geplatzt, als er sie vor ein paar Minuten angerufen hatte, um für sie ein Rätsel zu lösen, aber dabei war er ja nur auf das nächste gestoßen.

Valentina Redondo erreichte zur selben Zeit das Hospital de Santa Clotilde in Santander und fuhr durch die breite Einfahrt auf das parkartige Klinikgelände mit Palmen und Bananenstauden. Sie war noch nie hier gewesen und schätzte, dass das Krankenhausgebäude – das zwar etwas Stolzes, Nobles an sich hatte, inzwischen aber etwas heruntergekommen wirkte – wohl aus den Vierziger- oder Fünfzigerjahren stammen musste. Den Eingang bewachten zwei sich herausfordernd anstarrende geflügelte Löwen aus Stein. Von hier aus hatte man einen spektakulären Blick über die Bucht von Santander, daher hatte man das Gebäude auch einst Bella Vista genannt.

Inspector Miguel Manzanero trat an Valentinas Wagen heran und begrüßte sie. Er kannte sie von einem früheren Fall, bei dem zunächst nicht klar gewesen war, welche Polizeieinheit die Ermittlungen führen würde. Der

Inspector war nur ein paar Jahre älter als Valentina, und sein joviales, fittes Äußeres zeugte von heiterem Gemüt und häufigen Besuchen im Fitness-Studio.

»Hallo, Manzanero, wie sieht's aus?«, sagte Redondo mit einem Lächeln, versuchte ihre Müdigkeit dabei aber nicht zu überspielen. »Wie geht's dem kleinen Martín? Der muss doch inzwischen schon ein halbes Jahr alt sein, nicht?«

»Neuneinhalb Monate, Redondo, mein Sohn ist schon neuneinhalb!«, erwiderte Manzanero strahlend. »Die Zeit vergeht schneller, als man denkt! Und was ist mit dir, gibst du immer noch deinen Dutzenden Verehrern einen Korb?«

»Nein, natürlich nicht, ich hab sie gebeten, sich im Sekretariat einen Termin für später zu holen, im Moment bin ich nämlich damit beschäftigt, einen Serienmörder zu fassen«, antwortete Valentina lächelnd, setzte dann aber eine neutrale Miene auf, für Frotzeleien hatte sie heute wenig Zeit. »Danke, dass du dir inmitten dieses Chaos einen Moment Zeit für mich nimmst«, sagte sie und blickte zum Gebäude hinüber, vor dem Streifenwagen geparkt waren und aus dem gerade Beamte eilten.

»Gern, auch wenn ich dir im Augenblick natürlich nur wenig sagen darf.« Er folgte ihrem Blick. »Mist«, murmelte er, »da kommt schon wieder der Leiter der Klinik, Andrés Ciervo. Der nervt ganz schön, weil er sich Sorgen um das Image von Santa Clotilde macht.«

»Na, der wirkt ja echt zu allem bereit«, bemerkte Valentina mit leiser, leicht spöttischer Stimme angesichts der langen Schritte des sich nähernden Mannes.

»Inspector Manzanero!«, rief Andrés Ciervo, als er nahe genug dran war. »Da drin drängen sich langsam die Leute, obwohl ich klargestellt hatte, dass diese Angelegenheit mit Diskretion behandelt werden muss. Das verstehen Sie doch sicher, oder? Es handelt sich hier um eine Klinik für alte Menschen, die mittel- und langfristig untergebracht werden. Unsere chronisch kranken Patienten brauchen Ruhe und ständige Fürsorge.«

»Das verstehe ich sehr gut, aber wenn Sie uns in Ruhe arbeiten lassen, sind wir auch schnell wieder weg.«

»Na, da hast du ja noch einen anstrengenden Morgen vor dir, Manzanero«, schnaufte Valentina, als Ciervo in die Klinik zurückkehrte. »Gib mir doch nur eine kurze Zusammenfassung dessen, was ihr bis jetzt habt, okay?«

»In Ordnung. Also, aus dem alten Mann kriegt man nicht viel heraus. Der Arme hat Parkinson im fortgeschrittenen Stadium und vermischt aktuelle Ereignisse mit Dingen, die vor sechzig Jahren passiert sind. Er heißt Juan Ramón Ballesta und ist achtzig Jahre alt. Vater, Großvater, ein ehemaliger Angestellter der Solvay … also im Prinzip alles so üblich und normal, wie es in dieser Gegend nur geht. Wegen verschiedener Behandlungen ist er regelmäßig in Santa Clotilde. Er hat früher in Torrelavega gewohnt und ist Witwer, seine Tochter kümmert sich um ihn. Die hat keine Ahnung, was es mit seinem verrückten Gebrabbel auf sich hat. Der Alte versichert, dass gestern nach Ende der Besuchszeit so gegen neun jemand versucht hat, ihn zu erdrosseln. Und das ist nicht einfach nur seiner Fantasie entsprungen, da er am Hals tatsächlich Würgemale hat. Offenbar wurde der Angriff nicht erfolgreich zu Ende geführt, weil eine Krankenschwester das Zimmer betreten hat, um Ballestas im Wachkoma liegendem Bettnachbarn seine Medizin zu verabreichen. Der Angreifer hat die Krankenschwester weggestoßen, die ihrer Aussage nach allerdings nichts gesehen hat, und ist dann geflohen.«

»Mehr Zeugen gibt es nicht?«

»Nein. Im Moment hat, abgesehen vom Schrei der Krankenschwester, angeblich niemand etwas mitbekommen.«

»Und was ist mit dem Überwachungssystem?«, fragte Valentina und deutete auf eine Kamera, die über dem Haupteingang des Gebäudes zu sehen war, und dann auf zwei weitere beim Zufahrtstor, neben den geflügelten Löwen und über dem Parkplatz.

»Leider nichts. Es gibt auf dem ganzen Außengelände und im Gebäude insgesamt sieben Kameras. Die überwachen nur, wer hier ein und aus geht, und sind als Abschreckung für Vandalen gedacht, die Bilder werden dabei nicht aufgezeichnet.«

»Na, fantastisch«, warf Valentina voller Ironie ein. »Was hat Ballesta sonst noch gesagt?«

»Eindeutig heraushören konnten wir nur, dass es sich bei seinem Angreifer wohl um einen jungen Mann gehandelt hat. Er sagt, der käme aus der Familie des Fuchses – oder einer anderen Sippe, über die jemand aus der Familie des Fuchses herrscht.«

»Des Fuchses?«

»Tja, so sieht's aus. Er behauptet auch, dass Oliver Gordon in Gefahr ist, dass man hinter ihm her sein wird, wenn aus den Eingeweiden des Engels der Villa Marina erst das Licht leuchtet und die Wahrheit an den Tag bringt.«

Valentina seufzte skeptisch und fragte sich, wie viel Glauben man den Worten eines Dementen schenken durfte.

»Dann hat er auch noch nach seiner Mutter gerufen, die wohl schon seit fünfundzwanzig Jahren tot ist«, sagte Manzanero.

»Ach du Scheiße.«

»Genau. Also, die Tochter bringt dem Alten wohl jeden Tag die Zeitung, damit er beschäftigt ist. Und seit er das mit der Leiche aus der Villa Marina und dann auch noch die Nachricht über den Tod von Pedro Salas gelesen hat, redet er ständig von einem Sack und einem Geheimnis. Er sagt immer wieder, er hätte denen aus den Bergen geholfen, dass er zu seinem Wort steht und niemals etwas verraten würde. Deshalb würde er das Geheimnis auch mit ins Grab nehmen.«

»Wer sollen denn die aus den Bergen sein?«

»Wir nehmen mal an, dass er die Republikaner meint, die nach dem Ende des Bürgerkriegs hier in Kantabrien in die Hügel geflüchtet sind. Seiner Tochter zufolge hatte Ballesta damals tatsächlich engen Kontakt zu gewissen politischen Gruppierungen und war rot durch und durch.«

»Aha. Und kannst du mir irgendetwas über diese geflüchteten Republikaner sagen, was uns weiterhelfen könnte?«

Manzanero setzte eine konzentrierte Miene auf.

»Na ja, nur das, was eben jeder so weiß … hast du denn noch nie von Juanín und Bedoya gehört?«

»Nein. Vergiss nicht, dass ich nicht von hier stamme.«

»Ach, stimmt ja, die kleine Galizierin«, erwiderte der Inspector und verzog freundschaftlich das Gesicht. »Also, das waren zwei lokale Helden, die letzten, die noch in den Bergen ausgeharrt haben. Mein Vater hat mir sogar erzählt, dass man hier früher nicht Cowboys und Indianer gespielt hat, sondern dass bei den Kindern immer eine Bande die Guardia Civil und die andere Juanín und Bedoya war … Das waren eben Volkshelden, die sich in den Bergen über Franco und seine Dreispitze lustig gemacht haben.«

Valentina runzelte die Stirn. Hatte Manzanero etwa vergessen, dass sie ebenfalls zur Guardia Civil gehörte, auch wenn sie keine Uniform trug? Der Inspector lachte aus vollem Hals.

»Jetzt zieh doch nicht so ein Gesicht, das waren schließlich andere Zeiten. Es hat sich ja alles verändert. Die beiden Widerständler haben sie Ende der Fünfzigerjahre ausgeschaltet … 1957, wenn ich mich nicht irre, und damit war die Sache mit denen aus den Bergen endgültig erledigt.«

Erstaunt rechnete Valentina im Kopf nach. »Die haben sich also nach Ende des Bürgerkriegs noch achtzehn Jahre in den Bergen herumgetrieben? Soll das ein Scherz sein?«

»Nein, natürlich nicht. Und Franco fand es erst recht nicht witzig«, erwiderte Inspector Manzanero lächelnd.

Valentina konnte das alles einfach nicht fassen, ein eingemauertes Baby, ein mesoamerikanischer Gott und jetzt noch das. »Ganz ehrlich, Manzanero, wenn es auf diese Tour weitergeht, dann müssen irgendwann nicht nur die von der Zentrale anrücken, sondern womöglich auch noch Sherlock Holmes höchstpersönlich. Der Fall wird einfach immer komplizierter.«

»Ach, ihr habt doch gerade erst losgelegt, also keine voreiligen Schlüsse. Gib dir ein bisschen Zeit, Redondo, bis jetzt habt ihr doch sicher nicht einmal alle Laborergebnisse, oder?«

»Nein, auf die warten wir wirklich noch, auch wenn wir den Prozess zu beschleunigen versuchen.« Müde und ergeben lächelte Valentina. »Okay, also ruf mich bitte an, wenn es was Neues gibt. Ich fahre jetzt erst mal nach Santillana del Mar.«

»Alles klar, wir bleiben in Kontakt. Pass gut auf dich auf, du siehst nämlich gar nicht gut aus.«

»Ach, na vielen Dank«, entgegnete Valentina, die vorgab, sich über den Kommentar zu entrüsten, ihm dann aber doch zuzwinkerte, während sie zu ihrem Dienstfahrzeug hinüberging. Der Inspector machte sich wieder auf den Weg ins Innere der Klinik.

Vor der Abfahrt sprach Valentina noch kurz mit Sabadelle. Er erklärte ihr, dass es in Santillana del Mar drei Chacóns im Telefonbuch gebe. Unter einer der Nummern war jedoch kein Anschluss mehr, und bei den beiden anderen ging niemand ran. Deshalb würden sie sich gleich persönlich auf den Weg machen, um dem verdammten Tlaloc an der Fassade einen Besuch abzustatten. Und falls die Besitzer des Herrenhauses nicht da waren, konnten sie vielleicht etwas durch die Nachbarn erfahren.

Als Valentina den Motor des Alfa Romeo anließ, schaltete sich automatisch das Radio ein, das sie immer hörte, wenn sie allein unterwegs war. Es erklang der wenig aufmunternde Song *Back to Black* von Amy Winehouse, der ziemlich gut zu diesem grauen und regnerischen Tag passte. Die Musik legte sich wie ein Schatten über ihre Gedanken.

Sie ließ sich den Fall noch einmal durch den Kopf gehen und überlegte, wie es wohl ihren Mitarbeitern erging. Sie musste auch daran denken, dass sie Clara Múgica immer noch nicht telefonisch erreicht hatte. Komisch, dass die sich nicht meldete.

Dann kehrten ihre Überlegungen zu Juan Ramón Ballesta zurück. Sie würde beantragen, dass man den Fall der Guardia Civil übertrug, die Mühlen der Bürokratie mahlten jedoch lachhaft langsam, deshalb konnten trotz Richter Talaveras Hilfe durchaus ein, zwei Wochen verstreichen, bis es so weit war. Solange hatte Manzanero etwas gut bei ihr, weil er wenigstens ein paar nicht vertrauliche Informationen an sie weitergab.

Wenigstens hatte Señor Gordon ein wenig Licht in das Ganze gebracht, indem er die Verbindung zwischen Kantabrien und Tlaloc hergestellt hatte.

Es war wirklich unglaublich, wie viel weiter sie durch Oliver nun mit der Ermittlung waren. Trotzdem traute Valentina ihm nicht über den Weg. Sie wusste genug über Psychopathen, um trotz glaubhafter Alibis erst einmal alle und jeden in Verdacht zu haben, selbst den charmanten und attraktiven Oliver. Es sah wirklich so aus, als hätten sie mit der Entdeckung der Kinderleiche die Büchse der Pandora geöffnet. Worauf war der Mörder denn nur aus? Wollte er ein Familiengeheimnis bewahren? Ein altes Verbrechen vertuschen? Wollte er Geld oder jemanden beschützen? Und wenn ja, wovor? Während sie versuchte, die Puzzleteile zu ordnen, bekam Valentina kaum mit, dass sanfter Regen zu fallen begann und das bevorstehende Unwetter ankündigte. Ganz unbewusst stellte sie die Scheibenwischer an, während sich hinter ihrer Stirn weiterhin Fragen und Hypothesen drängten. War Oliver wirklich nur durch Zufall genau am Tag des Leichenfundes in der Villa Marina aufgetaucht? Und das, obwohl man dem Bauleiter zufolge erst Wochen später mit ihm gerechnet hatte? War das nicht ein ziemlich großer Zufall? Aus welchem Grund hatte er seine Reise bloß vorverlegt?

Und welche Vergangenheit lastete wohl auf Oliver Gordon? Wovor lief er weg? So langsam konnte sie ihn allein der Höflichkeit wegen wirklich nicht mehr schonen, sie würde ihn einem intensiven Verhör unterziehen müssen, bis auch die ganz persönlichen Fragen beantwortet waren. Dabei hoffte Valentina insgeheim, dass Gordon nichts mit der ganzen Sache zu tun hatte. Ja, das hoffte sie wirklich.

Als sich am Vortag ihre Blicke getroffen hatten, hatte sie in seiner herausfordernden Miene Härte und Getriebenheit bemerkt, aber weder Bosheit noch Zorn. Aber vielleicht war das ja auch alles nur eine Fassade. Oder auch nicht. Verdammt – sie fühlte sich von diesem jungen Mann einfach angezogen. Auf dem Weg nach Santillana del Mar verfluchte Valentina Redondo sich selbst mindestens ein halbes Dutzend Mal, weil sie sich nämlich eingestehen musste, dass sie den geheimnisvollen, seltsamen und doch so anziehenden Oliver Gordon gern wiedersehen wollte.

Klingeling.

Im Büro neben dem von Richter Talavera meldete sich das Telefon. Eigentlich sollte seine Sekretärin, Olga Santana, im Moment keine Anrufe durchstellen, die Person am anderen Ende bestand aber darauf. Und da sie eine gute Bekannte des Richters war, schickte Olga sie tatsächlich in die Warteschleife. Sie machte sich nicht die Mühe, aufzustehen und die zehn Meter bis zum Büro des Richters zu laufen, sondern meldete sich per Telefon bei ihm.

»Jorge?«

»Ja?«

»Da ist ein Anruf für dich, von Clara Múgica, es ist dringend!«

Überrascht ließ sie der Richter Clara zu sich durchstellen und hatte diese zwei Sekunden später in der Leitung.

»Clara, was ist los? Warum rufst du mich denn nicht auf dem Handy an?«

»Ich … ich weiß auch nicht. Vermutlich, weil es sich nicht um etwas Persönliches handelt.«

»Ach, wie oft hast du mir schon übers Mobiltelefon die Eingeweide eines Toten beschrieben«, erwiderte Talavera und fügte angesichts ihrer tonlosen Stimme dann noch hinzu: »Mensch, du machst mir ja direkt Angst. Was ist denn los?«

»Ich muss dir zum Fall Villa Marina etwas Wichtiges sagen. Zunächst habe ich es eigentlich nicht für entscheidend gehalten, aber nun wird die Sache immer komplizierter, und es gibt eindeutig eine Verbindung zu mir. Damit aus dem bedauernswerten Zufall nicht eine unangenehme Überraschung wird, sollte ich wohl nicht länger an dem Fall arbeiten.«

»Aber was sagst du denn da, Clara?«, antwortete Talavera verblüfft, der in beruflicher Hinsicht bei Clara noch nie einen Grund zur Klage gehabt hatte und der von ihr diesen niedergeschlagenen, dumpfen und unpersönlichen Tonfall auch nicht kannte. »Sprich ruhig ganz offen, ohne Vorbehalt – wo liegt das Problem?«

»Es gibt da eine persönliche … familiäre Verbindung zwischen mir und einer Person, die im Mittelpunkt der Ermittlung steht – Señora Ongayo.«

»Wie bitte? Von was für einer Verbindung sprichst du denn da?«

Richter Talavera konnte hören, wie Clara Múgica am anderen Ende der Leitung tief durchatmete, um die Information dann auszuspucken: »Sie ist meine Mutter.«

Da er in seinem Beruf schon so einiges gesehen und gehört hatte, hielt sich Richter Jorge Talavera eigentlich für ziemlich abgebrüht. Aber nun wurde er von Fassungslosigkeit übermannt, sodass ihm die Luft wegblieb und sein Verstand einen Moment auszusetzen schien. Eiskalt lief es ihm den Rücken runter. Auch wenn er es nicht wusste, war draußen bereits das Gewitter über Meer und Land hereingebrochen.

***Die Zeit zerrann*** zwischen den Fingern, wie sie es immer getan hatte. Im Juni 1947 war Jana gerade neunzehn Jahre alt geworden. Zusammen mit Luis spielte sie noch immer das Spiel von Liebe und Herzschmerz, wenngleich sich ihre Geschichte schon lange auf den Abgrund zubewegte. Die Versprechen zogen sich endlos hin, und die romantischen Momente lagen immer weiter auseinander. Jana versuchte die Flügel auszubreiten und zu fliegen, zahlte dafür aber den Preis der Rebellen. Luis hatte sogar angefangen, sich gelegentlich mit Sara zu treffen, einem dunkelhaarigen Mädchen aus Comillas, das als Schneiderin arbeitete und ihn mit hingebungsvoll leuchtenden Augen ansah.

Jana war von ihrer Vergangenheit abgerückt und hatte Platz gemacht für die Zukunft, die sie sich selbst versprochen hatte. Zwei Jahre lang hatte sie immer mal wieder sporadisch in Torrelavega im Hause der Ongayos ausgeholfen, wo Clara arbeitete und sie in die Aufgaben eines Dienstmädchens einwies. Clara hatte für ihre kleine Schwester große Pläne. Ihr selbst war es nicht gelungen, sich in die Lüfte zu schwingen, sie hatte nicht einmal einen vielversprechenden Viehbauern an Land gezogen, aber nun wollte sie eben Jana zum Flug verhelfen. Schließlich hatte sie Jana einst versprochen, sich immer um sie zu kümmern.

Manchmal verlor Clara das Leuchten im Blick, der dann unnahbar, hart und kalt wurde. Sie war verbittert, weil sie kein Glück gehabt hatte, ihr Leben eine einzige Abfolge aus Unheil, Krieg und Barbarei gewesen war. Und wer hätte ihr da schon widersprechen können? An den Bürgerkrieg hatte sich direkt ein Weltkrieg angeschlossen, und obwohl der schon seit zwei Jahren vorbei war, durchlebte sie immer noch eine elende Nachkriegszeit. Ihr Bruder David war – trotz Benignos erbitterten Widerstands – in die Berge geflohen, wo er für republikanische Ideale kämpfte, die der Fluss der Erinnerung fortzutragen drohte. Aber Jana musste diesen dunklen Ort hinter sich lassen, das hatte Clara ihr immer wieder eingebläut. Sie wussten beide, dass es ein reales und durchaus erreichbares Paralleluniversum gab, in dem Männer mit Anzügen und glänzenden Slippern lebten, zarte Frauen, die Kleider aus Madrid bestellten und Schuhe aus Barcelona. Eine Welt, in der es an nichts fehlte.

Clara hatte Jana Arbeit als Dienstmädchen in der Casa Azul besorgt, dem Blauen Haus in Ubiarco, nur ein paar Kilometer von Suances entfernt. Dieses Gasthaus gehörte den Chacóns, einer der wichtigsten Familien in Santillana del Mar, die außerdem eine beeindruckende Villa direkt an einem der wichtigsten Plätze der Stadt besaßen. Don Antonio Chacón war nach Amerika ausgewandert, hatte dort klug gewirtschaftet und war mit Taschen voller Geld zurückgekehrt. Er war ein Indiano, ein typischer Heimkehrer, der sich bei seiner Rückkehr beinahe als Adliger sah, obwohl sein Reichtum nur von anfänglichen Baugeschäften herrührte, danach vom Handel mit Tabak, Gewürzen und Kaffee.

Neben dem edlen steinernen kantabrischen Herrenhaus in Santillana del Mar hatten die Chacóns noch Besitztümer in mehreren zentralamerikanischen Ländern.

Während ihr ältester Sohn bei der spanischen Zentralbank arbeitete, hatte die Jüngste, Tochter Dolores, gerade einen wohlhabenden jungen Mann aus dem gehobenen Bürgertum Santanders geheiratet.

Beim mittleren Sohn sah es hingegen ganz anders aus, der war ein kopfloser Lebemann. Vor zwei Jahren hatte die Familie in Ubiarco ein kleines Hotel neben der Playa de Santa Justa gekauft, um das schwarze Schaf auf den rechten Weg zu bringen. Abgesehen davon handelte es sich um eine lohnenswerte Investition, denn Urlaub am Meer war schon seit einiger Zeit in Mode, vor allem, seit man in Santander das Baden als gesundheitsförderlich empfahl. Die Familie hatte das Gebäude renoviert und es zu Ehren der Farbe, die Señora Chacón, passend zum Meer, für Türen und Fensterläden ausgesucht hatte, Casa Azul getauft.

Jener mittlere Sohn der Chacóns, der es sich im Leben gut gehen ließ, hieß Ignacio. Er war kein Dummkopf, bloß ein sorgloser Filou, der schon einmal ein Dienstmädchen geschwängert hatte, worum sich dann diskret der Hausarzt der Familie gekümmert hatte. Außerdem verschleuderte er unfassbare Summen – er gab seine Peseten sowohl für Wein als auch für Huren und fürs Spielen aus und war im Gran Casino Sardinero in Santander ein häufiger Gast.

Nachdem er ihn immer wieder zur Ordnung gerufen und ihm sogar mit Enterbung gedroht hatte, hatte sich Antonio Chacón mit seiner Frau zusammengesetzt und dann beschlossen, seinen aufsässigen Sprössling wenigstens einen Sommer lang durch eine Aufgabe zu bändigen. Er wollte versuchen, ihm durch Verantwortung Respekt gegenüber dem Geld und seinem Namen einzuflößen, letztlich hoffte er jedoch, den Unglückseligen vorteilhaft zu verheiraten. Sie waren schließlich reich, in der feinen Gesellschaft gab es genügend Kandidatinnen für seinen Sohn, der auch fürs Studieren nicht zu haben war oder für irgendetwas anderes, was nichts mit angenehmem Müßiggang zu tun hatte.

Für Ignacio waren diese Sommermonate, während der er der Casa Azul vorstand, eine ungerechte Bestrafung, die er nur mit viel Spott und gelegentlichen Ausflügen in die Hauptstadt ertrug. Und das auch nur, weil er so den Rest des Jahres von Glück, seinem Namen und den damit einhergehenden Geldzuwendungen leben konnte.

Getratscht wird wohl in allen Dörfern auf dieser Welt, und Jana wusste durch böse Zungen, dass Don Ignacio gerne feierte und viel Geld hatte, mehr aber nicht. Mal abgesehen davon, dass er alleinstehend war, wie Clara ihr immer wieder ins Gedächtnis rief. Und dass er ein junges Mädchen doch sicher heiraten würde, wenn er es in Schwierigkeiten gebracht hatte, er war ja schließlich ein Gentleman. »Genau wie bei Cousine Tensia«, hatte Clara ihr eingebläut. Und aus so einer Vernunftehe konnte doch bestimmt auch Liebe erwachsen, oder etwa nicht? Das war nun mal die älteste Geschichte der Welt.

Ich will nicht allzu weit ausholen, du weißt ja, dass uns nicht viel Zeit bleibt. Außerdem sind diese Ausflüge in die Vergangenheit anstrengend und manchmal schmerzhaft.

Im Juni 1947 war die Hitze unerträglich: Auch im kühlen Norden ließ sie das Blut in den Adern von Fußgängern brodeln. Jana marschierte den Weg hinunter, der zur Casa Azul führte, und verlor sich dabei in bittersüßen Erinnerungen. Natürlich hatte sie Luis gern, sie liebte ihn doch, aber das war eben nicht genug. Hatte es etwa bei ihren Eltern gereicht? War die Liebe es wert, ein elendes Leben in einer kleinen Hütte zu fristen, von Sonnenaufgang bis Sonnenuntergang zu arbeiten und trotzdem noch zu hungern? Nur ein geflicktes Kleid zu haben, mit dem man gelegentlich tanzen gehen konnte, wobei man dann bloß andere Unglücksraben traf? Um irgendwann in einem Fuchsbau in tausend Stücke gesprengt zu werden? Luis war noch nicht einmal Viehbauer oder ein richtiger Seemann mit eigenem Boot, er konnte ihr nichts bieten. Rein gar nichts: nur Küsse, Umarmungen und schöne Worte, die sich mit der Zeit abnutzen würden wie ein Besen, der immer denselben Fußboden fegte. In Wirklichkeit war er doch ein Lügner, dafür verachtete sie ihn manchmal fast: Er liebte sie ja gar nicht. Wenn er sie tatsächlich so verehren würde, dann würde er ihr doch etwas anderes bieten, sie von ihrem Elend befreien und endlich einmal zur Ruhe kommen lassen. Stattdessen gab es nur leere Versprechen, ausgeschmückt mit der Hoffnung auf gemeinsame Kinder, die dann auch keine Zukunft haben und nur noch mehr Arbeit mit sich bringen würden, noch mehr Verantwortung, noch mehr schlaflose Nächte.

Er hatte gebettelt, war vor ihr auf die Knie gegangen und hatte ihr die Hände mit seinen Tränen benetzt. Er hatte sie um eine Umarmung angefleht und ihr geschworen, dass er für sie sorgen würde. Einen Herzschlag lang hatten seine leuchtend blauen Augen, die voll verzweifelter Liebe waren, sie hypnotisiert und sie fast von alldem abgelenkt, was nichts mit einem Leben an seiner Seite zu tun hatte. Aber nur fast.

»Was wir haben, ist doch so schön, Jana. So etwas ist wirklich schwer zu finden. Begreifst du das denn nicht? Das willst du doch nicht verlieren, oder? Willst du mich etwa für einen dummen Traum verlassen, den du als kleines Mädchen hattest? Ist es das?« Luis wurde laut, packte sie bei den Schultern und versuchte, den Unsinn aus ihr herauszuschütteln. »Siehst du denn nicht, dass wir beide niemals zur feinen Gesellschaft gehören werden, ganz egal, wie hart wir auch arbeiten? Und tut es dir nicht leid, mich und deine Familie hier zurückzulassen? Was willst du denn nur in Ubiarco? Willst du nicht lieber die Herrin im eigenen Haus sein als ein Dienstmädchen, Jana? Bleib doch hier bei mir und heirate mich … nimm mich als Mann. Jetzt sag schon, tut es dir denn gar nicht leid, mich zu verlassen?«, flehte er verzweifelt und suchte nach einem Weg, sie an sich zu binden, aber es gelang ihm nicht, Jana mit süßen Worten zu überzeugen.

Und jetzt lag das alles längst in der Vergangenheit.

Immer weiter lief Jana die sich schlängelnden Pfade hinunter, schüttelte den Kopf und verdrängte die Gedanken und Erinnerungen.

»Vom Bedauern wird man nicht satt«, sagte sie zu sich selbst, aber da sprach ihr Verstand, der wütend mit ihrem Gewissen rang. Schnell ging sie weiter, hastig und wie getrieben, voller Entschlossenheit. Dabei schien sie die glühende Sonne, die gnadenlos auf sie und die endlosen Wiesen herabbrannte, gar nicht zu bemerken.

Um weniger Staub aufzuwirbeln, ging Jana am Rand des Weges zwischen der festgetretenen Erde und dem Gras, wobei sie sich fragte, warum denn die Besitzer eines so beliebten Hotels den Weg aus Ubiarco nicht asphaltiert hatten. Es gab unterwegs kaum Bäume, nur hier und da eine Silberweide und an Wegbiegungen Grüppchen von Feigenbäumen, deshalb erstreckte sich vor Jana ein endloses, frisches und beeindruckendes Panorama: helle grüne Weiden, weit und machtvoll, die am Horizont vom endlosen dunkelblauen Meer abgeschnitten wurden. Wie komisch, dass sie die Casa Azul von hier aus noch nicht sehen konnte. Vielleicht lag sie ja hinter jenem leicht erhöhten Terrain, dessen Oberfläche so unregelmäßig wie ein Bett war, auf das man achtlos Kissen und Decken geworfen hatte.

Tatsächlich erblickte sie in einer der letzten sanft abfallenden Kurven endlich das Hotel. Es handelte sich nicht um einen typisch kantabrischen Bau, sondern ganz im Gegenteil um ein modernes Gebäude, vielleicht fünf oder höchstens zehn Jahre alt. Das Haus war weiß getüncht und hatte blaue Fensterläden, die jetzt geöffnet waren.

Beim Näherkommen hörte Jana die sanfte Melodie einer nahen Quelle oder eines Baches und hatte Gelegenheit, sich ihr neues »Heim«, das viel größer war, als es aus der Ferne gewirkt hatte, genauer anzusehen. Es lag rechts vom Weg, man erreichte es über eine etwa fünfzig Meter lange Zufahrt, die gerade breit genug für ein Auto war. Auf den ersten Blick schien das Gebäude nur über zwei Stockwerke zu verfügen, mit acht Fenstern im ersten Stock und sechs im Erdgeschoss sowie einer riesigen, blau gestrichenen Eingangstür auf der linken Seite. Aus der Nähe erkannte Jana jedoch die überraschenden Dimensionen des Gasthofes, der zur Meerseite hin wegen des Höhenunterschieds zwei Stockwerke mehr aufwies und somit über sechzehn Gästezimmer mit Meerblick verfügte. Ganz unten, wo sich Küche und Dienstbotenzimmer befanden, gab es eine kleine Seitentür.

In der weiteren Umgebung waren links vom Weg drei verstreut daliegende kleine Häuser zu sehen, die ärmlich und bescheiden wirkten. Diese heruntergekommenen und ungepflegten Hütten gehörten vermutlich jemandem aus der Gegend oder Seemännern. Etwa zweihundert Meter von der Casa Azul entfernt stand direkt am Abgrund über dem Meer die Ruine eines alten, rechteckigen Turms mit drei bereits eingestürzten Wänden, der vermutlich bald vollends umfallen würde.

Als Jana dann endlich den Hauptweg erreichte, blieb sie einen Moment stehen. Nun bemerkte sie auch die sengende Hitze und den Schweißfilm auf der Haut – sie musste ja furchtbar aussehen! Deshalb hockte sie sich hin, klopfte den Rock aus und zog das Taschentuch daraus hervor, das sie immer dabeihatte, um sich übers Gesicht zu wischen, bevor sie versuchte, ihre lange Mähne mit einem bescheidenen Knoten zu bändigen.

Als sie wieder aufschaute, wanderte ihr Blick ganz ungefragt vom Blauen Haus rechts am Ende der Einfahrt zur Landschaft zu ihrer Linken hinüber, die nicht weniger beeindruckend war: ein senkrecht abfallendes Kliff, in das die Wiesen mündeten wie ein Fluss ins Meer. An der Kante zur imposanten Felswand erstarben auf einmal die grüne Farbe der Gräser und ihr Aroma, als hätte sie ein göttlicher Axthieb vernichtet, und der steinerne Abgrund erstreckte sich dreißig Meter weit in die Tiefe. Näher am Gasthof entdeckte Jana einen viel sanfter abfallenden, etwa dreihundert Meter langen Strand mit feinem braunem Sand. Das musste wohl die Playa de Santa Justa sein, ohne deren sommerlichen Lockruf es das Hotel vermutlich gar nicht geben würde.

»Schön, nicht wahr?« Eine weibliche Stimme ließ Jana zusammenfahren. Nur zehn Meter entfernt stand jemand in der Einfahrt der Casa Azul.

»Ich warte schon eine ganze Weile darauf, dass du mich bemerkst, Mädchen, aber du warst so in Gedanken versunken«, sagte eine robuste Frau Mitte fünfzig in freundlichem Tonfall. Sie trug einen knielangen schwarzen Rock und ein ebenso schwarzes Hemd, dessen Ärmel sie bis zu den Ellbogen hochgekrempelt hatte. Auch wenn sie stark wirkte, sah sie müde aus, doch ihre von kleinen Fältchen umgebenen Augen lächelten.

»Entschuldigen Sie bitte, ich weiß gar nicht, was mir da gerade durch den Kopf gegangen ist«, sagte Jana erschrocken, während sie blinzelte, um in die so beunruhigend reale, greifbare Welt zurückzukehren.

»Woran sollst du in dieser Hitze auch schon denken, meine Kleine? Ich hätte dir wirklich jemanden nach Ubiarco schicken sollen, damit er dich abholt, aber die Haupturlaubszeit fängt gerade an, und wir haben alle Hände voll zu tun«, erklärte sie, während sie näher kam und Jana über den Privatweg des Hauses mitzog. Er wurde von unzähligen Hortensien in unterschiedlichen Tönen gesäumt, die der riesigen blauen und grünen Leinwand der Landschaft ein paar Farbtupfer hinzufügten.

»Du bist also Jana, das Mädchen, das mir meine Cousine Lourdes schickt. Die hat mit deiner Schwester zusammengearbeitet … Wie heißt sie noch gleich, Clara, oder?« Jana nickte, kam aber gar nicht zu Wort, weil die Frau nämlich gleich weiterredete. »Weißt du, ich bin hier die Hauswirtschafterin, ich heiße Elvira. Hier arbeiten noch drei Leute, die du auch gleich kennenlernst, aber ich organisiere alles und habe das Sagen«, erklärte sie, so als verlange sie Zustimmung und Unterordnung.

»Ja, Señora.«

»Von wegen, Señora, mit solchen Förmlichkeiten brauchst du mir nicht zu kommen, verstanden? Nenn mich Doña Elvira, und damit hat es sich, in Ordnung?«

Jana nickte gehorsam und stellte sich darauf ein, wie ein Schwamm möglichst viele Informationen aufzusaugen.

»Mein Gott, was bist du für ein mickriges kleines Ding!«, rief Doña Elvira nun aus und musterte sie unverhohlen von Kopf bis Fuß. »Hoffentlich kannst du auch ordentlich zupacken, Arbeit gibt es hier nämlich genug. Also, wir haben insgesamt sechzehn Zimmer, acht davon sind schon belegt, und es treffen heute noch drei Gäste ein. Nachher zeig ich dir alles, aber jetzt hab ich beide Hände voll zu tun. Bring du erst mal deine Sachen weg und ruh dich ein bisschen aus, danach kannst du mir dann helfen.«

»Ja, Doña Elvira. Auszuruhen brauch ich mich gar nicht, und ich hab auch nur das hier mitgebracht«, sagte sie und deutete auf einen kleinen Beutel mit zwei Tagesgarnituren, ihrem Sonntagskleid, einer Strickjacke und Unterwäsche.

»Groß ist deine Aussteuer ja wirklich nicht«, erwiderte Doña Elvira mit ernüchtertem Lächeln. »Na, dann mal rein mit dir, Mädchen. Wirst schon sehen, drinnen ist es schön kühl.« Mit diesen Worten schob die Hauswirtschafterin eine Hälfte der riesigen blauen Flügeltür auf und gewährte Jana Einlass in eine Welt, die für einen armen Teufel wie sie voll bescheidenem Luxus war. Der ehrfürchtige Blick des Mädchens vom Land zeigte, wie überfordert und überwältigt es von dem Anblick war.

Allein der Eingangsbereich war bereits so groß wie Janas ganzes Häuschen in Hinojedo. Gegenüber, in etwa sechs Metern Entfernung, schwang sich eine Treppe aus geschnitztem Holz empor, deren Verzierungen Weinblättern nachempfunden waren. Die breiten Stufen führten ins nächste Stockwerk hinauf.

Doña Elvira bezeichnete diesen Teil des Hauses unbeirrbar als Lobby, so wie sie es bei Señorito Ignacio gehört hatte, und Jana fand sich auf einmal in der Welt der feinen Leute wieder: Links von der Tür erstreckte sich eine lange Edelholzbank mit Rückenlehne, auf der Besucher warten und sich ausruhen konnten. Auf dem harten Holz lagen rote Kaschmirkissen, wie man sie nur unter reichen Hinterteilen fand. Zwischen der Bank und der eleganten Treppe stand ein kleiner Schreibtisch mit drei Schubladen, zu dem ein passender Stuhl mit rotem Samtbezug gehörte. Die Möbel waren zur Tür hin ausgerichtet, so als handele es sich um eine kleine Rezeption für die Gäste. Zwei Läufer in Beige-, Grün- und Brauntönen lagen vor der Bank und dem Empfangsbereich neben der Treppe und unterteilten die Lobby so in zwei Bereiche.

Hinter der Treppe befand sich das einzige Schlafzimmer in diesem Stock, von dem aus man Zugang zur Eingangshalle und zur Bibliothek hatte. Mit seiner weitläufigen und privilegierten Aussicht stand dieser Schlafraum der Etikette und dem Rang nach natürlich dem jungen Dienstherrn zu.

Als Jana den Blick nach rechts wandte, konnte sie einen kleinen Laut der Bewunderung nicht unterdrücken: Ein Rundbogen führte zu einem offenen Speisesaal mit einem Tisch für wenigstens zwölf Personen. An beiden Seiten standen darauf Armleuchter aus Silber. Weiter rechts dominierte ein riesiger Wandschrank mit seiner Masse den ganzen Raum; durch seine Glastüren konnte Jana Porzellan und funkelndes Kristall erkennen. Ein Durchgang verband hinten links den Speisesaal mit einem beeindruckenden Salon, durch dessen vier große Fenster man das Meer sehen konnte. Heute lag es ganz ruhig, glatt und glänzend da; vielleicht hatte es schlichtweg keine Lust, gegen die sengende Sonne aufzubegehren. Im weitläufigen Raum waren mehrere Sofas, Sessel und Lehnstühle sowie Beistelltischchen verteilt. Das größte Polstermöbel war ein riesiges blaues Sofa mit seitlichen Kopfstützen, auf dem mindestens vier Personen Platz fanden. Wegen der spektakulären Aussicht hatte man es mit Blick auf die Fenster ausgerichtet. Auf einem niedrigen Tischchen davor lagen Zeitungen des Tages und eine Ausgabe des *Quichotte*, die aber weniger als Lesestoff, sondern eher als Dekoration zu dienen schien.

Wenn man durch den Torbogen den Salon betrat, sah man rechts einen Wandschrank, der zu dem Möbel im Speisesaal passte, aber wesentlich kleiner war. Darin standen sorgsam angeordnet zahlreiche Flaschen mit Likör in den unterschiedlichsten Farben. Hinter einer Milchglasscheibe konnte man ein elegantes Kaffeeservice erahnen. Neben dieser Hausbar stand eine mannshohe Uhr zum Aufziehen, die mit englischer Pünktlichkeit zur halben und ganzen Stunde schlug.

»Na komm, Kleine. Ich stelle dich erst einmal dem Señor vor«, sagte Doña Elvira, betrat den Speisesaal und hieß Jana, ihr Bündel im Eingangsbereich zurückzulassen.

Doña Elvira durchquerte den Essraum und betrat den hellen Salon durch den mit Holz eingefassten Durchgang. Dann wandte sie sich nach links, ging an der Hausbar und dem riesigen Sofa in Blautönen vorbei, um auf eine Art Bücherregal aus dunklem Holz zuzuhalten. Es füllte fast die ganze Wand aus, bis auf eine Tür, die zwischen den spiralförmigen Verzierungen aus Holz kaum auffiel. Obwohl das Regal so riesig war, machte es die Bibliothek gemütlich. In diesem Hort des geschriebenen Wortes stand ein riesiger barocker Sekretär mit einem dazu passenden, grün bezogenen Lehnstuhl. Damit hatte Jana schon fast das ganze Erdgeschoss der Casa Azul gesehen. Der Lehnstuhl war allerdings nicht leer: Darin saß ein junger Mann mit elegantem Hemd, Weste und legerer Leinenhose, der mit einem Stapel Papiere beschäftigt zu sein schien.

Doña Elvira machte sich mit einem Räuspern bemerkbar. Sie wollte die Begegnung zwischen ihrem Dienstherrn und dem neuen Hausmädchen so schnell wie möglich hinter sich bringen. Wie war ihre Cousine bloß auf die Idee gekommen, ihr dieses winzige Mädel zu schicken, und dann auch noch so eine Landpomeranze? Der musste man bestimmt jeden Handgriff gleich zweimal erklären.

Was für eine armes, kleines unscheinbares Ding.

***Jacobo Riveiro saß*** in einem hellen und schlicht, aber elegant dekorierten Raum an einem ovalen Tisch. Er war noch nie hier gewesen und nahm an, dass dieses Büro im Rechtsmedizinischen Institut von Kantabrien wohl für wichtige Besucher reserviert war.

Heute musste er mit Gael Bárcena vom Staatlichen Toxikologischen Institut und Gerichtsmedizinerin Almudena Cardona vorliebnehmen, weil Dr. Múgica noch nicht da war. Tatsächlich hatte sie gestern gar nicht gut ausgesehen, trotzdem wunderte es ihn, weil sie sonst nie fehlte, nicht einmal aus Krankheitsgründen.

Dr. Bárcena war eine echte Koryphäe auf dem Gebiet der Toxikologie, er hatte früher als Experte für die Policía Científica gearbeitet und gab jetzt neben seiner Tätigkeit am Institut europaweit Kurse und Seminare.

Bárcena und Cardona hatten noch ein paar Papiere geordnet und waren am Laptop Daten durchgegangen. Jetzt wandte sich Cardona an Riveiro: »Der Kongress fängt gleich an, aber du hast noch ein paar Minuten, um mit meinem Kollegen über die Vergiftung von David Viesgo zu sprechen.«

»Dr. Bárcena«, sagte der Sargento zum Gerichtsmediziner, der ihn ruhig und freundlich ansah. Er hatte klare blaue Augen und volles weißes Haar, das nach hinten gekämmt war. »Ihren Untersuchungen zufolge wurde Señor Viesgo also vergiftet?«

»Allerdings, so ist es. Die Anzeichen sind eindeutig: Die Farbe von Haaren und Fingernägeln und die Beweglichkeit der Gliedmaßen im Zustand der Totenstarre deuten auf die Einnahme eines Giftes hin. Die Mydriasis der Pupillen …«

»Die was, bitte?«, unterbrach ihn an dieser Stelle Riveiro, der alles in seinem kleinen Büchlein notierte.

»Ihre Weitstellung. Mit den erweiterten Pupillen und blaustichigen Lippen war das Ganze ehrlich gesagt wie ein Fall aus dem Lehrbuch.«

»Aha. Und wie sind Sie zu dem Schluss gekommen, dass es sich bei dem Gift um das der Eibe handelt?«

»Dank langjähriger Erfahrung, Sargento. Die effektivsten und schnellsten Gifte stammen aus dem Tierreich, die langsamsten, aber auch am schwierigsten nachzuweisenden aus dem der Pflanzen. Sie verursachen meistens einen süßen und schmerzlosen Tod, da mit ihnen für gewöhnlich eine betäubende Wirkung einhergeht. Der Tod dieses Mannes war allerdings nicht angenehm, an seiner Kleidung hat man nämlich Überreste von Erbrochenem gefunden, außerdem hatte er unkontrollierbaren Durchfall. Bei der Autopsie konnte man auf den ersten Blick eine starke Entzündung von Nieren und Leber feststellen. Sie war der Auslöser für den Kollaps von Lunge und Herz, der letztlich zum Tode geführt hat.«

»Und trotzdem gehen Sie nicht von einem aggressiveren Gift aus dem Tierreich aus?«

»Nein. Es gibt durchaus pflanzliche Gifte, die einen schnellen und grausamen Tod verursachen. Da sie nicht sehr zahlreich sind, war die Auswahl zum Glück ziemlich eingeschränkt. Und um die pflanzliche Herkunft zu bestimmen, mussten wir in diesem Fall nur den Mageninhalt analysieren.«

»Ach, dann haben Sie die Laborergebnisse bereits?«, fragte Riveiro überrascht.

»Nein, natürlich nicht. Ich schaue mir die Sache ja auch nur ausnahmsweise auf Bitte von Dr. Múgica an, daher bin ich natürlich nicht für den Kontakt zum Labor zuständig. Aber so eine Flüssigkeit habe ich schon bei anderer Gelegenheit im Magen eines Toten gesehen, mit der gleichen Farbe, dem gleichen intensiven Geruch, das ist unverwechselbar. Dr. Viesgo hat man ganz einfach einen tödlichen Eibentee serviert.«

»Wie bitte?«, rief Riveiro fassungslos aus. »Hat man ihm das Gift wirklich beim Fünfuhrtee in einem Tässchen vorgesetzt?«

»Ja, so könnte man es wohl ausdrücken. Wir warten zwar wie gesagt noch auf die Laborwerte, aber ich bin eigentlich zu neunundneunzig Prozent sicher.«

»Kein schlechter Prozentsatz«, befand Riveiro und zog die Augenbrauen hoch, während er in seinem Büchlein fieberhaft Notizen machte. »Dann lassen Sie mich das doch bitte gedanklich ordnen, damit ich mir sicher bin, dass ich alles verstanden habe und dem Rest des Teams verständlich darlegen kann. Also …« Riveiro machte eine Pause und überlegte, wo er anfangen sollte. »Die Eibe steht hier in Kantabrien bestimmt in der Hälfte aller Parks – deren Bestandteile muss man doch sicher mit irgendwas mischen, damit sie giftig werden, oder?«

»Nein, Señor Riveiro, die Eibe ist selbst giftig bzw. ihre Nadeln und Samen, die ein höchst toxisches Alkaloid namens Taxan enthalten. Mal abgesehen von den eben beschriebenen Symptomen kann es zu Hypotonie und Atemstillstand führen. Zunächst hat das Taxan den Puls beschleunigt, dann ist der Herzrhythmus langsamer geworden und der Blutdruck gesunken. Das Opfer hatte Schmerzen in Magen und Darm, sogar Durchfall und durch die bereits erwähnte Entzündung von Niere und Leber auch Krämpfe, dann ist schließlich der Herzstillstand eingetreten.«

»Was für ein grauenhafter Tod«, sagte Riveiro. »Gut, wie funktioniert das nun? Ich meine, muss man zum Beispiel ein Experte sein, um das Gift herauszuziehen? Muss man da in einen besonderen Kräuterladen gehen? Oder sammelt man einfach selbst genügend Nadeln, gießt damit einen Tee auf und fertig?«

»Mehr ist es im Prinzip wirklich nicht. Wer das Gift für das untersuchte Individuum zubereitet hat, kannte sich mit der Pflanze und den Verwendungsmöglichkeiten gut aus. Es scheint sich um einen besonders wirkungsvollen und hochkonzentrierten Aufguss gehandelt zu haben, wie er nur mit getrockneten Nadeln gelingt.«

»Das heißt, das Gift wurde im Voraus zubereitet?«

Dr. Bárcena zuckte mit den Achseln.

»Wer weiß? Vermutlich.«

»Aha. Und wie lange dauert es, bis die Wirkung des Giftes einsetzt? So ungefähr, meine ich.«

»Von der Einnahme bis zum Tode vergehen etwa dreißig Minuten, maximal sechzig. Beim Alter dieses Opfers war es wohl eher eine halbe als eine ganze Stunde. Das Gift wirkt so schnell und effektiv, dass es nur wenige Überlebenschancen gibt. Und im Fall einer erfolgreichen Rettung bleiben schwere Schäden für Leber und Niere zurück. Stellen Sie sich das mal vor: Mit nur zwei Gramm Eibennadeln pro Körpergewicht kann man bereits ein Pferd töten. Bei Wiederkäuern funktioniert es allerdings nicht …«

»Aha«, machte Riveiro nachdenklich. »Und wer hat denn wohl Kenntnisse über so einen giftigen Baum? Was meinen Sie? Vielleicht ein Arzt? Ein auf Toxine spezialisierter Gerichtsmediziner, so wie Sie? Jemand, der sich mit Naturheilkunde auskennt?«

»Eine gute Frage. Natürlich sind diese Dinge einem Toxikologieexperten bekannt, es handelt sich allerdings nicht um ein Gift, das heutzutage oft verwendet wird. Wir haben es viel häufiger mit Vergiftungen durch Barbiturate, Laudanum, Insulin, Strychnin oder sogar Zyankali zu tun. Aber gerade hier in Kantabrien ist das Gift der Eibe besonders bekannt, vor allem auf dem Land. Man hat damit früher zum Beispiel Abtreibungen bei Wiederkäuern vorgenommen. In alten Zeiten hatten kantabrische Krieger immer Blätter der Eibe dabei, um rasch Selbstmord zu begehen, wenn sie römischen Feinden in die Hände fielen.«

»Was Sie nicht sagen!«, rief Riveiro aus.

Nun erhob sich Bárcena, so als wolle er das Gespräch damit für beendet erklären. »Ihnen müsste die Eibe doch eigentlich heilig sein«, sagte er. »Schließlich ist sie das Symbol für Kantabrien, der heilige Baum der Region, und steht wegen ihres langen Lebens für Unsterblichkeit. Ein gesunder Baum kann nämlich bis zu tausendfünfhundert Jahre alt werden.«

»Das Leben anderer kann er aber radikal verkürzen«, sagte Riveiro aufmüpfig, und Gael Bárcena lächelte.

»Die Rinde enthält übrigens Taxol, ein wirksames Mittel gegen Krebs. Es hat eben immer alles zwei Seiten, Sargento. Ich hoffe, ich konnte Ihnen mit meinen Informationen weiterhelfen. Wegen der Laborergebnisse müssen Sie mit meiner Kollegin Señorita Cardona sprechen.«

»Natürlich, vielen Dank für Ihre Hilfe, Dr. Bárcena. Eine Frage hätte ich allerdings noch, da ich sehe, dass Sie auch über die, na ja, sagen wir mal, kulturelle Bedeutung des Baumes im Bilde sind. Existierte die Verwendung seiner Bestandteile durch das einfache Volk Ihrer Kenntnis nach nur in Kantabrien? Bei der Suche nach dem Mörder würde uns eine geografische Einordnung natürlich helfen.«

Dr. Bárcena blickte nachdenklich drein. »Die Artikel, die ich über die Verwendung der Eibe als Gift gelesen habe, verweisen auf den Norden Spaniens, vor allem Kantabrien und in geringerem Maße auch Asturien. Dort gilt der Baum eher als Symbol, praktisch wurde sein Gift weniger genutzt. An Allerheiligen brachte man den Toten zum Beispiel einen Eibenzweig, der sie zurück ins Reich der Schatten geleiten sollte.«

Das Reich der Schatten? Der Baum der Unsterblichkeit? Das alles klang für Riveiro wie eine spanische Light-Version vom *Herrn der Ringe*.

Als Dr. Bárcena sich von ihm verabschieden wollte, fiel ihm etwas ein. »Noch etwas, Sargento. Die Engländer verehren die Eibe ebenfalls, oder haben es zumindest getan. Im Mittelalter ist es ihnen allerdings gelungen, diesen Baum in England fast auszurotten, weil man ihn für die Herstellung von Bogen gefällt hat. Sie wissen schon: qualitativ hochwertiges Holz, das auch noch für die Unsterblichkeit steht … Mit Ihrem Fall hat das ja vermutlich nichts zu tun, aber es ist mir gerade in den Sinn gekommen. Tatsächlich stammen alle Untersuchungen, die ich zur Eibe gelesen habe, von britischen Forschern.«

»Ach so! Na dann, vielen Dank, vielleicht bringt uns das doch weiter«, antwortete Riveiro, vor dessen innerem Auge sofort Oliver erschien. Allerdings hatte er für den Dienstagnachmittag, an dem ja Dr. Viesgo vergiftet worden war, ein Alibi. Ob er vielleicht einen Komplizen hatte? Aber das waren im Moment alles Spekulationen. Riveiro verabschiedete sich von Dr. Bárcena. Almudena

Cardona allerdings steckte während des Kongresses bis über beide Ohren in Arbeit, vor allem, weil Múgica und wegen der Sommerferien auch einige andere Kollegen fehlten. Riveiro bekam von ihr lediglich eine Einschätzung des Todeszeitpunkts: zwischen halb neun und neun Uhr abends am Dienstag, dem 9. Juli.

Als der Sargento das Gebäude verließ, fiel draußen sturzflutartiger Regen, der von immer näher rückendem Donner begleitet wurde. Riveiro flüchtete in sein Auto und wählte auf dem Handy Redondos Nummer. Er musste unbedingt mit ihr sprechen.

Valentina Redondo befand sich nur fünf Kilometer von Santillana del Mar entfernt, als sie kurz rechts ranfahren musste, um Riveiros Anruf entgegenzunehmen. Der Regen fiel jetzt so dicht und heftig, dass er auf der Landstraße die Sicht erschwerte. Die feuchte Luft schien mit dem Wasser zu tanzen, und die Tropfen zerplatzten auf der Erde wie kalte Tränen.

Aufmerksam lauschte die Ermittlerin Riveiros Worten – Oliver Gordon konnten sie für den Mord an David Viesgo also als Täter ausschließen. Insgeheim verspürte Valentina Erleichterung, sie riss sich aber schnell wieder zusammen. Für Pedro Salas' Todeszeitpunkt hatte Oliver Gordon schließlich kein Alibi. Valentina hatte mehr als einmal Fälle mit unerwarteter Wendung bearbeitet: Ein zauberhafter Familienvater hatte in seiner Freizeit vertrauensselige Teenager ermordet, und ein Clown, der bei Kinderfesten auftrat, hatte gern einsame alte Damen zu Tode gefoltert und sie dann vergewaltigt, ihre Wohnung ausgeräumt und das alles auch noch als »Spiel« bezeichnet.

Valentina gab Sargento Riveiro neue Anweisungen: Er sollte sich nicht nur um seine bisherigen Aufgaben kümmern, sondern außerdem die Witwe von Dr. Viesgo dazu befragen, was sie über die Beziehung ihres Mannes zu Señora Ongayo und seinem Termin mit ihr an jenem unheilvollen Dienstag wusste. Das waren entscheidende Fragen, aber Redondo hatte vollstes Vertrauen in Riveiro. Sie rief ihm auch in Erinnerung, dass er noch einmal mit den Kindern von Pedro Salas sprechen sollte. Sie mussten herausfinden, seit wann sich der alte Seemann den beiden gegenüber so großzügig gezeigt hatte. Um den Rest seiner Familiengeschichte kümmerten sich bereits die anderen Mitglieder des Ermittlungsteams. Und wenn ihr nach dem Besuch in Santillana noch Zeit blieb, würde sie erneut bei Señora Ongayo vorbeischauen.

Mitten in ihrem Gespräch zeigte ein Ton in der Leitung ihr einen weiteren Anruf an. Redondo verabschiedete sich von Riveiro.

Es war Subteniente Sabadelle, der ihr telefonisch bestätigte, dass er zusammen mit Oliver Gordon gerade in Santillana del Mar angekommen war. Der Engländer hatte darauf bestanden mitzukommen und damit gedroht, dass er sonst auf eigene Faust ermitteln und das Quevedo-Haus ohnehin aufsuchen würde. Na, umso besser. So konnten sie ihn im Auge behalten, ohne dafür extra ein Überwachungsteam auf ihn anzusetzen. Valentina wies Sabadelle an, in Santillana am Häuschen der Touristeninformation auf sie zu warten, wo sie sich unterstellen konnten.

Dann wollte die Teniente den Motor eigentlich wieder anlassen, erstarrte aber, als ihr Handy erneut klingelte – was war denn heute nur los?

Redondo konnte nicht fassen, was ihr Richter Talavera da mitteilte: Ausgerechnet ihre Freundin Clara Múgica war die Tochter von Jana Ongayo? Wie konnte das sein?

Nun ja, Múgica war vermutlich der Nachname von Señora Ongayos zweitem Ehemann … den hatte sie bei der Befragung am Vortag schließlich nicht genannt. Auf diese Information wären Zubizarreta, Torres und Camargo während der nächsten Stunden oder Tage vermutlich auch gestoßen. Señora Ongayo hatte tatsächlich erwähnt, dass ihre Tochter in Santander in einer Klinik arbeitete und Ärztin war … So konnte man es auch ausdrücken.

Valentina hatte Clara vor fünf Jahren kennengelernt und war mit ihr schon oft einen Kaffee trinken gegangen. Dabei hatte sie ihre Freundin durchaus mal nach ihrer Familie gefragt, Clara hatte aber lediglich geantwortet, dass sie eine etwas distanzierte Beziehung zu ihrer Mutter habe, die außerhalb von Santander lebte. Vielleicht hatte Valentina einfach nicht genug Interesse gezeigt, aber Claras widerwillige Antwort hatte gereicht, um das Gespräch wieder auf berufliche Fragen oder die Reisen zu lenken, die Clara mit ihrem ebenfalls viel beschäftigten Ehemann Lucas machte, wenn sie denn die Zeit dafür fanden.

Jetzt verstand Valentina auch, wieso Clara so unglaublich gebildet und in Fremdsprachen versiert war – sie war also in Internaten in der Schweiz und England gewesen. Vielleicht waren ihr unermüdlicher Arbeitseifer und die langen Reisen für sie ja eine Art Entkommen, eine Flucht, damit sie ihre Mutter nicht besuchen musste.

»Euer Ehren, aber … was machen wir denn nun? Schließlich wollten wir ja eigentlich die Tochter von Señora Ongayo unter die Lupe nehmen.«

»Sie sollten einfach wie bisher mit den Ermittlungen fortfahren. Im Moment liegt gegen Clara nichts vor, allerdings hätte sie beim Betreten des Autopsiesaals darauf hinweisen müssen, dass sie David Viesgo kannte.«

»Hat sie denn die Obduktion an ihm vorgenommen?«

»Nein, zum Glück nicht. Sie hat ihre Kollegen angewiesen, das zu übernehmen. Und als klar war, dass das Opfer vergiftet worden war, hat sie sogar einen gewissen Dr. Bárcena vom Staatlichen Toxikologischen Institut hinzugerufen, der eigentlich eher durch Zufall gerade in Santander war. Dann hat sie den Direktor des Rechtsmedizinischen Instituts gebeten, sie von allem freizustellen, was mit diesem Fall zu tun hat, und anschließend gleich mich angerufen.«

»Dann hat sie sich doch korrekt verhalten«, brachte Valentina erleichtert vor.

»So sieht es im Moment aus. Mir hat sie versichert, dass sie Pedro Salas nicht kannte und dass sie keine Ahnung von der Verbindung ihrer Familie zur Villa Marina hatte, als wir wegen des Säuglings da waren. David Viesgo kannte sie hingegen schon, da er ihre Mutter recht häufig besucht hatte. Sie selbst hat ihn allerdings schon seit Jahren nicht mehr gesehen.«

Valentina zögerte.

»Schön, aber was ist denn mit den anderen Autopsien? Ich bin mir sicher, dass sie mit größter Sorgfalt durchgeführt und tadellos dokumentiert wurden, aber müssten wir die Ergebnisse nicht noch einmal überprüfen?«, wagte sie einzuwenden.

»Das denke ich nicht. Die Obduktionen werden ja immer von zwei Gerichtsmedizinern durchgeführt, die dann später beide die Papiere unterschreiben. Im Fall von Pedro Salas und dem Säugling waren das Múgica und Cardona. Es wäre vielleicht nicht schlecht, wenn Sie noch einmal mit Cardona sprechen, um die Daten zu verifizieren. Für Múgica lege ich allerdings die Hand ins Feuer. Immerhin hat sie ja selbst heute Morgen darum gebeten, vom Fall freigestellt zu werden.«

»Aber ihr muss natürlich klar gewesen sein, dass wir sie bald als Señora Ongayos Tochter identifizieren würden, Euer Ehren«, gab Valentina zu bedenken. Sie musste hier als Ermittlerin handeln, nicht als Freundin, trotzdem bedauerte sie ihre Bemerkung augenblicklich. Es war kein Geheimnis, dass Múgica und Talavera gute Freunde waren.

»Im Moment«, wiederholte Talavera, »machen Sie am besten einfach wie bisher mit der Ermittlung weiter. Ich werde versuchen, dass wir so schnell wie möglich an die Telefon- und Bankdaten kommen, sowohl von Pedro Salas als auch von dem Arzt. Was den alten Herrn aus Santa Clotilde angeht – da habe ich schon mit dem zuständigen Kollegen gesprochen, damit er mir möglichst bald die Beschlüsse schickt.« Der Richter verstummte kurz. »Und Clara Múgicas Akte bleibt vorerst makellos«, schloss er dann.

»Ich bin mit ihr ja auch befreundet, Euer Ehren. Aber sie hätte ihre Verbindung zur Familie Ongayo wirklich früher aufdecken können. Schließlich standen ihr schon vor David Viesgos Tod einige Informationen zum Fall zur Verfügung, auch wenn ich Sargento Riveiro noch fragen muss, wie viel er ihr gegenüber preisgegeben hat.«

Wieder herrschte am anderen Ende der Leitung kurz Stille. Dann seufzte der Richter, so als sei er auf einmal furchtbar müde.

»Solange man mir nichts Gegenteiliges beweist, hat sie nicht gegen die ärztliche Berufsethik verstoßen und auch nicht gelogen. Es war außerdem nicht nötig, sie durch das Ermittlungsteam zu identifizieren und dann formell von der Untersuchung abzuziehen, daher hat sie mein Vertrauen nicht missbraucht. Übrigens wollte ich Sie auch darüber informieren, dass sich Clara ein paar Tage freinimmt. Sie steht für Fragen zum Fall aber zur Verfügung, das soll ich Ihnen ausdrücklich ausrichten.«

Also hatte Clara sich nicht persönlich bei ihr melden wollen. Valentina ließ sich nicht anmerken, was für einen Stich ihr das versetzte, und sie würde auch versuchen, auf diesem Detail nicht herumzureiten: Sicher hatte Clara es schon schlimm genug gefunden, zweimal dieselbe Erklärung abzugeben, erst dem Direktor und dann ihrem Freund Talavera gegenüber. Da hatte sie es ihr gegenüber wohl lieber vermieden.

So langsam überkam Redondo und Talavera dieselbe Mischung aus Unruhe, Rastlosigkeit und Argwohn, daher verabschiedeten sie sich recht kurz angebunden. Valentina ließ den Motor des Alfa Romeo wieder an und trat aufs Gas, um sich auf den Weg nach Santillana del Mar zu machen.

Oliver freute sich, als er Valentina sah: Sie trug das inzwischen regenfeuchte Haar offen und schützte sich vor den fallenden Tropfen mit einem dünnen Anorak, den sie sich wie einen Baldachin über den Kopf hielt. Entschlossen schritt sie voran, wie bei jeder ihrer Begegnungen, aber es lag ein unruhiger Ausdruck auf ihrem Gesicht, und eine Vielzahl von Gefühlen schien sie zu umsprudeln wie kleine Bläschen, Sorge und Müdigkeit, aber auch Entschiedenheit.

»Ach, da kommt ja die Kleine mit dem Katana«, murmelte Sabadelle vor sich hin.

»Wie bitte?«, fragte Oliver, der sicher war, dass er gerade etwas falsch verstanden hatte. Gewisse spanische Ausdrücke und Redewendungen beherrschte er eben noch nicht perfekt. Katana?

»Nichts, nichts, ich meinte nur, dass die Teniente eingetroffen ist. Und weil Sie sich ja in den Kopf gesetzt haben, dass Sie unbedingt mitkommen wollen …«

»Ich wäre sowieso hergekommen, mit Ihnen oder nicht.«

»Schon klar. Ich wollte sagen, da Sie ohnehin aus Suances mit hergekommen sind, können Sie uns eigentlich auch begleiten, aber wir reden und stellen die Fragen. Ehrlich gesagt können wir wohl froh sein, wenn wir mit Ihnen im Schlepptau nicht schon wieder eine Leiche finden.«

Oliver wollte darauf gerade etwas erwidern, aber da erreichte die Ermittlerin sie schon. Als sich ihre Blicke trafen, schienen Funken zu sprühen, und die Intensität des Augenblicks lenkte Oliver schnell von Sabadelle ab.

Da sie völlig durchnässt waren, beschlossen sie, zunächst einmal in einem Souvenirladen Regenschirme zu kaufen und eine schöne heiße Tasse Kaffee zu trinken, bevor sie sich ins geheimnisvolle, stille, beinahe magische Santillana del Mar wagten. Im strömenden Regen drängten sich auf seinen Straßen ausnahmsweise mal keine Touristen – die hockten ebenso nass in Cafés oder suchten in Antiquitätenläden Unterschlupf.

Die drei betraten ein Lokal mit einem kleinen Lädchen. Am Eingang hing ein Schild mit einem alten Sprichwort: »Zu viele Kerzen verbrennen den Heiligen, aber bei zu wenigen kann man ihn nicht sehen.« Valentina Redondo ließ sich die Frage durch den Kopf gehen, ob sie Oliver Gordon wohl vom Mordanschlag in Santa Clotilde erzählen sollte, schließlich wollte der alte Mann ihn vor einer Gefahr warnen. Ohne Details zu nennen, zum Beispiel über die Flucht des Täters, informierte sie Oliver und riet ihm, bei seiner Rückkehr Türen und Fenster seiner Hütte zu sichern. Damit er sich eine Vorstellung vom Ernst der Lage machen konnte, erzählte sie ihm auch, wie Dr. Viesgo ums Leben gekommen war. Dabei unterschlug sie ebenfalls Einzelheiten, immerhin konnte man Gordon als Verdächtigen nicht hundertprozentig ausschließen, und es stand für ihn ja auch noch ein ausführliches Verhör an.

Dann bat Valentina Oliver, am Tisch zu warten, während sie mit Sabadelle zur Theke des gemütlichen Lokals hinüberging, um mit ihm unter vier Augen ein paar Details zur Ermittlung zu klären. Sie berichtete ihm von der Verwandtschaft zwischen Clara Múgica und Señora Ongayo. Wie erwartet konnte Sabadelle diese neue Entwicklung kaum fassen. Hatte Múgica womöglich ein Motiv, von dem sie noch nichts wussten?

Dann tranken sie zu dritt den köstlichen, riesigen Milchkaffee, der von ofenfrischem Käsekuchen begleitet wurde, und lauschten Sabadelle, der von seinem nächsten Theaterstück erzählte, bei dem er die Rolle eines römischen Kaisers spielen würde. Schließlich brachen sie auf. Kalt war es nicht, und der Regen fiel jetzt nicht mehr so heftig, wenn auch weiterhin unermüdlich. Als wollte man sich über sie lustig machen, ertönte nun aus einer Kneipe in derselben Straße der fröhliche Sommerohrwurm von Efecto Pasillo:

*No importa que llueva*
*Si estoy cerca de ti*
*La vida se convierte*
*En un juego de niños*
*Cuando tú estás junto a mí*

*Mir macht der Regen gar nichts aus*
*Wenn du nur bei mir bist*

*Das Leben ist ein Kinderspiel*
*Solang du nur nicht gehst*

Sabadelle und Oliver teilten sich einen Regenschirm, während Valentina neben ihnen einen ganz für sich allein hatte. Oliver sah sie aus dem Augenwinkel an: Selbst ohne Make-up und mit vom Regen feuchtem, wirrem Haar war sie eine jener Frauen, die einen durch die Art und Weise verzauberten, wie sie einen ansahen. Und in ihrem Fall war es ein merkwürdig zweifarbiger Blick.

Die drei machten sich durch die Calle Carrera auf den Weg hinunter ins Zentrum und ließen sich dabei von dem Regen auf dem Pflaster und den steinernen Mauern links und rechts der Gässchen einhüllen, die niemals für Autos gedacht gewesen waren und durch die kaum eine Pferdekutsche passte.

*Te llevaré donde la luz del sol nos mueva*
*Donde los sueños aún están por construir*
*Te enseñaré a nadar entre un millón de estrellas*
*Si te quedas junto a mí*

*Ich bring dich dorthin, wo die Sonne uns bewegt*
*Wo Träume erst entstehen*
*Lehr dich zwischen Millionen Sternen schwimmen*
*Aber du darfst nicht gehen*

Sie folgten dem Stadtplan, den Oliver in den Händen hielt, und ließen bei ihrem Weg, ohne es zu wissen, die Torre de la Velarde aus dem 15. Jahrhundert rechts liegen. Berauscht von der Abfolge der Gebäude und winzigen Straßen, die sie in eine andere Zeit zu versetzen schienen, erreichten sie die Calle Cantón. Dort gingen sie schweigend weiter und betrachteten zum leisen Rhythmus ihrer feuchten Schritte Gebäude aus Edelholz und Naturstein, die verschiedene Architekturstile vereinten, wappengeschmückte Fassaden und hölzerne Tore mit tödlichen Drachen auf den Schlössern.

»Vielleicht finden wir ja hier, was wir suchen«, sagte Sabadelle beeindruckt und starrte am Ende der Calle Cantón, die in die Calle del Río überging, ein riesiges, unglaublich beeindruckendes Wappen an, das von zwei imposanten steinernen Soldaten gehalten wurde.

»Nein«, widersprach Oliver nach einem Blick auf die Karte. »Dieses Haus gehört den Villas und wird Casa de los Hombrones genannt. Sehen Sie, hier steht: ›Ein guter Tod ehrt das Leben‹«, sagte er und versuchte, durch den Regen hindurch die Inschrift an der Fassade zu entziffern. »Das von uns gesuchte Gebäude steht dort hinten, fast gegenüber von diesem Wasch- oder Viehtrog da.« Mit einer Kopfbewegung deutete er auf eine Wasserstelle unter einem hübschen kleinen Dach aus Holz und Ziegeln am Ende der Straße.

»Ah, ich sehe schon«, nickte Valentina. »Dann mal los.«

Sie schritten weiter voran und erreichten schnell den Trog, der mit der Stiftskirche im Hintergrund ein perfektes Postkartenmotiv abgab. Jetzt konnten sie auch sehen, woher der Name der Straße – del Río – stammte: Durch den anhaltenden Regen war das Wasser im Trog über den Rand getreten und lief die Straße hinunter, auf einen Tunnel mit hölzernem Dach zu, der zwischen zwei robusten und herrschaftlichen Villen als Ablauf eingerichtet worden war, um Überschwemmungen zu verhindern.

»Da sind wir also«, sagte Oliver. »Laut der Zeichnung aus dem Buch bei mir zu Hause gehörten Teile des Gebäudes einer Familie namens Cossía und andere den Quevedos. Schauen Sie, da«, sagte er und deutete auf den Bau, der durch den Abfluss zweigeteilt worden war. »An dem Teil, der näher an der Stiftskirche liegt, muss irgendwo dieser Tlaloc hängen.«

Und so war es tatsächlich, nach kurzem Suchen hatten sie ihn entdeckt. Ungerührt starrte er ins Nichts und ignorierte sie völlig. Wie Oliver es schon auf der Abbildung in *Der Hauch der Zeit* gesehen hatte, befand sich das riesige Antlitz der Gottheit direkt über dem Haupteingang des Gebäudes und wurde von einem durchgehenden Balkon überdacht, über dem ein riesiges beeindruckendes Wappen hing. Wie seltsam, dass diese Figur mitten in einem Touristenort nicht bekannter war.

»Eine Überdosis Schönheit«, sagte Oliver, als wolle er zum Ausdruck bringen, was alle dachten. »In diesem Städtchen mit all den niedlichen Ecken, Wappen und Türmen wird der Besucher mit einem solchen Übermaß an Schönheit konfrontiert, dass er sie überhaupt nicht verarbeiten kann«, fuhr er fort. »Das ist nicht gerade das Stendhal-Syndrom, aber vermutlich ist Tlaloc deshalb niemandem aufgefallen.«

»Ach du Scheiße, das hat uns gerade noch gefehlt, jetzt schwingt er sich auch noch zum Philosophen und Kunstexperten auf«, raunte Sabadelle, aber so leise, dass Valentina und Oliver nur ein unverständliches Murmeln mitbekamen.

Die Teniente hingegen nickte nur und hielt auf die Eingangstür des Hauses zu, wobei sie unter dem steinernen Antlitz von Tlaloc hindurchgehen musste. Das große Holztor stand offen. Vielleicht hatte das Gebäude ja eine noble Vergangenheit, jetzt wurden darin jedoch *Sobaos*, Käsekuchen und andere Süßigkeiten an Touristen verkauft. Auf einem breiten Schild, das eine schmiedeeiserne Platte imitierte, stand: Konditorei Casa Requejo, gegründet im Jahr 1950. Von ihrem Platz hinter einem schlichten Ladentisch aus bediente sie eine junge Frau mit freundlichem, verbindlichem Lächeln. Der Tresen stand im früheren Innenhof des Gebäudes, der von robuster Eleganz zeugte. Hinter ihr erhob sich eine große Freitreppe aus Stein, die bis in den zweiten Stock hinaufführte, sich dort in der Mitte teilte und in schützender Dunkelheit verschwand. Zunächst hatten sie keinen Erfolg, die Verkäuferin wusste nämlich nicht, wem das Haus früher einmal gehört hatte und seit wann ihre Arbeitgeber es besaßen.

Aber dann schien ihnen das Glück doch noch hold zu sein. Ja, tatsächlich, eine Nachbarin, Doña Tulia, kam einen Moment herein, um sich bei diesem Regen in der Konditorei unterzustellen. Die Dame fortgeschrittenen Alters wusste vieles, was nirgendwo geschrieben stand und was Nachbarsfrauen eben in allen Dörfern so wissen. Sie erklärte ihnen, dass die Chacóns das Gebäude 1950 an die gegenwärtigen Besitzer verkauft hatten. Sie erinnerte sich noch genau daran, weil in demselben Jahr auch das Geschäft darin eröffnet worden war. Die Chacóns hatten nach der Tragödie beschlossen, das Haus zu verkaufen.

Als Redondo an dieser Stelle nachhakte, konnte es Doña Tulia kaum glauben. Aber davon wusste doch wirklich jeder! Darüber war schließlich bis zum Überdruss geredet worden, man hatte sogar noch Jahre später in der Zeitschrift *El Caso* einen Artikel zu dem Thema gebracht und damit erneut das Interesse auf diesen ungelösten Fall voller Rätsel gelenkt. Natürlich war das inzwischen schon mehr als sechzig Jahre her, da war es vermutlich normal, dass die Geschichte in Vergessenheit geraten war. Damals war ein Mitglied der Familie Chacón einfach so verschwunden, und man hatte nie wieder etwas von ihm gehört. Er hatte sich quasi in Luft aufgelöst.

»Es hat sich dabei nicht zufällig um einen Säugling gehandelt?«, fragte Valentina, deren Puls zu rasen begann.

»Ein Säugling?«, erwiderte Doña Tulia überrascht. »Mein Gott, nein! Es war zwar der jüngste Sohn, aber der war bestimmt schon fast dreißig … Besonders viel weiß ich darüber eigentlich nicht, meine Mutter hätte Ihnen da mehr erzählen können, aber die Arme ist vor ein paar Jahren gestorben. Ich weiß nur, dass die Sache damals ziemlich viel Aufsehen erregt hat und dass alles Mögliche gemunkelt wurde. Angeblich hatten da sogar die Nationalen die Finger mit im Spiel, oder vielleicht die aus den Bergen. Na ja, das waren noch Zeiten, Männer waren damals echte Männer, harte Kerle, die haben keine halben Sachen gemacht, wenn Sie verstehen, was ich meine.«

Aha, da hatte Valentina also ihre Verbindung zum senilen Juan Ramón Ballesta. Bis zu diesem Moment hätte sie gut als Touristin durchgehen können, jetzt gab sie sich Doña Tulia gegenüber jedoch als Teniente der Guardia Civil zu erkennen und bat um mehr Informationen. Die gute Frau ließ sich kaum etwas anmerken, als sie sich nun einer Autoritätsperson gegenüber wusste, konnte ihnen aber nur sagen, wo die Chacóns inzwischen lebten: in einer beeindruckenden Villa am Marktplatz, in unmittelbarer Nähe des Rathauses. Dorthin waren sie einige Zeit nach dem Verschwinden ihres Sohnes gezogen. Die Mutter war zu diesem Zeitpunkt wohl bereits jähzornig und depressiv gewesen, sie hatte im Requejo-Haus ja doch nur in allen Ecken Gespenster gesehen. Inzwischen nutzten die Nachkommen die neue Villa nur noch im Sommer und wohnten den Rest des Jahres über in Santander.

Die Ermittler und Oliver hatten sich eigentlich schon von Doña Tulia verabschiedet und wollten sich wieder hinaus in den Regen wagen, da fiel Valentina noch etwas ein, und sie fragte die Verkäuferin nach der Tlaloc-Darstellung an der Hauswand.

»Was für ein Symbol meinen Sie denn, etwa dieses furchtbare Gesicht da draußen? Nein, dazu kann ich Ihnen nichts sagen, ich bin hier ja schließlich nur angestellt. Ich hab das Ding eigentlich immer für einen Wasserspeier oder so gehalten. Hier gibt es ja so viele seltsame Inschriften und Wappen … was weiß ich.«

Mit einem Lächeln verabschiedete sich Valentina von der Verkäuferin und verglich dann die Anschrift aus dem Telefonregister mit der Adresse, die Doña Tulia ihnen gegeben hatte: Sie stimmten überein. Es handelte sich um das Haus, in dem man heute Morgen nicht ans Telefon gegangen war, und direkt daneben stand ein weiteres Gebäude mit einem Anschluss auf den Namen Chacón. Sie kamen der Wahrheit immer näher, das konnte Redondo spüren. Nun suchte sie mit den anderen beiden unter einem Vordach an einem Haus gegenüber Schutz.

»Eine Überdosis Schönheit also, was?«, machte sich Sabadelle über Oliver lustig. »Und die Verkäuferin da drüben hält Tlaloc für einen Wasserspeier. Na, wie finden Sie das?«

»Das wundert mich gar nicht, wenn man bedenkt, dass weder die Universität noch das Museum, die Klarissen oder die Leute bei der ach so intelligenten Polizei auch nur die geringste Ahnung davon hatten, dass es in Kantabrien bildhafte Darstellungen von Tlaloc gibt, bis ich Sie vor ein paar Stunden mit der Nase darauf gestoßen habe.«

Sabadelle hielt Olivers Blick stand. Er war überrascht, weil sein Gegenüber für einen Moment alle britische Korrektheit abgelegt und ihm die Zähne gezeigt hatte. Valentina Redondo griff augenblicklich ein: »Das reicht jetzt, für solchen Unfug haben wir keine Zeit.«

»Na ja, Dandy hin oder her, eigentlich dürfte der doch nicht einmal hier dabei sein«, provozierte Sabadelle nun eindeutig Valentina, ohne dabei den Blick von Oliver abzuwenden.

»Señor Gordon«, sagte Redondo zum Halbengländer, »wenn Ihnen unsere Gesellschaft nicht genehm ist, können Sie gerne zur Villa Marina zurückkehren. Ehrlich gesagt entspricht es sowieso ganz und gar nicht den Vorschriften, dass Sie uns bei den Ermittlungen begleiten. Sabadelle, kommst du bitte mal?«, sagte sie dann in unbeirrbarem Tonfall zum Subteniente und trat mit ihm ein paar Schritte beiseite, um unter vier Augen mit ihm zu sprechen. »Ich werde solchen Mist jetzt nicht länger tolerieren, weder deinen unverschämten Tonfall noch irgendwelche absurden und unpassenden Bemerkungen. Wenn du nicht unter meiner Führung arbeiten willst, kannst du beim Capitán Jefe gerne deine Versetzung beantragen, oder sogar beim Coronel, wenn dir danach ist, aber provozier mich nicht, forder mich nicht heraus, stell mich nicht infrage.«

Sabadelle wollte etwas erwidern, Valentina ließ ihn jedoch nicht zu Wort kommen und fuhr fort: »Du bist doch Schauspieler. Mal sehen, ob du genug Talent hast, um mal eine andere Rolle zu spielen als die der Nervensäge, die allen auf den Geist geht. Ich möchte nämlich gern glauben, dass du in Wirklichkeit gar nicht so bist. Vergiss bitte auch nicht, dass vor allem du für Oliver Gordons Anwesenheit hier verantwortlich bist, du hast ihn mitgebracht oder zumindest zugelassen, dass er mitkommt. Und ich möchte dich auch daran erinnern, dass wir ohne ihn in Bezug auf Tlaloc vielleicht gar nicht so weit gekommen wären. Natürlich dürfen wir keine vertraulichen Informationen weitergeben und die Untersuchung auch sonst nicht gefährden, aber im Allgemeinen hat sich die Zusammenarbeit mit ihm bislang für uns ausgezahlt. Also mach mal halblang, sonst muss womöglich *ich* noch mit dem Capitán Jefe sprechen.«

Darauf antwortete Santiago Sabadelle nicht. Er hielt dem Blick von Teniente Redondo ein paar Sekunden stand, und so erreichten sie eine Art stillschweigenden Waffenstillstand, der mit neuem, ungewohntem Respekt einherzugehen schien. Valentina hatte für ihre Standpauke eigentlich ein gutes Stück von Oliver abrücken wollen, was bei diesem Regen und dem schmalen Vordach aber kaum möglich gewesen war, daher hatte der Engländer alles mitbekommen. Er trat jetzt näher.

»Teniente«, sagte Sabadelle nun in neutralem Tonfall und schaute dabei nur Valentina an.

»Ja?«

»Es gibt da bei der ganzen Sache etwas, was mich seit Señor Gordons Anruf heute Morgen beunruhigt. Die Oberin der Klarissen, Schwester Mercedes, ist doch eine Expertin für lokale und sakrale Kunst. Außerdem war sie bestimmt schon oft in der Stiftskirche da drüben. Ich bin mir ziemlich sicher, dass sie uns absichtlich nichts von der Tlaloc-Darstellung hier gesagt hat.«

Valentina holte tief Luft, hier hatten sie also eine weitere Verknüpfung in diesem Netz aus unterschiedlichen Geschichten entdeckt. Als sie nun Oliver und Sabadelle anschaute, schienen alle das Gleiche zu denken.

»Es liegt wohl noch ein langer Tag vor uns«, versetzte Valentina mit einem kleinen Lächeln.

Die beiden Männer nickten. Schweigend liefen sie zum Marktplatz von Santillana del Mar und fühlten sich dabei vom Regen seltsam behütet.

***Als Jana Señorito*** Ignacio in Santa Justa zum ersten Mal begegnete, sah er in der Bibliothek des Gasthofs am Schreibtisch Papiere durch, wenn auch sichtlich gelangweilt. Hastig stellte Doña Elvira Jana vor, während sie schon an das Fleisch dachte, das in der Küche auf dem Herd schmorte, und an die drei Zimmer, die sie noch vor fünf Uhr saubermachen musste.

»Don Ignacio, hier bringe ich Ihnen die Neue«, sagte die Hauswirtschafterin und beendete den Satz mit einem müden Seufzen.

»Die Neue? Die neue was?«, fragte ihr Dienstherr und hob leicht den Kopf.

»Das neue Hausmädchen, Don Ignacio, das Mädchen aus Hinojedo. Wissen Sie nicht mehr? Ich hab Ihnen doch gestern gesagt, dass wir die Kleine heute erwarten. Sie ist mit dem Linienbus um drei gekommen und von Ubiarco aus zu Fuß hergelaufen.«

Jetzt schaute Don Ignacio sie endlich an und ließ für ein paar Sekunden den Blick aus intensiven braunen Augen auf Jana ruhen.

»Guten Tag, junge Dame. Haben wir Sie wirklich von Ubiarco aus bis hier unten zum Kliff laufen lassen? Das war aber ein erbärmlicher Empfang, wir hätten Ihnen jemanden schicken sollen«, sagte er mit spöttischem Lächeln und erhob sich langsam.

Jana wusste nicht, was sie sagen sollte, es war das erste Mal, dass jemand von höherem Stand sie direkt ansprach. So beschloss sie, lieber zu schweigen, und senkte den Blick, obwohl sie wieder aufschauen musste, als Don Ignacio fortfuhr.

»Aus Hinojedo also«, sagte er lächelnd und runzelte belustigt die Stirn, während er Jana betrachtete und näher an die beiden Frauen herantrat. Jetzt trennten sie weniger als zwei Meter voneinander. »Darf man denn den Namen unserer neuen Angestellten erfahren?«

Hilfesuchend schaute Jana Doña Elvira an, die ihr wie einem Kind mit einer Kopfbewegung bedeutete, dass sie auf die Frage antworten solle.

»Ich heiße Jana, Señor«, sagte sie und hielt Don Ignacios Blick stand, wobei sie zwischen völliger Unterwürfigkeit und dem Wunsch, ihre Klasse in Würde zu vertreten, hin- und hergerissen zu sein schien. Sie war überrascht, wie groß ihr neuer Dienstherr war, fast eins neunzig. Dabei war er weder dünn noch übermäßig breit, allerdings rundlich. Er schien über einen dieser Körper ohne nennenswerte Muskeln zu verfügen, die in einem gestärkten Anzug etwas hermachten, aber sicher hatte er im Leben noch keinen Heuballen geschleppt. Helle Haut, glattes braunes Haar, volle Lippen und ein verschmitzter Blick.

»Jana … und wie weiter?«

»Jana Fernández, Señor.«

»Jana Fernández also, aus Hinojedo«, wiederholte er und schien dabei jede Silbe unterhaltsam zu finden.

»Ja, Señor, aus Hinojedo«, echote Jana mit dem Anflug eines herausfordernden Untertons und keckem Blick.

»Na, dann herzlich willkommen, Jana. Wir werden schon noch die Gelegenheit haben, uns näher kennenzulernen. Und Doña Elvira hilft Ihnen sicher bei allem. Sie steht hier schon seit Jahren in Diensten und leitet das Hotel, das wir Chacóns erst vor Kurzem gekauft haben. Sie wird Sie schon in alle Geheimnisse der Casa Azul einweihen. In Ordnung, Mädel?«

»Ja, Señor.«

»Und sagen Sie doch beim nächsten Mal vorher Bescheid,

dass Sie kommen, dann holen wir Sie in Ubiarco ab. Bei dieser Hitze, mein Gott. Doña Elvira, das Mädchen soll sich ein bisschen ausruhen, und danach zeigen Sie ihm dann alles, einverstanden?« Mit dieser Frage wandte er sich wieder dem Schreibtisch zu und erklärte die Unterhaltung damit für beendet.

Doña Elvira rief dem jungen Herrn nicht noch einmal in Erinnerung, dass sie ihn durchaus über die Ankunft des neuen Mädchens im Linienbus um drei Uhr informiert hatte.

»Natürlich, Don Ignacio, ich bringe sie jetzt in ihr Zimmer und zeige ihr dann das Haus und ihren Aufgabenbereich. Wenn es Ihnen recht ist, serviere ich das Abendessen um acht Uhr draußen.«

»Das ist mir recht«, nickte er, »auf der Terrasse also.« Dann gab er vor, sich wieder voll und ganz auf die Briefe und Dokumente vor sich zu konzentrieren, während die beiden Frauen den Raum verließen. Sobald sie ihm den Rücken zugedreht hatten, folgte er jedoch mit Blicken Jana, ihrem zierlichen, wohlproportionierten Körper, den sanften Kurven, dem dunklen Haar, das trotz des wenig eleganten Knotens glänzend und sinnlich wirkte. Nach dem Essen war Don Ignacio zwar träge und schwerfällig, nun aber ließ er seiner Fantasie freien Lauf und dachte an die Stacheln dieser zarten Rose, die so unschuldig und leicht zu manipulieren wirkte. Die Kleine war nicht von großer Schönheit, hatte jedoch unbestreitbar etwas Anziehendes an sich. Sie erinnerte ihn mit ihrem unbezähmbaren Blick an ein wildes Tier und hatte mit ihrem wohlgeformten Körper umgehend seine Lust geweckt. Vielleicht würde der Sommer hier ja doch noch unterhaltsam werden, vielleicht bot sie ihm einen Anreiz, mit dem er die Monate in diesem Kaff am Ende der Welt leichter ertragen konnte. Lächelnd stand er auf und ging zum Wandschrank aus Akazienholz auf der anderen Seite des Raumes hinüber, um sich ein Gläschen

Sherry einzuschenken. Ja, dieses Mädchen war wirklich süß. Ganz wunderbar. Einfach ein zauberhaftes kleines Spielzeug.

Auf Jana wirkte ihr neuer Dienstherr nicht wie die typischen steifen Stadtleute. Er war ein erstaunlich junger Mann voller Energie, weder besonders förmlich noch klassenbewusst, auch wenn seine Art zu sprechen, sich zu bewegen und zu gestikulieren sofort über seine gute Erziehung Aufschluss gab.

An jenen ersten Tag erinnerte sich Jana später nur zu gut. Inzwischen war September 1947, sie arbeitete bereits seit fast vier Monaten in der Casa Azul und war viel stärker und selbstbewusster geworden. Den Sommer über hatte sie eine Menge geschuftet, es aber auch genossen, die Hoffnung auf eine Veränderung in ihrem Leben zu nähren. Besonders kompliziert war das nicht gewesen, Don Ignacio hatte ihr nämlich ohne Unterlass nachgestellt. Eines Tages hatte sie sogar bei Ebbe unter dem missbilligenden Blick von Doña Elvira mit ihrem Dienstherrn einen Spaziergang bis zur Einsiedelei Santa Justa gemacht, einem ganz ungewöhnlichen kleinen Gotteshaus, welches nur mehrere Dutzend Meter von der Casa Azul entfernt lag. Man hatte es am Strand aus einer Höhle in den Klippen herausgehauen, direkt unter dem halb zerfallenen Turm, den Jana am ersten Tag entdeckt hatte. Es handelte sich dabei um die Torre de San Telmo, deren mittelalterliche Überreste nach und nach zu verschwinden drohten.

Es war ein äußerst einträglicher Spaziergang gewesen, Don Ignacio hatte ihr dabei nämlich versichert, dass er von ihr ganz begeistert sei und sie nach Santillana del Mar mitnehmen wolle, wo sie den Winter über im Herrenhaus der Familie arbeiten konnte. Natürlich wurde das Lob ihrer guten Arbeit hinter einem Felsen vor Blicken verborgen von einem langen, feuchten und heißen Kuss begleitet. Janas Plan ging also auf, sie hoffte nur, dass sie dabei nicht ihr Herz verlieren würde.

Aber Ehrgeiz ist machtvoll, und durch ihn bleibt die Sittsamkeit eben manchmal auf der Strecke, genau wie man flatterhafte Träume beim Aufwachen oft vergisst. Das war alles nur eine Frage der Übung.

Noch hatte sich Jana dem jungen Herrn nicht hingegeben, dumm war sie nämlich nicht. Clara hatte sie schon gewarnt – sie musste warten, bis er sie aus vollem Herzen begehrte. *Wenn du willst, dass ein Mann dich respektiert, deinen Blick und deine Hand für sich gewinnen will, dann darfst du nichts überstürzen. Immer mit der Ruhe, erst muss die Flamme hell genug brennen.*

***Der Marktplatz von*** Santillana del Mar hieß sie mit seinem krummen Pflaster in regennasser Stille willkommen, als hätte er sie erwartet. Nur das Prasseln der tausend Tropfen war zu hören, die auf das Kopfsteinpflaster und die Rohre der eleganten Herrenhäuser niederfielen. An einer dieser Villen mit ihren steinernen Bogengängen und durchgehenden Balkonen voller Blumen zeigten die gehissten Flaggen eindeutig, dass es sich um das Rathaus handelte.

Sabadelle, Redondo und Oliver Gordon gingen jedoch zur gegenüberliegenden Seite des Platzes hinüber. Dort fanden sie die gesuchte Hausnummer: Das Gebäude war die frühere Villa der Barredas und Brachos, die etwas weniger ländlich wirkte als die umstehenden Gebäude. Ein riesiges, massives und äußerst beeindruckendes Wappen unterstrich die Herrschaftlichkeit. Abgesehen von diesem Symbol und vier überdachten Balkonen war die Fassade von eleganter Schlichtheit.

Valentina drückte auf die Klingel mit modernem Videosystem, welches sie bei diesem Gebäude ziemlich anachronistisch fand. Auf dem Bildschirm erschien das Gesicht einer jungen Frau, die automatisch die Tür öffnete, als sich Valentina mit ihrem Dienstgrad vorstellte. Wie durch Zauberhand sprang das Tor mit metallischem Klicken auf.

Teniente Redondo verlor keine Zeit und schob die schwere große Tür schnell auf, um aus dem unaufhörlich niederprasselnden Regen herauszukommen. Die drei betraten einen weitläufigen Eingangsbereich, eine Art Vorhalle, in der in alten Zeiten vermutlich Kutschen und Tiere untergebracht waren. Ein riesiger, beeindruckender steinerner Bogen trennte sie von den Wohnräumen ab.

Dort erschien augenblicklich die junge Frau, die ihnen die Tür aufgemacht hatte, ihrer Uniform zufolge wohl eine Hausangestellte. Valentina bat Oliver, aus Gründen der Vertraulichkeit im Eingangsbereich zu warten. Die Bedienstete führte indes die beiden Ermittler in ein gemütliches kleines Wohnzimmer. Sofas und Sessel waren hier in ockergelbem Blumenmuster gehalten, die Eichenmöbel spiegelten jedoch die Farbe des Fußbodens wider und brachten somit die Wärme zurück in den Raum, den die steinernen Wände ihm genommen zu haben schienen.

Nun öffnete sich im Wohnzimmer eine kleine Seitentür mit spitzbogenförmigem Rahmen, und ein Mann erschien, der etwa vierzig oder fünfundvierzig Jahre alt war. Sein Stil war leger und salopp, die Kleidungsstücke selbst jedoch teuer und exklusiv. Der Mann hatte etwas Gesundes und Joviales an sich, als er zielstrebig auf sie zukam und ihnen beherzt die Hand schüttelte.

»Guten Tag, ich bin Izan Sáenz Chacón. Unsere Hausangestellte hat mir bereits gesagt, dass Sie von der Guardia Civil sind. Ich habe schon befürchtet, dass vielleicht mein Wagen falsch geparkt ist oder so, aber dann ist mir wieder eingefallen, dass ich damit ja in die Garage gefahren bin. Daher müssen Sie mir wohl verraten, warum Sie hier sind«, sagte er mit offenkundiger Neugier.

Valentina stellte sich und ihren Kollegen vor, um dann direkt auf das Thema zu sprechen zu kommen, welches sie hergeführt hatte. Die Möglichkeit, dass sie hier einen

Serienmörder jagten, verschwieg sie ihm aber zunächst und stellte stattdessen den kulturhistorischen Aspekt in den Mittelpunkt: »Señor Sáenz, wir ermitteln in einer Angelegenheit, die in direktem Zusammenhang mit Tlaloc steht, dem mesoamerikanischen Gott des Glücks, der an der Außenwand des Quevedo-Hauses hängt. Dieses Gebäude hat ja einst Ihrer Familie gehört. Wir wüssten gerne, ob Sie irgendwelche Informationen über diesen Stammesgott haben oder darüber, was er mit Ihrer Familie zu tun haben könnte.«

Auf den Zügen von Señor Sáenz machte sich Erleichterung breit, als er den Grund des Besuchs hörte.

»Mir hat es ehrlich gesagt gerade die Sprache verschlagen … ein Stammesgott? Danach hat mich wirklich noch nie jemand gefragt. Ich kann Ihnen nur sagen, dass mein Großvater dieses Gesicht aus Stein bei seiner Rückkehr aus Mexiko angebracht hat, aber ich kannte nicht einmal dessen Namen. Als ich klein war, hat meine Mutter mir erzählt, dass es sich um ein Glückssymbol der Mayas oder so handelt. Damals haben sie auch einige Figuren mit zurückgebracht, die sie dann als Anhänger, Briefbeschwerer und dergleichen verwendet haben.«

»Aha. Und haben Sie von diesen Figuren noch welche?«

»Ich fürchte, nein. Da müsste ich mal jemanden zum Suchen auf den Dachboden schicken oder vielleicht meine Mutter fragen, aber die ist leider kaum noch ansprechbar … Sie hat Alzheimer, daher ist eine gründliche Suche im ganzen Haus vielleicht erfolgversprechender.«

»Verstehe. Und Ihre Mutter heißt …«

»Dolores. Dolores Chacón.«

»Gut, danke«, sagte Valentina und schrieb den Namen

in ihr Notizbuch. »Erinnern Sie sich vielleicht daran, ob eine dieser Figuren auf ungewöhnliche Art abhandengekommen ist oder ob man sie vielleicht an irgendeinen Verwandten, Freund oder Vertrauten der Familie verschenkt hat?«

»Offen gesagt habe ich keine Ahnung. Wie schon erwähnt, kann ich mir nur vorstellen, dass vielleicht welche davon auf dem Dachboden rumfliegen. Dieses Haus gehört meiner Familie schon seit mehr als sechzig Jahren, deshalb hat sich da oben jede Menge Kram angesammelt. Darf ich fragen, warum dieser Mist Sie interessiert? Arbeiten Sie vielleicht an einem Kunstraubfall hier in Santillana? Jetzt sagen Sie bloß, das Mondgesicht wurde geklaut?«

»Das Mondgesicht?«

»Ja, so haben wir die Fratze als Kinder immer genannt. Vor nicht allzu langer Zeit hat irgendjemand versucht, in der Calle Infante ein Wappen zu stehlen, ausgerechnet mithilfe eines Traktors. Ist hier auch so was passiert?«

»Nein, nichts in der Art«, beruhigte ihn Valentina. »Aber wir untersuchen einen Fall, der etwas mit Tlaloc zu tun hat.«

Die Neugier des Mannes war unverkennbar, aber er wartete vorsichtshalber lieber ab, was Valentina noch zu sagen hatte.

»Señor Sáenz, uns ist zu Ohren gekommen, dass in den Fünfzigerjahren ein Mitglied Ihrer Familie verschwunden ist. Könnten Sie uns diesbezüglich ein paar Informationen geben?«

»Mein Onkel, Onkel Ignacio? Aber das ist doch mehr als sechzig Jahre her! Nun, soweit ich weiß, ist der tot und schon lange unter der Erde. Oder zumindest ein Teil von ihm.«

»Wie bitte? Könnten Sie das näher erklären?«

»Na klar, ich verstehe allerdings nicht, wieso Sie nach all der Zeit danach fragen … Also, ich weiß wohl, dass Überreste von ihm am Strand gefunden und dann im Familiengrab beigesetzt wurden. Es muss eine ziemlich furchtbare Sache gewesen sein, wie die ihn zerstückelt haben … Aber das war schließlich in der Nachkriegszeit, besonders zurechnungsfähig waren die Leute damals vermutlich nicht. Und er war wohl in irgendeine politische Angelegenheit verstrickt gewesen oder so. Meine Mutter hat nie gerne darüber gesprochen und bei Fragen danach immer zu weinen angefangen, deshalb habe ich sie damit irgendwann in Ruhe gelassen.«

»Verstehe. Und wissen Sie auch, an welchem Strand diese Überreste aufgetaucht sind?«

»Klar, das war die Playa de Santa Justa in Ubiarco, ganz in der Nähe von Santillana del Mar. Mein Onkel hat dort an der Küste ein kleines Hotel geleitet, und eines Sommers ist er, zack, einfach spurlos verschwunden. Wirklich schade, dass sie meine Mutter nicht danach fragen können. Gerade letzte Nacht hat sie besonders schlecht geschlafen, war verwirrt und nervös, deshalb mussten wir ihr heute Morgen ein Beruhigungsmittel geben. Wir haben sogar das Telefon ausgestöpselt, damit sie ungestört schlafen kann.«

»Hm, das erklärt, warum bei unseren Anrufen heute Morgen niemand rangegangen ist. Laut Telefonbuch gibt es im Nachbarhaus noch einen Anschluss auf den Namen Chacón. Ist das auch Verwandtschaft von Ihnen?«

»Nein, das bin ich selbst«, erklärte er resolut und grinste. »Sie befinden sich hier im Haus meiner Mutter, der Anbau nebenan gehört mir.«

»Ah, verstehe. Und Ihre Großeltern leben vermutlich nicht mehr?«, erkundigte sich Valentina.

»Oh, nein. Meine Großmutter starb vier oder fünf Jahre nach dem Verschwinden meines Onkels. Meine Mutter hat immer gesagt, dass sie die Trauer krank gemacht hat. Ich hab sie nicht einmal mehr kennengelernt, da mich meine Mutter ziemlich spät bekommen hat. Und mein Großvater ist in den Siebzigerjahren gestorben, wobei ich Ihnen das exakte Jahr nicht sagen kann.«

»Wissen Sie denn, wann genau Ihr Onkel verschwunden ist?«

»Puh, keine Ahnung ... in den Fünfzigern, aber das müsste man mal nachgucken.«

»In Ordnung. Und hat Ihre Mutter sonst noch Geschwister?«

»Sie hatte, ihr großer Bruder ist allerdings seit 1987 tot. Mein Onkel war ein toller Mann, der sich immer rührend um meine Eltern und mich gekümmert hat. Den Armen hat der Darmkrebs dahingerafft.«

»Ach, das tut mir leid. Haben Sie denn Geschwister oder vielleicht Cousins oder Cousinen? Eventuell kann sich ja jemand anderes noch an Einzelheiten erinnern.«

»Ich fürchte nicht. Mein Onkel war zwar verheiratet, ist aber ohne Nachkommen gestorben. Wissen Sie, seine Frau konnte keine Kinder bekommen, und Adoptionen waren damals noch nicht in Mode. Da ich keine Geschwister habe, habe ich eben meine Familie mit großer Nachkommenschaft gesegnet: Ich habe vier Kinder, die gerade mit ihrer Mutter schwimmen gegangen sind.«

»Aha. Leben Sie denn im Sommer alle hier?«

»So ist es. Im Winter sind wir in Santander, wo ich als Geschäftsführer einer Schiffsagentur tätig bin. Ich arbeite in der Stadt, aber im Sommer bewohnen wir hier mein Haus und das meiner Mutter, das ist nämlich dreimal so groß. Wenn es nach meiner Frau ginge, würden wir das ganze Jahr in Santander bleiben, aber ich komme gern hierher zurück, wo ich aufgewachsen bin«, schloss er mit freundlichem Lächeln.

»Verstehe«, sagte Valentina und lächelte ebenfalls so ungezwungen und warm wie möglich, weil sie Señor Sáenz jetzt um einen Gefallen bitten wollte.

»Sagen Sie, gibt es denn vielleicht irgendeinen entfernten Verwandten oder einen Freund der Familie, zu dem Sie Vertrauen haben und der uns eventuell mehr Informationen über das Verschwinden und Ableben Ihres Onkels geben könnte?«

»Na ja, das weiß ich nicht so genau. Spontan würde ich sagen, nein.«

»Und Ihr Vater?«

»Der ist vor zwei Jahren gestorben.«

»Mein Beileid. Und Ihre Mutter ist wirklich nicht ansprechbar? Alzheimerpatienten erinnern sich nämlich selbst in fortgeschrittenem Stadium oft noch gut an ihre Kindheit und Jugend.«

»Ich fürchte nicht«, entgegnete Izan Sáenz, und plötzlich wurde sein Gesichtsausdruck unerbittlich und beinahe misstrauisch. »Meine Mutter ist sehr anfällig. Und Sie haben mir noch nicht einmal den Grund für Ihre ganzen Fragen genannt.«

»Im Moment ist das leider noch vertraulich, Señor Sáenz. Sie glauben also, dass Ihr Onkel aus politischen Motiven ermordet wurde?«

»Irgend so etwas hatte es damit wohl auf sich, ich hab gehört, dass da die Nationalen die Finger im Spiel hatten, oder vielleicht auch die Republikaner, das kann ich Ihnen nicht sagen. Und mehr weiß ich auch nicht. Das Hotel, das mein Onkel damals geführt hatte, hat mein Großvater dann verkauft, und es haben sich dort vor nicht allzu langer Zeit Hausbesetzer breitgemacht. Dann wurde es vor drei oder vier Jahren abgerissen, davon ist jetzt nichts mehr übrig.«

»Ach … und sagt Ihnen vielleicht der Name Ongayo etwas?«

»Ongayo? Das sind die Sardinen, oder?«

»Ja, es gibt hier in Kantabrien eine Sardinen- und Anchovismarke, die so heißt. Aber kennen Sie sonst niemanden mit diesem Nachnamen, oder haben Ihre Eltern ihn vielleicht mal erwähnt?«

Ein paar Sekunden blickte Sáenz nachdenklich drein.

»Nein, ehrlich gesagt nicht.«

»Oder eine gewisse Jana Fernández?«

»Nein, auch nicht.«

»Verstehe. Nur eins noch: Könnten Sie denn bitte jemanden mit der Suche nach den Figuren auf dem Dachboden beauftragen?«

Der Mann unterdrückte ein Seufzen.

»In Ordnung. Ich schicke jemanden hoch. Das kann aber Tage dauern, mal ganz abgesehen davon, dass unser Personal auch noch etwas anderes zu tun hat, wenn Sie verstehen.«

»Ich bitte Sie ja nur darum, weil es so angenehmer ist, als wenn wir ein Durchsuchungskommando schicken, aber das entscheiden natürlich Sie. Wenn Ihnen sonst noch etwas zu diesem Thema in den Sinn kommen sollte, dann setzen Sie sich doch bitte augenblicklich mit uns in Verbindung«, führte Valentina ihre Bitte zu Ende und reichte dem Gastgeber eine Karte mit ihren Kontaktdaten.

Izan Sáenz verzog das Gesicht, das plötzlich hart und ernst wirkte. Er war jetzt längst nicht mehr so herzlich und zugänglich wie zuvor, man hatte den Löwen aufgeschreckt.

Als sie das Herrenhaus verließen, sprach für Valentina eigentlich nichts dagegen, Oliver in den Inhalt des Gesprächs einzuweihen. Das Ganze fügte sich zu einer seltsamen und beunruhigenden Collage zusammen.

Dann dachte Redondo laut weiter nach: Am nächsten Tag war schon Freitag, und am Samstag hatten Ämter und Labore zu. Aus Erfahrung wusste sie, dass sich die Dinge am Wochenende nur äußerst langsam entwickelten.

Sie beschlossen sich aufzuteilen: Oliver musste zurück nach Hause oder wohin auch immer, denn ungeachtet seiner detektivischen Anwandlungen würden die beiden Ermittler jetzt allein weitermachen. Sabadelle würde in Zeitungsarchiven alte Nummern vom *Diario Montañés* und *El Caso* durchsehen, falls es diese Zeitschrift überhaupt noch gab, und dabei nach Informationen zum Verschwinden des jungen Chacón suchen. Danach würde er sich in derselben Angelegenheit das Archiv der Guardia Civil vornehmen. Und wenn es nötig war, würde er sich schließlich auf den Weg nach Ubiarco machen und dort die alten Leute befragen. Außerdem würde er für so bald wie möglich einen neuen Termin mit Schwester Mercedes vereinbaren.

Redondo würde nach Comillas fahren, um dort noch einmal Señora Ongayo ausführlich zu befragen. Vielleicht war ihr ja damals die Nachricht vom verschwundenen Ignacio Chacón zu Ohren gekommen. Es wäre doch interessant, ihre Reaktion zu sehen, wenn man sie darauf ansprach. Außerdem wollte die Teniente die Route abfahren, die Dr. Viesgo von Comillas aus genommen hatte. Señora Ongayos Dienstpersonal zufolge war er etwa gegen fünf Uhr nachmittags aufgebrochen, daher blieben noch fast vier Stunden bis zu seinem Ableben in der Gegend von Tablía. Warum hatte er nur diesen Weg gewählt und keinen anderen? Wo er wohl gehalten hatte? Sein Fahrtziel konnte Aufschluss über seinen Mörder geben. Deshalb wollte die Teniente unbedingt überprüfen, wie lange ein Auto mit durchschnittlicher Geschwindigkeit unterwegs sein würde. Und auf dem Rückweg würde sie dann noch in Santander vorbeischauen, um mit Clara Múgica zu sprechen.

»Das ist ja alles schön und gut«, sagte Oliver. »Aber Sie sollten schon wissen, dass ich trotzdem heute Abend im Internet und der Bibliothek der Villa weiterforschen werde, nachdem ich mich mit den Handwerkern rumgeschlagen habe. Irgendwas werde ich schon finden.«

»Solange es kein Rentner ist – wir wissen ja, was Sie für die bedeuten«, warf Sabadelle ein, auch wenn er seinem Spruch dieses Mal einen scherzhaft-freundschaftlichen Ton verlieh. Valentina schüttelte nur den Kopf, dann hielten die drei im magischen Santillana del Mar auf den Ortseingang zu, während am Himmel wieder der Donner grollte.

Viel mehr vermochte Valentina Redondo an diesem Donnerstag, dem 11. Juli, nicht mehr zu erreichen. Mit Señora Ongayo konnte sie nicht sprechen, da sie ihrem Personal zufolge seit Dr. Viesgos Tod unpässlich war und das Bett nicht mehr verlassen hatte. Der Weg zu ihrem Haus und zurück war ziemlich beschwerlich, weil der Sturm noch einmal mit gnadenloser Wucht über die Wiesen und Wege hereinbrach. Valentina stellte fest, dass David Viesgo verschiedene Routen genommen haben konnte: Wegen des Fundorts des Wagens in der Nähe von Suances war wohl der Weg an der Küste entlang der wahrscheinlichste. Er hätte aber auch in Santillana del Mar durchs Viveda-Viertel fahren und dann die Autobahn nehmen können, was wesentlich schneller gewesen wäre. Es sah allerdings so aus, als hätte Dr. Viesgo an dem langen, hellen Tag lieber die Aussicht aufs Meer genossen, und die wie mit einem Messer abgeschnittene Steilküste direkt neben grünen Hängen war auch wirklich beeindruckend. Unterwegs konnte er in Cóbreces, Oreña oder einem anderen Dörfchen gehalten haben, oder sonstwo in Comillas. Möglicherweise hatte er einen Umweg über Santillana del Mar genommen, dann hätte er fünf Minuten länger gebraucht. Irgendwo musste er ja den tödlichen Tee zu sich genommen haben, aber wo nur? Als Valentina Santander erreichte, rief sie Clara Múgica an. Ihre Freundin konnte ihr nur bestätigen, was sie bereits durch den Richter erfahren hatte, und das tat sie in äußerst knappen Worten. Zu Valentinas Erleichterung hatte sie aber wenigstens ein Alibi für den Mord an David Viesgo, da sie zusammen mit Kollegen im Rechtsmedizinischen Institut gearbeitet hatte. Im Fall Pedro Salas war ihr Mann Zeuge, dass sie zu Hause gewesen war. Wirklich neu war für Valentina nur, dass Clara beim Anblick von Viesgos Leiche wohl ihre Mutter angerufen hatte. Die hatte unter Schluchzen lamentiert, dass das alles nur ihre Schuld gewesen sei und dass sie es wiedergutmachen würde. Vielleicht hatte sie damit einfach nur gemeint, dass der Arzt sie ausgerechnet an seinem Todestag besucht hatte. Oder hatte sie sich auf etwas ganz anderes bezogen? Da Valentina ihre Freundin einer eingehenden Befragung unterziehen wollte, verabredeten sich die beiden Frauen für den darauffolgenden Tag. Dann schickte Redondo ihrem Team eine SMS und berief für alle ein Meeting ganz früh am nächsten Morgen ein, bevor sie um acht Uhr abends müde ein Sandwich verspeiste. Es war das Erste, was sie seit dem Käsekuchen heute Morgen aß, und danach konnte sie in ihrer kleinen Wohnung in Santander auch nicht länger gegen die Müdigkeit ankämpfen. Mit dem Regen als beruhigender Begleitmelodie im Hintergrund schlief sie ein.

Auch Sabadelle hatte bei seiner Mission wegen einer Unpässlichkeit keinen Erfolg, in diesem Fall aber der von Schwester Mercedes. Nach mehr als einer Stunde Wartezeit im Raum mit dem Drehkreuz verließ er das Kloster und fuhr nach Santander, wo er erfuhr, dass *El Caso* im Jahr 1987 den Betrieb eingestellt hatte. Wo sich das Archiv befand, war nicht herauszufinden, und die Sammlung alter Ausgaben des *Diario Montañés* hatte bis zum nächsten Morgen zu. Den Rest des Tages verbrachte der Subteniente im Zentralarchiv der Guardia Civil und suchte nach Unterlagen über das Verschwinden des jungen Chacón. Da der Fall schon so lange zurücklag, waren die Dokumente dazu nicht digitalisiert, sondern lagen nur in Papierform vor. Als Sabadelle dann endlich Akten fand, die ihn interessierten, war es schon elf Uhr abends. Er suchte alles zusammen und nahm es in seine Junggesellenbude im Astillero-Viertel von Santander mit, wo er sich mithilfe von viel Kaffee auf die Reise in die Vergangenheit machen wollte.

Oliver hatte derweil ausgiebig mit Handwerkern und Bauleiter diskutiert. Nun wollte er sich in seiner großen und gemütlichen Hütte ans Recherchieren machen, musste aber feststellen, dass wegen des Sturms das Internet nicht funktionierte. In den Büchern aus der Villa Marina konnte er nichts Interessantes finden, und es ärgerte ihn, dass er der Wahrheit damit heute kein Stück nähergekommen war.

Die Entdeckung des restlichen Ermittlungsteams an diesem Tag war jedoch so schwindelerregend, dass sie am nächsten Morgen alle in Fassungslosigkeit stürzen würde.

***Jana strahlte, war*** überschwänglich und fast rundum glücklich. Sonst umwehte sie immer ein Hauch von beunruhigenden Erinnerungen, die ihr Glück zu zerstören drohten, aber an diesem Abend schienen sich all diese Geister verzogen zu haben. Sie hatte einen einfach wunderbaren Winter in Santillana del Mar verlebt, diesem geschichtsträchtigen Reich aus Stein, in dem jede kleine Ecke römische und mittelalterliche Geheimnisse verbarg. Wenn man die Straße nahm, lag der Ort nur etwa acht Kilometer von Hinojedo entfernt, vier von Ubiarco und zehn von Suances.

Luis hatte sie den ganzen Winter über kaum gesehen – er hatte sich nur zweimal getraut, kurz vorbeizuschauen –, und sie war auch nicht in Comillas gewesen, das in Richtung Asturien endlose zwanzig Kilometer entfernt lag. Nicht einmal ein Liebesbrief hatte diesen Weg zurückgelegt, kein letztes Aufflackern von etwas, was hätte sein können, aber doch nichts geworden war.

Als nun der lange und harte Nordwinter zur Neige ging, sah Jana zum ersten Mal Licht am Ende des Tunnels, hatte endlich Hoffnung. Sie hatte eine Zeit ohne Ohnmachten hinter sich, hatte schon seit Monaten nicht mehr auf unerklärliche Weise das Bewusstsein verloren, war nicht mehr in den dunklen Abgrund hinabstürzt, der sich ihrem Begreifen entzog. Begeistert hatte sie das Gefühl genossen, endlich selbst über ihr Schicksal bestimmen zu können. Natürlich hatte sie den Winter über bei den Chacóns als Hausmädchen gearbeitet, ihre Aufgaben waren jedoch leicht gewesen, und sie hatte sich immer öfter heimlich eine Weile mit Señorito Ignacio verdrückt. Mit teuflischem Genuss hatte sie sich dem Spiel der Verführung hingegeben, sich geziert und seine Liebe angefacht. In einem dieser gewagten Träume, denen wir Menschen uns manchmal vor dem Einschlafen hingeben, hatte sie sich selbst als Herrin über das schöne Haus in Santillana gesehen, dort dem Personal Anweisungen gegeben, Empfänge und Feste organisiert, sogar zu wohltätigen Zwecken. Sie würde vielleicht eine feine Dame werden, ihre Herkunft dabei aber nicht vergessen.

Man kann nicht verleugnen, dass die Villa der Chacóns in Santillana del Mar wohl jeden zum Träumen verführt hätte, sie war nämlich äußerst beeindruckend, obwohl sie direkt neben einem anderen herrschaftlichen Gebäude stand. Die beiden Häuser waren allerdings durch einen hohen, langen Tunnel mit Holzdach voneinander getrennt, durch den im Winter das viele Wasser abfloss. Das riesige Wappen an der Hauswand, der lange Balkon und auch die breite Freitreppe, die sich teilte und zu den zwei Seiten des Gebäudes führte, beeindruckten Jana nicht, dafür aber schon, wie sich die Luft in den Räumen des Hauses anfühlte, der Geruch der Stoffe und das Gefühl des Überflusses. Hier wollte sie gern bleiben, zu diesem Teil der Welt gehören.

Aber heute, heute befand sie sich wieder in der Casa Azul.

Es war Juni 1948, und nun war der Moment gekommen, mit einem Schaudern die Wahrheit zu streifen. Heute war die Nacht der Nächte. Am dunklen, aber wolkenfreien Himmel war kein Mond zu sehen, und die Sterne funkelten sanft und träge. Die Temperatur war angenehm, und Jana ließ sich vom Rauschen des Meeres einlullen, während sie sich auf den Übertritt in eine andere Welt vorbereitete. Alles war perfekt, sie war nämlich nicht allein. Seit heute Morgen besuchte Clara sie für eine Woche unter dem Vorwand, ihr bei der Eröffnung des Hotels und den Vorbereitungen dazu zu helfen.

Das konnte sie, weil ihre Dienstherren, die Ongayos, gerade einen Monat in Uruguay verbrachten. Clara und Jana standen einander sehr nahe, sie waren nicht nur Schwestern, sondern auch Freundinnen und Vertraute. Wie gut, dass sie einander hatten! Viele Menschen begriffen nicht, wie sehr sie für ihr Glück auf andere angewiesen waren.

Heute hatte Jana das Gefühl, dass sie die dunkle Seite der Erde endlich verlassen würde. Nach dem Essen würde sie es ihm sagen, und dann würde alles gut werden.

An diesem Abend aber würden sich in Wirklichkeit mehrere Herzen in schwindelerregendem Tempo auf den Abgrund zubewegen.

Und wieder war ihr die Zeit frech durch die Hände geronnen, und schon war das Abendessen zu Ende. Unruhig half Jana der immer gebeugter gehenden Doña Elvira beim Tischabräumen, während Clara bereits in der Küche auf das zu spülende Geschirr wartete und der Rest des Personals zwischen der Speisekammer, der Hausbar und der Kaffeemaschine hin und her eilte. Heute war der erste Tag der Saison, und Señorito Ignacio hatte für diesen Abend, der so viel Arbeit mit sich bringen würde, ein formelles Abendessen für das Personal zur Tradition gemacht. Sie hatten wirklich Glück, in diesen harten Zeiten so einen freundlichen und zugänglichen Dienstherrn zu haben.

Nach dem langen Arbeitstag waren die Dienstboten müde, und nach dem guten Wein zum Essen und einem Gläschen Likör gingen alle früh schlafen.

Don Ignacio betrat sein Zimmer, das als einziger Schlafraum im Erdgeschoss neben der Bibliothek und der majestätischen Holztreppe im Eingangbereich lag. Durch ein großes Fenster hatte man von dort einen imposanten Blick auf den Ozean. Die Angestellten und die Hauswirtschafterin schliefen zwei Stockwerke tiefer in Räumen neben der Küche, die ebenfalls eine schöne Sicht auf das Kantabrische Meer boten. Aber Ignacio wusste, dass er nicht allein schlafen würde. In Santillana del Mar war er derjenige gewesen, der sich heimlich in Janas Zimmer geschlichen hatte. Sie hatten ausgemacht, dass in der Casa Azul Jana leise zu ihm kommen würde, weil sein Zimmer weit entfernt von den anderen lag. Und sie wussten natürlich auch, dass sie vielleicht ganz unbeabsichtigt ein wenig Lärm machen würden, der zu Gerede unter den Angestellten führen konnte. Diskretion war hier oberstes Gebot. Trotzdem waren in Santillana del Mar längst spitze Ohren und Zungen am Werk gewesen, denn nicht einmal einem Blinden wäre entgangen, dass die beiden dufteten wie frisch gebackenes Brot und auch ebenso heiß waren.

Nachdem sie vorsichtshalber noch einen Moment gewartet hatte, verabschiedete sich Jana in ihrem Zimmer von Clara und ging zu Ignacios Raum hinauf. Im Haus herrschte Stille: Durch den Alkohol war das erschöpfte Personal schnell in tiefen Schlaf gefallen. Jana klopfte nicht einmal an, und Ignacio erwartete sie schon, als sie eintrat und sich mit ihr die Stimmung im Raum völlig änderte. Mit belustigtem Blick warf er sie direkt aufs Bett, und sein Atem roch dabei nach Whisky und Likör.

Rücksichtslos küsste er sie, mit unkontrollierbarem Verlangen, das keine Zurückhaltung kannte, jegliche Etikette hatte der Alkohol längst weggespült. Jana spürte, wie Ignacio ihr die Zunge in den Mund schob wie ein zuckendes feuchtes und aseptisches Filet. Sie gestand ihm dieses Privileg zu und versuchte nicht darüber nachzudenken, was sie da tat. Sie fand ihren Dienstherrn durchaus attraktiv, er weckte in ihr jedoch nicht das Interesse und Verlangen, das sie bei Luis empfand. Daher hatte sie sich daran gewöhnt, anderen Gedanken nachzuhängen, wenn Ignacio sie küsste, berührte und besaß. Letzten Endes war das hier ja doch nichts weiter als eine Formalität. Machten es so denn nicht alle Frauen?

»Du bist einfach köstlich, mein Mädchen«, murmelte er, während er ihr den Rock hochzuschieben begann.

»Ignacio, Vorsicht, die Strumpfhose … du hast wirklich zu viel getrunken«, protestierte Jana.

»Eine Strumpfhose im Juni?«, lachte er sie leise aus. »Aber das haben wir gleich. Mein Gott, was für ein Weibsstück ich hier habe. Komm her, meine Schöne, komm her. Lass uns doch mal sehen, was wir da machen können. Das wird dir gefallen, wirst schon sehen.« Und während er den Satz zu Ende sprach, packte er Jana und warf sie rücklings aufs Bett. In dieser Haltung schob er ihr den Rock weiter hoch und brauchte dann keine drei Sekunden, um ihr die Unterhose herunterzustreifen.

»Ignacio, langsam, bitte … langsam.« Seine Bewegungen wurden ein wenig behutsamer, und ihre Blicke trafen sich. Was sie ihn nun fragte, war fast absurd, aber sie wollte sich einfach vergewissern, bevor sie sich ihm überließ. »Liebst du mich?«

»Natürlich liebe ich dich. Habe ich dir das denn nicht schon hundertmal gesagt, Dummerchen? Wie entzückend du bist.« Während er noch sprach, drang Ignacio heftig und ohne Rücksicht in Jana ein. Er erwartete nicht einmal, dass sie ihn sanft und feucht willkommen hieß. Dabei riss er an ihren Haaren, biss ihr in den Hals und fuhr ihr mit der Zunge übers Gesicht, konzentrierte sich aber irgendwann nur noch auf die regelmäßigen Stoßbewegungen. Nach ein paar Minuten war er schon so weit und erreichte einen zufriedenen, schnellen, heißen Höhepunkt.

Danach küsste er Jana auf die Wange.

»Manchmal bist du ein echter Grobian«, sagte die mit leicht vorwurfsvollem Tonfall, drehte sich um und richtete sich auf, aber sie lächelte dabei. Belustigt und ein wenig betrunken lachte er.

»Ach, mein Mädchen. Siehst du denn nicht, dass ich mich

bei dir einfach nicht unter Kontrolle hab, weil du so unglaublich bist? Das nennt man die Leidenschaft der Liebenden. Und mein kleines Frauchen hat auch noch Charakter«, schloss er spöttisch.

»Noch bin ich ja nicht dein Frauchen«, sagte Jana mit ernstem Blick und betonte die letzten beiden Wörter.

»Wieso denn nicht? Du bist doch so gut wie meine Frau! Wohnen wir denn nicht zusammen? Schläfst du etwa nicht mit mir? Na also, Dummerchen!«

»Ich liebe dich«, brachte Jana als Antwort auf seinen Einwand vor.

»Und ich dich«, sagte Ignacio, während er sich mit dem Ärmel des Hemdes, das er immer noch anhatte, den Schweiß von der Stirn wischte. Jana nickte.

»Aber ich bin nicht deine Frau, und wir verstecken uns immer vor allen. Das müssen wir einfach ändern, die Dinge richtig machen, damit die ganze Welt uns sehen kann.«

»Bist du verrückt geworden? Willst du etwa, dass mein Vater mich enterbt? Ich hab's dir doch gesagt, du musst mir ein bisschen Zeit geben. Erst muss er sich an den Gedanken gewöhnen, dass wir beide zusammen sind, und dann sehen wir weiter. Aber noch kann ich ihm das nicht sagen. Du hast doch sicher mitgekriegt, dass er mich ganz offiziell mit der Tochter des Grafen aus San Vicente de la Barquera verloben will, oder nicht? Das weißt du doch, also zwing mich nicht dazu, ihm Kummer zu machen, verdammt noch mal.« Das spöttische Lachen verschwand von Ignacios Zügen, und seine Miene wurde finster. Er hatte die Worte hastig gesprochen, beinahe gelallt, weil sein Hirn noch immer von Whisky und Likör benebelt war.

Jana verstand ihn ja, ließ aber nicht locker. Nicht heute.

»Je später du mit ihm sprichst, desto schlimmer machst du es doch nur. Du hast mir gesagt, dass du mich heiraten wirst.«

»Aber nicht jetzt!«

»Und wann dann?«

»Verflucht, wenn der Moment gekommen ist!« So langsam wurde Ignacio wirklich wütend.

»Der Moment ist da«, sagte Jana. Sie sprach langsam, gefühllos, und sah ihm dabei starr in die Augen, vermittelte ihm die Wahrheit mit Blicken. Er begann zu begreifen und schüttelte den Kopf.

»Nein«, brachte er hervor, während er ungläubig gestikulierte.

»Doch. Ich hab abgewartet. Ich war geduldig, aber jetzt läuft mir die Zeit davon.« Jana holte tief Luft, um ihren Worten Gewicht zu verleihen. »Diesen Monat ist meine Periode schon wieder ausgeblieben, wir bekommen also im Dezember oder Januar ein Kind. Das kann ich nicht mehr lange verbergen, deshalb müssen wir es meinem Vater und deiner Familie sagen und dann heiraten, wie es sich gehört.«

Jana zeigte sich entschlossen und vertrauensvoll, siegessicher. Schweigend senkte Ignacio den Kopf. Dann sprang er auf und begann, im Zimmer auf und ab zu marschieren. Er näherte sich dem Fenster und warf einen Blick hinaus in die Dunkelheit über dem Meer, dessen Wellen ohne Unterlass am Strand von Santa Justa zerschellten.

Ignacio ließ beinahe eine Minute verstreichen, ohne Jana anzuschauen, ohne etwas zu sagen. Er wiegte sich vor und zurück, rang die Hände und schüttelte den Kopf. Dabei war er viel zu still. So langsam bekam Jana Angst. Aber er war doch verrückt nach ihr, er hatte ihr Kleider geschenkt, Ohrringe und einen Kettenanhänger! Er hatte ihr Dinge versprochen, und sie hatte sich ihm dafür hingegeben. Lief das denn nicht so? Waren das nicht die üblichen Schritte? Was hatte sie nur falsch gemacht? Dabei wusste sie es vielleicht schon längst.

Ignacio schaute sie immer noch nicht an, sein Blick durchs

Fenster verlor sich in der Nacht. Als er dann zu sprechen begann, tat er es im Flüsterton, der nach und nach zu einem Brüllen wurde.

»Du Flittchen«, zischte er mit unterdrückter Wut. Jana erstarrte, und ihr wurde eiskalt.

»Was? Wie bitte … was hast du da gesagt?«

»Dass du eine Hure bist, das hab ich gesagt. Bei Gott und all den Heiligen im Himmel! Du wolltest dir einen feinen Herrn angeln, was?«, fragte Ignacio jetzt laut, trat zu Jana, packte sie am Arm und schüttelte sie. »Tja, jetzt musst du wohl wieder dahin zurück, wo du hergekommen bist, meine Schöne. Und du kannst froh sein, wenn du die Arbeit behältst, deshalb werd lieber ganz schnell los, was du da hast«, sagte er und deutete auf ihren Bauch.

Jana hatte das Gefühl, dass sie gleich in Ohnmacht fallen würde. So hatte Ignacio noch nie mit ihr gesprochen, und sie hatte auch noch nie mitbekommen, dass er irgendwem gegenüber derart respektlos gewesen wäre. Er hatte sich immer korrekt verhalten, war manchmal sarkastisch geworden, dabei aber immer höflich geblieben. Und er hatte doch gerade noch mit ihr geschlafen! Er hatte beteuert, dass er sie liebte! Inzwischen verstand Jana überhaupt nichts mehr, Clara hatte ihr versichert, dass der Plan aufgehen würde. Plötzlich bekam sie schreckliche Kopfschmerzen, und in den Ohren vernahm sie ein Summen wie das der Haubitzen während des Krieges.

Ohne nachzudenken, sprach Jana jetzt ganz langsam. Sie wusste nicht einmal mehr, was sie eigentlich empfand, doch innerlich schüttelte es sie durch.

»Wie … wie soll ich denn loswerden, was ich da habe? Das ist doch ein Kind, unser Kind!«

»Unseres? Bist du dir da sicher? Hat dir das nicht vielleicht dieser Fischer gemacht, der dich in Santillana besucht hat? Du magst mich ja für blöd halten, Jana. Aber glaubst du denn, ich wüsste nicht, dass der dich schon lange vor mir rangenommen hat?«

»Nein, ich hab nie … Der hat doch nur meine Schwester begleitet, um mir einen Brief von meinem Vater zu bringen, und diesen Käse, der …«

»Sei still, lass mich nachdenken.« Ignacio begann wieder im Kreis zu laufen und führte dabei wie ein Betender die Hände an den Mund, obwohl er nichts anderes tat, als zu schimpfen und zu fluchen. »Nicht schon wieder, verdammte Scheiße, nicht schon wieder.«

»Schon wieder?«, fragte Jana, die, ohne es zu merken, in Tränen ausgebrochen war. Entsetzt musste sie mit ansehen, wie das Salzwasser einer unerwarteten, grausamen Welle ihre Sandburg zum Einsturz brachte.

Ignacio schnaufte und sah sie an.

»Jetzt hör mir mal gut zu, Jana. Ich werd alles abstreiten, verstehst du? Ich werd es einfach leugnen. Und was meinst du, wem man dann wohl glauben wird?«

Als er ihre Tränen bemerkte, schien sie Ignacio in ihrer Zerbrechlichkeit einen Moment lang sogar leidzutun, sein Tonfall wurde weniger streng und selbstsicher. Aber er riss sich schnell wieder zusammen.

»Nein, Scheiße, nein. Versuch nicht, mich einzuwickeln. Sicher ist das Kind von diesem verdammten Fischerburschen.« Wieder wurde Ignacio unruhig und verwandelte seine Angst in Zorn.

»Jetzt brauch ich erst mal was zu trinken. Geh zur Seite, verdammt!«, brüllte er, stieß sie weg und verließ das Zimmer, um sich im Salon ein großes Glas Whisky einzuschütten.

Wieder lief er im Raum hin und her, zog dann schließlich einen der Sessel heran und setzte sich in der Bibliothek ans Fenster. Er schaute zum dunklen Meer hinunter, in dem sich der Himmel spiegelte. Vor lauter Zorn konnte er kaum klar denken. Was hatte er sich von einem Dienstmädchen bezirzen lassen, einem kleinen Ding vom Dorf, und zwar schon wieder! Sein Vater würde furchtbar wütend werden und ihm nie wieder eine Chance geben. Jahrelang würde Ignacio ihm Honig ums Maul schmieren müssen. Nein, auf gar keinen Fall, das durfte nicht sein. Er würde darauf bestehen, dass das Kind von dem Fischer war, und damit hatte sich die Sache. Warum hätte denn auch jemand wie er, der doch reihenweise Frauen haben konnte, mit einem dahergelaufenen Dienstmädchen ins Bett gehen sollen?

Jana kämpfte mit sich selbst, um nicht in Ohnmacht zu fallen, obwohl es ihr in diesem Moment eigentlich ganz gelegen gekommen wäre, sich der Dunkelheit hinzugeben. Sie konnte keinen Ausweg erkennen. Was sollte sie denn nur mit dem Kind machen? Wenn sie das Kind austrug, würde sie auf ewig im Elend feststecken, wäre als leichtes Mädchen abgestempelt und würde keinen anständigen Mann abbekommen, weder arm noch reich. Um das Kleine zu ernähren, würde sie so hart arbeiten müssen wie ein Mann und eine Frau zusammen. Jetzt gab es kein Zurück mehr. Ignacio würde sie nicht heiraten, und sie begriff nun endlich, dass er es auch niemals vorgehabt hatte. Er hatte sie an der Nase herumgeführt, sie mit billigen Geschenken gekauft, während sie die ganze Zeit gedacht hatte, dass sie hier die Fäden in der Hand hielt.

Janas Hände zitterten und auch die Arme, sie bebte am ganzen Körper. Er hatte sie im Zimmer alleingelassen und scherte sich um das Kind offenbar genauso wenig wie um ihre Gefühle. Dass er sie gedemütigt und ihr Leben zerstört hatte, war ihm wohl ganz egal. Jana verließ Ignacios Schlafzimmer und ging zum Empfangsbereich der Casa Azul hinüber. Ihr Blick fiel auf die Gartenutensilien, die dort untergebracht waren, damit sie nachts nicht feucht wurden. Am nächsten Morgen würden die anderen Angestellten draußen den Weg säubern und das Gras und Unkraut ausreißen, das während des Frühlings den Pfad überwuchert hatte.

Es verstrichen endlose fünf Minuten. Wie merkwürdig, ihr kam es vor, als hätte die Stille wie ein Strudel aus Erde alle Bewohner des Hauses verschluckt. Man hört nicht einmal mehr die Grillen, die doch sonst ohne Unterlass zirpten. War etwa die Welt stehen geblieben? Ignacio saß noch immer in seinem Sessel, schaute aufs Meer hinaus und trank nervös Whisky. Was er tun würde, hatte er längst beschlossen, jetzt stellte sich ihm nur noch die Frage nach dem Wie. Jana war ja nur ein armes kleines Mädchen und er ein Mann aus gutem Hause. Deshalb würde er es ihr ganz klar sagen: Entweder, sie wurde das Kind los und verschwand aus seinem Leben, oder sie akzeptierte eben, dass er sich nicht darum kümmern würde. Auf gar keinen Fall würde er das tun! Er würde nun wirklich nicht sein Leben lang einen Bastard mit durchfüttern, der womöglich nicht einmal von ihm war. Dieses gerissene Ding wollte ihn damit einfangen, aber er würde alles abstreiten. Was konnte er auch sonst tun?

In der Zwischenzeit legte sich die Hand einer Frau um ein Beil, und ihre Schritte führten sie langsam hinüber in die Bibliothek. Sie ging leise, aber ohne bewusst zu schleichen, als sei das eigentlich egal. Entschlossen schritt sie voran, unaufhaltsam, gnadenlos. Er kannte sie kaum und würde sie jetzt auch niemals kennenlernen.

Der erste Schlag mit der Axt warf ihn direkt zu Boden, zerteilte das Ohr und durchdrang sogar den Schädel, zertrümmerte die Schläfe und einen Teil des Scheitelbeins. Wenn er geschrien haben sollte, dann hatte sie es nicht mitbekommen. Sie hörte nur den dumpfen Laut, als der Körper auf dem Holzfußboden aufschlug. Ignacio fiel auf den Rücken, und in seinen verlogenen Augen standen Panik und Fassungslosigkeit. Einfacher hätte dieser Dummkopf es ihr gar nicht machen können.

Hier hatte nun eine winzige Frau einen Riesen mit einem einzigen Schlag umgehauen. Er hatte der Gerechtigkeit den Rücken gekehrt, ohne zu wissen, dass dies sein Untergang war.

Tatsächlich war sie, die hier im Licht und Schatten der Nacht mit ihrer sanft wehenden dunklen Mähne so zauberhaft aussah, sich des tödlichen Beils in ihrer Hand gar nicht bewusst, bis sie es Ignacio längst fünfmal ins Fleisch, in Eingeweide, Muskeln und Knochen getrieben hatte. Die Wut hatte sie komplett ausgefüllt, ein unbändiger, irrationaler, verzweifelter und wahnsinniger Zorn. Sie hatte keinen klaren Gedanken mehr fassen können, nur noch nach der Axt gegriffen und sie mit völlig unbekannter, übermenschlicher Kraft niedersausen lassen, die gar nicht zu ihrem Körperbau zu passen schien. Die Klinge hatte sich in jenen Menschen gebohrt, der vor ein paar Stunden noch ihr Retter zu sein schien und ihr zu einem Leben in Glück und Würde verhelfen sollte.

Ein paar Sekunden drohte diese Kraft sie zu verlassen. Dann aber fand sie den Weg durch das Labyrinth, welches Seele, Kopf und Herz verband, Zorn trieb sie an und hielt sie auf den Beinen, während sie zu Ende führte, was sie angefangen hatte. Wenn man die Szene zu irgendeinem furchtbaren Lied oder Musikstück beschreiben müsste, dann wären es wohl die erste Akkorde der *Carmina Burana*, bei der Pauken, Soprane, Tenöre und Baritone mit einem beinahe apokalyptischen Schrei alle zugleich ertönten. Ihr Klang hätte den Raum vom ersten bis zum letzten Axthieb erfüllt, während das Blut auf Möbel, den antiken Sessel und sogar das Fenster spritzte. Wie aus einer unerwarteten Quelle floss es auf einen der Teppiche in der Bibliothek, legte sich wie ein zähflüssiger Vorhang darüber, der immer noch in Bewegung war, als endlich Stille den Raum erfüllte.

Clara hatte zwei Stockwerke unter Jana geglaubt, laute Stimmen zu hören. Sie war extra wachgeblieben, um zu sehen, ob ihre Schwester kurz aus Ignacios Zimmer zu ihr runterkommen würde, um ihr freudestrahlend die Nachricht von der Hochzeit zu bestätigten. Dann würde alles perfekt werden.

Aber als sie dann nach oben stieg, die Lage erkannte und ihre furchtbaren Folgen erahnte, zweifelte sie nicht einen Moment. Sie musste Jana helfen, ihre Schwester auffangen, sie beschützen und den Schaden so gut es ging eindämmen. Ihr jegliche dunkle, giftige Flüssigkeit aus der Seele saugen, ihre Ehre retten. Einst hatte sie ihr geschworen, sich um sie zu kümmern wie Vater Fuchs um seine Jungen. Nun würde sie ihr Versprechen halten.

Clara ließ sich von einem Strudel aus Gefühlen mitreißen: Wut, Traurigkeit, Schmerz, Zorn. Sie spürte, dass sie handeln musste. Sie hatte Jana in einem merkwürdigen Zustand vorgefunden, plötzlich seltsam ruhig und passiv hatte sie in die Dunkelheit gestarrt. Wenigstens war sie nicht in Ohnmacht gefallen.

Jetzt mussten sie alles saubermachen und den zerhackten, blutigen Körper loswerden, bis zum Morgengrauen blieben nämlich nur noch fünf Stunden. Und das Schwierigste dabei: Das alles mussten sie ohne großes Lamentieren tun, ohne vernehmbares Schluchzen, ohne irgendeinen Laut. Es war sowieso großes Glück gewesen, dass bis jetzt niemand etwas gehört hatte. Vielleicht hatte es an der Entfernung zu ihnen gelegen, vielleicht auch an Abendessen, Müdigkeit und Likör. Zwei Stockwerke tiefer schliefen die Hauswirtschafterin und drei weitere Angestellte bleiern vor Müdigkeit. Wie in Trance befolgte Jana Claras Anweisungen: »Geh in die Küche runter, such leise und vorsichtig vier Kartoffelsäcke zusammen und mach Wasser heiß.« Sie handelte wie ein lautloser Geist. Als sie wieder nach oben kam, blieb sie fassungslos stehen und schien aus der Trance zu erwachen, in der ihre Sinne gefangen gewesen waren.

»Aber was … was hast du denn nur getan? Oh Gott, nein, was hast du nur gemacht?«, fragte sie Clara und starrte die Leiche von Ignacio an, die, in mindestens sechs Stücke zerteilt, auf dem Teppich der Bibliothek lag. Clara hatte ihn zerlegt. Jetzt schaute sie auf, vor Anstrengung schwitzend, erschöpft hielt sie das Beil in der Hand. Es war noch immer mit Blut beschmiert, welches langsam zu einer klebrigen Paste eintrocknete.

»Was ich gemacht habe? Das fragst ausgerechnet du? Ich versuche, uns noch einmal eine Chance zu geben. Und uns die Arbeit zu erleichtern. Den ganzen Körper können wir nicht transportieren, nicht einmal zu zweit. Der ist ja fast zwei Meter groß und gut im Futter«, sagte sie und deutete mit einer Kopfbewegung auf den Leichnam, ohne ihn anzusehen. »Außerdem war er ja sowieso schon fast zerteilt. Gib mal die Säcke her«, wies sie Jana entschlossen an, als hätte sie fürs Abendessen ein Hähnchen zerlegt und wollte es jetzt wie eine gute Hausangestellte rasch und geschickt verpacken.

Ungläubig blieb Jana einige Sekunden wie erstarrt stehen. Als dann irgendwann ihr Blick den ihrer Schwester traf, schien diese etwas von ihrer Stärke und Entschlossenheit auf sie zu übertragen. Jetzt verstand sie, warum Clara so gehandelt hatte und dass sie ihre kleine Schwester nur beschützen wollte. Und nun gab es kein Zurück mehr.

Der Anblick war absurd, grotesk, makaber: In den ersten Sack steckten sie einen Arm und Ignacios Kopf mit den lächerlich weit aufgerissenen Augen. In den nächsten das schwerste Stück, den Rumpf. In den dritten die Beine, so gebeugt, als würden sie auf Knien um Gnade flehen. In den vierten den rechten Arm und den jetzt mit Blut verkrusteten Teppich, der unter dem Sessel gelegen hatte.

»Schnell, bevor die noch tropfen«, drängte Clara und schnappte sich einen der Säcke. »Nimm du den«, sagte sie zu Jana und deutete auf einen anderen. »Am besten gehen wir zweimal.«

»Aber wohin denn?«

»Zum Kliff.«

Jana gehorchte, ohne zu murren. Sie begriff nun, was ihre Schwester mit Señorito Ignacios Leiche vorhatte, aber sie konnte keinen klaren Gedanken fassen, nichts empfinden, keine Entscheidung über die nächsten Schritte fällen. Sie war völlig blockiert.

Wie die beiden Schwestern da mitten in der Nacht die Überreste von Don Ignacio zur Steilküste von Santa Justa schleppten, hatte etwas Theatralisches an sich, strahlte einen primitiven, düsteren Horror aus, obwohl weder ein Sturm tobte noch der Vollmond am dunklen Nachthimmel stand. Dass der Mond nicht schien, war für das stille, heimliche Treiben der Schwestern nur von Vorteil: Clara und Jana kämpften sich unter Anstrengung voran, beugten sich unter dem Gewicht des toten Fleisches. Von ihrem Instinkt angetrieben, schlurften sie in der Dunkelheit bis zum eingestürzten Wachturm am Rand des Steilfelsens. Hier standen sie genau über der Einsiedelei Santa Justa, die von dort aus nicht zu sehen war, weil sie sich still in den Falten der Klippen versteckte.

Clara griff nach losen Steinen der Turmruine und steckte sie in die Säcke, die sie mit Bast fest verschloss. Dann packten sie zu zweit die Säcke an beiden Enden, ließen sie vor und zurück schaukeln und schleuderten sie schließlich so weit wie möglich von der senkrechten Felswand entfernt ins Meer, wo sie versanken. Die beiden Frauen sprachen kein Wort und schauten sich nur mit kaltem, verschwörerischem Blick an, in dem Verzweiflung geschrieben stand.

Beim zweiten Mal legten sie den Weg schnell und hastig zurück, es konnte nämlich jeden Moment einer der anderen Dienstboten aufwachen und sie entdecken.

Aber sie hatten Glück, es schien alles still zu bleiben.

Jetzt mussten sie noch die Spuren beseitigen. Das heiße Wasser, welches Jana eben mit hochgebracht hatte, war inzwischen nur noch lauwarm. Sie begannen damit das Blut wegzuwischen, was sich jedoch als Fehler herausstellte, da es so nur noch fester am Holz klebte. Woher hätten sie das auch wissen sollen? Zum Glück war der Großteil des Blutes im Teppich gelandet, der jetzt auf dem Meeresgrund lag.

Es gelang ihnen, die restlichen Blutflecken mit kaltem Wasser und Ammoniak zu entfernen, selbst die auf dem Sesselbezug, die am hartnäckigsten gewesen waren. Die Schwestern machten die Fenster auf, um den Geruch des Todes loszuwerden. Endlich war die Bibliothek wieder sauber und ordentlich, sah perfekt aus.

Nachdem sie hier und da etwas zurechtgerückt hatten, war auch Don Ignacios Schlafzimmer wieder makellos, sie hatten das Bett gemacht, und es wies nichts darauf hin, dass sich hier noch vor Kurzem zwei Menschen gewälzt hatten.

Den Teppich in der Bibliothek ersetzten sie durch einen ähnlichen aus dem Zimmer des Señorito. Das würde Doña Elvira womöglich auffallen, aber dann würden sie sich schon irgendetwas überlegen.

Clara und Jana verließen das Zimmer und schauten von der Tür aus noch einmal hinein, um sicherzugehen, dass alles an seinem Platz war, sauber und tadellos, ohne Spuren oder verräterische Gerüche.

Nachdem sie das Beil gesäubert hatten, hinterließen sie darauf noch ganz bewusst Erd- und Holzreste, wie sie auch an den übrigen Gartengeräten zu finden waren. Dann gingen die Schwestern den Pfad nach Ubiarco ein Stück hinauf und blieben an einer Wegbiegung stehen, wo, hinter einem Feigenbaum und mehreren Büschen versteckt, eine Quelle mit eiskaltem Wasser lag. Dort zogen sie sich aus, wuschen sich gründlich und schlüpften in saubere Kleidung. Sie waren völlig erschöpft. Da sie nicht alle Blutflecken aus den alten Sachen herausbekamen, schoben sie diese in einen abgelegenen Kaninchenbau, um sie später zu holen. Das Loch deckten sie mit Steinen ab.

Mit schnellen Schritten kehrten die Schwestern zur Casa Azul zurück. Clara gab Jana mit leiser Stimme rasch präzise Anweisungen: Morgen früh würden alle, Doña Elvira und die anderen Dienstboten, nach Don Ignacio fragen, deshalb würden auch sie sich nach dessen Verbleib erkundigen. Sie würden sich genauso überrascht wie die anderen geben. Es würde so aussehen, als habe er gar nicht im Hotel geschlafen, daher würden sie andeuten, dass er die Nacht vielleicht auswärts verbracht hatte. Vielleicht hatte ihn ja einer seiner reichen Freunde mit dem Auto abgeholt. Es gab auch noch andere Möglichkeiten, die nicht sehr wahrscheinlich, aber denkbar waren. Vielleicht war er betrunken zu Fuß nach Ubiarco gelaufen, genug Alkohol war am Vortag immerhin geflossen, und er hatte zum Schluss auch noch einen Whisky in der Bibliothek getrunken. Clara würde schwören, ihn dort allein mit dem Glas sitzen gesehen zu haben. Zu Fuß war er wohl nicht weit gekommen. Obwohl er es sich hätte leisten können, hatte ihm sein Vater kein Auto gekauft, damit er sich seiner Verpflichtung der Sommermonate nicht so einfach entziehen konnte.

Claras Verstand arbeitete schnell. Jana gehorchte mit einem Körper, der sich gar nicht wie der ihre anfühlte, als wären die Ereignisse dieser Nacht bloß ein bitterer Albtraum, entsetzlich, schmutzig und klebrig. Clara warnte ihre Schwester: Es war gut möglich, dass schließlich die Guardia Civil in der Casa Azul auftauchen würde. Denn irgendwann würde man sicher eine Vermisstenanzeige aufgeben, und deshalb mussten sie einen kühlen Kopf bewahren. Vielleicht würde Doña Elvira ja zur Sprache bringen, was im Dorf gemunkelt, sogar versichert wurde, nämlich dass der Señorito zu einem der Dienstmädchen eine äußerst enge Beziehung hatte. Dann musste Jana alles abstreiten. Im äußersten Fall würde sie sogar erklären müssen, dass er vielleicht mal versucht hatte, sich ihr zärtlich zu nähern. Sie jedoch, das unschuldige Mädchen vom Lande, hätte nichts anderes im Sinn gehabt, als der Familie der Amerikaheimkehrer treu zu dienen, sei es nun in Santillana oder im Hotel am Santa-Justa-Strand.

Als sie zwei Stunden vor Morgengrauen die Casa Azul wieder betraten, schien dort weiterhin Stille zu herrschen. Clara wurde unruhig, es roch nämlich nach Ammoniak, und beim Betreten des Salons stellte sie fest, dass der Sesselbezug noch immer feucht war. Sie ließ den Blick aus klaren Augen durchs Zimmer wandern, nahm die Flasche mit Kaffeelikör und gab etwas davon auf den Stoff. Der Likör erklärte die feuchte Stelle, und sein penetranter Geruch überdeckte den des Ammoniaks. Clara ließ die Flasche auf dem Fensterbrett stehen und stellte daneben ein Glas sowie die Whiskyflasche, deren Inhalt sie vorher auf den Teppich gegossen hatte. Vielleicht hatte der Señorito es ja mit dem Alkohol übertrieben und etwas davon verschüttet. Womöglich hatte er in Trunkenheit und sommerlichem Taumel auch einen Nachtspaziergang gemacht und beschlossen, baden zu gehen. Jana würde schwören, dass er ihr erzählt hatte, wie er das früher schon mal in betrunkenem Zustand gemacht hatte. Er war ja schließlich ein Lebemann. Und vielleicht hatte das Kantabrische Meer ja beschlossen, den edlen Betrunkenen zu ertränken, ihn mit den Strudeln seiner magischen Strömungen mitzureißen und ihn einfach zu verschlucken, ohne ihn dann später an irgendeinem einsamen Strand wieder auszuspucken.

Zum Glück schliefen in der Casa Azul noch keine Gäste, das Hotel öffnete Mitte Juni, und bis dahin war es noch zehn

Tage hin. Damit hatten sich die beiden viele neugierige Blicke erspart.

Sie mussten jetzt stark sein und selbst an ihre Version der Dinge glauben, so als sei sie die einzige, echte Wahrheit. Was in dieser Nacht tatsächlich passiert war, war so niemals geschehen. Das war nur ein böser Traum gewesen, den sie nun hinter sich lassen mussten, so wie das Glück einst sie zurückgelassen hatte. Sie würden sagen, dass sie schlafen gegangen waren und im selben Bett gelegen hatten. Da Jana hier Dienstmädchen und Clara ihr Besuch war, war das ganz normal. Sie würden behaupten, wie immer im Morgengrauen aufgestanden zu sein und das Frühstück vorbereitet zu haben. Später hätten sie dann diskret an die Zimmertür des Señorito geklopft, aber der wäre nicht da gewesen.

Als die beiden Schwestern sich nun wirklich ins Bett legten, das ihnen kalt und trostlos vorkam, begann Jana zu schluchzen.

»Was soll ich denn jetzt tun?«, fragte sie Clara.

»Nach vorne sehen und weitermachen, wie wir es immer getan haben«, antwortete die. »Und jetzt sei still«, mahnte sie sanft, »du darfst keinen Lärm machen. Wir sollten doch eigentlich schlafen.«

Jana nickte zwar, schien sich aber nicht unter Kontrolle zu bekommen.

»Wer weiß, vielleicht schließen die ohne Ignacio sogar das Hotel. Sein Vater wird bei der Suche sicher ganz Kantabrien auf den Kopf stellen. Die schnappen uns, Clara! Und dann werden wir hingerichtet! Gott, am liebsten würde ich sterben. Himmel, wie konnte das alles nur passieren?« Und während Jana so sprach, stieg aus dem tiefsten Inneren ein Schluchzen in ihr auf, das Aufschluss über ihre Müdigkeit und Verzweiflung gab. Ungläubig verleugnete ihr Körper diesen Abend mit all seiner Grausamkeit, und sie presste die Hände auf den noch flachen Bauch, in dem jedoch bereits lebendiges Fleisch pulsierte.

Clara umarmte ihre Schwester und wiegte sie, sie gab ihr die Ratschläge, die sie für sich selbst nicht fand. Aber womöglich brauchte sie die auch gar nicht, vielleicht hatte Clara eben das Gefühl, dass Ignacio dort unten in der Dunkelheit zwischen Fischen seine gerechte Strafe gefunden hatte.

»Bleib ganz ruhig, es wird alles wieder gut«, versuchte sie Jana zu trösten. »Vergiss nur nicht, was wir der Guardia Civil sagen werden. Alles genau so, wie es wirklich passiert ist. Mehr gab es in dieser Nacht nicht, du hast das Schlafzimmer dieses Unglückseligen niemals betreten. Wir sind einfach nur schlafen gegangen, damit hat es sich. Falls die dich fragen, ob du ein Verhältnis mit deinem Dienstherrn hattest, dann sagst du Nein, und damit ist es gut. Du weißt nur, dass sie ihn mit der aus San Vicente de la Barquera verloben wollen.«

Einen Moment ließ Janas schluckaufartiges Schluchzen nach.

»Aber Clara, was soll ich denn nur mit dem Bauch machen? Mein Gott, der wird doch bald schon wachsen.« Jetzt bekam Jana kein Wort mehr heraus, die Tränen verschlugen ihr die Sprache, und das tat körperlich weh, in Hals, Magen und Lungen.

»Ich werde mir schon was überlegen. Mamá hat mir viele Sachen über Kräuter beigebracht, und Großmutter auch. Ich kenne da welche, mit denen kannst du das Kind loswerden.«

»Clara, nein, dem Kind dürfen wir nicht wehtun. Das können wir nicht. Ich dachte … ich könnte es vielleicht Antonio nennen.«

Traurig lächelte Clara. Ihre Schwester ging wohl davon aus, dass sie einen Jungen bekommen würde. Wie klein Antonio damals gewesen war, als ihn der Krieg am Eingang der Höhle zerrissen hatte! An jenem furchtbaren, giftigen Tag hatte er ihr dabei einen Teil der Seele geraubt.

»Du hast recht, das wäre eine Todsünde. Es ist schließlich ein unschuldiges kleines Ding, nicht wie dieser Unglückselige. Bleib ganz ruhig, wir werden dem Kind nichts tun, und irgendetwas fällt mir schon ein. Es bekommt niemand etwas mit. Den guten Ruf ruiniert schließlich nicht die Sünde, sondern der Skandal«, entgegnete Clara ernst, mit einem Blick so kalt und hart wie ein Diamant. »Dieser Kerl hat gekriegt, was er verdient hat. Vergiss nicht, dass er dich davonjagen wollte wie einen räudigen Hund«, versetzte sie entschlossen. »Im Krieg haben wir schlimmere Dinge gesehen, und die hatten auch keine Konsequenzen. Und jetzt hör schon auf zu weinen, sonst hast du morgen ganz dicke Augen«, sagte sie zu Jana, wischte ihr zärtlich die Tränen weg und begann sie wieder in ihren Armen zu wiegen.

Die beiden Schwestern blieben bis zum Morgengrauen wach. Sie umarmten einander und stellten sich gemeinsam auf diese neue Welt ein, in der sie jetzt leben würden, in einem Reich voller Grenzen, Beklemmung, Schuld und Einsamkeit. Clara hatte jedoch nicht vor, sich in diesem Labyrinth des Lebens noch einmal zu verirren, und entwickelte einen Plan, suchte nach einem Ausweg, zumindest für Jana. Es war ihre Pflicht, sich um sie zu kümmern, und das würde sie gerne tun. Sie hatte das Gefühl, war davon überzeugt, dass sie die Fehler ihrer Schwester wettmachen und ihr ein wenig Glück schenken musste. Im Grunde fühlte sie sich für Janas Misere verantwortlich. Sie würde sie von jetzt an endlich richtig beschützen. Sie würde ihre Aufgabe tadellos erfüllen, dafür würde sie im Gegenzug gerne Minuten, Stunden oder sogar Jahre ihres Lebens hingeben. Seit dem Tag, an dem ihre Mutter und ihr Bruder gestorben waren, empfand sie die Lebenszeit ohnehin nur als geliehen. Sie würde ihrer Schwester Schutzschild und Sprungbrett sein. Clara war frei, stark und mächtig, so wie es nur diejenigen sind, die nichts zu verlieren haben.

Die Nacht war langsam verstrichen, hatte sie mit ihren Fingern gestreift, sie herausgefordert und sie gezeichnet. Die Anstrengung war unendlich gewesen, der Schrecken groß, der Schmerz saß tief. Sie hatten jede Spur verwischt und eine Strategie entwickelt, der sie folgen wollten. Sie waren wirklich beschäftigt gewesen, so sehr, dass sie die beiden dunklen Gestalten gar nicht bemerkt hatten, die sie von einer Stelle neben dem Haus aus erstaunt beobachtet hatten.

## Freitag, der 12. Juli, 8.30 Uhr

***Nach dem Gewitter*** kündigte sich ein sauberer, stiller und sonniger Tag an. Trotz des blauen Himmels und der schönen Aussichten herrschte im Sitzungsraum der Kommandantur alles andere als Ruhe und Frieden.

Heute würde jeder seine neuen Erkenntnisse präsentieren, und als Erster war Sargento Riveiro dran, der fast obsessiv seine Unterlagen ordnete.

»Also«, sagte er mit einem Blick zu seiner Vorgesetzten, die vor einer großen Übersichtsgrafik darauf wartete, neue Details hinzuzufügen. »Zunächst einmal gibt es Neuigkeiten aus den Laboren, allen voran von der Ballistik. Die haben mich gestern Abend aus Logroño angerufen und mir dann ein Fax mit den genauen Informationen zu der Waffe geschickt, mit der Pedro Salas erschossen wurde. Es handelt sich«, Riveiro begann vom Papier abzulesen, »um eine M1921 mit Kaliber 22. Wegen des runden Laufes, der an eine Zigarre erinnert, wurde sie zu ihrer Zeit auch *El Puro* genannt.«

»Das ist also kein aktuelles Modell?«, fragte Valentina.

»Nein, sie wurde nur von 1935 bis 1946 hergestellt, insgesamt produzierte man davon etwa, mal eben gucken … hunderttausend Stück. Die Fabrik stand in Valencia, und man stellte die Fabrikation 1946 ein, weil die Pistole nicht mehr den Vorschriften entsprach. Sie wurde allerdings weiterhin von Soldaten gebraucht.«

»Etwa als Dienstwaffe der Armee?«, erkundigte sich Valentina verblüfft.

»Ja, so sieht es aus. Sie gehörte während des Bürgerkriegs zur Ausrüstung des spanischen Heers und wurde sogar von der Leibgarde des Präsidenten benutzt.«

»Für mich deutet das Alter der Waffe auf einen betagten Besitzer hin … In La Rioja ist vermutlich kein Fall mit Patronen aus derselben Waffe bekannt, oder?«, murmelte Valentina skeptisch.

»Nein, nichts, worüber man den Besitzer der Waffe ermitteln könnte.«

Jetzt meldete sich Marta Torres zu Wort: »Das mit dem Alter leuchtet mir nicht unbedingt ein. Es könnte doch auch ein junger Mensch daran gekommen sein, weil er das Ding vielleicht geerbt hat oder Waffen sammelt.«

»Natürlich«, nickte Valentina. »Das Alter der Opfer untermauert die These jedoch. Dabei richte ich mich nach Kriminalstatistiken, aber auch die bieten natürlich keine unumstößliche Wahrheit. Fahr doch bitte fort, Riveiro.«

»Ich hab noch überlegt, dass so ein altes Ding sicher jede Menge Krach macht und deshalb bestimmt ein Schalldämpfer verwendet wurde. Aber das war es erst einmal mit der Ballistik. Ich lese mich da noch mal ein und bleibe auf jeden Fall mit dem Labor in Logroño in Kontakt. Eine Information halte ich aber für ganz wichtig, sie stellt definitiv eine Verbindung zwischen dem Mord an Pedro Salas und dem an David Viesgo her: In beiden Fällen hat man an der Leiche Mennige-Staub gefunden, und dazu auch noch …« Wieder verstummte er und las dann von seinen Unterlagen ab: »Bleioxid und Bleitetraoxid.«

»Befand sich das im Magen der Opfer?«

»Nein. Bei Pedro Salas hat man es im oberen Bereich

an seinem Hemd gefunden, wenn auch nur in geringer Menge. Da er so lange im Wasser gelegen hatte, war die Analyse der Kleidung recht schwierig. Und bei David Viesgo klebte es in größerer Menge unter den Schuhen und unten an der Hose.«

»Dann waren die beiden entweder an einer Stelle, wo es diese Substanzen gibt, oder dieser Ort ist der Verankerungspunkt des Mörders.«

»Vielleicht auch beides«, erwiderte Riveiro. »Viesgo ist offenbar in das Zeug hineingetreten, und Salas wurde vielleicht von jemandem mit einem Tritt ins Wasser befördert.«

Valentina nickte und bewunderte wieder einmal Riveiros Fähigkeit, den Tathergang vor dem inneren Auge heraufzubeschwören. »Das ist gut möglich. Aber wenn David Viesgo den Mörder an seinem Rückzugsort besucht hat, dann kannte er ihn wahrscheinlich. Gut gemacht, Riveiro, damit können wir den Kreis der Verdächtigen einengen. Jetzt müssten wir nur noch wissen, ob die Spusi im Zimmer von Juan Ramón Ballesta auch Bleioxid gefunden hat. Hast du dir schon angeschaut, was für ein Zeug das genau ist?«

»Ja, je nach Art der Herstellung benutzt man es als Rostschutzfarbe auf Eisen- und anderen Metalloberflächen oder um Autobatterien abzudichten … na ja, es hat ein ziemlich breites Anwendungsfeld, aber in größeren Mengen wird es bei der Keramikherstellung und in der Chemieindustrie verwendet.«

Alle blickten sich an. Sabadelle versuchte sich verzweifelt in Erinnerung zu rufen, wo er etwas über Mennige-Staub und Bleioxid gelesen hatte, er kam aber einfach nicht drauf. Jetzt machte zunächst einmal Cabo Roberto Camargo den Mund auf und sprach aus, was er nicht als

Einziger dachte: »Wie sieht es mit der Solvay aus?« Das war die größte und bekannteste Chemiefabrik in Kantabrien, die bereits auf eine über hundertjährige Geschichte zurückblicken konnte. Die Zentrale stand in der Nähe von Torrelavega.

»Die könnte damit etwas zu tun haben«, räumte Riveiro ein. »Aber da müsste man mal genauer nachforschen. Es gibt auch in Santander Fabriken, in denen man so ein Material verwendet. Leider sind die Anwendungen so vielfältig, dass wir vor der berühmten Nadel im Heuhaufen stehen.«

»Vor allem sollten wir uns kleinere Betriebe rund um Suances und Comillas anschauen, die mit diesem Stoff arbeiten. Wenn wir in ganz Kantabrien suchen, läuft uns auf jeden Fall die Zeit davon«, überlegte Valentina. »Wir schauen gleich mal, wie wir das am besten machen. Aber wenn ich mich recht entsinne, hat Juan Ramón Ballesta früher in der Solvay gearbeitet. Gut, sprich bitte weiter, Riveiro.«

»Okay. Gestern hab ich mit Pedro Salas' Tochter Rebeca gesprochen. Sie hat noch mal überlegt und konnte mir jetzt sagen, dass ihr Vater mit seinen monatlichen Zuwendungen direkt nach dem Tod ihres Großvaters begonnen hat.«

»Gibt es zu dem nähere Informationen?«

Jetzt meldete sich wieder Marta Torres zu Wort und antwortete an Riveiros Stelle: »Pedro Antonio Salas, ebenfalls ein alter Fischer, der seinen Sohn nach sich benannt hat. Den haben Zubizarreta und ich uns gestern mal genauer angesehen. Er war offenbar einer der aktivsten Republikaner hier in der Gegend und hat sich sogar mehrere Jahre in den Bergen versteckt gehalten. Man nannte ihn auch El Manco, den Einarmigen, weil er im Bürgerkrieg eine Hand verloren hat. Und das Beste kommt noch: In der Kneipe La Chalana hat man uns versichert, dass er der beste Freund von David Fernández war!«

»Wer war das nun wieder?«

»Der große Bruder von Jana Ongayo. Sie hieß mit Mädchennamen Fernández Campillo.«

»Aha, so langsam fügen sich die Puzzleteile zusammen«, sagte Redondo.

Riveiro fuhr fort: »Mein Gespräch mit Viesgos Witwe hat leider nicht viel gebracht. Sie war ziemlich mitgenommen und kaum zu einer normalen Unterhaltung fähig. Ich hab aus ihr herausbekommen, dass ihr Mann keine besondere Beziehung zu Señora Ongayo hatte. Sie war einfach nur eine Patientin unter vielen, die ihn von Zeit zu Zeit immer noch wegen gewisser Zipperlein konsultierte. Viesgo hat normalerweise immer gleich mehrere Patienten aufgesucht, mit deren inoffizieller Behandlung er sich neben der Rente was dazuverdient hat. Seine Frau hatte aber den Eindruck, dass er am Dienstag nur zu Señora Ongayo wollte. Ich hab die Witwe gefragt, ob ihr die Begriffe Bleioxid, Mennige oder Bleitetraoxid etwas sagen, aber die gute Frau hätte nicht einmal gewusst, wie man so etwas schreibt. Ihr sind auch keine Feinde in den Sinn gekommen oder irgendjemand, der ihrem Mann etwas Böses wollte. Absolut nichts.«

»Trotzdem deutet die Sache mit dem Tee darauf hin, dass der Arzt seinen Mörder kannte, seine Frau also vielleicht auch«, meinte Valentina nachdenklich.

»Ja, mehr kann sie uns im Moment aber nicht sagen. Und was den Leichnam des Kindes angeht, sieht es auch nicht viel besser aus. Dem Labor in Madrid wird wohl keine zuverlässige Alterseinschätzung gelingen, auch wenn sie es versuchen wollen, und zwar mit …« Wieder warf er einen Blick auf seine Notizen. »Mit einer Fluoreszenz-Probe und Racemisierung der Asparaginsäure. Weil über zwanzig Jahre alte Fälle ohnehin verjährt sind, sind solche Analysen nicht von großem Interesse und die Techniken daher nicht sehr ausgefeilt.«

Valentina seufzte. Hier kamen sie also nicht weiter.

»Aber uns bleibt doch noch die DNA, oder?«

»Ja«, bestätigte Riveiro. »Und das Privatlabor hat da bestimmt bald was, die brauchen höchstens einen Tag. Sie geben die Ergebnisse dann für einen Vergleich mit den Archiven an die SpuSi weiter«, schloss er in skeptischem Tonfall.

Valentina notierte noch ein paar Dinge und wandte sich dann an Sabadelle: »Hast du denn gestern noch etwas erreicht?«

»Allerdings«, nickte der. »Ich fasse es mal zusammen, weil ich bis um drei Uhr morgens gelesen und Informationen zusammengetragen habe,« erklärte er und betonte dabei besonders die späte Stunde. »Am interessantesten fand ich bei diesem Fall die Bemerkungen, die unsere Kollegen von der Guardia Civil während der Ermittlungen an den Rand der Dokumente geschrieben haben. Darin haben sie Hypothesen, Eindrücke und Schlussfolgerungen über Zeugen festgehalten.« Sabadelle berichtete, dass der Verschwundene ein ziemlicher Filou gewesen sei und angeblich etwas mit einem Dienstmädchen angefangen hatte. Dass man deren Exfreund, den Fischer Luis, in Verdacht gehabt hatte, der dann aber wieder freigelassen worden war. »Es sieht wohl so aus, als wäre dieser Luis damals längst mit einem anderen Mädchen zusammen gewesen, das er dann auch geheiratet hat. Also, eine Geschichte wie aus einer Seifenoper. Am Abend von

Chacóns Verschwinden hatten sowohl der Dienstherr als auch die Angestellten Alkohol getrunken …«

»Moment mal, das Personal hatte getrunken?«, warf Valentina mit hochgezogenen Augenbrauen ein.

»Ja«, nickte Sabadelle, »es war das gemeinsame Abendessen zu Beginn der Saison, in derselben Woche sollten die ersten Gäste eintreffen. Als alle unten schlafen gingen, blieb Chacón wohl oben und machte allein eine Flasche Whisky auf, die als stummer Zeuge leer in der Bibliothek zurückblieb. Offenbar hat er die noch zusätzlich zu alldem getrunken, was er während des Essens gekippt hatte. Deshalb ging man wohl davon aus, dass er betrunken über die Klippen gefallen war, das Hotel stand nämlich direkt an der Playa de Santa Justa. Diese Möglichkeit konnte man dann aber ausschließen, als am 14. August desselben Jahres an demselben Strand ein Sack mit den Beinen des Verschwundenen angespült wurde. Darin steckte außerdem eine nationalistische Flagge mit dem Adler und der ganzen Franco-Symbolik.«

»Ach du Scheiße«, entfuhr es Riveiro, während die restlichen Kollegen verblüfft vor sich hin murmelten.

»Und wie hat man ihm die Beine zugeordnet? Damals gab es doch keine DNA-Tests oder Ähnliches«, wandte Valentina ein.

»Man hatte ihn offenbar angezogen zerhackt, und er trug dabei Schuhe und eine Hose, die seine Familie identifizieren konnte. Die Beine hat man dann im Familiengrab beigesetzt und wohl darauf gehofft, dass das Meer noch den Rest von ihm ausspuckt, allerdings ist es dazu nie gekommen. Aber das Beste hab ich euch noch gar nicht erzählt.« Sabadelle legte eine dramatische Pause ein und musste übermenschliche Anstrengungen aufbringen, um nicht seinen üblichen Schnalzlaut von sich zu geben.

»Jetzt ratet mal, um wen es sich bei dem Dienstmädchen handelte und wer den Sack gefunden hat!«

»War das Dienstmädchen etwa Jana Ongayo?«, spekulierte Valentina einfach mal.

»Allerdings. Jana Fernández, wie sie damals noch hieß. Und sie war nicht allein. In jener unseligen Nacht war ihre Schwester Clara bei ihr zu Besuch, und stellt euch nur vor – die war damals bei den Ongayos angestellt! Bei den restlichen Dienstboten hab ich keine Verbindung zu unserem Fall gefunden, obwohl ich mir ihre Familien und eventuelle Vorstrafen später noch ansehen werde.«

»Die Schwester von Jana war ursprünglich Dienstmädchen bei den Ongayos?«, rief Valentina überrascht aus. »Das ist hier ja wie bei *Falcon Crest!* Und wenn ich jetzt raten sollte, wer den Sack gefunden hat, würde ich mal sagen: Juan Ramón Ballesta? Der hat doch irgendwas von einem Sack gestammelt.«

»Ganz genau, Ballesta. Er hat selbst die Guardia Civil gerufen und erklärt, dass er den Sack an jenem Morgen am Strand entdeckt hat.«

»Das Ganze zieht immer weitere Kreise«, sagte Valentina und blickte auf die riesige Grafik, die inzwischen mit Notizen, Informationen und verbindenden Pfeilen vollgekritzelt war. »Noch etwas?«

»Im Moment nicht, aber ich muss mir das noch mal genauer anschauen und alle in der Akte erwähnten Individuen überprüfen, vom Fischer über die Hausangestellten bis hin zum Verschwundenen selbst. Vielleicht sogar den Ermittler der Guardia Civil, ich werde im SIGO mal nachsehen, ob der vielleicht noch lebt.« Das war die hauseigene Datenbank der Guardia Civil.

»Gute Arbeit, Sabadelle, bleib weiter am Ball. Und sag

mir sofort Bescheid, wenn du noch etwas Interessantes entdeckst, zu jeder Tages- und Nachtzeit.«

»In Ordnung«, versetzte der Subteniente entschlossen, während der Rest des Teams die beiden mit einem kleinen Lächeln beobachtete. Nach Valentina Redondos Katana-Warnung vom Vortag schienen die zwei sich ja wenigstens auf professioneller Ebene wieder zusammenzuraufen.

Nun schaute Camargo kurz zu Torres und Zubizarreta hinüber und ergriff stellvertretend für ihr kleines Grüppchen das Wort: »Die Firma Sardinen Ongayo steht im Moment finanziell recht gut da, obwohl sie einiges an Aktivposten verloren hat und in der Fabrik in Santoña sogar für fünfzig ihrer Arbeiter eine Zeit lang Kurzarbeit einführen musste. Das Unternehmen ist eine Aktiengesellschaft und hat einige unverschuldete Besitztümer, auch wenn sie davon während der letzten Jahre mehrere abgestoßen hat, vermutlich, weil sie das Geld brauchte.«

»Das heißt also, es läuft, aber auch nicht übermäßig gut. Aber sie können sich wenigstens halten, oder?«, hakte Valentina nach.

»Ja, das Unternehmen gehört immer noch zu den wichtigsten der Branche, aber offensichtlich bekommt es eben die berühmte Krise zu spüren. Was das persönliche Vermögen von Jana Ongayo angeht: Sie steht gut da und hat keine Schulden. Ihr gehören das Haus, in dem sie lebt, und zwei zurzeit vermietete Wohnhäuser in Comillas sowie ein paar Ladenlokale und noch eine Wohnung. Ob Letztere leersteht oder nicht, konnten wir noch nicht herausfinden. Sie betreibt auch Geschäfte in Südamerika und hat Besitz in Chile, das scheint alles sauber zu sein. An ihre Bankunterlagen kommen wir leider nicht ran, außer natürlich, das würde von Richter Talavera genehmigt. Aber es sieht so aus, als wäre von ihren Besitztümern nichts finanziell belastet, die alte Dame verfügt also über ein solides Vermögen.«

»In Ordnung. Was noch?«

»Jana Ongayo, oder vielmehr Jana Fernández, hatte nicht zwei, sondern drei Geschwister. Antonio ist als kleiner Junge im Bürgerkrieg umgekommen, David ist tatsächlich vor neun Jahren in Frankreich verstorben, und dann gab es da noch Clara, die uns die meiste Arbeit gemacht hat. Da der Totenschein einfach nicht auffindbar ist, gilt sie auf dem Standesamt als vermisst, verschollen. Sie ist weder gemeldet, noch wurde sie für tot erklärt.«

»Ein Phantom also? Das hat uns gerade noch gefehlt«, seufzte Valentina.

»Ihr letzter Eintrag ins Melderegister stammt von 1926, aus ihrem Geburtsjahr. Damals hat man sie in einem Häuschen in Hinojedo als wohnhaft gemeldet, in dem die Familie zu jener Zeit lebte. Heute ist es eine Ferienwohnung, und man hat von den Fernández Campillos dort noch nie etwas gehört. Auf Claras Namen ist kein Telefon gemeldet, es gibt weder Besitzurkunden noch irgendwelche geschäftlichen Unterlagen. Genauso wenig wie Mietverträge oder einen Wasser- und Stromanschluss. Absolut gar nichts. Als mögliche Erklärung ist uns nur eingefallen, dass auf dem Standesamt vielleicht irgendwie ihr Totenschein verloren gegangen ist, aber das wäre schon ungewöhnlich. Wie ihre Schwester bereits gesagt hat, ist sie vermutlich tot, aber man sollte noch einmal mit Señora Ongayo sprechen, um das zu klären, oder auch mit Clara Múgica. Man weiß, dass Clara Fernández bei den Ongayos als Dienstmädchen gearbeitet hatte und dort 1949 von ihrer Schwester abgelöst wurde. Mehr ist über sie nicht bekannt.«

»Am besten rede ich mal mit Clara und auch mit ihrer Mutter, wenn es der wieder besser geht … Irgendetwas muss Señora Ongayo doch mit Tlaloc zu tun haben, und vermutlich auch mit den Morden. Sie kann zwar selbst kaum noch laufen, aber sie könnte durchaus einen Komplizen haben. Auch Oliver Gordon sollte ich endlich mal vernünftig verhören. Ach, was ist eigentlich mit Jana Ongayos Halbbruder?«

»Der ist nach Cartagena gezogen, wo er wohl immer noch lebt. Man kann sich im Internet die Webseite seiner drei Hotels anschauen. Allerdings ist eins von denen mit einer hohen Hypothek belastet. Er hat eine Frau aus Murcia geheiratet, das Paar hat drei Kinder. Wir haben über ihn nichts Interessantes gefunden, mal abgesehen von ein paar Knöllchen, die ihm allesamt in der Provinz Murcia verpasst wurden. Es scheint bei ihm also keinen Bezug zu diesem Fall oder auch nur zu Kantabrien zu geben. Seine Mutter, Jana Fernández' Stiefmutter, ist vor fünfundzwanzig Jahren mit ihm nach Cartagena gezogen und im Januar dieses Jahres dort verstorben. Falls wir da nicht irgendetwas übersehen, glaube ich nicht, dass dieser Ermittlungsansatz zu irgendwas führt.«

»In Ordnung«, sagte Valentina nachdenklich. »Etwas bleibt uns aber noch zu tun: Überprüft doch bitte das Alibi von Clara Múgica für die Morde an David Viesgo und Pedro Salas.«

In diesem Moment klopfte jemand rasch an die Tür und wartete nicht ab, bis er hereingebeten wurde. Als handele es sich um den Running Gag einer billigen Fernsehshow, stürzte wieder der Cabo herein, der schon am Vortag die Sitzung des Teams unterbrochen hatte.

»Teniente Redondo, ein dringender Anruf von Oliver Gordon. Soll ich ihn in Ihr Büro durchstellen?«

»Ja, verbinden Sie mich bitte«, antwortete Valentina schnell, während alle sie gespannt ansahen. Was zum Teufel war bloß passiert? Als ihre Vorgesetzte mit bleicher Miene zurückkam, redete sie nicht lange um den heißen Brei herum: »Wir müssen jetzt flott die Aufgaben für heute verteilen. Riveiro, du fährst mit mir zur Villa Marina. Irgendjemand hat Oliver Gordons Hütte mit Benzin übergossen und auf der Veranda eine Drohnachricht hinterlassen. Camargo, verständige doch bitte die SpuSi. Ihr anderen verfolgt weiter die Ermittlungsschwerpunkte, über die wir eben gesprochen haben. Sabadelle, setz deine bisherige Arbeit fort und probier es noch mal bei Schwester Mercedes. Ihr drei«, sie deutete auf Camargo und die anderen beiden Agentes, »versucht mal herauszufinden, was mit Clara Fernández passiert ist, befragt dazu Nachbarn, Bekannte und einfach Leute aus dem Ort. Seid dabei bitte diskret und ruft mich sofort an, wenn ihr etwas herausfindet.«

Alle nickten und gaben ihre Zustimmung kund. Als Redondo den Raum schon verlassen wollte, erschien erneut der Cabo, der sie eben über den Anruf von Oliver informiert hatte. Sein Gesichtsausdruck war ernst.

»Teniente Redondo, die haben gerade aus der Kaserne von Comillas angerufen.«

»Und?«

»Jana Ongayo, die hat doch mit Ihren Ermittlungen zu tun, oder? Sie hat heute Morgen vor ihrem Haus Selbstmord begangen.«

**An diesem Augustabend** im Jahr 1948 wurde vor der Stiftskirche Santa Juliana in Santillana del Mar ein Theaterstück mit hoher religiöser Symbolkraft aufgeführt, und unter den zahlreich erschienenen Zuschauern befanden sich auch die Chacóns. Die Stimmung war festlich und magisch. Es war einer dieser warmen Abende, an denen ein Lachen leicht über die Lippen ging und niemand zu einem Glas Wein Nein sagte, oder zu anderen Dingen, die das Leben angenehmer gestalteten. Den Standort für die Bühne hätte man nicht besser wählen können, der großartige steinerne Hintergrund hatte etwas Geheimnisvolles an sich. Schatten und Lichter der Nacht spielten mit den Darstellern, die mit großem Können *El hospital de los locos* zum Besten gaben.

Jemand näherte sich Antonio Chacón, der sich auf das Stück zu konzentrieren versuchte, obwohl ihn die Fassade der Kirche ablenkte. Das flackernde Licht von mehreren Hundert Kerzen ließ die jahrtausendealten Steinmauern beinahe golden aussehen und versetzte sie wie eine Wasseroberfläche in Bewegung. Der Mann, der da an Chacón herantrat, war sein Diener und Vertrauter Florentino. Er flüsterte seinem Dienstherrn etwas ins Ohr, als vertraue er ihm schüchtern ein Geheimnis an. Señora Chacón saß ein paar Meter weiter neben ihrer Tochter und sah aufmerksam herüber – seit Ignacios Verschwinden war sie mit den Nerven am Ende und hatte eine ziemlich dünne Haut.

Heute hatte die Familie sie zu dem Theaterabend genötigt, um sie ein wenig abzulenken. Die Guardia Civil hatte sie schon vor Wochen befragt, und zwar ziemlich grob, und dabei angedeutet, dass Ignacios Verschwinden womöglich etwas mit seinen Spielschulden zu tun haben könnte. Auch auf eine republikanische Vergangenheit ihres Sohnes hatte man angespielt, es war nämlich bekannt, dass die Nationalen noch immer von Zeit zu Zeit Razzien veranstalteten und die verprügelten, die einst mit den Republikanern zusammengearbeitet hatten. Wenn sie es für nötig erachteten, stellten sie auch durchaus mal einen der Roten an den Rand der Klippen und erledigten ihn mit einem Kopfschuss. Orte wie Peñas Negras, Puente Arce oder San Cipriano bewahrten schweigend die letzten Seufzer vieler so Erschossener.

Natürlich akzeptierte die Familie Chacón keine dieser Möglichkeiten. Vielleicht hatte man Ignacio ja entführt, um von seinen wohlhabenden Eltern Lösegeld zu erpressen. Womöglich waren die Entführer dabei rücksichtsloser zu ihm gewesen als geplant, und ihrem Sohn war ein düsteres Ende zuteilgeworden. Señora Chacón malte sich da äußerst bühnenreife Grausamkeiten aus.

Señor Chacón hingegen war auf dem Boden geblieben und versuchte jetzt erst einmal, die Nachricht seines Dieners zu verdauen. Der Indiano senkte den Kopf, schüttelte ihn, sagte aber kein Wort. Dann erhob sich Chacón und verließ diskret den improvisierten Zuschauerraum. Seine Frau folgte ihm allerdings keuchend und mit großen Gesten, beinahe hysterisch. Sie hatte sofort begriffen, dass es Neuigkeiten gab, dass eisige Ungewissheit und Bitterkeit nun etwas anderem Platz machen würden. Seltsamerweise wandte sie sich nicht an ihren Gatten, sondern an den Bediensteten, von dem sie wusste, dass sie mit einem einzigen autoritären Blick alles aus ihm herausbekommen würde. Und tatsächlich: Er gestand. Am Santa-Justa-Strand hatte das Meer einen Sack mit den verwesenden Beinen eines Mannes ausgespuckt, der wohl Señorito Ignacio sein könnte. Im Sack steckte auch ein Stück Stoff, darauf das unverwechselbare Wappen mit Adler, Joch und roten Pfeilen. Lauter Symbole: Schwarz für Pulver, Rot für Blut. Im oberen Bereich der Flagge stand »Einig, groß und frei«, das war das Adlerwappen der franquistischen Seite.

Der Fund schien Señorito Ignacios Tändelei mit den republikanischen Truppen zu bestätigen. Vielleicht hatte er einst mit den Roten zusammengearbeitet oder später dann mit dem bewaffneten Widerstand der Überlebenden. War denn das möglich? Und hatten sie ihn deshalb trotz seines bekannten Namens einfach hingerichtet?

Denn was konnte diese Flagge denn sonst noch bedeuten? Aber warum sollten sich die Nationalen damit selbst belasten?

Ähnliche Fragen stellten sich, überrascht, verblüfft und verängstigt, auch Jana und Clara, als sie davon hörten. Wie war diese Flagge, die vermutlich den Verdacht von ihnen ablenken würde, bloß zu den Überresten ihres Dienstherrn und den Steinen der San-Telmo-Ruine in den Sack gelangt? Den hatten sie doch fest zugebunden, Jana hatte sogar einen Seemannsknoten gemacht.

Aber ich schweife schon wieder ab. Die Zeit lastet schwer auf meiner Erinnerung, daher verliere ich mich in der Vergangenheit. Du willst doch sicher gern wissen, was in jener tödlichen Nacht eigentlich passiert ist, im Morgengrauen nach dem Gemetzel. Ich werde es dir erzählen.

Die Casa Azul geriet nur nach und nach in Aufruhr. Zunächst waren alle über das Verschwinden von Señorito Ignacio überrascht. Dann kamen Unsicherheit und Nervosität. Von Jana begleitet, marschierte Doña Elvira persönlich nach Ubiarco hinauf, um vom einzigen Telefon des Ortes aus, dem vor Kurzem eingerichteten Apparat des Rathauses in Santillana del Mar, Señor Chacón über den Vorfall zu informieren. Die damalige Telefonanlage sah vor, dass Botschaften über ein

Fräulein in der Zentrale weitergegeben wurden, daher war es mit der Privatsphäre nicht weit her, und die Nachricht von Señorito Ignacios Verschwinden breitete sich aus wie ein Lauffeuer.

Aber obgleich die Klatschmäuler Tratsch und Katastrophenmeldungen schnell weitertrugen, einen Mann wie Luis erreichte solches Gerede dann doch nicht. Ohne jede Vorwarnung erschien der Fischer am Morgen nach jener dunklen Nacht vor der Casa Azul, dabei konnte er da noch gar nichts vom Verschwinden des Hausherrn wissen. Es war doch seltsam, dass hier die Planeten und Zauberwesen aus den Bergen zusammengewirkt und ihn ausgerechnet an diesem Tag hergeführt hatten. Welcher Hexensabbat hatte bloß zu diesem merkwürdigen Zufall geführt? Was wollte Luis denn nur hier? Warum kam er an diesem Morgen und keinem anderen? Er war noch nie in der Casa Azul gewesen und kam nur gelegentlich nach Ubiarco, um dort seinen Vetter Manuel zu besuchen, den Guardia Civil, bei dem er auch nach den Tanzabenden mit Jana in Hinojedo untergekommen war.

Nun sag schon, Mensch, glaubst du an das Schicksal?

Vielleicht wagst du es nicht, auf diese Frage zu antworten, oder erklärst ausweichend, dass du nicht an Zufälle glaubst. Vielleicht ist das Geschehene ja eine Frage des Schicksals, die Ernte dessen, was mit großer Sorgfalt gesät worden war. Aber quäl dich nicht, am Ende wirst du alles verstehen.

Jana entdeckte Luis, als sie mit Doña Elvira aus Ubiarco zurückkehrte. Offenbar hatte er schon wieder den Rückweg angetreten. Die Hauswirtschafterin ließ die beiden allein, damit sie in Ruhe reden konnten, und ging ohne einen Blick zurück zur Casa Azul weiter, wo sie sichergehen wollte, dass alles ordentlich und an seinem Platz war, falls Señor Chacón vorbeischauen würde. Vielleicht war Don Ignacio inzwischen ja auch zurückgekehrt.

»Was machst du denn hier?«, war das Erste, was die überraschte Jana zu Luis sagte.

»Ich wollte dich sehen. Aber jetzt bin ich schon wieder auf dem Heimweg«, entgegnete Luis mit ungewöhnlich kühlem Blick.

»Du gehst wieder? Schon? Wolltest du denn nicht zu mir? Ist irgendwas passiert?«, fragte Jana. Auf einmal quälte sie der verzweifelte Wunsch, sich an Luis zu schmiegen und seinen Schutz, seine Ruhe zu genießen. Er war das genaue Gegenteil der vergangenen Nacht, dieser Nacht, die sie doch verleugnen und aus ihrem Gedächtnis streichen wollte.

»Nein, passiert ist nichts.«

Nun machte sich zwischen ihnen Schweigen breit, ein Schweigen voller Vermutungen, Fragen und Vorwürfe. Jana wusste, dass nie wieder ein Mann sie so ansehen würde wie Luis. Plötzlich bedauerte sie ihre Ambitionen, aber zu spät: Sie hatte nur deshalb ein schlechtes Gewissen, weil das Spielchen nicht funktioniert hatte.

»Warum willst du denn schon los? Na, komm, geh mit mir runter, dann können wir reden«, schlug sie versöhnlich vor.

Er zögerte nur einen Atemzug lang.

»Nein. Ich komme, um dir zu sagen …« Wieder wirkte sein Blick zweifelnd. »Na ja, dir ist das wahrscheinlich sowieso längst egal. Ich wollte dir bloß sagen, dass ich Sara heiraten werden. Nur, damit du es weißt.«

Jana spürte einen stechenden Schmerz, heiß machte er sich in ihrer Magengrube bemerkbar und kroch ihr dann die Wirbelsäule hoch. Aber gleichzeitig sagte ihr ihre Intuition, dass Luis sie anlog. Die Sache zwischen ihnen war so übel ausgegangen, da war er doch sicher nicht extra hergekommen, um ihr von seinen Plänen zu erzählen. Wollte er ihr damit vielleicht eins auswischen? Jetzt schien alles verloren zu sein. Sie war fassungslos, versuchte sich aber ruhig und gleichgültig zu geben.

»Ach so. Na, dann danke, dass du die Reise auf dich genommen hast, um mir die Nachricht zu überbringen. Ich wünsche euch alles Gute.«

»Danke.«

Wieder Stille. Früher hatten sie doch stundenlang geredet, und jetzt kam ihnen nicht ein einziges Wort in den Sinn, das sie dem anderen sagen konnten.

»Also, dann gehe ich mal«, sagte Luis und setzte sich in Bewegung. »Viel Glück, Jana.«

»Dir auch.«

Sie blickten sich an, bis Luis ihr dann irgendwann den Rücken zuwenden musste, um den Pfad nach Ubiarco hinaufzusteigen. Fünf Sekunden, zehn.

»Luis!«

Ernst und ernüchtert drehte er sich zu ihr um. Er erwartete längst nichts mehr von ihr. Jana sprach aus dem Bauch heraus, ohne nachzudenken: »Denk bloß nicht, dass ich dich nicht geliebt habe. Ich habe dich jeden Tag geliebt, seit ich dich kenne.«

Ein ungläubiges kleines Lächeln legte sich über seine Züge.

»Aber da gab es doch Tage, sogar Monate, da hattest du mich gar nicht gern.«

»Weil ich ja wusste, dass du genug Liebe für uns beide hattest«, sagte sie lächelnd. Luis erwiderte das Lächeln, obwohl seine Züge längst hart geworden waren, Jana empfand sie als undurchdringlich. Der junge Fischer verabschiedete sich mit einer Kopfbewegung und setzte dann seinen Weg fort, ohne sich noch ein einziges Mal zu ihr umzudrehen. Sie begriff, dass dies der endgültige Abschied war.

Als Jana die Casa Azul erreichte, erzählte ihr Clara, dass Luis gekommen war und sogar ein Weilchen auf sie gewartet hatte. Clara, die in der Nacht zuvor doch einen so finsteren, eisigen und unerbittlichen Charakter gezeigt hatte, war durch seinen Besuch nervös geworden. Vielleicht waren das einfach zu viele Dinge auf einmal.

Die Guardia Civil und Señor Chacón erreichten Ubiarco am Abend. Sie durchsuchten die Casa Azul, befragten Clara, Jana, Doña Elvira und die anderen drei Dienstboten. Nichts. Alle waren am Vorabend ins Bett gegangen und hatten dann am nächsten Tag festgestellt, dass sich Don Ignacio in Luft aufgelöst hatte, ohne jede Spur verschwunden war. Es gab dazu keine Hinweise, keine Theorien, mal abgesehen von der, dass da vielleicht der Genuss von Alkohol zu einem bösen Ende geführt hatte. Darauf wiesen die Reste von Kaffeelikör und die fast leere Flasche Whisky in der Bibliothek hin. Don Ignacios Koffer waren da und unberührt, auch Geld und Kleidung. Doña Elvira schien nicht aufzufallen, dass im Zimmer des jungen Herrn ein Teppich fehlte, allerdings boten Clara und Jana sich auch eifrig an, ihr bis zum Ende der ganzen Sache kleine Aufgaben abzunehmen, sie räumten zum Beispiel die Zimmer auf und putzten sie.

Señor Chacón war verzweifelt. Die Abwesenheit des verlorenen Sohnes, der ihm doch so viele Kopfschmerzen bereitet hatte, erfüllte ihn mit einer nur schwer zu ertragenden Beklemmung. Ganz ohne jeden Zweifel konnte man die Angst am ganzen Körper fühlen, für Señor Chacón war sie greifbar, echt, überwältigend. Er konnte spüren, dass etwas Unwiderrufliches und Furchtbares geschehen war. Dieser verdammte Dummkopf!

Drei Tage verstrichen, und es wurde alles streng überprüft. Das ganze Dorf wurde befragt, weil der Name Chacón alle Türen öffnete. Da auch der Guardia Civil zu Ohren kam, was im Dorf geredet wurde, erkundigten sie sich bei der Familie, ob der junge Mann vielleicht in irgendeine Weibergeschichte verwickelt gewesen war. Die Antworten darauf führten aber zu keinen konkreten Ergebnissen.

In der Kneipe wurde jedoch gemunkelt, man habe den jungen Herrn mit einem der Hausmädchen zusammen gesehen, dem hübschen mit den grünen Augen. Und vor ihrer Anstellung in der Casa Azul hatte die Kleine wohl einen Freund gehabt. Dann hatte man sie auch noch nach Santillana del Mar mitgenommen, obwohl da im Haus genug Personal gewesen war. Und der Freund des Mädchens war am Tag nach Ignacio Chacóns Verschwinden bei der Casa Azul aufgetaucht, war dann aber mittags mit dem Linienbus zurück nach Comillas gefahren.

Die Andeutungen waren unmissverständlich.

Das Dienstmädchen hätte Don Ignacio ja wohl nichts antun können, das war so winzig und dünn … während er fast eins neunzig groß und an die hundert Kilo schwer gewesen war. Konnte etwa eine Sardine einen Walfisch schlucken? Nein, da musste irgendetwas anderes Schreckliches passiert sein, aber was nur? Irgendwann begannen die Leute davon auszugehen, dass Don Ignacio wohl tot sein musste. Vielleicht war er ja bei einem Spaziergang betrunken über die Klippen gestürzt. Fast, ganz nah dran. Aber die Untersuchung von Strand, Felsen und Wiesen ergab nichts weiter.

Auch Señor Chacón glaubte, dass wohl der Tod seinen aufmüpfigen Sohn fortgerufen haben musste. Von eigener Hand war er nicht gestorben, das nicht, auf keinen Fall! Aber wo war bloß sein Leichnam? Irgendwer musste ihm Schlimmes angetan haben, nur wer? Seine Kontakte bei den Nationalen und hohen Tieren in der Regionalregierung versicherten ihm, dass keine bewaffnete Gruppe auf der Suche nach militärischer und historischer Gerechtigkeit die Gegend nach Republikanern durchkämmt hatte. Das wäre nämlich in gewissen Kreisen bekannt gewesen, und eine solche Truppe hätte auch mit Sicherheit das ganze Haus aufgeweckt. Aber wer hatte dann die Welt mit Schmerz und Qual erfüllt? Chacón brauchte unbedingt jemanden, den er bestrafen und für diese unerträgliche Ungewissheit verantwortlich machen konnte.

Und dann geschah das Unerwartete. Irgendeinen Sündenbock gab es immer, jemanden, der auf die Knie fiel und um Gnade bat. In Ubiarco bestellte man Luis zum Verhör.

Er verbrachte drei endlose Tage und Nächte im Kerker des Rathauses, während sie darauf warteten, dass er endlich zusammenbrach und gestand. Man drohte ihm sogar damit, ihn ins Provinzgefängnis nach Santander zu schicken. Dort würde er auf das Gerichtsverfahren warten, bei dem man ihn mit Sicherheit zum Tod durch die Würgeschraube verurteilen würde, oder mit ein wenig Glück vielleicht zu lebenslänglich im Knast von Dueso.

Sein Cousin Manuel aus Ubiarco, der von der Guardia Civil, bemühte sich um seine Freilassung. Als dessen Anstrengungen endlich von Erfolg gekrönt waren, hatte der verzweifelte Luis schon fünf Wochen in Santander im Gefängnis gesessen. Dort hatte er das Elend der Häftlinge – von denen viele politische Gefangene waren – am eigenen Leib erfahren, war zwischen den weißen und grünen Wänden des Gebäudes hin und her gewandert und hatte in einer Zelle geschlafen, in der ein Spruch von einem Vorgänger an der Wand stand: Das Beste und das Schlimmste am Menschen ist, dass er sich an alles gewöhnt.

Vetter Manuel zog bei ranghohen Militärs die Strippen, stellte zukünftige Gefallen in Aussicht, appellierte an den gesunden Menschenverstand und konnte mithilfe eines Anwalts aus Torrelavega durch mehrere Zeugen beweisen, dass Luis noch bis spät am Abend in der Kneipe von Tante Amparo gewesen war – wo er allerdings mehr als üblich getrunken hatte. Danach war er nach Hause gegangen, wo seine Mutter und eine Tante mit dem Abendessen auf ihn gewartet hatten. Am nächsten Morgen war er dann wie immer bei Beginn der Flut um halb fünf beim Auslaufen des Fischerbootes dabei gewesen. Nach der Rückkehr hatte er zwischen sieben und halb neun Uhr im Gasthof gefrühstückt und sich dann mit dem ersten Linienbus direkt auf den Weg nach Ubiarco gemacht. Als armer Fischer hatte Luis natürlich kein Auto, und der Bus fuhr nachts nicht. Ohnehin gab es nur drei Abfahrtszeiten: morgens um neun, mittags um eins und abends um acht. Wie hätte er denn die drei Stunden Weg zu Fuß zurücklegen, wer weiß was mit dem Señorito anstellen und dann zurückmarschieren sollen, wenn er pünktlich zum Auslaufen wieder da sein wollte? Und das vorausgesetzt, dass er Ignacio Chacón überhaupt irgendetwas antun wollte, schließlich war der junge Fischer inzwischen mit Sara zusammen, einer jungen Näherin aus Comillas.

Aber warum war der junge Mann ausgerechnet an diesem Morgen in Ubiarco aufgetaucht? Er behauptete, er habe seiner früheren Freundin von seiner baldigen Hochzeit erzählen und sich endgültig von ihr verabschieden wollen. Andere Informationen bekam man aus ihm nicht heraus, nichts, was dieser Version widersprach. Vielleicht war sein Besuch ja wirklich nur ein katastrophaler Zufall gewesen.

Luis wurde freigelassen, und es gab auch kein Gerichtsverfahren. Familie Chacón hatte niemals Anzeige erstattet, und die Guardia Civil hatte nicht genug gegen Luis in der Hand, um ihn weiterhin in Haft zu behalten. Der junge Mann hatte großes, großes Glück gehabt, schließlich war er nicht mehr als ein armer Teufel. Das war Señor Chacón durch den Kopf geschossen, als er um ein Gespräch mit Luis gebeten und einen Unschuldigen vor sich gesehen hatte.

Für Luis hatte dieser Albtraum sechs Wochen gedauert, und er trug von den brutalen Verhörmethoden der Guardia Civil eine Narbe an der linken Augenbraue davon.

Trotz seiner offensichtlichen Unschuld hatte diese Geschichte Luis' Namen in den Dreck gezogen, und der Verdacht würde ihm nun immer anhängen. Auch über seine Seele würde sich ein Schatten legen und sie für immer grau einfärben. Und Jana würde sich ein ums andere Mal nach dem Grund für Luis' Besuch fragen. Von Schuldgefühlen gequält, wollte sie mit ihm sprechen, um ihm ein wenig Frieden zu schenken, den sie dadurch selbst zu finden hoffte. Aber der junge Fischer wollte das Spiel der Liebe nicht mehr mit seiner grünäugigen Herzogin spielen. Luis bat sein Herz, weiter nach vorne zu blicken als er selbst, nicht zurückzuschauen, weil er genau wusste, dass er dann wieder vor ihr niedersinken und den Boden unter ihren Füßen küssen würde

Er würde Sara heiraten, genau so, wie er es Jana damals gesagt hatte: Sie war ein gutes Mädchen und liebte ihn. Sie bot ihm einen ruhigen Rückzugsort. Vielleicht bestand wahre Liebe ja darin, endlich einmal die Sinne zur Ruhe kommen zu lassen.

***Jana konnte die*** ganze Nacht nicht schlafen. Es war wieder geschehen, die Bewusstlosigkeit war zurückgekehrt und mit ihr das Grauen. Wie viele Seelen, wie viele Tote hatte sie auf ihrem Weg zurückgelassen? Zunächst einmal Ignacio Chacón. Der hatte sie erniedrigt, auf sie herabgesehen, sie zu einem Nichts abgestempelt, deshalb hatte er es doch schließlich verdient, oder nicht? Danach kamen andere, deren Existenz ein Ende fand, weil sie sie störten.

Nach dem Tod ihres zweiten Ehemannes begriff Jana jedoch endlich, dass längst nicht mehr Ehrgeiz oder die Angst vor der Not sie begleitete, sondern sie von einer dämonischen Verkörperung des Bösen unerbittlich manipuliert wurde. Diese plötzliche Eingebung hatte mit einer intimen Beichte zu tun, die sie mit Wut gegen die Welt und sich selbst erfüllt hatte. Sie hatte monatelang unter Depressionen gelitten, während dieser Zeit jedoch auch analysiert, wer sie eigentlich war und was sie mit ihrer Zeit, ihrem Leben anfangen wollte. Sie beschloss, sich von allen und allem zu lösen, sich von ihrer Familie loszusagen und sich in die Arbeit zu stürzen. Sie würde sich selbst neu erfinden, sich in eine Frau verwandeln, mit der sie ohne schlechtes Gewissen zusammenleben konnte. Sie versuchte, die Qual ihrer Seele mit Wohltätigkeitsessen und -versteigerungen zu lindern, unterstützte als Mäzenin lokale Künstler, spendete Geld für die Selbstständigkeit von Frauen, finanzierte neue Parks und Brunnen mit, half dem Waisenhaus der Provinz. So erschuf sie eine ganz neue Jana, eine einsame Witwe, die nie zu arbeiten aufhörte, viel reiste, sich um ihre Tochter kümmerte und sie auf die besten Schulen schickte.

Aber nun, nach dem Auftauchen des Säuglings in der Villa Marina, war der alte Dämon zurückgekehrt, um die ihm seit so vielen Jahren versagte Aufmerksamkeit wieder einzufordern, die er als Gottheit des Bösen als sein Recht verstand.

Jana hätte niemals anrufen dürfen. Vielleicht wäre auch ohne dieses Telefonat alles so gekommen, aber sie hatte es nun mal geführt. Das war in einem Moment der Verzweiflung, der hysterischen Panik gewesen. Aber was sie damit in Bewegung gesetzt hatte, war doch nicht menschlich, das konnte doch nicht sein. Und es würde nur dann aufhören, wenn es sie nicht mehr gab.

Sie stand auf und zog über das Nachthemd nur einen Bademantel. Ein letztes Mal wollte sie den Morgen anbrechen sehen. Es war wohl so gegen halb acht, und im Haus herrschte absolute Stille. Auf dem Nachttisch hinterließ Jana ein Blatt Papier mit einer kurzen Nachricht, die sie am Vorabend geschrieben hatte. Sie holte aus dem Safe, was sie brauchte, und machte sich dann ganz langsam auf den Weg, trat aus ihrem Zimmer und stieg mühsam die Treppe hinunter. Ehrlich gesagt machte es ihr Freude, das mal wieder alleine, ohne ihre Assistentin zu tun. Es kam ihr vor wie der Streich eines kleinen Mädchens, und sie dachte zurück an jene Tage ihrer Kindheit, in der ihre Mutter und ihr kleiner Bruder noch lebten. Das war die einzige Heimat, von der sie niemals betrogen worden war, dorthin konnte sie ohne jeden Anflug von Traurigkeit zurückkehren. Jene Zeit war ihr Rückzugsort, ihre verborgene Bucht.

Barfuß öffnete sie die Haustür und machte sich auf den Weg zum Tor des Grundstücks. Der wolkenlose Himmel kündigte einen zweifellos wunderschönen Tag an. Jana fühlte sich wach und lebendig, als sie das feuchte Gras unter den Füßen spürte, womöglich mehr als in den vergangenen Monaten. Ruhig und entschlossen ging sie auf das Eisentor zu und schloss es hinter sich, ohne einen Blick zurück zu tun. Sie überquerte den asphaltierten Weg und betrat den Park Marqués de Comillas. Dort verließ sie schnell den sandigen Hauptweg, der mit Kiefernnadeln übersät war, ging noch ein Stück weiter und setzte sich dann endlich auf die Holzbank mit Blick auf den Friedhof von Comillas. Ganz in der Nähe erhob sich zu ihrer Rechten ein robustes steinernes Kreuz auf einem schlichten Sockel, etwas weiter entfernt das Denkmal zu Ehren des Grafen, das sie völlig ignorierte.

Sie ergötzte sich an der Aussicht, der Wiese zu ihren Füßen und dem endlosen, lebendigen und zeitlosen Meer vor sich. Dort unten lag, von einem beeindruckenden Engel bewacht, Luis, ihr Luis. Vielleicht hatte sie ihn ja mit der Zeit idealisiert, aber es war die Erinnerung an ihn, die sie warmhielt. Sie hatte von der Vorstellung eines ganz anderen Lebens gezehrt, gegen das sie sich einst entschieden hatte, vielleicht deshalb, weil es ihr der Dämon so eingeflüstert hatte.

Seit ihrem Abschied damals von Luis in Ubiarco hatte sie ihn kaum ein halbes Dutzend Mal gesehen, obwohl sie doch schließlich in derselben Stadt wie er gelandet war. Bei diesen seltenen Gelegenheiten hatte sie nie sagen können, ob er wohl glücklich geworden war, aber wenigstens war er ihr wie ein ausgeglichener Mensch mit ruhigem Gewissen vorgekommen. Und das war nicht wenig. Er war dann vor fast zehn Jahren gestorben, und als Jana davon erfahren hatte, war sie sich wie die traurigste Witwe der Welt vorgekommen, eine, die nicht getröstet und umarmt wurde, die niemandem den wahren Grund für ihre Wut auf den Tod und das Universum zeigen durfte.

Seit damals besuchte sie ihn oft heimlich auf dieser Bank, ohne auf den Friedhof hinabzusteigen. So lenkte sie keinen Verdacht auf sich und brachte sich nicht ins Gerede. Sie sehnte sich danach, ihm ins Jenseits zu folgen und so dem Bösen zu entkommen, gegen das sie nichts tun konnte. Nun holte sie aus ihrer Tasche die Zyankalikapsel, die sie schon seit so vielen Jahren besaß. Hoffentlich würde sie auch wirken. Früher hatte Jana ein ganzes Arsenal an Giften, Waffen und vertraulichen Dokumenten besessen, als sie nach dem Zweiten Weltkrieg bei der Jagd auf Nazis geholfen hatte. Sie hatte wirklich kein schlechtes Leben geführt, nur leider ein sehr einsames. Aus der abenteuerlichen Zeit, in der sie in den entlegensten Winkeln Südamerikas Deutsche aufzuspüren versucht hatte, hatte sie gewisse Gewohnheiten beibehalten: Sie setzte sich niemals mit dem Rücken zur Tür und bat in Hotels immer um ein Zimmer im Erdgeschoss, falls sie unerwartet fliehen musste. Tatsächlich hatte sie im Laufe der Zeit genauso viele Ticks angesammelt wie die verrückteste und langweiligste Alte, und die Welt würde sich nun eben ohne sie weiterdrehen.

Sie dachte an ihre Tochter. Ob ihr wohl der Brief gefallen würde, den sie ihr geschrieben hatte? Sie hoffte, dass er ihr wenigstens dabei helfen würde, ihren Weg zu gehen. Abgesehen von diesem Schreiben, gab es da nur noch die Notiz auf dem Nachttisch, in der Jana ihrem Todeswunsch Ausdruck verliehen hatte. Mit Entsetzen dachte sie daran, dass man sie sonst womöglich auf dem Autopsietisch aufschneiden würde. Sie wünschte sich doch nur, endlich zu ruhen, und mit ihr sollte der Teufel sein Werk beenden.

Noch einmal rief sich Jana Ongayo Oliver ins Gedächtnis. Bei seinem Anblick war sie nicht gegen die Ohnmacht angekommen. Konnte man denn das Offensichtliche verleugnen?

Wieder schaute sie zum steinernen Engel hinunter. Aus dieser Entfernung sah sie seine Züge ein wenig verschwommen, aber die kannte sie ja längst auswendig. Nach der gutgläubigen Lektüre des Faltblattes bezeichneten unwissende Touristen ihn als Schutzengel, so als würde er über die Seelen derer wachen, die unter seinem geflügelten Körper ruhten. Jana hingegen wusste, dass es sich um einen Todesengel handelte, der aus der Tiefe aufgestiegen war, um zu richten, wer den rechten Pfad verlassen hatte, und ihn in sein Reich mitzunehmen. Sie selbst hatte ja eigentlich nichts falsch gemacht, trotzdem fragte sie sich nun, ob sie wohl der Schutzengel holen würde oder der Rächer aus der Hölle. Sie lächelte, murmelte die schlimmstmögliche Antwort vor sich hin und schluckte dann die kurz aufsteigende Panik hinunter. Als letztes merkwürdiges Gebet sagte sie dann vor sich hin, was sie im letzten Buch des Neuen Testaments gelesen hatte, welches einige *Offenbarung*, andere, tragischer, *Apokalypse* nannten:

»Der fünfte Engel blies seine Posaune. Da sah ich einen Stern, der vom Himmel auf die Erde gefallen war; ihm wurde der Schlüssel zu dem Schacht gegeben, der in den Abgrund führt. … Sie haben als König über sich den Engel des Abgrunds, er heißt auf hebräisch Abaddon.«

Dann verlor sie keine Zeit mehr. Wenn Abaddons Reich in ihrem Leben ein Ende finden sollte, musste sie mit ihm zusammen sterben. Sie wusste nämlich, dass der Dämon an ihr Fleisch, ihren Verstand, ihre Seele gebunden war. Wer sie von klein auf begleitet hatte, war nichts anderes gewesen als dieser furchtbare Engel des Abgrunds. Sie wusste, dass der Tod fast augenblicklich eintreten würde. Lächelnd hielt sie die Zyankalikapsel in der Hand. Sie war bereit. Auf dem Friedhof drehte sich der Engel zu ihr um und sah zu ihr herauf. Dann breitete er seine steinernen Flügel aus und kam, um sie zu holen. Der Anblick war ebenso beeindruckend wie furchteinflößend. Geschah wohl wirklich, was Jana da vor sich sah, oder handelte es sich nur um eine Wahnvorstellung? Nun stieg ihr auch schon der Duft nach Fenchel in die Nase, jenem, der an den Hängen der Masera de Castío wuchs, und nach all der Zeit kehrte sie endlich nach Hause zurück. Als der Engel sie völlig mit seinen Schwingen umschloss, wusste sie nicht, welcher der beiden sie dort abholte, ein Himmelsbote oder Abaddon aus der Tiefe. Aber irgendetwas Neues erfüllte ihren Körper, ein greifbares, unbekanntes Aroma umfing sie und erfüllte sie mit Frieden. Nun dachte sie nicht länger nach, empfand keine Angst mehr, obwohl bald alles still und schwarz wurde.

***Oliver Gordon stieg*** der Geruch von Brennstoff in die Nase wie ein ätherisches, langsam an Intensität zunehmendes Flüstern, das sich über seine Sinne legte. Zunächst war er sicher, dass er sich da vertun musste – das konnte einfach nicht aus seinem Garten, der unmittelbaren Umgebung hereingeweht werden. Oder vielleicht schon, womöglich stammte der vertraute Geruch einer Tankstelle ja doch von draußen aus dem Garten. Aus seinem Garten. Sein Verstand stellte das zwar infrage, doch er legte die rechte Hand entschlossen auf die Türklinke. Der erste Eindruck war irgendwie merkwürdig, es lag nämlich alles an seinem Platz, und trotzdem war nichts so, wie es sein sollte. Der Geruch war jetzt unverkennbar: Benzin. Seine Pupillen zogen sich im Morgenlicht zusammen und konnten dann den dunkleren Farbton des Holzes erkennen. Aber was zum Teufel …? Zunächst dachte er an Vandalismus, vielleicht waren irgendwelche betrunkenen Jugendlichen nach einer langen Nacht am Strand gelandet und dann beim Anblick eines scheinbar verlassenen Hauses auf Dummheiten gekommen. Aber sein rasendes Herz ließ ihn schnell an den wohlwollenden Erklärungen zweifeln, die sich sein Verstand da zusammenspann. Es gab keine Schmierereien oder leere Flaschen, keine Reste von alkoholtrunkenem Pinkeln, sondern einfach nur das Benzin. Es handelte sich hier keineswegs um einen Scherz. Und … was war denn das? Langsam und vorsichtig näherte er sich einer der Verandasäulen. Daran wehte im Wind eine Nachricht auf einem strahlend weißen Zettel, der kaum verknittert war. In dem Blatt steckte ein winziges Messerchen mit Plastikgriff, das an ein kleines Taschenmesser erinnerte. Zunächst fand Oliver es beinahe lustig, der Anblick erinnerte ihn an die plumpen Steckbriefe aus den Cowboy-Comics seiner Kindheit. Aber eine Sekunde später waren sowohl diese Kindheitserinnerung als auch sein Lächeln wie weggewischt. Benzin und eine Drohnachricht? Was stand denn da drauf? Auf den ersten Blick konnte Oliver es gar nicht so leicht entziffern, weil das Messer mittendrin steckte. Er trat näher heran, kniff die Augen zusammen und las die Nachricht. Sie erschien ihm nicht besonders furchteinflößend. Wenn es der Mörder gewesen war, der ihm dieses Geschenk hinterlassen hatte, dann hatte er sich keine große Mühe gegeben, ihm Angst zu machen. Doch dann meldeten sich seine Nerven zu Wort, und er hatte plötzlich einen Kloß im Hals. Was, wenn der Mörder, oder wer auch immer ihn da erschrecken wollte, sich immer noch auf dem Grundstück befand? Mit entschlossenen Schritten entfernte sich Oliver ein Stück von der Hütte, um sie aus einiger Entfernung in Augenschein zu nehmen. Mal abgesehen davon, dass die Veranda und eine Seitenwand vor Benzin trieften, entdeckte er am Gebäude auch bei zwei Umrundungen keine Schäden. Dann ging er zur Villa Marina hoch und sah sich auch dort um – nichts Ungewöhnliches, die Handwerker würden gleich eintreffen. Er beschloss, zur Hütte zurückzukehren und Valentina Redondo in der Kommandantur anzurufen. Wahrscheinlich fasste er am besten nichts an, bis die Guardia Civil vorbeikam. Während er zurückging, begann in ihm die Angst zu brodeln, Unruhe und ein unerwartetes Gefühl der Schwäche. Außerdem Wut, unbändiger Zorn darüber, wie schnell er sich durch eine offene Drohung, ein Eindringen in seinen privaten Lebensbereich einschüchtern ließ. Was war denn nur mit den Menschen los? Welche Art von Höllenfeuer brannte bloß in Männern und Frauen, die sich nach außen hin scheinbar ruhig und entspannt gaben?

Einige Stunden später befand Oliver sich nicht länger auf dem Grundstück der Villa Marina, sondern spazierte den Weg entlang, der vom Herrenhaus bis zum Leuchtturm von Suances an der Spitze der kleinen Halbinsel führte, direkt neben der alten Küstenfestung El Torco. Als er am Abend zuvor auf der Suche nach Informationen über seine Vergangenheit noch einmal in den Büchern gestöbert hatte, hatte er Neues über diesen Leuchtturm erfahren: Dort waren während des Bürgerkriegs viele Menschen erschossen worden, die man dann einfach über die Klippen geworfen hatte. Das hatte seine Neugier geweckt – wie weit konnte ein Mensch bloß verrohen? Da er wusste, dass er bis zur Spitze der Landzunge nur fünf Minuten brauchen würde, ging er ganz langsam. Er hatte dem Trubel in seiner Hütte entkommen wollen. Teniente Redondo hatte ihn am Morgen angerufen, weil sie in Comillas persönlich vor Ort sein musste. Ihm hatte sie deshalb Cabo Camargo geschickt, der nun die Untersuchung der Hütte überwachte. Dort war die Spurensicherung der Guardia Civil zugange, machte Fotos, nahm Videos auf und bearbeitete die Veranda mit Pulver und weichen Pinseln. So versuchte man die Fingerabdrücke desjenigen zu finden, der ihn mit dem Benzin zu erschrecken versucht hatte. Ihm war klar, dass der Täter nur deshalb kein Streichholz angezündet hatte, weil es sich um eine Warnung handelte und nicht um einen Mordversuch.

Wenigstens hatten ihn am Spätnachmittag endlich die Reporter in Ruhe gelassen. Er fragte sich, wie die eigentlich so schnell spitzgekriegt hatten, was in der Villa Marina passiert war, während sie mindestens vier Stunden länger gebraucht hatten, um von Señora Ongayos Selbstmord im Morgengrauen zu erfahren. Als einer der Journalisten per Handy über die tragische Entscheidung der legendären Jana Ongayo informiert worden war, waren die Pressevertreter plötzlich mit einem Mal davongestoben und hatten kaum zum Abschied die Hand gehoben. Blitzschnell waren sie in ihre Autos gesprungen, um nach Comillas zu fahren. Da hier im Sommer eben nicht viel los war, würden auf den Titelseiten der Zeitungen wohl morgen große Geschichten prangen: der Fluch des Engels aus der Villa Marina und der majestätische Abschied der alten Dame des Sardinen-Imperiums, jener Selfmade-Frau, die mit ihren Wohltätigkeitsveranstaltungen so vielen Menschen in Not geholfen hatte. Die arme Señora Ongayo – sie war Oliver sympathisch gewesen. Vielleicht war sie ja wirklich eine Mörderin, aber das wagte er doch zu bezweifeln.

Bei seinem Spaziergang zum Leuchtturm kam Oliver am Schloss von Suances vorbei, das über der Playa de los Locos auf einem Felsen thronte. Er marschierte nah am Abgrund entlang, über den nur mit einem einfachen Holzzaun gesicherten Weg, und schaute von oben auf Dutzende Surfer hinunter, die in den Wellen spielten, während andere in ordentlichen Reihen am Strand auf die Anweisungen lokaler Wassersportlehrer warteten. Oliver schaute zum Horizont hinüber. Das Meer war so stark, mächtig und endlos. Zu seiner Linken ragte ein lang gezogenes Stück Erde und Fels in den Ozean und bildete beinahe die Hälfte einer Bucht, erstarb dann aber einfach und ließ sich vom Salzwasser bestürmen. Diesen Zipfel Erde nannte man Punta Ballota. Oliver ließ sich auf einer Bank aus Holz nieder, um das Naturschauspiel in Ruhe zu betrachten. Hinter ihm stellte eine imposante Jugendstil-Statue in einer Ästhetik irgendwo zwischen Robotik und da Vinci einen Mann mit geschlossenen Augen und weit ausgebreiteten Armen dar. Ein wenig nach hinten gelehnt, ließ er sich genüsslich von der Seebrise umtosen, ergötzte sich an der Sonne, dem Himmel und allem, was ihm dieser magische Ort mit dem Wind vom Meer her bieten konnte. Er wirkte wie ein Mensch, der seine Seele nur zu gerne hingab.

Die Statue hieß tatsächlich auch *Seele der Küste*, und auf dem Podest darunter stand:

*Mar, aire y tierra encontrados*
*Quieren unirse, imparables.*
*Cada ola, mil abrazos,*
*Racha intensa, novia amable.*

*Zusammen kommen Meer, Luft und Erde,*
*Auf dass niemand sie mehr trenne.*
*Tausend Umarmungen in jeder Welle,*
*Meine liebe Freundin, die heftige Böe.*

Oliver hätte viel darum gegeben, auch so eine freie Seele zu haben. Er würde sich gerne noch einmal für ein paar Minuten so fühlen wie damals beim Piratenspielen mit seinem Bruder Guillermo in jener verborgenen Bucht, an deren Namen er sich nicht mehr erinnerte. Dort hatte nichts anderes existiert als pures sorgloses Vergnügen, das sich um eine verständliche, vertraute, freundliche und schützende Welt gedreht hatte. Aber seine verborgene

Bucht war jetzt nichts weiter als eine Erinnerung, ein geografischer und zeitlicher Bezugspunkt des Glücks. Oliver war nämlich schon lange in dauernder Habachtstellung, seine Reflexe und seine Wut ließen ihn niemals zur Ruhe kommen. Warum nur hatte seine Mutter auf so absurde Weise sterben müssen? Und wo zum Teufel steckte bloß Guillermo? Der war zwar nicht mehr ganz richtig im Kopf, aber er war doch sein Bruder, und Oliver brauchte ihn. Zumindest wollte er nicht länger von Zweifeln über seinen Verbleib und sein Wohlergehen gequält werden. Oliver wünschte sich doch nur eine ganz normale Welt, logisch und angenehm. Und warum war das mit Anna passiert? Was hatte das denn für einen Sinn? Wieso musste in der Villa Marina diese Babyleiche auftauchen? Und die beiden toten Männer … auf die jetzt auch noch Señora Ongayo gefolgt war, gestorben durch ihre eigene Hand. Vor was oder wem war sie nur geflüchtet? Dann kam ihm wieder der Moment heute Morgen in den Sinn, als er den mit einem Messer durchbohrten Zettel auf der Veranda gefunden hatte. Kannte er denjenigen, der diese Drohung hinterlassen hatte, vielleicht sogar persönlich? Auf manche instinktive Ängste konnte man sich einfach nicht vorbereiten, und es beunruhigte ihn, dass jemand auf diese Art und Weise in seinen intimsten Lebensbereich eingedrungen war. In einem Moment, in dem er mit nichts Bösem gerechnet hatte, hatte er auf einmal unerwartete Verletzlichkeit verspürt.

»Das ist ja wirklich ein spektakulärer Ort. Darf ich mich dazugesellen?«

Oliver wurde aus seinen Gedanken gerissen und drehte sich um. Mit müdem Lächeln sah ihn Valentina Redondo an.

»Aber natürlich, bitte, setzen Sie sich ruhig.«

»Als mir Cabo Camargo sagte, dass sie hier sind, konnte ich einem Spaziergang einfach nicht widerstehen. Ich musste mir ein wenig die Beine vertreten und wieder einen klaren Kopf bekommen … ich hatte nämlich einen langen Tag, Señor Gordon.«

»Das glaub ich gern«, antwortete Oliver verständnisvoll. »Aber hören Sie doch bitte damit auf, mich Señor Gordon zu nennen, da komm ich mir immer so alt vor. Würdest du mir die Freude machen, mich zu duzen? Ich hatte nämlich auch einen langen Tag.«

Mit sanftem Lächeln nickte Valentina.

»Was da heute Morgen bei dir passiert ist, tut mir wirklich leid, Oliver.«

»Und mir erst. Aber das mit Señora Ongayo finde ich noch viel schlimmer. War das wirklich Selbstmord?«

»Ja, so sieht es wohl aus. Sie hat einen kurzen Abschiedsbrief hinterlassen, der an niemand Bestimmten gerichtet war.« Müde schloss Valentina die Augen, und nun kam ihr beinahe Wort für Wort der Inhalt des Briefes in den Sinn, der bereits kopiert worden war:

*Ich will nun endlich zur Ruhe kommen. Es sollen mich bitte weder meine Tochter noch sonst jemand aufschneiden und wieder zunähen, meine Wangen werden durch meine eigene Hand erbleichen. Mein letzter Wille besteht darin, dass mein schlafender Körper ungestört ruhen darf.*
*Jana Ongayo*

»Zumindest war es ein schneller Tod«, erklärte Valentina und machte nun ganz langsam die Augen wieder auf, um den Blick auf den meerblauen Horizont zu richten.

»Aber wie hat sie das denn nur …?«, wagte Oliver zu fragen.

»Vermutlich mit einer Zyankalikapsel«, antwortete Valentina ganz direkt. »Im Safe haben wir davon noch mehrere gefunden. Ongayos Tochter ist Gerichtsmedizinerin und hat selbst Anzeichen für eine Vergiftung festgestellt. Das sieht alles ziemlich eindeutig aus, daher wird man ihren letzten Willen wohl respektieren.«

»Wenn ihre Tochter in der Rechtsmedizin arbeitet, kannten Sie … ich meine, dann kanntest du sie vielleicht schon?«

»Stimmt«, bestätigte Valentina, ohne ins Detail zu gehen. Es war hart gewesen, die schluchzende Clara vor ihrer toten Mutter stehen zu sehen. Sie war am Boden zerstört gewesen und hatte sich Vorwürfe gemacht, befürchtet, für den Selbstmord mit verantwortlich gewesen zu sein. Auch schien es ihr wehgetan zu haben, dass ihre Mutter sie in dem knappen Abschiedsbrief, der nach einem so intensiven Leben fast ein wenig lächerlich wirkte, nicht mit persönlicheren oder liebevolleren Worten bedacht hatte. Sie war doch ihre einzige Tochter, das, was auf Erden von ihr blieb. Es war schon seltsam, Clara hatte ihre Mutter nur äußerst selten besucht, sie aber offenbar doch von ganzem Herzen geliebt. Vielleicht hatte sie einfach ihren Meinungsverschiedenheiten zu viel Raum gegeben und dabei das Wesentliche wie auch den unaufhaltsamen Lauf der Zeit vergessen. Valentina war nichts anderes übrig geblieben, als den Moment zu nutzen und Clara ausführlich zu befragen. Ihre Freundin hatte ihr erklärt, dass man sie nach ihrer Tante, Clara Fernández, benannt hatte. Offenbar waren ihre Mutter und ihre Tante einst unzertrennlich gewesen, aber die Tante war kurz nach Claras Geburt gestorben. Mehr hatte ihre Mutter nie dazu gesagt, und bei Nachfragen war sie wütend geworden und hatte ausweichend geantwortet.

Clara wusste daher nicht einmal, wo ihre Tante begraben war. Valentina hatte den Eindruck, dass ihre Freundin die Wahrheit sagte und ihr alles anvertraute, was sie über die Angelegenheit wusste. Sie drückte Clara einmal fest und überließ sie dann den tröstenden Armen ihres Mannes. Clara erteilte ihr auch die Erlaubnis, ohne legalen Papierkram die Wohnung zu durchsuchen. Sie fanden allerdings nichts Interessantes, keine Verbindungen zu den Morden, sondern nur jene knappe Nachricht, deren Handschrift keinen Zweifel daran ließ, von wem sie stammte. Valentina telefonierte mit dem immer fassungsloseren Richter Talavera, dann blieb Riveiro im Haus zurück, um das Personal der riesigen Villa zu befragen, während seine Vorgesetzte Comillas verließ. War Jana Ongayo nun eine Mörderin oder eine ehrwürdige alte Dame gewesen? Welche Wahrheit hatte sich hinter jenen riesigen grünen Augen versteckt?

Da Oliver bemerkte, dass die nachdenkliche Valentina wohl nicht mehr zu diesem Thema sagen wollte, kam er wieder auf sein eigenes Problem zu sprechen: »Glaubst du, wer da Benzin bei mir ausgeschüttet hat, hat auch die beiden Männer getötet?«

»Das kann ich wirklich nicht sagen. Tatsächlich haben Kollegen von mir sogar angedeutet, es könnte durchaus auch ein Ablenkungsmanöver von Ihnen … von dir selbst sein.«

»Von mir? Soll das ein Witz sein?«, fragte Oliver fassungslos. »Weißt du, wie schwer es wird, das wieder sauber zu kriegen? Zum Glück sind die beiden Häuser versichert … Und jetzt werde ich auch noch verdächtigt?«, fragte er eingeschnappt.

»Das habe ich so nicht gesagt. Aber mit den Morden hat es hier eben erst nach deiner Ankunft angefangen.«

»Na ja, ganz so war das nun auch wieder nicht. Es ging mit dem toten Kind und den Schlagzeilen darüber in der Presse los«, entgegnete er sauer. »Außerdem wäre ich dann wirklich der netteste Mörder aller Zeiten, ich hab euch doch sogar noch geholfen.«

»Das weiß ich ja, aber wir dürfen eben keine Möglichkeit ausschließen. Auf mich persönlich wirkst du allerdings nicht wie ein Psychopath, und um einen solchen scheint es sich bei der verantwortlichen Person wohl zu handeln. Die Taten wurden präzise vorbereitet und eiskalt ausgeführt, Menschen wie Figuren auf einem Spielbrett aus dem Verkehr gezogen. Das wirkt auf mich so, als würde jemand einer makaberen Notwendigkeit folgen, die Opfer sorgfältig auswählen und sie dann sauber und ohne jeden Skrupel eliminieren. Denk doch nur an David Viesgo – der Mörder muss dabei gewesen sein, als der Arzt gutgläubig diesen Tee getrunken hat, der ihm kurz darauf einen grauenhaften Tod bescherte.«

Überrascht sah Oliver sie an. »Wow! Du hattest von einer Vergiftung gesprochen, aber ein Tee klingt ja geradezu surreal.«

»Wie schon gesagt, gerade bei meinem Job übertrifft die Wirklichkeit oft die kühnsten Fantasien.«

»In Ordnung, aber woher willst du denn wissen, dass nicht ich der Verrückte bin? Ich könnte doch meine wahren Gefühle verbergen und mich hinter der Maske eines ganz vernünftigen Menschen verstecken.«

»Das könntest du tatsächlich, aber mal ganz abgesehen von deinen Alibis, ist ein Verrückter nun wirklich nicht dasselbe wie ein Psychopath. Trotzdem werde ich dich im Auge behalten.«

»Meinetwegen könnt ihr mich ruhig rund um die Uhr bewachen, damit würdet ihr mir sogar einen Gefallen tun. Dann könnten nämlich nicht noch mehr Irre mein Haus mit Benzin übergießen und ihre Liebesbriefchen hinterlassen.«

»Besonders liebevoll klingt ›Geh nach Hause, Engländer!‹ jetzt aber nicht«, wandte Valentina lächelnd ein.

»Das war ja nur der erste Schritt, beim nächsten Mal bittet man mich bestimmt um eine Verabredung«, witzelte Oliver. Dann wurde er schnell wieder ernst und sah Valentina in die Augen, deren Farben sich einander im Licht des Sonnenuntergangs ein wenig annäherten. »Habt ihr denn irgendwas gefunden?«

»Im Moment noch nicht, fürchte ich«, gab Valentina ebenso ernst zu und blickte aufs Meer hinaus. »Wegen der Spuren glauben wir allerdings, dass er dein Grundstück durch das Tor zum Strand hin betreten hat. Das solltest du wirklich immer abschließen. Das Messer, der Zettel und das Benzin werden von der SpuSi untersucht, während ein paar meiner Kollegen in Mülleimern hier in der Gegend nach weggeworfenen Kanistern suchen. Hast du denn gar nichts gehört?«

»Nein, überhaupt nichts. Ich bin so gegen zwölf Uhr todmüde ins Bett gefallen und hab dann erst heute Morgen beim Kaffeekochen den starken Benzingeruch bemerkt.«

»Verstehe. Ich hab dir doch gesagt, dass du aufpassen musst. Vielleicht solltest du besser eine Alarmanlage installieren.«

»Nein, ich weigere mich, in Angst zu leben. Wenn dieser Verrückte zurückkehrt, bin ich jetzt wenigstens darauf eingestellt.«

»Du scheinst offenbar von einem Mann als Täter auszugehen. Und du sprichst schon wieder von einem Verrückten, dabei ist ein Psychopath wie gesagt etwas ganz anderes.«

»Inwiefern?«

»Psychopathen sind praktisch normale Menschen, sie können Gut und Böse unterscheiden, sind aber kälter, wagemutiger, ruhiger und gefasster. Studien mit Hirntomografien haben gezeigt, dass der Frontallappen bei Psychopathen weniger aktiv ist als beim Rest der Menschen. Dieser Bereich des Gehirns ist für Hemmungen und Skrupel zuständig, die uns normalerweise von Morden und Gewaltverbrechen abhalten.«

»Perfekt, aber wenn ich jetzt einen wenig aktiven Frontallappen hätte, würde das dann einen Mord von mir entschuldigen?«

»Natürlich nicht«, antwortete ruhig Valentina, die sich von ihm nicht provozieren ließ. »Eine Entschuldigung wäre das niemals, aber wenigstens eine wissenschaftliche Erklärung. Psychopathen haben im präfrontalen Cortex weniger graue Hirnmasse. Außerdem ist für die Diagnose auch die Amygdala entscheidend, ein paariges Gebiet im Hirn, das die Form eines Mandelkerns hat. Vielleicht könnte man die Amygdala als emotionales Kontrollzentrum des Gehirns bezeichnen, als Schaltzentrale für unsere Gefühle … Und bei Psychopathen fehlt darin ein Bereich, nämlich der der Angst.«

»Wow! Also, ich bekomme langsam Angst. Habt ihr Psychologen denn keinen Test oder so, mit dem ihr Psychopathen identifizieren könnt?«

Valentina lachte. »Doch, schon, aber so einfach ist das leider nicht. Dieser Test, wie du ihn nennst, ist langwierig und kompliziert, er besteht aus fast dreihundert Aufgaben und Fragen. Zusätzlich kann man auch die Gehirnwellen eines Individuums messen. Umgangssprachlich ausgedrückt sind im Gehirn ›normaler‹ Menschen Thetawellen messbar, wenn wir entspannt sind, meditieren oder gleich einschlafen. Und ebendiese Wellen zeigen sich bei Psychopathen in aufregenden Situationen, wenn sie in Alarmbereitschaft sind. Wenn bei anderen Menschen Betawellen nachweisbar sind, die von absoluter Anspannung zeugen, bewahren Psychopathen also völlige Ruhe.«

»Das heißt, Psychopathen bleiben selbst bei einem Überfall ganz locker und bestellen erst einmal eine Portion Popcorn, um das Spektakel angemessen zu genießen.«

»So könnte man es ein wenig überspitzt formulieren. Tatsächlich leiden Psychopathen, bei denen die Abnormität mittelschwer ausgeprägt ist, fast nie an Depressionen oder Neurosen, weil sie emotional so ausgeglichen sind. Und dass du dich dem Aufbau deines Gehirns entsprechend zum Psychopathen entwickeln könntest, heißt nicht unbedingt, dass du auch einer wirst. Das hängt von der Genetik ab, vom familiären Umfeld, der Erziehung und selbst von der Intelligenz. Vielleicht spielt sogar die Gelegenheit zur Tat eine Rolle.«

»Jetzt habe ich ehrlich gesagt nur noch mehr Angst.«

Valentina musste wieder lächeln.

»Psychopathen müssen nicht unbedingt gewalttätig sein. Sie können unerschrocken, selbstgefällig, charismatisch, schonungslos, aber dabei nicht unbedingt brutal sein. Sie können sich sogar charmant, scharfsinnig und witzig zeigen … auch wenn sie hinter dieser Fassade eine unfassbare Kaltherzigkeit und Empfindungslosigkeit verstecken. Wusstest du, dass man zum Beispiel Kennedy oder Bill Clinton ein eindeutig psychopathisches Profil zuschreibt? Oder dass man für Sondereinsatzkommandos, beispielsweise zum Entschärfen von Bomben, gezielt Menschen mit solchen Charakteristika sucht? Für diese

Jobs sollte man wirklich jemanden haben, der einen kühlen Kopf bewahrt, findest du nicht?«

Erstaunt sah Oliver Valentina an.

»Wenn wir also den sympathischen und angenehmen Oliver Gordon von der Liste der Verdächtigen streichen«, sagte er lächelnd, zog die Augenbrauen hoch und zwang Valentina, ihn anzusehen, »dann bleibt uns also noch ein Psychopath oder eine Psychopathin, ein eiskaltes Arschloch, das in der ganzen Stadt alte Leute um die Ecke bringt und Häuser mit Benzin übergießt. Na, das beruhigt mich ja wirklich sehr. Okay, und wie leben solche mordenden Psychopathen, ohne aufzufallen? Gibt es diesbezüglich auch eine Statistik oder Studie?«

Valentina schien nachzudenken, als wolle sie sich etwas in Erinnerung rufen, was sie vor langer Zeit einmal gelernt hatte. »Tja, so wie man es mir erklärt hat, haben Psychopathen einfach nicht dasselbe Bedürfnis nach engen Beziehungen wie der Rest der Menschheit. Daher ist ihr Leben oft unstet, sie ziehen häufig um.«

»Wie unpraktisch«, befand Oliver. »Na ja, aber wer wirklich schlau ist, muss doch gar kein Nomadenleben führen. Es reicht doch auch, sich einen sicheren Rückzugsort zu suchen.«

»Einen sicheren Rückzugsort …«, murmelte Valentina vor sich hin, der sich gerade eine ganz neue Perspektive eröffnete. »Was für eine interessante Idee.«

»Und ich kann dir auch versprechen, dass ich kein Psychopath oder Mörder bin, du siehst ja, wie bereitwillig ich euch bei der Ermittlung helfe«, sagte Oliver und zwinkerte ihr zu.

Erneut lag ein Lächeln auf Valentinas Lippen. »Wie schön, dass du so an der Zusammenarbeit mit uns interessiert bist, ich muss dir nämlich noch einige Fragen stellen, über deinen persönlichen Hintergrund – Familiengeschichte, berufliche Laufbahn und so weiter. Jedes Detail könnte für den Fall wichtig sein.«

Nachdenklich blickte Oliver zum Horizont hinüber, wo langsam die Sonne unterging und die Menschen am Strand und oben auf dem Küstenweg mit einem beeindruckenden, zauberhaften Licht umfing.

»Ich fürchte, das wird nicht möglich sein.«

»Was? Warum denn nicht?«

»Ich sterbe nämlich vor Hunger und brauche erst einmal etwas zwischen die Zähne«, antwortete er lächelnd. »Lass uns doch zusammen essen gehen, dann erzähle ich dir gern meine Lebensgeschichte. Die ist allerdings so lang und langweilig, dass du dir noch wünschen wirst, dich hätte stattdessen dein Psychopath eingeladen.«

»Zum Essengehen hab ich leider keine Zeit, und erst recht nicht mit jemandem, der in den Fall verwickelt ist«, erwiderte Valentina freundlich, aber unnachgiebig. »Außerdem muss ich in der Kaserne von Suances noch ein paar Dokumente für meinen heutigen Bericht abholen.«

»Aber irgendwann musst du doch mal was essen! Keine Angst, das wäre auch keine Verabredung, sondern ein richtiges Verhör, nur dass wir nebenbei etwas Warmes zu uns nehmen. Ich verspreche dir, dass ich dich erst um eine Verabredung bitte, wenn der Gehirnwellen-Typ hinter Schloss und Riegel sitzt«, versetzte Oliver lächelnd und stand dabei auf.

Skeptisch sah ihn Valentina an.

»Kurz vor der Kaserne gibt es oben im Dorf ein Café. Dort könnten wir schnell eine Kleinigkeit essen, während du mir deine Fragen stellst. Okay?«

Valentina lächelte. Ehrlich gesagt hatte sie den ganzen Tag noch nichts gegessen. Zwar wirkte Oliver auf sie wie ein echter Schlangenbeschwörer, aber sie wollte ihm ja ohnehin so viele Informationen wie möglich entlocken. Und wenn er die ohne Vorladung freiwillig preisgab, umso besser.

»Einverstanden. Na, dann mal los. Wie heißt denn das Lokal?«

»El Torto, das ist so eine Art Bäckerei mit Café-Ecke, gegenüber vom Supermarkt«, sagte Oliver. »Ganz in der Nähe vom Rathaus. Da kommst du auf dem Weg zur Kaserne sowieso vorbei.«

»Ja, ich weiß schon, was du meinst. Dann wollen wir mal.«

Zwanzig Minuten später saßen Oliver und Valentina im El Torto, wo es um diese Uhrzeit ziemlich ruhig war. Sie waren jeder mit dem eigenen Auto gekommen, aber trotz des offiziellen Charakters dieser Zusammenkunft fühlte sich Valentina wirklich wohl. Die Dekoration des Ladens war bunt zusammengewürfelt, es gab Elemente aus Industrieschick und britischem Flair, gemischt mit Jugendstilsymbolen. An jedem Tisch standen andere Stühle, und der Fußboden war wie die Wände alle paar Meter mit Kacheln unterschiedlichster Texturen gefliest. Ein großes Fenster ging auf die Straße hinaus, und im Hintergrund lief leise das Radio, das gerade *Over My Shoulder* von Mike & the Mechanics spielte. Oliver und Valentina bestellten beide ein Stück Pizza und ein warmes Baguette-Sandwich, dann rückte die Teniente den Serviettenhalter so zurecht, dass er im rechten Winkel zur Tischkante stand, und begann ohne Umschweife ihr Verhör: »Als was hast du denn in London gearbeitet?«, fragte sie und wartete dann mit Notizblock und Stift in der Hand auf Gordons Antwort.

»Ich war Lehrer, ich hab am University College, wo ich auch studiert hatte, Spanisch unterrichtet.«

»Und diese Arbeit hast du einfach aufgegeben, um hier etwas komplett Neues anzufangen? Hattest du dort denn nur einen zeitlich befristeten Vertrag?«

»Nein, ich war fest angestellt, aber ich habe aus verschiedenen Gründen meinen Umzug hierher beschlossen. Ich brauchte einfach eine Veränderung. Meine Mutter war vor über einem Jahr gestorben, mein Bruder war verschwunden und ist es bis heute, und mein frisch pensionierter Vater verbrachte den Großteil seiner Zeit bei Verwandten in Schottland. Mich hat in London einfach nichts mehr gehalten.«

»Aber in Kantabrien doch auch nicht. Es wäre vielleicht logischer gewesen, nach Schottland zu ziehen, wo du Familie hast. Außerdem kann ich kaum glauben, dass du zu London wirklich gar keine Verbindung mehr hattest. Da gab es doch bestimmt Freunde, Arbeitskollegen, eine Freundin …«

»Manchmal muss man seinen Weg eben allein gehen, um zu sich selbst zu finden und dann auch wieder die Zeit mit Freunden zu genießen. Tatsächlich kommt in ein paar Wochen ein Teil meiner Clique zu Besuch.«

»Ach ja? Und wissen die schon, was hier alles passiert ist?«

»Noch nicht. Ich bin ehrlich gesagt früher hergekommen, um alles für sie vorzubereiten. Mir war das Datum eigentlich egal, die Semesterferien der Uni haben schon vor ein paar Wochen angefangen.«

»Du hast also einfach so eine feste Stelle aufs Spiel gesetzt, um dich hier ins Abenteuer zu stürzen?«

»So ein großes Risiko ist das in Wirklichkeit nun auch wieder nicht, ich hab mich nämlich bloß für eine Zeit lang freistellen lassen. Wenn ich das Geschäft hier nicht ankurbeln kann, nutze ich das Sommerhaus in Zukunft eben wieder privat. Vielleicht verkaufe ich es sogar. Und wenn es gut läuft, dann bleibe ich vielleicht hier oder stelle für die Hotelleitung jemanden ein und gehe zurück nach London. Ich muss eben sehen, wie sich die Sache entwickelt.«

»Trotzdem bleibt ein gewisses Risiko, und das ist ja auch alles eine finanzielle Frage.«

»Ich hatte Ersparnisse, und das Haus habe ich geerbt, zusammen mit einer bedeutenden Geldsumme. Ich musste nicht einmal einen Kredit aufnehmen«, erklärte Oliver und fuhr angesichts Valentinas skeptischem Gesichtsausdruck fort: »Wenn du willst, kann ich dir gern die entsprechenden Dokumente aushändigen: Bankauszüge, meine Freistellungsbescheinigung von der Uni, die Kontaktdaten meiner Freunde … Was du auch brauchst, dafür verlange ich nicht einmal eine richterliche Verfügung oder so.«

»Okay«, nickte Valentina. »Zwei Dinge finde ich an deiner Geschichte allerdings seltsam. Zunächst einmal deine Beziehung zu deinem Bruder: Meinem Kollegen Riveiro hast du erzählt, dass er verschwunden ist, weil er seit seinem Einsatz im Irakkrieg traumatisiert ist, stimmt das so?«

»Das glauben wir zumindest. Bevor er in diesen verdammten Krieg gezogen ist, war er nämlich ganz normal. Aber nach der Rückkehr hat er kaum noch gesprochen und immer nur vor dem Fernseher oder Computer gehockt.«

»Und du hast wirklich keine Ahnung, wo er jetzt stecken könnte?«

»Ehrlich gesagt nicht. Wir haben ganz England und

Schottland nach ihm durchkämmt, und vermutlich auch halb Spanien. Seine Bankkonten sind unberührt, da hat er nichts abgehoben. Wir haben uns mit vielen Hilfsorganisationen und spirituellen Kommunen aller Art in Verbindung gesetzt, haben seine alten Freunde, ehemalige Partnerinnen und Kollegen aus der Armee kontaktiert, einfach alle. Guillermo will sich wohl spirituell verwirklichen und sich von den Grausamkeiten lösen, die er im Irak begehen musste. Mir persönlich hat er allerdings nie erzählt, was dort alles passiert ist. Ich hab immer noch die Hoffnung, dass er eines Tages einfach so auftauchen wird, damit ich ihn in die Arme schließen kann, aber erst nach einer ordentlichen Tracht Prügel. Meine Eltern haben unter seinem Verschwinden wirklich gelitten … und meine Mutter hat ihn ja nie wieder gesehen. Mein Vater wartet immer noch darauf, dass er zurückkommt, und ist in der Zwischenzeit irgendwie abwesend, wie weggetreten. Ich hoffe nur, dass Guillermo nicht bei irgendeiner Sekte gelandet ist.«

»Verstehe«, nickte Valentina. Ihr Tonfall war professionell und neutral, es schwang aber eine gewisse Empathie darin mit. »Und dann ist da noch eine andere Sache, die ich merkwürdig finde. Und sei dir bitte darüber im Klaren, dass ich das jetzt nicht als Frau frage, sondern in meiner Funktion als Teniente der Guardia Civil ganz einfach die Fakten analysiere: Wenn ein attraktiver und wohlhabender Unternehmer seine bekannte Welt hinter sich lässt und noch einmal ganz neu anfängt, drängt sich mir der Gedanke an eine Enttäuschung in der Liebe auf, und ich frage mich, ob vielleicht jemand aus deiner Vergangenheit etwas mit den Vorfällen hier zu tun haben könnte.«

Jetzt wurde Olivers Miene auf einmal ernst, als wollte

er über dieses Thema nun wirklich nicht sprechen. Aber inzwischen war sowieso alles egal, daher heftete er den Blick auf das Sandwich und begann zu sprechen. »Anna und ich, wir haben in Chelsea gewohnt.«

»Anna, und wie weiter?«, fragte Valentina sachlich. Oliver sah ihr in die Augen.

»Anna Nicholls. Darf ich fortfahren?«

»Selbstverständlich.«

»Gut. Wir waren damals seit drei Jahren zusammen und wollten heiraten. Eines Tages bemerkte sie leichte Schmerzen in der Brust und eine Woche drauf dann eine kleine Schwellung am Hals. Drei Wochen später hat man nach vielen Untersuchungen Lymphdrüsenkrebs festgestellt. Zum Glück war es ein Non-Hodgkin, die am wenigsten aggressive Form dieses Krebses, aber im vierten Stadium, er hatte bereits auf andere Organe übergegriffen. Wir haben damals eigentlich aufgegeben, und dann …«

»Oliver, du musst gar nicht mehr sagen, wenn du nicht willst. Ich hab eigentlich an etwas ganz anderes gedacht, dass dir hier vielleicht eine verlassene Exfreundin das Leben schwermachen wollte, damit du zurückkehrst … Darauf hat mich die Drohnachricht gebracht. Das mit Anna muss ja wirklich schlimm für dich gewesen sein, und ich kann deinen Umzug hierher jetzt besser verstehen, die Menschen gehen mit Trauer eben auf unterschiedliche Art und Weise um. Diese Informationen waren nötig, um dein Profil zu vervollständigen und mit dem Rest der Ermittlung in Einklang zu bringen. Ich werde im Bericht einfach darauf hinweisen, dass du kürzlich deine Freundin verloren hast, einverstanden?«

»Nein, damit bin ich nicht einverstanden, weil du mich nämlich falsch verstanden hast, Anna ist gar nicht tot.«

Überrascht sah Valentina ihn an.

»Eigentlich hatten ihr die Ärzte nur noch ein paar Monate gegeben, aber dann ist es ihnen gelungen, den nicht operablen Tumor mit intensiver Chemotherapie und einer neuen Behandlungsmethode aus den USA auf die Größe einer Erbse zu reduzieren. Anschließend wurde er dann mit fünf Wochen unglaublich strapaziöser Bestrahlung abgetötet. Ihr lymphatisches System ist im ganzen Körper beinahe wieder zur Normalität zurückgekehrt, der Prozess war jedoch beklemmend, lang und schmerzhaft. Ihr sind die Haare ausgefallen, sie fühlte sich furchtbar unsicher und begann alles infrage zu stellen, was sie mit ihrem Leben bisher angefangen hatte. Offenbar kam ihr auf einmal alles viel zu konventionell, zu korrekt und vorhersehbar vor … sogar ich. Plötzlich empfand sie unser Leben als eintönig und einfach nicht mehr reizvoll. Wie ich war auch sie Lehrerin, allerdings für englische Literatur – wohl einer der herkömmlichsten Berufe auf Erden. Also, kurz gesagt, Annas früher für sie perfekte Welt hatte sich auf einmal in eine ätzend perfekte und langweilige Welt verwandelt.« Oliver verstummte kurz und seufzte dann.

»Sie hat dich verlassen?«, mutmaßte Valentina.

»Das hat sie mir so schonend wie möglich beigebracht, aber ja. Und du wirst nie erraten, wo sie jetzt ist.«

»Wo denn?«

»In Indien. Dort arbeitet sie für eine Hilfsorganisation und hat dabei das Gefühl, die Welt zu retten. Und vielleicht tut sie das sogar wirklich. Unglaublich, nicht wahr? Außerdem ist sie mit einem Typen dort hingereist, der die Chemo mit ihr zusammen gemacht und ebenfalls im letzten Moment beschlossen hat, nicht zu sterben. Offenbar fühlten sich beide wie wiedergeboren, und das konnte sonst einfach niemand verstehen. Deshalb haben sie sich gemeinsam auf den Weg gemacht, um auf ihre Art und Weise jede Sekunde in vollen Zügen zu genießen. Ich hatte nicht einmal gewusst, dass die Chemotherapie zu zweit durchgeführt wurde, in das Zimmer durfte ich nämlich nicht mit rein. Romantische Gespräche waren mir verboten, während ihr dieses Gift durch die Adern gepumpt wurde. Aber inzwischen bin ich fast schon nicht mehr wütend auf sie. Nicht mehr, obwohl ich eine Zeit lang ziemlich viel getrunken und dabei nicht besonders nette Sachen von mir gegeben habe. Früher waren wir mal glücklich, und dann haben die äußeren Umstände sie und damit unsere ganze Welt verändert. Das ist alles. Ich glaube, inzwischen beneide ich sie sogar ein bisschen. Vielleicht habe ich mich deshalb in diese verrückte Geschichte gestürzt. Ich sehne mich eben nach meinem eigenen kleinen Abenteuer, ich will auch das Gefühl haben, das Leben jeden Tag bei den Hörnern zu packen, will jegliche vorhersehbare Routine vermeiden und das Adrenalin in den Adern spüren. Ich weiß nicht, ob du das verstehen kannst. Einer von deinen Psychopathen bin ich zwar nicht, aber vielleicht schon ein ziemlich verrückter Typ. Ein Spinner, der auf einmal Stabilität und alles verabscheut, was ihm Sicherheit gibt.«

Valentina schwieg einige Sekunden, sie schien nachzudenken.

»Ein Spinner bist du nicht. Besonders leid tust du mir aber auch nicht, wir sind schließlich alle mal verlassen worden. So was passiert eben.«

»Ich fasse es nicht, du bist doch bewaffnet«, erwiderte Oliver. »Hat dich wirklich schon mal jemand verlassen?«

»Sehr witzig. Aber die Fragen stelle ich hier. Und

glaub bloß nicht, dass du jetzt irgendwas über mein Privatleben erfahren wirst.«

Oliver lächelte. »Dann schicke ich also die Limousine und die Mariachis da draußen lieber wieder weg?«

Valentina lachte laut auf.

»Oh ja, lass die besser nicht warten. Außerdem hab ich im Moment sowieso nur Zeit für die Arbeit und breche deshalb auch gleich auf, wenn ich damit fertig bin.« Sie deutete auf ihr Stück Pizza.

»In Ordnung. Mir ist allerdings nicht entgangen, dass du mich eben als attraktiv bezeichnet hast. Du scheinst mir aber immer noch nicht zu trauen.«

»Ich setze eben nichts voraus, Oliver. Was dich angeht, verblüfft mich zum Beispiel die Geschichte mit deinem Bruder. Ich sehe da zwar kein Motiv, aber man könnte möglicherweise annehmen, dass Guillermo und du die ganze Sache zusammen eingefädelt habt und er als die ausführende Hand im Schatten agiert, obwohl das vermutlich sehr weit hergeholt ist.« Valentina machte eine beruhigende Geste, als Oliver den Mund aufriss, um zu protestieren. »Aber das ist natürlich nur eine von Millionen zum Teil ziemlich verrückten Hypothesen, die mir momentan im Kopf herumschwirren.«

Oliver lächelte inzwischen nicht mehr.

»Diese Theorie ist mehr als nur weit hergeholt, ich bin doch kein Mörder. Und mein Bruder ist zum Leidwesen meiner Familie ein Schwachkopf, der verloren durch die Welt irrt, wenn wir Glück haben. Denn er könnte längst tot sein. Ich kann auch Theorien und Hypothesen aufstellen, aber was du da gerade gesagt hast, ist absoluter Schwachsinn.«

»Ich wollte dich nicht beleidigen, Oliver.«

»Nein, du wolltest nur sehen, ob ich ertappt wirke.

Aber weißt du was? Ich werde auf eigene Faust ermitteln und dir beweisen, dass ich mit all den Vorkommnissen nichts zu tun habe.«

»Halt dich doch bitte da raus, die Ermittler sind wir, und für dich könnte jeder Schritt gefährlich sein.«

»Aber ich kann jetzt nicht einfach zu Hause rumhocken. Außerdem«, sagte Oliver und lächelte, »könnten wir uns endlich richtig verabreden, wenn ich den Psychopathen schnappe.« Sein Blick verriet Valentina, dass er ihr die abenteuerliche Theorie von eben längst verziehen hatte.

»Aber natürlich. Dann können wir uns gerne zu einem Treffen in der Kommandantur verabreden, wenn du noch Fragen zum Fall hast«, antwortete sie ausweichend. »Oliver, ich muss jetzt wirklich los, daher beenden wir das Gespräch für heute lieber«, schloss sie und unterdrückte ein kleines Lächeln, während sie den Block in ihrer Aktentasche verstaute.

***Während jener Saison*** im Sommer 1948 blieb die Casa Azul geschlossen. Über das Schicksal des Hauses wollten die Chacóns später entscheiden, wenn sich alles aufgeklärt hatte und die Dinge wieder zur Normalität zurückkehrten. Aufgrund des großen Andrangs während der Sommermonate würden sie es vermutlich weiterhin als Hotel nutzen. Vielleicht würden sie es aber auch verkaufen, um nicht ständig an Ignacio erinnert zu werden.

Jana litt inzwischen wieder an Ohnmachtsanfällen und kehrte eine Zeit lang zu ihrem Vater Benigno nach Hinojedo zurück, wo ihr kleiner Halbbruder durchs Häuschen tobte: In jenen Tagen war er für sie mit seinen acht Jahren voller Energie und Vitalität einfach unerträglich. Sie fand nur Ruhe, wenn sie schlief. Während der restlichen Zeit tat ihr das Herz in der Brust weh. Sie litt an einer Art schuldbewusstem, nervösem Herzrasen, das nie nachließ und bei dem sie an nichts anderes mehr denken konnte. Außerdem wusste sie, dass sie nicht lange bleiben konnte, ihr immer dicker werdender Bauch würde sie bald verraten. Clara hatte sich von ihr zwei, drei Wochen Zeit erbeten und ihr versprochen, dass sie sich danach um alles kümmern würde, wenn Jana ihr nur vertraute.

Als die drei Wochen um waren und für Jana damit auch das erste Drittel der Schwangerschaft, löste Clara ihr Versprechen ein. Wie eine Kriegerprinzessin fiel sie im bescheidenen Heim der Familie in Hinojedo ein, um allen die große Neuigkeit mitzuteilen. Die Nachricht, die alles verändern würde.

Und Jana fiel in Ohnmacht.

Aurora, ihre Stiefmutter, reagierte bei ihrem Schwindelanfall erst gar nicht, weil sie sich im Anblick von Claras beinahe durchscheinendem Gesicht verloren hatte, das noch blasser und perfekter war als sonst, ganz ruhig und voller Entschlossenheit.

Benigno wusste nicht, welchem Gefühl in seiner Brust er nachgeben sollte, er war zugleich stolz, froh und doch traurig. Es überwog jedoch die Überraschung, geradezu Fassungslosigkeit.

## Samstag, der 13. Juli

***Als Valentina aufstand,*** war es schon fast zehn Uhr morgens, und trotzdem steckte ihr die Müdigkeit in den Knochen. Sie war ziemlich spät ins Bett gekommen, beinahe im Morgengrauen, weil sie noch am Computer Daten verglichen und ihre Berichte fertiggemacht hatte. Nun trat sie ans Fenster ihrer kleinen Wohnung in Santander und schaute an diesem wunderschönen Morgen auf den sommerlichen Sardinero-Strand hinunter, der sich bereits mit Touristen füllte.

Sie hatte Glück gehabt, als sie ein relativ günstiges Apartment direkt am Meer ergattert hatte, und dann auch noch in einem so schönen Gebäude mit weißen Holzarbeiten und eleganten englischen Details. Dass die Wohnung im vierten Stock eines Hauses ohne Aufzug lag, störte sie kaum, und das tägliche Treppensteigen war ja auch gesund. Heute hätte sie darüber hinaus große Lust, zum Strand runterzugehen und eine Runde zu schwimmen, aber sie durfte sich während der Ermittlungen zum Fall Villa Marina keine Atempause gönnen. Dabei hatte die gestrige Unterhaltung mit Oliver Gordon sie nachdenklich gestimmt. Vielleicht sollte sie sich wirklich mehr Zeit für sich nehmen, sich ein Privatleben zugestehen, ausgehen und sich amüsieren. Früher hatte sie das öfter getan, inzwischen aber trank sie nur noch ganz selten mal nach Feierabend mit Arbeitskollegen ein

Bier. Sie war nicht mit vielen Männern zusammen gewesen, und der letzte von ihnen, Carlos, hatte sie aus genau diesem Grund verlassen – weil sie sich nicht zu einem normalen Leben mit geregelten Arbeitszeiten, vielleicht sogar mit Kindern entschließen konnte. Er hatte begriffen, dass er für sie immer nur an zweiter Stelle gestanden hatte. Manchmal war sie erst im Morgengrauen nach Hause gekommen, was zu ewigen Eifersüchteleien und Streitigkeiten geführt hatte. Inzwischen lag ihre Trennung schon fast acht Monate zurück. Vielleicht hatte er ja recht gehabt, und sie hatte ihn wirklich nicht genug geliebt, immerhin hatte sie ihn nach zweieinhalb Jahren des Zusammenlebens einfach ziehen lassen. Vermisste sie ihn wirklich, oder fehlte er ihr nur, wenn sie sich mal einsam fühlte?

Valentina betrachtete sich im Wohnzimmerspiegel, begegnete ihrem zweifarbigen Blick. Sie wusste natürlich, dass ihre Augen Fremde verunsicherten und überraschten. Ob sich vertraute Menschen wohl irgendwann daran gewöhnten, oder war der Anblick auch für sie verwirrend? Valentina Redondos Anomalie war nicht angeboren, sondern erworben, und sie dachte nur ungern an den Nachmittag zurück, an dem die Heterochromie Einzug in ihr damals zwölfjähriges Leben gehalten hatte. Am selben Abend starb ihr Bruder Agustín in einem verlassenen Bogengang in der Altstadt von Santiago de Compostela. Inwieweit war sie wohl für die Geschehnisse mitverantwortlich? Es stimmte natürlich, dass sie damals nur ein kleines Mädchen gewesen war. Aber blöd war sie ja nicht, sie hätte sich anders verhalten und mehr tun können, nicht den Mund halten sollen. Was sie im Leben aus dem Gleichgewicht gebracht hatte, ihr die Seelenruhe und den Verstand geraubt hatte, war nicht der Vorfall mit ihrem linken Auge gewesen, sondern der Abend, an dem Agustín zwischen jahrtausendealten Steinen starb. Er war stets so großherzig gewesen, ihr großer Bruder, der sie immer beschützt hatte. Und dann hatte er sich in einen unzugänglichen Fremden verwandelt, plötzlich hatte es nur noch argwöhnische Blicke gegeben, ewiges Schweigen, unerwartete Niedertracht. Nach jener grauenhaften Nacht hatte sie sich zurückgezogen. Für ihr Auge konnten die Ärzte nicht mehr tun, als es funktionsfähig zu erhalten, mit jener Farbe, so dunkel wie die Trauer einer Mutter um ihren Sohn. Ihre am Boden zerstörten Eltern hatten sie zum Psychologen und später dann zum Psychiater gebracht. Sie hatte die Trauer ganz gut verwunden, obwohl sie im Laufe der Jahre eine Obsession für Sauberkeit und Ordnung entwickelt hatte. In ihrer krankhaften Besessenheit wollte sie alles am rechten Platz sehen, um so ein wenig Struktur in den Alltag zu bringen. Sie war auf der Suche nach einer perfekten Welt, in der kein Junge aus gutem Hause in schlechte Gesellschaft geriet und dann tot in einem Hauseingang liegen blieb. Einer verdammt noch mal perfekte Welt. Deshalb war sie auch zur Guardia Civil gegangen, wie ihr Onkel Marcial. Und aus diesem Grund trug sie über dem verletzten Auge auch nie eine grüne Kontaktlinse, weil das Böse eben dort war, immer anwesend in jedem einzelnen Ding. Sie durfte es niemals vergessen, sondern musste es respektieren, sich seiner Gegenwart und Macht bewusst sein, um dagegen anzukämpfen, die Erde davon zu befreien.

Nun schüttelte Valentina diese düsteren, schmerzhaften Gedanken ab und konzentrierte sich auf das Display ihres Handys. Na super, während es ausgestellt gewesen war, waren sechsundzwanzig Anrufe und etliche Nachrichten eingegangen. Aber wenigstens hatte sie in Ruhe schlafen können. Sie begann die Nachrichten zu lesen und Leute zurückzurufen, außer ihrer Mutter waren die meisten Kollegen aus dem Ermittlungsteam.

»Riveiro? Ich bin's. Sorry, ich hatte das Ding auf leise gestellt. Was ist denn los?«

»Es gibt mehrere Neuigkeiten«, sagte der Sargento am anderen Ende der Leitung, während er bei sich zu Hause seine Frau Ruth beobachtete, die im Bett mit den Kindern spielte. Es war schließlich Samstag und gerade mal zehn Uhr morgens.

»Ich höre.«

»Zunächst einmal hat mir Jana Ongayos persönliche Assistentin bestätigt, dass es zu ihren Aufgaben gehörte, für Señora Ongayo zur Post zu gehen. Einmal im Monat war ein Umschlag dabei, der als normaler Brief an eine Adresse in Suances geschickt wurde. Und jetzt rate mal, an welche.«

»An die von Pedro Salas?«

»Bingo!«

»Das bestätigt unsere Theorie von der Erpressung. Hat denn die Assistentin nie gesehen, was sich in diesen Umschlägen befand?«

»Nein, dabei hat sie die Stelle schon seit fünf Jahren. Ich glaube ja inzwischen, dass man Jana Ongayo mit ererbten Informationen erpresst hat. Vielleicht hat Pedro Salas Senior vor seinem Tod ein lukratives Geheimnis an seinen Sohn weitergegeben.«

»Ein Geheimnis aus dem Jahr 1948«, führte Valentina seine Überlegung weiter. »Und das hat irgendetwas mit Ignacio Chacón zu tun, mit Jana und ihrer Schwester sowie denen aus den Bergen. Aber was da auch immer vorgefallen ist, ist doch längst verjährt, deshalb erkenne ich einfach kein klares Motiv.«

»Da stimme ich mit dir überein. Aber der Fund des toten Babys hat wohl irgendeine Tür geöffnet, und uns entgeht hier offensichtlich etwas Entscheidendes. Ich hab überlegt, dass das Kind vielleicht Janas Baby oder das ihrer Schwester sein könnte, wenn dieser Ignacio Chacón wirklich so ein Schürzenjäger war …«

»Schon, allerdings hatte Señora Ongayo doch Schwierigkeiten, schwanger zu werden, deshalb hat sie sich ja von David Viesgo behandeln lassen. Sie hat Clara Múgica erst Jahre später bekommen. Daher ist das Kind wohl eher von Clara Fernández.«

»Wir könnten die DNA des Säuglings mit der von den Chacóns vergleichen oder vielleicht sogar mit der von Oliver Gordon. Schließlich hat Pedro Salas ihn mit der ganzen Sache in Verbindung gebracht.«

»Hm, eine gute Idee«, räumte Valentina ein. »Oliver Gordon gibt uns sicher gerne eine Speichelprobe. Der Nachkomme der Chacóns könnte mehr Probleme machen, aber wir versuchen es mal mit gutem Zureden. Ich fürchte nämlich, dass sich Talavera da querstellen wird. Vielleicht wäre auch eine DNA-Probe von Clara Múgica nützlich«, sagte sie und legte eine kurze Pause ein, um sich alles noch mal durch den Kopf gehen zu lassen.

Riveiro wich derweil einem verirrten Wurfgeschoss der häuslichen Kissenschlacht aus, verließ das Zimmer und lehnte sich im Flur konzentriert an einen Türrahmen. »Was Pedro Salas angeht, so hat er durch die Zeitungsartikel vielleicht neue Erkenntnisse gewonnen und wollte die erpresste Summe erhöhen«, überlegte er. »Deshalb hat er ein Treffen am Kai arrangiert, wo seine Anwesenheit nicht weiter auffiel.«

»Das ist wirklich keine abwegige Hypothese«, sagte

Valentina und schloss die Augen, um sich zu konzentrieren. »Aber ehrlich gesagt kann ich mir einfach nicht vorstellen, dass sich Señora Ongayo auf den Weg zum Damm in Suances gemacht hat. Die alte Waffe würde zu ihr passen, und wir haben auch Hinweise darauf, dass sie nach dem Zweiten Weltkrieg als Nazijägerin tätig war. Aber ich hab sie doch gesehen, Riveiro, so eine winzige und schwache Frau. Die konnte ja kaum allein ein paar Schritte gehen. Außerdem hätte sie wohl jemand vom Personal fahren müssen, ich kann mir nämlich nicht vorstellen, dass man in so einer Situation ein Taxi ruft.«

Riveiro unterdrückte ein Lachen. »Überleg mal. ›Fahrer, warten Sie hier doch bitte einen Moment, ich will nur eben den Typen da auf der Mole umlegen und bin gleich wieder da!‹«

»Also wirklich!«, lachte Valentina, wurde aber sofort wieder ernst. »Was ist denn mit Pedro Salas' Computer? Haben wir da irgendetwas?«

»Nein, nichts. Wie gesagt gab es Suchverläufe zu der Sardinenfirma, Salas wollte vermutlich auf dem Laufenden bleiben, wie es um seine Einnahmequelle stand. Auf die Freigabe der Handydaten warten wir noch.«

»Verstehe, wie immer also. Ich werde mal sehen, ob uns Clara Múgica die Erlaubnis gibt, die letzten Telefonate ihrer Mutter zu überprüfen. Da macht sie bestimmt keine Probleme. Wenn wir da bei Richter Talavera einen Antrag stellen müssen, kann das jetzt im Sommer Wochen dauern. Was gibt es sonst noch?«

»Etwas ziemlich Interessantes. Man hat mich aus einem der Hotels vom Kai angerufen, ein Schweizer Tourist hat am betreffenden Tag wohl beim Joggen am Damm Pedro Salas gesehen, und zwar in Begleitung einer Frau.«

»Verdammt, das hättest du auch gleich sagen können. Konnte der Zeuge sie denn beschreiben?«

»An viel hat er sich nicht erinnert, er hat sie ja auch nur beim Laufen von der Seite gesehen. Sie hat lose Kleidung getragen, einen Jogginganzug oder etwas in der Art, war nicht besonders alt, ein wenig füllig und dunkelhaarig mit Pferdeschwanz.«

»Na, wenigstens ist Clara Múgica blond.« Valentina stieß die Luft aus.

»Sie hätte natürlich eine Perücke tragen können«, gab Riveiro zu bedenken. »Im Moment dürfen wir keine Möglichkeit außer Acht lassen. Ein Phantombild konnten wir mit den wenigen Angaben leider nicht anfertigen, selbst seine Aussage zu dem Mann ist so schwammig, dass es auch jemand anders als Pedro Salas sein könnte. Aber ich hab da noch was für dich.«

»Riveiro, wenn du mir die Neuigkeiten weiter thematisch geordnet und häppchenweise servierst, krieg ich hier noch einen Herzinfarkt!«

»Okay, aber das sind einfach so viele Sachen, und die sind alle wichtig. Also, Camargo, Torres und Zubizarreta haben sich bei mir gemeldet. Die Anrufe von denen kannst du getrost ignorieren, ich bring dich auf den neuesten Stand: Die drei haben die Beamten vom Standesamt und noch alle möglichen anderen Leute in den Wahnsinn getrieben, konnten aber schließlich den letzten Aufenthaltsort von Clara Fernández bestimmen. Also, halt dich fest – sie ist 1949 als Nonne in das Kloster Regina Coeli in Santillana del Mar eingetreten. Zu dem Zeitpunkt scheint sie sich in Luft aufgelöst zu haben, und man hat nie wieder etwas von ihr gehört.«

»Ach du Scheiße, Riveiro, da waren doch früher die

Klarissen untergebracht, vor ihrem Umzug in die neue Abtei, wie heißt die noch?«

»San Ildefonso«, ergänzte Riveiro. »Ich weiß, aber man hat Torres am Telefon gesagt, dass wir für weitere Nachforschungen dort die Erlaubnis von Schwester Mercedes brauchen. Und praktischerweise scheint es der Mutter Oberin auf einmal furchtbar schlecht zu gehen.«

»Mit einem Durchsuchungsbeschluss können wir sie dazu zwingen, uns reinzulassen. Außerdem ist Sabadelle davon überzeugt, dass uns die Äbtissin beim Thema Tlaloc angelogen hat. Vielleicht wollte sie ja Clara Fernández schützen, die womöglich immer noch unter den Klarissen im Kloster lebt. Das geht jetzt auch das Bistum an, deshalb ist die ganze Sache ziemlich heikel, und ich müsste erst einmal mit dem Capitán sprechen.«

»Ja, daran habe ich auch schon gedacht. Da wir auf einen Durchsuchungsbeschluss ohnehin mehrere Tage warten müssten, sollten wir es bei den Nonnen vielleicht am Montag noch mal im Guten versuchen«, sagte Riveiro. Er fügte hinzu: »Übrigens hat mir ein Freund von der SpuSi inoffiziell etwas über die Sache Juan Ramón Ballesta anvertraut: In dessen Zimmer hat man absolut nichts gefunden, keine Fingerabdrücke, keine DNA-Spuren und auch keine Reste von Bleioxid, Mennige oder ähnlichen Substanzen.«

Valentina schwieg ein paar Sekunden.

»Dieser Information zufolge haben wir es vermutlich mit zwei Tätern zu tun, die Komplizen sein könnten oder auch nicht. Zum einen die Frau, die der Tourist aus der Schweiz gesehen haben will, zum anderen der junge Mann, der mutmaßlich Juan Ramón Ballesta angegriffen hat.«

»Und was ist mit Jana Ongayo?«, warf Riveiro ein.

»Ich denke, sie können wir als Täterin ausschließen, auch bei David Viesgo, das passt zeitlich einfach nicht zusammen. Allerdings begreife ich wirklich nicht, warum sie sich das Leben genommen hat. Vielleicht aus Schuldgefühlen?«

»Keine Ahnung.«

»Tja, dann schließe ich mich mal mit dem Rest des Teams kurz, ich fürchte allerdings, dass wir bis Montag nicht mehr viel machen können, mal abgesehen davon, Berichte zu schreiben und Antragsformulare auszufüllen. Heute Nachmittag gehe ich dann noch zur Beerdigung von Señora Ongayo. Zum einen möchte ich natürlich Clara Beistand leisten, obwohl ich nicht glaube, dass die in solchen Momenten gerade mich braucht. Zum anderen will ich mir aber auch ansehen, wer dort so auftaucht. In diesem Fall ist ja alles irgendwie miteinander verknüpft, deshalb können wir nicht ausschließen, dass sich der Mörder heute auf dem Friedhof blicken lässt, meinst du nicht?«

»Soll ich mitkommen?«

»Nein, dich will ich heute auf keinen Fall in Comillas sehen. Mir hat nämlich ein Vögelchen gezwitschert, dass bei dir zwei kleine Höhlenmenschen herumtoben, die unheimlich gern mit ihren Eltern zum Strand wollen. Gönn dir doch eine Verschnaufpause, Riveiro, ich brauch dich am Montag frisch und ausgeruht, falls es was Neues gibt. Mal sehen, ob deine Kollegen heute vielleicht noch Archive oder Zeitschriftensammlungen konsultieren können, aber die müssen auch mal den Kopf freikriegen. Eine frische Perspektive verhindert, dass wir uns in irgendwas verrennen. Und ich mache mich erst mal über den Klarissenorden schlau.«

Am anderen Ende der Leitung lächelte Riveiro, weil

ihn Teniente Redondo nicht unter Druck setzte. Schließlich würde auf diesen Fall ein anderer folgen, und dann wieder einer und der nächste, und alle waren wichtig. Es stimmte schon, sie mussten wenigstens einen Morgen oder Nachmittag mal verschnaufen.

»Und du, Teniente, nimmst du dir keine Auszeit?«

»Doch, na klar. Eigentlich wollte ich hier in der Wohnung am Wochenende eine Riesenparty schmeißen, das hab ich aber nicht erwähnt, weil du gar nicht eingeladen bist«, versetzte sie sarkastisch.

»Die Idee ist gar nicht schlecht, aber wenn die Nachbarn irgendwann die Guardia Civil rufen, hast du ein Problem«, antwortete Riveiro am anderen Ende ironisch und wandte sich zu seinen Kindern um, die gerade damit anfingen, die Spuren der Kissenschlacht zu beseitigen.

»Okay, das behalt ich im Hinterkopf«, meinte Valentina scherzhaft, wurde dann aber wieder ernst. »Wenn es irgendwas Neues gibt, rufen wir uns gegenseitig an, in Ordnung?«

»Alles klar.«

Als Valentina auflegte, spürte sie in ihrem Inneren eine Leere, die jetzt viel schlimmer war als sonst. Beim Gespräch mit Riveiro hatte sie das Getobe im Hintergrund an ihre eigene Familie erinnert, sehnsüchtig dachte sie an ihre Eltern, an ihre kleine Schwester und die beiden Neffen, die in Galizien lebten. Allerdings tröstete sie der Gedanke, dass sie zumindest theoretisch in ein paar Tagen ihren Urlaub antreten würde. Valentina war eine selbstständige und aktive Frau, die nicht zur Gefühlsduselei neigte, aber in diesem Moment vermisste sie die Stimme ihre Mutter, den Duft aus deren Töpfen und selbst die ständige Kritik an ihrer Frisur, ihren Klamotten und daran, dass sie keinen festen Freund hatte. Natürlich stritt sich Valentina hin und wieder mit ihrer Familie, aber das waren offene, sogar konstruktive Diskussionen. Trotz der dunklen Schatten, die sich auf ihre Familiengeschichte gelegt hatten, hatte sie eine solide und herzliche Beziehung zu ihren Eltern. In den wichtigsten Momenten ihres Lebens, wenn sie bedeutende Entscheidungen treffen musste, waren die beiden immer für sie da gewesen. Ihre verborgene Bucht war kein Ort und auch keine Erinnerung, es waren ihre Eltern.

Während sie nun die Nummer des Elternhauses in Galizien wählte, musste Valentina daran denken, dass irgendwo hier ganz in der Nähe ein Mörder auf freiem Fuß war, oder vielleicht sogar zwei. Und deshalb wusste sie ganz genau, dass sie sich an diesem Wochenende eben nicht ausruhen konnte, sie würde mit Herz und Verstand jede Minute der Ermittlung widmen. Da draußen wartete ein kalter und machtvoller böser Schatten auf sie.

***Mit der Zeit*** dachten die Leute nur noch gelegentlich zurück an das schreckliche Verbrechen von Ubiarco, das Adlerwappen und den unbekannten, geheimnisvollen Täter. Als Letzteren erkor man, wie das im Volksmund eben so üblich war, einen teuflischen mörderischen Geist, der ohne Zweifel in Suances in einer Hexenhöhle hauste. Tratsch und Klatsch verwandelten den unerklärlichen Mord und die Zerstückelung in eine vom Aberglauben geprägte Legende. Darin hieß es, Don Ignacio wandele in Sommernächten am Strand von Santa Justa und suche nach seinen Beinen, um mit ihnen endlich ins Reich der Toten überzutreten.

Die durchtriebene und berechnende, aber auch unglaublich großzügige Clara würde die graue Welt, die sie mit einem ständigen Gefühl der Leere erfüllte, nach und nach hinter sich lassen und nach etwas Wärme für ihr kaltes Herz suchen. Dazu hatte sie einen komplexen und schwindelerregenden, aber durchführbaren Plan entwickelt, der außerdem die Zukunft von Janas Kind sichern würde.

Ich werde deine Neugier befriedigen und dich ins Jahr 1948 mitnehmen.

Clara und Jana befanden sich in Suances auf dem Grundstück der Ongayos, die nach Südamerika gereist waren und erst an Weihnachten zurückkehren würden. In der Zwischenzeit ließen sie sich eine großartige Sommerresidenz bauen, deren rechter Flügel bereits fertiggestellt war. Der Rest des Hauses würde nun warten müssen, bis im Februar oder März der harte kantabrische Winter vorbei war.

Durch die riesigen Fenster des herrschaftlichen Hauses sah

man auf den Concha-Strand hinunter, zu dem das Grundstück einen privaten Zugang hatte. Es erstreckte sich auf dem kleinen Plateau aus Erde und Felsen, das den Concha-Strand von der Playa de los Locos trennte. Das gesamte Grundstück fiel zum Meer hin ab, die Villa stand auf dem oberen Areal, und eine bereits fertiggestellte, unabhängige Dienstbotenunterkunft befand sich am unteren Rand des Geländes. Von dort aus hatte man eine weniger spektakuläre Aussicht, befand sich aber näher am Strand. Auf Wunsch des ehrwürdigen Amerikaheimkehrers, des weit gereisten Señor Ongayo, trug die Sommerresidenz mit ihren zwei Stockwerken plus einem Dachboden ein wenig extravagante viktorianische Züge. Die Auskragungen des riesigen Dachs waren mit hölzernen Leisten verziert, deren Schnitzereien geometrische Formen und Bärenklaublätter zeigten. Das aus großen kantabrischen Felsbrocken und riesigen Balken erbaute Dienstbotenhäuschen brach hingegen völlig mit dieser Ästhetik und wirkte eher wie eine Berghütte.

Um die romantische und exotische Stimmung des Grundstücks noch zu verstärken, hatte Señor Ongayo einen Mammutbaum, zwei Palmen und mehrere Bananenstauden anpflanzen lassen. Letztere bildeten vom Eingangstor her eine Allee und schützten das Haus in Richtung Straße vor Blicken.

Und auf diesem Grundstück diskutierten die beiden Schwestern nun in der Küche des Dienstbotenhäuschens.

»Ich bin damit immer noch nicht einverstanden«, versetzte Jana kopfschüttelnd, während sie auf ihren runden Bauch starrte. Sie hockte im Licht des mit Holz befeuerten Herdes auf einem einfachen Schemel.

»Tja, dir bleibt aber nichts anderes übrig, als dich damit abzufinden. Meine Entscheidung ist gefallen, und genau das will ich eben. Mir hat diese Welt einfach nichts mehr zu bieten.«

»Aber du könntest dir doch einen Ehemann suchen, das

muss ja gar kein feiner Herr sein. Wenn du dein eigenes Haus hast, dann …«

»… dann würde ich dort mein Leben lang wie eine Sklavin schuften. Und wenn ich bisher niemanden gefunden habe, warum sollte ich dann in Zukunft mehr Glück haben?«

»Das stimmt doch gar nicht. Du bist nicht verheiratet, weil du es nicht willst. Du weißt ganz genau, Clara, dass dich schon viele umworben haben.«

»Aber niemand, der mir wirklich gefallen hätte«, antwortete Clara und wandte sich zum Fenster um, durch das sie auf den einsam daliegenden Concha-Strand blickte.

»Was ist denn nur mit all deinen Plänen … unseren Plänen? Die könnten wir doch wieder aufnehmen, ohne dass du deshalb dein Leben lang eingesperrt sein musst.«

»Das ist ein Kloster, kein Gefängnis«, antwortete Clara, ohne ihre aufgewühlte Schwester anzusehen.

»Näher dran an einem Gefängnis könnte ein Klarissenkloster nicht sein. Musstest du dir denn ausgerechnet einen Klausurorden aussuchen? Und noch könntest du deine Meinung ja ändern.«

Clara seufzte. Diese Diskussion führten sie offensichtlich nicht zum ersten Mal. Der Blick der älteren Schwester war jedoch entschlossen, als sie antwortete: »So ist es einfach am besten, weil ich dann in deiner Nähe bin. Darüber haben wir doch schon so oft gesprochen, Jana. Du weißt, dass es von Santillana del Mar aus überallhin nur ein Katzensprung ist. Und das Klarissenkloster hat nun mal das beste Findelhaus in ganz Santander. Willst du denn nicht, dass das Kleine gut versorgt wird?«, fragte sie und starrte auf Janas kugelrunden Bauch. Dann sah sie ihrer Schwester mit hartem, gnadenlosem Blick in die grünen Augen.

»Na klar, die heilige Clara geht ins Kloster, um die Wahrheit zu vertuschen und sich um meinen Bastard zu kümmern.

So sieht es doch aus, oder nicht? Na, da werd ich doch lieber selbst Nonne!«, rief Jana wütend. Sie hatte das Gefühl, dass Clara sie bei der ganzen Sache einfach überging und ihr das Recht absprach, Mutter zu sein. »Du musst für mich nun wirklich keine Opfer bringen und dich hier als Märtyrerin aufspielen, Clara! Begreifst du denn nicht, dass du mich damit allein zurücklässt? Siehst du das denn nicht?«, schluchzte sie nun, ging zu ihrer Schwester hinüber und umklammerte flehentlich deren Hände.

Clara umarmte ihre kleine Schwester.

»Was in jener Nacht passiert ist, war eine Sünde. Trotzdem habe ich kein schlechtes Gewissen, Jana, und das solltest du auch nicht. Er war nämlich ein Schwein und hatte es verdient. Ich gehe ja nicht nur wegen des Kindes ins Kloster, Jana, das wird doch wahrscheinlich sowieso irgendwann adoptiert. Aber auf die Art können wir wenigstens mitverfolgen, was mit ihm passiert, es lieben und uns darum kümmern. Auf unsere Art und Weise. Wir haben es doch verdient, unser eigenes Leben zu führen, Jana. Dir sollte eines zustehen und mir auch. Ich will nicht mehr putzen oder vor Besuchern den Blick senken, nicht nach dem Abendessen der Dienstherren die Reste verzehren. Und ich will auch nicht von einer erwiderten Liebe träumen, die ich ja doch nie erleben werde. Du scheinst nicht zu begreifen, dass ich mir ein anderes Leben wünsche. Im Kloster kann ich lesen und schreiben … da muss ich mir keine Sorgen um Kriege oder Angriffe machen, brauche keine Angst vor dem Hunger zu haben. Dort kann ich in Ruhe leben«, erklärte Clara, während sie ihre Schwester mit unendlicher Liebe ansah. Jana antwortete augenblicklich: »Aber das Leben im Klarissenkloster ist bescheiden, vielleicht musst du ja doch hungern. Und wie soll ich dir dann helfen? Wie nur? Und können wir dann gar nicht mehr miteinander sprechen?«

Fast belustigt lächelte Clara.

»Wir schreiben uns eben Briefe. Und wenn es sein muss, dann entwische ich von Zeit zu Zeit, dazu muss ich ja nur krank werden und zum Arzt gehen. Vertrau mir. Und ich glaube nicht, dass die da großen Hunger leiden. Bei all meinen Besuchen habe ich noch keine einzige dünne Nonne gesehen!«, erklärte sie und begann leise zu glucksen, bis sie Jana mit ihrem Lachen ansteckte.

Nun breitete sich langsam Stille im Raum aus. Traurig dachte Jana an den Moment, in dem ihre Schwester ihr Leben im Kloster beginnen würde.

»Wie viel Zeit bleibt dir denn noch?«

»Aber das weißt du doch, ich gehe davon aus, dass ich gegen Ende des Sommers schon in Regina Coeli eintreten kann. Die ganzen Vorgespräche sind allerdings furchtbar langweilig. Natürlich brauche ich Zeit, um alles geordnet zurückzulassen, aber es sollte doch nun wirklich reichen, dass ich mich dem Orden anschließen und mich Gott anvertrauen will – diese Klarissen sind ganz schön misstrauisch. Meine Meisterin, Schwester Mercedes, will eigentlich immer nur, dass ich bete und meine Seele befrage, ob ich wirklich mit meinen ›bisherigen Lebensumständen‹ brechen will«. Clara lachte aus vollem Hals. »Kannst du dir das vorstellen? Meine bisherigen Lebensumstände! Wir haben doch nie etwas anderes getan, als von klein auf immer nur zu arbeiten!«

Traurig lächelte Jana.

»Bei den Tanzfesten aber nicht … und nicht während der Sommer in Comillas.«

»Ach ja«, nickte Clara traurig. »Jene Sommer in Comillas, die werde ich nie vergessen. Dort wird es für uns keinen Sommer mehr geben.«

»Nein, weder für dich noch für mich, obwohl du ja Ende nächsten Sommers schon Nonne sein wirst. Und ich? Was wird aus mir, Clara? Du erwartest ja immer noch, dass ich eine gute Partie mache, aber das halte ich wirklich für unmöglich. Für so etwas hab ich einfach keine Kraft mehr, Schwester. Ich bekomme doch bald ein Kind, das dann andere aufziehen werden. Es wäre ein Wunder, wenn das wirklich niemand mitbekommt. Und falls es jemand spitzkriegt … eine alleinstehende Mutter, Clara! Dann würde man mich bestimmt auch mit Ignacios Verschwinden in Verbindung bringen, die Leute würden doch nachrechnen. Vielleicht hab ich einfach einen Fehler gemacht, meinst du nicht? Darüber grüble ich immer wieder nach. Ich hab Luis gehen lassen. Und ich frage mich auch weiterhin, was er an jenem Tag eigentlich in Ubiarco wollte.«

Claras Züge verhärteten sich.

»Luis hat längst seine Näherin geheiratet, und er wird immer ein armes, elendes Leben führen, das weißt du doch. Wenn Don Ignacio nicht so ein Mistkerl gewesen wäre, wäre alles gut geworden. Dieser Schuft!«, rief Clara wütend aus und ballte die Hände zu Fäusten. Dann riss sie sich zusammen und setzte ein Lächeln auf, als sie weitersprach: »Und mein liebes Fräulein, ich werde Ende des Sommers natürlich noch keine Ordensschwester sein. Dann fange ich doch erst das Noviziat an … das dauert ungefähr zwei Jahre. Die Tracht werde ich dann schon tragen, das stimmt, aber ich hab nur ein vorläufiges Gelübde abgelegt. Danach folgt dann das dreijährige Juniorat, und erst dann wirst du eine Nonne zur Schwester haben. Ich werde für alle beten, im Moment natürlich vor allem für David, denn wer weiß, was auf Gottes Erde noch so auf ihn wartet und in welche Schwierigkeiten er sich bringen wird. Hoffentlich bleibt er drüben in Frankreich und kehrt nicht in die Berge zurück, das ist ja doch nur ein Nest für Banditen. Und ich werde auch für dich beten, für deine Zukunft. Ich muss für so vieles beten, Jana, aber dafür hab ich ja jetzt Zeit. Und vielleicht bin ich damit Mamá ein wenig näher … und Antonio. Aber ich werde auf dich aufpassen,

Dummerchen. Verstehst du denn nicht, dass ich erst in etwa einem Jahr eintrete?«

»Ein Jahr …«, echote Jana traurig.

»Damit hast du genug Zeit, um den ältesten Sohn der Ongayos zu heiraten.«

»Wie bitte? Bist du jetzt verrückt geworden?«, fragte Jana mit gerunzelter Stirn, während sie ihre Schwester aus großen Augen anstarrte.

»Ganz ruhig, ich hab mir das genau überlegt.«

»Klar, so wie das mit Don Ignacio«, entgegnete Jana, die während der Schwangerschaft ihren Kampfgeist nicht völlig verloren hatte. Eher im Gegenteil, sie war jetzt lebhafter, ihre Sinne geschärfter.

»Nein, dieses Mal wird alles anders.«

»Und ob, ich denke nämlich nicht daran, schon wieder irgendeinen Señorito zu umgarnen, Clara. Eine heimliche Schwangerschaft reicht mir. Ich bin jetzt seit vier Monaten in dieser Hütte eingesperrt, seit vier Monaten! Und wenn das Kind erst geboren wird, dann will ich es nicht sehen, das kann ich einfach nicht. Nimm es mit, bring es zur Klosterklappe, wie wir es besprochen haben. Aber setz mir nicht schon wieder einen Floh ins Ohr. Ich werde an deiner Stelle im Haushalt der Ongayos arbeiten, die deine plötzliche religiöse Berufung ja zum Glück problemlos hingenommen haben«, sagte Jana mit besonderer Betonung auf »religiöse Berufung«. »Danach nehm ich einfach hin, was das Leben mir eben so bringt. Auch wenn ich nach den Geschehnissen jener Nacht eigentlich mit nichts Gutem mehr rechne.«

»Jetzt stell dich mal nicht so an!«, spottete Clara. »Im Moment läuft doch alles wie geplant. Ich konnte dich hier verstecken, und die Arbeit am Haus wird vor Februar oder März nicht wieder losgehen. Das Kind kommt ja viel früher zur Welt, Anfang des Jahres oder vielleicht im Januar, dann bringen wir es zu den Klarissen, und du stößt im Haus der Ongayos zu mir, bis ich Anfang des Sommers bei ihnen aufhöre …«

»Aber wolltest du nicht erst Ende des Sommers ins Kloster?«

»Schon, aber nicht von einem Tag auf den anderen, Dummerchen. Also, die Herren kommen an Weihnachten mit ihrem Sohn aus Uruguay zurück.«

Jana seufzte.

»Mit welchem Sohn denn?«

»Na, wen meine ich wohl, den Ältesten natürlich! Insgesamt sind es vier, der eine ist schon verheiratet, der andere noch ein Milchgesicht. Dann gibt es da den Soldaten, der nichts als seine Waffensammlung im Sinn hat, aber der ist nun wirklich nicht der Hellste. Und dann ist da noch der Älteste.«

»Don Eladio?«

»Genau.«

»Aber ist der denn nicht mit einer aus Puente Viesgo verlobt?«

»Ja, da wurde etwas angebahnt, aber die haben sich schon seit Monaten nicht mehr gesehen. Lächel doch einfach nur und sei nett. Und wie du gesagt hast, schaust du dann eben, was dir das Leben so bringt.«

Jana schüttelte den Kopf und wagte sogar ein Lächeln.

»Du bist einfach eine Hexe, ich weiß wirklich nicht, was das im Kloster mit dir werden soll.«

Clara lachte von ganzem Herzen.

»Na, was schon? Ich werd wenigstens ein bisschen Leben in die Bude bringen!«

Plötzlich blieb Clara das Lachen im Halse stecken, so als hätte man es ihr mit einem Messer abgeschnitten, denn Jana verzog schmerzerfüllt das Gesicht. Mit einem Mal floss ihr Blut die Schenkel hinunter und zeigte sich in den Falten ihres Rockes.

Heute würde zum ersten Mal der Tod die Villa Marina aufsuchen.

***Dass Valentina den*** Samstagnachmittag als erdrückend empfand, lag nicht nur an der Hitze, sondern auch an Jana Ongayos Beerdigung, die eine wahre Massenveranstaltung zu werden schien. Bei so vielen Menschen war es fast unmöglich, verdächtige Personen auszumachen. Es war jedoch schön zu sehen, wie beliebt Jana gewesen war, vielleicht nicht unbedingt als Mensch, aber durchaus als Institution. Wahrscheinlich hatte sie in Comillas viel zum Guten verändert, sie hatte Notleidenden geholfen und Künstler gefördert, und dafür erwies die Stadt sich nun als dankbar. Falls sie wirklich eine Mörderin gewesen sein sollte, stand ihre wohltätige Ader dazu in krassem Widerspruch.

Teniente Redondo führte eine lange Unterhaltung mit Richter Talavera, der genau wie sie noch vor der Beerdigung in der Casa del Duque eingetroffen war. Als der Richter ihr grünes Licht gegeben hatte, wagte Valentina es, Clara Múgica um etwas geradezu Ungeheuerliches zu bitten. Sie wartete einen Moment ab, in dem sie mit ihrer Freundin allein war, und zwar ausgerechnet in demselben Wohnzimmer, in dem sie vor ein paar Tagen mit Oliver und Señora Ongayo Kaffee getrunken hatte. Es kam ihr vor, als sei das schon eine Ewigkeit her.

»Clara, es tut mir wirklich leid, aber ich muss dich jetzt um etwas bitten, was dir gar nicht gefallen wird. Das ist jetzt kein guter Zeitpunkt, ich weiß, aber …«

Die Gerichtsmedizinerin seufzte und schüttelte sanft

den Kopf. Dann holte sie resigniert Luft. »Na sag schon, was brauchst du?«

Die Teniente trat an Clara heran, welche auf demselben rosafarbenen Diwan aus Samt und Seide saß, auf dem sie Jana Ongayo zum letzten Mal gesehen hatte. Dann hockte sie sich vor ihrer Freundin hin und griff nach deren Händen.

»Du weißt hoffentlich, dass ich dich unter diesen Umständen nicht darum bitten würde, wenn es nicht absolut nötig wäre.« Sie atmete einmal tief durch. »Wir befürchten, dass der Tod deiner Mutter im Zusammenhang mit dem Fall in der Villa Marina stehen könnte.«

»Sie hat sich umgebracht, Valentina, verstehst du, sich umgebracht! Ihr hat niemand in den Bauch geschossen oder sie vergiftet …« Clara wurde zwar laut, aber ohne Überzeugung. »Oder weißt du etwa mehr als ich?«

»Nein, ich will nur keine Möglichkeit außer Acht lassen, wie du es ja bei deiner Arbeit auch tust.«

Clara nickte lediglich. Unter anderen Umständen hätte sie nun Witze über Tote gerissen und ihren schwarzen Humor zur Schau gestellt, den sie sich während des Studiums zugelegt hatte, aber heute nicht. Heute würde sie ihre Mutter zu Grabe tragen. Sie schaute Valentina in die Augen.

»Worum geht es denn?«

»Ich möchte noch einmal das Haus durchsuchen, zumindest Schlaf- und Arbeitszimmer, ich habe nämlich das Gefühl, dass uns da irgendwas entgangen ist. Und dann brauchte ich noch deine DNA … und die von deiner Mutter.«

»Die … von meiner Mutter? Aber …«

»Ich weiß, und deshalb ist die Sache auch so dringend. Ich werde erst einmal nachsehen, ob ich in einem Kamm oder einer Bürste Haare mit Follikeln finde, aber wenn nicht, müsste ich welche …«

»Von der Leiche entnehmen«, führte Clara ihren Satz zu Ende.

»Genau«, bestätigte Valentina, deren Stimme fast zu einem Flüstern geworden war. »Ich würde ganz vorsichtig sein, wir brauchen für eine sichere Bestimmung ja auch nur ein oder zwei Haare«, sagte sie dann, während Clara nachzudenken schien.

»Das verstehe ich natürlich … also tu, was du tun musst, ich vertraue deinem Urteilsvermögen. Hast du alles Nötige mitgebracht?«, fragte Clara, die pragmatisch zu sein versuchte und deshalb plötzlich ganz professionell klang.

Valentina holte ein Plastikröhrchen mit einem Wattestäbchen aus ihrer Tasche und reichte es ihrer Freundin. Ohne weitere Umstände zog die Gerichtsmedizinerin das Stäbchen heraus und schob es sich in den Mund, um es mit ihrer DNA zu versehen. Vielleicht konnte sie mit diesem kleinen Beitrag ja ihrer Freundin bei der Suche nach der Wahrheit helfen. Dann erhob sich Clara mit müdem Lächeln. Sie wandte Valentina den Rücken zu und ging zur Tür, drehte sich noch einmal um und durchbohrte ihre Freundin mit Blicken. »Wenn irgendein verdammter Mistkerl meine Mutter in den Selbstmord getrieben hat, dann schnapp den so schnell wie möglich. Der einzige Ort, an dem ich dem begegnen will, ist mein Autopsiesaal.«

Valentina schaute sie aus ihren zweifarbigen Augen an und nickte mit so viel Entschlossenheit und Nachdruck, wie sie nur konnte. Als sie dann schließlich sah, dass Clara bei ihrem Ehemann und in Gesellschaft weiterer Familienmitglieder gut aufgehoben war, machte sie sich an die

Arbeit. In Jana Ongayos Zimmer nahm sie ihre Bürsten unter die Lupe und entdeckte dort zum Glück brauchbares Material, das sie zum Schutz der Beweismittelkette persönlich in ein Privatlabor in Santander bringen wollte, wo auch die anderen Tests gemacht worden waren. Valentina Redondo war wirklich erleichtert, sie hatte nämlich keine große Lust dazu gehabt, an der Leiche herumzuhantieren. Als Nächstes sah sie Briefe und Dokumente von Señora Ongayo durch, ohne dabei irgendetwas Interessantes zu finden, mal abgesehen von der gerade erst eingetroffenen letzten Telefonrechnung. Die steckte sie ein, um sie sich nach der Beerdigung in Ruhe anzusehen. Clara beizustehen hieß nicht nur, sie heute in den Arm zu nehmen, sondern auch, die Sache so schnell wie möglich aufzuklären. Deshalb hatte sie nicht vor, mit leeren Händen zu gehen, selbst wenn sie nicht hundertprozentig ausschließen konnte, dass ihre Freundin am Ende sogar in der ganzen Sache mit drinsteckte.

Später am Nachmittag trug Clara dann mit düsterer, aber gefasster Miene ihre Mutter zu Grabe. Sie weinte dabei nicht, versteckte sich allerdings hinter einer riesigen schwarzen Sonnenbrille. Da es sich nicht um einen natürlichen Tod, sondern um Selbstmord gehandelt hatte, lag eine gewisse Unruhe in der Luft. Man konnte eine schmerzliche Anspannung erahnen, als würde auf allen ein ungelöstes Rätsel lasten. Natürlich fragte sich jeder nach dem Grund, es wurde getuschelt und gemunkelt.

Auch Clara wollte so gerne wissen, warum ihre Mutter dem Tod zuvorgekommen war, sich nicht an die Regeln der Natur gehalten hatte. Ihre Beklemmung ging nicht nur mit dem so plötzlichen Abschied von ihrer Mutter einher, der Traurigkeit, die jedes Ende mit sich bringt, sondern auch damit, dass sie sich für den Selbstmord verantwortlich fühlte. Wenn sie öfter zu Besuch gekommen wäre, wenn sie ihre Mutter vielleicht am Vortag angerufen hätte … Verdammt, wann hatten sie überhaupt das letzte Mal miteinander gesprochen? Mal abgesehen davon, dass sie sich kurz gemeldet hatte, als David Viesgos Leiche ins Rechtsmedizinische Institut gebracht worden war. Ach ja, vor fast drei Wochen, ein rasch abgewickeltes Pflichttelefonat: »Wie sieht es mit der Arthrose aus? Gut? Und welches Buch liest du gerade? Aha, wunderbar. Natürlich komme ich dich bald mal besuchen, aber ich hab gerade so viel zu tun. Ja, bei Lucas ist alles klar, mal absehen von den Allergien, du weißt schon. Ruf mich an, wenn du irgendwas brauchst. Küsschen, Mama!«

Wie einsam ihre Mutter gewesen sein musste! Sie war doch immer Unternehmerin, eine Geschäftsfrau gewesen, stark und entschlossen, ihrer Zeit weit voraus. So sah ihre Tochter sie zumindest: wie eine eiserne Lady, angenehm im Umgang, aber im Grunde allein und stets in Alarmbereitschaft. Clara wusste, dass ihre Mutter in der Vergangenheit mit Spionen, Nazijägern und Politikern zusammengearbeitet hatte, aber diese Zyankalikapsel … Wieso hatte sie von deren Existenz nichts gewusst? Vielleicht hatte die berühmte Jana Ongayo ja viele Geheimnisse gehabt, von denen ihre Tochter nicht einmal etwas ahnte. Clara hatte ihre Mutter geliebt, jahrelang hatte jedoch ihr großer Zorn auf sie im Vordergrund gestanden. Wie oft hatte Clara sich in der Obhut von Kindermädchen und in sündhaft teuren Internaten alleingelassen gefühlt …

Sie musste ein Schluchzen unterdrücken. Der Schmerz in ihrem Inneren war so erdrückend, dass er ihr die Kehle zuschnürte. Sie versuchte, sich die letzten Momente ihrer

Mutter vorzustellen. Warum hatte sie nur beschlossen, so zu gehen, ganz allein auf dieser Bank? Man hatte sie mit einem Lächeln auf den Lippen gefunden, das war bei Claras Eintreffen immer noch erkennbar gewesen. Da war der Leichnam noch nicht freigegeben worden. Ihre Mutter hatte wie ein kleines Mädchen gewirkt, das etwas Verbotenes getan hatte. Die Jahre hatten sie schrumpfen lassen, sie war so winzig und dünn gewesen … aber ihren entspannten Gesichtsausdruck hätte man nun wirklich nicht mit einem Selbstmord in Verbindung gebracht. Welchen Anblick hatte sie sich wohl als ihren letzten gewünscht? Hatte sie auf das weite Meer hinausgeblickt? Oder auf den Friedhof? Der geflügelte Engel, der ihn beherrschte, schien jeden Augenblick zum Leben zu erwachen, als müsste er nur eine dünne Schicht aus Stein durchbrechen, unter der sich Muskeln und Fleisch verbargen. Jene Statue aus abgewetztem weißem Marmor mit dieser unterdrückten Wut im Blick war Zeuge des geheimen letzten Moments ihrer Mutter gewesen.

Clara versuchte, sich auf die Beerdigung zu konzentrieren, um bloß nicht ins Grübeln zu geraten und hier noch zusammenzubrechen. Sie warf einen Blick zu Valentina hinüber, die ihr so aufrecht, professionell und aseptisch vorkam. Aber sie war gekommen, und zwar nicht nur aus professionellem Pflichtgefühl. Clara erlaubte sich ein kleines Seufzen und setzte ein halbes Lächeln auf, als sie sah, wie ihre Freundin alle Trauergäste unter die Lupe nahm. Sie begriff, dass die Teniente hier bei der Arbeit war, sie gönnte sich eben nie eine Verschnaufpause. Aber obwohl Valentina das selten zeigte, war sie doch ein warmherziger Mensch. Mit welchem Feingefühl sie Clara zum Tod ihrer Mutter befragt hatte, wie sie sie in die Arme geschlossen hatte … Hinter dem zweifarbigen

Blick verbarg sich viel mehr als nur Strenge, Förmlichkeit und hohe Ansprüche.

Clara wusste, warum nur noch eins von Valentinas Augen grün leuchtete. Sie kannte ihre Trauer um den Bruder, die im Lauf der Jahre an Kraft verloren hatte. Nur wenige waren in dieses Geheimnis eingeweiht, dessen Last Valentina wohl lieber allein tragen wollte.

Trotz der tröstenden Anwesenheit ihrer Freundin, trotz des stützenden Arms und des moralischen Beistands ihres Mannes war Clara auf einmal furchtbar müde. *Mamá, was hast du nur getan? Und wie soll ich dich denn jetzt darum bitten zu bleiben?*

Ein paar Sekunden lang hatte sich Valentina von Clara beobachtet gefühlt. Obwohl ihre Freundin sie nicht offen zur Schau stellte, war ihre Traurigkeit unverkennbar. Die Beisetzung mit ihrer ehrfurchtsvollen Stille, gefolgt von leisem Murmeln, erinnerte Valentina an die Beerdigung ihres Bruders.

Die lag nun schon über zwanzig Jahre zurück. Sie sollte damals gar nicht dabei sein, man hatte ihr nämlich absolute Bettruhe empfohlen. Sie war ja erst zwölf Jahre alt, und das dumpfe linke Auge versteckte sich, von fast schwarzen Blutergüssen umgeben, hinter einem dicken Verband. Er hatte sie geschlagen, aber sie war sich sicher, dass er ihr damals nicht wehtun wollte. Er hatte völlig neben sich gestanden und nur gewollt, dass sie ihm aus dem Weg ging. Wer war nur dieser Junge? Auf jeden Fall nicht ihr Bruder, sondern ein Fremder, mit seiner Stimme und seinem mit Drogen vollgepumpten Körper. Er stellte klar, dass er Geld für Stoff brauchte und um endlich zu verschwinden, und dabei nahm er ohne jeden Skrupel die Perlen ihrer Mutter vom Schminktisch.

Ihre Eltern hatten ihn in eine Klinik gesteckt, und er war eigentlich auf dem Wege der Besserung, noch lag eine Zukunft voller Möglichkeiten vor ihm. Und sie waren doch schließlich eine Familie, in der man zusammenhielt und Probleme gemeinsam löste.

Aber er hatte im Bus ein Mädchen kennengelernt, und zwischen ihnen hatte sich während der Fahrt etwas entwickelt, was ganz groß werden konnte. Während der Therapie durfte man aber mit niemandem zusammen sein, und das wusste er auch, so waren die Regeln. Aber was scherten ihn schon Regeln, er konnte mit diesem Scheiß aufhören, wann immer er wollte! Ein paar Wochen später war das Mädchen allerdings verschwunden, und er wurde wieder schwach. Erneut wurde sein Körper zum Sklaven der Drogen, einer bunten Mischung unterschiedlicher Rauschgifte.

Valentina hatte es gewusst, sie hatte ihn nämlich mit dem Mädchen zusammen gesehen. Darum hätte sie etwas sagen, etwas tun müssen. Aber dann hätte man die beiden voneinander getrennt – hätte man den Prozess damit nicht noch beschleunigt? Vielleicht hatte Valentina jenen brutalen Faustschlag ja sogar verdient. Sie wusste, dass er sie ohne dieses Zeug niemals geschlagen hätte. Als seine kleine Schwester zu Boden sank, floh er mit seiner Beute, vielleicht ohne zu ahnen, was er da getan hatte. Oder vielleicht war es ihm ja doch klar, und er nahm kurz darauf aus genau diesem Grund die Überdosis. Ein Drogenabhängiger weiß nämlich, was sein Körper aushalten kann, und dessen war sich Valentina nur zu bewusst. Sie quälte der Gedanke, dass er vielleicht in einem lichten Moment beschlossen hatte, sich seiner sterblichen Hülle zu entledigen, um niemandem mehr wehzutun. Weder seinen Eltern noch ihr. Ihr großer Bruder, was für ein mutiges und ehrenhaftes Arschloch. Sein Versprechen war langsam verwelkt.

Nun versuchte die Teniente, diese Erinnerungen abzuschütteln. Sie war nicht gekommen, um sich hier in Melancholie und sinnlosem Schmerz zu suhlen. Stattdessen nahm sie die Anwesenden noch einmal ganz genau unter die Lupe. Aber das Ambiente verstärkte ihre düstere Stimmung nur noch, erfüllte sie mit Traurigkeit, als kröche ihr feuchter Nebel in die Knochen. Noch während der Zeremonie warf sie verstohlen einen Blick auf ihr Handy, das sie leise gestellt hatte. Sie entdeckte mehrere Nachrichten und Anrufe in Abwesenheit, aber nicht den, den sie eigentlich erwartete. Im Laufe des Tages hatte sie mehrmals Oliver Gordon zu erreichen versucht, jedoch ohne Erfolg. Sie wollte ihn um etwas bitten, und wegen der Drohung begann sie langsam auch, sich Sorgen um ihn zu machen. Ob ihm wohl etwas zugestoßen war? Plötzlich verließ die Melancholie Valentina, und sie spürte, wie sich in ihrer Brust stattdessen wahre Besorgnis breitmachte. Wo zum Teufel steckte bloß Oliver Gordon?

## Sonntag, der 14. Juli

***Es war noch*** früh, und bislang war das Wochenende weder einfach noch ruhig gewesen. In ihrer Wohnung, die genauso ordentlich und perfekt war wie sie selbst, ordnete Valentina in ihrem Kalender ihre Termine, trank eine große Tasse warme Milch und schaute aus dem Augenwinkel zu der Grafik mit allen Daten des Falls hinüber, die auf dem Tisch lag. An den Rand hatte sie zahllose, fast schon nicht mehr lesbare Bemerkungen gekritzelt, und Pfeile von einer Seite zur anderen zeigten Verbindungen an.

Noch hallte in ihr der gestrige Nachmittag nach. Sie war von einer tiefen und hohlen Traurigkeit erfasst, die sich auf ihr Gemüt gelegt hatte und bei jedem Atemzug zu spüren war.

Da klingelte das Telefon.

»Ja, bitte? Oliver! Wo hast du denn nur gesteckt! Ich hab gestern Abend bestimmt ein halbes Dutzend Mal versucht, dich zu erreichen. Ist alles klar bei dir?«

»Ja, mir geht's gut, bisher hat mich noch niemand mit Benzin übergossen. Tut mir leid, dass ich nicht zurückgerufen habe. Ich hatte das Handy zu Hause liegen lassen, und als ich deine Anrufe gestern Abend bemerkt habe, war es schon ziemlich spät.«

»Aha. Also, ich würde dich gern sehen, wenn es geht. Und zwar möglichst nicht im Leichenschauhaus, daher nimm doch das Handy bitte immer mit, bis diese Sache ausgestanden ist, okay?«

»Ich wusste doch, dass ich dir irgendwann fehlen würde.«

»Ganz und gar nicht, ich wollte mich aus dem einzigen Grund mit dir treffen, dass ich eine DNA-Probe von dir brauche«, antwortete Valentina, unterdrückte aber ihr Lächeln nicht.

»Ach, und ich dachte, du wolltest mich für heute zum Frühstück einladen. Also kein Brunch?«

»Mein Gott, was seid ihr Engländer so früh am Sonntagmorgen schon witzig! Wie schön für euch. Heute haben die Labore sowieso zu, deshalb hätte ich die Probe gerne Morgen früh, wenn es dir nichts ausmacht, damit ich sie so schnell wie möglich wegbringen kann.«

»Morgen? Okay, kein Problem. Und was muss ich da machen? Nehmt ihr mir Blut ab oder so?«

»Nein«, schmunzelte Valentina. »Du kriegst ein Wattestäbchen und musst eine Speichelprobe abgeben. Kannst du vielleicht um neun in die Kommandantur kommen? Oder ist das zu früh?«

»Also bitte, ich bin schließlich Brite! Neun Uhr ist perfekt.«

»Danke, Oliver.« Valentina verstummte kurz. »Du bist zu diesem Test allerdings nicht verpflichtet, ich kann auch erst den Richter um eine Verfügung bitten …«

»Teniente«, fiel Oliver ihr ins Wort. »Das ist wirklich kein Problem. Aber glaubst du denn, dieses Baby war irgendwie mit mir verwandt? Ich denke nämlich nicht, dass meine Mutter etwas mit dem Haus zu tun hat, die war doch adoptiert.«

»Das weiß ich ja, Oliver«, sagte Valentina, die um nichts in der Welt zugeben wollte, dass sie im Moment ziemlich im Dunkeln tappte. »Aber ich kann eben keine Möglichkeit ausschließen.«

»Übrigens hab ich dir doch gesagt, dass ich auf eigene Faust weiterermitteln wollte. Gestern konntest du mich nicht erreichen, weil ich noch mal bei den Chacóns in Santillana war.«

»Wie bitte? Wie kommst du denn auf solche Ideen? Hab ich dir nicht gesagt, du sollst dich da raushalten?« Valentina schnaubte und war offenbar fuchsteufelswild. »Diese Sache ist todernst, Oliver, und vor Gift oder einer Kugel werden dich weder deine ganzen Sprüche noch das Detektivspielen schützen. Verdammt noch mal … was hast du denn da nur getrieben?«

»Wenn du aufhörst, mich anzuschreien, erzähl ich's dir.«

»Ich dich anschreien?«, begann Valentina, erkannte aber sofort, dass sie sich tatsächlich im Ton vergriffen hatte und riss sich wieder zusammen. »Okay, Sherlock, also, was hast du herausgefunden?«

»Dass euch dieser Izan Sáenz angelogen hat. Der war gestern gar nicht da, sondern nur seine Frau mit den kleinen Monstern. Na ja, und im Wohnzimmer saß dann im Rollstuhl auch die Großmutter …«

»Die Schwester vom verschwundenen Ignacio Chacón?«

»Genau die, Dolores Chacón. Na ja, ich hab mich also vorgestellt und der Frau von Sáenz erzählt, dass in der Villa Marina eine Tlaloc-Figur aufgetaucht ist …«

»Aber das war doch streng geheim, Oliver!«

»So geheim nun auch wieder nicht. Ich hab schließlich nicht erwähnt, dass die Figur bei der Leiche gefunden wurde. Die Dame wusste aus der Zeitung von der ganzen Sache und kannte mich daher schon, aber ich hab Tlaloc nicht mit dem Baby in Verbindung gebracht. Ich hab ihnen auch nicht gesagt, dass ich bei unserem Besuch unten im Flur gewartet habe und dass ich mit der Guardia Civil zusammenarbeite.«

»Was du ja auch nicht tust, Oliver …«

»Ja, ja … Also, ich hab ihnen einfach erzählt, dass ich zu Hause so eine Figur gefunden habe, und mich erkundigt, ob die wohl ihnen gehört oder ob sie etwas über ihre Herkunft wissen, weil ihr Großvater ja dieses Symbol aus Mexiko mitgebracht hat.«

»Und?«

»Berta, die Frau von Sáenz, hatte keine Ahnung, mal abgesehen davon, dass ihr Mann ihr von eurem Besuch erzählt hatte. Er hat auf der Suche nach grünen Figuren das ganze Haus auf den Kopf stellen lassen, was übrigens bis jetzt nicht von Erfolg gekrönt war. Aber plötzlich hat dann die alte Frau, die am Anfang überhaupt nichts mitzukriegen schien, angefangen, *La Traviata* zu singen.«

»Was soll das denn heißen?«

»Also, ich hab dieser Berta erzählt, dass die Villa Marina vor meiner Familie den Ongayos gehört hat, und da ging das ganze Theater los. Als die Alte den Namen Ongayo gehört hat, ist sie völlig ausgeflippt … Aber bevor ich fortfahre, würde ich gern noch eins wissen: Sáenz hat euch doch gesagt, dass er über die Sache mit seinem Onkel nichts weiß, mal abgesehen davon, dass er in der Nachkriegszeit in dunkle politische Geschichten verwickelt gewesen zu sein schien, oder?«

»Genau.«

»Also, wie gesagt, als seine Mutter nun den Namen Ongayo hörte, schien sie plötzlich aus dem Reich der Toten zurückzukehren und hat gefaucht, dass nur das Dienstmädchen schuld daran gewesen sei, ›dieses Miststück‹. Ich zitiere da übrigens wörtlich. Die alte Dame hat sie mindestens sechsmal als Schlampe bezeichnet, und irgendwann hat Berta dann die Kinder zur Angestellten in die Küche geschickt.«

»Mit dem Dienstmädchen war wohl Jana gemeint, nehme ich mal an.«

»Natürlich. Sie hat für die Familie in dem Hotel in Ubiarco gearbeitet, der Casa Azul, und über den Winter hat Ignacio sie mit nach Santillana genommen, obwohl es der Señora zufolge dort längst genug Personal gab. Na ja, wörtlich hat sie ›Gesinde und Gesindel‹ gesagt und behauptet, dass diese ›Schlampe Jana‹ ihren Bruder umgebracht hätte. Davon war sie überzeugt, das hat sie wohl auch immer zu ihren Eltern gesagt. Sie fand es darüber hinaus merkwürdig, dass am nächsten Morgen der Freund von dieser ›Schlampe‹ beim Hotel auftauchte. Angeblich hat sie Ignacio mal dabei erwischt, wie er in der Diele Jana auf den Mund geküsst hat … Zum Schluss hat sie dann noch hinterhergeschoben, dass diese ›Tochter Satans‹ bestimmt auch ihre Ehemänner umgebracht hätte, um von dem geerbten Geld in Saus und Braus zu leben. Das Interessanteste an der ganzen Sache war aber, dass Berta die Geschichte offenbar kannte, denn die alte Dame kaut wohl schon seit Jahren darauf herum und gibt Jana bis heute die Schuld für jeden unglücklichen Vorfall in ganz Kantabrien. Es wurde schnell beteuert, dass ich darauf gar nichts geben solle, weil die Señora ja an Alzheimer leide. Ich hab so getan, als hätte ich sowieso nur Interesse an der Tlaloc-Figur, und bin dann schnell verschwunden.«

»Izan Sáenz und seine Frau kennen die Geschichte also durchaus.«

»Genau. Und ich verstehe nun wirklich nicht, warum Izan Jana aus der Ermittlung heraushalten wollte. Wieso hat er euch nicht die Wahrheit gesagt? Wo liegt denn so viele Jahre später nur das Problem?«

Nachdenklich schwieg Valentina einige Sekunden.

»Danke, Oliver, das ist wirklich sehr interessant, aber misch dich bitte nicht mehr in die Ermittlungen ein, das kann wirklich gefährlich werden. Ruh dich doch heute bei dem schönen Wetter einfach mal aus, und wir arbeiten an der Sache weiter. Sehen wir uns morgen in der Kommandantur?«

»Einverstanden, ich werde da sein. Und, lädst du mich dann auf einen Kaffee ein?«

»Nur, wenn du dich heute wie ein perfekter englischer Gentleman benimmst und dich nicht schon wieder in Schwierigkeiten bringst.«

Oliver lachte. »Ich werde es versuchen. Dann mal bis morgen, Teniente.«

Als Valentina auflegte, raste ihr Herz in der Brust. Die Vergangenheit, Ignacio Chacón – dort musste der Schlüssel liegen. Sie rief Cabo Camargo an, um zu sehen, wie es bei ihm, Torres und Zubizarreta mit der Arbeit voranging: Leider stellte sich die Suche nach Firmen, die mit den gefundenen Substanzen arbeiteten, als langsam und umständlich heraus. Außerdem konnten sie am Wochenende die gefundenen Daten nicht mit den Unternehmen abgleichen.

Aber Valentina war fest entschlossen, den Sonntag nicht ungenutzt verstreichen zu lassen. Sie wählte die Nummer von Santiago Sabadelle.

»Sabadelle? Was ist denn los, hast du etwa noch geschlafen? Um diese Uhrzeit? Du solltest dich was schämen, es ist doch schon fast zehn!«, sagte sie lachend.

»Ich fürchte, jegliche Scham hab ich gestern Abend in der Kneipe verloren. Die Aufführung war ziemlich spät zu Ende, und danach sind wir noch mit der ganzen Truppe was trinken gegangen.«

»Aha, und wie ist es mit dem Stück gelaufen?«

»Es war ausverkauft und ein voller Erfolg. Torres und Zubizarreta waren übrigens auch da.«

»Ach, echt?« Valentina entging der leicht vorwurfsvolle Unterton nicht. »Na, dann sag doch beim nächsten Mal Bescheid, dann komm ich auch, in Ordnung?«

»Alles klar, Teniente.« Obwohl Sabadelles Stimme noch ein wenig rau war, klang sie nicht verschlafen, und sein Tonfall blieb neutral. Er war sich dessen bewusst, dass er sich mit Valentina gut stellen musste, auch wenn er sie als Vorgesetzte immer noch nicht akzeptieren wollte.

»Sabadelle, ich würde mich heute Morgen gerne mit dir treffen, nur ganz kurz, passt dir das?«

»Natürlich, kein Problem, Teniente«, sagte er, während er mit den Augen rollte und einen Fluch unterdrückte.

»Wie lange brauchst du, um dich fertigzumachen? Eine Stunde?«

»Oder weniger. Worum geht es denn?«

»Ich möchte mit dir noch einmal die alten Berichte über Ignacio Chacóns Verschwinden durchgehen. Hast du inzwischen den Kollegen gefunden, der den Fall damals bearbeitet hat?«

»Das war ein Sargento, der ist aber vor zwanzig Jahren bei einem Autounfall ums Leben gekommen. Auch der Cousin des verdächtigen Luis Salvador ist vor fünf Jahren verstorben. Daher müssen wir wohl mit den Unterlagen vorliebnehmen.«

»Wir scheinen wirklich kein Glück zu haben. Die Spuren, die wir hier verfolgen, sind alle schon seit mehr als fünfzig Jahren kalt. Ach, übrigens, hast du noch irgendwas über die Klarissen rausgefunden?«

»Nein. Was Clara Fernández angeht, brauchen sie angeblich eine Weile, um die alten Unterlagen der Novizinnen wiederzufinden. Beim Umzug von einem Klostergebäude ins andere sei da so einiges durcheinandergeraten, und es seien auch Dokumente verloren gegangen.«

»Das hört sich für mich nach einer Ausrede an.«

»Eher nach einer dicken, fetten Lüge. Außerdem ist die Mutter Oberin angeblich immer noch unpässlich, dabei hab ich sie während all der Jahre nicht einmal husten hören. Das ist schon seltsam«, sagte Sabadelle und konnte ein Zungenschnalzen nicht schnell genug unterdrücken.

»Aha. Hattest du heute eigentlich schon was vor?«

»Nein, nichts Besonderes.«

»Okay. Dann treffen wir uns in einer Stunde in der Kommandantur, einverstanden?«

»Einverstanden«, sagte er, fragte sich insgeheim aber schon, warum diese Zicke eigentlich so unermüdlich war.

Valentina legte auf und wählte die Nummer von Cabo Camargo.

»Guten Morgen, Cabo. Ich hab da was für dich und deine beiden Kollegen. In einer Stunde bin ich in der Kommandantur und bring euch Jana Ongayos letzte Telefonrechnung. Mal sehen, ob ihr da irgendwas Interessantes findet, okay?«

»Gut, kein Thema.«

»Und noch etwas: Oliver Gordon war mit einer gewissen Anna Nicholls verlobt, die angeblich schwer an Krebs erkrankt war, sich dann wieder erholt hat und jetzt für eine Hilfsorganisation in Indien arbeitet. Überprüft das doch bitte mal, okay?«

»Wir tun unser Bestes.«

»Gut. Und, wie läuft die Suche nach dem Bleioxid? Passt da irgendeine Firma oder Werkstatt? Irgendein Hinweis?«

»Nichts, es ist wie mit der berühmten Nadel im Heuhaufen, aber wir haben die Aufgaben nach geografischen Gesichtspunkten verteilt. Torres nimmt sich Comillas und Santillana vor, Zubizarreta kümmert sich um Santander und Torrelavega, und ich schau mir den Rest der Provinz an. Wenn es irgendwas Neues gibt, melden wir uns sofort bei dir.«

»In Ordnung. Du kannst mich zu jeder Uhrzeit anrufen, Camargo.«

Nachdem sie sich verabschiedet hatten, überlegte Valentina einen Moment, ob sie vielleicht Sargento Riveiro anrufen sollte. Sie vertraute ihm, und er zeigte ihr mit seiner Intuition und Erfahrung regelmäßig Wege auf, die sie allein nie beschritten hätte. Aber sie wollte ihn nun wirklich nicht der Zeit mit seiner Familie berauben, schließlich war heute Sonntag, und ein wunderschöner noch dazu. Immer noch zögerlich wählte sie schließlich seine Nummer.

»Riveiro? Guten Morgen«, grüßte sie, um ihm dann die Neuigkeiten vom Vortag zu erzählen, und auch, was sie von Oliver Gordon und Subteniente Sabadelle erfahren hatte.

»Tja, das ist offenbar alles miteinander verknüpft«, sagte der Sargento, als Valentina ihre Ausführung zu Ende brachte. »Aber bis wir die Laborergebnisse haben und mit den Klarissen sprechen können, sind uns vermutlich die Hände gebunden. Und wenn die Nonnen nicht zur Zusammenarbeit bereit sind, müssen wir uns wohl mit dem Bistum anlegen.«

»Ich weiß. Deshalb hab ich auch beschlossen, eine

andere Quelle zu Chacóns Verschwinden zu befragen … Aber keine Sorge, wenn du heute Nachmittag keine Zeit hast, dann frage ich eben Sabadelle oder gehe alleine.«

»Heute Nachmittag? Teniente, um diesen Fall zu lösen, folge ich dir bis ans Ende der Welt. Wohin geht's denn?«

»Vermutlich nach Comillas, ich muss vorher allerdings noch ein paar Telefonate erledigen.«

Am Nachmittag des 14. Juli fuhren Teniente Redondo und Sargento Riveiro von Santander aus die Küste entlang nach Comillas. Sie sprachen dabei kaum und genossen lieber den Anblick der Landschaft. Nachdem Valentina am Morgen noch einmal ganz genau die alten Dokumente mit Sabadelle unter die Lupe genommen hatte, hatte sie Riveiro nur kurz darüber ins Bild gesetzt, wen sie jetzt sehen würden.

Der Verkehr war ziemlich dicht, und als sie schließlich Comillas erreichten, wo sich am Strand Touristen und Einheimische unter Sonnenschirmen drängten, war es schon fast fünf Uhr nachmittags.

Sie näherten sich einem hübschen kleinen Gebäude, einem schlichten Häuschen in unmittelbarer Nähe zum Ozean, das mit seinem maritimen Flair Neugier auf sein Inneres weckte. Ein junger Mann, der sich als Eric vorstellte, machte ihnen die Tür auf. Es handelte sich wohl um den Enkel der Frau, die sie sehen wollten. Eric führte sie in ein bescheidenes Wohnzimmer mit zwei Fenstern. Durch eins blickte man auf den Kai von Comillas mit seinen Fischerbooten, das andere ging aufs Meer hinaus und zeigte einen blauen Horizont.

Vor dem Fenster mit dem Hintergrund ewigen Azurs saß eine betagte Dame in einem alten Sessel mit winzigem Schottenkaro, der überhaupt nicht zum Rest des erstaunlich gemütlichen Zimmerchens passte.

»Guten Abend, ich bin Valentina Redondo vom Ermittlungsteam der Guardia Civil, wir haben vorhin miteinander telefoniert … Das ist mein Kollege, Sargento Riveiro.«

»Hallo«, sagte die Greisin lächelnd. »Ich hab Sie schon erwartet. Na, kommen Sie, setzen Sie sich doch. Möchten Sie gern etwas trinken?«, fragte sie, während sie energiegeladen aufstand, um sie zu begrüßen.

»Nein, danke, wir möchten wirklich keine Umstände machen und Sie nicht lange stören.«

»Papperlapapp, Sie stören doch nicht, und Zeit hab ich nun wirklich genug. Sie sind gekommen, um mich etwas über die Vergangenheit zu fragen, nicht wahr? Nicht mehr lange, dann bin ich selbst Geschichte«, scherzte sie gutmütig. »Aber im Moment bin ich noch hier und lasse mich nicht unterkriegen.«

Valentina erwiderte ihr Lächeln.

»Ich bin Ihnen wirklich dankbar dafür, dass Sie mit uns sprechen, Sara. Stört es Sie, wenn ich mitschreibe?«, fragte die Teniente, während sie einen Block aus ihrer Aktentasche zog, die sie über der Schulter trug.

»Nein, notieren Sie ruhig, was Sie wollen, obwohl ich Ihnen bestimmt nichts Interessantes erzählen kann.«

Valentina blickte Riveiro an, schwieg kurz und erläuterte dann den Anlass ihres Besuchs. »Wir sind wegen eines Vorfalls hier, der sich vor vielen Jahren zugetragen hat. Wir wüssten gerne, wie Sie die damaligen Ereignisse einschätzen, da Ihr Mann, Luis Salvador, ja leider schon tot ist.«

»Ja …«, sagte Sara mit traurigem und nostalgischem Blick. »Das ist jetzt schon bald zehn Jahre her. Aber wissen

Sie, ich spreche jeden Tag mit ihm, wie eine verrückte Alte. Das tröstet mich einfach. Sie wollen wissen, wie das damals war, als man ihn festgenommen hat, oder? Hat das was mit dem Selbstmord von Señora Ongayo zu tun?«

»Das ist durchaus möglich.«

»Sie hat nie aufgehört, ihn zu lieben, das weiß ich wohl. Einmal hab ich gesehen, wie sie ihn angeschaut hat, als wir uns auf dem Marktplatz begegnet sind. Also, ich muss Ihnen gestehen, dass ich sie eine Zeit lang richtig gehasst habe.«

»Ach, ja, warum denn?«

»Weil auch er sie sehr geliebt hat, selbst dann noch, als er längst mit mir verheiratet war«, sagte Sara und blickte durchs Fenster. »Aber das hab ich ihm verziehen. Man sehnt sich eben immer nach dem, was man nicht haben kann, das ist bei Männern wohl normal. Irgendwann hat er sie dann vergessen, das weiß ich wohl. Und wir waren sehr glücklich. Wir haben zwei Töchter und drei Enkel, die ihn vergöttert haben … Er ist viel zu früh gegangen, Krebs … Aber was soll ich sagen, ich kann mich nicht beschweren«, schloss sie mit einem kleinen Lächeln, verstummte kurz und sah dann Valentina direkt in die Augen. »Was möchten Sie denn wissen?«

»Wir wüssten gerne, ob er mit Ihnen je über den Tag gesprochen hat, an dem er sich auf den Weg nach Santa Justa in Ubiarco gemacht hat, um Jana zu sehen. Wissen Sie, was der Grund dafür war?«

»Das wollte er mir nie erklären. Mir hat er gesagt, dass es so eine Art Abschied war, weil er nach seiner Rückkehr noch am selben Tag um meine Hand angehalten hat.«

»Aber im Bericht der Guardia Civil klang es so, als wären Sie beide schon seit einiger Zeit verlobt gewesen.«

»Nein, wir sind zwar zusammen ausgegangen, und er hat mich abends ein paarmal nach Hause begleitet, aber wir waren doch fast immer in der Gruppe unterwegs. Eigentlich waren wir noch gar nicht richtig zusammen.«

»Und fanden Sie es nicht ungewöhnlich, dass er ausgerechnet an diesem Tag um Ihre Hand angehalten hat?«

Die alte Dame schien einen Moment zu überlegen.

»Wahrscheinlich wollte ich gern glauben, dass daran nichts merkwürdig war. Dass es logisch war, sich von seiner alten Freundin zu verabschieden, weil man sich in eine andere Frau verliebt hatte … Allerdings hatten die beiden ja schon lange kaum noch etwas miteinander zu tun, obwohl Luis sie und ihre Schwester zwei Monate vorher in Santillana del Mar besucht hatte … Na ja, wirklich gut erinnere ich mich an all das nicht mehr. Es ist ja schon so lange her …«

»Nun gut, und was ist dann nach Luis' Besuch in Ubiarco passiert?«

»Ein paar Tage später stand plötzlich der ganze Ort Kopf, die Guardia Civil kam her und warf Luis für drei Tage in den Kerker des Rathauses. Danach schickte man ihn ins Untersuchungsgefängnis in Santander – das war einfach schrecklich. Als alles vorbei war, wollte mein Vater nicht mehr, dass ich ihn noch heirate, aber ich war längst verrückt nach Luis, den konnte ich mir nicht mehr aus dem Kopf schlagen. Deshalb standen wir drei Monate nach seiner Freilassung auch schon vor dem Altar. Zum Glück hat sein Cousin von der Guardia Civil sich für ihn eingesetzt und bewiesen, dass mein armer Luisuco mit der Sache gar nichts zu tun hatte. Der war so ein guter Mensch, er hat sich nie mit jemandem angelegt, das kann ich beschwören.«

»Wir werfen ihm ja auch nichts vor, Sara, keine Angst. Erinnern Sie sich aus jener Zeit an noch irgendetwas?«

»Eigentlich an nichts Besonderes«, sagte die alte Frau, so als versuche sie angestrengt, sich jene Zeit zu vergegenwärtigen. »Natürlich mal abgesehen von dem großen Theater, das losging, als der Sack mit den Beinen gefunden wurde. Und dann auch noch mit dem Adlerwappen! Danach haben zum Glück alle gedacht, dass es sich wohl um eine Abrechnung der Nationalen oder der aus den Bergen handeln musste. Aber ich weiß gar nicht, was ich davon halten soll, das war schon sehr merkwürdig.«

Valentina holte Luft, das half ihnen jetzt nicht gerade weiter.

»Sara, auf der Beerdigung von Jana Ongayo waren gestern viele Leute … waren Sie auch dabei?«

»Oh, nein. Warum auch? Wir haben ja nie ein Wort miteinander gewechselt. Irgendwann war ich längst nicht mehr auf sie eifersüchtig, obwohl ich sie natürlich schon darum beneidete, was sie alles hatte: Sie war so hübsch und trug immer diese wunderbaren Kleider … und dann die Schuhe! Aber mein Luis hat sie irgendwann ja vergessen, und sie hat uns auch nie gestört. Sie hat uns unseren Weg gehen lassen, und dafür bin ich ihr dankbar. Mit ihrer Schwester Clara war das natürlich eine ganz andere Geschichte. Wir lagen vom Alter her ein paar Jahre auseinander, aber ich hatte beide schon kennengelernt, als sie mehrere Jahre hintereinander den Sommer in Comillas verbrachten. Unter uns nannten wir Mädchen Clara immer Lucibel.«

»Entschuldigung, wie bitte?«

»Lucibel. Das kommt von Luzbel. Sie war nämlich hübsch, aber so arrogant und merkwürdig, damit machte sie uns direkt ein bisschen Angst. Wie die uns angeguckt hat und wie sie ihre Schwester manipuliert hat … Die war kalt wie Eis. Ein einziger Blick von ihr konnte einem durch Mark und Bein gehen. Wissen Sie denn nicht, wer Luzbel ist?«, fragte Sara dann überrascht.

»Doch«, sagte Riveiro ernst und schaute Valentina an, die in seinen Augen nach einer Erklärung suchte. »Das schöne Licht, Gottes schönster Engel«, sagte er, verstummte kurz und dachte an das zurück, was er in den Katechese-Büchern seines ältesten Sohnes gelesen hatte. »Luzbel ist nur einer der Namen, mit dem man ihn bedenkt.«

»Ja, wen denn?«, drängte Valentina, die sich die Antwort schon selbst zusammenzureimen begann.

»Den Teufel, jenen Engel, der sich aus Überheblichkeit auflehnte und andere Rebellen unter seinesgleichen mit sich riss …«, erwiderte Riveiro und schloss konzentriert die Augen, so als traue er seiner Erinnerung nicht. »Luzbel, Lucero, Luzifer …«

»Ganz genau«, bestätigte die alte Dame zufrieden, während sie sanft den Kopf schüttelte. »Ich schwöre Ihnen, dieses Mädchen war wunderschön. Aber man musste Clara nur anschauen, um zu wissen, dass sie der reinste Dämon war, eine Personifizierung des Bösen.«

***Nichts ist so,*** wie es scheint, zumindest die meisten Dinge nicht. Auch ich lasse mich manchmal von Äußerlichkeiten leiten, ich bin nicht unfehlbar. Es gab da einen Menschen, der mich mit seiner scheinbaren Gleichgültigkeit lange getäuscht hatte, dabei war er der warmherzigste von allen. Lass mich dir etwas Unglaubliches enthüllen: David war derjenige, der das Adlerwappen in den Sack mit Don Ignacios verwesenden Beinen gesteckt hat. Aber um diese Tat zu verstehen, die der Anfang einer ganz neuen, verschwiegenen Geschichte war, muss ich erst einmal von ihm erzählen, von David.

Als David das Dörfchen Hinojedo hinter sich ließ, um auf dem Gut La Tablía in Suances zu arbeiten, hatte er unterwegs ein Gefühl, das zwischen der stechenden Leere der Einsamkeit und dem jugendlichen Drang nach Freiheit lag, danach, endlich zu leben, ein Mann zu sein. Das Schicksal war zu diesem jungen Menschen viel zu hart gewesen: seine Mutter, sein Bruder, die Roten, die am Fuß des Castío-Berges gefallen waren – auf seiner kindlichen Netzhaut drängten sich viel zu viele mit angesehene Tode. Dieser Dreizehnjährige hatte viel Arbeit, Sorge und Verantwortung.

Zusammen mit seinem Vater legte er, mit seinen wenigen Habseligkeiten beladen, den Weg von Hinojedo nach La Tablía zu Fuß zurück. Schnellen Schrittes hätten sie die Reise in gut einer Stunde schaffen können, aber sie brauchten beinahe zwei, weil sie über das Leben und die Zukunft sprachen, darüber, wie gut alles werden würde, wenn erst der Krieg vorbei war. Fast kam es ihnen vor, als ginge der Junge wirklich nur für die Ferien weg, so wie Benigno es Jana gegenüber behauptet hatte. Aber auf ihrem Weg zwischen Wiesen und Pfaden, der nichts anderes als ein Abschied war, war der Krieg allgegenwärtig. Er stand den Menschen, denen sie begegneten, ins Gesicht geschrieben, lag als traurige Leere in der Luft, und manchmal hatten sie sogar das Gefühl, dass nicht einmal mehr die Vögel zwitscherten, weil sie ihren ätherischen Tanz in der Brise nicht länger aufrechterhalten konnten.

Vater und Sohn bogen um die Ecke zur Playa de la Concha, um dann den Hang zum Leuchtturm von Suances hinaufzugehen. Wenn man dort in Richtung Tagle abbog, erreichte man über diesen Weg La Tablía – und dann etwas weiter noch Ubiarco und Santillana del Mar. Nun sahen sie das bestbewachte Hotel von ganz Kantabrien. Es war schon merkwürdig, dass sie während der letzten Monate nie hier vorbeigekommen waren, obwohl es doch ganz in der Nähe lag. Das Hotel war in diesem elenden Krieg in eine internationale Schutzzone verwandelt worden und bot hinter einem Zaun aus mehreren Lagen Brettern und Stacheldraht Ausländern Asyl. Es war wie eine multinationale Botschaft unter nicht ausgebreiteter Schweizer, italienischer, chilenischer, argentinischer, nordamerikanischer, englischer und griechischer Flagge … ein nach außen abgeschirmter künstlicher Turm zu Babel, der allerdings in Suances und nicht in Babylonien stand.

Als sie dort vorbeikamen, musterte der Wachmann sie unverhohlen von oben bis unten und tat sie dann mit einem Blick als harmlose Dorfbewohner ab. Dem Jungen auf seinem Weg zum Viehhof entging dieser Blick nicht, auch wenn sein Vater ihn nicht einmal zu bemerken schien. Aber David ärgerte er maßlos. Er wollte anderen Respekt einflößen, vielleicht sogar Angst. Erkannte dieser Kerl denn nicht, dass er längst ein Mann war? Er konnte auch ein Krieger sein, ein Soldat, und denen eine Lektion erteilen, die seine Familie, sein Land und seine Erinnerungen heimgesucht hatten.

Aber alles zu seiner Zeit. In ihm reiften wie ein Samen Wut, Hass und Rachsucht heran. Er wusste ganz genau, auf welche Seite er sich in diesem Krieg schlug, aber noch war es zu früh. Er war zu jung, jetzt lagen erst einmal einige Jahre beim Vieh vor ihm, und in La Tablía behandelten sie ihn ja auch ganz ordentlich. Er hatte keine Privilegien, weil er der Jüngste war, wurde aber dementsprechend behandelt, was man mit seinem Vater abgemacht hatte. Bis zu seinem vierzehnten Lebensjahr konnte er sogar jeden Morgen zur Schule gehen.

Mit seinen Schwestern korrespondierte er hin und wieder, aber eher selten. Er schrieb eben nicht gern und hatte auch nicht das Gefühl, dass es viel zu erzählen gab. Außerdem fühlte er sich irgendwie fehl am Platz, als gehöre er nirgends hin, zu keiner Familie, keiner Gruppe mit Gemeinschaftsgefühl. Und von was für einem Leben, was für einer Zukunft konnte er denn schon träumen? Selbst seine Schwestern, die doch noch so jung waren, hatten es nicht leicht. Die eine war Dienstmädchen, die andere machte in einer Kneipe sauber. Und er kümmerte sich hier um Kühe und Schweine, half beim Schlachten, mistete Ställe aus und verkaufte Milch an Großhändler.

Als seine Schwestern nach dem Ende des Bürgerkriegs nach Hause zurückkehrten, nach Hinojedo, fühlte sich David gleich besser. Als würde die Welt jetzt wieder so werden, wie sie sein sollte, als würde alles an seinen Platz zurückkehren, zumindest einige der über den Tisch verstreuten Puzzleteile. Er hatte das unbestimmte Gefühl, dass die beiden so besser geschützt waren. Wenn er konnte, nahm er den langen Fußmarsch auf sich und brachte seiner Familie Schweinefleisch, manchmal sogar etwas Rind.

Er selbst verbrachte gern Zeit mit viel älteren Burschen,

obwohl er eigentlich keine Wahl hatte, schließlich gab es in La Tablía niemanden in seinem Alter. Sonntags ging er manchmal nach Suances runter und machte dort einen Spaziergang im Hafen, wo Pedro arbeitete, einer seiner alten Nachbarn aus Hinojedo. Seit jenem grauenhaften und kalten Morgen in der Höhle hatten sie nicht mehr viel miteinander geredet. Pedro nannten sie El Manco, den Einarmigen. Aber ihm war das ganz egal, er hatte sich längst daran gewöhnt, fuhr wie jeder andere Fischer aufs Meer hinaus, machte seine Arbeit und kämpfte mit den Wellen, einhändig hin oder her. Er hatte es kaum mitbekommen, als seine Hand damals durch die Luft geflogen war, hatte nur große Hitze und ein Stechen im Arm gespürt.

Pedro war derjenige, der David eines Sonntags auf ein Bier in eine dunkle Hafenkneipe einlud. Und dort bildete sich still und heimlich eine Gruppe, zu der jede Woche mehr Männer hinzustießen, weitere Fischer, Bewohner von Suances und sogar der ein oder andere Kollege aus La Tablía. Man sprach über Politik und den Schwarzmarkt, über die Gezeiten, Frauen und das verdammte Leben. Und so fand David seinen Weg und eine Möglichkeit, Wut, Hass und Rachsucht Ausdruck zu verleihen. Er fühlte sich nun auch endlich als Teil von etwas, fand eine eigene Identität und Ziele, die seinem Dasein Sinn verliehen. Nun konnte er endlich verstehen, warum er lebte und Antonio tot war. Und er wollte für seine Ideale kämpfen, die nicht nur der impulsiven Art der Jugend entsprangen. Hinter solchen steckt ja oft nicht mehr als die Auflehnung gegen das System. Bei ihm hingegen hatten sich die Ideen gesetzt, und er hatte logische Argumente entwickelt, obgleich sie von seiner Rachlust und seinem Zorn auf die Nationalen gefärbt waren.

David erging sich in romantischen und romanhaften Bildern von einer besseren Welt, wollte »die Bösen« besiegen und

»den Guten« zum Sieg verhelfen. Er glaubte an ausgleichende Gerechtigkeit.

Und die Zeit verstrich.

Im Jahr 1940 wurden die ersten Republikaner aus den Gefängnissen freigelassen. Sie kehrten in ihre Dörfer und Heimatorte zurück. Aber es herrschten allgemeine Unruhe, Misstrauen und Angst. Die neuen lokalen Herrscher – Ärzte, Priester, Falangisten – konnten die Rückkehr der Unterlegenen ins Leben unterstützen oder eben nicht, daher wurden sie nicht überall willkommen geheißen. Wenn die Prügel, die manche bezogen, zu unerträglich wurden, flüchteten sich daher einige von den Roten in die Hügel.

David arbeitete derweil immer noch in La Tablía, wurde älter und wuchs in den Körper eines Mannes hinein. Heimlich traf er sich mit Mitgliedern des stillen republikanischen Widerstands, half jenen, die sich in die Berge zurückgezogen hatten, und brachte ihnen für die Zeit in den Höhlen Milch, Sahne, Fladen- und manchmal auch Maisbrot. Tatsächlich zogen die Widerständler nach und nach langsam in den Westen der Provinz Santander weiter. Die meisten Hügel, Berge und Wiesen mit abgelegenen Höhlen, Schlupflöchern und Hütten als Schutz vor der Guardia Civil befanden sich nämlich bei Potes, in der Gegend des Miera-Flusses und der Comillas-Berge. Ganz in der Nähe hielt sich bei der Reocín-Mine am Mercadal-Berg eine große Gruppe von Roten auf, die von den Nachbarn unterstützt wurden, obwohl die meisten dieser Republikaner früher oder später nach Frankreich auswandern würden, nach Perpignan oder Paris.

Die Zeit tröpfelte weiter in ständigen dicken Tropfen, als laufe sie durch eine Sanduhr. Und dann stand im Jahr 1941 Santander in Flammen. Die Altstadt wurde in Schutt und Asche gelegt, und viele bedauerten, dass ausgerechnet das Postgebäude und die Spanische Zentralbank stehen geblieben waren. »Hier füttern die Armen die Flammen«, hörte David jemanden in der Hafenkneipe klagen.

Er fand das alles ungerecht, absurd, geradezu teuflisch. Trotz der Rationierung musste er während der Nachkriegszeit in La Tablía keinen Hunger leiden, er lebte allerdings auch nicht im Überfluss. Da er solchen nie gekannt hatte, vermisste er ihn jedoch auch nicht. Das Leben war arbeitsreiche, graue Routine, und David gefiel ehrlich gesagt die Vorstellung, sich in die Berge zurückzuziehen und sich dort dem Widerstand anzuschließen, der jeden Moment mit der Hilfe der Geflohenen rechnete. Die organisierten sich doch bestimmt gerade neu, dachte man. Aber noch im selben Jahr fiel in Santander einer der bekanntesten Untergrundkämpfer, genannt El Cariñoso, und das war für die jungen Idealisten ein schwerer Schlag.

Manchmal zweifelte David auch. Wenn sich die neue franquistische Ordnung durchsetzte, so dachte er, konnte er vielleicht sogar ein normales Leben führen. Unterwürfig und feige, aber normal. In Suances gab es ein junges Mädchen, das ihm gut gefiel. Die Kleine hieß Conchita, und womöglich konnte er ja irgendwo mit ihr ein neues Leben anfangen, wegziehen, weit fort von Spanien. Ja, vielleicht konnte er sie beim Heiligenfest für Nuestra Señora del Carmen ausführen. Eigentlich ging er nie zu Tanzveranstaltungen, er wusste aber, dass man seine Schwestern dort antraf. Sie übertrieben es dabei nicht und benahmen sich angemessen, Jana ließ sich aber häufiger als eigentlich statthaft mit einem Jungen aus Comillas sehen. David fand, dass sie dafür eigentlich noch zu jung war, er hatte sich jedoch umgehört und herausgefunden, dass der Bursche kein schlechter Kerl war. Sein Vater war tot, er war ein fleißiger Arbeiter und völlig verrückt nach Davids kleiner Schwester. Tja, man würde ja sehen, was das noch geben würde. Auch wenn Clara und Jana es nicht wussten, war David immer ganz genau darüber im Bilde, was die beiden so trieben. El Manco und andere Freunde informierten ihn über alles.

David kostete selbst von der warmen, aufregenden Nähe junger Liebe, denn Conchita wollte gern mit ihm auf das Fest gehen, ihn noch an vielen anderen Abenden und fast ganze Nächte hindurch begleiten. Dennoch nahm er irgendwann von ihr Abschied, um in die Berge zu gehen und zu tun, was sein Bauchgefühl von ihm verlangte: seiner Männlichkeit, seiner Herkunft und seiner Würde Ehre zu machen. Vielleicht wollte er ja auch seine Mutter, seinen Bruder und seine zerstörte Familie rächen. Oder einfach für die politischen Ideale kämpfen, die ihm gerecht, angemessen und notwendig erschienen.

Wer im Winter 1937 in die Berge gegangen war, galt bei Kriegsende im Jahr '39 einfach als geflohen. Aber wer wie David Ende 1944 gut organisiert dazustieß, wurde als Untergrundkämpfer bezeichnet, als Guerillero. Jede Guerilla bestand aus zehn Männern; in Davids fanden sich außer ihm noch El Manco und andere Republikaner, die größtenteils direkt aus dem Untersuchungsgefängnis in Santander oder der Dueso-Strafanstalt in Santoña hergekommen waren. Einige der Männer waren gar keine Idealisten, nicht einmal Revolutionäre, aber die Unterdrückung in ihren Dörfern war so grauenhaft, dass sie die Berge einem unterwürfigen Leben vorzogen.

Wegen ihrer Diebstähle und Überfälle, mit denen sie das Überleben sicherten, nannte man sie Banditen, sie investierten ihr Kapital jedoch in die Sache: Für sich selbst besorgten sie nur das Nötigste und druckten stattdessen politische Schriften, verteilten Flugblätter und brachten flächendeckend Aufkleber an und beraumten geheime Zusammenkünfte an, solche Dinge eben. Zum Glück versorgten Anwohner aus der Gegend sie nicht nur mit Informationen, sondern auch mit Werkzeug und Lebensmitteln, was allerdings dazu führte, dass Ausflüge in die Berge schließlich verboten wurden.

Aber das Volk hatte die Guerilleros eben ins Herz geschlossen.

Dass in der Presse allein die Erfolge der staatlichen Streitmacht bejubelt werden durften, machte David wütend, denn die Aktionen der Republikaner wurden nur durch Mundpropaganda bekannt und niemals in der Zeitung erwähnt, als handle es sich bei ihnen um unsichtbare Geister, Banditen, die man einfach totschwieg.

Und deshalb war es auch so wichtig, ihre Sache, die Fortführung des bewaffneten Widerstands, öffentlich zu machen. Im Jahr 1945 arbeitete David zum Jahrestag des Staatsstreichs an der Veröffentlichung eines Flugblatts einer Guerilla mit, der er nicht angehörte. Darin hieß es:

*Junger Patriot, der du am 18. Juli 1936 gegen die Verräter der Republik gekämpft hast – jetzt kannst du dem Kampf nicht gleichgültig gegenüberstehen und den enormen Einsatz der Freischaren einfach vergessen. Sie rufen dich dazu auf, Spanien aus der Hand des Henkers Franco zu befreien – schließ dich den Guerillas an!*
*18. Juli 1945, Guerilla Santander*

In den Bergen rund um Potes gab es einen Widerständler namens Juanín, der seit 1943 in den Höhen unterwegs war und um den sich wie um einen kantabrischen Robin Hood Legenden zu ranken begannen. Er ging der Guardia Civil nämlich immer wieder durch die Lappen und zeichnete sich dabei nicht nur durch großen Wagemut und Rechtschaffenheit aus, sondern auch durch sein sonniges Gemüt. Ihn machten sich alle zum Vorbild, David mit eingeschlossen. Aber als Monate und Jahre verstrichen, verlangte das harte Leben in den Bergen Tribut von den Guerilleros, die ja auch nur Menschen waren. Nach und nach begannen sich die Gruppen zu zerstreuen und aufzulösen. Im Jahre 1948 hatten die Freiheitskämpfertruppen keine echte politische Unterstützung mehr, und es wurde immer schwieriger, die Anwesenheit vieler tapferer Männer und einiger Frauen in den Bergen zu rechtfertigen.

David war müde, er war des erfolglosen Lebens eines Flüchtigen überdrüssig und beschloss daher, seine romantisch-politischen Ideale und seinen Rachedurst hinter sich zu lassen. Er entschied, sich selbst eine Chance zu geben. Schließlich war er fast vierundzwanzig Jahre alt, und es war an der Zeit, eine Familie zu gründen. Obwohl Conchita aus einem Umfeld mit linken Ideen stammte, das seinen Widerstand gegen das Regime rückhaltlos unterstützt hatte, war die Beziehung zu seiner Freundin von Pausen, Erschöpfung und emotionalem Auf und Ab geprägt. Manchmal musste man im Leben eben ganz neue Wege einschlagen. Der Sommer begann, und sie würden nach Frankreich gehen. David würde mit seinem Vater sprechen und sich von ihm sowie seinen Schwestern verabschieden. Das alles musste diskret über die Bühne gehen, da ihn die Guardia Civil schon seit zwei Jahren im Auge behielt.

Als David Benigno eröffnete, dass er in ein paar Monaten Conchita heiraten und nach Frankreich ziehen würde, konnte sein Vater ein erleichtertes Schluchzen nicht unterdrücken, und seine gequälte Seele atmete auf. Endlich. Sein Sohn würde die Berge verlassen und damit auch das Schussfeld der Guardia Civil. Alles würde wieder seinen rechten Gang gehen: ein verheirateter Sohn in Frankreich. Eine Tochter, die in Torrelavega arbeitete, die Kleine in Santillana und jetzt Ubiarco – Jana würde noch diese Woche ihre Arbeit in der Casa Azul wieder aufnehmen.

David war erstaunt, als er hörte, dass Clara nicht in Torrelavega war, sondern bei Jana in Ubiarco. Da sich die Ongayos zurzeit in Uruguay aufhielten, hatte sie sich den Worten seines Vaters zufolge eine persönliche Auszeit genommen und war wohl schon seit einer Woche bei Jana zu Besuch. Das fand er sehr nobel von Clara, immerhin trug sie weiterhin die Verantwortung für das Haus der Señores in Torrelavega, auch wenn sie ihrer kleinen Schwester noch so gern helfen wollte.

El Manco würde den Widerstand im Moment noch nicht verlassen, aber er war in die Zivilisation zurückgekehrt, weil er einen Termin beim Zahnarzt hatte, einem diskreten Roten, der im Hinterzimmer seiner Praxis die Guerilleros behandelte. Und nun begleitete Pedro David, der seine Schwestern in Ubiarco besuchen wollte, um sich von ihnen zu verabschieden. Das Ganze musste so diskret wie möglich vor sich gehen, obwohl die Guardia Civil ihn eher nicht in dieser Gegend suchen würde, sondern vielmehr rund um Reinosa oder Mercadal.

Als Bauern getarnt, marschierten die beiden Männer Pfade entlang und überquerten Wiesen, bis sie bei Einbruch der Dunkelheit ankamen. Sie beschlossen, in einer der verlassenen Fischerhütten nahe der Casa Azul zu übernachten, in der wohl noch nie etwas anderes als Gerätschaften, Angelruten und Netze gehaust hatten.

David dachte mit einem Grinsen, dass er sicher sehen konnte, welches Zimmer seinen Schwestern gehörte, sobald alle schlafen gingen, und dass er sie wecken und ihnen damit einen gehörigen Schrecken einjagen konnte, wie sie es früher in ihrer Kindheit oft getan hatten. Geduldig legten sich El Manco und er auf die Wiese, von der Dunkelheit der Nacht und dem hohen Gras verborgen, plauderten, aßen Brot, tranken Wein und rauchten dann in aller Ruhe, während sie nach einem feuchten Frühling die endlich wieder angenehmeren Temperaturen genossen.

Dann endlich machte die Geschäftigkeit des Abendessens der Stille Platz, und sie warteten ergeben darauf, dass nach und nach die Lampen ausgingen. Ein Licht brannte immer noch, das im Salon, auch wenn sie das natürlich nicht wussten. Dieses Licht weigerte sich, ebenfalls zu verlöschen und der Dunkelheit zu weichen. Irgendwann waren sie der Warterei und sogar ihrer politischen Diskussionen überdrüssig und hatten schon beschlossen, sich dem Hotel zu nähern, als sie plötzlich fassungslos etwas zur Kenntnis nahmen. Wegen der tiefen Dunkelheit war nicht ganz klar, was sie da vor sich sahen, es schien aber so, als würden Clara und Jana jeweils einen Sack zum Kliff schleppen. Waren das wirklich die beiden Mädchen? David hörte sie nicht sprechen, daher konnte er sie auch nicht an der Stimme erkennen.

*Nun mal ganz ruhig, und Vorsicht! Wir werden ja schließlich gesucht. Und wenn sie das gar nicht sind? Doch, das sind die beiden, ohne jeden Zweifel. Oh Gott, Clara ist ja voller Blut!*

Zunächst wollte sich David seinen Schwestern instinktiv nähern, aber Pedro hielt ihn entschlossen auf. Sie waren doch Guerilleros, und wer konnte schon sagen, was da im Hotel vorgefallen war? Was, wenn dort alle wach waren und sie entdecken würden? Und schlimmer noch, wenn man sie womöglich verriet? Vielleicht waren auch nicht nur die Dienstboten wach, sondern ebenfalls Gäste. David würde sich ja bald nach Frankreich verziehen, aber Pedro blieb schließlich hier in der Gegend. Er dachte auch daran, die Berge hinter sich zu lassen, wusste aber noch nicht genau, wie und wohin er dann gehen würde.

Achtung, nun kehrten die Schwestern noch einmal zur Klippe zurück. Anschließend gingen sie wieder ins Haus und blieben dort lange, während noch immer ein Licht brannte. Nach einer ganzen Weile konnten die beiden jungen Männer beobachten, wie Clara und Jana aus dem Gebäude traten und erschöpft den Pfad hinauftaumelten. Wollten sie etwa verschwinden? Nein, sie blieben bei einer etwas versteckt liegenden Quelle in der Nähe des Weges stehen. Nun hatte

David keinen Zweifel mehr daran, dass seine Schwestern hier etwas taten, wovon die anderen Dienstboten und der Señorito keine Ahnung hatten, denn sonst würden sie sich ja im Haus waschen. Er musste wirklich an sich halten, um nicht zu den beiden rüberzulaufen. Irgendwann hielt er es einfach nicht länger aus, er musste unbedingt wissen, was da passiert war. Aber als er aufstehen und sein Versteck verlassen wollte, zog ihm jemand mit voller Kraft eins über den Schädel, und er versank selbst im Dunkel der Nacht.

Als David nach mehr als einer halben Stunde wieder zu sich kam, entschuldigte sich El Manco mit knappen Worten: Er hatte einfach nicht zulassen können, dass David sie beide in Gefahr brachte. Im Hotel war mit Sicherheit ein blutiges Verbrechen begangen worden, und da durften sie nicht mit reingezogen werden, sie hatten doch selbst schon genug Probleme. Das war jetzt nicht mehr das Spielchen, welches David sich zum Abschied von seinen Schwestern ausgedacht hatte. Jetzt sah es vielmehr so aus, als steckten die beiden in einer ziemlich üblen Geschichte drin, und es war wohl nur noch eine Frage der Zeit, bis die Guardia Civil hier auftauchte. Inzwischen waren Jana und Clara nicht mehr zu sehen, und El Manco versicherte David, dass sie wieder im Haus verschwunden waren, wo jetzt alles ruhig und still war. David beschloss, auf den Rat seines Freundes zu hören, ein paar Tage verstreichen zu lassen und dann mit seinen Schwestern zu sprechen, um die Sache zu klären. Daher kehrten die beiden Männer noch in derselben Nacht zu Fuß nach Hinojedo zurück, um sich bei Pedro zu Hause zu verstecken, bei dem es für alle Fälle einen geheimen Keller gab.

Aber sie mussten gar nicht abwarten, weil sie bereits nach weniger als einem Tag die Nachricht von Ignacio Chacóns Verschwinden ereilte. Solcher Tratsch breitete sich eben aus wie ein Lauffeuer, und David begriff nun fassungslos, was sich in den Säcken befunden hatte. Da die Casa Azul vorübergehend geschlossen wurde, konnte er schon eine Woche später mit seinen Schwestern sprechen und musste dafür nicht einmal nach Ubiarco zurückkehren. Umso besser, El Manco hatte nämlich recht gehabt, es wimmelte in der Gegend nur so von der Guardia Civil.

David verriet seinen Schwestern nicht, dass er an jenem Abend vor Ort gewesen war. Er eröffnete ihnen lediglich, dass er in ein paar Wochen fortgehen würde, und fragte dann noch, ob sie vielleicht irgendetwas über das Verschwinden ihres Dienstherrn wussten. Es überraschte ihn, wie eiskalt und entschlossen Clara darauf antwortete, sie log ihm mit unfassbarer Seelenruhe ins Gesicht. Jana hingegen war viel nervöser, aber aus ihr bekam er ebenso wenig heraus. Vermutlich wäre sie irgendwann eingeknickt, wenn er ihr Druck gemacht hätte, aber auch in ihren Augen stand ein harter Blick, und in ihrer Stimme schwang immer noch eine Spur von Ehrgeiz mit. Keine der beiden benahm sich so, als wäre etwas Furchtbares passiert, mal abgesehen davon, dass Jana ihre Arbeit verloren hatte. Aber wie immer übernahm Clara die schützende Mutterrolle und versprach, ihr eine neue Stelle zu besorgen. David selbst hatte keinerlei Zweifel daran, dass die beiden etwas mit Chacóns Verschwinden zu tun hatten, allerdings war er sich genauso sicher, dass dieser Mistkerl bestimmt verdient hatte, was seine beiden kleinen Teufel von Schwestern da mit ihm angestellt hatten. Er wollte sie nicht weiter unter Druck setzen, verriet ihnen aber auch nicht, dass El Manco und er wussten, oder zumindest ahnten, was geschehen war. Er kannte die Gründe für ihre Tat nicht, und sie waren ihm auch egal. Eine von ihnen, oder vielleicht sogar beide, hatte sich in die Enge getrieben gefühlt und deshalb gehandelt. So etwas war ihm selbst in den Bergen auch schon passiert, und dann hatte er eben reagieren müssen. So war das Leben.

David sprach mit einem Bekannten aus Ubiarco, der ein guter Freund von El Manco war und dessen vollstes Vertrauen genoss. Er bat Juan Ramón Ballesta, täglich ein paar Runden in der Gegend rund um das Hotel zu drehen. David befürchtete nämlich, dass die Säcke seiner Schwestern dort womöglich wieder angespült werden, ihnen ins Gesicht lachen und ihnen das Leben schwermachen würden.

Eine Woche vor seiner Abreise nach Frankreich gab man ihm Bescheid, dass der Ozean tatsächlich ein äußerst verräterisches Bündel preisgegeben hatte, und er machte sich selbst auf den Weg über die Wiesen nach Santa Justa, um sich das mal anzusehen. Mit Entsetzen musste er feststellen, dass der Inhalt des Sacks seinen Verdacht bestätigte. Hier hatte er nun greifbar vor sich, was er sich bislang nur in seiner Fantasie ausgemalt hatte, und ihm drehte sich beim fauligen Geruch der Magen um. Einst hatte er einem Guardia Civil seinen Beutel abgenommen, und nun legte er die damals erbeutete Flagge der Nationalen mit in den Sack, um von seinen Schwestern und dem armen Burschen aus Comillas abzulenken, der wenigstens wegen Mangels an Beweisen wieder freigelassen worden war. Durch verschiedene Anschläge hatte David in letzter Zeit tausend Peseten zusammengetragen, um nicht mit völlig leeren Händen nach Frankreich auszuwandern. Davon zog er jetzt hundert aus der Tasche und gab sie dem Burschen, der den Sack gefunden hatte, damit er den Mund hielt. Außerdem sollte er den nächsten womöglich noch auftauchenden Sack so tief es ging im Meer versenken. Diesen hier nicht, den würden sie da liegen lassen. Sollte die Polizei doch die verdammten Francoanhänger verhören, mal sehen, was die erzählen würden.

Wenn man bedenkt, dass ein Arbeiter damals im Durchschnitt dreizehn Peseten am Tag verdiente, wurde der junge Mann damit gar nicht schlecht bezahlt. Juan Ramón Ballesta hätte allerdings auch so den Mund gehalten, er gehörte nämlich zur seltenen Sorte Menschen mit tiefem Ehr- und Gemeinschaftsgefühl. Was an jenem Strand von Santa Justa geschehen war, würde dort verbleiben, und seine Lippen waren von nun an versiegelt.

So ließ David seine Schwestern zurück, damit sie sich ihren Dämonen selbst stellten, während er weit weg von zu Hause dasselbe tun würde. Aber er verurteilte sie nicht und erzählte ihnen auch nicht, was er für sie getan hatte.

Und jetzt fragst du dich vielleicht, woher ich das alles weiß. Glaub nicht, dass ich nicht so meine Schwierigkeiten hatte, es herauszufinden. Ich kann das alles nur deshalb berichten, weil sich El Manco verplappert hat.

Und weil David mein Bruder war.

## Montag, der 15. Juli

***Valentina war letzte*** Nacht noch lange aufgeblieben, hatte im Internet gesurft und eine neue Grafik zum Fall Villa Marina erstellt. Als sie dann um sieben Uhr morgens ohne Wecker wach wurde, wusste sie ganz genau, wer die Morde begangen hatte, auch wenn es zu ihrer großen Frustration noch Dinge gab, die sie nicht verstand oder einordnen konnte. Eine Viertelstunde später rief ganz aufgeregt Subteniente Sabadelle an, der ihre Schlussfolgerungen bestätigte.

Bereits um acht Uhr war Valentina Redondo in der Kommandantur. Das ganze Team hatte sie für eine halbe Stunde später herbestellt, und jetzt nutzte sie erst einmal die Zeit, um eine zweite Tasse Kaffee zu trinken und Richter Talavera anzurufen. Der sonst immer so gut gelaunte Jurist war weder von Valentinas Anliegen noch von der frühen Stunde begeistert, aber aufgrund der offensichtlichen Indizien gestand er ihr den Durchsuchungsbefehl zu, um den sie ihn da bat. In ein paar Stunden würde der Gerichtssekretär in der Kommandantur vorbeischauen, um sie zu begleiten.

Der Erste, der nun eintraf, war Riveiro.

»Sargento, es gibt Neuigkeiten«, sagte Valentina ohne Umschweife und ohne ein Wort des Grußes, als sie ihn sah.

»Was ist denn passiert?«

»Sabadelle und ich haben Daten zusammengetragen, die meiner Meinung nach eindeutig zeigen, wer für die Morde verantwortlich ist. Also, hör zu, dieses Bleioxid …«

In diesem Moment wurde an die Tür geklopft.

Der Cabo, an dessen morgendliche Unterbrechungen sie ja inzwischen schon fast gewöhnt waren, öffnete direkt die Tür zu Valentinas Büro und legte einen Umschlag auf ihren Schreibtisch.

»Das hat gerade ein Bote gebracht, es ist wohl dringend und wird von Ihnen schon erwartet«, sagte er nur, verschwand dann ohne weitere Erklärungen und machte die Tür hinter sich zu.

»Also wirklich, wenn der weiterhin jeden Morgen einfach hier so hereinplatzt, dann bring ich ihn früher oder später noch eigenhändig um«, knurrte Valentina, während sie nach dem Umschlag griff und sich den Absender ansah. »Das ist aus Madrid, vom forensischen Biologielabor – die DNA des toten Babys.«

»Mach doch auf«, drängte Riveiro sie ungeduldig. Zusammen lasen sie den Bericht, der knapp und eindeutig formuliert war – es gab keinen Zweifel daran, auch wenn das Ganze eigentlich unmöglich war:

*Jede komplette DNA-Sequenz enthält etwa drei Milliarden Basenpaare. Dieses Basenpaar ist jeder Person exklusiv zu eigen, da es keine zwei Menschen gibt, bei denen die Sequenz identisch ist. Dennoch zeigt sich bei der DNA des untersuchten Individuums eine Ausnahme von dieser Regel, die sich nur im Fall eineiiger Zwillinge findet: Bei ihnen ist die DNA identisch. Beim Abgleich der Sequenz von Individuum Nr. 03625 wurde eindeutig festgestellt, dass die zu testende DNA mit der von Individuum Nr. 7428 aus dem Fénix-Register übereinstimmt.*

Das Fénix-Register war ein Programm zur genetischen Identifizierung, welches die Guardia Civil bereits vor mehr als zehn Jahren erstellt hatte. Durch dieses Archiv sollten Vermisste – etwa beim Auffinden von Leichen im fortgeschrittenen Stadium der Verwesung oder bei denen es einfach keinen Hinweis auf die Identität gab – durch den Vergleich mit der DNA von Familienangehörigen identifiziert werden. Und hier hatte nun tatsächlich jemand auf der ganzen Welt verzweifelt nach einem Verschollenen gefahndet und dabei nichts unversucht gelassen: Lucía Gordon, Olivers Mutter, die der Guardia Civil noch kurz vor ihrem Tod eine DNA-Probe für das Fénix-Register überlassen hatte. Sie hatte die Hoffnung schon fast aufgegeben, aber falls man irgendwann wenigstens die Leiche ihres Sohnes finden sollte, würde man ihn so zumindest identifizieren und angemessen beerdigen können. Woher hätte Señora Gordon denn auch wissen sollen, dass ihre DNA nicht dazu dienen würde, ihren verschwundenen Sohn zu finden, sondern ihre Zwillingsschwester?

***Nun muss ich*** noch erzählen, was im November 1948 in jener Dienstbotenküche der Villa Marina geschah. Jana hatte zu bluten begonnen, und es sah nach einer problematischen Geburt aus.

»Nein … Das darf jetzt noch nicht kommen, dafür ist es noch zu früh, viel zu früh«, brachte sie unter Anstrengung hervor, betrachtete ihren riesigen Bauch und wand sich vor Schmerzen, die ganz plötzlich und unerwartet aufgetreten waren. Sie sank mit dem Rücken gegen die Wand und rutschte daran herunter bis auf den Fußboden, der schon voller Blut war.

Hastig machte sich Clara an die Arbeit. Sie streckte Jana sanft auf dem Boden aus, rannte dann in eins der Zimmer und holte ein Kissen sowie zwei Decken. In der Magengrube hatte sie ein mulmiges Gefühl. Sie wusste, wie Kinder zur Welt kamen, war oft bei der Geburt von Kälbern dabei gewesen und hatte in der Bibliothek der Ongayos in Torrelavega extra ein Medizinbuch durchgeblättert. Sie hatte längst beschlossen, in welcher Apotheke sie den sterilen Faden zum Abbinden der Nabelschnur kaufen wollte. Aber zu dieser Apotheke, in der sie niemand kennen würde, hatte sie es bislang einfach nicht geschafft. Noch nicht! Tja, wenn es sein musste, dann würde sie diese blutige Schnur eben mit dem Schnürsenkel ihrer Stiefel abbinden.

Ein Kind, das erst siebeneinhalb Monate alt war. Konnte das in der Klosterklappe ohne Milch und die Wärme einer Mutter überhaupt überleben?

Nun verlor Jana auch noch das Bewusstsein, und selbst Clara, die doch in Extremsituationen sonst so ruhig war, verspürte einen Anflug von Nervosität: Dieses Mal stand für sie etwas auf dem Spiel, schließlich blieb ihr auf dieser Welt nur noch ihre Schwester, mal abgesehen von David, der jetzt schon seit Monaten in Frankreich wohnte. Auch ihr Vater hatte ein neues Leben, eine neue Familie.

»Jana, mein Gott, wach doch auf! Ich glaube, das Kind kommt wirklich! Du musst jetzt pressen, Himmel, nun wach schon auf, Jana!«

Aber ihre kleine Schwester reagierte nicht. Würde sie hier etwa verbluten? Sie brauchten einen Arzt! Aber wenn sie das Ganze realistisch betrachtete, hätten sie sich ja nicht einmal zu Hause bei ihrem Vater in Hinojedo eine Hebamme leisten können, geschweige denn einen Arzt. Und diese Geburt war ein Geheimnis, davon durfte niemand wissen, niemals! Das Kind und die Scham der alleinstehenden Mutter waren nicht einmal das Schlimmste daran, sondern das Verbrechen. Es würde wohl jeder sofort wissen, wer der Vater des Säuglings war, und dann würde man sie beide zum Tode verurteilen. Wegen einer Nacht, die es doch eigentlich nie gegeben hatte. Weil Clara und Jana sie verleugneten.

Eine für sie ungewöhnliche Angst trieb Clara an, sie fand zu ihrer eisernen Entschlossenheit zurück und machte Wasser heiß. Dann fand sie eine Schere, die sie zusammen mit ihren Schnürsenkeln auskochte. Nun kam Jana endlich wieder zu sich. Sie stellte fest, dass Clara ihr den Rock ausgezogen hatte und sie von der Taille abwärts nackt war. Der Schmerz war einfach unerträglich, und sie wusste, dass es nach dieser Geburt für sie nichts geben würde, was sie dafür entschädigte: keine Umarmung eines Ehemannes, keine Glückwünsche einer Mutter, einer Freundin oder eines Bruders. Kein neues Leben, das es aus der Unschuld wachzurufen galt. Unermüdlich gab ihr Clara Anweisungen: Sie sollte schneller atmen und jetzt langsamer. Nein, was hatte sie da gesagt? Dass sie pressen sollte? Und Jana presste. Mit jedem Krampf spürte sie, wie sich in ihr etwas losriss und auf die Suche nach dem Licht machte. Wenn das hier wirklich eine Geburt war, dann ging sie in schwindelerregendem Tempo vor sich, so hätte sie sich das niemals vorgestellt.

Dann endlich spürte Jana erleichtert, wie ein Wesen ihren Schoß verließ, aber sie hörte gar kein Weinen. Als sie aufschaute, sah sie, wie Clara das Kind in ein Laken einschlug und auf eine Decke am Boden legte. Ihre Schwester wirkte hochkonzentriert, ernst und entschlossen.

»Was … was machst du denn da? Geht es dem Kind gut?«, fragte Jana keuchend.

Clara zögerte ein paar Sekunden.

»Es war ein Mädchen.«

Jana spürte, wie ihr ein stechender, intensiver Schmerz die Brust durchbohrte. Es war? Sie wollte das Kind doch zur Adoption freigeben, sie hatte es gar nicht gewollt, und trotzdem war nun die Trauer über das, was sie nie selbst haben würde, erdrückend, grau und heftig. Vielleicht hatte sie das Kind ja doch geliebt, und zwar genug, um ihm eine bessere Zukunft zu wünschen. Jana hatte das Gefühl, dass sie schon wieder in Ohnmacht fallen würde, aber dann rief ein neuer Schmerz in ihrem Inneren ihre Sinne wach. Sie hatte immer noch Wehen. Schnelle und starke.

»Gott im Himmel!«, rief Clara mit eiskalter Stimme aus. »Mach dich bereit, Schwesterchen, da kommt noch eins.«

Und so wurde unter Schmerzensschreien ein zweites Kind geboren, wieder ein Mädchen. Aber dieses atmete. Es war klein und so grau wie die Gemütsverfassung seiner Mutter, aber es lebte und bekam jetzt langsam sogar ein bisschen Farbe. Clara säuberte die Kleine liebevoll mit warmem Wasser und band die Nabelschnur mit einem ihrer Schnürsenkel ab. Dann knotete sie Jana den Rest der Schnur ums Bein und wartete auf die Plazenta. Sie wusste, dass es Probleme geben konnte, wenn der Mutterkuchen nicht abgestoßen wurde oder das restliche Stück Nabelschnur wieder im Körper verschwand.

In der Zwischenzeit wickelte sie das Mädchen in ein sauberes Laken und legte es Jana auf die Brust, wo es wie durch ein natürliches Wunder sofort zu schreien aufhörte. Der Säugling war so winzig und zerbrechlich, und als Clara ihre Schwester ansah, legte sich ungewollt ein zärtliches Lächeln über ihre Züge. Dann aber musste sie feststellen, dass Jana schon wieder das Bewusstsein verloren hatte. Clara begann ihre Schwester und die Küche zu säubern, dann schob sie aus einem der Schlafzimmer ein Bett herein, weil Mutter und Kind besser im Warmen liegen sollten, sonst würden Kälte und Feuchtigkeit die Kleine noch umbringen. Clara würde sich schon etwas einfallen lassen, um den Nachbarn zu erklären, dass sie dort den Herd befeuerte: Sie konnte Bauarbeiten im Inneren vorschieben oder dass man durchgehend heizen musste, um Schäden durch Nässe zu vermeiden … es gab sicher viele mögliche Erklärungen, oder? Außerdem verirrte sich um diese Jahreszeit sowieso kaum eine Seele hier an den Strand, und der Hafen mit den Fischern befand sich auf der anderen Seite von Suances, an der Flussmündung, die sie von hier aus nicht einmal sehen konnten.

Als sie fertig geputzt und ihre Schwester bequem gebettet hatte, die entweder immer noch ohnmächtig war oder nach all der Anstrengung einfach tief und fest schlief, erlaubte sich Clara, das an Janas Brust ruhende Kind zu betrachten. Es war noch zu früh, um zu sehen, ob die Kleine einmal hübsch sein würde. Und zu spät, um ihr eine Zukunft zu geben, deshalb mussten sie so handeln, wie sie es von Anfang an geplant hatten. Aber vielleicht konnte die Kleine, die so schwach und viel zu früh geboren worden war, ja noch eine Zeit lang hier bleiben, bevor sie sie abgaben. Ob Jana das wohl ertragen konnte?

Und Clara musste endlich für ihre Sünden Buße tun, und das waren nicht wenige. Sie richtete ihre Aufmerksamkeit auf das andere, leblose Mädchen. Mit beunruhigend weißer, totenbleicher Haut sah die Kleine aus wie eine zerbrochene Puppe. Irgendetwas mussten sie mit dem Leichnam machen. Müde setzte Clara ein Lächeln auf – in letzter Zeit schien sie immer nur Blut aufzuwischen und Leichen an Orten zu entsorgen, die mit einem Friedhof wenig gemein hatten. Hinter den Klostermauern musste sie wirklich für so einiges beten. Im Moment hatte sie jedoch ein klares Ziel und würde alles tun, um es zu erreichen. Wirklich alles, und zwar ohne ihr Gewissen damit zu belasten. Stattdessen musste sie die Logik und Gerechtigkeit desjenigen anwenden, der nur das Beste für seine Familie will.

Als ihr Blick nun auf die Sommerresidenz fiel, wusste sie, wo sie das Kind verstecken würde, dessen Gesicht sie zudeckte, weil sie den Anblick nicht länger ertrug. Bevor sie die warme Küche verließ, die jetzt schon fast nach einem Kind und seiner Hoffnung roch, musste sie plötzlich an eine letzte Verbindung zur Vergangenheit denken. Es gab da noch etwas, was ihre Schwester dummerweise behalten hatte und was die Behörden auf ihre Spur bringen konnte. Es war eins dieser nutzlosen Geschenke, die Ignacio Jana gemacht hatte. Clara glaubte kaum, dass es etwas wert war, man würde es in einer Notsituation wohl kaum zu Geld machen können. Ihre Schwester trug den fürchterlichen und geschmacklosen Anhänger aus grünem Stein, an dessen Namen sich Clara nicht erinnern konnte, um den Hals. Rasch hatte Clara ihn unter der Kleidung gefunden und schob ihn in das Leichentuch aus Laken. So ließ sie auch die letzte Verbindung zwischen ihrer Schwester und Ignacio Chacón verschwinden. Vermutlich würde Jana deshalb wütend auf sie sein, aber so, wie sie den Señorito kannten, war das mit Sicherheit nicht einmal echter Schmuck, sondern nur Ramsch aus Mittelamerika. Und selbst wenn das Ding wertvoll wäre ... ein Verkauf wäre zu gefährlich gewesen.

So kappte Clara auch die letzten Bande und befreite damit sich und ihre Schwester von der Vergangenheit und von jeglichem Verdacht.

Allerdings drängte sich ihr immer wieder die Frage auf, wie eigentlich das Adlerwappen in den Kartoffelsack gekommen war. Darüber würde sie sich später den Kopf zerbrechen, irgendeine Erklärung musste es ja geben.

Entschlossen bettete sie den toten Säugling in einen Korb für Brennholz, legte ein paar Scheite darauf, falls sie unterwegs einem Spaziergänger oder Fischer begegnen sollte, und marschierte dann in ihrer Rolle als Dienstmädchen der Ongayos entschlossen und scheinbar ungerührt vom Personalhäuschen zur Villa hinüber, die still und schweigend Zeuge und Grabstätte so vieler Geheimnisse werden würde.

***Das war tatsächlich*** eine unerwartete Wendung. Nachdem er den Bericht über die DNA des kleinen Engels aus der Villa Marina gelesen hatte, schwieg Riveiro nachdenklich – das Baby war also die eineiige Zwillingsschwester von Lucía Gordon, Olivers Mutter. Und es hatte das Symbol der Familie Chacón bei sich getragen. Dem alten Bericht zufolge, den Sabadelle ausgegraben hatte, hatten in Ubiarco und Santillana damals böse Zungen behauptet, Jana Fernández habe ein Verhältnis mit Ignacio Chacón gehabt, und das hatte sogar die Schwester des Verschwundenen bestätigt …

»Gut, die Sache könnte also so gelaufen sein«, sagte er schließlich. »Ignacio Chacón hat Jana geschwängert und wurde dann aus dem Weg geräumt, von wem auch immer. Es hätte Jana selbst sein können, obwohl die Flagge der Nationalen eher dagegen spricht. Vielleicht hat ihn Janas Schwester kaltgemacht, weil er sich nicht um das Kind kümmern wollte. Auf jeden Fall verschwand er irgendwie, und um der Schande zu entgehen, versteckte sich Jana für die Geburt im Haus der Ongayos, für die ja ihre Schwester gearbeitet hat. Jana brachte wahrscheinlich ein lebendes und ein totes Kind zur Welt. Umgebracht hat sie den Säugling wohl nicht, das hätte sie dann ja wohl mit beiden Mädchen getan …«

»Dann hat sie das tote Baby zwischen den Wänden der Villa Marina versteckt, weil die bald versiegelt werden würden. Das andere Mädchen hat sie ins Kloster gebracht …«, führte Valentina die Hypothese fort, »… und dann später irgendwie das Hausmeisterehepaar zur Adoption überredet.«

»Vielleicht hat Jana sie ja mit dem Argument überzeugt, dass sie ihnen das Haus schenken würde und sie nie wieder Not zu leiden brauchten. Das war schließlich in der Nachkriegszeit, für die beiden war das sicher wie ein Lottogewinn. Vielleicht hat Jana die beiden sogar gerade deshalb eingestellt, weil sie wusste, dass sie gern Kinder hätten, aber selbst keine bekommen konnten … So konnte sie ihnen die Lösung auf dem Silbertablett servieren und sich unglaublich großzügig zeigen, ohne ihnen die Wahrheit sagen zu müssen.«

»Aber Janas damaliger Ehemann fand das sicher nicht witzig. Immerhin war die Villa Marina mit ihrer Strandlage schon damals der reinste Luxus.«

»Nein, begeistert war er sicher nicht«, nickte Riveiro, »aber überleg doch mal, der Typ ist ja kurz darauf schon gestorben … Außerdem ist die Ersitzung auch nicht sofort in Kraft getreten, sondern erst nach mehreren Jahren. Unglaublich: Auf diese Art und Weise ist es Jana also gelungen, ihre Tochter doch noch aufwachsen zu sehen. Pedro Salas, El Manco, hat vermutlich über Janas Bruder David von der Sache Wind bekommen und angefangen, sie zu erpressen.«

»Das mag ja sein, aber die Erpressung passt so gar nicht in die heutige Zeit. Damals muss es schlimm gewesen sein, unverheiratet Mutter zu werden, aber jetzt? Warum hätte es Jana denn stören sollen, wenn all das ans Licht gekommen wäre? Ihre Tochter Lucía ist doch vor einem Jahr gestorben.«

»Keine Ahnung, irgendwas entgeht uns da. Vielleicht hatte sie einfach nur Angst vor dem Gerede und wollte ihr Image als Geschäftsfrau nicht schädigen. Oder das Ansehen ihrer Tochter Clara.«

Plötzlich veränderte sich Valentinas Gesichtsausdruck und wurde todernst. »Riveiro, damit haben wir jetzt auch ein Motiv für die Morde, aber das passt gar nicht zu meiner Tätertheorie.«

Gespannt sah der Sargento sie an. »Na, erzähl schon.«

»Jana Ongayo hat ein beträchtliches Vermögen hinterlassen. Wenn wir mal auf all die Fälle zurückblicken, die wir so bearbeitet haben, geht es doch in den meisten von ihnen um Geld … und hier könnte die Erbschaft ausschlaggebend sein. Jana Ongayos einzige Erbin ist ihre Tochter, Clara Múgica. Aber da wir nun Oliver Gordon als Señora Ongayos leiblichen Enkel identifiziert haben, würde die Hinterlassenschaft geteilt, da sein Bruder und er die Nachfolge ihrer verstorbenen Mutter antreten würden. Klar?«

»Willst du damit etwa sagen, dass Clara Múgica …?«

»Ich weiß es nicht, Riveiro, ich weiß es einfach nicht. Aber sie hätte auf jeden Fall ein Motiv. Wenn Camargo kommt, kann er mir hoffentlich ihre Alibis für die Tatzeiten der Morde bestätigen.«

»Du vergisst dabei aber noch etwas.«

»Was denn?«

Riveiro wirkte konzentriert.

»Oliver Gordon würde ja nicht nur vonseiten seiner Mutter, sondern auch seines Vaters erben«, sagte der Sargento und sah Valentina eindringlich an. Sie schüttelte zunächst den Kopf, nickte dann aber ungläubig.

»Aber natürlich! Deshalb hat uns Izan Sáenz also angelogen. Er war die ganze Zeit im Bilde und kannte diese Verbindung, wollte aber keinesfalls das Vermögen der Chacóns mit Oliver teilen müssen. Nur woher wusste er das alles bloß?«

»Wahrscheinlich hat Pedro Salas, der Sohn des Einarmigen, die Büchse der Pandora geöffnet«, überlegte Riveiro laut. »Vielleicht wollte er neben Señora Ongayo noch eine weitere Einnahmequelle erschließen und hat Sáenz alles erzählt. Deshalb hatte unser Erpresser auch die ganzen Zeitungsartikel fein säuberlich in Plastikhüllen dabei – um seine Geschichte zu belegen.«

»Und deshalb wollte jemand aus der Familie der Ongayos oder Chacóns Oliver aus dem Weg schaffen«, sagte Valentina düster. »Wer ihm wohl die Drohnachricht überbracht hat? Jana Ongayo konnte es nicht sein, sie hat sich am selben Morgen das Leben genommen. Dann muss dafür wohl Sáenz verantwortlich sein. Ob er wohl auch Juan Ramón Ballesta in der Klinik angegriffen hat?«

»Mag sein, aber wie passt hier Dr. Viesgo ins Bild?«, fragte Riveiro.

»Das weiß ich auch nicht«, musste Valentina zugeben. »Aber er war immerhin vor vielen Jahren Jana Ongayos Arzt, sogar ihr Gynäkologe. Sie hat uns gegenüber doch behauptet, dass sie damals dachte, sie könnte keine Kinder bekommen … Wenn Lucía Gordon wirklich ihre Tochter war, hat sie uns angelogen, weil sie dann schon vor ihrer ersten Ehe Zwillinge zur Welt gebracht hatte. Als Frauenarzt wusste Dr. Viesgo das doch sicher und hat sie beim Auftauchen der Kinderleiche vielleicht aufgesucht, um mit ihr darüber zu reden. Allerdings würde die zeitliche Abfolge dann immer noch nicht hinhauen – Señora Ongayo kann ihn nicht umgebracht haben.«

»Aber wer dann?«

»Ihre Schwester. Ich habe in der letzten Nacht noch bis in die frühen Morgenstunden Informationen über Regina Coeli und die Klarissen zusammengesucht und mir sogar ihren Dekalog mit den Verhaltensweisen und

Einstellungen ausgedrückt, die von einer guten Christin erwartet werden, wenn sie ins Kloster eintreten will.«

»Du machst Witze.«

»Keineswegs. Und ich habe etwas Erstaunliches gefunden: Wusstest du, dass das Noviziat nicht nur mit dem Anlegen der heiligen Tracht beginnt, sondern dass die junge Frau in diesem Moment auch einen neuen religiösen Namen erhält?«

»Wie bitte? Aber dann …«

»Dann hatten wir Clara Fernández womöglich die ganze Zeit vor der Nase, nämlich als Schwester Mercedes.«

Riveiro stieß einen Fluch aus und lehnte sich fassungslos an Valentinas Schreibtisch.

»Aber dass sie Janas Schwester ist, macht sie doch nicht automatisch zur Mörderin. Vielleicht hat sie Tlaloc einfach nicht erwähnt, um Jana zu schützen. Es ist eine Sache, die Staatsgewalt anzulügen, eine ganz andere, Pedro Salas zu erschießen und Viesgo zu vergiften. Außerdem haben wir gar keine Beweise.«

»Aber wir könnten welche finden. Durch einen Paraffintest können wir zum Beispiel erkennen, ob Schwester Mercedes in letzter Zeit eine Waffe abgefeuert hat, erst recht bei einer so alten Knarre.«

»Was ist denn mit dem Schweizer Zeugen? Der hat doch eine junge Frau gesehen, kein Greisin.«

»Daran hab ich auch gedacht – vielleicht wurde die Mutter Oberin ja von Schwester Pilar begleitet, der jungen Nonne, die wir bei unserem Besuch im Kloster kennengelernt haben. Auf sie könnte die Beschreibung passen, und sie hat sich wie ein Hündchen die ganze Zeit in der Nähe der Äbtissin aufgehalten. Wenn Clara Fernández wirklich eine Psychopathin ist, dann kann sie Menschen ganz einfach nach ihrem Gutdünken manipulieren. Auf jeden Fall haben wir einen so stichhaltigen Beweis gefunden, dass uns Talavera die Durchsuchung des Klosters genehmigt hat.«

»Wie bitte?«, rief Riveiro aus und ließ sich verdutzt auf die Tischplatte sinken.

»Das wollte ich dir ja eben schon erzählen: dieses verdammte Bleioxid. Sabadelle hatte darüber schon mal irgendwas gehört oder gelesen, ist aber bis vorhin einfach nicht draufgekommen. Heute Morgen hat er in den Unterlagen von seinem Kunstgeschichte-Studium herumgeblättert und das Gesuchte gefunden: Bleitetraoxid und Mennigepulver werden beim Restaurieren von Kunstwerken benutzt, um Originaltextur und -material zu respektieren. Offenbar hat man früher recht seltsame Substanzen verwendet, um auf der Leinwand die richtigen Schattierungen hinzubekommen, die Galle von Tieren beispielsweise für Grün. Jetzt rate mal, was man für Rot genommen hat.«

»Bleioxid?«

»Ganz genau. Ich verwette meinen Kopf darauf, dass die Mutter Oberin für dieses riesige Gemälde in ihrer Werkstatt davon so einiges braucht. Im Gegensatz zu Oliver Gordon hab ich auf das Bild zwar kaum geachtet, ich meine mich aber an einen großen dunkelroten Hintergrund zu erinnern.«

»Das würde dann das Oxid an der Hose und unter den Schuhen von allen erklären, die in der Werkstatt waren, David Viesgo mit eingeschlossen. Was immer er da wollte, er war jedenfalls einem gesunden Tässchen Tee mit den Nonnen nicht abgeneigt. Verdammt!«

»Und deiner Theorie zufolge hat dann wohl entweder Clara oder ihr Schützling Pilar Pedro Salas mit einem

Tritt ins Wasser befördert«, schlussfolgerte Valentina nun. »Ich denke, den Ablauf haben wir in groben Zügen richtig rekonstruiert. Am besten durchsuchen wir noch heute Morgen das Kloster und nehmen die Leute von der SpuSi mit, damit sie in der Restaurationswerkstatt Proben nehmen.«

In diesem Moment betraten die restlichen Mitglieder des Ermittlungsteams das Büro. Als sie Riveiro und Redondo, ins Gespräch vertieft, dastehen sahen, merkten sie sofort, dass es irgendetwas Neues geben musste. Valentina grüßte mit einer kurzen Handbewegung und legte dann ohne große Vorrede die neuen Erkenntnisse dar, kaum dass sich ihre Mitarbeiter gesetzt hatten.

»Clara Múgica ist unschuldig«, erklärte Marta Torres, als Valentina mit ihren Ausführungen fertig war. »Ihre Alibis haben wir überprüft. Zwei Kollegen vom Rechtsmedizinischen Institut können bestätigen, dass sie am Tag von David Viesgos Ermordung die ganze Zeit mit ihr zusammen waren, selbst beim Essen in der Cafeteria. Am Todestag von Pedro Salas hat sie sich morgens um halb neun von ihrem Ehemann verabschiedet, als beide zur Arbeit mussten, das kann der Portier des Gebäudes bestätigen. Während des Angriffs auf Juan Ramón Ballesta am Mittwoch, dem 10. Juli um neun Uhr, hat Clara mit ihrem Mann und dessen drei Nichten hier in Santander bei Burger King zu Abend gegessen.«

»Wunderbar«, sagte Valentina und verbarg dabei ihre Erleichterung nicht. »Was habt ihr noch?«

»Ich hab mal diese Anna unter die Lupe genommen, Gordons frühere Freundin«, sagte nun Cabo Camargo, »die Geschichte könnte so stimmen. Die Dame hat eine Facebookseite, auf der sie sogar ihre Verlobung mit Oliver bekanntgegeben hat. Danach gab es dort eine Zeit lang kaum noch Einträge. Irgendwann ist Anna dann furchtbar dünn und mit Kopftuch wieder aufgetaucht und hat über ihre Erfahrung mit der Krebserkrankung berichtet. Na ja, das Übliche eben. Jetzt lädt sie fast jede Woche neue Bilder hoch, allerdings wirken die eher wie Werbung für die gute Sache. Sie arbeitet für eine Hilfsorganisation namens Shiva in Indien, in Parna, das liegt in …«, er warf einen Blick auf seinen Zettel, »im Staat Bihar im Norden des Landes.«

»In Ordnung«, sagte Valentina. Dieses Mal ließ sie nicht durchblicken, wie erleichtert sie darüber war, dass Oliver sie nicht angelogen hatte. »Ich weiß, dass ihr dafür wenig Zeit hattet, und gestern war ja auch Sonntag, aber gibt es schon irgendwas zu Jana Ongayos Telefonrechnung?«

Cabo Camargo sah Zubizarreta an, der nickte.

»Ja, ein paar Nummern konnten wir bereits zuordnen. Ihre häufigsten Anrufe galten den Sardinenfabriken in Santoña und Santander, und es gab auch einige nach Chile. Wir konnten herausfinden, dass sie dort ebenfalls äußerst erfolgreich Handel betreibt, wenn auch nicht mit Konserven, sondern mit Stoffen und Kleidung.

Am Freitag, dem 5. Juli hat sie mittags ein einziges Mal im Kloster San Ildefonso angerufen, also einen Tag nach der Entdeckung des toten Kindes. Vermutlich hatte Jana Ongayo morgens die Nachricht in der Zeitung gelesen. Dann waren da auch noch ein paar Handynummern, für die brauchen wir aber mehr Zeit.«

Wieder wurde geklopft, erneut störte man die Runde. Der Agente, der kurz zuvor den dringenden Umschlag aus Madrid gebracht hatte, steckte den Kopf zur Tür herein.

»Oliver Gordon ist hier und versichert, dass man ihn erwartet«, erklärte er ungerührt.

Valentina seufzte.

»Warte noch fünf Minuten und schick ihn dann rein«, ordnete sie an, dann schaute sie zu Riveiro rüber. »Er ist gekommen, um eine DNA-Probe abzugeben, aber das ist vielleicht gar nicht mehr nötig.«

»Eine schlechte Idee wäre es nicht, um ganz sicherzugehen«, fand Riveiro. »Wirklich wichtig ist aber die DNA von Sáenz Chacón.«

»Genau, lasst den mal ins Kommissariat kommen und stellt ihm ein paar Fragen«, ordnete Valentina an und schaute dabei zu Camargo, Torres und Zubizarreta hinüber. »Wenn er nicht zur Zusammenarbeit bereit ist, müssen wir eben eine richterliche Verfügung beantragen. Aber vielleicht packt er ja aus, wenn er erst einmal im Verhörraum sitzt.«

Redondo übertrug Camargo dafür die Verantwortung und wandte sich dann mit fragendem Blick zu Sabadelle und Riveiro um. »Ihr kommt doch mit ins Kloster, oder?«

»Bin dabei«, sagten beide gleichzeitig.

»Und jetzt«, sagte Valentina und holte tief Luft, »werden wir mal Oliver Gordon eröffnen, dass er im Keller seines Hauses seine Tante gefunden hat.«

Als Valentina und ihre Kollegen im Kloster eintrafen, hatte sich der Tag bereits wie ein blauer Fächer entfaltet und lud zu Spaziergängen und Sommerfreuden ein. Obwohl keins der Autos das Wappen der Guardia Civil trug, erregte der Fahrzeugtross dennoch Aufmerksamkeit, schließlich fuhren sie mit dem Bulli der SpuSi, dem Wagen des Gerichtssekretärs und zwei Wagen für die drei Ermittler vor.

Man schien sie zu erwarten und machte ihnen am Eingang des Klosters keine Schwierigkeiten, ja, es wurde nicht einmal um den Durchsuchungsbeschluss gebeten. Aufmerksam betrachtete Valentina die Nonne, die ihnen die Tür geöffnet hatte: Ihr Gesicht war angenehm und herzlich, zeigte jedoch auch eine gewisse klösterliche Blässe. Valentina betrat in Begleitung von Sabadelle und Riveiro als Erste das Gebäude. Die Ordensschwester hatte wohl klare Anweisungen erhalten und führte sie direkt zur Restaurationswerkstatt, wo die Mutter Oberin sie vor dem Gemälde *Himmelfahrt des heiligen Franziskus* erwartete. Sie schaute auch jetzt nicht vom Bild auf, während sie die Ermittler ohne große Umstände begrüßte: »Kommen Sie rein, ich habe Sie schon erwartet. Ich bin gleich fertig.«

»Schwester Mercedes, das ist heute kein Höflichkeitsbesuch«, stellte Valentina klar. »Wir sind gekommen, um Sie entweder hier oder in der Kommandantur zu verhören, wenn Ihnen das lieber ist«, versetzte sie mit eiskalter Stimme, damit die Nonne gar nicht erst auf die Idee kam, wieder mit ihren Spielchen anzufangen.

»Ach, Sie wollen mich festnehmen? Das bringt in meinem Alter doch wirklich nichts«, entgegnete die Äbtissin ruhig und ungerührt, während sie weiter den Blick auf die Leinwand geheftet hatte.

»Schwester Mercedes, wir haben stichhaltige Hinweise darauf, dass Ihr richtiger Name Clara Fernández ist. Stimmt das?«

»Das habe ich nie bestritten. Meinen Ordensnamen habe ich nach einer Schwester gewählt, die einst meine Mentorin war. Haben Sie mich danach etwa je gefragt?«

»Nein, das haben wir tatsächlich nicht. Aber Sie haben uns in Bezug auf die mesoamerikanische Figur angelogen, die auch an einem Haus der Familie Chacón in Santillana del Mar zu finden ist.«

»Es ist meine Pflicht, meine Familie zu beschützen, so wie Vater Fuchs seine Jungen. Blut ist eben dicker als Wasser«, sagte die Oberin, drehte langsam den Kopf zu Valentina um und sah ihr mit dem unbarmherzigen Blick eines Raubtiers in die Augen.

Vater Fuchs? Das hatte also Juan Ramón Ballesta gemeint! Und Clara Fernández, die sich offenbar entlarvt wusste, zeigte ihnen nun ihr wahres Gesicht. Als ihr gnadenloser Blick Valentina durchbohrte, lag ein irres Funkeln in ihren Augen.

Die Teniente holte tief Luft.

»Sie wissen inzwischen ja sicher, dass Ihre Schwester tot ist, sie hat sich umgebracht.«

»*Cotidie morimur, cotidie conmutamur, et tamen aeternos esse nos credimus*«, sagte die Nonne langsam und übersetzte dann einen Atemzug später selbst: »Wir sterben jeden Tag, wir verändern uns jeden Tag, und dennoch halten wir uns für unvergänglich. Davor, wie schwach sie war, konnte ich sie nicht beschützen. Sie hat ihren Weg gewählt, und mir bleibt jetzt nur noch Gottes Auftrag«, erklärte die Ordensschwester und nahm ganz ungerührt einen Schluck aus der Tasse, die neben dem Gemälde stand. Als er ihr Lächeln sah, stellten sich Riveiros Nackenhaare auf.

Valentina fuhr mit ihrer Befragung fort: »Gehörte es auch zu Gottes Auftrag, Pedro Salas und David Viesgo zu ermorden?«

»Ihr Humor gefällt mir, junge Dame. Sie sprechen von Mord? Ich würde das als Läuterung bezeichnen. Pedro Salas war eine kleine Ratte, einer von diesen so gut wie unsichtbaren, aber schäbigen Menschen, die die Schwachen ausnutzen. Und ich habe die Schwachen verteidigt. Ich habe Jana vor dieser Echse beschützt, und ich hätte sie auch vor dem Einarmigen beschützt, wenn ich von der Sache früher gewusst hätte.«

»Von was für einer Sache denn? Meinen Sie die Erpressung?«

»Ich meine diese Feiglinge, menschlichen Abschaum, der vom Angesicht der Erde getilgt werden muss. El Manco hat nach dem Tod unseres Bruders angefangen, Jana zu erpressen. Dieser Elende!«, rief sie wütend aus. »Während David noch am Leben war, hat er sich offenbar nicht getraut. Und dann hat El Manco seinem nichtsnutzigen Sohn wohl auf dem Sterbebett unser kleines Geheimnis anvertraut, und meine arme Jana … hat es erst nach dem Auftauchen der Kleinen in der Villa gewagt, mich anzurufen.«

»Das wissen wir bereits, wir haben ihr Telefonat von jenem Tag schon gesehen. Aber was für ein Geheimnis denn nur? Falls Sie Ignacio Chacón ermordet haben, ist die Tat doch längst verjährt.«

»Wenn man Geheimnisse erzählt, sind sie doch keine Geheimnisse mehr«, flötete die Nonne nun, was ihrem Gesicht eindeutig einen Ausdruck des Wahnsinns verlieh. Er wurde von einem diabolischen Blick begleitet. Riveiro wollte schon einen Schritt auf die alte Frau zumachen, Valentina hielt ihn jedoch mit einer Handbewegung zurück – erst wollte sie die Wahrheit hören.

»Die Waffe, mit der Pedro Salas erschossen wurde, finden wir sicher in Ihrem Zimmer oder einem anderen Teil des Klosters, nicht wahr, Señora Fernández?«

»Das Ding ist die reinste Reliquie, das hab ich mir vor langer Zeit mal aus der Sammlung der Ongayos geliehen. Damals war es eine hochmoderne Waffe, sogar mit Schalldämpfer. Man weiß ja nie, in was für unangenehme Situationen man als alleinstehende Frau so gerät.

Aber diese widerliche Ratte wollte einfach nicht sterben, da musste ich sogar noch mit dem Fuß nachhelfen. Rache ist süß, Teniente Redondo, und wer das Gegenteil behauptet, der lügt. Wenn ich früher von der Erpressung gewusst hätte, dann hätte ich denen die Kehle durchgeschnitten. Salas und seinem einarmigen Vater.«

»Und wo ist Schwester Pilar? Die hat Sie doch zu Ihrer Verabredung mit Salas nach Suances begleitet, oder nicht? Sie hat Ihnen geholfen«, behauptete Valentina. Das war ein Schuss ins Blaue, sie verließ sich hier auf die Zeugenaussage eines Schweizers, mit dem sie nicht einmal persönlich gesprochen hatte.

Clara zögerte eine halbe Sekunde, und Valentina dachte schon, dass sie vielleicht endlich einbrechen und ihre arrogante Haltung aufgeben würde.

»Schwester Pilar ist nicht mehr hier, die habe ich weggeschickt. Schließlich war es nur noch eine Frage der Zeit, bis Sie hier vorbeischauen würden. Immerhin bestand die entfernte Möglichkeit, dass man Schwester Pilar durch Glück oder einen brillanten Verstand mit dieser Angelegenheit in Verbindung bringen würde. Ganz dumm sind Sie also nicht, wie interessant. Entschuldigen Sie bitte, aber ich bin wirklich nicht daran gewöhnt, dass mich noch irgendetwas überrascht. Menschen sind einfach so vorhersehbar.«

»Das klingt so, als würden Sie damit uns meinen und sich selbst nicht in diese Kategorie einordnen.«

Abschätzig schaute Clara die Teniente und ihre Mitarbeiter an. Sie nahm einen weiteren Schluck aus ihrer Tasse, ließ aber von der Leinwand ab und drehte sich nun ganz zu den Beamten um. Riveiro legte die Hand auf seine Pistole.

»Ich bin eben nicht wie der Rest, wohl ein Mensch,

aber auch noch etwas anderes. Christus war ein Mensch und zugleich göttlich. Als ich in dieses Kloster eingetreten bin, habe ich meinen Verstand auf die Ewigkeit ausgerichtet, meine Seele auf Gottes Herrlichkeit und mein Herz auf die göttliche Substanz. So habe ich mich durch Kontemplation in ein Abbild des Göttlichen verwandelt.«

»Das stammt aus den Regeln der Klarissen, aber dadurch werden sie nur zu würdigen Bräuten des himmlischen Herrschers, nicht selbst zu Gottheiten. Sie haben sich die Konzepte zurechtgelegt, wie es Ihnen gerade passt«, erwiderte Valentina ernst und konzentriert, während sie daran zurückdachte, was sie in der vergangenen Nacht über den Orden gelesen hatte.

»Und dafür, dass Sie übermenschlich sind, haben Sie bei den Morden an Pedro Salas und David Viesgo ziemlich banale Methoden gewählt«, warf Sabadelle ein, der bis jetzt geschwiegen hatte. Er konnte einfach nicht fassen, als was sich diese Frau, die ihm bei Kunstdiebstählen in der Vergangenheit geholfen und zur Lösung mehrerer Fälle beigetragen hatte, tatsächlich herausstellte.

»Tja, das hätte ich nun wirklich nicht gedacht«, antwortete Clara in aller Seelenruhe. »Jetzt sind die Beamten von der Guardia Civil also auch noch Experten in Glaubensfragen? Wollen Sie hier über mich richten wie beim Konzil von Nicäa? Das könnte sogar ganz unterhaltsam werden«, fügte sie mit müdem Lächeln hinzu und betrachtete die Ermittler mit offener Verachtung.

»Was redet die da von Nicäa?«, fragte Riveiro Sabadelle.

»Da fand im vierten Jahrhundert ein Konzil statt, in dem über die göttliche Natur von Christus entschieden wurde …«, antwortete sein Kollege, ohne den Blick von der stumm lächelnden Clara abzuwenden. »Die Thematik wurde in mittelalterlichen Gemälden oft aufgegriffen und ist als Arianischer Streit bekannt.«

»Wie mich die menschliche Unwissenheit langweilt«, sagte Clara nun mit absoluter Geringschätzung und sah Riveiro an. »Sie wissen nicht, wofür Sie beten, wer Sie sind oder wohin Sie gehen. Was glauben Sie denn, woher die trinitarische Doktrin stammt? Bekreuzigen Sie und Ihre Kinder sich denn nicht im Namen des Vaters, des Sohnes und des Heiligen Geistes?«, fragte sie und schüttelte überdrüssig den Kopf.

Den Blick immer noch auf Clara geheftet, erläuterte Sabadelle: »Auf jenem Konzil wurde festgelegt, dass Christus von Gott erschaffen worden war. Aber wenn ihn jemand erschaffen hatte, dann konnte er kein wahrer Gott sein. Um alle zufriedenzustellen, hat man sich schließlich darauf geeinigt, den Heiligen Geist auf eine Ebene mit Gott und Jesus Christus zu stellen, und so wurde die Lehre der Dreifaltigkeit geschaffen.«

Riveiro schnaubte, er hatte von diesem ganzen Unsinn langsam die Nase voll. Valentina hingegen war fest entschlossen, vor der Festnahme noch so viel wie möglich aus Clara herauszubekommen. Sie trat zwei Schritte vor und näherte sich damit auf weniger als zwei Meter der Mutter Oberin, die sie kalt anstarrte.

»David Viesgo starb am 9. Juli durch Gift. Er hat Sie besucht, und Sie haben in genau diesem Raum miteinander gesprochen. Dabei waren Sie so freundlich, ihm einen Tee anzubieten, der nichts anderes war als ein tödlicher Eibenblätter-Aufguss. War der Arzt etwa auch eine schändliche Ratte, wie Sie Pedro Salas bezeichnet haben? War es wirklich nötig, ihn umzubringen?«

»Sie überraschen mich immer wieder, Teniente. Ich habe geahnt, dass Sie den Weg finden würden, aber nicht, dass Sie dabei jeden einzelnen Pflasterstein ausmachen würden, und dann auch noch so schnell. Meinen Glückwunsch! Salas habe ich aus dem Weg geräumt, um der Menschheit einen Gefallen zu tun. Viesgo hingegen hat mich dazu gezwungen, aus praktischen Gründen auch ihn auszuschalten. Wirklich schade, er war nämlich kein schlechter Arzt. Aber er war auch nur ein Mensch, und lange hätte er sich sowieso nicht mehr nützlich machen können. Als er vor einer Ewigkeit Jana wegen ihres Kinderwunsches behandelt hat, hat er natürlich festgestellt, dass sie schon einmal Mutter geworden war. Nach dieser furchtbaren Geburt war nicht mehr alles in Ordnung. Am Anfang hat sie alles abgestritten … meine unschuldige kleine Jana. Aber Viesgo konnte sich die Geschichte vom schwangeren Dienstmädchen natürlich zusammenreimen. Als dann der Säugling in der Villa Marina auftauchte, hat er eins und eins zusammengezählt. Er hat geglaubt, dass sie womöglich ihr eigenes Kind getötet und dann in der Villa versteckt hätte, in der ihre Schwester Dienstmädchen und sie selbst später dann die Hausherrin war.«

»War es denn nicht so?«

»Natürlich nicht, meine Schwester war doch keine Mörderin! Das Mädchen ist tot zur Welt gekommen, und ich habe es selbst im Keller in die Öffnung geschoben. Der Mörtel war noch feucht, ich musste ihn nachher nur wieder ein bisschen glatt streichen. Es war wirklich ein winziges Baby, wir wussten ja nicht, dass es zwei sein würden. Das zweite war am Leben, und uns gefiel der Name Lucía. Als dieser Arzt dann Fragen gestellt hat, hat sie ihm die Wahrheit erzählt. Später ist er hier aufgetaucht und hat mich bedrängt. Wir sollten nicht länger verheimlichen, was damals passiert war, und der Säugling sollte ein christliches Begräbnis bekommen … Damit ist er mir gekommen, ausgerechnet mir! Mich hat seine Dreistigkeit geärgert. Und weil ich wusste, dass er meiner Schwester Probleme bereiten würde, hab ich ihn aus dem Weg geräumt. Das war logisch und einfach, und ich verstehe auch gar nicht, was der ganze Wirbel wegen zwei alter Männer eigentlich soll. Dreht sich die Welt ohne sie etwa nicht weiter?«

»Aber für Jana dreht sie sich nicht weiter, weil sie sich das Leben genommen hat«, erwiderte Valentina mit harter Stimme.

»Das hätte sie nicht tun dürfen, sie hätte doch wissen müssen, wie sehr sie mir damit wehtut. Aber sie war einfach zu schwach.«

»Dass sie damit *Ihnen* wehtut? Vielleicht wollte sie ja auch nur, dass Sie aufhören, irgendwelche Leute umzubringen, um sie zu beschützen. Haben Sie daran vielleicht schon mal gedacht? Ihrer Tochter Clara gegenüber hat sich Jana nämlich als für den Mord an David Viesgo verantwortlich bezeichnet. Sie hat sich wegen der Dinge schuldig gefühlt, die Sie in ihrem Namen getan haben. Dabei nehme ich doch mal an, dass sie Sie nie um einen dieser Morde gebeten hat.«

»Wie sollte sie mich denn um so etwas bitten? Das hätte jemand mit ihrem Charakter doch gar nicht in Erwägung gezogen. Sie war zwar ehrgeizig, hat aber einfach nicht praktisch gedacht. Sie hätte sich doch vom Wolf verschlingen lassen. Und ich, ich hab mich in Licht und Schatten immer um sie gekümmert, selbst wenn sie das manchmal gar nicht wusste. Dank mir ist es ihr wirklich nicht schlecht ergangen. Die Menschen sind so falsch und absurd, lästige Moralapostel … Glauben Sie etwa, Jana hätte im Leben so viel erreicht, wenn ich nicht von diesen Mauern aus über sie gewacht hätte?«

Unwillkürlich musste Valentina an ihr Gespräch mit Oliver auf der Bank über der Playa de los Locos und seine Theorie vom sicheren Rückzugsort denken.

»Als wir Ihre Schwester kennengelernt haben, hat sie uns versichert, dass Sie tot sind«, wagte sie nun einen Vorstoß. »Warum das? Wollte sie Sie etwa auch beschützen?«

Clara brach in eitles und dramatisches, theatralisches Lachen aus, das beinahe hysterisch wirkte.

»Mich beschützen? Mich? Nein, sagen wir mal … dass es da gewisse Meinungsverschiedenheiten gab. Ich habe etwas getan, was ihr nicht gepasst hat. Eigentlich hätte sie es nie erfahren sollen, aber diese kleine …« Sie verstummte kurz und schien nach dem passenden Wort zu suchen. Der grauenhaften Grimasse zufolge, die sie dabei aufsetzte, schien ihr dies großes Vergnügen zu bereiten. »Ja, diese kleine Freiheit, die ich mir da herausgenommen habe, hat uns voneinander distanziert. Jana hat ausgerechnet in dem Moment beschlossen, auf meine Hilfe zu verzichten, als ihr längst die Welt zu Füßen lag. Wie passend. Meine süße Jana. Und Sie sehen es ja selbst, für sie war ich vierzig Jahre lang tot, und dennoch hat sie Vater Fuchs wieder gerufen, sobald es Schwierigkeiten gab. Blut ist eben mächtig. Und ich hab getan, was ich als große Schwester tun musste, mich um sie gekümmert und sie beschützt, so wie immer. So einfach ist das … und wer beschützt Sie, Teniente?«

Auf diese Provokation ging Valentina nicht ein. Stattdessen trat sie noch einen Schritt vor, Riveiro und Sabadelle folgten ihr.

»Und Juan Ramón Ballesta? Haben Sie Schwester Pilar etwa auch in die Santa-Clotilde-Klinik geschickt, um ihn zu bedrohen?«

»Jetzt enttäuschen Sie mich aber! Glauben Sie wirklich, dass sich die Königin mit einem Bauern abgibt? Mit einem simplen Boten? Manchmal umgibt unbedeutende, fast unsichtbare Menschen doch ein winziges Leuchten, sie haben Anstand und Ehrgefühl … Anders als El Manco hätte Ballesta meinen Bruder niemals betrogen. Ich habe einmal mit ihm gesprochen und klargestellt, dass er die Familie des Fuchses niemals belästigen darf. Aber diese Mühe brauchte ich mir eigentlich gar nicht zu machen, weil er nämlich ein rechtschaffener Mensch ist. Warum sollte ich mit ihm meine Zeit vergeuden?«

»Und Oliver Gordon? Der ist doch schließlich ihr Großneffe. Haben Sie mit dem Anschlag auf seine Hütte und der Drohung auch nichts zu tun?«

Scheinbar überrascht zog Clara die Augenbrauen hoch.

»Was denn, es hat sich jemand mit dem Welpen angelegt? Das wusste ich nicht. Seit ich gehört habe, dass Jana, meine schöne Jana, uns verlassen hat, habe ich mich nicht länger um die Presse geschert. Aber ich fand es schön, dass der Junge beim letzten Mal mit dabei war, er sieht genauso aus wie sein Großvater«, sagte sie mit boshaftem Lächeln.

»Ignacio Chacón?«, fragte Valentina.

»Wissen Sie, was mich wundert?«, ignorierte Clara die Frage ganz einfach. »Dass Sie hier so schnell aufgetaucht sind. Hat sich Ihr Richter etwa über den Bischof hinweggesetzt? Das ist ja wirklich mutig von Ihnen, sich mit ein paar armen Klausurnonnen anzulegen!«

»Wir hatten durch das Bleioxid und Mennigepulver an den Opfern einen stichhaltigen Beweis gegen Sie, und deshalb muss ich Sie jetzt auch festnehmen, Señora Fernández. Bitte strecken Sie doch die Hände aus. Die

Ärmel der Tracht verdecken sicher die Handschellen, und draußen sind wir dann so diskret wie möglich.«

Clara lächelte.

»Die Mennige hat Sie also hierhergeführt? Ich hab ja von Anfang an geahnt, dass Sie nicht ganz so beschränkt sind wie die anderen. Wenn ich später zur Welt gekommen wäre, hätte ich auch gern eine Arbeit wie Ihre gemacht. Und ich wäre eine gute Polizistin geworden, aber wir haben eben nicht alle das Glück, in so eine goldene Epoche hineingeboren zu werden. Nun gut, die Zeit läuft ab, *meine* Zeit. Das war kein schlechter Spaziergang. *Fatum fatis ego perea.*«

»Wie bitte?«

»Möge das Schicksal erfüllt werden, auch wenn ich vergehe«, sagte sie und schaute Valentina dabei heimtückisch an. Sie sah ihr direkt in die Augen, während sie einen letzten Schluck aus ihrer Tasse nahm.

Teniente Redondo brauchte zwei Sekunden, um zu begreifen. »Ach du Scheiße, ruft einen Krankenwagen, schnell!«, rief sie aus, während sie sich auf Clara stürzte und ihr die Tasse aus der Hand schlug. Als sie die alte Dame erreichte, sackte die auch schon in sich zusammen. Riveiro fing sie auf, bevor sie zu Boden sank, und Sabadelle, der überhaupt nicht wusste, was los war, wählte derweil den Notruf.

»Ich fasse es nicht«, sagte Valentina kopfschüttelnd. »Sie hat im Moment unserer Ankunft damit angefangen, sich zu vergiften, und wir haben es nicht einmal gemerkt. Verdammt, wie konnte mir das nur entgehen?«

»Dieser verfluchte Baum, sie hat vor unseren Augen diesen Tee getrunken!«, rief Riveiro und musste feststellen, dass Clara Fernández längst das Bewusstsein verloren hatte. Er schob ihr die Finger in den Hals, um sie zum

Erbrechen zu bringen, aber ohne Erfolg. Nun wurde der Körper der Mutter Oberin von heftigen Krämpfen geschüttelt. Es war der Tod, der bei ihr anklopfte, und das Spektakel, welches die Frau im Ordensgewand ihnen da vor dem Hintergrund des Himmelfahrtsgemäldes bot, hätte kaum grauenhafter sein können. Man konnte nichts mehr für sie tun, und nach zwei Minuten war alles vorbei. In dieser Zeit war nur das restliche Team der Guardia Civil herbeigeeilt, der Krankenwagen war noch längst nicht da. Clara, die sich doch für etwas ganz Besonderes gehalten hatte, anders als der von ihr so verachtete Pöbel der Menschheit, war mit ihren bald neunzig Jahren im Kreise Wildfremder gestorben.

***Ich weiß, dass*** man mich entlarvt hat. Sie werden kommen und mich holen, ohne zu ahnen, dass ich ihnen erlaube, sich mir zu nähern. Wie bedrückend doch ihre Einfachheit ist! Dir, der du meine Worte liest, hab ich Fetzen meiner Erinnerung zugestanden. Ich hab dir ein Tagebuch miteinander verwobener Ereignisse geschenkt, damit du verstehst, wer Vater Fuchs ist, der seine Welpen beschützt, Blut von seinem Blut. Ich kenne dich nicht, Menschenkind: Vielleicht bist du ja diese seltsame Teniente mit dem scharfen Blick aus zweifarbigen Augen. Oder vielleicht eine von meinen Mitschwestern. Eigentlich ist es mir auch ganz egal, wer meine Aufzeichnungen findet und verschlingt. Ich wollte lediglich meine Geheimnisse loswerden, diese kleine Last, die ich mit mir herumtrage. Aber vertu dich nicht: mein Gewissen ist rein, ich will mich vor dir nicht rechtfertigen, sondern zeige dir vielmehr meine Macht. Wirst du begreifen können, was weit über die Dinge deiner Zeit hinausgeht? Ich hoffe auf dieses Wunder.

Man wird sagen, dass ich grausam war, kalt und diabolisch. Das ist alles bloß eine Frage der Perspektive. Nur wer dumm ist, verleugnet den primitiven Wunsch zu überleben. Würdest nicht auch du alles, einfach alles tun, um dich selbst zu retten und zugleich das Fleisch von deinem Fleische, deinen einzigen sterblichen Bezugspunkt?

Sind denn ein paar aus praktischen Überlegungen beendete Leben wirklich so wichtig? Töten Menschen im Krieg nicht blind?

Nun, da Jana fort ist und ich mich um niemanden mehr kümmern muss, lasse auch ich mich vom Tod holen. Aber der

Abschied von meinem abgenutzten Körper ist nur ein Übergang, mein Geist ist ewig und unantastbar.

Man hat mich gerade verständigt: Sie sind hier. Die waren schnell, in Wirklichkeit warte ich aber schon eine Ewigkeit auf sie. Einst habe ich meine schöne und vertrauensselige Jana hintergangen, aber dafür hab ich lange Buße getan. Vielleicht wartet sie ja drüben auf mich. Meine arme Kleine – ob sie wohl zulässt, dass ich mich dort wieder um sie kümmere?

***Izan Sáenz Chacón*** gestand noch am Tag seiner Verhaftung, dass er Juan Ramón Ballesta angegriffen hatte, schwor allerdings beim Leben seiner vier Kinder, dass er ihn nicht umbringen wollte. Wie Riveiro und Redondo schon angenommen hatten, hatte sich Pedro Salas mit ihm in Verbindung gesetzt, als das Kind in der Villa Marina aufgetaucht war. Er hatte damit gedroht, alles der Guardia Civil zu erzählen, womit Chacón sein ungeteiltes Recht auf die Erbschaft verloren hätte. Salas hatte sogar die Unverfrorenheit besessen, ihn darauf hinzuweisen, dass noch mehr Leute von der Angelegenheit wussten, unter anderem Juan Ramón Ballesta. Den wollte Salas schon »im Zaum halten«, wenn Sáenz ihm nur jeden Monat pünktlich eine bescheidene Summe zahlen würde. Von seinem Erpresser wurde Sáenz dann ja praktischerweise durch den unerwarteten Mord befreit, deshalb suchte Izan nun noch Ballesta auf, um herauszufinden, ob der ihm wirklich schaden konnte. Aber das war ein großer Fehler, da er in der Klinik angesichts all der im Sterben liegenden Patienten und des brabbelnden alten Mannes die Nerven verlor.

Izan Sáenz war deshalb so nervös, weil von der in Aussicht stehenden Erbschaft sein ganzer Lebensstandard abhing, die Schiffsagentur war nämlich so gut wie pleite. Daher hatte er auch die Formalitäten vorangetrieben, um zum legalen Vormund seiner Mutter ernannt zu werden und frei über ihr Vermögen verfügen zu können. Ignacio Chacóns wenig cleverer Neffe schloss seine kurze kriminelle Karriere mit dem Versuch ab, Oliver zu drohen, damit der nach England zurückkehrte. Auf diese Art und Weise würde der vermeintliche Bastard seines Onkels hoffentlich nie auf die Idee kommen, Nachforschungen über seine Familiengeschichte anzustellen, geschweige denn seine Erbschaft einfordern. Aber Chacón war eben nur ein Stümper – die Guardia Civil fand sogar noch die leeren Benzinkanister vom Anschlag auf Olivers Hütte in seiner Garage in Santillana del Mar. Obwohl er nicht vorbestraft war, saß er nun in Untersuchungshaft und wurde von einer teuren Anwaltskanzlei aus Santander vertreten.

Was Clara Fernández anging, so war die Liste ihrer Sünden weitaus länger, als die Ermittler zunächst angenommen hatten. Ehrlich gesagt hätte man niemals all ihre Gräueltaten entdeckt, wenn Clara Múgica nicht am Tag nach dem Selbstmord ihrer Tante Post bekommen hätte. Vor ihrem Tod hatte Jana Ongayo mit matter, jedoch klarer Handschrift einen langen, erstaunlichen und aufschlussreichen Abschiedsbrief an ihre Tochter geschrieben.

*Mein liebes Mädchen,*
*fühl dich bitte nicht schuldig. Hör nicht auf das, was die Leute sagen, glaub an dich und an das, was du bist. Was ich tun werde, was ich beim Eintreffen dieses Briefes längst getan haben werde, ist allein meine Sache, und weder du noch sonst irgendjemand hätte es verhindern können. Zumindest niemand, der heute noch auf Erden weilt.*
*Ich habe im Leben viel Schlimmes getan, meine Kleine, und deshalb habe ich mich von dir ferngehalten, um dich zu schützen. Damals hatte ich eben nicht begriffen, dass auch Kinder leiden müssen, weil das eben ihr*

Schicksal ist. Eltern dürfen ihren Kindern den Schmerz nicht ersparen, sondern müssen ihnen zeigen, wie man mit dem Leiden umgeht. Ich habe dich geliebt und werde dich immer lieben, von ganzem Herzen, daran darfst du niemals zweifeln.
Ich bin fünfundachtzig Jahre alt, leide an unerträglicher Arthrose und verwandle mich nach und nach in einen Schatten meiner selbst. Dass ich nun im Vollbesitz meiner geistigen Kräfte gehe, kannst du als würdigen Abschied verstehen, allerdings auch als Flucht. Ich fliehe vor einer kranken Person und alldem, was sie in meinem Namen getan hat, vor dem Tod, den sie auf ihrem Weg sät. Dir habe ich gesagt, dass meine Schwester Clara nicht mehr lebt, aber ich habe dich angelogen. Such sie nicht, es reicht, wenn du von ihrer Existenz weißt. Du könntest dich schon damit in Gefahr bringen, wenn du über diese kalte Manipuliererin auch nur sprichst.
Als wir klein waren, habe ich sie geliebt und hingebungsvoll bewundert. Wir sind in schweren Zeiten aufgewachsen, und ich habe mich von ihr leiten lassen, von ihrer Selbstsicherheit und ihrem Ehrgeiz, die ich mir zu eigen gemacht habe. Glaube nicht, dass ich in dieser Geschichte, die ich dir nun erzählen werde, meinen Teil der Schuld auf Clara abwälzen will – auch ich habe aus gutem Grund so viele Jahre eine schwere Last mit mir herumgetragen.
Ich fange ganz vorne an, versuche mich aber kurz zu fassen. Als junges Mädchen habe ich mich in einen Burschen aus Comillas verliebt. Er war ein ganz wunderbarer Junge, aber arm und ohne Zukunft. Leider habe ich auf Clara gehört und etwas Dummes getan, ich habe meine wahre Liebe ziehen lassen und stattdessen dafür gesorgt, dass sich ein reicher Mann für mich interes-

sierte. Von ihm habe ich mich sogar schwängern lassen, weil ich darin einen Freifahrtschein für ein glückliches Leben ohne Elend gesehen habe. Aber eines Nachts hat er mir gegenüber klargestellt, dass ich das Kind am besten wegmachen lassen solle, weil er es sowieso nicht anerkennen würde. In dem Moment war ich im absoluten Schockzustand. Ich weiß noch, dass ich aus dem Raum in den Eingangsbereich des Hauses getreten bin und ins Nichts gestarrt habe, so als wäre ich gar nicht richtig da. Das war fast wie eine meiner Ohnmachten, nur dass ich dabei noch auf den Beinen stand. Aber irgendwann bin ich dann wieder zu mir gekommen, weil ich hinter mir heftige, dumpfe Schläge hörte. Als ich dann in die Bibliothek rübertaumelte, lag der Señorito mit abgeteilten Gliedmaßen am Boden, und meine Schwester Clara hielt eine blutverschmierte Axt in der Hand. Damals hat sie zum ersten Mal jemanden umgebracht, um mich zu schützen. Ich habe ihr dabei geholfen, die Leiche verschwinden zu lassen, das war wohl die schwärzeste Nacht meines Lebens.

Und meine Schwester hat mir auch weiterhin »geholfen«. Niemand durfte von meiner Schwangerschaft wissen, nicht nur wegen der Schande, sondern weil man mich sonst mit dem Verschwinden meines Dienstherrn in Verbindung gebracht hätte.

Bald tauchten Überreste von ihm auf, aber erspar es mir bitte, dir die unangenehmen Details zu schildern. Meine erste Tochter wurde tot geboren, und Clara versteckte sie im Keller der Villa Marina. Ich fürchte, dass du wohl ohne dein Wissen eine Obduktion an deiner eigenen Schwester vorgenommen hast, das bedauere ich von ganzem Herzen. Ich bekam Zwillinge, das zweite Mädchen brachten wir in ein Kloster in Santillana del Mar, und ich konnte aus der Nähe seine Kindheit und Jugend miterleben. Leider ist sie letztes Jahr bei einem Autounfall ums Leben gekommen, daher wirst du sie niemals kennenlernen. Nicht wegen Arthrose, sondern wegen der Nachricht von ihrem Tod war ich letztes Jahr im Frühling einen ganzen Monat unpässlich und bettlägerig, weißt du noch?

Wie leid es mir tut, mein Mädchen, dass ich dir auf diese Art von all den unfassbaren Dingen erzählen muss, aber mir bleibt einfach keine Zeit mehr. In der Vergangenheit hat meine Schwester jahrelang über mich gewacht, obwohl ich damals einfach nicht sehen und glauben wollte, was sie da tat. Es begann damit, dass Clara die Verlobte meines ersten Mannes, Eladio Ongayo, aus dem Weg räumte, ein zauberhaftes Mädchen aus Puente Viesgo. Als Eladios Zukünftige damals nach einer Tasse Tee bei den Ongayos in Torrelavega auf den Fußboden sank und noch dort starb, tippte man auf Bauchfellentzündung. Das Getränk hatte meine Schwester für sie zubereitet, und es war natürlich vergiftet gewesen. Mir gegenüber hat Clara es als ihren »speziellen Tee« bezeichnet. Das Ziel meiner Schwester bestand darin, dass ich im Leben aufsteigen und eine Dame werden konnte, und dafür sollte ich einen Herrn aus reichem Hause heiraten.

Mein erster Ehemann wurde dann jedoch unbequem, weil er zu viele Fragen stellte und Clara gegenüber misstrauisch wurde. Als ich darüber klagte, nutzte meine Schwester einen der wenigen Besuche, die sie uns damals abstatten konnte, um auch ihn zu vergiften und mir damit meine Freiheit zurückzugeben. Der arme Kerl, wäre er ein völliger Idiot gewesen, hätte er wesentlich länger gelebt.

Für meinen zweiten Mann, deinen Vater, habe ich echte Zuneigung entwickelt, und soweit ich weiß, ist er wirklich an einem Herzinfarkt gestorben; zu jener Zeit ist Clara nämlich nicht um mich herumgeflattert. Aber sie kam zur Beerdigung und blieb dann zwei Tage, sie hat sogar mit dir gespielt. Ich war damals wirklich niedergeschlagen und fühlte mich unglaublich allein. Wir haben uns zusammen betrunken, ein Glas Wein nach dem anderen hinuntergekippt – etwas, das ich noch nie zuvor getan hatte. Und dabei verlor Clara ihre Selbstkontrolle, ihre übliche Selbstbeherrschung. In jener Nacht wurde mir die Binde weggerissen, die ich seit vielen Jahren vor den Augen getragen hatte.

Zum ersten Mal konnte ich sie als das sehen, was sie wirklich ist, ein krankes Monster, eine grauenhaft gestörte Person. Sie gestand mir ganz offen den Mord an meinem ersten Mann und seiner vorherigen Verlobten. Clara lachte sogar über deren albernes Dasein. Ich hatte zwar geahnt, dass sie irgendetwas damit zu tun hatte, aber weißt du, ich hatte es einfach nicht wahrhaben wollen. Das mit dem Señorito war etwas anderes gewesen, ein Augenblick von Verblendung und abgrundtiefem Zorn, weil mich jener Mistkerl einfach so verlassen wollte. Das konnte ich vor mir selbst sogar noch irgendwie rechtfertigen … ich war ihr gegenüber einfach furchtbar nachsichtig gewesen.

Aber Clara gestand mir damals noch etwas, und bei jenen Worten drehte sich mir der Magen um. In dem Moment begriff ich, dass wir, von Schmerz und Elend angetrieben, unser Leben selbst zerstört hatten. Ich hab dir doch geschrieben, dass ich in einen Jungen aus Comillas verliebt gewesen war. Er hieß Luis und tauchte in der Nacht nach dem Verschwinden des feinen Herrn plötzlich bei dessen Haus auf, kurz vor dem Eintreffen der Guardia Civil. Er wurde festgenommen und beinahe hingerichtet, zum Glück konnte man aber ein paar Wochen später seine Unschuld beweisen, und er wurde wieder freigelassen. Aber ich fand es immer merkwürdig und unerklärlich, dass er ausgerechnet an dem Tag vorbeigeschaut hatte, wenn er das doch vorher noch nie getan hatte.

Nachdem ich also deinen Vater zu Grabe getragen hatte, hat der Alkohol in Claras Blut die Wahrheit ans Licht gebracht. Dass ich eine hohe gesellschaftliche Stellung erreiche und dem Elend entkomme, war für sie offenbar nur ein zweitrangiges Ziel gewesen. In Wirklichkeit war sie immer hinter Luis her gewesen, dem Mann, den ich hätte heiraten sollen, um mit ihm ein einfaches Leben zu führen. Sie erzählte mir, dass sie sich auf den ersten Blick in ihn verliebt hatte: Er war dunkel, schön, stark und nobel, mit blauen Augen, die in all meinen Träumen auftauchten. Ihr Plan war einfach und perfekt gewesen: Sobald ich erst einmal vom Señorito schwanger war, würde er mich zum Altar führen und mir das bequeme Leben ermöglichen, nach dem ich mich so sehr sehnte. (Ich schwöre, dass ich wirklich nicht mehr weiß, ob dieser Wunsch in mir selbst entsprungen ist oder mir vielmehr von ihr eingepflanzt wurde.) Sobald ich das Kind eines anderen in mir trug, würde Luis mich vergessen oder zumindest für eine andere frei sein. Während sie ihren Plan ausführte, benahm sich Clara mir gegenüber wie die perfekte Freundin und Komplizin: Sie bot sich sogar als offizielle Anstandsdame für uns an, die uns dann bereitwillig eine Weile allein ließ. Das hatte ich zumindest geglaubt; sie enthüllte mir allerdings mit einem Funkeln des Wahnsinns im Blick, dass sie oft in der

Nähe geblieben war und uns aus einem Versteck heraus bei Küssen und Zärtlichkeiten beobachtet hatte.
Clara suchte häufig nach irgendeinem Grund dafür, mir bei der Arbeit Essen oder Kleidung vorbeizubringen, und ließ sich dabei von Luis begleiten, um den langen Weg nicht allein zurückzulegen. Angeblich tat sie mir damit einen Gefallen, weil ich meinen geliebten Fischer so sehen konnte. In Wirklichkeit war auch das nur ein Vorwand, um stundenlang Zeit mit meinem Freund verbringen zu können. Im Rückblick kann ich kaum fassen, wie naiv ich gewesen bin.
Am Tag vor dem Mord am Señorito war Clara nicht direkt von Torrelavega aus zu mir nach Ubiarco gekommen, sondern hatte unterwegs in Comillas vorbeigeschaut. Dort besuchte sie Luis zu Hause und erzählte ihm, dass ich ihn nicht mehr wolle und er mich am besten vergessen solle. Dann zog sie sich vor ihm aus und bot sich ihm dar, sie wollte ihm geben, was er von mir nicht bekam. Er schob sie aber nur wütend weg. Deshalb kam Luis am nächsten Tag zu mir, um zu sehen, ob das auch wirklich stimmte. Er stellte fest, dass der Señorito verschwunden war, und kam wohl zu dem Schluss, dass ich wirklich von einem anderen schwanger war, einen Bastard bekommen würde. Damals beschloss er, mich für immer zu verlassen und mir seine baldige Hochzeit mit einer anderen anzukündigen. Es ist schon seltsam. Jahre später habe ich erfahren, dass er sich erst nach diesem Besuch und nicht davor mit ihr verlobt hatte. In meiner Niedrigkeit wollte ich gerne glauben, dass er sie aus Verbitterung geheiratet hatte und nicht, weil er mich nicht mehr liebte. Voller Wut und Groll erzählte mir Clara, was sie an jenem Tag in Comillas getan hatte. Und dann wollte sie sich auch noch mit mir zusammen über Luis

lustig machen, über den armen Trampel, dem ich einen Korb gegeben hatte und der dann auch noch die Dreistigkeit besessen hatte, sie zu verschmähen. Aber ich lachte nicht mit. Ich verstand nämlich endlich das Ausmaß des Ganzen, all die Toten und all den Schmerz. Ein gefährliches, krankes Wesen hatte mich benutzt und manipuliert. Sie war nicht nach Ubiarco gekommen, um mir zu helfen, sondern um sich zu vergewissern, dass ihr Plan aufging.

Wir hatten einen üblen Streit, der uns schnell ernüchterte, und danach sprachen wir fast vierzig Jahre lang kein Wort mehr miteinander. Ich habe an schrecklichen Depressionen gelitten, habe mich von allem und allen zurückgezogen, leider auch von dir, fürchte ich. Vielleicht ja, um dich zu beschützen: Hatte ich mich denn nicht ebenfalls in ein furchtbares Monstrum verwandelt? Aber vor Kurzem wurde ich dann schwach. Mein armes Kind ist zwischen den Wänden der Villa Marina aufgetaucht, und plötzlich war ich wieder so feige wie damals, ich brauchte erneut den Rat und die Selbstsicherheit meiner großen Schwester. Denn wenn die Wahrheit ans Licht käme, würden mich alle Dämonen der Vergangenheit wieder quälen und sich wie ein Spinnennetz ausbreiten, das auch dich erreichen würde. Ich rief Clara an, und selbst durch das Telefon versetzte mir ihre Stimme ein Art elektrischen Schlag. Mir war sofort klar, dass ich einen Fehler gemacht hatte, aber Pedro Salas hat mich einfach nicht mit dem in Ruhe gelassen, was er über den Señorito wusste … Sein Vater, El Manco, hatte ihn auf dem Sterbebett eingeweiht. Der hatte mich schon damit erpresst, seit dein Onkel gestorben war, dabei war er mal einer von Davids besten Freunden gewesen. Während mein Bruder noch am Leben war, hätte er das niemals gewagt. Wie du

*natürlich weißt, hat Clara das Problem beseitigt ... und dann auch noch Dr. Viesgo ermordet. Dafür brauche ich gar keine Beweise, ich weiß einfach, dass sie es war. Und all das kann ich nicht eine Sekunde länger zulassen, deshalb gehe ich nun. Ich befreie meinen Verstand und meine Seele von der Last meines Gewissens und sorge so dafür, dass mich der Tod nicht länger auf meinem Weg begleitet. Jetzt trete ich ihm entgegen.*
*Aber eins möchte ich dir gern noch sagen: Du wirst es vielleicht nicht glauben, aber diese Woche ist mir eine der größten Freuden meines Lebens zuteilgeworden. Ich habe nämlich erfahren, dass ich all die Jahre einem Irrtum erlegen bin. Lucía, die Tochter, die ich vor dir im Bauch getragen habe, wurde nicht von jenem reichen und herzlosen Dienstherrn gezeugt, den Clara ermordet hat. Jenes Kind war die Frucht der Leidenschaft, ein Kind meiner wahren Liebe zu Luis. Ich hatte ihn zwei Monate vor jener dunklen Blutnacht zum letzten Mal gesehen, als er mich eben mit meiner Schwester besucht hatte. Wir waren damals, eigentlich eher durch Zufall, nur zwanzig Minuten in der winzigen Vorratskammer allein gewesen, als er mir geholfen hatte, einen schweren Mehlsack hineinzutragen. Dort ist es passiert, es war das erste und einzige Mal ... Wie hätte ich denn auf die Idee kommen sollen, dass das Kind von ihm war? Ihm waren diesbezüglich vielleicht schon Zweifel gekommen, und er war auch deshalb nach Ubiarco gekommen ... Aber dann sah er mich und meine Schwester, bekam das ganze Theater um den verschwundenen Señorito mit und verwarf wohl die Möglichkeit, dass wir beide zusammen etwas Schönes erschaffen hatten.*
*Diese Woche habe ich nun unerwarteten Besuch bekommen. Eine Teniente der Guardia Civil hat mit Oliver*

*Gordon zusammen bei mir vorbeigeschaut. Ich hoffe, dass ich dir mit all diesen Enthüllungen nicht allzu viel auf einmal zumute, aber Oliver ist der Sohn deiner Schwester Lucía – wenigstens hast du bei der ganzen Geschichte einen Neffen gewonnen.*

*Ich habe ihr Auto von meinem Diwan aus durchs Fenster gesehen. Als sie dann ausstiegen, wusste ich es sofort. Oh, Clara, du kannst dir meine Überraschung und endlose Freude nicht vorstellen … weißt du, wie sich das anfühlt, wenn dein Herz nach langen Jahren des Schweigens plötzlich wieder zu schlagen anfängt? Oliver Gordon ist Luis wie aus dem Gesicht geschnitten, meinem Luis – derselbe Blick aus blauen Augen, dieselbe Nase, selbst die Form des Kiefers stimmt überein. Und dann bin ich in Ohnmacht gefallen, du weißt ja, wie oft mir das passiert. Natürlich hatte ich den Jungen schon auf Bildern in der Zeitung gesehen, darauf hatte er mich jedoch nur an seine Mutter erinnert. Aber als ich ihn dann persönlich vor mir sah, mit diesem Blick und dieser besonderen Art, sich zu bewegen … da war es mir sofort klar, und ich weiß, dass ich damit richtig liege. Er ist so ein charmanter junger Mann … du solltest ihn wirklich kennenlernen, ich fand ihn nämlich sehr nett.*

*Aber jetzt muss ich mich von dir verabschieden. Ich verlasse diese Welt mit der Gewissheit, dass ich dir, Lucía und Oliver das Leben geschenkt habe, außerdem einem Bruder von ihm, den ich nicht kenne. Das Wissen, dass Luis und ich Eltern und jetzt sogar Großeltern geworden sind, erfüllt mich mit großem Glück, auch wenn wir uns nie wieder berührt, nicht mehr miteinander gesprochen haben und uns irgendwann eigentlich gar nicht mehr richtig kannten.*

*Lebe dein Leben, mein Mädchen. Das ist der einzige Rat, den ich dir geben kann.*
*Ich liebe dich, ich habe dich immer geliebt, und an den Tagen, an denen du mich gehasst hast, habe ich dich eben für uns beide geliebt.*
*Mamá*

Lachhaft, das Ganze war wirklich lächerlich. Izan Sáenz Chacón war also ganz umsonst im Gefängnis gelandet, er hatte für eine goldene Nuss gekämpft, die innen hohl war. Oliver Gordon war mit ihm nicht blutsverwandt. Er war nur ein junger Mann, der Leere, Beklemmung und Unsicherheit entfliehen wollte und deshalb zu den Sommern seiner Kindheit zurückgekehrt war, zu Erinnerungen an einen Ort, der ihm Selbstvertrauen gab. Und genau dieser Ort hatte Tod und Schrecken mit sich gebracht. Nein, Oliver hatte nun wirklich kein leichtes oder fröhliches Jahr hinter sich, auch wenn er versuchte, seinen britischen Gleichmut beizubehalten und alles mit einer ordentlichen Portion schwarzem Humor zu würzen.

Angesichts der neuesten Ereignisse hatte sein Vater den Aufenthalt an seinem eigenen Rückzugsort in Schottland abgebrochen und eine gute Woche zusammen mit Oliver verbracht. Bei langen Spaziergängen am Concha-Strand in Suances waren sich die beiden Männer wieder nähergekommen. Außerdem kamen drei Freunde von Oliver aus London, um ihm einen Besuch in der Villa Marina abzustatten, so wie es seit Anfang des Sommers geplant war.

Walter und Angelina waren nicht verheiratet, obwohl sie längst zusammenlebten und bereits seit der Universität ein Paar waren, wo sie auch Oliver an der philologischen

Fakultät kennengelernt hatten. Dazu kam noch Michael, ein exzentrischer Musiker und Weltenbummler, den Oliver schon seit der Schulzeit kannte. Sie alle gehörten zu einem bunt zusammengewürfelten Grüppchen von Freunden, die sich im Londoner Stadtteil Chelsea oft im Rose-Pub zusammenfanden, um zwischen Pint und Pint eine neue Welt zu erträumen.

Oliver organisierte für seine Freunde eine unvergessliche Tour durch Kantabrien und zeigte ihnen natürlich auch das Tlaloc-Relief in Santillana del Mar. Michael beschwerte sich lautstark, weil man ihnen nicht vorher erzählt hatte, was in der Villa Marina vor sich gegangen war, und sie deshalb »den ganzen Spaß« verpasst hatten, wie er es nannte.

Es hatte Oliver gutgetan, dass sein Vater und seine Freunde da gewesen waren, mit denen zusammen er die Zeit in der Sonne genossen hatte. Michael hatte sogar damit gedroht, sich eine Weile in der Villa Marina einzuquartieren, weil er einen Tapetenwechsel und neue Inspiration für seine Musik brauchte.

Als sie wieder abgereist waren und Oliver allein zurückblieb, begann er mit ein wenig Abstand zu verdauen, was da passiert war. Inzwischen waren seit dem Selbstmord der Mutter Oberin im Kloster San Ildefonso bereits drei Wochen verstrichen. Das war nicht nur für Oliver eine intensive Zeit gewesen, sondern auch für die Guardia Civil, deren Ermittler sich nun endlich ein komplettes Bild von den Geschehnissen machen konnten.

Heute war Oliver allein, selbst die Handwerker waren mit dem Umbau der Villa Marina fertig. Er saß nach einem leichten Mittagessen auf der Veranda und genoss eine Tasse Kaffee sowie den Blick auf die Playa de la Concha, wo die Abende schon kühler und kürzer wurden.

»Du solltest das Tor zum Grundstück wirklich abschließen, sonst spaziert hier womöglich noch irgendein Spinner mit Benzinkanistern einfach so herein«, erklang eine Stimme.

»Valentina?« Hastig sprang Oliver auf und hätte dabei beinahe seinen Kaffee verschüttet.

»Und Schwester Pilar ist ja auch noch auf freiem Fuß, wer weiß schon, wie verrückt die ist.«

Oliver hatte sich von der Überraschung noch nicht ganz erholt, trat aber lächelnd an die Teniente heran.

»Diese niedliche kleine Nonne hat doch gar nichts gegen mich. Ehrlich gesagt hatte ich sogar das Gefühl, dass die mir bei unserem Besuch im Kloster schöne Augen gemacht hat. Verständlich, bei meinem unwiderstehlichen britischen Charme. Aber sie hat sich doch bestimmt längst nach Rio de Janeiro abgesetzt …« Oliver sah Valentina in die Augen. »Und du, was machst du hier? Eigentlich dachte ich ja, du wolltest nichts von mir wissen, nachdem ich dir in der Kommandantur mehrere Nachrichten hinterlassen habe … Glaubst du etwa immer noch, dass ich ein Verrückter bin, der die übelsten Dinge ausheckt?«

»Natürlich bist du völlig verrückt«, erwiderte Valentina lächelnd. »Aber Böses scheinst du nicht im Schilde zu führen, jedenfalls nichts von der üblen Sorte.« Sie zog die Augenbrauen hoch. »Ich war unterwegs, und dann hatte ich auch viel Arbeit, deshalb habe ich mich nicht früher gemeldet …«

»Aha. Ja, du hast dir ganz schön Zeit gelassen. Ich nehme mal an, dass du wegen des Falls hier bist, oder? Gibt es was Neues?«, fragte er dann ernst.

»Allerdings, Oliver.« Valentina warf einen Blick auf das dampfende Getränk in seiner Hand. »Lädst du mich auf eine Tasse ein?«

»Na klar«, sagte Oliver und machte sich auf den Weg zur Kaffeemaschine. Die Küche lag direkt am Eingang der Hütte, und die Tür stand eigentlich immer offen. So konnte Oliver auch auf der Veranda die Musik aus dem Radio oder der Anlage hören. Dann fühlte er sich weniger allein. Wie so oft erklang gerade Imagine Dragons aus Las Vegas; es wurden die ersten Takte von *On the Top of the World* angespielt, das ruhig und verhalten losging, um sich dann in etwas Lebhafteres, Fröhlicheres zu verwandeln. Ein unverbesserlich optimistischer Song.

Während er den Kaffee zubereitete und ein bisschen herumhantierte, sprach Oliver lauter weiter, damit ihn Valentina draußen auch hörte. »Du hattest in letzter Zeit also viel um die Ohren?«

»Ja, das könnte man so sagen«, lachte Valentina. »Ich hatte nämlich Urlaub und hab in Galizien meine Familie besucht … Jetzt bin ich fix und fertig, dabei war ich nur zwei Wochen da! Zum Glück hab ich jetzt noch eine Woche, um mich hier ein bisschen auszuruhen«, erklärte sie, während Oliver wieder auf die Veranda trat. »Aber bevor ich weg bin, gab es in der Kommandantur noch mal ordentlich Wirbel. Jede Menge Arbeit, Berichte mussten geschrieben werden, und dann waren in der Zwischenzeit auch andere Sachen liegen geblieben … Aber du solltest wissen, dass uns wegen des Falls Villa Marina der Coronel gratuliert hat, der Capitán Jefe der Ermittlungseinheit und sogar der Beauftragte der Regierung. Das war wirklich ein Erfolg«, sagte sie und zwinkerte ihm mit dem grünen Auge zu.

»Ja, das hab ich in der Zeitung gelesen«, nickte Oliver. »Allerdings wurdest du gar nicht erwähnt, genau wie Riveiro und Sabadelle. Es wurde noch nicht einmal die Abteilung genannt.«

Valentina lachte.

»Natürlich nicht, Oliver … Ich träume schon lange nicht mehr davon, dass irgendwo unsere Dienstnummern auftauchen. Aber es geht ja auch gar nicht darum, in der Presse die Lorbeeren einzuheimsen, sondern darum, den Fall zu lösen, und zwar schnell.«

»Verstehe.«

Valentina nahm schlürfend einen Schluck Kaffee und sah Oliver tief in die Augen. »Ehrlich gesagt hab ich mir mit meinem Besuch bei dir Zeit gelassen, weil ja dein Vater hier war und dann noch andere Verwandte oder Freunde. Und bis es keine neuen Erkenntnisse gab, wollte ich deshalb nicht stören.«

»Aber woher wusstest du denn …«

»Cabo Maza aus der Kaserne in Suances hat mir erzählt, dass du beschäftigt warst.«

Jetzt verstand Oliver und nickte.

»Ja, ich hab während der letzten Wochen ein paarmal mit ihm gesprochen, und er hat auch gelegentlich vorbeigeschaut, um zu sehen, ob alles in Ordnung war. Jetzt sag bloß, den hast du geschickt?«, erkundigte er sich gut gelaunt.

Valentina lächelte nur. In Olivers Gegenwart kam sie sich immer vor wie ein kleines Mädchen. Dieser verdammte Engländer! Bevor sie zur Villa Marina rübergegangen war, war sie lange durch Suances spaziert, hatte versucht, einen klaren Gedanken zu fassen, und es einfach nicht hinbekommen. Ganz ruhig, hatte sie sich gesagt, jetzt halt dich zurück und spiel erst mal die Prinzessin.

»Also, Oliver, ich bin aus zwei Gründen hier. Zunächst einmal wollte ich dir sagen, dass die DNA-Tests deine Verwandtschaft zu Jana Ongayo bestätigen, die tatsächlich deine Großmutter war. Auch bei Luis Salvadors Nachkommen gibt es eine Übereinstimmung.«

»Habt ihr die Ergebnisse etwa jetzt erst reingekriegt? Das hat aber gedauert.«

»Du hast noch Glück gehabt, manchmal muss man viel länger warten. Bei dem toten Baby ist alles schneller gegangen, weil wir in dem Fall der Dringlichkeit wegen ein Privatlabor beauftragt hatten. Ich kann dir auch sagen, dass die entsprechenden Tests jede Verwandtschaft zwischen dir und den Chacóns ausschließen.«

»Aber ich hab jetzt trotzdem so was wie Verwandte in Comillas?«

»Das stimmt, die beiden Töchter und drei Enkel von Luis Salvador. Und in Santander wäre da noch Clara Múgica, die ist schließlich deine Tante, und übrigens auch eine Freundin von mir … Ich glaube, du wirst sie mögen. Wirst du dich mal bei ihr melden?«

»Also, wir kennen uns schon«, überraschte Oliver Valentina. »Sie hat mich vor ein paar Wochen angerufen, und ich bin mit meinem Vater nach Santander gefahren, um Hallo zu sagen. Sie ist wirklich sehr nett, und ihr Mann auch. Was meinen möglichen Anteil am Erbe von Jana Ongayo angeht, hab ich ihnen schon gesagt, dass ich darauf verzichte. Es kommt mir nicht so vor, als hätte ich darauf irgendeinen Anspruch. Na ja, jedenfalls hab ich mit Clara und Lucas abgemacht, dass wir diese Woche zusammen essen gehen. Vielleicht hast du ja Lust mitzukommen …«, wagte Oliver einen Vorstoß.

»Vielleicht.« Valentina verbarg ihr Lächeln hinter der

Kaffeetasse, die bereits so gut wie leer war. »Außerdem ist der Fall jetzt offiziell abgeschlossen, seit wir beweisen konnten, dass Pedro Salas mit seinem Kartenhandy auf Jana Ongayos Firmentelefon angerufen hat. Ohne den Brief, den Jana ihrer Tochter geschickt hat, wären allerdings viele Aspekte ungeklärt geblieben.«

»Ja, den Brief hab ich gelesen, Clara hat ihn mir gegeben. Das Ganze kommt mir eher vor wie aus einem Film oder den Nachrichten, eine von diesen Geschichten, die eigentlich immer nur anderen zustoßen. Und jetzt ist es in meiner eigenen Familie passiert.«

»Wo wir gerade bei Filmen sind ... vielleicht hast du ja schon gehört, dass nach dem großen Echo in der Presse bereits mehrere Produktionsfirmen ihr Interesse angemeldet haben. Am meisten Aufsehen hat Claras Tagebuch erregt, das ist für die Kriminalpsychologie ein unglaublich wertvolles Dokument.«

»Ja, davon hab ich gehört«, erwiderte Oliver. »Riveiro hat ein wenig erzählt, was da drinstand, aber ich würde es wirklich gern lesen. Glaubst du, das wäre möglich?«

»Vermutlich schon. Ich habe es schon dreimal geradezu verschlungen. Offenbar hat Clara mit dem Schreiben nach dem Fund der Babyleiche angefangen. Im Moment gilt der Text allerdings noch als Beweismaterial, und wir müssen abwarten, was Richter Talavera dazu sagt. Der will nämlich wirklich nicht, dass noch mehr Informationen an die Presse dringen. Aber das Tagebuch gibt wirklich ein interessantes Zeugnis davon ab, wie sich im Verstand eines Menschen Wahnsinn und Psychopathie vermischen können. In ihrer Rolle als Erzählerin hat sie sich quasi zu einem übermenschlichen Wesen gemacht, sich zu einer Art Gottheit aufgeschwungen, und das Leben von Jana und ihrer Familie einem imaginären Leser geschildert.

Die Geschehnisse rund um die Familienmitglieder werden in der dritten Person erzählt, sogar dann, wenn Clara über sich selbst spricht. Im Mittelpunkt ihrer Eintragungen steht immer Jana. Es kommt einem dabei so vor, als wäre sie von ihrer Schwester völlig besessen gewesen, die in ihren Augen absolut perfekt zu sein schien. Andererseits hat sie Jana dann fälschlicherweise als Mörderin von Ignacio Chacón hingestellt, als wäre in Wirklichkeit Jana verantwortlich für all die Gräueltaten.«

»Ja, so etwas in der Art hat mir Riveiro schon erzählt. Sie hat die anderen wohl als Menschen bezeichnet, so als würde sie selbst nicht dazugehören.«

Valentina nickte.

»Außerdem hat sie das Tagebuch in ihrer Zelle im Kloster auf dem Bett liegen lassen, damit wir es dort finden. Im letzten Kapitel hat sie sogar angedeutet, dass ich als leitende Ermittlerin ihre Leserin sein könnte. Und sie war auch so freundlich, daneben die Pistole zu platzieren, mit der sie Pedro Salas erschossen hat. Sie wollte und musste sich einfach vor uns aufspielen, uns zeigen, wie clever sie doch aus ihrer Sicht war und wie weit sie damit kommen konnte, den Rest der Menschheit derart zu verspotten. Bei Clara Fernández konnte man perfekt beobachten, was wir in der Kriminalpsychologie als dunklen Dreiklang bezeichnen.«

»Jetzt kommst du mir schon wieder mit so komischen Sachen!«, lachte Oliver. »Was soll das denn sein?«

»Der radikalste Ausdruck einer stark ausgeprägten Psychopathie. Bei einem solchen Menschen sind drei Charakteristika eindeutig und klar zu erkennen. Erstens Narzissmus mit einem völlig überzogenen Selbstwertgefühl, in Claras Fall so ausgeprägt, dass sie sich normalen Menschen überlegen fühlte, beinahe wie eine Göttin oder ein ewiges, übernatürliches Wesen. Zweitens Machiavellismus oder die Fähigkeit, durch vorgetäuschte Einstellungen und Handlungen andere auszubeuten. Mir ist noch nie jemand untergekommen, der die Menschen so gut manipulieren konnte wie deine Großtante«, sagte Valentina kopfschüttelnd. »Wusstest du, dass uns sogar Kollegen aus deiner Heimat, aus England, für ihre Studien komplexer krimineller Verhaltensweisen um die Unterlagen zum Fall gebeten haben?«

»Ach, echt?«, rief Oliver erstaunt aus und leerte nun auch seine Tasse. »Und welches ist das dritte Element des dunklen Dreiklangs?«

»Die Psychopathie an sich«, seufzte Valentina mit einem Blick in Richtung Strand. »Sie lässt das Individuum furchtlos, grausam und impulsiv werden. Ich denke, die Taten deiner Großtante kann man nun wirklich mit diesen Adjektiven beschreiben …«

»Hm … Vielleicht wäre es doch besser, dieses Tagebuch nicht zu lesen und das Kapitel in meinem Leben ein für alle Mal abzuschließen. Das ist alles ganz schön düster und gruselig«, sagte Oliver und senkte den Blick. »Trotzdem gibt es da ein Detail, das ihr mir noch nicht bestätigt habt«, sagte er dann ernst.

»Ach ja? Welches denn?«

»Es heißt doch, dass meine Mutter nach ihrem Besuch bei den Klarissen auch bei Jana Ongayo war. Hat dieses Treffen wirklich stattgefunden? Meinem Anwalt zufolge war es so, und ich würde es mir wirklich wünschen. Wie dieser Besuch wohl gelaufen ist? Hat meine Mutter dabei vielleicht etwas herausgefunden, oder ist sie wieder gegangen, ohne die Wahrheit zu ahnen?«

Valentina schaute nachdenklich drein.

»Tja, als wir in Comillas waren, haben wir Jana nicht danach gefragt … Das tut mir wirklich leid, Oliver. Vielleicht hat Señora Ongayo sie ja auch einfach angelogen, genau wie uns. Das Thema erwähnt sie auch im Brief an Clara nicht. Völlige Klarheit gibt es im Leben eben nie, Oliver, so ist das nun mal.«

»Das weiß ich doch«, nickte er resigniert. Dann sah er Valentina wieder in die Augen. »Was war denn der zweite Grund für deinen Besuch?«

»Deine versteckte Bucht. Als wir zusammen nach Comillas gefahren sind, hast du mir doch von der Bucht erzählt, in der du als Kind oft mit deinem Bruder Guillermo gespielt hast und die nur Ortsansässige kannten.«

»Und?«

»Ich weiß jetzt, wo die ist. Glaub nicht, dass das einfach war, aber ich hab sie gefunden. Ich bin schließlich Ermittlerin … und zwar eine gute«, endete sie und zwinkerte ihm zu, während sie aufstand und sich heiter an eine der Säulen des Verandadachs lehnte.

Überrascht lachte Oliver.

»Im Ernst? Diese Arbeit hast du dir meinetwegen gemacht? Welch eine Ehre. Und wo liegt nun dieser geheimnisvolle Ort? Kannst du ihn mir auf der Karte zeigen?«

»Nein, auf keinen Fall! Du ziehst jetzt eine Badehose an und kommst mit. Die Bucht befindet sich ganz in der Nähe von Puerto Calderón, das ist nicht mal eine halbe Stunde von hier.«

»Ernsthaft? Und du …?«

»Den Bikini hab ich schon an, und im Auto liegen Handtücher. Ich kann Ihnen versichern, Señor Gordon, dass ich auch im Urlaub keine Zeit zu verlieren habe.«

Glücklich lächelte Oliver. Ihm war durchaus aufgefallen, dass Valentina heute weiblichere und sommerlichere

Sachen trug als sonst, aber damit hatte er nun wirklich nicht gerechnet.

»Cool, ich zieh mich eben um, und dann können wir auch schon los, jetzt wird es abends nämlich schnell frisch … Und wenn du später noch Zeit hast, lad ich dich zum Essen in ein gutes Restaurant ein«, sagte er und trat an sie heran. »Ich würde nur zu gerne ein paar deiner Geheimnisse ergründen.«

»Meiner Geheimnisse?«

»Eine Frau mit zweifarbigem Blick muss doch eine äußerst interessante Gesprächspartnerin abgeben.«

»So bin ich nicht zur Welt gekommen, Oliver. Früher war ich mal … normal«, erwiderte sie sanft und ohne Schärfe, während sich Oliver stammelnd zu entschuldigen versuchte.

»Es tut mir leid, ich …«

»Das muss es gar nicht, solche Dinge passieren eben.« Valentina holte tief Luft. »Bevor du mich nachher zu einem von diesen riesigen Baguettes einlädst, die du so gerne isst, sag doch mal … Wenn du anfangen würdest, dich ganz unverbindlich mit einer Frau zu treffen, ich meine … Könntest du dann mit einem Sauberkeitsfimmel und unmöglichen Arbeitszeiten leben? Damit, dass deine Freundin nicht immer anruft, wenn es eigentlich so abgesprochen war, oder sie manchmal um vier Uhr morgens aufstehen muss, weil sich bei der Arbeit etwas Wichtiges getan hat? Oder, wenn wir schon mal dabei sind, dass sie eine Pistole trägt? Jetzt mal rein hypothetisch gesprochen.«

Oliver lächelte, obwohl ihr Gesichtsausdruck todernst war.

»Also, jetzt mal rein hypothetisch gesprochen, könnte ich mir ein Leben in einer solchen Hölle durchaus vorstellen, solange diese Frau nur mit meiner Musikanlage, meinen Tonnen von Büchern, die ich irgendwann ja doch wieder anhäufe, meiner Schlaflosigkeit und meinem englischen Humor klarkommt.«

»Anhäufungen von Büchern sind inakzeptabel, können aber durch eine angemessene Verteilung vermieden werden. Das mit dem englischen Humor ist da schon schwieriger …« Valentina gab sich nachdenklich. »In diesem Fall glaube ich nicht, dass ich heute mit dir ausgehen will, Oliver.«

»Ach, nicht?«

»Nein, stattdessen könnten wir hier etwas essen, und wenn du ganz brav bist, kümmere ich mich morgen ums Frühstück.« Lächelnd schaute ihm Valentina bei diesem provokanten Vorschlag in die Augen. Auch sie beherrschte das Spiel des Flirtens, daran ließ sie keinerlei Zweifel.

»Ich werde ein absoluter Gentleman sein«, sagte Oliver mit ebensolchem Lächeln und trat noch näher an sie heran. Und jetzt trennte die beiden nichts mehr voneinander. Einen Moment lang sprach nur die Musik und tanzte in der Luft.

Ihr Kuss war sanft, warm und so natürlich, als wäre er schon immer dagewesen und hätte auf dieser Veranda nur auf sie gewartet. Nun begann in der Hütte Olivers Handy zu klingeln, aber weder er noch Valentina hörten es, weil sie sich längst auf ihre eigene freundliche und behagliche kleine Insel zurückgezogen hatten. Nachdem er sich anderthalb Jahre lang nicht bei seinem Bruder gemeldet hatte, legte der bleiche und ausgemergelte Guillermo Gordon, dem der kalte Schweiß auf der Stirn stand, irgendwann verzweifelt wieder auf. In seinem Blick stand pure Panik.

Valentina und Oliver würden auf seinen Anruf erst Stunden später aufmerksam werden. In diesem Moment suchten und erkundeten sie sich, verschlangen sich gegenseitig mit Küssen. Viele Jahre zuvor hatte sich in Comillas ein junger Mann verliebt und völlig hingerissen ein kleines Mädchen namens Jana beobachtet, das gerade Wäsche aufhängte. Und wie sein Großvater damals dachte Oliver nun, als er Valentina anschaute, dass sich die Zukunft unendlich vor ihm erstreckte.

## Danksagung

***Ich danke Silvia*** Sesé und Juan Vera, ohne deren Korrekturen mein Text wohl jeden Leser in den Wahnsinn getrieben hätte. Außerdem möchte ich den spanischen und ausländischen Verlagen meinen aufrichtigen Dank aussprechen, die ihr Vertrauen in meinen Roman gesetzt haben.

Große Dankbarkeit empfinde ich auch all jenen Profis gegenüber, die mit Begeisterung und großem Einsatz dazu beigetragen haben, dass das Manuskript schließlich zu der Form gefunden hat, die mir vorschwebte:

Jesús Pastor, Subteniente der Ermittlungseinheit der Guardia Civil. Seine Kommentare und sein Buch *Objetivo Beato* haben mir als Anhaltspunkte und Inspiration gedient und mir gezeigt, wie ein Team der Guardia Civil arbeitet.

Jesús Alonso, Guardia Civil im kantabrischen Santander.

Marcos Catalina, Cabo der Guardia Civil der Kaserne in Suances.

Pilar Guillén, Direktorin des Rechtsmedizinischen Instituts von Kantabrien in Santander.

Falls irgendein aufmerksamer Leser im Bereich Forensik und Ermittlungsarbeit einen dicken Fehler entdeckt, geht der natürlich auf mein Konto, auch wenn ich fürchte, dass die ausgefallensten Dinge häufig der Wirklichkeit am nächsten kommen.

Ich danke meinem Ehemann für seine Ruhe und Geduld, dafür, dass er meine Leidenschaft für das Schreiben rückhaltlos und ohne Einschränkungen unterstützt. Und auch meinem Sohn Alan, der mir, ohne es vielleicht zu merken, Stunden von unserer gemeinsamen Zeit abgetreten hat, während der ich geforscht und dieser Geschichte Form verliehen habe. Ihr beiden schenkt mir die Kraft durchzuhalten.

Ich danke meinen Eltern, aus vielen Gründen, aber vor allem deshalb, weil sie trotz meiner verschiedenen äußeren Lebensumstände niemals meine Liebe zum Schreiben infrage gestellt haben. Meiner Familie in Galizien und Kantabrien, vor allem meinen Großeltern, deren Anekdoten und Geschichten über ihre kantabrische Heimat mich inspiriert und mir dabei geholfen haben, die Geschichte von Jana und ihrer Familie glaubwürdig zu schildern. Meinen geliebten Freundinnen Beatriz und Ruth sowie ihren Familien, die an mich geglaubt haben, was wirklich nicht wenig ist. Und ich danke schließlich allen, die sich nach meinen Fortschritten während dieses Abenteuers erkundigt haben, selbst denen, deren Interesse erst geweckt wurde, als das Ganze längst an Fahrt aufgenommen hatte.

Mein Dank gilt auch allen, die an die Literatur glauben, sie verbreiten, von ihr träumen, ihr ihre Leidenschaft und Zeit widmen, diesem flüssigen Gold, das so schnell verrinnt. Wer dieses Buch zu Ende gelesen hat, hat dabei hoffentlich, vielleicht sogar gegen seinen Willen, seine eigene versteckte Bucht aufgesucht.

## Anhang: Kurioses

***Das vorliegende Buch*** ist ein fiktives Werk, und alle Figuren darin sind meiner Vorstellung entsprungen, die Orte darin gibt es jedoch wirklich: Parks, Dörfer, Landschaften … selbst Institutionen und Geschäfte. Deren Namen habe ich zwar geändert, ich habe sie aber so beschrieben, wie ich sie sehe und wahrnehme.

In Comillas gibt es sowohl die Casa del Duque als auch den Park davor (Parque Güell y Martos). Sie sind echt, und ihre Lage mit Blick aufs Meer und den berühmten *Todesengel* von Josep Llimona ist wirklich spektakulär.

In Santillana entsprechen Straßen, Häuser und Wappen aus dem Text ganz genau der Wirklichkeit, es gibt selbst Tlaloc, der an der Wand gegenüber der berühmten romanischen Stiftskirche Santa Juliana über den Lauf der Zeit zu spotten scheint, obwohl ich keine Ahnung habe, wie er dort gelandet ist. Die Erklärung, die ich dafür im Buch liefere, erscheint mir einfach am plausibelsten.

Auch die Beschreibung des Klarissenklosters mit der Restaurationswerkstatt, dem Vorsaal mit der Drehklappe und dem berühmte Gebäck ist eng an die Wirklichkeit angelehnt, obwohl ich zugeben muss, dass ich das Gebäude selbst nie betreten und auch nie mit einer der Klarissenschwestern gesprochen habe. Ich fürchte, es war meine Fantasie, die das Innere der Abtei ausgeschmückt hat.

In Suances haben die tatsächliche Landschaft (inklusive der *Statue des Windes* hoch über der Playa de los Locos) und für Olivers Villa ein Herrenhaus, das ich nie betreten habe, Pate gestanden.

In Hinojedo kann sich niemand dem Charme der Masera de Castío entziehen, jenes seltsamen Berges mit dem Aussehen eines breiten Hockers, der seinen Namen ebendieser Form eines umgestürzten Trogs verdankt. Die winzigen, längst vergessenen und zwischen Gestrüpp versteckten Höhlen oben am Hang gibt es wirklich, und sie haben auch den Ortsansässigen bei Bombenangriffen im Spanischen Bürgerkrieg als Unterschlupf gedient. Soweit ich weiß, ist dort aber nie jemand ums Leben gekommen.

Die Anekdoten aus dem Bürgerkrieg in Kantabrien und Nordspanien sind alle wahr, genau wie das, was ich über die Lage in den Bergen geschrieben habe – so ist es mir zumindest zugetragen worden. Marina de la Vereda, jene kantabrische Spionin im Dienste der Franzosen, ist eine Erfindung von mir, die Figur basiert allerdings auf Marina Vega de la Iglesia aus Torrelavega, die 1923 geboren wurde und mit gerade mal siebzehn Jahren ihre Laufbahn als Spionin im spanischen Netz der Forces françaises libres begann.

Zum Schluss will ich dem neugierigen Leser auch nicht vorenthalten, dass im Jahr 1953 eine junge Hauswirtschafterin in einem Gasthof namens Las Fondas in Ubiarco ihren Dienstherrn getötet, zerhackt und über die Klippen geworfen hat. Von diesem Tag an nannte man das Sommerhotel nur noch Haus des Verbrechens. Es wurde 2006 abgerissen, aber die dort begangene Tat hat mich nachdenklich gemacht, und ich habe begonnen, mich für das soziale und kulturelle Umfeld jener jungen Frau zu interessieren. Tatsächlich kenne ich ihre wahre Geschichte bis heute nicht, ich weiß inzwischen aber, dass viele im Elend lebenden Eltern ihre als Dienstmädchen arbeitenden Töchter dazu gedrängt haben, ihren reichen Dienstherrn zu umgarnen und so allen ein besseres Leben zu ermöglichen. Übrigens habe ich von dem realen Verbrechen auf unglaubliche Art und Weise erfahren, aber das, liebe Leser, ist eine andere lange und ungewöhnliche Geschichte.